Rudolf Lorenzen

Cake Walk oder Eine katalanische Reise in die Anarchie

Roman

Rotbuch Verlag

Die Deutsche Bibliothek – CIP-Einheitsaufnahme

Lorenzen Rudolf:
Cake Walk oder Eine katalanische Reise in
die Anarchie : Roman/Rudolf Lorenzen. -
Hamburg : Rotbuch Verlag, 1999
ISBN 3-434-53028-2

Umschlaggestaltung: Groothuis + Malsy, Bremen
Herstellung: Das Herstellungsbüro, Hamburg
Satz: H & G Herstellung, Hamburg
Druck und Bindung: Clausen & Bosse, Leck
Printed in Germany

ISBN 3-434-53028-2

Katalonien, 25. Juli bis 1. August 1909

Die Personen

Aurora Iwanowna, Marquesa von Lágrima (29)

Yoyó, Marqués von Lágrima, ihr Ehemann (50)

Chica Chiquita, Tochter der Marquesa und des Marqués (9)

Domingo Lunes Martes Jueves, alias Iwan Iwanowitsch, Anarchist, Vater von Aurora (61)

Angelita Abriles, einst als Doña Tornado die Mätresse des Marqués (40)

Alma, Camarera mayor im Haus des Marqués (79)

El Cid, auch Don Destilador oder Don Destillo, Gutsinspektor auf Lágrima (55)

Mägde auf Gut Lágrima:
Brígida (22), Adola (20), Mirabel (19)

Porto Carrero, Kaplan im Kirchspiel Lágrima (32)

Geneal Diablillo Mazapán y Peladilla, Militärgouverneur von Katalonien (69)

Morocha, die Generalin, seine Ehefrau (37)

Oberst Rodrigo Santomajo, Festungs- und Gefängniskommandant auf dem Montjuich (42)

Miranda (16) und Micaela (14), Töchter des Kommandanten

Dr. Augustín Itúrbide, Wundarzt im Gefängnis des Montjuich (60)

Hauptmann Jago Galcerán, Advokat, Offizialverteidiger am Kriegsgericht Barcelona (45)

Jaime Zorilla, Oberamtmann und Postvorsteher (66)

Anselmo Joaquín, blinder Sergeant aus dem Kuba-Krieg (41)

Moisés (14), Schüler in der Escuela Moderna

Isidro Nonell, Zigeunermaler (36)

Aïtana, Modell von Isidro (30)

Fernande Olivier (28), Freundin des Malers Pablo Ruiz, mit Frika, ihrer Hündin

»Les Demoiselles d'Avignon, drei Huren aus der Calle d'Avinyó

Eusebi Estrü, Textilfabrikant und Reeder (61)

Staatsrat Brosset, russischer Generalkonsul in Barcelona (59)

Felipe López, Juniorchef der Reederei López y Comillo (28)

Florinda Díaz de Quitano, López' Braut (32)

Ramón Maria Némesis Llosa y Llosa, Offiziersanwärter der Guardia Civil (19)

Laura Luisa, Ramóns Braut (16)

Tine Tivoli, genannt »der Cake«, Revuegirl aus Kopenhagen (24)

Mamá Teresa, Jazzsängerin aus Habana, Freundin Morochas aus spanisch-kolonialer Sklavenzeit (39)

Hyacinthe Florida (50), Infantin von Spanien aus dem Haus Bourbon

Boni Bonito Bonifacio, Invalide aus dem Spanisch-Amerikanischen Kuba-Krieg, jetzt Leutnant im Gefolge der Infantin (29)

Lucifero Lupo, Hauptkontrolleur der Eisenbahn und Zugbegleiter (35)

Cypris Achill Baron von der Nasse aus dem Elsaß, Handelsvertreter für deutsche Militärausrüstung (43)

Trix Jailbird, genannt »Miss Alabama«, Reisende der Unionsstaaten von Nordamerika mit undurchsichtigem Auftrag (61)

Rick Montgomery Upstream, genannt »Ricki«, Hotelboy (16)

César Sagot, Oberkellner im Hotel »Cuatro Naciones«, Barcelona, und Kunstmäzen

Lirio und Puñalada, Porträt- und Gesellschaftsfotografen an der Rambla

Serafina (25), Bibiana (33), Pia Felicia (17) und die anderen Nonnen

Zum Ende:

Johnny Snake, Commander auf dem Flaggschiff der US-Mittelmeer-Flottille

Dr. Aaron Fluegel, Schiffsarzt der US-Navy

Leutnant Pinkie, Funkoffizier auf dem US-Panzerkreuzer »Samoa«

Das Corps Consulaire in La Valetta (Britisch-Malta) am Vorabend des I. Weltkriegs:
Nestor Eegan (USA), Freiherr Tucher von Simmelsdorf (Deutsches Reich), Kohen Ritter von Hohenland (Österreich-Ungarn), Silverio Scarlondro (Königreich Italien), Hakem Össahin (Türkisches Reich)

Sonntag

Der Aufenthalt

*Die Frauen von Lágrima * Der Streckenwärter Lazaro * Ein Sommertag in der Campiña * Strandgut der Eisenbahn * Aurora Iwanowna Marquesa von Lágrima * Alle Welt will glücklich sein * Lange Jahre durch Europa * Ein unschöner Tod * Der Schaffner Lupo * Einfahrt in Barcelona*

Die Schienen sind hart, und sie sind heiß an diesem Julimittag in der Campiña. Die Frauen, die auf ihnen sitzen, blockieren die Strecke schon seit früher Stunde. Sie haben sich stumm für diese Stelle entschieden, für diese Weiche, wo die Küstenbahn von Villanueva mit der aus den Bergen zusammenstößt. Da sitzen die Frauen, Stola an Stola, Rock an Rock, zusammen ein einziges schwarzes Wollknäuel im Licht der Landschaft. Für den Streckenwart ist diese Ballung bedrohlich, ängstlich klammert er sich an das Signal und prüft wieder und wieder, ob die runde Scheibe korrekt auf Halt steht. Zusätzlich hat er Knallkapseln auf die Geleise gelegt und schwenkt – sicher zu allem Überfluß – eine Fahne, um den Zug aus großem Abstand warnen zu können. Er möchte ein schreckliches Unglück verhindern.

»Das ist Blockade«, sagt er zu den Frauen, »so etwas war noch nie erlaubt. So oder so müssen eure Männer in diesen Krieg. Der ist nun einmal wichtig für Spanien, für den König, für die Kirche!« Will etwa jemand die Anarchie? Und er fragt, ob man denn dulden wolle, daß die schurkischen Kabylen den Jesuiten die Erzgruben rauben.

»So oder so müssen eure Männer nach Marokko. Alle Strecken müssen für die Transporte frei sein. An der Mole warten die Schiffe, sie wollen auslaufen, das duldet keinen Aufschub.«

Der Streckenwärter will ohne Schuld bleiben. Er fürchtet, sich verantworten zu müssen, zugleich fürchtet er sich vor den Frauen. Sie aber tun ihm nichts, sie am allerwenigsten. Einige kennen ihn: Das ist der alte kleine Lazaro, dem seine Frau davongelaufen ist. Nun ist er arm dran, auch ohne Kinder, und niemand pflegt das, was er Tag für Tag auf dem Leib trägt.

Fern von der Mole hallen Salutschüsse über die Montaña de Montjuich herüber. Der Streckenwärter schreckt zusammen. Die Frauen spötteln: »Was weißt denn du vom Krieg, Lazaro? Du hast ja noch nicht einmal die Mindestgröße für einen Heimatrekruten!« Das ist zwar wahr, fünfzig Jahre alt ist er und um alle Waffengänge Spaniens herumgekommen, nicht einmal die Eisenbahnkompanie wollte ihn für eine entfernte Etappe. Dennoch darf er sich solchen Hohn nicht gefallen lassen.

»Ihr kennt wohl nicht das Militärkreuz der Maria Christina?« Lazaro läßt für einen Moment den Signalmast los und zeigt auf den schlecht geputzten Orden auf seiner Jacke. »Geht von den Schienen herunter! Sonst kommt die Guardia Civil und schlägt euch sicher tot, und dann kommen die Soldaten von der Eisenbahnkompanie mit ihren Bajonetten, die schlitzen euch auf, und dann kommen die Matrosen der Kriegsschiffe an Land und die Regimenter aus Kastilien und ganz Spanien. Die werfen euch in die Festung, wo es extra für Weiber besonders scharfe Lattenkäfige gibt, damit ihr mit euren Fettärschen keinen Vorteil habt bei den Schmerzen. Man wird euch die ganze Nacht in aller Form foltern und erst, wenn die Sonne kommt, auf dem Glacis aufhängen.«

Lazaro hält inne. Er weiß, er ist zu weit gegangen. Er will wirklich niemandem bange machen. Er möchte für keinen Menschen ein Leid. »Ach was«, berichtigt er, »alles wird gut, und sicher werdet ihr nur ganz mild und ganz flink mit der Garrotte erwürgt. Allerdings muß man da schon viel Glück haben und auch Freunde in der Festung.«

Pfeift nicht von fern schon der Zug mit dem Reservistentransport aus Villanueva? Die Frauen drängen sich noch enger auf den Schienen zusammen. Einige von ihren Kindern kommen und bringen Wasser in Krügen. Auch Lazaro bekommt zu trinken, obgleich er so dumm daherredet. Aber muß man denn nicht Mitleid haben? Von den Kindern ist keines über zwölf. Wer älter ist, rottet sich in der Stadt mit den Vätern zusammen, auch die Mädchen. Morgen, am Montag, beginnt der Streik. Immer sind es die Katalanen, die als erste fort müssen in diese dreckig heiligen Kriege Spaniens. Ist es da nicht besser, auf heimatlichem Pflaster zu sterben, noch in der Kluft des Arbeiters? Die Zeughäuser könnten sich das

Einkleiden ersparen, die Matrosen die Beschwernis der Überfahrt, die Depots eine überflüssige Fourage, das Generalkommando ein Studieren der Verlustlisten. Aber so weit, möchte man meinen, geht die Sorge der Streikenden nicht.

Der Zug pfeift herbei, die Frauen sind ganz still. Alissa, die schwanger ist, stöhnt ein wenig, die alte Sina zittert, und Brígida schlägt laut das Herz. Lazaro rudert weit ausholend mit der Fahne, mit dem anderen Arm umklammert er sein Signal und bittet es, ihn nicht tot umfallen zu lassen.

Das Signal überhört derlei Winseln, und auch die Schienen bleiben teilnahmslos, sie kennen ihre Stärke. Sie verfügen über Anschlußgeleise zu den Fabriken, hoch über Wildbäche hat man eigens Brücken für sie gebaut, das Militär braucht sie, das Vieh braucht sie, wie käme es sonst in die Schlachthäuser, die Salonwagen brauchen sie, wie sonst käme die bessere Gesellschaft von Stadt zu Stadt, von Fest zu Fest? Die Schienen wissen: Sie sind Spanien.

Ringsum die Landschaft gibt sich im großen und ganzen freundlich. Eine gut gelaunte, kaum hügelige Ebene schmückt sich mit Orangen- und Ölbäumen. Für diesen Mittag wird in der ganzen Gegend diese Weiche der Mittelpunkt bleiben. Mehr und mehr Insekten kommen, dicke Goldfliegen in smaragdgrünem Glanz schwirren herbei und träumen – das ist zu vermuten – von sattem Leichenfleddermahl. Sie ziehen von der Müllhalde herüber, die die nahe Vorortindustrie am Kanal der Infantin Carlota aufgetürmt hat. Die Frauen scharren sich zwischen den Schwellen ein, noch enger wollen sie an die Erde heran, damit der Mut sie nicht verläßt.

Vom Kanal winken die Aloehecken herüber, die Ölbäume von den Ausläufern des Montserrat grüßen mit dem Flirren ihrer Blätter.

Säße hier ein Maler an seiner Staffelei, mühelos gelänge ihm das Bild »Sommertag in der Campiña«, die Farben zeigten sich, wenn auch nicht ausgelassen, so doch von einer stillen Heiterkeit, auch wenn dieses Schmutziggrau von Röcken und Stolas die Bildmitte beherrscht. Aus ihr schauen die Gesichter der Frauen als kleine helle Dreiecke heraus, als kleine helle Kügelchen die Hände, mal übereinander gelegt, mal gefaltet. Hier und da blinkt zwischen ihnen ein Kreuz – silberfarben wie die Olivenblätter.

Wäre der Maler einer dieser neuen Kubisten, hart und hart zerschnitte er die Leinwandfläche diagonal mit dem stahlblauen Strahl der Schienen und knallte frech hinein in Spanischgrün das Rund des Haltesignals. Doch eher ist dies ein Maler andersartiger Kunstrichtung: Mit liebevoller Akribie pinselt er das Schlottern des Streckenwärters und in seiner Hand die Fahne.

So ein Histörchen bekommt dem Genrebild gut, nun am Ende muß an das Kolorieren letzte Hand gelegt werden: Die fusselige Wolle der Stolas ist gelungen, doch widersetzen sich die Dreiecke der Gesichter und die Bällchen der Hände der Palette. Was sind das für Farben? Die Haut der Frauen ist schlecht durchblutet, mit Gelb kommt der Maler nicht weit. Er muß Rot mit Blau mischen und dies dann weiß übertünchen. Encarnado heißt hierzulande den alten Meistern diese Farbe – dem restlichen Europa lebensfroher: Neapelgelb.

Die Leinwand ist gefüllt, nur die obere linke Ecke ist gerade noch frei. Da hinein muß nun der Eisenbahnzug.

Des Streckenwärters Bemühungen haben Erfolg. Der Zug hält. Der Zugbegleiter – im Range eines Kontrolleurs – springt heraus, packt den alten Lazaro an den Schultern und schüttelt ihn, der doch nur das Beste wollte, aber diese unselige Blockade einfach nicht verhindern konnte. Jetzt zupft der Kontrolleur einigen Frauen an der Stola, auch er erzählt ihnen von der Guardia Civil, von Kerker und Strafen und Erschießungen im Festungsgraben des Montjuich. Das gibt dem Streckenwärter Mut, sich am Zupfen zu beteiligen. Und doch: Dieses Menschlein Lazaro ist ein Nichts gegen den Kontrolleur, einen gewissen Lupo, der auf betreßter Jacke statt des Militärordens Dritter Klasse den der Zweiten trägt, dazu die Verdienstmedaille der Königin Isabel.

Reisende dieser Gegend betrachten staunend den reichen Ordensschmuck des gesamten Personals. Eine Flut von Auszeichnungen hatte vor elf Jahren den Streckenbereich überschwemmt: Strandgut der Eisenbahn. Waggons mit Heeresgut hatten sich auf Abstellgeleise verirrt, Armeetrödel für den Amerikanischen Krieg auf Kuba und auf den Philippinen, der beendet war, bevor er sich so recht entfalten konnte. Kisten voller Orden wären auf den Müll gekommen, hätte sich nicht jedermann einfach so bedient. Fern die Soldaten auf den verlorenen Posten der verlorenen Inseln brauchten ohnehin keine Ehrungen mehr, ihre Tapferkeit und Treue, die meritos y virtudes der Ordenssprüche verloren sich ohne Echo in die Winde der Südsee und des karibischen Meers.

Niemand damals trauerte irgendwelchen Verlusten nach. Wären die Waggons an die Mole, die Nachschubflotte in die Häfen der Kolonien, die Orden an Soldatenuniformen gelangt – die Jacken der Eisenbahner könnten heute nicht weniger dekoriert sein: Lazarettzüge wären leicht zu plündern gewesen, Schwerverwundete hätten sich gegen den Raub ihrer Auszeichnungen kaum wehren können, Sterbende ohnehin nicht auf ihrem Weg zu den Friedhöfen.

Der Kontrolleur Lupo denkt über die Reihenfolge weiterer Befehle nach. Er trägt seine Mütze – mit Goldborte paspeliert – gerade auf dem Kopf, während sich der Streckenwärter seinen leicht speckigen Deckel schief über das Ohr zieht als Zeichen eines Nichtoben und Nichtunten.

Dem Zug entsteigen zwei junge Engländer. Sie kommen aus Tarragona, wo sie sich in einer Pension am Strand einquartierten. Sie reisen nach einem Touristik-Handbuch, das die Costa de Poniente als Costa Dorada preist. Die beiden wollen nach Barcelona, die Kathedrale besichtigen, in einem Vorgartencafé der Ramblas einen Kaffee trinken und später im Französischen Restaurant des Hotels Cuatro Naciones soupieren. Einer von ihnen will am nächsten Tag einen englisch sprechenden Arzt aufsuchen, weil er glaubt, sich infiziert zu haben.

Die Engländer haben eine Handkamera dabei und fotografieren die Gruppe der Frauen, sie fotografieren auch ihren eigenen Zug, den Schaffner Lupo und einen dickleibigen Kaplan, der mühsam über das Trittbrett hinunter auf den Bahndamm balanciert. Er möchte mit den Frauen beten, stößt aber auf Ablehnung. Nun segnet er die Weiche und bittet, Gott möge über sie wachen, damit sie immer richtig gestellt sei und allen Zügen den rechten Weg weise.

Noch immer sitzt an seiner Staffelei der Maler. Er möchte schnell mit seinem Bild zu Ende kommen, er spürt, daß sich ein Schatten über den Tag zu legen beginnt, obgleich sich keine Wolke vor die Sonne schiebt. Die Farben trüben sich ein. Er überschaut nicht die Verstrickungen, in die der Tag gerät. Hier auf seiner kleinen Leinwand beginnt – noch verborgen – ein Schrecknis, das man für viele Jahrzehnte die semana trágica nennen wird, die »Blutige Woche von Barcelona«.

Schnell malt er die rechte obere freie Ecke zu Ende und schiebt kunstlos einen Waggon mit dem Coupé der Ersten Klasse in die Komposition. Hinter einer milchig verschmutzten Scheibe konturiert sich ein hartes helles Weiß.

»Schaffner!« Eine Dame in Weiß zieht das Abteilfenster herunter und ruft nach dem Zugbegleiter. »Es ist nichts, wohlgeborene Frau Marquesa, wirklich kein Grund zur Aufregung. Das sind nur die Frauen von Lágrima, sie blockieren die Geleise, sie wollen ihre Männer nicht nach Marokko lassen. Sie können nicht weiter denken als über ihr Dorf hinaus, und sie wissen nicht, wie nützlich dieser Krieg ist für die Ehre Spaniens und die Macht unserer katholischen Majestät, für die Bergwerke der Jesuiten und das Erz der Kirche.«

»Ach, die Frauen von Lágrima!« Die Marquesa nimmt ihren Hut ab, lehnt sich aus dem Coupé und setzt ihr Gesicht ungeschützt der Mittagssonne aus. Diese Haut, dieses Persica, gefiele unzweifelhaft dem Maler, diese Farbe persischer Äpfel, er aber – gäbe es ihn wirklich – hätte längst die Flucht ergriffen und wäre Hals über Kopf mit seiner Staffelei auf und davon. Die Marquesa entledigt sich ihrer Handschuhe und winkt mit nacktem Arm den Frauen zu. Sie kennt einige von ihnen, die auf dem Gut des Marqués arbeiten.

»Adola ... Mirabel ... Brígida! Ihr habt doch sicher noch nicht zu Mittag gegessen. Also geht heim. Hier im Zug sind keine Reservisten. Sie sind umgeleitet über Palomar und längst schon an Bord der Reina Luisa.« Die Marquesa möchte etwas Tröstliches hinzufügen und phantasiert von der Abenteuerlust der Soldaten, von ihren derben Liedern und den Blumensträußen auf den Mündungen ihrer Gewehre. »Da! Hört ihr! Das sind die Sirenen der Schiffe, die Kessel sind heiß, die Leinen sind los, und alles dampft nun hinaus auf das Mittelländische Meer.«

Die Frauen beginnen, gemächlich den Weg freizugeben. Da wittert der Streckenwärter Lazaro seine Chance, er tritt vor das Abteilfenster und knetet seine Mütze in den Händen. »Wenn die Frauen gehorchen, dann, weil ich ihnen von der Festung erzählt habe und von der Folter ...«

»Quatsch nicht«, unterbricht ihn der Zugbegleiter Lupo, ohnehin verärgert, weil ihn die Marquesa vorhin mit Schaffner tituliert hatte, da er doch als Kontrolleur längst dieser Karrierestufe entwachsen ist, »halte deine Freßmaschine und stinke hier nicht mit deinen verfaulten Zahnstümpfen herum! Bist du jemals gefoltert worden? Nein? Dann erzähle nichts dieser Dame, die zu den Granden gehört und mehr Einblick hat in die Barmherzigkeit unserer gütigen Monarchie.«

Doch der alte Lazaro läßt nicht von der Chance, sich hervorzutun. »Will man leben, habe ich den Frauen gesagt, muß man gehorchen, wer nicht gehorcht, wird bestraft, so hart, daß der Tod am Ende zur Lust wird. Von den Schmerzen habe ich ihnen erzählt und von der langen, oft sehr langen Zeit, die sich nur mit Schreien überbrücken läßt.«

Das muß sich die Marquesa nicht zu Ende anhören, auch wenn der verbale Ausbruch so eines Bahnmenschen vergleichsweise harmlos ist gegen alles, was sie erlebt hat. Aurora Iwanowna, du bist neunundzwanzig und seit zehn Jahren mit diesem Land verheiratet, genauer: mit dem Marqués von Lágrima. Fort von Sankt Petersburg seit dem elften Lebensjahr, fort bei Nacht und Nebel mit dem Vater, der später auf einem Kongreß in London herzlich gefeiert wurde, mit ihm aber noch andere Russen, die nicht dabei sein konnten, weil man sie nach dem Attentat auf den Zaren bereits gehenkt hatte. Du wurdest angehalten, dies und das zu vergessen, in deinem Paß stand von nun an der Familienname der Mutter: Du bist eine Kropotkin und gehörst zum Fürstenhaus.

Das waren glückliche Jahre des Umherirrens in Europa, bis der Vater sie in Paris bei einer gütigen katholischen Dame zurückließ, von der er genau wußte, daß diese trotz ihres Reichtums und ihres unbeirrten Glaubens an Gott das Kind nicht verderben würde. Es war Ernestine Meunier, die nichts als ein guter Mensch war und nun auch noch glücklich, die Nichte des gütigen Anarchisten Fürst Kropotkin als Ziehtochter zu bekommen. Die Reisen setzten sich fort, eben noch in Güterwagen und auf Holzbänken, jetzt in Erster-Klasse-Coupés, in Schlafwagen und Luxuszügen. Aurora lernte ein wenig Musik und wurde von Fest zu Fest herumgereicht für die Wohltätigkeit.

Da steht die Dreizehnjährige, bislang im Chor singend, nun erstmals mit einer kleinen Solopartie zugunsten von Witwen und Waisen der Guardia Civil in Barcelona. Nach dem Auftritt kommt leise ein Unbekannter auf sie zu und warnt – erstmals hört sie wieder Worte auf Russisch –, sie möge am folgenden Abend nicht ins Teatro Liceo gehen, dieser »Wilhelm Tell« sei nichts für eine Kropotkin. Aurora will den

Fremden fragen, ob ihr Vater ihn schicke, aber da ist er schon verschwunden.

Es folgt die Nacht vom 7. auf den 8. November 1893. An dieses Datum wird Spanien sich noch lange erinnern. Die Bombe im Theater fordert zwanzig Tote, sie ist die Rache eines gewissen Santiago Salvador – oder hieß er Domingo? – für die Hinrichtung seines Freundes Paulino Pallas.

Doch am Vorabend auf diesem Wohltätigkeitsfest im Ballsaal des Hotels Cuatro Naciones weiß noch niemand etwas von dem kommenden Attentat. Die Regentin ist mit ihrem Sohn Alfons, gerade sieben Jahre alt, aus Madrid gekommen, Infantinnen haben ihre Liebhaber mitgebracht, auch Hyacinthe ist da mit einem milchigen Jüngling in der Uniform eines Leutnants. In Flamingorosa quellen dieser Bourbonentochter Busen und Arme aus dem smaragdgrünen Kleid. Sie hat die Stimme einer Alkoholikerin, und jedesmal, wenn sie spricht, vibriert auf ihrem Dekolleté die Perle Pelegrina – Erbstück der französischen Verwandtschaft.

Ihrem kleinen Gesangsauftritt verdankt es Aurora, daß man sie auf diesem Fest erkürt, die Lotterielose zu ziehen. Wer aber wird das Kind zur Lostrommel hochheben dürfen? Die Infantin Hyacinthe besteht auf ihrem Leutnant, aber das widerspräche der Etikette. Schließlich bestimmt die Regentin, das Amt stünde dem längsten unter den Männern zu. Es ist der Marqués von Lágrima, den alle nur Yoyó nennen, weil er sehr eitel mit sich umgeht, er hebt die Dreizehnjährige hoch über die Ballgesellschaft.

Der Hauptpreis ist eine Schiffsreise nach New York, ihn gewinnt der Textilfabrikant und Reeder Eusebi Estrü aus Barcelona, dem ohnehin die Transatlantic-Dampfschiffahrts-Gesellschaft gehört und der mit diesem maritimen Vergnügen nun wirklich nichts anfangen kann. Estrü schenkt den Preis der kleinen Kropotkin, sie möge ihn einlösen an dem Tag, an dem sie achtzehn wird.

Fünf Jahre später ist Aurora wieder in Barcelona, aber gerade erschüttert der amerikanische Überfall auf die Spanischen Inseln das Pazifische und das Atlantische Meer, und aus der Schiffsreise wird nichts mehr. Wieder ist Wohltätigkeitsball, jetzt für die Angehörigen der ertrunkenen Matrosen vor Manila, für die Krüppel von Kuba, für die Blessierten, die nach all den Metzeleien noch übrig sind. Wieder ist da dieser Zweimeter-

Yoyó, diesmal hebt er Aurora nicht zur Lostrommel hoch, dafür ist sie nun zu groß. Er heiratet sie.

Was nun, Aurora Iwanowna Marquesa von Lágrima, ist am Ende übrig geblieben von deinem Leben? Da liegen Leiber auf dem Prospekt von Sankt Petersburg, Köpfe bluten auf dem harten Pflaster, dicke smaragdgrüne Fliegen saugen sich an Wunden fest. Da lärmt es in gemütlichen Anarchisten-Spelunken des Eastend von London, da riecht die Bettwäsche rußig im Wagon-Lit nach Biarritz. Schwere gutmütige Bombenleger schieben dir in schmutzigem Glas das erste Bier hinüber, du stößt, Champagner im Kelch, mit Carnot an, dem Präsidenten der Republik, Verschwörer stecken dir Botschaften zu, dem alten König Leopold sitzt du auf den Knien, der Heizer einer Lokomotive – den Namen Kasimir vergißt du nie – schmuggelt dich bei Thorn in einem Korb über die Grenze, Infantinnen küssen dich ab, Tränen deiner Angst mischen sich in das Blut auf Revoluzzerblusen, ein Textilfabrikant schenkt dir eine Reise nach Amerika, auf Weltausstellungen durchschneidest du Bänder, du bist ein kleines russisches Mädchen, du bist das verwöhnteste Kind Europas.

Was nun, Aurora Iwanowna, ist von allem geblieben? Die Marquesa prüft, ob das Fenster wirklich gut verschlossen ist, sie mag keine Fliegen im Abteil. Die Lokomotive pfeift zum Zeichen der Weiterfahrt. Die Frauen von Lágrima haben ihren Platz auf den Schienen verlassen, sie gehen zum Kanal hinunter, um sich zu erfrischen. Keine von ihnen wird am Ende der Blutigen Woche tot sein. Wenn hier einer sterben muß, dann ist es der Nutzloseste dieser Szene, der sich immerfort anpassen will an die einen wie die anderen, der vermitteln möchte, ausgleichen und das Für und Wider abwägen. Es ist der kleine alte Streckenwärter Lazaro. Er stirbt zu Recht – das wird jedermann zugeben: Lazaro, ein Winzling, noch nicht einmal die Mindestgröße eines beachtenswerten Menschen erreicht, und doch die Personifikation einer Bewegung, die Europa zwar nicht überschwemmt, so doch ankränkelt: die Liberalität.

Es wird genau morgen am Montag um fünf Uhr in der Frühe sein. Dieser Zwerg Lazaro ruft den streikenden Arbeitern, zugleich auch den Soldaten der Eisenbahnkompanie Worte der Mäßigung zu, da gerät er zwischen die Puffer zweier Waggons des Truppentransports. Der Brustkorb wird ihm plattgedrückt, der Kupplungsbügel durchbohrt ihm den Leib ...

Nun, Aurora wird dieses Bild erspart bleiben, sie amüsiert sich zu dieser frühen Morgenstunde nach langer Ballnacht irgendwo in Barcelona.

Zeuge dieser Szene werden die wenigen Fahrgäste des Frühzugs nach Lágrima, Villanueva und Tarragona sein, unter ihnen vielleicht der Kaplan, mit Sicherheit aber der Kontrolleur Lupo, der als Zugbegleiter im Dienst ist. Lupo wird übel, er kotzt. Er kotzt mitten in ein Abteil hinein und ist nachher nur froh, daß dies eins der Dritten und nicht der Ersten Klasse war, womöglich das eines Salonwagens.

Aurora, erführe sie von diesem ganz verständlichen Unfall des Streckenwärters, würde ihn einordnen in die Geschichte der Unfälle. Neunundzwanzig ist sie, ein gutes Stück Leben – seit zehn Jahren bemüht, mit jedem neuen Erlebnis ein altes, mit jedem neuen Namen einen alten zu vergessen, längst schon ihren Vater, nun auch die Frage, was den Marqués von Lágrima bewogen haben könnte, ausgerechnet sie, Aurora, zur Gattin zu nehmen. Vielleicht wollte er nur eine Frau aus diesem aufrührerischen Rußland, was des Katalanen Hang zum Anarchismus entsprach. Nur gut, daß er nie nach Auroras Eltern fragte, und hätte nicht die gute Madame Meunier mit listigem Trick den Vatersnamen Iwanowna im französischen Paß erhalten, die Anonymität wäre vollkommener. »Morgenröte«, das hätte genügt, wie auch ihr Mann nur ein »Ichich« ist, ein Yoyó, und man ihre Tochter »Mädelchen« ruft, Chica, oder Chicachiquita, was noch weniger ist als ein Name.

Im Abfahren des Zugs öffnet Aurora noch einmal das Abteilfenster. »Ich werde über eure Männer heute abend mit dem Militärgouverneur reden«, ruft sie den Frauen am Kanal zu, »ich treffe ihn vielleicht irgendwo auf einem Ball.« Diese Frauen wollen doch nichts als nur glücklich sein. Warum sollte man mit dem alten vertrottelten General Mazapán nicht einmal ernsthaft über das Unrecht gegen die Katalanen reden und über alles, was ihr eigener Mann einfach so hinnimmt, vermutlich, weil er eine zynische Freude am Unrecht hat und eine heimliche Lust an der Anarchie? Aurora liebt ihn nicht, und sie liebt auch dieses Kind von ihm nicht, nicht einmal sich selbst. Was überhaupt liebt sie? In der folgenden Woche wird sie sich der Geschichte stellen müssen; die semana trágica wird ihr eine Chance geben, etwas zu finden, was zu lieben sich lohnen wird.

»Der General ist ein Freund der Familie«, ruft sie in den Zugwind hinein. Die schwangere Alissa winkt zurück, sie arbeitet in der Gutsküche.

Auch Mirabel winkt und Brígida, die einmal ungehörig war und die der Marqués deshalb vom Inspektor empfindlich züchtigen lassen mußte. Danach war sie unter allen Mädchen das bravste, und ganz Lágrima hatte Freude an ihr. Auch ging Brígida wieder jeden Sonntag zum Gottesdienst und viel öfter als bislang zur Beichte. Auch Adola winkt, sie wird heiraten, leider keinen von hier, sondern einen Kastilier. Dennoch, dieser Emiliano ist strebsam und anstellig. Da hatte Aurora ihm eine gute Lehrstelle im Fabrikkontor von Herrn Estrü besorgt, der ihr nach der geplatzten Amerikareise noch immer etwas schuldig war.

»Alle Welt will glücklich sein.«

»Bitte was, Frau Marquesa?« Da steht dieser Schaffner in der Abteiltür. Hatte Aurora womöglich laut gesprochen?

»Was für eine Frage? Sie, ein Kontrolleur, haben doch Glück?« Glück. Ja, mit diesem Wort kann Lupo etwas anfangen. Damit kennt er sich aus. Er entblößt seine Zähne, zwischen ihnen kommen Laute hervor, eigentlich mehr ein Knurren, das einen Untergebenen die Angst lehren könnte. Mit der einen Hand faßt er sich, während er leicht in den Knien wippt, an die Wölbung in seiner Hose, mit der anderen streicht er erst liebevoll über die Goldborte seines Mützenschirms, dann sticht er mit dem Daumen hinunter ins Koppel und umschmeichelt mit den restlichen vier Fingern seine Pistolentasche.

Die Eisenbahn trägt nun auch schon Dienstwaffen, denkt Aurora, auf wen alles kann so ein Kerl schießen – ungestraft, was ja dem uniformierten Mörder zur privilegierten Lust wird? Ihr Blick gleitet hinunter über das Spiel der Hand an der Hose, über die wippenden Knie zu den Stiefeln. Die sind geputzt, oder – wie man in diesen Kreisen sagt – gewienert. Reitknechtblank. Aurora weiß noch nichts vom Anblick am nächsten Morgen, aber sie sieht auf den Stiefeln bereits die Kotze. »Solche Stiefel sind immer bekotzt.«

»Bitte, gnädige Frau Marquesa?« Es ist nur gut, daß solche Männer nicht immer alles mitbekommen. »Danke, Schaffner«, sagt Aurora, »danke, Herr Kontrolleur, es ist alles in Ordnung.«

Der Zug erreicht die Stadt und taucht in die Platanenreihe der Calle de Aragón ein. Nach diesem regelwidrigen Zwischenfall zeigt sich nun exakt und ordentlich das nördliche Barcelona in seinen Wohnblockgevierten und Straßengeraden. So ein Anblick bringt wieder Ruhe in den Kopf und Heiterkeit. Wäre ich ein Mann, denkt Aurora, ich könnte nur Mathematiker sein oder Architekt, und alle Probleme lösten sich am Reißbrett. So eine dicke grüne Fliege, die sich gerade festsaugt an einer Schußwunde und dabei munter mit den Flügeln schwirrt – sie paßt doch auf kein Reißbrett!

Vorsicht, Aurora, vor unkontrollierten Gedanken! Wie leicht führt eine einfache Reflexion an den Rand des Wahnsinns. Noch ein Schritt über diesen Rand hinweg, und du bist allein, und da ist niemand mehr, keine Familie, nicht Mann und Kind, nicht die gute Madame Meunier, nicht die alte Dienerin Alma, nicht ... Nein, das Wort Vater darf in diese Gedanken nicht hinein.

»Vergessen.«

Aurora, wieder einmal redest du mit dir selbst. Keine dreißig, aber immerfort diese Selbstgespräche! Dabei bist du doch nie allein, überall und immer sind Menschen um dich herum, auf dem Gut, in der Stadt ... Aber sind das überhaupt Menschen? Wie weit hast du dich aus dieser Gesellschaft entfernt – schon in so jungen Jahren? Was erst wird im Alter sein?

Eine unnütze Überlegung. Alt wird Aurora nicht, zwölf Jahre später reist sie in die Sowjetrepublik Rußland zur Beisetzung ihres Onkels Pjotr Alexejewitsch Fürst Kropotkin, des sanften, des gütigen Anarchisten, dem alles tugendsam war, vorausgesetzt, es lag außerhalb der Gesetze. Es ist ein frostklirrender Tag im Februar 1921. Aurora reiht sich ein in die zwanzigtausend Trauernden, die aus Moskau nach Dmitrow kommen. Aber die mediterranen Jahre haben sie dem russischen Winter entwöhnt, sie bekommt eine Lungenentzündung. Emma Goldman, Anarchistin aus den Unionsstaaten von Nordamerika, nach einem halben Jahrhundert der Irrfahrten nun auch schon ein wenig kränkelnd, pflegt die Nichte des verehrten Freundes für eine kurze Weile. Aber die Umsorgung ist vergeblich. Aurora stirbt.

Das ist eine der möglichen Versionen in einem Jahrhundert, dem die Geschichte, aber auch die Geschichten nicht mehr so recht gehorchen. Legenden spalten sich und zerbröseln in Anekdoten. Eine andere von ihnen schildert wieder einmal einen der Bürgerkriege, der viel später ins Katalanische dringt. Das Gut Lágrima wird von einer Soldateska okkupiert, die sich Falange nennt. Aurora, einzig überlebend, gelingt die

Flucht. Auf dem Pfad über die Pyrenäen nimmt ein Chronist eine flüchtige Kenntnis von ihr und erhöht sie zu einer Fußnote der Weltgeschichte. Diese wiederum gerät zwei Jahrzehnte später als flüchtige Sequenz in einen Film von Frédéric Rossif. So überlebt Aurora – wenn auch nur von einer Statistin nachgestellt – für kurze sechs Sekunden in »Mourir à Madrid«.

Da verlöre sich die Spur, wäre in diesem Augenblick nicht schon die nächste Anekdote zur Stelle: Alles wird gut, die Flucht gelingt, auch ein beachtliches Stück der Habe wird gerettet. Aurora ist frei und glücklich, sie eröffnet ein russisches Restaurant in Ax-les-Thermes, sie teilt das Bett mit ihrem erheblich jüngeren Koch, der vorgibt, Urenkel eines Großfürsten zu sein, aber noch nicht einmal der eines herrschaftlichen Dieners ist, nur ein krimineller Volksdeutscher aus dem Warthegau, wo ihm die einrückenden Polen auf die Spur kamen. Er beerbt die Marquesa, verkauft das Restaurant, nimmt sich eine Prostituierte aus Sète und verschwindet mit all dem Geld nach Hamburg. So endet das Vermögen von Lágrima, zusammengescharrt, angehäuft und vermehrt seit Karl III. und Spaniens bourbonischem Jahrhundert, in den Spielhöllen und Nuttenkneipen rund um das Hafenviertel von Sankt Pauli.

Nein, dieser Schluß – wenn auch eine gute Antwort auf die Sinnlosigkeit der Historie – gefällt sich selbst nicht so recht. Er tritt zurück und überläßt die Legendenbildung der ersten Version. Denn auch die Geschichte der Anarchie braucht positive Helden und Heldinnen mit einem edlen und – wenn möglich – traurigen Sterben.

Die Ankunft

Station Francia ⋆ Auf dem Bahnsteig ⋆ Yoyó Marqués von Lágrima ⋆ Am Quai de la Paz ⋆ Eine Fahrt mit dem Automobil ⋆ Begegnung am Zeitungskiosk ⋆ Das Leben auf dem Korso ⋆ Das Schallplattengeschäft der Pathé Frères ⋆ Ankunft im Hotel Cuatro Naciones

Das Hin und Her auf dem Hauptbahnhof Francia ist an diesem Nachmittag erregter als sonst. Die Züge, die überhaupt eintreffen, haben allesamt Verspätung. Die Fahrpläne sind derart durcheinandergeraten, daß das Bahnpersonal vor den überhandnehmenden Fragen Angst bekommt und sich in den Diensträumen versteckt. Beamte, denen die Flucht nicht gelang, nehmen die Mützen ab und halten sich nun für unkenntlich. Aber von den Metallknöpfen ihrer Jacken werden sie verraten und müssen nun unentwegt Antworten geben. Sie wissen aber keine. »Es ist Krieg«, sagen die einen, andere sprechen von Streik und Revolte, die meisten reden sich heraus und sagen: »Es ist nichts« oder »Kein Grund zur Aufregung« oder sonstigen Unsinn, der sich bei allgemeiner Kopflosigkeit einstellt.

Über die Außengeleise springen Trupps junger Männer. Es sind Reservisten, die sich ihrer Einberufung entzogen haben und nun verzagt sind, weil sie kein Kommando finden, dem sie sich nach ihrer Desertion unterstellen können. Sie wollen für irgendeinen Widerstand irgendwelche Befehle und suchen sich irgendwo einzuordnen. Sie wissen noch nicht, daß sie allein sind und daß die kommende Woche deshalb semana trágica heißen wird, weil alle allein bleiben, weil sich kein Anführer findet und jeder Einzelne lernen muß, sich mit anderen zu solidarisieren – was aber nicht glückt.

Der Anarchie, nach drei Jahrzehnten noch immer in den Kinderschuhen, gerät nicht die neue Moral. Und ohne sie bleibt es bei der alten, die aber müßte ausgedient haben, sie ist untauglich, ja gefährlich und wird am Ende tödlich sein. Den jungen Männern, die hilflos auf den Geleisen nach einer Autorität suchen, weist man den Weg in den Parque de la Ciudadela. Dort aber lauert die Guardia Civil.

Auf dem Bahnsteig Zwei sind die Wartenden gefährlich nahe an die Kante herangetreten, um mit solchem Wagemut die Ordnung des Reiseverkehrs zurückzubeschwören. Es gelingt ihnen. Da dampft in die Bahnhofshalle hinein der Zug aus Tarragona über Villanueva und Lágrima. Die beiden Engländer springen behende von der Plattform, ihnen folgt der dickleibige Kaplan, der sich – von unpraktischer Kleidung zusätzlich behindert – plump über das Trittbrett absacken läßt. Er gönnt sich reichlich Zeit, und niemand wagt, ihn solcher Verkehrsblockade wegen zurechtzuweisen. So hat Aurora Muße, sich nach ihrem Mann umzusehen.

Der Marqués ist da, aber er geht seiner Frau nicht entgegen. Am Kopfende der Bahnsteige steht er und breitet die Arme aus zum Zeichen, Aurora möge ihm entgegeneilen. Sie aber verlangsamt ihren Schritt, dementsprechend kühl ist die Begrüßung.

»Ich habe mich um fast zwei Stunden verspätet. Beim Kanal der Infantin Carlota hatten Frauen die Schienen blockiert.«

»Ich weiß. Die Blockstelle von Bordeta hat telegrafiert«. Der Marqués ist vom Chef des Bahnhofs über alles informiert. Weitere Gespräche hierüber sollten sich erübrigen – wenigstens für ihn. »Da kannst du ja«, scherzt er, »heute abend dem General einen regelrechten kleinen Frontbericht geben«, und er ergänzt, daß der General ja alleweil nach Anlässen suche, sich zu besaufen. Eine abgeschmackte Bemerkung, nicht einmal der Marqués selbst lacht darüber.

Aurora, du hättest nicht aus Lágrima hierher kommen sollen. Was bloß hast du heute in dieser Stadt verloren? Gewiß, es ist Jakobustag, da wird zur Nacht das Hotel Cuatro Naciones sicher zum Amüsement: ein Festmenü, die Hotelkapelle mit Tafelmusik, nachher Ball. Bei solchen Gelegenheiten zeigt der Marqués dich gern als seine schöne Russin herum.

Warum fragt er mich nicht, wie es auf dem Gut aussieht, ob zu Hause alles ruhig ist, wie es seiner Tochter geht? »Was soll ich fragen«, plaudert der Marqués vor sich hin, »Chica geht es sicher gut, die alte Alma paßt ja ohnehin besser auf sie auf als die eigene Mutter, in Lágrima ist alles ruhig, die Leute sind fleißig und streiken nicht. Hoffentlich war keine von unseren Frauen bei der Blockade?«

Aurora schweigt. »Dachte ich es mir doch! Und wer?« Aurora schweigt. »Du wärst wohl lieber daheim geblieben?« forscht er weiter, »aber keine Sorge, auch hier bist du sicher, ein Grandhotel bleibt immer ein Grandhotel und eine Insel der Ruhe.«

Der Marqués berichtet, er habe diesmal das Appartement nicht im Colón reservieren lassen, sondern im Cuatro Naciones, da erfreue man sich einer zentraleren Lage und habe, falls es zu Auflauf und Schießereien kommen sollte, vom Fenster aus alles besser vor Augen. »Aurora, du bist jung. Was sonst später hättest du an Erinnerungen?«

Der Marqués fühlt sich von seinem Gerede erfrischt. Er tritt auf den Bahnhofsplatz und begrüßt seine Stadt. »Barcelona, der Logenplatz Europas, und wir haben ein Fauteuil über der Rambla del Centro. Applaus für die Revolution!« Er klatscht in die Hände. »Erster Auftritt: Ballett der Streikenden ...«

Monsieur Proud'homme. Wie kommt Aurora plötzlich auf diesen Namen? Tanzlehrer Sergei Sergejewitsch Proud'homme. Wosnessenskij-Prospekt. Ein Gardeleutnant war der erste Tote in ihrem Leben, er kam betrunken unter eine Kutsche. Die nächsten Toten hatte sie nicht mehr gezählt. Es waren Arbeiter. Köpfe auf dem Pflaster, Blut aus den Löchern durchschossener Blusen. »Mein Kind«, sagte Proud'homme, »ich kann dir hier in Petersburg nur einen Theaterplatz im zweiten Rang bieten. Aber eines Tages, wenn du erwachsen bist, sitzt du in einem Logenfauteuil.«

»Guter alter Serjoschka.«

»Wie bitte? Aurora, sagtest du etwas?« Ich? Ich soll gesprochen haben? »Ach, nichts von Bedeutung, Yoyó, ich wollte nur wissen: Hast du das Automobil gemietet?« Ja, ein zweisitziger Roadster wartet vor dem Portal. Der Marqués steht sich gut mit dem Fiat-Vertreter und kann sich einen Motorwagen ausleihen, wann immer er in der Stadt ist.

Es ist Sonntag, die Kontorhäuser am Paseo de Colón sind geschlossen. Dennoch haben sich einige Angestellte eingefunden, um notfalls – kommt es zu Unruhen – das Eigentum ihrer Reeder und Handelsherren mit bloßen Fäusten zu verteidigen. Die Buchhalter der Schiffahrtsgesellschaft Antonio López erkennen den Marqués und ziehen ihre Hüte. Gleich danach ballen sie wieder die Fäuste und drohen den Arbeitern, die gegenüber die Ladeplätze des Quai de la Paz besetzt halten.

Kisten mit Artilleriemunition für den Feldzug gegen die Kabylen müssen an Bord, vorn an der Mole liegt die Reina Luisa unter Dampf. Aber die Arbeiter rühren sich nicht. Ein Maat mit Trillerpfeife treibt vier schmächtige Matrosen im Laufschritt vor sich her. Sie sollen die Arbeit des Verladens übernehmen. »Ihr Bandwurmscheißer«, brüllt der Maat, »ihr Tripperschwänze! Ihr feuchten Furzer!« Der Maat meint damit aber nicht die müßigen Arbeiter, sondern seine eigenen Männer, die nicht aufzumucken wagen und sich doppelt abmühen, damit der Maat sich mit seinen Befehlen nicht überanstrengen muß.

Der Marqués hält seinen Wagen an, um die Szene zu genießen. »Hier wirst du, meine liebe Aurora, zur Zeugin einer perfekten Harmonie: Ein paar Arbeiter liegen faul herum, da sind gleich schon Matrosen zur Stelle. Und meutern auch diese, kommt die Militärpolizei von der Festung des Montjuich herunter, hinter ihnen stehen Regimenter aus Kastilien und León, und gelänge allen Soldaten Spaniens zusammen die Ordnung nicht, kämen Truppen aus dem Ausland, aus ganz Europa, am Ende aus Amerika. Um das zu verhindern, versucht dieser einfache Maat – im großen Weltgefüge ganz auf sich allein gestellt – es erst einmal im Guten mit seinen Leuten.«

Das war eine Rede, mit der der Marqués zufrieden sein kann, doch ist sie an Aurora mit Sicherheit verschwendet. So fügt er extra für sie hinzu: »Das Vokabular dieses Brüllhelden billige ich selbstverständlich nicht. Ich lehne Wörter ab, die die Moral gefährden. Jugendliche könnten unter den Arbeitern sein, vielleicht Kinder ...«

Die Arbeiter! Aurora, vergiß nicht die Arbeiter! Für einen Moment ist sie versucht, ihnen Grüße von den Frauen auf den Schienen zuzurufen. Schnell hält sie inne. Doch der Marqués hatte den Versuch der Geste bereits bemerkt. »Du suchst sicher nach ein paar tröstenden Worten für die Burschen da drüben? Nun, was ist?« Der Marqués steht im Automobil auf, über zwei Meter hoch erhebt er sich über die Hafenkulisse und winkt zum Quai hinüber.

»Die Frauen von Lágrima lassen euch grüßen!«

Die Angestellten vor den Kontorhäusern erschrecken, sie fürchten, dieser Zuruf könnte Gewalt auslösen. Sie springen herbei und stellen sich vor das Automobil, um es notfalls vor Steinwürfen zu schützen. Aber nichts passiert. Da setzt sich der Marqués zurück an sein Lenkrad, verscheucht mit einer Geste des Ekels die lästigen Buchhalter und fährt weiter.

»Waren nicht vielleicht Adola und Mirabel mit bei der Blockade?« Aurora versucht, Yoyós Fragerei zu überhören. »Oder die brave Brígida? Sie doch sicher nicht, oder? Dann hätte sie doch wieder einmal eine schöne Sünde für ihre nächste Beichte.«

»... und für die nächsten Prügel vom Inspektor«, vervollständigt Aurora. Diese Bemerkung ist dem Marqués peinlich. Die Disziplinargewalt über die Mädchen auf seinem Gut berührt seine gehütete Gefühlswelt, am sensibelsten bei Brígida. Sie besonders hat eine erregende Art zu schreien, aber was für eine Lust ist es erst, wenn sie mit dem Schreien aufhört und Einverständnis zeigt mit der Gewalt an ihrem Körper. Da muß man schon ein Herz von Stein haben, um sich nicht zu verlieben. Er hatte dem Inspektor befohlen, die Strafe sofort abzubrechen, und Brígida geholfen, sich aufzurichten. Sie sahen sich beide an, sie hatten von nun an ein Geheimnis miteinander. Dieses Geheimnis, denkt der Marqués, lasse ich mir von dieser Gemahlin da nicht nehmen! Von dieser nicht! Er beschließt, für eine Weile stumm zu bleiben.

Am Schweigen ihres Mannes merkt Aurora, daß sie bei ihm wieder einmal etwas gereizt hat. Heute nacht wird er über mich steigen, prophezeit sie sich, und ich weiß genau, was er sich dabei vorstellt und wen.

»Brígida.«

Das Wort war nicht leise genug. »Bitte was?« fragt doch dieser Mann. »Was? Ich soll geredet haben?« Aurora tut erstaunt. »Aber ja doch! Ist heute nicht Jakobustag? Sicher wieder einmal für euch Spanier ein Grund zum Feiern.« Der Marqués hält sich zurück. So etwas Verlogenes, denkt er, so eine kleine lausige verlogene Russin!

Auf der Plaza de la Paz kommt es zu einer Verkehrsstockung. Artillerie reitet herbei und stellt Geschütze auf, um für alle Fälle das Kolumbus-Denkmal zu sichern, das Zollamt, die Bank von Barcelona und das Restaurant Mundial Palace. Die Rohre sind so gerichtet, daß sie die lange Prachtstraße der Ramblas im Schußfeld haben und daß sie über die Plaza Cataluña hinaus in die Vorstadt Gracia schießen können bis weit in die Wohnviertel der Arbeiter hinein.

Der Aufenthalt ist nur kurz, und doch reicht er aus für die Momentaufnahme eines Bildes:

Um den Kiosk vor dem Mundial Palace scharren sich Menschen und greifen hastig nach Zeitungen. Ein Herr fällt auf, nicht mehr der Jüngste, elegant gekleidet, nougatfarbener Anzug, negerbraun gepaspelt, Ton in Ton die Melone, ein Meerrohr mit Silberknauf unterm Arm. Für eine einzige Sekunde wendet er der Straßenmitte das Gesicht zu, der Marqués erkennt es, aber er weiß nicht woher. Ein roter kurzgestutzter Bart formt den Kopf zu einer Kugel. So schneidet man Buchsbäume. »Sieh mal, Aurora, der Buchsbaum!« Das ist kein Rot mehr, das ...

»Aurora, was ist?«

Die Marquesa erbleicht, alles an ihr erstarrt, sie kann keinen Finger bewegen, sie kann nicht schlucken. Sie möchte mitteilen, daß sie nicht schlucken kann, aber es gelingt ihr kein Wort. Der Marqués räumt in seinem Kopf auf. »Warte mal, da war einmal ein Wohltätigkeitsball, am nächsten Abend ›Wilhelm Tell‹ im Teatro Liceo. Erinnern wir uns ... das heißt: Ich muß mich erinnern, du warst ja noch ein Kind.«

Er greift nach Auroras Hand, sie ist kalt. »Du solltest mehr für deinen Kreislauf tun, meine Liebe«, und er empfiehlt seiner Frau, mehr spazieren zu gehen, mehr zu reiten und nicht immer nur mit der Eisenbahn zu fahren. »Als ich in deinem Alter war, kam ich oft tagelang nicht aus dem Sattel. Das war mit der Karlistenarmee in den Pyrenäen. Gewiß, es war Krieg, aber auch in ruhigen Zeiten kann man etwas für seine Gesundheit tun.«

Sechzehn Jahre, Aurora! Mein Gott! Hier und da eine Zeile in einer Zeitung, Gerüchte, Andeutungen ... immer neue Namen, aber nie dieser eine, nie ein Bild – sechzehn Jahre. Langsam löst sich die Lähmung.

Der Marqués genießt die Fahrt. Ist das nicht ein schöner Tag? Allmählich legt sich der Staub des Mittags zur Ruhe, vom Meer her kommt ein frischer Wind. Polizisten auf den Alleen sorgen für ein friedliches Miteinander von Fuhrwerk und Passant, die Artilleristen haben sich an ihre Geschütze gelehnt und trinken aus sienafarbenen Krügen, Nonnen ziehen sich gleich einer Gänsezeile in einem Kinderbilderbuch diagonal über die Rambla Santa Mónica. Im Rund ein Regenbogen von Händlern und Ständen, von bunten Stoffen und bunten Blumen, von Papageien und Affen in lustigen Röckchen. Wo ist das Weiß? Es streut sich als zahllose kleine Vierecke ins Bunt des Bildes: Zeitungen in den Händen lesender Männer. Sicher interessanter Klatsch – was sonst ...?

Der Marqués kommt ins Träumen. Da gibt es unzählige Maler in Barcelona, aber in so einer Stunde ist niemand zur Stelle. Da verlangt man von uns Mäzenen Unsummen für die Kultur, alle Welt will gefördert sein, aber keiner dieser Künstler hält diese frühe Abendstunde fest!

Gegenüber dem Telegrafenamt hält der Marqués das Automobil an. Vor dem Laden der Pathé Frères bittet er seine Frau, einen Augenblick zu warten. »Der Filialleiter hat extra meinetwegen am heutigen Sonntag geöffnet. Ich hatte Schallplatten aus Paris bestellt, und ich möchte sie heute noch im Hotel haben. Wer weiß, was morgen ist, und wir können doch am kommenden Sonntag unmöglich ohne neue Musikalien sein. Du weißt?«

Ich weiß, ich weiß! Aurora kann es nicht mehr hören: Chicas Geburtstag hier, Chicas Geburtstag da, sie braucht dies, sie braucht das, sie wird neun, so etwas ist ja fast schon erwachsen, so etwas braucht Bildung, braucht Bücher, braucht Musik ... Wozu haben wir eigentlich zweimal in der Woche den Tanzlehrer? Der spielt auf dem Klavier, was verlangt es eine Neunjährige nach Musik von ganzen Orchestern? Nach französischen Komponisten, vielleicht eines Tages noch nach Kapellen aus Amerika?

»Oder möchtest du mit in den Laden kommen?« Nein, Aurora will draußen warten, sie wird ein wenig auf und ab gehen. »Du weißt, Yoyó, mein Kreislauf.«

Der Nachbarladen gehört den Fotografen Lirio y Puñalada, sie empfehlen sich als Porträtisten der feineren Gesellschaft. In den Vitrinen rahmen sich steife Männerköpfe über steifen Chemisen, gedunsene Gesichter über geblähten Ordensbrüsten, da erwarten Hochzeitspaare ihre fade Zukunft, da klagen Kinder ihre Kommunion an, Kreuze auf babyspeckigen Hälsen. Und da ... mein Gott, da hängt die Fotografie der eigenen Trauung – das Doppelporträt Yoyó-Aurora: eine abscheuliche Reklame für diese Kastenknipser! Zehn Jahre alt muß diese Aufnahme sein, oder elf. Warum ist so etwas nicht vergilbt? Das müßte verdreckt sein und verfleckt. Pocken müßten sich in die Gesichter gefressen haben. So viel erlebt, aber das sind die Wangen eines Hätschelkindes. Das Bild muß raus aus der Vitrine, diese Frau muß raus, dieses Paar, diese Hochzeit ...

Gleich wird Aurora es ihrem Mann sagen.

Der Marqués tritt aus dem Laden von Pathé, ein Paket unterm Arm. »Zum Geburtstagsfest haben wir die Clous der Saison«, ruft er freudig aus, »du weißt, wie gern unsere Gäste tanzen, besonders die Generalin, und sicher kommt auch die Infantin Hyacinthe mit ihrem Liebhaber, diesem Leutnant aus dem Amerikanischen Krieg. Für sie ganz besonders habe ich allerlei Exotisches, und beide werden uns gewiß die neuesten Schritte zeigen können. Und dann der letzte Schrei: Für unsere Tochter Golliwogg's Cake Walk, eine Kindermusik von dem Komponisten Debussy. Er hat sie für seine eigene kleine Tochter Claude-Emma geschrieben, Chouchou nennt er sie, und sie ist genau so alt wie unsere Chicachiquita.«

»So, das alles hat dir dieser Pathémensch erzählt?«

Aurora zeigt auf die Auslage der Fotografen. »Das Porträt da muß aus dem Fenster!« Der Marqués versteht die Erregung nicht. »Wieso? Sind wir nicht mehr glücklich?« Er hilft seiner Frau ins Automobil. Bis zum Hotel sind es nur noch wenige hundert Meter.

»Du hattest vorhin eine Frage«, erinnert sich der Marqués, und er entschuldigt sich, daß er unaufmerksam gewesen sei des Straßenverkehrs wegen, aber überhört hätte er nichts – wirklich nicht das Geringste. »Es ging dir um das Jakobusfest. Aber ja, ich habe einen Tisch im Restaurant Français reservieren lassen. Auch der Festungskommandant kommt vom Montjuich herunter mit seinen beiden bildhübschen Töchtern. Natürlich werden auch unser Militärgouverneur mit seinem Schokoladenkeks da sein und der alte Estrü mit seiner Ballettschnepfe. Das alles will tanzen, tanzen ...«

»Doch wohl nicht etwa zu dieser scheußlichen Hotelkapelle mit ihren verblödeten Didelidöh-Walzern?« Der Marqués hält vor dem Hotelportal. »Aber was denkst du, meine Liebe? Zum Namenstag Santiagos – für einen so bedeutenden Heiligen wie unseren spanischen Jago – engagieren wir uns eine Jazzband aus Kuba.«

Der Hotelboy Ricki wird in die Réception zitiert. Man muß ihn heftig aus dem Vorgartencafé losreißen, wo eine alte Amerikanerin aus den Unionsstaaten ihn sich dienstbar gemacht, sich womöglich in ihn vernarrt hat. Der Oberkellner César übernimmt es, die Alte zu beruhigen. »Miss Alabama, ich bitte Sie, geben Sie uns den Jungen, er ist der einzige im

Empfang, der ein Automobil in die Garage lenken kann.« Die Miss erregt sich: »Er ist Amerikaner!«

Aber gewiß doch, Rick ist ein amerikanischer Junge, sechzehn Jahre alt, er bringt Tee auf die Zimmer, er bedient den Lift, er gibt den Damen Feuer für ihre Zigaretten, er kann die Zunge im Mund herumrollen und zugleich glasig den Gast angucken.

Die beiden Engländer kommen an. Sie verlieren den Portier, der sie an der Droschke empfangen hatte, und verweilen unter dem Baldachin. Diese gräßliche Stimme »Er ist Amerikaner« durchschneidet noch einige Male die Geräusche des Vorgartencafés. Die Engländer sehen sich nach Ricki um, der eine, der morgen den Arzt konsultieren will, muß schlukken. »Barcelona«, sagt er zu seinem Reisegefährten, »hier sind wir richtig, Vic.«

Miss Alabama springt auf und droht, eine Gefahr für den Hotelfrieden zu werden. Der Oberkellner César drückt sie auf den Stuhl zurück. »Der Marqués und die Marquesa von Lágrima sind eingetroffen«, und er erklärt dem aufgeregten Gast, daß das Paar mit dem eigenen Automobil angekommen sei, das jetzt von der Straße müsse möglicher Unruhen wegen.

»Es ist ein teurer Fiat-Phaeton«, sagt er der Lady leise ins Ohr, und noch leiser: »Madam, wir stehen an der Schwelle einer Revolution.« Da fängt Miss Alabama an zu lachen. Sie lacht und brüllt weithin über die Tischreihen, das Hotelentrée und über die Rambla del Centro: »Revolution! Weswegen sonst bin ich in Spanien?«

Ein älterer Herr in nougatfarbenem Anzug eilt vorüber, er trägt ein Meerrohr mit Silberknauf forsch wie einen Degen in der einen Hand, mit der anderen hält er sich eine Zeitung vor das Gesicht. Aus entgegengesetzter Richtung kommt bergab ein Zug Infanterie. Die Soldaten erfassen nicht die Szenerie, sie sehen nichts von der Geschäftigkeit des Hotelempfangs, der Zerstreuung der Cafégäste, nichts vom bunten Treiben auf dem Korso. Sie blicken vor sich auf ihre Stiefel und den Staub unter ihren Stiefeln, sie tragen schwer an ihren Gewehren, das Gewicht des Koppelzeugs zieht sie zu Boden. Sie müssen zur Mole hinunter.

Im Hotel

*Miss Alabama * Der Hotelboy Ricki * Im Vorgartencafé * Die Reisen des Oberkellners César * Mittags unter der Markise * Die Abenteuer der Trix Jailbird * Begegnung mit den Anarchisten * In der Hotelhalle*

Am Tag zuvor war es im Hotel Cuatro Naciones zu einer geringfügigen Störung gekommen: An der Réception ein neuer Gast, eine Dame, sechzig vielleicht, nach der Khakifarbe ihres Reisekostüms vermutlich Engländerin, doch dafür im Auftreten ein wenig zu forsch. Sie überhört die Frage nach dem Paß, laut und mit dem Gurgeln eines unbestimmbaren exotischen Vogels sagt sie nur: »Alabama.« Der Chefportier kriegt die Situation nicht gleich in den Griff und zwingt mit seinem stummen Staunen den Gast zur Wiederholung.

»Alabama. Miss, wenn ich bitten darf. Miss Alabama.«

Der Hotelboy Ricki spürt als erster eine drohende Peinlichkeit und verständigt den Oberkellner. Der alte César, wenn auch ein wenig wunderlich, wird dennoch als einziger im Hotel mit wirklich jedem Vorfall fertig. »Eine Lady Alabama, so nennt sie sich, und von da kommt sie wohl auch. Diese Stimme! Hören Sie mal hin, Herr César, diese Stimme.«

Der Oberkellner muß nicht erst hinhören, er sieht das Gepäck, sieht die Kofferaufkleber, da steht deutlich »Grand-Hotel Ramos Cartagena«.

Wer schon reist nach Cartagena? Das ist kein Ort für Touristen. Da gibt es nichts zu sehen, als einzige Attraktion nur draußen auf der Reede das Mittelmeergeschwader der Unionsstaaten von Nordamerika. »Seit Achtundneunzig haben wir die Ratten an unserer Küste, von Málaga bis Valencia«, sagt César leise zum Portier, »wollen Sie sie auch noch nach Barcelona locken?« Niemand in der Réception versteht ihn. Dieser Misanthrop spinnt wieder einmal. Wer wird denn das ältliche Fräulein mit einer Seestreitmacht in Verbindung bringen? Und doch, immerhin – bei den Yankees blickt man nie so recht durch. »Erspart euch Ärger«, sagt der Oberkellner, dann zu Ricki: »Und du lernst bei mir, dir Ärger zu ersparen.« Der Boy guckt glasig auf den neuen Gast und rollt die Zunge im Mund herum.

So ein dämlicher Junge, denkt Alabama, und doch – das kann gut und gern ein Stück Heimat sein.

»Du bist Amerikaner? ... Aus dem Süden?« Ricki gelingt es nicht schnell genug, seine Zunge ruhig zu stellen. Bevor er antworten kann, hat er schon einen Klaps auf dem Hinterkopf und einen Wink, das Gepäck auf das Zimmer zu tragen. Mit diesem Zeichen streicht der Gast alle weiteren Anmeldeformalitäten und engagiert zugleich diesen Boy zur persönlichen Bedienung.

Der heutige Sonntagmorgen präsentiert sich den Hotelgästen freundlich. Die Lady aus Alabama läßt sich das Frühstück im Vorgartencafé servieren. Der Oberkellner César – Ricki im Gefolge – bringt es persönlich. Der Boy möchte dem Gast das Ei aufklopfen, aber Alabama nimmt ihm ungehalten den Löffel aus der Hand. »Du hast wohl alles vergessen? Wie lange bist du schon aus den Staaten fort?«

Die Frage hätte nicht kommen dürfen, denn nun kommt die rührende Story vom Kriegswaisen, der Vater Kommandant eines Panzerboots, von Spaniern in den Meeresgrund geschossen, der Mutter aus Gram das Herz gebrochen, er selbst als Kind verschleppt. »Flibustiers haben mich befreit und auf den Karolinischen Inseln an die Deutschen verkauft ...« Alabama, wie lange willst du dir das anhören? »Ich bin ein Upstream, mein Onkel, der amerikanische Botschafter in Berlin ...« Nun langt es der Miss, und sie unterbricht das Lügenmärchen: »Quatsch nicht so dusselig! Du bist ein Balg aus der Baumwolle, du hast geklaut und Reißaus genommen. Du bist ein kleines dreckiges Miststück!«

Der Oberkellner nimmt seinen Jungen in Schutz. »Es ist ein guter Junge. Er hat so viele Geschichten, aber diese gerade ist seine schlechteste. Ich versuche seit langem, sie ihm abzugewöhnen.« Er reißt Ricki die Mütze herunter und gibt ihm einen Katzenkopf. Da die Mütze gerade unten ist, fügt Alabama noch einen Streich hinzu. »Vergiß nie, daß du Amerikaner bist«, sagt sie und zeigt ihm, wie man ein Frühstücksei köpft. Ein kräftiger Hieb mit der Messerschneide, und das Ei ergibt sich der Gewalt. »Listig mußt du heran, damit das Ei keinen Argwohn schöpft. Leise von hinten und dann ... zack!«

»Henry«, sagt Alabama leise, »Henry Morton.«

Wieso kommt sie plötzlich auf diesen Namen? Es war Krieg. Ein Soldat der Konföderierten. Es war in der Baumwolle. Ich dachte, er will mir etwas ins Poesiealbum schreiben, aber nein. Danach hatte es Jahre gedauert, bis sie lernte, wie es die anderen Menschen machen – von vorn. Du verficktes Schwein, denkt Alabama, so etwas geht nach Europa und wird geadelt. Sir Henry Morton.

»Alabama nannte er mich, meine kleine Alabama.«

»Wie bitte, Lady?«

Ja, so rief er mich. Eigentlich heiße ich Trix Jailbird, ich komme aus Mobile, ich bin einundsechzig, damals war ich fünfzehn, aber bis heute noch immer dieser Geruch im Kopf von Lederzeug, Fußlappen und Pisse in der Uniformhose. Meine kleine Alabama ...

Mein Gott, habe ich etwas gesagt? Nein, du hast nichts laut gesagt, du hast dich gut in der Hand. Das von damals geht niemanden etwas an, und auch nicht das Leben danach. Diese vielen Leben, sie gehen niemanden etwas an. Alabama blickt auf und prüft auf den Gesichtern, ob ihr auch wirklich nichts über die Lippen gekommen war. Aber Kellner und Boy interessieren sich nur für die Fliegen auf der Tischdecke, nach denen sie fortwährend mit den Servietten schlagen.

»Es geht bald auf Mittag«, warnt César, »da können Sie nicht länger draußen bleiben, madam. Unter der Markise wird es unerträglich heiß.«

Unerträglich? Dieses Wort gibt es für Alabama nicht. »Barcelona und heiß? Waren Sie denn nicht im Krieg?« Damit meint so eine Amerikanerin sicher den tückischen Piratenstreich gegen Kuba. César verneint, vor elf Jahren sei er für die Verteidigung des kolonialen Friedens schon zu alt gewesen. Aber mit anderen Waffengängen kann ein spanischer Kellner unerschöpflich aufwarten. »Früher war ich bei fast allen Strafexpeditionen dabei – selbstverständlich immer in meinem Beruf.«

Nun laufen fünfzig Jahre eines Kellnerlebens in drei Minuten ab vom Messejungen in der Bucht von Tongking, um einen apostolischen Vikar zu rächen, vom Pantrysteward vor der Insel Española gegen die Negerkaiser von Santo Domingo und Haïti, während der Invasion Mexikos – Auge in Auge mit den rebellischen Indiogeneralen – befördert zur Ordonnanz des Korvettenkapitäns, später zum Stewardmayor im Verband der Pazifischen Flotte. »Ich habe den ruhmreichen Nachfolgern unseres Kolumbus in allen Seegefechten das Essen serviert, vor Callao wurde ich dekoriert, in der Bucht von Valparaiso diente ich an Bord des Flaggschiffs dem Admiral de las Indias. Ich brachte ihm gerade den Kaffee – es war der 2. Mai 1866 – just in diesem Augenblick ... Wumm!«

Ja, das Bombardement!

Alabama erinnert sich. »Ich war achtzehn, gerade erst Volontärin, und dies war meine erste Auslandsreise.« Ein Maimorgen auf der Terrasse des Hotels Araucana. »Trix, du bist Amerikanerin«, sagte der Korrespondent des New York Herald, da kannst du nicht früh genug anfangen, von Schlacht zu Schlacht zu reisen, willst du alle unseren zukünftigen Kolonien kennenlernen.« Das Feuer der spanischen Bordgeschütze arbeitete sich von den Zollspeichern über die Gran Avenida zum Hotel vor. Alabama überlegte, ob sie sich gestatten durfte, Angst zu haben. »Kugel und Kanonen gehören zur befriedeten Küste wie Stock und Pfahl zum befriedeten Sklaven, girlie.« Trix Jailbird entschied sich für das Selbstvertrauen, für die Kraft und den Glauben an ihre amerikanische Unverwundbarkeit.

»Ja, das war ein Tag, alter Junge!« sagt sie laut.

Der Oberkellner César hatte seine Erzählung unterbrochen und brav darauf gewartet, bis der Gast seine Erinnerungen aufgearbeitet hatte. »Gewiß, madam«, fuhr er nun fort, »das war ein zweiter Mai, wie ich ihn nie vergesse. Da kam ich zum Admiral mit meiner Tasse. Wumm – schon brüllten unsere Kanonen. Vor Schreck schwappte mir der Kaffee über.« Dafür, berichtet er, sollte er füsiliert werden, und nur dem Rohrkrepierer eines eigenen Geschützes verdanke er, daß er weiter am Leben bleiben durfte.

Er kichert. »Die Explosion riß meinem hohen Herrn den Ärmel der Uniform weg mitsamt den goldenen Tressen. Wieviel Arbeit und Mühe wie vieler Tuchweber, Litzenwirker und Uniformschneider war nun umsonst? Wie viele Putz- und Pflegestunden armer gedemütigter Ordonnanzen? Das ging mir durch den Kopf, doch nur kurz, da sah ich, auch der Arm des Admirals war mit abgerissen, und das Blut schoß in hohem Strahl in die Kaffeetasse, die – eben noch halbleer – sich nun wieder füllte.«

Das Kichern des alten Oberkellners geht in ein verwirrtes Lachen über, und der Boy Ricki muß ihn beruhigen, damit dieser nicht noch zu zappeln oder gar zu tanzen beginnt. »Noch heute«, entschuldigt Ricki seinen Chef, »kann er Kaffee nur mit Zittern servieren«, und leise: »Das kommt vom Kopf.«

Miss Alabama freut sich an ihren eigenen Erinnerungen. In Kriegszeiten, bekräftigt sie, sei es mit dem Kaffeetrinken oftmals nicht ganz harmlos. »Ich verweile im kleinen Café Tortura in Santiago de Cuba, es ist Juni 98, gerade wechseln zwei Männer das Straßenschild aus: Eben noch saß ich auf dem Paseo de la Reina, nun sitze ich auf der Avenue McKinley. Da wird ein Trupp Gefangener vorbeigeführt, elende zerlumpte Spaniersoldaten, dreckig ...« Der Oberkellner blickt ängstlich nach allen Seiten, als müsse er sich ringsum für das laute Gekrächze des Gastes entschuldigen. »Madam, es waren sicher Mestizen, zumindest Kreolen ...«

»Nein, es waren richtige Spanier. Unter ihnen ein kleiner Leutnant, der hatte nur noch ein Bein. Er humpelte so gottsjämmerlich, daß ich lachen mußte. Ich lachte, daß mir der Kaffee überschwappte.«

Da ist wieder das Bild: der Wind vom Meer, Wracks hölzerner Schiffe in der Bucht, der Staub auf der Avenue, im Siegestaumel besoffene Marines, die sich untereinander prügeln oder nach kleinen braunen Mädchen grapschen, die, werden sie erwischt, zwischen den Beinen ihr erstes Kriegserlebnis haben.

»Ja, so war es!«

Miss Alabama will trinken, aber vor Lachen gelingt es ihr nicht, die Tasse an den Mund zu bringen. Gerade noch rechtzeitig glückt es Ricki, mit einer Serviette ein Mißgeschick zu verhindern. Alabama lacht Tränen. »Er muß ganz frisch amputiert gewesen sein, das Humpeln hatte er noch nicht so richtig heraus, oder genauer gesagt: Dieser kleine Offizier war beschissen erbärmlich dran.«

»Auch das Hinken, Lady, will gelernt sein.« Der alte César hilft seinem Boy beim Wechseln des Tischtuchs. »Ganz Europa ist ein einziger Hinkefuß, und wir Spanier können seit Kuba die Lehrmeister des ganzen Kontinents sein, aber niemand ...«

Er hält inne. Was bloß neckt ihn, dieser Yankeepflaume die Geschichte Europas zu erklären? Wieder blickt er um sich, aber die Sorge, belauscht zu werden, ist unbegründet. Jetzt zur Mittagszeit hält sich niemand mehr hier draußen unter der Markise auf. Allein nur sitzt an einem kleinen runden Einzeltisch eine Frau, eingewickelt in eine Stola aus verfusseltem Blau, das sich zu Tönen in Türkis und Ozean und Pfau weit hinweg träumt. Auf dem Tisch ein Absinthglas. Das Kopftuch der Frau ist verrutscht, ihre Augen sind geschlossen, ihr ist hundsmiserabel zumute.

»Wer ist das?«

»Das, Miss, ist unsere Absinthtrinkerin. Einer unserer Barceloneser Maler hat sie, so wie sie dasitzt, festgehalten, das war vor Jahren in Paris. Seitdem hat sie, die immerfort vom Leben betrogen wurde, endlich ein Dasein bekommen und kann fortan aus dem Bild nicht mehr hinaus.« Ricki langweilt sich, er blickt glasig auf seinen Chef und tippt sich hinter seinem Rücken an die Stirn. Aber niemand bemerkt es.

»Manchmal sitzt sie auch sich selbst gegenüber, dann hat sie einen Arm aufgestützt und greift nach dem Absinth, den sie bei mir umsonst bekommt. Das bin ich als Barcelonese der Kunst schuldig.« César klagt, daß die Trinkerin immer zu Mittag käme, wenn es am heißesten sei, und wie süchtig sie ihre Finger kralle nach ausgerechnet einem so scheußlichen Glas, das es im Französischen Restaurant der Cuatro Naciones längst nicht mehr gäbe. »Pere Romeu in den Vier Katzen hat solche Gläser noch, aber ein Grandhotel nicht mehr.«

César blickt auf, sucht über den Korso hinweg. Wo bleibt die alte einäugige Celestina? Wo die Demoisellen von der Calle d'Avinyó? Er kichert. Alabama reagiert verdutzt.

»Bitte was, mein Freund?«

Ricki kommt mit der Antwort zuvor. »Es ist nichts, Miss«, er tippt sich abermals an die Stirn und redet dann sanft auf seinen Chef ein: »Herr César, kommen Sie weg von hier, es ist Mittag ... die Hitze ... und Ihr Kopf, Sie wissen ...«

Eigentlich, findet Alabama, könnte mal wieder ein Trupp Soldaten anrücken, zerlumpt oder nicht, in irgendeinen Krieg hinein oder aus irgendeinem zurück. Egal. »Die Hauptsache elend, elend ...«

»Miss?«

Der Junge steht da. Was will er? »Ach ja, du kannst mir die Zeitung bringen und eine kleine Habana, du weißt, die mit der Bauchbinde, wo das Porträt drauf ist mit diesem schwabbeligen Pulverkopf.« – »Ich weiß, Lady, Marke General Diablillo.« Gut, gut, aber dann laßt mich alle allein.

Trix Jailbird, sieh dir dein Leben an. Mit fünfzehn verführt auf den Baumwollfeldern von Alabama von einem kleinen Stinksoldaten, Jahre später von ihm noch einmal verführt, ihm zu dienen. Das war beim New York Herald. Der Soldat von damals, ein Herr geworden, badete nun täglich, aber seine Arbeit blieb stinkig – dann auch deine, Trix, erst für die Zeitung, später für Agenturen, deren Abkürzungen zu enträtseln sich jeder moralisch Denkende nur ekeln konnte. Henry Morton war der erste, der dich benutzte, und du hattest dabei sogar eine Lust. Das war schlimm. Und du hattest dich für diese Lust geschämt, das war schlimmer.

Immer und immer diese Ekstase, wenn all das wieder und wieder auf dich einströmt: Soldatenschweiß, Blut und Pulver, Verstümmelungen ... Das gibt diesem Körper – über sechzig ist er – noch immer keine Ruhe, und auch dem Kopf geben die Beschämungen keine Ruhe und das Gefühl für die Schuld.

Was für eine Schuld, Miss Jailbird? Da war ein Mann, der hat dich eingesackt, und dann kamen andere, die dich kauften – immer Männer. Sie schickten dich rund um die Welt, setzten dich auf Boulevards zu deinem Kaffee, und du strömst etwas aus, das all das anlockt, was diese Männer haben wollen: erst den kleinen Streik, dann Revolte und Gegenschlag, erst die kleine Krise, dann Überfall, Massaker, Blut, am Ende den Weltenbrand – irgendwann, irgendwo ... Das war Valparaiso, das waren Addis Abeba, Suez, Kalkutta. Und kommt von fern nicht schon ein Wind vom Balkan?

Weg mit euch, ihr miesen Nörgeleien! Trix Alabama, hier sitzt du an einem Julimittag unter der Markise eines Hotelcafés. Du bist ein Kind der brütenden Mittage rund um die Wendekreise von Krebs und Steinbock, rund um die Breitengrade des Nordens und des Südens, du liebst die Terrassen, die Vorgärten und diese unnützen Markisen, die glauben, sich mit der Sonne messen zu müssen und doch nur dummes Zierwerk sind, unter dem sich die Hitze erst so recht wohlfühlt.

Weg mit euch, Balkan und Marokko! Weg, Mexiko und Mandschurei!

Noch ist es Juli 1909, du bist in ... Ja, wer bloß hatte dir diesen Floh Barcelona ins Ohr gesetzt? April vor zwei Jahren, Flottenschau in Jamestown, die hochgerüsteten Nationen der Welt schicken ihre Kriegsgeschwader zur 300-Jahrfeier Virginias. Admiral Kalau von Hofe lädt zum

Tee auf den Panzerkreuzer Roon. Ein Herr stellt sich vor, auch so um die Sechzig, Carlos VII., König von Spanien. Den anderen König, der in Madrid regiert, nennt er nur den Polospieler. »Katalonien!« ruft Carlos aus, »das Land der acht Winde: der arabische Wind und der griechische, der Wind der Levante und der der Berge ...« Nach den Gewalten der Natur kommen die der Menschen, kommen die Zerstörungen, kommt, was dann noch übrig bleibt und auf die nächste Zerstörung wartet.

»Madame!« begeistert sich der König, »was suchen Sie hier auf diesem deutschen Panzerblech? Ich sehe Sie als Silhouette in Weiß unter einem breiten weißen Strohhut im weißen Staub der Ramblas ihren Kaffee trinken. Madame, jenseits unseres Spanischen Ozeans wartet auf Sie Barcelona!«

Nein, Trix, es war im selben Jahr in Amsterdam. Auf diesem Anarchistenkongreß, den man nie vergißt: Da erschien ein Mann, bekleidet nur mit einer Badehose, er wurde festgenommen, aber bald schon war er wieder frei. Die Kleidung, behauptete er, erzeuge Hitze, erzeuge Schweiß, der – an freier Flucht gehindert – in den Körper zurückdränge. Das bringe Krankheiten, vor allem die des Gehirns. Ein Arzt, als Gutachter herbeigezogen, bestätigte die Theorie mit wissenschaftlichen Worten und gab der Harnsäure die Hauptschuld. »Was Männer in die Hose urinieren«, erklärte er, »resorbiert der Körper, die Drüsen schaffen es nicht, und alles, was Unrat ist, sammelt sich im Gehirn und verwandelt sich in die Lust nach Gewalt. Je überladener die Kleidung, um so perverser des Menschen Besessenheit nach der Unmoral!«

Aus London war auch Errico Malatesta gekommen. Für seine Befreiung, verkündete er, brauche das Volk keinen Führer. »Die Kraft der Solidarität reicht aus, die Ketten zu sprengen.« In Kürze schon werde ihm Katalonien recht geben.

Die Ketten ... Da lachtest du, Trixy, was? So einen Unsinn mußtest du dir damals anhören.

»Männerpathos.«

Wer sagte das? Neben dir eine Frau, du kanntest sie – woher? Aber ja, gewiß doch: aus Chicago. »Wir waren zusammen«, erinnerte die Frau, »als man die streikenden Arbeiter vom Haymarket an die Fleischerhaken hängte.« Es war Emma Goldman, die Sexual-Emma, die Göttin der freien Liebe.

Beide Frauen verbindet seit je der Glücksfall einer verkrümmten Gebärmutter, so daß die heilige Verkündung der neuen Moral nicht Theorie bleiben muß. Beide hatten sich beim Arzt im Wartezimmer kennengelernt, sie hatten sich gleich verstanden, nun gingen sie gemeinsam zur Hinrichtung.

Jetzt dieses Wiedersehen in Amsterdam. »Er hier«, sagte Emma Goldman, »ist mein derzeitiger Freund, der Schwager des Fürsten Kropotkin.« Da stand ein eleganter Herr, nicht so einer der Blusenmänner, wie man sich die Russen landläufig vorstellt. Sein Gesicht rahmte rund und rot ein gestutzter Vollbart. »Es ist Iwan Iwanowitsch ...«, begann Emma, aber weiter kam sie mit der Vorstellung nicht. »Wenn Sie nach Barcelona kommen«, unterbrach der Rotbart zu Trixy gewandt, »fragen Sie nach Domingo. Sie können auch nach Lunes fragen, nach Martes, Jueves oder irgendeinen der Wochentage ...«

»Miss.«

Es ist der Hotelboy Ricki. Was plötzlich will er? »In der Hotelhalle wartet ein Herr, er fragt nach Miss Alabama.« Nein, laß mich, ich will allein sein, fort, fort ... Sie verscheucht den Jungen.

Was, Trix Jailbird, wird von deinem Leben bleiben? Nichts. Da irrst du dich aber, bleiben werden vier Sekunden. Eines Tages wird man deiner überdrüssig sein. Du bist unmodern geworden, die Methoden der Aggression und ihrer Vorbereitungen haben sich gewandelt. Deine Herrschaft gibt dir eine Abfindung, wenn du Glück hast; vielleicht auch, wenn du Pech hast, eine Kugel.

Aber du hast Glück, ja.

Mit einundachtzig sitzt du auf der Promenade des Anglais, da kommt der Anarchist Miguel Almereyda vorbei. Ach nein, den haben sie längst in der Pariser Gefängniszelle erdrosselt, es ist der Sohn des Anarchisten. Du hast dir einen Stuhl genommen und sitzt zwischen anderen alten Frauen, die alle nichts zu tun haben, als auf den Festzug zu warten. Es ist Karneval.

Der junge Mann kommt vorbei, er hat den Namen des Vaters abgelegt, nennt sich nun Jean Vigo. Sein Freund Boris hat eine Kamera bei sich, und beide machen einen Film über die nutzlose Gesellschaft und was sie an noch Nutzloserem übriggelassen hat. Auch für dich haben sie eine kurze Sequenz. Sie geben dir vier Sekunden, keine mehr, keine weniger.

Du hebst den Blick, du wendest den Kopf, guckst in die Kamera. Es ist Donnerstag, der 18. Februar 1929, zwei Uhr mittags, bataille de fleurs, bataille de confetti. Einer der jungen Männer kurbelt, der andere hält das Stativ. Vier Sekunden, sie sind das einzige, was von deinem Leben bleiben wird – à propos de Nice.

Der kleine Schmutzsoldat aus dem Baumwollfeld hinterläßt mehr: mit seinem Namen einen Wasserfall, ein Strombecken und eine Stadt. Aber ein Triumph bleibt dir: Während du in der Februarsonne der Côte d'Azur weilst, ist er schon fünfundzwanzig Jahre tot.

Es geht dem Abend zu. Nach und nach kommen die Gäste zum Apéritif in den Vorgarten. Die Rambla del Centro belebt sich, Männer bleiben stehen und lesen in gerade frischen Abendzeitungen. Der Staub legt sich zur Ruhe, ein frischer Wind kommt vom Meer. Droschken fahren vor und bringen neue Reisende, unter ihnen auffällig zwei Engländer. Ein spanischer Grande oder so etwas ähnliches und seine Gemahlin klettern aus einem eigenen Automobil. Alabama muß heftig den Hotelboy Ricki verteidigen, den man ihr dennoch entreißt. Der alte geschwätzige Oberkellner geht ihr auf die Nerven.

Endlich marschieren die Soldaten an. Sie machen keinen Lärm, es riecht nur nach Staub und Schweiß. Die Männer, obgleich sie schwer an Waffen und Gepäck tragen, bemühen sich dennoch, auf dieser eleganten Prachtstraße keinen Krach zu machen. Auch der Korporal, der immerfort um den Trupp herumläuft, scheint den Frieden des Boulevards zu achten, er brüllt seine Leute nicht an, er tritt nur die, die nicht Gleichschritt halten, lautlos mit dem Stiefel. Aber so einen Puff wird ein Soldat doch wohl noch aushalten können!

Seid guten Muts, Männer! Weit habt ihr es nicht mehr, nur noch bis zur Mole hinunter. Dann kommt eine ruhige Nacht auf dem Meer, morgens lacht vielleicht schon die Küste Andalusiens herüber, die Sonne geht auf, ihr liegt an Deck und könnt euch aalen. Seid guten Muts, erholt euch nur, recht so! In Marokko kann es wieder etwas mühsamer werden, aber sicher nur kurz – dann heißt es sterben.

Miss Alabama ist zufrieden. Das war ein schöner Tag. Sie steht auf und geht in die Hotelhalle.

»Ein Herr hatte mich erwartet?« An der Réception findet sich keine

Notiz. »Hier hat niemand etwas hinterlassen.« Ob es ein eleganter Herr war, ob er einen roten Bart trug, weiß niemand. Die Portiers haben in der Zwischenzeit die Schicht gewechselt. Das Abendpersonal schenkt Alabama keine besondere Aufmerksamkeit, sie ist nur eine Fremde unter vielen, sie steht unnütz herum, Kellner, die vorbeieilen, befleißigen sich gerade eben noch, sie nicht anzurempeln.

Wo ist César? Unter Dutzenden ist er nur einer, seine nachmittägliche Sonderstellung im Vorgartencafé hat er im Abendbetrieb verloren. Auch Ricki scheint in der Hierarchie des Hotels jetzt tiefer eingestuft zu sein. Alle Boys ähneln einander, gleiche Mützen werden von gleichen Kinnriemen gehalten, von gleicher Dümmlichkeit sind die Gesichter, aber alle protzen mit derselben Wichtigkeit, obgleich so ein Page noch nicht einmal eine Null ist, allenfalls ein Punkt in den Personallisten, den zu setzen man gut und gern auch mal vergessen darf.

Gäste stehen umher, unter ihnen der Marqués und die Marquesa. Neben ihnen zwei lange blondgefärbte Mädchen mit altmodischen Fächern und grellen Blumen im Haar. Sie rahmen einen kleinen sympathisch lächelnden Herrn ein, er trägt die Uniform eines Obersts. Es ist der Festungskommandant vom Montjuich, Rodrigo Santomajo, mit seinen bildhübschen Töchtern Miranda und Micaela.

Diagonal durch das Foyer schiebt der alte Textilfabrikant Eusebi Estrü eine magere aufgeputzte Schönheit vor sich her. Er hat ihren Hals fest im Griff und bestimmt mal mit dem Daumen, mal mit den anderen vier Fingern, in welche Richtung sie zu lächeln und zu nicken hat. Estrü nennt sie »mein Cake« nach einer Revue, der er sie in Kopenhagen ausgespannt hatte. Der Kuchen spricht ein schlechtes Englisch, er ist etwas kurzsichtig, aber er trägt bereits die Mode der kommenden Saison.

»Ich sagte es schon meiner schönen Aurora«, beginnt der Marqués seine Rede, »aber nun frage ich Sie alle: Hat der Barcelonese nicht den Logenplatz Europas? Da sehen Sie: in einem Humpelrock aus Paris ein Stück dänischen Kuchenballetts mit den Waden der englischen Rachitis, trippelnd wie eine Andalusierin, und fest im Halseisengriff eines katalanischen Großspinners aus dem Tropfsteinpalast eines Kirchenbaumeisters.«

Ein einziger Satz und so viel Blödsinn, denkt Aurora, das schafft nur mein Mann, und sie sucht gequält den Blick des Festungskommandanten.

Auch er kann an dieser Rede keinen Gefallen finden, er ist Andalusier und wittert im nördlichen Spanien bei jeder Erwähnung seiner Heimat gleich eine ironische Anspielung. Dennoch lächelt er, wie es ihm – als Festungskommandant und zugleich Direktor der Haftanstalt – bei jedem Verhör, jeder Urteilsverkündung und jeder Ablehnung eines Gnadengesuchs zur lieben Gewohnheit geworden ist.

Seine Töchter dagegen finden den Marqués komisch und beginnen zu kichern. Als sie den Blick ihres Vaters auf den trippelnden Waden des Revuegirls unter dem anstößig geschnürten Humpelrock beobachten, schämen sie sich für ihre tote Mutter, und das Kichern befällt sie – hinter den Fächern verborgen – nun noch ärger. Ein Boy muß ihnen ein Glas Wasser bringen, es ist Ricki. Er starrt glasig auf das sich krümmende Gegacker und rollt die Zunge im Mund herum. Dafür bekommt er von irgendwoher eine Ohrfeige, so daß ihm vor Schreck die Zunge mitten im Kreisen stehenbleibt – ausgerechnet spitz in die Wange gedrückt. Jetzt bläht sich das Kichern der beiden Mädchen zu einem Anfall auf, und der Kommandant muß seine Töchter hinausführen.

Diese kleine Szene erregt ebensowenig Aufsehen wie der Auftritt einer Ordonnanz, die mit derbem Schuhwerk über das Parkett hereinpoltert und dem Marqués eine Meldung bringt.

»Unser Freund Diablillo Mazapán kommt nicht«, liest der Marqués vor, »wir werden ohne unseren lieben Militärgouverneur soupieren müssen. Er ist zum Generalkapitän beordert, das ganze Kapitanat ist in Alarm des Streiks wegen.«

Da war doch irgend etwas, das ich den General heute abend fragen wollte, überlegt Aurora, was war es? Der Marqués deutet den Ausdruck falsch. Warum sieht sie mich so fragend an? Erwartet sie etwa einen Kommentar? Soll ich mich, denkt Yoyó, vor meinem Weib verquatschen? Erwartet es, daß ich mich an der Freude über die Revolte auslasse oder an meiner Freude über einen Gegenschlag des Militärs? Der Marqués hat seine Worte im Zaum, er wird ganz sibyllinisch sein.

»Gewalt«, sagt er zu seiner Frau, »die hättest du wohl gern?«, und da sie schweigt, ergänzt er: »Ich auch.«

Der Ball

*Der große Eisenbahnraub * Ragtime im Saloon * Das Festmenü * Oberst Rodrigo Santomajo, der Festungskommandant * Die neuen Tänze aus Amerika * Das reiche Katalonien * Die Töchter Miranda und Micaela * Die Fotografen Lirio y Puñalada * Bilder eines Balls * Am Tisch der Konsuln * Der Staatsrat aus Rußland * Erinnerung an das Fest 1898*

Allmählich leert sich die Hotelhalle, die Gäste gehen in den Speisesaal. Einige von ihnen lassen sich an der Tür zum Nebenraum zuvor von einem Schild locken: »8 Uhr abends: Der Große Eisenbahnraub«.

Der Saal ist dunkel, schwere Portieren sind vor die Fenster gezogen, ein Pianist hämmert Musikbrocken herunter in einem seltsamen Wechsel von sentimentalem Schleichen und flotten Läufen. Vor einer Leinwand stehen im Halbkreis Stühle, doch wer hier hereinkommt, bemerkt dies erst später. Als erstes sieht er im flirrenden Licht einen brutalen Auftritt: Ein armer Streckenwärter ist zu Boden geschlagen, Banditen fesseln und knebeln ihn. Ein Eisenbahnsignal fügt sich einer rohen Hand. Halt. Ein Zug bremst. Halunken erklimmen den Gepäckwagen, der Schaffner will das Eigentum der Reisenden schützen, Schüsse qualmen aus Revolvern, der Schaffner muß sterben.

»Das ist Amerika«.

Die beiden englischen Touristen im Saal schrecken zusammen, an diese lärmende Stimme aus dem Vorgartencafé bei ihrer Ankunft erinnern sie sich. Es ist Miss Alabama, und allen, auch denen, die es nicht hören wollen, erklärt sie kreischend das Kinostück.

»Raub! Die Reichen berauben die Armen, die Gangster die Reichen, das Gesetz die Gangster, Amerika sie alle.« Jetzt hört man auch den Marqués, er scheint sich zu amüsieren. »Gesetz in Amerika? Das möchte ich doch gern einmal sehen!« Er lacht laut. »Sicher ist es auch nur ein Stück

Schmierenkino.« Das erheitert die Umsitzenden, auch den Festungskommandanten und die beiden Engländer, selbst das Revuegirl aus Kopenhagen lacht, obwohl es sicher von allem am wenigsten versteht.

Dynamit detoniert und reißt einen Tresor auseinander. Schmucksachen, Münzen und Banknoten verschwinden in Gaunertaschen. Zwei der Banditen springen auf den Tender, das ist dem Heizer zu nahe an der Lokomotive, er muß sie retten und schwingt seine Kohlenschaufel. Hab und Gut der Eisenbahngesellschaft sind ihm hoch und teuer. Aber jedermann weiß, dieser treue Mann wird die Partie verlieren. Ein Kohleklumpen zerschmettert ihm den Schädel, die Story braucht ihn nicht mehr, er wird vom Tender geworfen, sein Leib unter den Rädern zerstückelt. Die weitere Handlung des Films kommt gut ohne ihn aus.

»Ach, wie kurz ist so ein Eisenbahnerleben«, meint der eine Engländer, doch sein Reisegefährte berichtigt ihn: »Das ist doch nur Kino. Bei der nächsten Vorstellung heizt der Tote wieder seinen Kessel und schwingt wieder seine Schaufel gegen den Schurken.« Und immer wieder von neuem begänne er den Kampf, doch dieser sei aussichtslos, der Kohlebrocken warte bereits.

»Dieser Heizer ist der perfekte Verlierer, ein kleiner Sisyphos im großen Schienennetz des Wilden Westens.«

Hier wohl muß der Marqués eingreifen. »Unsinn«, unterbricht er die englischen Gäste unhöflich, »das ist eine Geschichte wie in einem Schundroman, Strolche sind die Helden, Habgier wird zur Tugend, Mord zur Wettkampfdisziplin – und das alles zum Amüsement präsentiert von einer Nation, die sich dafür noch nicht einmal schämt. So ein Schmierenspektakel kennt gottlob die spanische Kultur nicht.«

Diese Worte mißfallen dem Fabrikanten Estrü, er schließlich war in Amerika, er hat alles mit eigenen Augen gesehen. Dies sei, erklärt er allen, eine Hommage an das riesige transkontinentale Verkehrsnetz, an die durch keine Präriepiraterei zu verwirrenden Pacific Railroad und Railway Companies. Atemberaubend allein schon sei die Finanzierung. »Wissen Sie überhaupt, was ein einziges dieser Eisenpferde kostet?«

Bei dem Wort Eisenpferde kichern die Töchter des Kommandanten, und der Vater muß ihnen Ohrfeigen androhen. Als das Kichern in Schniefen übergeht, weiß man, daß man vor diesen Gänsen wieder einmal für eine Weile Ruhe haben wird.

Die Banditen nehmen sich nach den Güter- nun die Personenwagen vor. Reisende werden aus den Coupés getrieben und müssen sich entlang der Geleise in einer Reihe aufstellen, die Hände erhoben. Gewehre und Colts entladen sich in die Luft, und trifft eine Kugel einmal einen der Passagiere, so hat dieser es auch wirklich verdient. Vielleicht zeigte er eine übertriebene Angst, zitterte, setzte gar zur Flucht an, oder aber – wofür am ehesten der Tod die gerechte Strafe ist – er nahm den ganzen Überfall überhaupt nicht ernst. Wieder kippt ein Körper aus der Reihe, und der Marqués bemerkt: »Eine ganz neue Art, den Terrorismus um die Welt zu tragen, nicht mehr mit Soldaten und Marines, sondern mit Bildgeschichten.«

Er möchte noch etwas Gehässiges über die Unionsstaaten anfügen, aber neben ihm steht der alte Estrü, der den Neuen Kontinent bewundert und sich ihm als gleichwertiger Handelspartner fühlt.

»Die Gewalt verselbständigt sich«, kommt es im Raum von irgendwoher, »sie löst sich aus der Enge begrenzter Aktionen und hat endlich die eigene Freiheit.« Niemand kennt die Stimme. Soll man von ihr Notiz nehmen? Ja, Aurora schreckt zusammen, ja! Und gleich hat sie wieder den Zeitungskiosk am Mundial Palace vor sich, das Nougat eines Anzugs, den Bart – so rot ...

Nur jetzt nicht umsehen. Keine Reaktion.

»Eine herrliche Erfindung«, fährt die Stimme fort, »das Kino, eine neue Kunstform für die Anarchie.«

Ruhig, Aurora, ganz ruhig! Nur gut, daß diese alte krächzende Amerikanerin mit ihren Gurgellauten den Spuk vertreibt. »Papperlapapp! Sie sind ein europäischer Phantast, mein Freund«, und sie erklärt, hier gäbe es kein Oben und kein Unten, Desperados und ihre Opfer seien Partner in einem fairen Kampf.

»Hast du gehört, Vic?« unterhalten sich die Engländer, »fair, was für ein schönes Wort. Da hat keiner eine Chance, alle verlieren, stehen wieder auf, um erneut zu verlieren.« Und nun wird umständlich die Beziehung zwischen Kino und Leben erklärt. »All dieser Schmuck, die Ringe, die Briefbörsen, die Ketten, die Uhren, das Geld, eben noch in den Taschen der Räuber, sind – spult man den Film zurück – wieder an den Fingern der Reisenden, an den Hälsen der Damen, in den Jacken und Westen der Herren, in den Koffern und Tresoren, um am folgenden Tag erneut geraubt zu werden ...« Sie suchen nach immer neuen Symbolen für den Kreislauf des Lebens, aber schon wechselt die Szene.

Die Gangsterbande, reich geworden, sucht nun nach harter Arbeit das Vergnügen. In einem Saloon tanzt ein derbes Volk nach einer sicher auch derben Musik. Das überfordert den Pianisten, er stottert ein paar Takte zusammen und ist – wenn auch zunächst ein wenig beleidigt – am Ende ganz froh, daß diese alte Lady ihn einfach vom Klavier wegschubst und die Begleitung dieser Szene übernimmt.

»Das ist Ragtime! Die zerrissene Musik der Neuen Welt.« Sie hämmert hart in die Tasten hinein, reichlich unsauber zwar, aber doch mit eigenartiger Schlagkraft.

»Und was der Gentleman da oben tanzt, das ist ... das ist ...«

Verrückt und immer verrückter hopst ein armer Kerl allein auf dem Tanzboden, hoch und hoch die Beine, während ringsum die Rauhbeine im Saloon ihm mit ihren Colts zwischen die Füße schießen. Einmal nicht schnell genug, nicht hoch genug gesprungen, das Bein wäre von Kugeln durchlöchert.

»Das ist ein Jig«, erklärt Alabama, »den tanzen wir aus Freude, und auch dieser Gentleman freut sich, daß ihm nichts passiert. Er muß nur aufpassen und darf nicht schlapp machen und damit den anderen den Spaß vorzeitig verderben.« Alabama hämmert und hämmert ihren Rag herunter. Der arme Kerl hat begriffen, was man von ihm verlangt, mit jedem Hüpfer freut er sich über seine gerade noch heilen Knochen, nun geht er über zu kleinen akrobatischen Kunststücken unter dem Gelächter des ganzen Saloons. Auch Estrü und sein Cake lachen, es lachen die beiden Engländer, und der Festungskommandant gestattet seinen Töchtern sogar das Kichern. Doch als dies bedrohlich an die Grenze eines Anfalls gerät, geht der Oberst mit den beiden hinaus.

Auch Aurora will hier hinaus, das ist denn doch zuviel! Den Raub kann sie noch verstehen, die Bereicherung, die Gewalt, die Brutalität. Aber nicht diese Heiterkeit.

Draußen im Hotelfoyer spürt sie einen stechenden Schmerz an den Fesseln. Sie beugt sich hinunter, nein, alles ist in Ordnung, Beine und Füße sind heil. Aber wie soll man, diesen Jig vor Augen, nachher tanzen? Sogar brillieren, damit der Herr Gemahl seinen Applaus bekommt? Wo ist er überhaupt? »Nein, gnädige Frau Marquesa, wir haben den Herrn Marqués nicht gesehen.«

Aurora kehrt noch einmal in den Kinosaal zurück, bleibt aber an der Tür stehen.

Da blickt einer der Gauner – groß und brutal – von oben herunter, groß und bedrohlich das Schießeisen in den Saal gerichtet. Er feuert, mitten ins Publikum hinein feuert er. Aber warum nur kreischen jetzt die Leute? Aurora findet diesen Schuß ganz natürlich. Auch der dicke Kosak hatte auf sie geschossen, sie war erst neun, und doch durfte sie schon einmal mit in die Druckerei. Aber zum Abholen der Flugblätter kam sie nicht mehr, da waren schon diese Männer in den Tscherkesskas mit dem Durchsuchungsbefehl. Wer nicht gleich die Hände hob, wurde abgeknallt. Der alte Jermolow war sofort tot. Auf der Stelle starben auch die beiden Lehrlinge Mitja und Mischa. Nun legte dieser dicke Kosak auf Aurora an. Auch sie war sofort tot.

Ich bin tot, denkt Aurora, das muß ich gleich Yoyó erzählen, aber er wird mich hänseln. Tot sein ist eigentlich ganz erträglich, ich weiß nur nicht, ob ich nachher auf dem Parkett alle meine Knochen gut beieinander haben werde.

»Es kann sein, daß ich humpele.«

»Was kann sein, daß du was?«

Im Speisesaal am vorbestellten Tisch erhebt sich der Marqués. Nein, Aurora, du mußt deinem Mann jetzt nichts erklären. So dumm, wie er ist, was würde er verstehen? Man muß lernen, Fragen einfach zu überhören.

»Du kommst spät«, fährt Yoyó fort, »dieser Oberkellner zwang uns, mit dem Menü schon anzufangen. Dir, dachten wir uns, schmeckt statt der Vorspeise so eine Flimmerposse besser.« Vorspeise? Aber ja, da liegen die Knochen toter Frösche herum.

»Die Schenkel waren köstlich.«

Wer sagte das eben? Es war Miranda, die Tochter des Festungskommandanten, und ihre jüngere Schwester Micaela ergänzt: »Sie haben uns sehr gemundet.« Der Vater lobt beide. »Das habt ihr brav gesagt.« Alle erheben sich, um die Marquesa zu begrüßen.

Abgeknabberte Schenkelknochen umherstreuen und nachher tanzen.

Habe ich etwas laut gesagt? Nein, Aurora, du hast kein Wort verraten, du hast gelächelt, dir vom Kommandanten, Oberst Santomajo, die Hand küssen lassen, du hast Platz genommen, nun entfaltest du lächelnd und lächelnd deine Serviette.

»Man hat meine Töchter und mich an Ihren Tisch gebeten«, beginnt der Oberst seine Entschuldigung, »ich hoffe, Marquesa, wir vergällen Ihnen nicht den Abend, da wir Ihnen mit Sicherheit die klugen Gespräche des Herrn Generals und seiner Frau Gemahlin nicht werden ersetzen können.« Er wiederholt, was Aurora schon bekannt ist, daß der gemeinsame Freund Diablillo Mazapán y Peladilla zum Generalkapitän von Barcelona, Valeriano Weyler y Nicolau, beordert ist und nun für Stadt und Provinz den Alarm überwachen und – wenn nötig – den Ausnahmezustand durchsetzen muß.

»Und Sie, lieber Oberst, was ist mit Ihnen? Sind Sie nicht dabei?« Auroras Frage wundert den Kommandanten. Was hat denn er mit dieser frühen Phase des Aufstands zu tun? »Ich bekomme meine Arbeit erst später, wenn alles vorbei ist. Dann kommen die Verhöre, dann kommen die Strafen ...«, und sicher, meint er, würde diesmal auch wieder die eine oder andere Hinrichtung dabei sein. »Aber den schönen Jakobusball lasse ich mir nicht verderben.«

Jetzt erinnert sich Aurora: Sie wollte heute abend mit dem General über die Frauen von Lágrima reden und für deren Männer bitten. Soll sie jetzt den Kommandanten ansprechen und bei ihm auf gütige Fürsprache hoffen? Während sie noch überlegt, hört sie sich bereits sagen: »Bei der Eisenbahnblockade am Kanal der Infantin Carlota waren auch einige Mädchen ... aus ...« Nicht weiter, Aurora, nicht weiter. Still. Aber schon fällt der Oberst ein: »Sind sie hübsch? Da werde ich sie wohl bald mustern dürfen.« Mist, denkt Yoyó, da spuckt dieses Biest mir in meine Rechte. Diese Mädchen und alles, was sie tun, sind mein Besitz!

»Was höre ich da, meine Liebe, du lieferst aus?« Der Marqués täuscht Erstaunen vor, »... etwa unsere Leute?« Aurora erschrickt. Mein Gott, was für ein Fehler! Schnell korrigieren! Aber schon ist es zu spät, laut setzt die Musik ein.

Die Mitte des Speisesaals ist von den Tischen geräumt, die Gäste wünschen, bereits während des Menüs zwischen den Gängen zu tanzen. Einige Paare sind schon auf dem Parkett, jetzt will auch der alte Estrü seinen Cake aus Kopenhagen zur Schau stellen. Für die Miss aus Amerika hat der Oberkellner César einen Einzeltisch reserviert, er möchte etwaige Beschwerden anderer Gäste abwenden. Die Kommandantentöchter Miranda und Micaela blicken kribbelig im Saal umher, aber passende Herren sind rar, die jungen Offiziere haben keinen Ausgang bekommen. Da wären nur die beiden Engländer, doch diese haben für die beiden bildhübschen blutjungen Gänse keinen Blick, sie sind sich selbst genug und haben sich auch eine Menge zu erzählen, was ihnen trotz des Musiklärms gut zu gelingen scheint.

Der Hotelboy Ricki kommt an den Tisch und möchte dem Marqués etwas ins Ohr sagen, dieser aber winkt dem Jungen ab. Nun versucht es der alte César, er beugt sich zum Marqués hinunter und flüstert ihm etwas zu. Aber auch er findet kein Gehör. So wird es wohl auch nichts Wichtiges sein.

Nein, mit einem Aufstand rechnet niemand vor Montag, heute will alles fröhlich sein. Yoyó bittet seine Frau auf das Parkett, aber da ist das Stück schon zu Ende. »Der nächste Tanz wird sicher ein Jig sein«, sagt Aurora, »paff, paff, paff.«

Die drei Ausrufe geraten in die Stille der Musikpause hinein, sie stehen so isoliert im Raum, daß den beiden Mädchen der Mund offen stehen bleibt. Jetzt, hofft der Vater, könnte dieses Federvieh kichern. Aber das ist ja noch blöder, als ich dachte.

Als erste faßt sich Miranda. »Das ist eine Kapelle aus Kuba«, und Micaela ergänzt: »Es ist das Orchester Pablo Valenzuela. Das eben war ein Paseo«, und nun beide zusammen: »Den haben wir schon gelernt.« Dem Oberst verschlägt es die Sprache. Klug daherreden, das können sie, aber im richtigen Augenblick zu gackern, fällt ihnen nicht ein.

»So. In einer Barceloneser Tanzschule lernt man nun schon Negerjazz?« Der Marqués zieht Miranda, die ältere der beiden, auf die Tanzfläche. »Dann zeigen Sie mir doch einmal, wie man so etwas steppt oder walkt. So sagt man doch, oder?« Oberst Santomajo würde nun gern die Chance nutzen, sich mit der schönen Russin im Arm großzutun, aber dann bliebe die vierzehnjährige Micaela allein am Tisch zurück – für eine andalusische Sippe unmöglich. Wie kann man auch nur zwei solcher Töchter haben – und keine Mutter mehr! Er guckt um sich, ob nicht irgendwo ein junger Mann die Situation retten könnte.

Aurora beobachtet den suchenden Blick des Mannes und denkt: Jetzt will er auch noch die Gesellschaft erklärt haben, so ein halber Muhammed, das nennt sich auch noch Hidalgo, so etwas will einfach geärgert sein. »Schauen Sie sich nur um, hier sitzt das ganze reiche Katalonien. Da drüben die Textilritter und die Reeder, der Adel von Asphalt, Beton und Zement mit Gattinnen aus Geld und Söhnen und Töchtern, Bodó und Pere Milàr, Josep Batllo i Casanova, und dieser hübsche junge Laffe da ...«, und sie kommentiert genüßlich, daß dies der Juniorchef der Reederei López y Comilla sei, aber leider, ja leider schon vergeben an die Tochter von Díaz de Quitano. »Die Familie hat ein maßloses Vermögen in Westindien gemacht. Was eigentlich kennen Sie von unserer schönen spanischen Antillenwelt?«

Diese perfide Frage überhört Santomajo einfach, und süffisant bemerkt er: »Der junge Mann sieht mit dem westindischen Geld an seiner Seite nicht gerade glücklich aus.«

Aber das sieht doch jeder! Dieser López hätte lieber diese Ballettschnepfe aus Kopenhagen, egal aus der wievielten Hand, dieses Girl mit den mageren Waden und der Mode aus Paris, mit dem skandinavischen Maunzen in der Stimme, wo jedes breitgelutschte æ oder å schon einen Orgasmus vermuten läßt.

Die Marquesa läßt von ihrem Spiel nicht ab. »Aber ja, Sie waren auf Kuba? Nein? Dann waren Sie auf unseren Philippinen«, und sie deutet auf zwei ein wenig verlorene Orden auf der Brust des Kommandanten. Sie möchte hinzusetzen, daß sie sich mit Ehrenzeichen auskenne, denn schließlich sei in der Provinz jeder Schaffner, jeder Streckenwärter, überhaupt jeder Eisenbahner ähnlich dekoriert. Doch der Oberst kommt ihr zuvor. »Das sind Auszeichnungen für ... nun, sagen wir, eigentlich mehr zivile Verdienste«, und jetzt kehrt er auch noch den eitlen Andalusier heraus: »Selbstverständlich für herausragende Verdienste.«

Aufhören, Aurora, das ist auch nur ein armes Schwein, höre auf, es zu quälen, für was willst du dich rächen, für wen, an wem? Gut, lassen wir von ihm ab, aber plötzlich ist da erneut dieses widerliche Grinsen mit seinen herausragenden Verdiensten, da muß man einfach hineinhauen, und Aurora hört sich fragen: »Sie haben Güter im Süden?«

Jetzt schlägt diese Russenkatze voll zu. Soll er ihr vielleicht erzählen, daß sein Vater in Jerez verarmte, die Familie seiner Mutter in Huelva und entfernte Vettern in Alosno verarmten, daß seine verstorbene Frau gar aus der Estremadura stammt, wo alles noch viel, viel ärmer ist?

Rodrigo Santomajo, was schon ist ein Hidalgo? Ein Titel, gerade eben gut für die Aufnahme in die Militärschule von Cádiz, aber für das Leutnantspatent brauchtest du schon höhere Fürsprache. Eine dieser geilen Infantinnen verlangte es zwischen den rosa Bourbonenschenkeln in der Reihe der Liebhaber einmal nach einem knoblauchstinkenden andalusischen Fähnrich.

Meinen kleinen Mauren nannte sie mich.

Nein, Rodrigo, das ist kein Lebenslauf zum Erzählen, und das ist auch keine Karriere: Kommandant eines Gefängnisses ohne nennenswerte Nebeneinnahmen. Kaum ein Sträfling mit Vermögen, und die wenigen Reichen sind zu stolz, sich mit Bestechung die Haft zu erleichtern.

»Zum Kotzen, dieses Katalonien.«

Das waren sehr leise Worte, und der Oberst hatte sie auch nur vor sich hingesprochen, dennoch muß die Marquesa etwas gemerkt haben. »Wenn Sie nun schon mal in Katalonien sind, dann sollten Sie den Reichtum des Landes nutzen und Ihre bildhübschen Töchter gut verkaufen.« Als dächte er daran nicht jeden Tag selber.

»Nun, Fräulein Micaela, Sie möchten doch gewiß einmal reich heiraten?« Jetzt geht dieses Aas zu weit, und der Kommandant muß hören: »Was haben Sie, mein Freund? Alle Welt will reich sein, alle Welt will glücklich sein, das ist doch ganz natürlich.«

Keine Sorge, Oberst Rodrigo Santomajo! Keine Sorge, Miranda und Micaela! Ihr Mädchen seid so dumm, daß ihr, wenn auch noch nicht so recht in diese, so doch in eine kommende Gesellschaft paßt. Parvenues sind in Sicht, kleiner dreckiger Militärabfall, den rechtzeitig zu beseitigen man übersehen wird, und der alsdann seinen Modergeruch über das Land legt. In diesem Müll findet auch ihr euren Plunder, der wechselt eines Tages vom Militärrock zur Uniform mit schwarzen Hemden und zu Mützen, an denen Quasten hängen. Ihr werdet in El Pardo verkehren, der Generalíssimo wird euch die Hand küssen. Längst hat der Kreuzzug gegen die Kabylen euch die ersten Männer genommen, da bestattet der Bürgerkrieg schon eure zweiten. Mit dem Salut über den Gräbern wachsen die Ehren, die sich über euch häufen. »Die stolzen Witwen von Teruel« wird man euch nennen, und das Schwarz bleibt fortan eure Farbe. Denn auch alle eure Söhne werden in den Staub irgendwelcher Schlachtfelder beißen, oder sie werden erfrieren, weil sie unbedingt mit einer Division für ein anderes Vaterland nach Rußland müssen.

Ihr, Mädchen, werdet stolzer und stolzer unter dem schwarzen Tüll der Mantillas, das Glück dauert und dauert. Eben geht der alte König, schon kommt der neue – viereinhalb Jahrzehnte später ist wieder ein neuer König da, wieder empfängt euch der Hof. Dann endlich verschwindet ihr hinter den Mauern eurer Villen auf den Kanarischen Inseln. Man nennt euch »die schwazen Schabracken von Puerto de la Cruz«.

Nichts wird daran erinnern, daß es eine Zeit gab, in der ihr blutjung und blond gefärbt durch die Bälle von Barcelona tanztet. Und doch – ein Bild wird es geben, es hält einen einzigen Augenblick auf einem dieser Bälle für immer fest.

Aus ihrem benachbarten Atelier treffen die Fotografen Lirio und Puñalada ein, sie gelten in der Stadt als angesehene Künstler und genießen bei der Hoteldirektion Privilegien. Sie gehen mit ihrer Kamera herum, mit Stativ und Magnesiumlampe.

Da ist der Tisch mit den Konsuln der europäischen Mächte, Herr Gschwind aus Bern und Herr Dr. Falcke aus Berlin stoßen mit Champagner an, Ricki gibt der Frau Konsul Cischini aus Wien Feuer für ihre Zigarette. Der junge López guckt recht unglücklich drein neben seiner stinkhäßlichen Braut, der man aber dennoch das westindische Geld ansieht. Das Revuegirl stampft und stampft, die Beine gerade so hoch, wie es ihr Humpelrock erlaubt, es paradiert und stelzt über das Parkett, zeigt seine Starnummer aus Kopenhagen und schleift den alten Estrü hinter sich her, der sich torkelnd an ihre Schultern klammert.

Da spielt auf dem Podium die kubanische Kapelle, an der Rampe eine Negersängerin, schon ein wenig angejahrt, vierzig vielleicht, in engem silbernem Glitzerkleid wiegt sie die Hüften und dreht beim Singen die nackten schwarzen Arme in Spiralen zur Decke.

Da sitzen an der Bar die beiden Engländer, ein wenig mißvergnügt, einer die Hand auf dem Knie des anderen. Die alte Alabama hat einen herzlichen Beifall für alles, was da hüpft und hopst. Sicher ruft sie gerade »das ist zum Lachen« oder »das ist Amerika«, sie schiebt ihren Unterkiefer vor und zeigt breit die Reihen ihrer Zähne, die echt aussehen und sehr gesund.

Auf die Miss aus den Staaten haben es die Herren Lirio und Puñalada besonders abgesehen. Da pafft sie den Rauch einer Zigarre in die Kamera, neben sich den Oberkellner César, er gießt über ihr Dessert Cognac und zündet ihn an. Dabei legt sie die Hand auf seinen Oberarm, beider Blicke treffen sich, vielleicht erzählen sie sich gerade Schnurrpfeifereien aus ihrem gemeinsamen Jahrhundert, Kriegskapriolen, und sicher erwähnt César auch die Kugel durch seinen Kopf und plaudert aus, daß der Rohrkrepierer vor Valparaiso nicht nur dem Admiral de las Indias ein verdrießliches Souvenir verpaßte, sondern auch ihm, dem kleinen Steward, eine peinliche Verwundung, so daß er fortan für sein ganzes Leben keine Frau mehr haben konnte. Nein, das erzählt César nicht, ganz gewiß nicht, denn auf allen Bildern lacht Alabama.

Die beiden Fotografen haben sich etwas Hübsches ausgedacht. Sie wollen alle Aufnahmen noch in der Nacht entwickeln und am nächsten Morgen in der Frühe mit vergrößerten Abzügen die ganze Atmosphäre des Balls in ihren Vitrinen zur Schau stellen. Alles aus dieser heiteren Nacht – Bild für Bild – soll überleben.

Das Werk wird ihnen gelingen, das wissen Lirio und Puñalada schon jetzt. Aber sie wissen noch nicht, wie kurz die Herrlichkeit sein wird.

An diesem kommenden Montag gerät der Prachtboulevard zwischen die Fronten der Revolution. Gegen Mittag zersplittern die Fensterscheiben des Ateliers, die liebevolle Dekoration fällt zusammen, die Fotografien flattern davon, sie genießen die Freiheit, einige sehen sich die Stadt von oben an, andere erkunden die Seitenstraßen der Ramblas, ja selbst in das Bordellviertel rund um die Calle d'Avinyó werden sie die frohe Laune der illustren Gesellschaft tragen, das Lachen der amerikanischen Lady in der harlekinkarierten Abendrobe, die Walks und Steps des Girls, die Jovialität der Honoratioren, den Griesgram des jungen López, den Rauch der Zigarren, das Moussieren des Champagners, die Cognacflamme über dem Dessert.

Der Laden der Fotografen wird an diesem Mittag einen gottverlassenen Anblick bieten, so recht geschaffen für den Trost eines Nonnenschwarms. Etwa zwanzig Bräute Christi suchen Zuflucht und verstecken sich im Labor unter den Geräten, dennoch werden sie von den Aufrührern entdeckt und geschändet. Röcke sind zerfetzt, Strumpfwerk und Beinkleider roh heruntergerissen, weichliche Bäuche und Schenkel, aus

Gründen der Scham ein Leben lang mäßig, wenn überhaupt gewaschen, liegen pastellgrau über Tischen zwischen Apparaten, spermaverschmiert, hier und da mit Spuren von Blut farblich aufgefrischt. Einige der Nonnen möchten sich die Körperstellen kühlen, für die die Männer rohe Worte, sie selbst aber nie einen Namen hatten. Sie greifen in eine Schale, in der sie Wasser vermuten, aber es ist Ätznatron, das statt zu lindern nun noch die Qualen steigert.

Puñalada sieht sich das Martyrium der Klosterfrauen eine Stunde lang an. Er kann nichts tun, er ist gelähmt, Arme und Beine gehorchen ihm nicht mehr, nur der Kopf wackelt. Eine Stunde lang wackelt sein Kopf, dann löst sich der Krampf, Puñalada kramt seinen alten Trommelrevolver hervor und schießt sich eine Kugel durch den Mund in das Gehirn.

Zum Wochenende wird alles vorüber sein, aber Lirio wird den Tod seines Partners nie mehr so recht verwinden können. Er verfällt dem Wahn, alles müsse für immer so bleiben wie in diesen kurzen Stunden dieses glücklichen Montagvormittags. Er richtet die Vitrinenfenster wieder her und fertigt von allen Aufnahmen des Balls Abzüge an. Er wird die Auslage nie wechseln, die Fotografien vergilben, sie wellen sich, sie trüben sich ein, es erhält sich nunmehr ein Schatten eines Jakobusfestes in einem Restaurant eines Hotels am 25. Juli 1909.

Nach Jahren noch ahnt man das Weiß eines Tischtuchs, dahinter lächelt sanft ein Südländer ins Bild, Anfang Vierzig, er trägt die Uniform der spanischen Armee mit den Rangabzeichen eines Obersts, neben ihm ein etwa vierzehnjähriges Mädchen mit einer Blumendekoration in blondgefärbtem Haar, das Kichern hinter dem Fächer halb verdeckend.

Eine andere künstliche Blondine, nur wenig älter und ähnlich dekoriert – offensichtlich die Schwester – kehrt vom Tanz an den Tisch zurück, geführt von einem langen dünnen Herrn im Frack, fünfzig Jahre würde man ihm geben, der Schnurrbart gepflegt, das Haar mit Pomade tadelsfrei an den Kopf geklebt. Er beugt sich, da er so lang ist, tief zum Tisch hinunter, so daß man wenig von seinem Gesicht, auffallender aber seinen Mittelscheitel erkennt. Er neigt sich – für die Kamera eitel posierend – einer Dame zu, der er die Hand küßt.

Das Haar der Dame ist zu einem Ballon aufgetürmt, aber man sieht ihm an, daß es wider Willen gebändigt wurde, bis es sich letztendlich der Dressur verweigerte, um in etlichen kleinen Strähnen auszubrechen. Ein helles Abendkleid, von den Schultern gerade eben noch knapp gehalten, fasert sich in die halblangen Ärmel hinunter. Die Farben ließen sich nur erahnen, beschriebe nicht ein Zeitungsartikel neben der Fotografie präzis den Ball, die Gäste, die Roben der Damen, die Accessoires.

Es ist ein Korrespondentenbericht, eine Woche später erschienen in den Gesellschaftsspalten des Pariser Figaro: Die robe du soir der Marquesa von Lágrima in Safran, ein Modell von Paul Poiret, korrespondierend zur persicafarbenen Haut und dem Aurorarot der ungestümen Haarpracht.

Was der Artikel verschweigt, offenbart das Bild: Keine Kette am Hals, keine Reifen am Arm, die Finger ohne Ringe, das Kleid ohne Broschen und Agraffen. Wer einen ersten Blick auf die Fotografie wirft, meint, hier protze eine reiche Dame, die – gerade all ihre Pretiosen für die Wohltätigkeit verschenkt – beschlossen hat, nie wieder Schmuck zu tragen, bevor sie nicht mit eigener Kraft diese Welt verändert habe. Die Dame lächelt, als hätte sie gerade etwas Böses gesagt und erwarte nun eine nicht gerade freundliche Replik.

Zwischen den Tänzen wird eine Gesangsnummer eingelegt. Im Silberflitter tritt auf der Star aus der Alhambra in Habana mit dem Clou der Saison: die Rumba Mamá Teresa. Der Kapellmeister Pablo Valenzuela sagt die Nummer an: »Unser Kolibri aus Kuba, der der ganzen Karibik den Kopf verdreht!«

Der Marqués kehrt mit seiner Partnerin an den Tisch zurück. »Ich habe«, bekennt er seiner Frau, »in diesen fünf Minuten alles über den Jazz gelernt. Ich kann sogar den Cake Walk tanzen.« Er führt mit der Linken ihre Hand an seine Lippen, mit der Rechten drückt er die blonde Miranda auf den Stuhl zurück. Er redet die Marquesa mit Aurora Iwanowna an. Eitler Affe, denkt sich diese, wenn es irgendwo international wird, prahlt er mit seiner Russin. Möglichst laut, damit es drüben auch der russische Konsul hört!

»Ich habe unserem lieben Oberst die ganze Zeit über die Gesellschaft erklärt«, berichtet sie ihrem Mann, »die Handelsherren und Fabrikanten, die Kauffahrer und Konsuln ...« Sie zeigt noch einmal mit großer Geste ins Rund des Saals. »Und da ist ja auch der Staatsrat Brosset, unser lieber Freund aus Sankt Petersburg.«

Der Marqués springt auf, am liebsten würde er sofort zum Konsulatstisch hinübergehen. Das muß verhindert werden, und schnell beginnt Aurora ein Gespräch mit Miranda.

»Da haben Sie ja mit Ihrem Kuchentanz dem Marqués ganz schön den Kopf verdreht.« Sie redet eine ganze Weile, sie prophezeit ihrem Mann die Karriere eines Ballkönigs und schwatzt derlei Unsinn mehr. »Sie werden sehen, am kommenden Sonntag paradiert er mit Schritten, die noch nicht einmal die Generalin kennt.«

Der Marqués ist verwirrt, seine Frau wird doch nicht etwa wagen, zu Chicas Geburtstag diesen Kerkermeister einzuladen, diesen Mischmauren mit seinen beiden behämmerten Fehlfarbenblondinen. Da kommen schon genug Schwachköpfe zusammen, der vertrottelte Mazapán mit seiner ordinären Gemahlin, womöglich der miese Weyler, dann das Bourbonenflittchen mit irgendeinem neuen Galan, und wer weiß, welche Kretins noch. Nein, keine weiteren Kaffern!

Der Marqués möchte das ausrufen, aber schon ist es zu spät. Aurora geht in ihrer Niedertracht so weit, dem Kommandanten die Hand auf den Unterarm zu legen. »Unsere Tochter Chicachiquita wird heute in einer Woche genau neun Jahre alt, der Marqués möchte gern ein kleines Fest geben. Sie, mein lieber Oberst, kommen doch sicher gern mit Ihren beiden schmucken Töchtern?«

Rodrigo Santomajo ist irritiert, zwar spürt er in den herzlichen Worten der Marquesa nicht die Verlogenheit, dennoch ist ihm bei der Einladung nicht wohl. Er überlegt sich eine Ausrede, aber seine Töchter kommen ihm zuvor. »Papa, wir sind eingeladen! Nächsten Sonntag in Lágrima!«

Rodrigo, du hast prächtige Mädchen! Das will herumgezeigt werden bei Festen und Feiern, auf Bällen und allen Vergnüglichkeiten. Der Oberst nimmt die Einladung an, die Einfalt nimmt von ihm Besitz, und ihr gesellt sich die Kraft zu, die folgenden Worte der Marquesa schlucken zu können:

»Die Demoisellen werden ihre Freude an einem fröhlichen Vater haben, Streik und Aufruhr sind vergessen, die Stadt befriedet, das Land fest im Griff, auch die Arbeit des Kommandanten getan, die Strafen gerecht verteilt, die Verstockten vor das Peloton gestellt, die Reuigen in den Verliesen des Montjuich gut versorgt. Und sicher hat unser lieber Festungsintendant auch seinen alten Erzfeind fest in seinem Kerker, unseren gütigen Schullehrer und Kindergärtner Francisco Ferrer ...«

Jetzt, Aurora, wird Yoyó dich unterm Tisch treten. Mit diesem Namen bist du zu weit gegangen.

Warum trittst du nicht? Los doch!

Nein, er nimmt sie sanft beim Arm, hebt sie vom Sitz und geleitet sie vom Tisch weg zu dem der Konsuln hinüber. Er ist ganz sanft, das kündet Niedertracht an. Hätte dieser Rohling Aurora doch getreten, aber er plant Ärgeres, er wird dieses Wort finden, das niemand zu ihr sagen darf. Nur ihr Vater darf sie so nennen und die uralte Dienerin Alma, diese aber auch nur, weil sie Russin ist.

»Niemand. Am wenigsten du Barbar.«

Sie erreichen den Konsulatstisch. »Mein lieber Staatsrat«, spricht der Marqués den alten Brosset an, »erinnern Sie sich noch an den Ball vor elf Jahren? Zugunsten der Opfer des Amerikanischen Kriegs? Erinnern Sie sich an die Tombola, an ...?«

Wenn er dieses Wort ausspricht, haue ich ihm eine herunter. Aurora, das sagst du dir nur in Gedanken, nicht laut, und so kann Yoyó ungerührt seinen Satz vollenden: »... Sie erinnern sich an unser Schwälbchen?«

Nun ist es heraus, Aurora hebt nicht die Hand gegen ihren Mann, sie bleibt ganz ruhig. Der russische Konsul erinnert sich gut. »Ja, die kleine Kropotkin. So ein langer Kerl hatte sie zur Lostrommel hochgehoben. Waren Sie das nicht, Marqués?« Ja, es stimmt, aber das war vor sechzehn Jahren, allerdings auch in diesem Saal des Hotels Cuatro Naciones.

»Immer wenn wir einen Ball haben, ist jedesmal Krieg«, fährt der alte Brosset fort, Yoyó muß ihn abermals berichtigen. Vor elf Jahren war Krieg, vor sechzehn Jahren hatten wir die Bombe im Teatro Liceo. Der Konsul denkt nach. Ja, die Bombe! Er legt seine Hände auf Auroras Schultern und fragt: »Mein Kind, was macht eigentlich Ihr Vater?«

Aurora nähert sich dem alten Herrn, damit sie nicht so laut sprechen muß. Aber die Vorsicht ist unnötig, der Marqués hat sich entfernt und steht nun bei Herrn Cischini, dem österreichisch-ungarischen Generalkonsul, um dessen Gattin zu einem Tanz zu bitten. Das Orchester hatte einen Valseado angekündigt, gewiß auch etwas Exotisches, das dann aber hoffentlich im unverdorbenen Dreivierteltakt. Yoyó möchte sich erholen und – welcher Rhythmus auch immer ihn fordern wird – mit einer Dame aus Wien einen Wiener Walzer erzwingen.

»Sie erinnern sich an meinen Vater?« Der Staatsrat ist über Auroras naive Frage erstaunt und beginnt eine lange Geschichte von Bällen im Kropotkinschen Palais. »Von Mal zu Mal kleidete sich Ihr Herr Vater exquisiter, sein Bart wurde rot und röter, er schnitt ihn wie einen kugeligen Buchsbaum. So traf ich ihn vor vier Jahren in Odessa.« Da sei vielleicht die Hölle los gewesen, auf der Reede heulten die Sirenen des Panzerkreuzers Potemkin, die Mannschaften meuterten, und jeder sittliche Bürger konnte nur die Flucht ergreifen vor diesen grausamen Matrosen ...

»Exzellenz, Sie meinen doch sicher die Kosaken«, verbessert Aurora. Nun, Matrosen oder Kosaken, so genau wisse er es nicht mehr, nur Säbel hätte er gesehen, aber letztendlich Schutz gefunden ausgerechnet in einem Anarchistenkeller.

»Dort tanzten Nihilisten, sie trugen brennende Kerzen auf dem Kopf und unterm Arm Totenschädel. Unter ihnen vergnügte sich auch Ihr Herr Vater in den Armen eines dieser Blusenweiber. Es war eine Jüdin, er nannte sie Emma. Jemand spielte Negermusik, und alles hüpfte so einen amerikanischen Unsinn zusammen – ähnlich wie heute hier.«

»Sie haben recht, Brosset, immer wenn gemeutert oder gestreikt wird, kommen diese Negertänze«, entgegnet einer, und ein zweiter: »Da draußen wird unser Land geschändet und hier drinnen unsere Kultur.« Nun ein dritter: »Schuld sind aber auch die Kriege. Immer wenn einer droht oder einer endet, überfluten uns die Wellen der Geschmacklosigkeit.« Jetzt läßt sich ein Witzbold hören: »Für die heimkehrenden Kriegskrüppel sind Negertänze doch gerade das Passende.« Alle erheitern sich.

Aurora blickt auf, um sie herum hat sich inzwischen ein Kreis gebildet, man palavert durcheinander und lacht.

»Sind die Verwundeten aus der Kabylei schon zurück?« fragt der Staatsrat Brosset. Was veranlaßt Aurora, sich in diesen Blödsinn einzumischen? »Die Soldaten für Marokko sind noch nicht einmal aus Barcelona fort, heute nacht erst werden sie eingeschifft, die Reina Luisa liegt noch festgetaut an der Mole.«

Das ist eine ernste Auskunft, aber sie schafft es nicht, den Übermut zu mäßigen. »Nun, dann werden wir in ein paar Wochen zum Blessiertenball mit Tombola alle wieder zusammenkommen wie vor elf Jahren nach Kuba und Manila und werden herumhopsen ...«

»Achtundneunzig war alles sehr gesittet.«

Wer redet da? Doch nicht etwa der Oberkellner César? Wie wagt er es, sich in die Gespräche der Gäste einzumischen? Um dem alten Mann Verdrießlichkeiten zu ersparen, übernimmt schnell die Marquesa die Unterhaltung.

»An Achtundneunzig erinnere ich mich gut«, sagt sie und mischt geschickt ihre Stimme heiter auf, um ernst genommen zu werden, »meine Ziehmutter Ernestine Meunier brachte mich von Paris hierher, ich sollte mir von Herrn Estrü die Schiffsreise nach New York abholen, aber nach dem für Spanien verlorenen Krieg war das Billet wertlos geworden. Aus Ärger darüber verlobte ich mich mit dem Marqués.«

Na, na, scherzen und schelten die Herren ringsum, das sei doch wohl umgekehrt gewesen, »nicht Sie mit ihm, sondern der Marqués verlobte sich mit Ihnen«.

Alle spaßen, und Aurora entschließt sich, hierin einzustimmen. »So kann man es auch formulieren«, meint sie, und ihr Lachen scheint durchaus ehrlich zu sein. Mit einem Mal erinnern sich alle, die damals dabei waren: »Ich saß hier, ja, und ich dort, und Sie saßen da drüben, und dort Madame Meunier, neben ihr Brosset, oder war es ein anderer Konsul, das ist doch egal, hier wenigstens saß die Braut.«

Ja, die Braut.

Lückenlos setzt sich dieses Bild zusammen. Da ist auch wieder der Tisch mit den Kriegsopfern. Man hatte der Form halber Verwundete aus Kuba und den Philippinen eingeladen, sie mußten für die Illustration des wohltätigen Anlasses herhalten. Die Männer waren reinlich gekleidet, man hatte ihnen für diesen Auftritt neue Monturen aus der Kammer beschafft und auch nur Blessuren zugelassen, die nicht eklig waren. Die Invaliden saßen brav am Tisch, Sanitäter standen in Bereitschaft und paßten auf, daß ihren Schützlingen kein Alkohol serviert wurde. Das war auch notwendig, denn unter ihnen waren einfache Dienstgrade – da liegt bei solch kostenlosen Bewirtungen ja das sinnlose Besaufen nahe.

»Ich hatte sehr nett mit einem Sergeanten getanzt, der war blind«, erinnert sich Aurora, und plötzlich überfällt sie die Lust, diese Gesellschaft mit ihrer Geschichte zu schockieren. »Er war nicht mehr jung, und er erzählte mir von allen Frauen, mit denen er geschlafen hatte, und von jeder dieser Frauen wußte er etwas Einzigartiges, das im Bett nur diese eine hatte. Er hätte so viele Busen, so viele Hintern angefaßt, daß er nun auf sein Augenlicht gut verzichten könne. Alle diese Körperteile und noch andere, für die er natürlich noch derbere Namen wußte, hätte er in seinem Schädel. Da oben sei nun auch ich deponiert, sagte er, während er mich abschnüffelte und mich abgrapschte – raten Sie mal, wo ...«

Aurora reizt es plötzlich, dieses fade Ballvolk zu ärgern, und sie sucht in ihren Erinnerungen die vulgären Worte von einst zusammen. Da ist der Tanz zu Ende, Yoyó hatte seine Partnerin dem Konsul de Cischini bereits abgeliefert, nun eilt er zu seiner Frau, um ihre Erzählung in gesittete Bahnen zu lenken.

»Du sprichst von deinem netten Verehrer damals? Von diesem blinden Sergeanten, der überhaupt nicht mitbekommen hatte, auf welchem Ball er sich eigentlich befand?« Und nun zu allen Umstehenden: »Er hielt meine Frau ..., genauer: Er hielt Mademoiselle Kropotkin – ja, unsere Marquesa von damals – für ein Dienstmädchen.«

Das ist ein guter Scherz, alles amüsiert sich. Yoyó, du hast die Konversation voll im Griff, du kannst getrost noch eine Pointe daraufsetzen, ja! Er droht Aurora scherzhaft mit dem Finger und sagt: »Gib zu, du hattest dich in ihn verliebt. Du wolltest ihn ja unbedingt einladen und nachts noch mitnehmen in die Vier Katzen.«

Ja, Aurora, genau so war es.

Der Sergeant hatte eine Stimme wie der Heizer Kasimir, der sie einst bei Thorn über die Grenze gebracht, und von ihm auch kannte sie all diese derben Wörter. Mit einem Mal war diese ganze Reise wieder da, diese wunderbare Flucht mit dem Vater – Deutschland, Belgien, über Ostende nach England ... In diese Erinnerung hatte sie sich vor elf Jahren verliebt, und auch jetzt ist plötzlich alles wieder präsent, da muß dieses Fischblut jegliche sentimentale Regung vereisen.

»Der Sergeant durfte aber nicht mit«, der Marqués belustigt sich, »die Sanitäter sammelten alle Krüppel ein. Der Krieg sei verloren, da seien die Wagen knapp, sie müßten alle Männer mit einer einzigen Fuhre ins Lazarett zurückkarren.« Hämisch ergänzt er: »Nun mußte die arme kleine Aurora mit mir vorliebnehmen.«

Auch den heutigen Abend solle man in den Vier Katzen fortsetzen. Aurora ruft es in die Runde. Einwände, es könne in dieser Nacht auf den Straßen zu Unruhen kommen, werden ignoriert. »Was schert uns der Streik«, meint einer, und ein anderer: »Das wird doch keine katalanische

Erhebung, nur ein ganz gewöhnlicher Volksaufstand«, und ein dritter: »Mit den Krawallen des Pöbels haben wir doch nichts zu tun!«

Gut, dann fahren wir jetzt in die Vier Katzen.

Yoyó erhebt seine Stimme so laut, daß der Oberkellner César aufhorcht. Er geht auf den Marqués zu und meldet ihm, daß vorsorglich für alle Fälle ein Tisch reserviert sei. »Pablo Ruiz wird vermutlich auch da sein, er ist aus Paris zurück, aber vielleicht ist er schon weitergereist nach Horta de Ebro, wo er die Fabrik malen muß.«

Aber natürlich! An diesen Maler kann sich der Marqués erinnern, fast hätte er damals ein Bild von ihm gekauft. »Es war ein Aquarell, La Chata, eine negerhäßliche Sängerin in geblümter Bluse unter getürmter Haarpracht. Furchtbar.« Nein, so etwas, obgleich nicht teuer, durfte einem Marqués von Lágrima nicht gefallen.

»Ich habe es gekauft.« Jetzt biedert sich der alte César ein wenig aufdringlich an, »dies und noch einiges andere – alle Gästeporträts aus Els Quatre Gats, den Ramón Pichot, den Manolo Hugué, Pujolá y Vallés ...«

Schon gut, Alter, schon gut.

César setzt noch hinzu, daß dieser Pablo heute schon seinen Preis habe, aber da hört schon niemand mehr hin. Ein Kellner mit einer Kugel durch den Kopf, wie soll man den ernst nehmen? Nun fragt dieser den Marqués, ob er ihm das Automobil aus der Garage holen lassen soll. Nein, das ist nicht notwendig, man werde sich einer Droschke bedienen. »Falls die Kutscher nicht streiken«, ruft einer der Gäste, was eine allgemeine Heiterkeit hervorruft.

Aurora geht als letzte aus dem Saal, César tritt an sie heran, »für Sie, Frau Marquesa, für Sie habe ich immer eine Droschke – bei jeder Revolution«, aber Aurora winkt ab, das Angebot sei sehr lieb von ihm, aber er möge doch schlafen gehen.

»Väterchen, es ist spät.«

»Für mich, Frau Marquesa«, erwidert er, »ist die Nacht noch lange nicht zu Ende.«

In den Vier Katzen

*Eine lange Nacht beginnt * Fernande, Frika und Pablos Freunde * Die Demoisellen aus der Calle d'Avinyó * Der Advokat Galcerán * Die Generalin Morocha * Erinnerungen an Kuba * Der junge López und seine Braut * Legionskameraden des Jahrhunderts * Mamá Teresa aus Habana * Eine Einladung nach Lágrima * Der Namenstag Jakobus' geht zu Ende * Der blinde Sergeant * Montag früh um fünf*

An diese Nacht, obgleich sie zunächst so ruhig beginnt, wird sich dennoch so mancher lange erinnern. Für die Stadt hat der Abend bislang nicht begonnen. Das Künstlerlokal Els Quatre Gats ist noch leer, nur draußen vor dem Spitzbogentor sitzt zwischen den Topfzypressen an einem der grünen Tischchen eine Dame, zu ihren Füßen eine Hirtenhündin.

Der Wirt kennt die beiden von einem früheren Besuch. Er bringt dem Tier eine Schale mit Wasser. »Frika, meine kleine Madame, dir muß vielleicht heiß sein in deinem Fell«, und zu der Dame: »Warte noch ein Stündchen, dann wird hier etwas los sein.« Er stellt seinem Gast nach dem Essen den Kaffee hin und berichtet von einem telefonischen Anruf aus dem Cuatro Naciones, sein Freund César habe über die Hotelréception zu Mitternacht Tische reservieren lassen für die Konsuln, für die Fabrikanten und Reeder. »Auch unsere schöne Marquesa wirst du zu Gesicht bekommen, leider auch ihren albern eitlen Gemahl.«

Der Wirt will die Dame nicht fortlassen. »Du wirst sehen, Fernande, es wird noch eine lustige Nacht.«

»Ich muß spätestens morgen mit dem ersten Zug zurück«, und Fernande bedauert, überhaupt nach Barcelona gekommen zu sein. »Irgend etwas kommt auf uns zu. Schon am Bahnhof von Tortosa bei der Abfahrt hatte ich dieses ungute Gefühl, und dann sah ich auch, daß ich auf der ganzen Reise fast allein blieb. Nur zwei Engländer saßen seit Tarragona im Nebenwaggon, später stiegen noch eine Dame hinzu und ein eklig fetter Geistlicher. Er hatte Mühe, sich ins Coupé zu zwängen.«

Das, erzählt Fernande, sei der erste – noch lustige – Aufenthalt gewesen, »der zweite war weniger spaßig. Frauen saßen auf den Schienen und blockierten die Strecke. Sag, Pere, was ist los?«

Nun, Pere Romeu? Läßt sich darauf etwas antworten? Sollst du dieser Dame aus Paris dein Katalonien erklären, von der Anarchie plaudern und wie man mit ihr lebt? Erst als Fernande klagt, sie hätte doch besser in Horta bleiben sollen, erwidert er, das fände er auch. »Da habt ihr alles, was ihr zum Leben braucht – du und dein Pablo.«

»Was ist los, Pere?«

Zum erstenmal auf einer Bahnfahrt hatte Fernande Angst verspürt. »Ich wußte gar nicht, über wie viele Brücken diese Linie führt«, zwischen Ebro und Llobregat käme aus den Bergen ja ein Fluß neben dem anderen herunter, und dann habe ja noch jeder kleine Wildbach seine eigene Brücke. »Auf dieser Küstenstrecke finden mindestens hundert Anarchistenbomben ihre Chance gegen einen einzigen Eisenbahnzug. Ich darf mir gar nicht vorstellen, irgend jemand aus der königlichen Familie hätte im Zug gesessen.«

Der Wirt beruhigt seinen Gast, das hätte man am Salonwagen erkannt, und wer von denen reise schon zu dieser Zeit durch die Provinzen? »Allenfalls die Infantin Hyacinthe mit ihrem kleinen Leutnant, den sie seit zehn Jahren dabei hat – Boni Bonito, einst der hübscheste Offizier der spanischen Armee, nun ein Invalide aus dem Amerikanischen Krieg.« Doch diese beiden, erklärt Pere Romeu, verschone jedes Attentat. »Mit ihnen zu reisen bedeutet absolute Sicherheit. Überdies ist die Freundin eines katalanischen Malers ohnehin hierzulande geschützt.«

Um neun Uhr kommt der Maler Isidro Nonell mit seiner Zigeunerin Aïtana, er fragt nach Pablo und erfährt, daß dieser längst in Horta sei, nur Fernande sei mit Frika noch einmal zurückgekehrt einiger Einkäufe wegen, die aber überflüssig seien, und Fernande bereue es auch. Später treffen Manolo und Ramón ein, sie stellen dieselben Fragen und laden Fernande zu sich an den Tisch.

Gegen zehn kommen drei Mädchen aus der Calle d'Avinyó und klagen über das schlechte Geschäft. »Nicht ein Matrose, nicht ein Soldat«, jammern sie, alles habe Ausgangssperre. »Bis morgen in der Frühe müssen die Truppen für Marokko auf den Schiffen sein, was aber nicht gelingt.«

Die Demoisellen wissen das aus erster Quelle, sie wissen es vom blinden Anselmo – einst Sergeant in Kuba. »Diese Invaliden haben ihre Ohren überall, sie haben ja nichts zu tun und streifen Tag und Nacht durch die Viertel«, sagt eins der Mädchen, und das andere: »Sie hören in den Straßen die Schüsse, bevor sie überhaupt gefallen sind, und aus den Zellen des Montjuich, das verkünden sie, schreit schon die Angst heraus.«

»Ach was, das alles wird sicher nicht so blutig.« Der Wirt beruhigt die Demoisellen, sie aber denken weniger an das Blut als an das schlechte Geschäft.

Aus dem drohenden Abenteuer möchte sich mancher gern heraussteh- len, es wird ihm nicht gelingen. Auch heute am Vorabend schon glückt dies nicht.

»Domingo ist in der Stadt!«

Wer ruft das durch das Restaurant? Es ist ein fünfzehnjähriger Junge, ein Schüler aus der Escuela Moderna des weit über die Grenzen hinaus bekannten Anarchisten Francisco Ferrer Guardia. »Aber sie kriegen ihn nicht!« Der Junge handelt sich aber nur Gelächter ein und muß hören: »Und was ist mit deinem Lehrer, Moisés? Hat auch er sich gut versteckt?«

»Den kriegen sie auch nicht. Der ist in London.«

So großer Naivität muß einfach widersprochen werden. »Das wird ihm nichts nutzen. Einen Ferrer rettet selbst das beste Alibi nicht.«

Wer sich hier so laut einmischt, wird es sicher wissen. »Aus eigener Kraft darf sich ein Volk nicht empören«, fährt der Redner fort, das brächte das Weltbild der Herrschenden durcheinander. »Auch die Revolution gehorcht der göttlichen Ordnung, und sie duldet keine wilden Aktionen. Sie fordert Demagogen, Aufwiegler, Rädelsführer ... Ihr meint, Freunde, es wird keinen geben? Dann wird eben einer erfunden! Das kann jeder Beliebige sein, am besten ein Unschuldiger! Am allerbesten ein unschuldiger Abwesender.«

Bravo, Advokat, recht so! Um so abstrakter liest sich später so ein Kapitel in den Annalen der Geschichte.

Der Gast, der so pathetisch dahergeredet hatte, muß es wissen, er hat die Akten der großen Anarchistenprozesse zwischen Chicago und Sankt

Petersburg studiert, er ist der Künstlerfreund und Kunstmäzen Galcerán, Hauptmann der Armee und Offizialverteidiger beim Kriegsgericht in Barcelona.

»Es soll mich nicht wundern, wenn ich nicht zum Herbst schon unseren Freund Ferrer im Prozeß vertreten muß.«

Eben noch ein flammender Redner, ermattet Galcerán plötzlich. »Die Mühe wird mir mißlingen. Die Geschichten derer, die die Welt zu verbessern trachten, sind bereits zu Ende geschrieben, ihr Finis steht an den Mauern des Montjuich, und das Urteil sprechen im Festungsgraben die Flintenläufe dieses ...« Er möchte den Namen des Kommandanten aussprechen und noch ein zynisches Wort anfügen, aber er zügelt sich. Was ist, wenn später mit der illustren Gesellschaft aus den Cuatro Naciones auch dieser Andalusier kommt? Wie würde Galcerán dastehen mit solchen Wörtern im Raum? So schließt er denn seine Rede:

»... und dann – paff, paff, paff!«

Diese drei Laute machten doch nicht etwa Lärm? Denn plötzlich schreckt an einem Einzeltisch in der Ecke eine Frau auf, ihr Ellbogen kippt von der Tischplatte ab, und ihr Kopf – eben noch durch die Hand gestützt – sinkt vornüber. Kaum jemand bemerkt es, nur Fernande blickt hinüber, sie glaubt, diese Frau aus Paris zu kennen. »Aber ja, das ist unsere traurige Trinkerin«, erklärt Nonells Modell, die Zigeunerin Aïtana, und zum Wirt hinüber: »Pere, gib ihr noch einen Absinth und schreibe ihn Pablo auf die Rechnung.«

Obgleich die ganze Szene wirklich kein Aufsehen erregen konnte, hat sie dennoch Frika aus ihrem Schlummer aufgescheucht. Die Hündin winselt, geht zum Ecktisch hinüber und leckt der Frau die herunterhängende Hand. Die Trinkerin krault Frika das Fell, aber nur kurz, dann braucht sie wieder den Arm, um ihren Kopf zu stützen.

Es geht auf halb zwölf, eine Mulattin durchquert die Vier Katzen, Mitte Dreißig vielleicht oder etwas älter. Wer sie zum erstenmal sieht, glaubt, er werde von diesem Weib provoziert, seiner Sicherheit, die schon Aufsässigkeit ist, seiner Größe – augenscheinlich mißt es ein Meter achtzig –, am wenigsten von seiner Schönheit. Die setzt man bei einem Halbblut am ehesten voraus. Für eine Fremde wäre dieser Auftritt einfach frech. Doch dieser Gast ist nicht fremd.

»Exzellenza«, begrüßt ihn der Wirt Romeu, »ist die Vorstellung schon zu Ende? Was gab es denn?« – »Othello!« Diese Auskunft kommt von einem Scherzbold unter den Gästen. Die Mulattin selbst sagt nichts, ihr Mund hat genug zu tun mit dem Herumkauen auf einem Kokabissen. Erst als sie am Ende der Theke ihren Platz gefunden, dann die viel zu enge Abendrobe bis zu den Waden hochgezogen, den Hintern auf dem Barhocker eingeschaukelt und die Stola von sich geworfen hat, holt sie aus den Zähnen mit der Zunge die Restfasern der Droge und spuckt sie auf den Boden. Das ist für Romeu ein Wink, den Gast erneut anzusprechen.

»Exzellenza, Frau Generalin ...«

Die Mulattin entnimmt ihrer Handtasche den Kokabeutel und pflückt sich Blatt für Blatt von den Stielen. Bevor sie erneut mit dem Kauen beginnt, bestellt sie sich ihren Rum. »Pere, wo ist mein Cubamierda?« Der Wirt hat die Flasche bereits in der Hand und zeigt das Etikett. Ja, es ist recht, es ist die Marke mit dem Kopf irgendeiner Isabel, irgendeiner Juana, einer Maria Cristina, einer Carlota.

»Geben Sie dem Hauptmann auch ein Glas.« Die Mulattin zeigt auf Galcerán, »seine Plädoyers sind unsere Leichenreden, und ich für meinen Teil möchte von ihm einen schönen, recht verlogenen, ja, einen ausgepicht erbärmlichen Nachruf.«

Die Generalin findet, sie habe sich genug exponiert. Der kleine Knubbel in ihrer Wange zeigt, daß sie wieder einen Kokabissen im Mund hat. Sie kaut und träumt sich in einen leichten Rausch hinein. Wie von fern hört sie die Stimme des Advokaten Galcerán. »Meine Freunde, hört nicht auf unseren Trauerkloß, er hat sein Kuba verloren ...« – »Und seinen General gewonnen«, unterbricht der Witzbold von vorhin.

Beim Wort General kommt eine Stimmung auf, als freue man sich, in diesem Augenblick noch am Leben zu sein. »Wir alle, die wir hier sitzen, werden am Leben bleiben«, erheitert der Hauptmann die Gesellschaft, »von jedem einzelnen brauchen wir das Porträt für unser großes Gemälde mit dem Titel Die Grablegung des spanischen Traums.«

Die Künstler finden das Pathos ihres Freundes ein wenig penetrant, zumal sie selbst mit Ansprachen nicht so viel im Sinn haben. Doch der Advokat, einmal so richtig animiert, hört mit Reden nun nicht mehr auf, für sein Traumbild sammelt er die Köpfe von Reklameetiketten. Zunächst bestellt er sich eine Zigarre, Marke Diablillo, und hält sie hoch: »Der

Kopf unseres verehrten Militärgouverneurs, General Diablillo Mazapán y Peladilla, auf der Bauchbinde einer Habana ...«

Pere Romeu und die Maler sehen sich an: Jetzt folgt, daß Barcelona nicht nur die Stadt der berühmten Maler sei, sondern auch die der berühmten Modelle. Isidro Nonell stößt seine Zigeunerin an, sie begreift und nimmt die Worte Galceráns vorweg: »Ja, ja, Barcelona, die Stadt der Maler und der Modelle!«

Jetzt, Generalin, kommst du an die Reihe: Morocha, das Mulattenkätzchen aus Moskau. Und da ist auch schon der Advokat mit seinem Vortrag: »Allen Porträts voran unsere ehrenwerte Exzellenza Morocha, die Gemahlin unseres Generals, mit ihrer Silhouette auf dem Medaillon einer Kaffeedose.«

Fernande spürt, daß sie – obgleich schon einige Male zu Besuch – in den Vier Katzen noch immer fremd ist. So erklären ihr die Künstlerfreunde diese Geschichte. »Diese Dame dort hat der General vor knapp zwanzig Jahren aus Kuba mitgebracht, sie kommt aus dem Zucker oder aus dem Kaffee, vielleicht auch aus dem Tabak, wer weiß das schon genau?« So oder so – sie sei im Doppelporträt mit einem weißlichen Kreolen als Kaffeereklame 1882 zur Weltausstellung nach Moskau gekommen. »Der Kaffee bekam einen Preis, und so wurde sie das berühmte Mulattenkätzchen von Moskau.«

»Ach, Sie waren in Moskau?«

Fernande spricht die Generalin direkt an. Was, Morocha, sollst du darauf antworten? Zehn Jahre alt warst du und noch nie über die Grenzen der Plantage hinausgekommen. Eine so dumme Frage, was bloß reizt dich, dennoch darauf zu reagieren?

»Ich war nie in Moskau, nur die Dose war da. Und die Dose war auch in Melbourne und Chicago, in Antwerpen und Brüssel, und überall kriegte der Kaffee seine Preise«, aber jetzt möge man doch nicht weiter davon reden.

Bitte keine Frage nach dem Kreolen, nach diesem milchigen Pendant auf der Medaille!

Wir Mädchen nannten ihn Sábado, denn er schlug uns immer nur samstags. Zu jedem Wochenende mußten wir zuerst in einen Bottich – eins nach dem anderen –, wir wurden gebadet, dann kriegten wir aus einem säuberlichen Notizbuch unsere Sünden von sieben Tagen vorgerechnet, es folgen die Strafen, gerecht abgezählt, keinen Schlag zu wenig, keinen Schlag zu viel. Noch unter Tränen hatten wir uns in weiße Spitzenkleidchen einzupuppen und uns an eine lange Tafel zu setzen.

Zwei lange Reihen Neger- und Mulattenmädchen, dünne braune und schwarze Beinchen unter weißen Röckchen, die dunklen Bällchen der Hände aus weißen Ärmelchen, kleine dunkle Köpfe aus weißer Spitze; auf weißem Tischtuch brauner Kuchen, in weißen Tassen brauner Kakao.

Das war dein Leben, Morocha: Gebadet, geprügelt, geputzt, gefüttert – Woche für Woche, Jahr für Jahr bis zu deinem dreizehnten Geburtstag, da bekamst du Kuchen satt, bliebst an der Tafel zurück, allein mit Sábado, er zog dich über den Tisch und nahm dir die Unschuld inmitten von Kuchenkrümeln und Pfützen verplemperten Kakaos. Von nun an kam zu dem samstäglichen Viererlei diese fünfte Kurzweil.

Sábado, du kränkliches Kreolenblaß, du hattest gern kleine braune Kinder in weißer Spitze, durch die sich dunkel die Haut bricht, und die Röckchen kurz und weit, und darunter das Nackte immer bereit für einen schnellen Griff.

»Du Miststück.«

Die Generalin spukt die Fasern der Kokablätter aus und sagt noch einmal: »Du Miststück«, gottlob so leise, daß es niemand hört außer Romeu hinter der Theke, und der weiß, wie man darauf reagieren muß – nämlich gar nicht. Er weiß, daß diese Morocha wieder einmal in den Rausch ihrer Wut getaucht ist, wo sie ganz allein sein muß.

Exzellenza, deine Geschichte kenne ich, und auch die von deiner Mutter, die vom Kongo kam, dich vor den Küsten der Antillen ablegte – irgendwo zwischen den Inseln Über dem Winde und Unter dem Winde – und die dann verreckte drei Decks tief auf dem Sklavendampfschiff Liberty. Ich kenne die Geschichte von deinem Vater, der berühmt wurde und später in England geadelt, dessen Name ein Wasserfall trägt, ein See, sogar eine Stadt – und der nichts von dir weiß. Und dann ist da noch die Geschichte mit dem General, der auf Kuba noch Major war, und an den du gekettet wurdest für dein Leben, so wie auch er an dich für sein Leben.

»Du Miststück.« Noch ein drittes Mal fällt dieser Fluch. Nun aber ist Schluß. Hättest du, Morocha, für alles, was du in deinen Erinnerungen aufstocherst, Flüche – du müßtest sie pausenlos ausstoßen und kämst nie mehr zur Ruhe.

Eine Stunde nach Mitternacht kommen die ersten Gäste vom Jakobusfest aus dem Cuatro Naciones herüber. Es sind die Konsuln, die Textilfabrikanten und Reeder, unter ihnen der junge López, der mit seiner Braut vom westindischen Geld keine glückliche Figur abgibt. Wird er es schaffen, am reservierten Tisch die Sitzordnung durcheinander zu bringen?

Es gelingt ihm, und er findet – wie durch Zufall – einen Stuhl neben dem Revuegirl aus Kopenhagen. Nun zeigt sich, wie diese neue Mode aus Paris, wie dieser Humpelrock, obgleich als unsittlich verschrien, denn doch die Moral hütet. Dem jungen López gelingt es nicht, mit der Hand unter die gerafften Bänder des Kleidsaums zu kommen. Er wühlt und wühlt, aber er kommt einfach nicht voran. Da nimmt er das Girl am Hals, zieht es zu sich heran und flüstert ihm etwas ins Ohr. Der Cake ist nicht im geringsten erstaunt über die rüde Behandlung, er sagt laut über den Tisch hinweg in unbeholfenem Englisch, aber doch für jeden verständlich: »Der junge Herr, den ich nicht näher kenne, möchte etwas von mir.«

Alle, die das hören, finden es ganz natürlich. Was soll man dazu sagen? Neugier macht nur, wie die Braut reagieren wird.

Fräulein Florinda Díaz de Quitano beherrscht sich, was ihr nicht schwerfällt, denn sie besitzt die Gabe, in solchen Situationen schnell und ohne Gepäck weit weg zu reisen. So viele Inseln, so viele Strände besitzt ihre Familie, wie wäre es heute mit einem Ausflug in die Karibik? Sie wird einen dieser armen Maler dort am Nebentisch mitnehmen. Wem von ihnen gönnen wir das Glück eines kurzen Besitzrausches? Wem eine Ecke in ihren genüßlichen Träumen?

Da, diesem da!

Der ordinären Zigeunerin, der er gehört, nehmen wir ihn einfach weg. Florinda steht auf, langsam und ganz ruhig, sie geht hinüber zu den Künstlern. Wie heißt du? Nonell, Isidro. Ein schöner Name. Nun, Isidro, ziere dich nicht lange, weg mit dem Hemd, und nun hinein mit meinen Zähnen in deine Brust. Das tut weh, was? Aber ich weiß noch mehr, was Schmerzen macht. Seit meiner Kindheit habe ich alles zusammenphantasiert, was Männern Schmerzen macht. Und seit dem Tage meiner Verlobung werde ich grausamer und grausamer. Noch ein Biß, ja! Halte still, Isidro, dafür eine Insel geschenkt, ist das nichts?

»Welche Inseln gehören unserer Familie – sagen wir beispielsweise – im Archipel der Jardines de la Reina?«

Die Umsitzenden sehen sich verwundert an, alle hatten nach dieser Peinlichkeit eine zornige Reaktion der jungen Dame erwartet. Sie aber blieb einfach sitzen und schwieg. Nun plötzlich so eine dumme Frage!

»Verehrte Señorita, Spanien hat keine Inseln mehr, weder im Karibischen noch im Pazifischen Meer.« Wie kann eine Díaz de Quitano so weit hinter der Zeit zurück sein? Wo in seiner Kindheit ist dieses Mädchen stehengeblieben? Vielleicht hat niemand je mit ihm gesprochen, weil es immer schon so häßlich war.

»Florinda«, nimmt sich nun der alte Díaz seiner Tochter an, »selbst früher hatte Großvater in diesem Archipel nur ein einziges winziges Inselchen, unbewohnt, es war das Cayo Chiquitín, Bambus allenfalls, kaum Palmen, nicht einmal eine Fledermaus, Frösche vielleicht ...«

Das reicht.

Florinda unterbricht ihren Vater. »Es reicht«, sie steht auf und geht vor die Tür. Am Nebentisch ist diese Szene kaum aufgefallen, und auch Isidro Nonell hat noch nicht einmal bemerkt, daß diese Eule einmal kurz zu ihm hinübergeblickt hatte.

Das soll alles gewesen sein?

Der junge López hatte sich einen anderen Zorn und ringsum ein anderes Erstaunen erhofft. So treibt er jetzt die Provokation auf die Spitze und flüstert noch einmal dem Revuecake etwas ins Ohr. Los, Mädchen, posaune diese Worte hinaus! Nein, sie gehen dem Girl zu weit, es öffnet nur rund und weit den Mund, wirft sich im Stuhl zurück, reckt die Arme hoch, lacht und lacht.

Felipe López, jetzt bist du gefordert, selbst etwas zu sagen. Ein Blick über den Tisch, ob auch alle zuhören, besonders der alte Estrü, auf den dies alles eigentlich abzielt, und nun laut ins Lachen des Cake hinein: »Dieser reizenden Miss vom Kuchentanztheater in Kopenhagen werde ich in dieser Nacht noch die Ehre rauben.«

Es dauert kaum Sekunden, da haben es alle begriffen, sie stimmen ins Lachen des Revuegirls ein, und die Frau des Generalkonsuls Cischini, eine Madame aus Wien, stößt kurze spitze Schreie aus. Sie ist noch nicht lange in Spanien, versteht aber doch ganz gut die Worte Ehre und Raub und verspricht sich in diesem Land der Mannesehre ein richtiges Duell.

Sie wird enttäuscht.

Der alte Estrü hat in seinem Kopf schnell die Situation geklärt. Stünde hier die Jugend gegen das Alter, würde er jederzeit den Kampf aufnehmen. Um seinen Sieg müßte er nicht bangen. Hier aber steht Geld gegen Geld – ein unnützes Duell. In den Familien López und Estrü ist zusammen so viel Reichtum, da wäre es nur ein Trinkgeld, alle Revuen der Alten und der Neuen Welt aufzukaufen. So viele Schnepfen können sich gar nicht auf den Brettern tummeln, wie man für sie zu bezahlen in der Lage sei. Im übrigen wirst du, Eusebi Estrü, im kommenden Jahr geadelt, und als Conde steht dir dann auch das ernste Ballett offen, die königlichen und kaiserlichen Bühnen des ganzen Europa.

Sankt Petersburg, denkt er, wie lange war ich nicht dort? Da will ich doch gleich mal dem lieben guten Proud'homme ein paar Zeilen schreiben, meinem Freund Sergei Sergejewitsch, dem Tanzlehrer am So-und-so-Prospekt. Ja, gleich morgen.

Aber nun sollte man besser das Thema wechseln, und der Textilfabrikant beginnt leichthin eine Plauderei. »Da amüsieren wir uns königlich, wissen aber gar nicht mehr, was wir heute eigentlich feiern.« Er genießt die Verblüffung, denn wer denkt jetzt noch an den Namenstag des Heiligen Jakobus vom Schwert? Wie viele spanische Städte diesseits und jenseits unseres Ozeans tragen den Namen Sant'Jagos trotz des für einen spanischen Märtyrer doch sehr unspanischen Todes!

Alle, besonders die ausländischen Konsuln, finden derartige Gedankenarbeit zu dieser nächtlichen Stunde doch sehr versponnen. Feierte man in Deutschland, gewiß, man würde tiefsinnige Grübeleien in fortgeschrittener Stimmung durchaus goutieren, auch in Frankreich wäre abstruses Philosophieren in Weinlaune nichts Ungewöhnliches gewesen. Aber in Katalonien?

Einer nach dem anderen schweigt, einige schütteln den Kopf, aber Estrü läßt sich nicht beirren. »Geköpft! Ganz einfach nur geköpft! Auf keinem Rost gebraten, durch keine Pfeilwunde langsam verblutet, nicht gesteinigt, nicht am Kreuz verhungert, nicht ausgesetzt und angepflockt in der Wüste – mit Beginn der Dunkelheit von Tieren angenagt, Nacht für Nacht, Stückchen für Stückchen ... Nein, einfach unterm Schwert, ohne Folter, ohne Qual, sanft geköpft – wumm.«

Dieses Wumm geriet Eusebi Estrü vielleicht ein wenig zu laut. Mittlerweile nämlich war eine Stille eingetreten, alle hatten ihm zugehört, und nun plötzlich in das Schweigen hinein dieser Ausruf.

Wumm.

Die Hündin Frika schreckt hoch, sieht aber nicht zum gesprächigen Fabrikanten hinüber, sondern zum Platz der traurigen Trinkerin. Deren Ellbogen ist gefährlich nahe an die Tischkante gewandert. Fällt der Arm hinunter? Nein.

Frika, kurz aufgesprungen, wartet enttäuscht und legt sich wieder zu Füßen Fernandes.

Wie gut würde sich Pablo Ruiz in dieser Gesellschaft ausnehmen. Vom Platz seiner Absinthtrinkerin, vielleicht, könnte er alles überblicken, diese verschachtelte Komposition in den Vier Katzen zu dieser Stunde: seine Freunde Ramón Pichot, Manolo, Pujolá y Vallés, Isidro Nonell mit seiner Zigeunerin, in schwerem Karmin der Rock, das Dunkel in den Höhlen ihrer Augen, hinter der Theke der Wirt Pere Romeu, vis-à-vis die Mulattin, die Stola von der Schulter geschüttelt, das Haar, von den Fingern zerwühlt, in Strähnen aufgelöst. Gegen das Sepia solcher Flecken das Ocker der reichen Reeder und Kaufherren, abseits vor verstecktem Blau das Muschelrosa der drei Demoisellen aus der Calle d'Avinyó.

Und sicher hätte der Maler auch nicht den Herrn im Zylinder vergessen, der jetzt – von Freunden lärmend begrüßt – hereintritt, elegant, und doch ziemlich altmodisch die Pelerine über dem Frack. Weiß flattert das Cachenez und verdeckt hinter ihm halb eine Dame in unkleidsamer karogemusterter Robe. Die beiden Ankommenden sind schon ältlich, und doch geben sie sich munter und genießen ihren forschen Auftritt.

Das hätte Pablo an diesem denkwürdigen Tag malen können, am Vorabend der großen Revolution.

Er aber sitzt in seinem erbärmlichen Gebirgsdorf hoch über dem Ebro, wo er von allem nichts mitbekommt, nicht die Sensationen der Geschichte, die Abenteuer des aufbrechenden Jahrhunderts, nicht das Pathos der Tragödie, zu der sich in wenigen Stunden der Vorhang heben wird. Blumen hat er vorskizziert und Birnen für die Porträts von Fernande. Auf ihre Rückkehr wartet die Anisflasche auf dem Tisch. Mittags geht Pablo hinaus zu den Häusern auf dem Hügel, zu seiner Fabrik mit dem Schlot zwischen den Palmen, zum Berg von Santa Bárbara, zum Reservoir ... zu all den überflüssigen Motiven, die niemanden über die Desaster der Geschichte werden trösten können.

Auf den Boulevards von Barcelona bauen die Bürger Barrikaden.

Delacroix an Pablos Stelle wäre in der Stadt geblieben, der Herr im Zylinder reckte steil die Flinte, die Malerfreunde umklammerten mit Fäusten fest die Säbel, zu Füßen lägen die Konsuln und Handelsherren, der Junge aus der Escuela fuchtelte mit gleich zwei Pistolen herum, und Fernande, hoch und hoch mit nackten Brüsten, schwenkte die Fahne des befreiten Katalonien.

Müßten sich hier an den Tischen nicht alle schämen für ihren desertierten Freund? Besonders die Demoisellen, die zur Zeit zwar noch kein leichtes Los haben, dennoch aber später die berühmtesten aller Gäste sein werden und somit als Kunstprominenz der Zukunft eine außergewöhnliche Verpflichtung hätten, sich in dieser großen Stunde für die Freiheit zu engagieren.

Ach, zu dieser nächtlichen Stunde denkt in den Vier Katzen niemand an die Abwesenden und ihre versäumten Taten, an die weißen Flecken im historischen Atlas: diese überflüssige Fabrik, diese unergiebigen Häuser auf dem Hügel von Santa Bárbara, die in der Chronik der Menschheitsentwicklung nichts bewirken, die Anisflasche – ein Nichts, das einfach nur dumm herumsteht. All dieser Krimskram geht rund um die Welt, in hundert Jahren noch wird man ihn bewundern, vergessen aber werden die Barrikaden auf den Straßen sein, der Schuljunge mit den beiden Schießeisen, die Frau, die an Fernandes Stelle hoch auf den Schanzen die Empörung in die acht Winde Barcelonas hineinschreit.

So ungerecht ist die Geschichte.

Der Wirt Romeu geht auf den Neuankommenden zu, auf den Herrn mit dem Zylinder und der altmodischen Pelerine. Er umarmt ihn herzlich. Das ist kein Gast. Es ist der Mitbesitzer von Els Quatre Gats, Herr César Sagot. Im Französischen Restaurant des Hotels Cuatro Naciones hat er seinen Abenddienst als Oberkellner beendet, nun guckt er noch einmal in seinem eigenen Reich nach dem Rechten, in seinem Lokal, in das er in den Jahren all seine Trinkgelder steckte, dazu die kleine Kriegsinvalidenrente, vor allem aber die Gewinne aus dem Handel mit den modernen Barceloneser Malern.

Die Dame, die hinter ihm das Restaurant betritt, ist für den Rest der Nacht von César eingeladen. Er stellt sie Pere Romeu vor und führt sie dann an den Tisch der Künstler, die zusammenrücken und einen Platz freimachen.

»Das ist Miss Alabama aus den Yankeestaaten unseres Amerika. Sie und ich, wir beide haben gemeinsam ein Zeitalter durchstreunt. Doch immer, wenn wir uns begegneten, lag zwischen uns genau eine Seemeile, diese eine Bogenminute im Meridian unseres Erdballs, gerade eben die Strecke einer Kanonenkugel.«

Sie beide seien, erklärt César, Legionskameraden des alten Jahrhunderts und zu Beginn des neuen endlich vereint, um im Revolutionstheater von Barcelona die Plätze einzunehmen. »Wir haben keine Logensessel, wir haben unsere Sitze im Parkett.«

Die Maler fangen an, sich zu amüsieren. Fernande versteht die Belustigung nicht, und Nonell muß ihr diesen Mann im Frack erklären. Mit seinem linken und seinem rechten Zeigefinger demonstriert er an seinem eigenen Hinterkopf und seiner Stirn, wo beim alten César der Schußkanal verlief.

Das entgeht Miss Alabama nicht, und laut tönt sie in die Runde: »Was ist? Werden jetzt Narben gezeigt?«, und man wolle doch nicht etwa, daß nun auch sie die Verletzungen an ihrem Leib bloßlege. »Meine erste Wunde kriegte ich auf den Baumwollfeldern von Alabama. Seitdem ist mein Körper ein Klumpen aller Gebresten rund um den Äquator, aller Seuchen und Geschwulste. Dazu kommen noch die Beschwernisse des Alters, und nicht zu vergessen das tägliche Übel.«

Sie bestätigt der staunenden Gesellschaft, daß der Oberkellner César keinen Blödsinn schwätze. Sie, eine Miss von jenseits des Ozeans, sei in der Tat hier, um den Aufstand in Barcelona zu erleben.

»Ich ziehe umher von Theater zu Theater. Ich bin auf einer Reise in die Anarchie.«

Die Honoratioren am Nebentisch sehen sich indigniert nach diesem Auftritt um. Die Wendung ins Ordinäre mißfällt ihnen, die Inszenierung ihres Abends hatten sie sich gesitteter vorgestellt. Schon das Geschwätz des Advokaten Galcerán vorhin ging ihnen zu weit. Der Generalkonsul aus Wien, Exzellenz de Cischini, will gerade fragen, ob man hier etwa auf einer Bauernbühne sei, da wird aller Interesse plötzlich abgelenkt.

Herein kommt Mamá Teresa, die Negersängerin aus Kuba. Vorhin auf dem Ball hatte sie ihren Auftritt mit dem Orchester Pablo Valenzuela, und bis jetzt haben alle, die dabei waren, ihren Song im Ohr: »Mamá Teresa hat sich fortgestohlen, / denn sie will nicht die Rumba tanzen / mit Juan, mit Juan, / dem lahmen Hinkefuß ...«

Die Konsuln und Fabrikanten applaudieren bei ihrem Erscheinen und jubeln: »Da capo, da capo!« Doch die Sängerin läßt sich von diesem Empfang nicht reizen, sie entdeckt am Ende der Theke auf dem Barhokker Morocha, sie breitet die Arme aus und ruft: »Mariposa! Mariposa! Wo warst du? Du warst nicht auf dem Fest? Ich habe gesungen, ich wähnte dich im Publikum und habe für dich gesungen – das Rumbalied vom humpelnden Juan.«

Morocha braucht einen Moment, bis sie die Begrüßung begreift.

Mein kleiner Schmetterling. Wie lange ist es her, daß man sie so rief? Seit zwanzig Jahren, seit der General sie nach Spanien brachte, ist sie nur noch Morocha, das Brauntier. Jetzt endlich erkennt sie ihre alte Freundin Teresa. Beide Frauen küssen sich die Wangen ab, sie kommen aus der Umarmung nicht mehr los. Endlich kann Teresa sich auf den Hocker schwingen. Morocha bietet ihrer Freundin den Kokabeutel an, diese aber hat die Droge gewechselt, sie kaut Betel.

»Das habe ich mir auf den Philippinen angewöhnt«, erklärt sie, »ich war bei den Guerilleros und habe Kampflieder gesungen gegen die Gringos.« Morocha wendet ein, vom Betelkauen bekäme man so häßlich braune Zähne, aber Teresa preist gerade dies als perfekte Tarnung gegen Scharfschützen der Marines. »Das Weiß der Zähne ist ein allzu leicht verletzbares Ziel der dunklen Rassen.«

Mamá Teresa ist weit auf dem Globus herumgekommen. Ihren Namen erhielt sie von der Künstleragentur erst später, als sich nicht mehr verheimlichen ließ, daß sie die Mitte der Dreißiger überschritten hatte. Nur für sehr alte Freunde aus der Alhambra in Habana ist sie noch Picaflor, der kleine Kolibri.

Diese Zeiten, als sie noch Kolibri und Falter waren, rufen die beiden Frauen jetzt in sich wach.

»Erinnerst du dich noch an unsere vielen kleinen braunen und schwarzen Beinchen unter dem weißen Tischtuch? An unsere dunklen Ärmchen rund um die Tafel? Jede von uns hatte in dem einen Händchen eine schwere Tasse mit heißem Kakao und in dem anderen ein riesiges Stück krümeligen Kuchen. Du hast das doch nicht vergessen?« fragt die eine, und die andere weiß: »Ja, jeden Samstag dasselbe«, und dann wieder die eine: »Entsinnst du dich, wie eines Tages Sábado mit uns nach Santiago de Cuba zum Fotografen fuhr? Er wollte sich inmitten von vier der hübschesten seiner kleinen Mohrinnen porträtieren lassen.« Und jetzt beide durcheinander – jede hat noch mehr im Gedächtnis als die andere – von den weißen Spitzenkleidchen, wie kurz die Röckchen waren, und wieder taucht das Arrangement im Atelier auf, das war bei einem gewissen Eugenio Lunar und so weiter, und wer vergißt den Blitz der Magnesiumlampe? Der Schmetterling hatte das Haar hochgeringelt, oder war es der Kolibri, wer von beiden ließ die Zotteln ins Dekolleté hinabkräuseln? Die eine hatte eine bedeckte und die andere eine nackte Schulter gezeigt ...

Noch viel mehr möchten sich die beiden Frauen erzählen, da geht César auf sie zu, um sie zu begrüßen – die Generalin voller Respekt, die Sängerin mehr kollegial. Er kommt gerade zurecht, um zu verhindern, daß sich die zwei an den noch letzten freien Tisch setzen.

»Der ist reserviert. Ich habe mit allem Respekt versprochen, ihn freizuhalten, auch wenn es drei Uhr in der Frühe wird oder gar noch später.« Leise fügt er hinzu, die beiden Plätze seien für den Marqués von Lágrima. Morocha möchte etwas Süffisantes erwidern, etwa daß man auf diesen Affen gerade gewartet habe, oder etwas Ähnliches, da öffnet sich schon die Tür.

César geht dem Marqués und der Marquesa entgegen und legt ein wenig Triumph in seine Stimme: »Da sehen Sie, ich war nun doch vor Ihnen hier. Hätten Sie sich mir anvertraut, wäre auch für Sie eine Droschke dagewesen.«

»Schon gut, Väterchen, schon gut«, erwidert Aurora und ruft dann laut durch das Restaurant: »Meine liebste Morocha, hier also sind Sie! Sie waren nicht auf dem Jakobusball? Wir hatten einen Tisch für vier reservieren lassen zusammen mit Ihnen und Diablillo. Wo ist er eigentlich?«

Während Aurora ihre Freundin Morocha begrüßt, hat Mamá Teresa Muße, weiter in die Kindheit zurückzutauchen. Sie sieht sich deutlich in dem kleinen Café am Paseo de la Reina, in das Sábato nach dem Atelierbesuch seine Mädchen zu Fruchteis mit Schlagsahne einlud. Da kam ein spanischer Offizier herein, den sie das Teufelchen nannten. »Diablillo«, fragt Teresa ihre Jugendfreundin, »war das nicht dieser rosaweiße Major, der dich nach dem Fotografieren unserem Patron abgekauft hatte?«

Ja, genau der war es, und er sei jetzt General, und zu Aurora gewandt: »Sie fragen, wo er ist? Er ist dabei, die Gewehre laden zu lassen und die Kanonen, denn in ein paar knappen Stunden muß dieser rosaweiße General auf rosagraue Arbeiter schießen lassen. Dann beginnt die semana trágica, die lärmende Woche.«

Dem Marqués sind solche Bekundungen – auch noch so laut – peinlich. »Verehrte Freundin«, sagt er zur Generalin, »wir werden sicher später noch Gelegenheit zum Plaudern finden«, und schnell, um weiteren Ausbrüchen der Mulattin vorzubeugen, lädt er den General nebst Gemahlin für den kommenden Samstag ein, in Chicas Geburtstag hineinzufeiern.

Er nutzt diese Gelegenheit, seine Tochter – wie immer und immer – als Wunderkind herauszustellen. Er lobt Benehmen und Begabung, erzählt von ersten Reimversuchen und frühem Kunsttalent, von der Passion für den Tanz und einer begnadeten Musikalität.

»Ich habe für Chicachiquita heute nachmittag unter anderem eine Schallplatte gekauft: Das Neueste von dem französischen Komponisten Claude Debussy, einen Cake Walk für Kinder ...«

Bei diesem Wort dreht sich Miss Alabama um, entschuldigt zunächst, das Gespräch so unverfroren mitangehört zu haben, und behauptet dann, daß ein europäischer Komponist weder einen Cake Walk noch einen Ragtime komponieren könne.

Und wenn, dann möchte sie einen solchen Unsinn wirklich einmal hören.

»Das ist Amerika.« Die Lady erklärt, mit der zerrissenen Musik hole sich die Neue Welt die Alte in ihren Machtbereich. »Da kreisen nicht nur unsere Schiffe aus Panzerstahl um dieses Europa herum, da dringt auch tief in die Länder hinein das Fieber ...« Als die Matrone immer weiter Kanonenboote und Kultur in einen Topf wirft und umzurühren beginnt, wird es dem Marqués zu viel. Er findet die alte Yankeefregatte in dem Ballkleid aus groben Harlekinkaros abscheulich und will sich abwenden. Sie aber hält ihn am Revers fest.

»Sie haben Ihren Walzer erfunden, die Polonaise, vielleicht auch den Galopp. Vergessen Sie es! In das neue Jahrhundert hinein galoppiert unser Kontinent.« Die posaunt vielleicht einen Plunder zusammen, denkt der Marqués, aber das Pathos, mit dem diese Amerikanerin ihre Ungereimtheiten vorträgt, imponiert ihm denn doch. Kurzentschlossen lädt er auch sie für den nächsten Sonntag ein.

»Ein europäisches Grammophon wird Ihre Ohren ja wohl nicht beleidigen.« Alabama spürt wohl die Ironie, sagt aber dennoch sofort zu. Wieder ein Abenteuer, denkt sie, wenn auch im spanischen Getümmel sicher nur ein Etappenbums.

Nur damit Yoyó nicht schon wieder die Mängel seiner Tochter zu übertünchen versucht, mischt sich Aurora jäh ins Gespräch. »Meine liebe Madame Übersee, Sie können auch unter der Woche gern einmal auf unserem Gut hereinschauen. Wenn Sie sich die Campiña ansehen und weiter das südliche Katalonien, führt Sie Ihr Weg ohnehin so oder so über Lágrima.«

Sie gibt der Lady eine Empfehlung für die Dienerin Alma und verspricht, diese gute Seele werde ihr sicher gern eine Tasse Kaffee auf der Terrasse servieren. »Nirgends in Katalonien«, rühmt Aurora, »haben Sie eine so reiche Auswahl von Vogelstimmen wie auf der Terrasse unseres Landhauses. Vom Zirpen und Brummen und Summen der Insekten wollen wir gar nicht erst reden.« Alabama erwidert dankend, eigentlich sei sie nicht in Spanien, um auf einem Landgut dem Zwitschern der Vogelwelt zu lauschen, sie ziehe das Zwitschern der Flintenkugeln vor.

»Das Brummbrumm der Kanonen krakeelt mir süßer ins Ohr als das Summsumm der Käfer.«

Von der permanenten Empörung in dieser Region habe ihr bereits bei einer Flottenschau in Jamestown König Carlos vorgeschwärmt, nun sei sie in Barcelona gerade rechtzeitig zum prächtigsten Schlamassel eingetroffen, und vielleicht ergäbe sich das Glück einer zufälligen Begegnung mit einem alten Vertrauten aus Amsterdam. Laut richtet sie sich mit ihrer Frage an alle Gäste:

»Kennen Sie einen gewissen Domingo, Lunes, Martes und so weiter in den Namen der Wochentage?«

Der Tisch der Maler verstummt, nur Moisés, der Junge aus der Escuela will aufspringen. Doch bevor er etwas verraten kann, hält ihn die Zigeunerin zurück.

Alabama wundert sich über die plötzliche Stille. Sicher wurde sie nicht verstanden und muß deutlicher werden. »Eigentlich ist er Russe.«

Jetzt, Aurora, kein Wort! Nichts anmerken lassen. Still, Aurora, still!

Yoyó bemerkt die Überraschung seiner Frau, er nimmt ihre Hand, sie ist kalt. »Hast du es wieder mit dem Kreislauf?« und zur Amerikanerin: »Der Gesundheit meiner Frau wird das spanische Klima immer feindlich bleiben. Sie ist auch Russin.« Derartig ermutigt wiederholt Alabama ihre Frage. Jetzt fällt ihr auch der russische Name ein. »Iwan Iwanowitsch ... Weiter weiß ich nicht. Auf dem Kongreß in Amsterdam nannte sich alles nur beim Vornamen. Es waren Anarchisten.«

Was denn, liebste Aurora Iwanowna, du bist betäubt? Der Marqués genießt diesen Augenblick. War das womöglich ein kleiner Schlag? Da kann man doch gut noch einen draufgeben.

»Um so ergiebiger, Miss Neue Welt, wird Ihr Besuch in unserem Haus. Unsere Dienerin Alma kam erst vor kurzem aus Rußland. Fürst Kropotkin hatte sie uns gegen die Einsamkeit der Marquesa hierher empfohlen. Sie weilt schon achtzig Jahre auf dieser Welt, sie kennt Russen über Russen, alle Anarchisten kennt sie, und wie viele allein, die Iwan heißen.«

Aurora, keine Sorge, dieser Yoyó weiß nichts, er ist dumm, er kann sich überhaupt nichts ausrechnen, er spielt nur mit Wörtern, nur mit Namen und hat eine Lust, dich mit seinem Spiel zu ärgern. Ja ärgern – das ist das richtige Wort.

Ein wenig spötteln will er, und da solltest auch du dein spöttisches Lächeln auflegen und betont kühl in die Unterhaltung eingreifen: »Sie kommen, meine Freundin – so darf ich Sie doch wohl nennen? – ganz einfach mit der Eisenbahn nach Lágrima.« Aurora schildert den Weg zum hiesigen Bahnhof Francia, sie skizziert weitschweifig die Lage des Perrons, beschreibt mit allen Stationen die Strecke nach Tarragona über Villanueva, die Fahrzeiten ... Da tritt der Oberkellner César hinzu. Während der ganzen Rede schon beobachtete er die Verzweiflung der Marquesa, wie herzergreifend sie das alles herunterbetete. Sie leiert und leiert, wie gern möchte sie unterbrochen werden, und er sagt: »Eisenbahnzüge werden in der nächsten Woche nicht verkehren. Ich werde unserer verehrten Lady eine Kutsche besorgen.«

Da bekommt Aurora ihre Sicherheit wieder, und gleich will sie es diesem Yoyó zurückgeben. Laut, daß er es hören kann, fragt sie: »Sagen Sie, mein guter César, auf dem Ball vorhin tuschelten Sie meinem Mann etwas ins Ohr. Die ganze Zeit fragte ich mich: Was sind das für Geheimnisse, die den Herrn Marqués selbst zwischen den lustigsten Tänzen interessieren könnten.«

Die Frage bringt den Kellner in Verlegenheit. Aurora sieht es und winkt ab. »Laß, Väterchen, Sie müssen nichts sagen.«

Yoyó, du hast verstanden! Jetzt heißt es Offenheit demonstrieren, und an Césars Stelle antwortet nun er: »Der gute Mann ließ mich wissen, daß er für Mitternacht in den Vier Katzen nur noch einen Tisch mit zwei Plätzen habe und keinen mehr mit vier. Mußte das unbedingt unser Tischnachbar hören, den du gerade kurz zuvor so herzlich nach Lágrima eingeladen hattest – diese Charge Santomajo?«

Die neugotischen Gewölbe dieses Lokals lassen kein Geheimnis zu. Wer nur hatte Pere Romeu und seiner englischen Frau Corina diese Architektur eingeredet? Unter diesen Deckenbogen kreuz und quer geht kein Hall verloren, und so fängt auch Hauptmann Galcerán die Worte auf.

»Wir haben unseren Andalusier verloren«, ruft er, und im Kreis der Künstler fallen Wörter wie Galgenstrick, Kanaille, Fellache, und der Schüler Moisés greift zur Gitarre und stimmt an: »Tod ... dem ... Wich ... ser ... San ... to ... ma ... jo ...«, doch weiter kommt er nicht, Aïtana, Nonells Modell, zieht ihn auf den Sitz zurück und hält ihm den Mund zu.

Ein flüchtiger Besucher, käme er jetzt gerade in die Vier Katzen, sähe sicher nur eine Gesellschaft fröhlicher Zecher. Doch träfe zu dieser ungewöhnlichen Stunde etwa ein Schlachtenmaler ein – in der Hand das Skizzenbuch, auf der Suche nach Köpfen und Figuren, nach Haltungen und Gesten für den Entwurf eines Mammutgemäldes zu welchem Kampf in welchem Krieg auch immer – hier fände er in jedem einzelnen der Gäste seine Vorlage.

Wie diese Männer lange vor einem visionären Gefecht die Wut in sich aufkochen, wie sie – immer neuen Wein bestellend – die Verwegenheit in sich hineinschütten, wie sie Herzensstärke und Heldensinn, ihren Zorn und ihren Glauben an den Sieg inszenieren, zeigt dieser Kneipentisch trefflicher als womöglich später ein originales Kampfgetümmel, wo die Angst das Mienenspiel entheroisieren wird, wo in Arme und Beine der Schrecken fährt, das Zaudern und der Trieb, jederzeit zu flüchten.

Die zivile Kulisse der Kneipe störte den Skizzenzeichner kaum, er braucht in den Zügen nur das Unverzagte und die Verachtung des Todes. Das Zierwerk drumherum, Helme und Epauletten, Kragenspiegel und Kinnschuppen, Bajonette und Säbel, das Gold der Knöpfe, das Silber der Schnüre, das Grau der Gamaschen – er fände es überall und zu jeder Zeit in Zeughaus und Arsenal, in Fundus und Requisitenkammer der Theater, in Marställen und Museen.

Noch immer hält die Zigeunerin dem Jungen aus der Escuela Moderna den Mund zu.

Diese Geste bringt die Künstlerfreunde auf einen Gedanken. Sie fangen an zu summen, doch erkennt jeder Barcelonese gleich zur Melodie auch den Text. Es ist das Spottlied auf den Generalkapitän: »Weyler, Weyler, du Hyäne«. Auch Romeu und die Demoisellen schließen sich nicht aus, und preßt nicht selbst am Tisch der Handelsherren der eine oder andere die Lippen fest aufeinander und atmet in einem Rhythmus, daß man meinen könnte, er stimme sich in das Summen ein?

César glaubt, sich für die aufgeheizte Stimmung beim Marqués entschuldigen zu müssen. »Dem Herrn Oberst hätte der Abend hier ohnehin nicht gefallen«, und er betont besonders seine Fürsorge für die beiden doch noch sehr jungen Töchter des Herrn Kommandanten.

»Hier herrscht Bohème«, sagt er, »zudem eine katalanische, die nicht weit entfernt ist von Zügellosigkeit, Verhöhnung und Terror.« Als er überflüssigerweise hinzusetzt, Barcelona läge ja nicht in Kastilien oder Andalusien, horcht Miss Alabama auf.

Dieser Mann soll einen Kopfschuß haben? Dafür weiß er aber sehr genau, was er sagt und zu wem er es sagt. Diese scheinbare Entschuldigung beim Marqués war nicht für ihn, sie war für sie bestimmt, den Gast aus Amerika, für jemanden, der einen Domingo sucht.

Alabama weiß, in welcher Gesellschaft sie sich befindet. Sie ist zufrieden und bestellt sich noch eine Habana mit dem Porträt des Generals Diablillo auf der Bauchbinde.

»Sie haben also, lieber Freund«, bemerkt Morocha zum Marqués, »Ihren Oberst verloren wie ich meinen General – beide im Hinterland«, da sei man hier an der Front ja nun ganz unter sich.

Dem Marqués gefiele solche Süffisanz, käme sie von ihm selbst. So aber verläßt er die Theke, zieht Aurora hinter sich her und steuert die für ihn reservierten Plätze an.

Mamá Teresa hatte die Anspielungen auf den Festungskommandanten Santomajo nicht so recht mitbekommen. Deshalb nun erklärt die Generalin ihrer alten Freundin aus der Sklavenkindheit den Mann, um den es hier geht. Sie begleitet dies mit weit ausholenden Bewegungen und gestaltet die Beschreibung zu einem pantomimischen Auftritt. Mit der linken Hand geht sie weit unter Thekenhöhe, auf die geringe Größe des Oberst anspielend, mit der rechten zeichnet sie – als fertige sie einen Scherenschnitt – ein Profil nach, und jeder, der genau hinsieht, erkennt sofort: Das ist das Profil eines Andalusiers. Nun kommt Morocha zur Skizzierung der beiden Töchter: Erst wieder die Linke, sie deutet zweimal eine doppelte Länge an, danach setzt die Rechte je eine hohe Haube über die Gebilde. Dazu erzählt Morocha, wie sich über die zwar bildhübschen, doch allzu einfältigen Lärvchen die gefärbte Haarpracht auftürme, »hoch und hoch wie Garben aus Stroh – man ist immerfort versucht, sie anzuzünden.«

Teresa, die – als Sängerin weit gereist – die Welt in allen Winkeln kennt, versteht das Bild sofort. »Ja, anzünden wie in Germanien zur Sonnenwende die Strohfeuer als Signale von Berg zu Berg.«

Auch dieses intime Gespräch breitet sich im hellhörigen Restaurant aus, und es hört sich, so meint der eine oder andere, aus dem Mund von Mohrinnen doch recht befremdlich an. Besonders am Tisch der Honoratioren ist man über die Einmischung negroiden Bluts in die Sitten und Gebräuche europäischer Völker recht ungehalten. Als nun auch noch die Zigeunerin Aïtana zu lachen anfängt, kommen selbst den Künstlern Bedenken, ob die Kritik an der Kultur der weißen Rasse diesen schokoladenen Weibern zustünde. Hauptmann Galcerán kämpft mit sich: Wie weit geht die Solidarität im Kampf des Unten gegen das Oben? Wann beginnt jenseits der Klassen die der Hautfarbe? Das sind schwierige Fragen. An diesem Vorabend der Revolution sollte man sie nicht übereilt zu lösen versuchen.

Schwarz und Braun und Weiß – da schwirren die Farben in des Advokaten weinbenebeltem Kopf herum, und sie mischen sich mit dem Rot, das vielleicht schon in wenigen Stunden auf dem grauen Pflaster der Boulevards dahinbluten wird.

Nein, das enträtselt er heute besser nicht, und er ruft zur Theke hinüber: »Meine Damen! Dort am Tisch sitzt eine junge Künstlerin aus

Kopenhagen, sie wird Ihnen genau erklären können, wo und wann und was man im exotischen Germanien mit Strohfeuer signalisiert.«

Nach diesen Worten hält er sich die Ohren zu und will von nun an bei keinem Gespräch mehr zuhören.

Diese Geste begreift nur allzu gern Eusebi Estrü. Er ist mit seinem alten Thema noch immer nicht am Ende und ist glücklich, den Faden nicht verloren zu haben. So konnte er es sich die ganze Zeit über leisten, das aktuelle Geschwätz zu negieren.

Gerade kommt der Marqués vorbei. »Verehrter Jakobsbruder«, spricht Estrü ihn an, »hören Sie sich nur ringsum das Gequassel an, da findet keiner mehr auch nur eine Minute der Besinnung auf unseren heiligen Märtyrer.«

Der Marqués wundert sich, wie kommt dieser Fabrikmensch dazu, ihn mit Jakobsbruder anzureden? Da kann man sich nur distanzieren! »Ich muß gestehen, mein Freund, auch mir ist der Namenstag entfallen«, und der Marqués meint, ein Martyrium hätte der Apostel ja wohl kaum erlitten – nicht gerädert, nicht geschleift, nicht gepfählt ... »Ja, ein sanftes Sterben«, erwidert der Fabrikant, »einfach den Kopf zwischen die Füße gelegt. Das ist wahrhaftig kein Spanischer Tod.«

Estrü hätte gern noch ein wenig mehr über Segen und Unsegen der Folter geplaudert, spürt aber, daß dieses schöne Thema nicht die rechten Ohren fände. Er spreche ja nicht als Theologe, eher schon als Überseekaufmann, und so sähe er Sant'Jago auch mehr als den frommen Wandersmann, den Jakobsstab in der Hand, die Pelerine über der Schulter, von Kontinent zu Kontinent eilen.

»Da verweilt er, gerade ausholend zu einem weiten gewaltigen Schritt über das Atlantische Meer – das eine Bein noch in der Alten, das andere schon in der Neuen Welt.«

Dem Marqués ist derartige Schwärmerei peinlich. »Diese Symbolik, Herr Fabrikant, können wir doch wohl vergessen. Nachdem wir jenseits unseres Ozeans kein Land mehr haben, nicht einmal mehr eine halbwegs trockene Insel, platscht Ihr komischer Heiliger mit seinem vorderen Fuß denn wohl voll in die karibische Pfütze.«

Was der Marqués gern verhindert hätte, tritt nun ein: Alle ringsum lachen. »Sant'Jago mit den nassen Füßen«, ruft jemand, und ein anderer vergleicht Jakobus mit einem Hinkefuß der – auf seinem einen Bein gerade eben noch auf dem pyrenäischen Festland torkelnd – gleich umpurzeln wird.

»Apostel pardauz!« ruft der Schüler Moisés, und wohl niemand empfände all diese Lästerung als peinlich, amüsierten sich nur Katalanen unter sich. Aber es sind ja auch Ausländer im Lokal, Neger und Heiden. Was soll die schwarze Teresa von allem denken, die Dame Fernande aus Paris, die Konsuln aus Berlin, Wien und Sankt Petersburg? Besonders diese Miss aus den nordamerikanischen Staaten, während der Cake aus Kopenhagen von allem sicher nichts verstanden hat.

Wo ist das Revuegirl überhaupt?

Jetzt erst merken sie am Tisch, daß es fehlt. Und auch der junge López fehlt. Niemand hat die beiden fortgehen sehen. Dagegen ist López' Braut, Fräulein Florinda, wieder da. Keiner hat ihre Rückkehr bemerkt, und wenn, hätte auch wohl kaum jemand Notiz von ihr genommen.

Morocha und Teresa sehen sich an.

Wie lächerlich sind doch diese Weißen! So etwas will Revolution machen, kommt aber über das Blödeln nicht hinaus, begeifert seine weißen Heiligen und schämt sich zugleich vor den Fremden.

»Pardauz mit euch allen.«

Pardauz. Ja, das ist es. Da sollte man dieser Gesellschaft gleich noch eins draufgeben. Die Sängerin steigt auf die Theke und klatscht in die Hände. »Jetzt bekomme ich Lust auf das Lied vom hinkenden Juan, mit dem weder ich noch irgendeine andere von uns jemals die Rumba tanzen will.« Die Gäste spüren nicht den Hohn, sie applaudieren und feuern die Sängerin an.

»Mamá Teresa se va / Porque no quiere bailar la rumba / Con Juan, con Juan / Que tiene la pata gambá ...« Teresa hüpft, das lahmende Europa verspottend, auf einem Bein über die Theke, ohne auch nur eines der Gläser zu zerbrechen.

Es geht auf fünf Uhr, draußen ist es schon hell. Da öffnet sich die Tür, und der blinde Sergeant Anselmo, der Invalide aus dem Kubakrieg, tastet sich herein. Ohne zu stolpern findet er seinen Platz an der Theke, als sei er hier zu Hause, und fingert nach seinem Glas Rum, das – doppelt gefüllt – Romeu ihm zuschiebt.

»Mädchen«, ruft der Sergeant und meint damit die Demoisellen aus der Calle d'Avinyó. »Mädchen! Warum seid ihr nicht an eurem Platz auf den Barrikaden?«

Der Wirt möchte Aufsehen vermeiden und entgegnet, während er die drei hinausscheucht, die Damen seien schon gegangen.

»Du lügst, Pere, ich rieche es doch wohl noch, wenn Nutten im Raum sind.«

Jetzt mischt sich César ein, es seien auch noch andere weibliche Wesen hier, muß sich dafür aber die Antwort einhandeln: »Als wenn ich das nicht selber merke!« Anselmo hebt die Nase in Richtung Aurora. »Den Geruch einer jeden Frau behalte ich im Kopf. Und wenn ich sie wittere, habe ich in der Hand auch gleich das Rund ihres Arsches. Über Jahre noch.«

Als er zum Tisch der Marquesa hinübergehen will, tritt der Advokat Galcerán dazwischen. »Ach, Sie sind es, Herr Hauptmann, dann ist ja hier alles gut bewacht«, der Sergeant schnuppert in die Richtung Auroras und fügt hinzu, wer von auswärts käme, hätte von nun an keine Chance mehr zurückzukehren. »Barcelona ist abgeschnitten. Vor einer halben Stunde hat der letzte Zug in Richtung Lágrima den Bahnhof Francia verlassen«, und er sage das auch nur für den Fall, daß die Marquesa hier herumsitze.

Es ist vier Minuten vor fünf.

Bei der Blockstelle Bordeta wird ein Truppentransport gestoppt, streikende Bahnarbeiter geraten mit den Soldaten der Eisenbahnkompanie aneinander, ein Streckenwärter Lazarus wirft sich zwischen die Fronten. An Bord der Reina Luisa meutern die Matrosen, vier von ihnen erschlagen einen Maat mit den Kolben der Gewehre und werfen die Leiche von der Mole hinab in die Hafenbucht. Aus dem Parque Ciudadela weicht die Guardia Civil zurück, ein paar Deserteure in ihrer Gewalt bekommen – bevor alles außer Ordnung gerät – schnell vorher noch ihre Kugel.

Es ist drei Minuten vor fünf.

Im Cuatro Naciones kommen die Frühstückskellner und decken die Tische für die Frühaufsteher unter den Hotelgästen. Auf der Plaza de la Paz zu Füßen des Kolumbusdenkmals laden Kanoniere ihre Geschütze. Melder, Kuriertaschen fest umklammernd, versuchen auf den Ramblas Marktfrauen zu entwischen. Lirio und Puñalada haben sich in ihrer Dunkelkammer eingeschlossen und entwickeln die Fotografien der Ballnacht.

Es ist zwei Minuten vor fünf.

Oberst Santomajo steht auf und geht zu den Zimmern seiner Töchter, er kontrolliert, ob sie auch fest und gut schlafen. Die Bordelle in der Calle d'Avinyó verriegeln ihre Türen von innen. Die Leiche des Maats treibt ins Meer hinaus. Die Frauen von Lágrima, die zu Fuß ihren Weg in die Stadt gefunden haben, suchen ihre Männer.

Es ist eine Minute vor fünf.

In der Campiña erwachen die ersten Insekten. Dicke smaragdgrüne Fliegen schwirren über die Müllhalden am Kanal der Infantin Carlota. Ein Zug fährt vorbei. Obgleich das Signal der Weiche die Strecke nicht freigegeben hat, fährt der Zug durch und versucht, eilends fortzukommen. Die Buchhalter, die eben noch die Kontorhäuser ihrer Handelsherren schützen wollten, haben sich davongemacht. Kaiarbeiter erbrechen Munitionskisten, die für Marokko bestimmt waren. Der Zeitungshändler vor dem Mundial Palace vernagelt seinen Kiosk. Auf der Plaza de la Paz hebt ein Artilleriehauptmann, Chef der Batterie, den Säbel. Den Gästen in Els Quatre Gats erstickt plötzlich die Rede. Eine jähe Stille lastet so gewalttätig auf dem Raum, daß die Hündin Frika, die bislang zu Füßen Fernandes mit ruhigem Atem geschlummert hatte, aufschreckt. Sie springt hoch und späht zum Tisch der Absinthtrinkerin hinüber.

Es ist fünf Uhr.

Unter dem Kolumbusdenkmal feuert ein erstes Geschütz eine erste Granate ab. Die Trinkerin schreckt zusammen. Der Arm, der den Kopf stützte – zuvor schon bedenklich an der Tischkante – kippt ab. In das Artilleriefeuer mischen sich Gewehrsalven und das Hämmern einer Mitrailleuse. Auf dem Korso Santa Monica sinken die ersten Arbeiter um. Die Kameraden der zweiten Reihe schreiten über die Gefallenen der ersten hinweg – hinunter zur Mole. Die Hündin Frika winselt. Sie schleicht sich zum Ecktisch hinüber und leckt die herunterhängende Hand. Der Kopf der Trinkerin fällt hart auf die Tischplatte, das Absinthglas zerbricht.

Montag · Dienstag · Mittwoch

Das Landgut

Auf der Küstenchaussee ⋆ Die Bilderbuchwelt der Chicachiquita ⋆ Alltag auf dem Gut ⋆ Die Geschäfte des Marqués ⋆ Alma und das Attentat von 1906 ⋆ Porto Carrero, Kaplan des Kirchspiels ⋆ Gäste aus Amerika: die Miss und ihr Boy ⋆ Gott in Barcelona? ⋆ Leidensbeginn eines Nonnenschwarms

Die Campiña möchte sich allenorts dem Fremden von der heitersten Seite zeigen. Nicht immer gelingt es, oft fordert sie dem Reisenden dessen eigene Phantasie ab: Palmenpracht säumt die Villen der reichen Kreolen, die nach dem Verlust westindischen Besitzes die Reste ihres Reichtums an diese milde Küste gerettet hatten. Über sanfte Hügel stufen sich Terrassen ab, von den Herrenhäusern führen oleanderüberwölbte Steintreppen hinunter zum Meer. Da liegt am Steg das Boot. Auf der Heckbank unter dem Sonnensegel die Señora, vor ihr auf der Planke hockt die Mohrin – Souvenir aus der preisgegebenen Heimat – und kredenzt den Korb mit dem Obst.

Wer setzt paradiesischen Illusionen Grenzen? Auch ein Filipino könnte der Dame die Früchte reichen, oder das Mikronesiermädchen von den Inseln Palao, kupferfarben die Haut, um die Hüfte den Schurz aus Pisangfasern. Auch der Karoliner paßte in das Bild oder der Puertoricaner – je nachdem, an welchem der ozeanischen Strände der Hausherr einst der Krone seinen Dienst geleistet.

Erfreuen sich solche Gemälde unbegrenzter Einbildungskraft, so bleibt dem musikalischen Kolorit weniger Spielraum: Kein willkürlicher Singsang schallt über die Küste – etwa eine katalanische Allerweltsfolklore – nein, in dieser Saison muß es La Habanera sein, von einem knödelnden Tenor frisch aus der Premiere der Pariser Oper importiert. Als Alternative böte sich der Phantasie allenfalls die Taverne am Fischhafen an: Da hämmert am verstimmten Pianucho der Liebling der Musen – elegant im Habit – einen Clou aus der Suite española herunter: Isaac Albéniz. Er aber muß sich beeilen, seine Tage in diesem Jahr sind gezählt.

Doch am Ende holt die Wirklichkeit der Campiña den Romantiker zurück: Roh durchfurcht der Schienenstrang das Bild, parallel zieht sich die schlechte, beschwerlich zu befahrene Landstraße hin, auf der, wenn überhaupt, so doch unregelmäßig – und auch nur streckenweise – wahre Folterkästen von Diligencen verkehren. Der Reisende mit Geld – will oder muß er auf die Eisenbahn verzichten – sollte sich in Barcelona für seinen Ausflug lieber das einspännige Cabriolet mieten – zu dieser heißen Jahreszeit mit dem Zusatzkomfort einer Sonnenmarkise.

Miss Alabama hat die Zügel fest im Griff, das Pferd gehorcht. Der Hotelboy Ricki neben ihr auf dem Sitz kommt aus dem Staunen nicht heraus: Eine reiche Lady aus Amerika, und kann so ein Fahrzeug lenken! Vergeblich sein Vorschlag, ein Automobil zu mieten, mit dem umzugehen er wiederum versteht. Aber für die miserablen Chausseen über Land sind Motorwagen einfach nicht geeignet.

Ricki hatte dem Gast dieses Abenteuer, zu dessen Begleitung er unfreiwillig abkommandiert worden war, auszureden versucht. Er sprach von der Aussicht auf immer neue Sensationen in der Stadt, von womöglich überraschenden Wendungen der Revolution, die man nicht versäumen dürfe, er sprach von den Verwundeten, die – im Foyer des Hotels Cuatro Naciones notdürftig untergebracht – der Versorgung bedürften, und vom täglichen Dienst an den verängstigten Gästen.

»Dem alten Oberkellner César darf man nichts allein überlassen. Er hat es da oben im Kopf, und überhaupt: Er ist Misanthrop. Wenn er Trost spenden muß, richtet er stets nur Unheil an«, und Ricki berichtete von allerlei Katastrophen im Hotel, von Zimmerbränden und Überschwemmungen, Triebtätern und Razzien. »Einmal hatten wir einen Selbstmörder, der zögerte noch, bis Herr César ihn zu bekehren versuchte. ›Das Leben ist lebenswert‹, weiter kam er nicht, da sprang der arme Kerl schon aus dem Fenster.«

»Papperlapapp«, unterbricht Alabama, »du quatschst einen ganz schönen Blödsinn zusammen. Aber du kannst ja nicht wissen, wieviel belangloses Glück so ein Misanthrop im rechten Augenblick zerredet, wieviel gottverlassene Euphorien er verhindert, wieviel ehrliche Wirklichkeit er rettet.« Sie, der Hotelgast, kenne den Kellner – wenn auch vorgestern erst getroffen – besser als der Boy, der ihm über zwei Jahre hinweg täglich diene. »Mein Kamerad César und ich haben vor einem halben Jahrhundert angemustert, die Erde auszukugeln, die Kontinente zu verrücken, die Weltmeere umzubrodeln ...« Das traut Ricki der Lady allemal zu, dem Oberkellner aber kaum. Alabama läßt den Jungen gar nicht erst zu Wort kommen. Was man schließlich erreicht habe – sie selbst wie auch er –, sei am Ende, rückblickend, doch recht wenig.

»Genaugenommen: Nichts.«

Die Alte kann sich wohl nicht so recht mit Erfolgen schmücken, da brüstet sie mit Versäumnissen. Der Boy spürt es, aber er denkt an das Trinkgeld und schweigt.

Und was die Revolution beträfe, greift Alabama auf, sie würde morgen so sein, wie sie gestern war. Da könne man gut und gern einen Tag schwänzen. »Ich habe eine Einladung nach Lágrima. Und da will ich nun auch hin!«

Die Orte, durch die sie weiter kutschieren, tragen Namen, die weder auf der Landkarte noch im Reiseführer verzeichnet sind. Die Miss hatte diesen kleinen Trip – wie alle ihre Unternehmungen – sorgfältig vorbereitet, in der Calle Paraíso das Centro excursionista gefunden und nützliche Hinweise bekommen. In der Fliednerischen Buchhandlung erstand sie einen Bædeker in deutscher Sprache. Damit hoffte sie auszukommen, aber Ortsnamen wie Sueño und Soledad und Olvidar finden sich nirgends im Register.

»Sehen Sie nur, madam, dort über der Gendarmerie hängt das Wappen des Königs schief! Wie angstvoll klammern sich die purpurnen Löwen an die goldenen Lilien der Bourbonen und an die roten Pfähle von Aragón. Gleich purzelt das alles pardauz hinunter.«

Woher kennt dieser Grünschnabel solche spanischen Lappalien? Nun, er bedient die Granden des Landes, ja, die Fürsten Europas, und er schnappt eben alles auf, auch wenn er dies und das nicht ganz versteht. Er ist ein amerikanischer Junge. »Rick, du bist Amerikaner. Da kannst du nicht früh genug anfangen, das Wissen aus allen Ländern zu saugen, die früher wie später unsere Kolonien werden.«

»Und da, madam! Ans Schilderhaus gelehnt das Gewehr mit dem Bajonett. Sie beide gucken nicht gerade zufrieden drein. Ihr Soldat ist auf und davon.«

Soldaten sind desertiert.

»Wir sind richtig, Rick. Wir sind in der Garnison Lágrima.« Auf den Bänken einer dürftigen Parkanlage lümmeln sich Männer in Uniformjacken, denen die Abzeichen fehlen. Sie würfeln. Andere johlen vor einem Bodegón und bedienen sich eigenmächtig aus einem Weinfaß. Der Wirt rudert verzweifelt mit den Armen, er weiß, daß diese Banditen nicht bezahlen werden. Schließlich aber stimmt er in ihr Lärmen ein, weil Widerstand ohnehin keinen Nutzen brächte.

»Wir sind richtig, Rick.«

Alabama gibt dem Jungen das Reisehandbuch und befiehlt ihm, den Artikel über das Städtchen Lágrima vorzulesen. Ricki versteht den deutschen Text nicht, aber er vertraut seiner Phantasie. Irgend etwas wird ihm schon einfallen.

»Lágrima, Hafen mit unbedeutender Fischerei, 8000 Einwohner, Garnison einer Kompanie Grenadiere, Zentralschlachthof, die Kirche mit leidlichen Altarbildern; die Kapelle auf der Landzunge war für lange Zeit Wallfahrtsort ...«

Und warum der Name Lágrima? Warum die »Träne Kataloniens«?

»Los, laddie, lies schon!« Jetzt bist du mit deinem Schwindeln wohl am Ende, Rick? Aber nicht doch er, ein Boy nach zweieinhalb Jahren im Grandhotel einer Weltstadt. Lady, daß ich nicht lache! Mit der Prominenz rund um den Globus auf Duzfuß – wenn auch einseitig –, von den Fürsten der Heiligen Kirche wohlgelitten, von manch einem gar verhätschelt. Hat dir, altes Fräulein Trixy, vielleicht schon einmal ein vernarrter Prälat zwischen den Schenkeln herumgefingert? Da guckt man einfach glasig vor sich hin und kriegt ganz nebenbei einiges mit vom katholischen Wunderkult.

»Sie fragen nach der Träne, Lady? Hier in dieser Kapelle am Meer triefte sie der Jungfrau Maria aus dem Auge. Jahr für Jahr am Tag der Beweinung Christi.« Ein Wunder für zehntausend fromme Pilger. Ricki überlegt, ob er die Zahl der Gläubigen aufrunden soll. Schaden kann es nicht, und so erzählt er von hundert-, ja zweihunderttausend Wallfahrern alljährlich zu dieser weinenden Maria.

»Mit echten Tränen, Lady. Wirklich echt.«

Einundsechzig bist du, Trix Jailbird, und seit viereinhalb Jahrzehnten gefeit gegen jede Art von Kitsch. Mußt du dir solche Geschmacklosigkeit auf die Nase binden lassen? Diesem Hosenscheißer müßte man eins mit der Peitsche überziehen, aber lassen wir es gut sein. »Lies weiter, Rick.«

»Am Ortsrand der Bahnhof. Weiter außerhalb das Gut des Marqués – die Familie geadelt seit ... seit ...« Ist das so wichtig?

Der Junge ist mit seiner Dichtkunst am Ende, da kommt – dem Himmel sei Dank – das herrschaftliche Anwesen in Sicht und streut sich ausgedehnt in die Landschaft mit Stallungen und Scheunen, mit Gesindewohnungen und einer kleinen Schnapsbrennerei. Das Ende einer Allee ist vom Herrenhaus verstellt, zweistöckig über breit angelegter Terrasse.

Als erste in der Frühe erwachen die Insekten. Munter schwirren die Käfer umher, das ist ein Summen und Brummen. Unter allem, was Flügelchen hat, ist Lucilia, die Goldfliege, die Königin. Sie läßt sich Zeit mit ihrer Morgentoilette, sie putzt ihren honigfarbenen Leib, emsig vibrieren ihre smaragdenen Beinchen, forsch guckt sie mit silberweißem Gesicht in den Tag.

Noch schlafen die Pferde, sie haben ja nichts zu versäumen. Auch die alte Katze Mimili könnte sich das sagen, aber sie gönnt sich keine Faulenzerei, sie schleicht um das Haus herum, das ihr allein gehört. Auch der Teich gehört ihr mit Quam und Quod, den beiden Fröschen. Selbst die Hunde, meint Mimili, sind eigentlich nur von ihr geduldet: Tito, Tántalo und die Hündin Germana mit ihren vielen kuscheligen Welpen.

Die frühe Stunde gehört auch den Mägden. Flink eilen Brígida, Adola und Mirabel, die schwangere Alissa, die alte Sina und all die anderen hin und her. Nun kommt der gute Inspektor vorbei, den alle El Cid nennen. Er ruft den Mädchen freundliche Worte zu, denn er hat sie gern.

Währenddessen ist die betagte Dienerin Alma längst auf den Beinen, sie huscht durch Zimmer und Kammer, über den Flur von der Küche in den Salon. Da dampft schon der Kakao, da duftet frisch der Butterkuchen, denn nun blinzelt unsere kleine Chicachiquita in den Morgen ...

Seite für Seite plappert sich der Text durch das Buch, handgeschrieben in großen Buchstaben. Yoyó Marqués von Lágrima hat es für seine Tochter angelegt, zwischen den Zeilen hat er Platz gelassen für die bildlichen Phantasien des Kindes. Nichts auf dem Gut scheint vergessen zu sein, nicht die Bäume, nicht Brunnen, Tümpel und Kapelle, nicht ein einziges der Viecher. Die Tiere tragen abenteuerliche Namen, Ziegen heißen Polo und Pigafetta, die Hühner rufen sich Cook und Drake, die Enten Tasman und Stanley, die Schafe Vasco, Balbao und Almagro. Der Stier trägt stolz seinen Namen Ponce de León, und die Lieblingskuh heißt Bimini.

Verbirgt sich hinter den verbalen Übungen des Marqués ein System? Wohl kaum. Und so ist es wohl eher den nach und nach versiegenden Wortschöpfungen des Kinderbuchpoeten zuzuschreiben, daß die Schweine Perry und Teddy heißen, Abraham und Adams. Alles ist versammelt, nur die Mutter fehlt.

Kein Wort über Aurora.

Was soll ein Kind mit all diesem Geschwafel anfangen? Mit Namen, die für seine Generation in seinem neuen Jahrhundert keine Bedeutung mehr haben werden? Ihm bleibt verwendbar nur das leere Weiß zwischen den Zeilen. Dahinein malt Chica nun die Bilder ihrer eigenen kleinen Buntstiftwelt:

Blöde schielen die Insekten mit ihren Glotzaugen in den Tag. Lucilia, die Goldfliege, hat sich im Misthaufen eingesaut, sie will sich waschen und ertrinkt dabei im Tümpel. Die Katze Mimili stachelt sich boshaft von Tier zu Tier, die Welpen von Germana sind häßliche braune Klekse, kleine totgeborene Kadaver. El Cid, ein dürrer Finsterling, faßt der Magd Brígida unter den Rock. Alissa hat einen runden Bauch und kalbt um sich herum wie die Kuh Bimini. Der Tanzlehrer Tristan aus Baden-Baden hampelt als Strichmännchen durch die Schönschrift, die greise Alma gleicht einem Topfkuchen, der sich altbacken in Krümeln auflöst, darunter steht in ungelenken Buchstaben Matka.

Für die Tochter selbst hat der Marqués eine ganze leere Seite reserviert. Doch Chica füllt sie weniger mit dem eigenen Porträt als mit Kleidung, Haarpracht und Tapetenhintergrund aus. Ein Reifrock plustert das Blatt voll: ein riesiges Halbrund, hinter dem sich winzig ein eher tumbes Mädchen versteckt.

Woher kommt solche Bildkraft? Auf dem Gut gibt es keine Kunstbücher, keine Gemälde, Velázquez und Goya könnten allenfalls Namen sein für Pferd und Maulesel. Auf der Tapete versenken kleine hurtige Schiffe wahre Ungetüme einer Armada. Die wilden Haare Chicas stechen zusätzlich spitz und böse in die sinkenden Caravellen. Inmitten dieser Seekämpfe und des Frisurgestrüpps ein winziges blasses Rund: das Gesicht. Zwei Stecknadelköpfe: die Augen, zwei Punkte – kaum erkennbar – die Löcher der Nase. Kein Mund.

Ja, es fehlt der Mund.

Gästen, die nach Lágrima kommen, fällt von allem nichts auf. Niemand zeigt ihnen das Kinderbuch, keiner unterhält sich mit der Tochter des Hausherrn. Gewiß, der eine oder andere begrüßt das Kind, fügt auch gelegentlich einen netten Satz an, erwartet aber keine Antwort. So hat bislang keiner wahrgenommen, daß Chica niemals spricht. Sie verhält sich allen gegenüber artig, aber sie sagt kein Wort.

Den Besucher fesselt eigentlich überhaupt nichts Besonderes in Lágrima. Das Gut ist ein unauffälliges Landwirtschaftsunternehmen mittlerer Größe im Nordosten Spaniens. Der Olivenanbau wirft wenig ab, Orangen gedeihen nicht, um die Viehzucht kümmert sich niemand so recht, und beim Verkauf des Korns läßt sich der Inspektor betrügen. Ihm selbst gehört – als lukrative private Nebeneinnahme – die Schnapsbrennerei, weshalb man ihn – wenn auch öffentlich El Cid – am liebsten Don Destilador nennt. Er ist weder freundlich noch finster, er ist nichts als ein vor langem verabschiedeter Kavallerist, ein schlichter, wenn auch oft bissiger Charakter von Mitte Fünfzig. Einst war er die Ordonnanz des Marqués im Pyrenäenfeldzug der Karlistischen Armee, nun dient er mehr oder weniger treu – eben wie ein Söldner – dem Agrarwesen.

Doch interessiert niemanden die fehlende Initiative der Gutswirtschaft. Der Landbesitz ist für den Marqués kaum von Bedeutung, seine Gewinne macht er in der Stadt. Sein Reichtum kommt aus den Spinnereien und Webereien, in die er anonym sein Geld steckt. Sein Wohlstand kommt aus den Beteiligungen an Dampfschiffahrtsgesellschaften und Lagerhäusern. Es geht das Gerücht, daß der Marqués am Gewerbefleiß ganz Kataloniens zu einem Zehntel partizipiert. Das aber ist stark übertrieben. Genaues weiß nur das Notariatsbüro von Arturo Ganzenmüller y hijos in Barcelona, das das schwer zu überschauende Vermögen verwaltet.

Aus der Kanzlei sickert – das ist kaum zu verhindern – dies und das der herrschaftlichen Geschäfte durch, das Redliche und das weniger Redliche, die Gewinne und – Stoff für immer neuen Klatsch der Gesellschaft – die Verluste: Gelder, in wahnwitzige Zahnrad- oder Schwebebahnprojekte investiert – etwa hinauf zum Montjuich –, dürften für immer verloren sein. Auch das waghalsige Unterfangen, die Region mit Hotelkomplexen touristisch zu beleben, ist eine totgeborene Idee. Barcelona ist nicht Biarritz, die Küste Kataloniens nicht die Côte d'Azur, auch wenn sie sich einem spärlichen Fremdenzulauf mit Bonmots wie Costa Brava und Costa Dorada anzubiedern versucht.

Der Gedanke, das Telegrafennetz der Umgebung, so auch die Telefonverbindung nach Lágrima, in private Hand zu kriegen, scheiterte längst, und die Subventionsforderungen des Teatro Liceo steigen – aufwendiger Kulissen wegen – von Jahr zu Jahr. Doch könnte der Marqués dies alles verschmerzen, geriete nun nicht noch die Waffenfabrik Agustín Herrero anhaltender Streiks wegen in den Konkurs. Daß die Schokoladen-Compagnie nach den schwankenden Kakao-Weltmarktpreisen in rote Zahlen kommt, wagt der Notar Ganzenmüller seinem Klienten schon gar nicht mehr zu annoncieren.

Dazu die Verluste auf dem Hippodrom.

Lange zuvor schon hatte Yoyó seiner Mätresse die Dienste aufgekündigt. Am Vorabend seiner Hochzeit mit Aurora zahlte er sie aus – eher leidlich als nobel. Seit elf Jahren nun lebt sie, die man einst Doña Tornado nannte – anspielend auf ihre wilde Tanzerei, mit der sie ganze Ballparketts leerfegte –, auskömmlich als Señorita Angelita Abriles in einer bescheidenen Stadtwohnung an der Plaza Tetuán, die ihr Gönner unveräußerbar für sein Leben und für seine Erben über sein Leben hinaus behalten wird.

Dafür gab er sein Appartement in Madrid auf. In Zukunft wohnt er lieber in Hotels, allein schon, um Personal einzusparen, das in den Städten immer unverschämter wird. Auf eine beflissene Bedienung im Colón und im Cuatro Naciones kann er sich verlassen.

Grundeigentum und Landgüter stützen allein das Ansehen dieses Mannes. Niemand soll sagen, ein Herr von Rang lebe von Gewerbe und Handel. So dient auch Lágrima eher der Reputation denn als Quelle von Einnahmen. Im Landhaus lassen sich Bälle geben, Ketten von Lustbarkeiten, Feste zu Namenstagen, die über das Jahr nicht abreißen.

Selten hat jemand den Marqués beim Prüfen der Bücher überrascht, bei der Besichtigung der Ställe, beim Verkauf von Schlachtvieh. Allenfalls auf dem Pferdemarkt posiert er gern einmal für den Fotografen.

Eine Freude an der Arbeit kommt ihm erst, wenn er sich seinem braven ländlichen Personal widmet, das sich von dem aufsässigen städtischen löblich abhebt. Den Mägden gilt sein besonderes Wohlwollen. Alles untersteht seiner persönlichen Disziplinargewalt, ausgenommen sind nur El Cid und Alma, vor der er sich ein wenig zu fürchten scheint. Der Alten läßt er Kräutergarten und Gemüsebeet, aber auch die Europäisierung des häuslichen Alltags, und er duldet es, daß die Russin seine Tochter manch altspanischer Sitte entfremdet.

Vorbei sind die Zeiten, da sich die Herren von Lágrima in bestickten Hemden zeigten, um den Hals die Krawatte mit goldenem Ring. Nicht mehr lassen sie sich zum Toque de muerte den Tod des Stiers weihen. Nein, dieser Marqués ist eher ein Champion des Automobilsports. Mit König Alfons spielt er Polo, wenn er in Madrid ist. Doch in den letzten Jahren sah Kastilien ihn immer seltener, zuletzt bei der Taufe des Prinzen von Asturien, davor bei der herrschaftlichen Hochzeit mit Ena von Battenberg.

Aber an diesen 31. Mai 1906, Yoyó, erinnerst du dich sicher nur mit Unbehagen? Du warst der Siebente im Gefolge, als in der Calle Mayor aus der dritten Etage der Blumenstrauß flog.

Bums.

Die Pferde vor der Hofkarosse sterben auf der Stelle. Es sind vier Rappen. Dem König zerfetzt die Explosion das Band eines Ordens. Nun hängt ihm das Kreuz lächerlich schief an der Brust, es ist drauf und dran hinunterzupurzeln.

Mit diesem Schrecken kommt das Monarchenpaar davon, der junge Alfons ruft Viva España, Ena – erst achtzehn und an Attentate weniger gewöhnt – erbleicht. Auch du, Yoyó, wirst blaß. Wieso Aurora neben dir nicht? Hatte sie womöglich das Unheil im voraus erahnt? Der Blumengruß, die Bombe im Bouquet? Man wird irgendeinen Schuldigen finden, am besten einen Verrückten, einen Anarchisten und Schüler von Francisco Ferrer – von wem sonst. Doch dieser Anschlag trägt eher die Handschrift eines Domingo Lunes und so weiter. Gewiß – auch das nur ein Name. Er entkommt. Namen entkommen immer.

Aurora Iwanowna hatte keine Angst.

Wer plötzlich taucht in solche Erinnerungen ein? Es ist Alma. Mit sechsundsiebzig Jahren kam sie nach Spanien, mitgebracht von einem Mann, dem sie einst die Kinderfrau gewesen. Nun stand sie mit ihm hoch über der Calle Mayor im wievielten Stock? Sie wird es vergessen. Gleich danach trat sie ihre Stellung an mit den besten Empfehlungen des Fürsten Kropotkin – als Zofe der Marquesa, als Erzieherin der kleinen Chica, mehr eigentlich als camarera mayor, als stille Herrscherin über das Landhaus in Lágrima.

Ein einziges Mal wird Alma dieses Erlebnis Aurora gegenüber erwähnen und nach der Angst von damals fragen. Aber wie weit entfernt ist die Antwort, die darauf folgt?

»Ich war wieder einmal das Kind. Und Kinder haben die leichten Knochen der Schwalben und fliegen davon.« Fortan spricht Alma nie wieder von diesem 31. Mai, fortan aber auch nennt sie ihre Aurora »unser Schwälbchen«.

Zur Mittagstafel finden sich auf Lágrima zuweilen gern Gäste ein, denn Alma sorgt für eine gute Küche. Wenn die Herrschaft abwesend ist, übernimmt sie selbstverantwortlich die Pflichten der Gastgeberin.

An diesem Dienstag ist der dickleibige Kaplan zum Essen gekommen. Obgleich noch jung – gerade etwas über Dreißig –, atmet er schwer nach dem reichlichen Mahl und denkt voller Schrecken an den mühseligen Heimweg. Der Inspektor – das ahnt er zu recht – wird dem vollgefressenen Gottesdiener kein Gefährt zur Verfügung stellen.

Alma läßt den Kaffee auf der Terrasse servieren und bittet den Inspektor, die Markise herunterzulassen. Dieser gibt den Befehl an seine Mägde weiter, von denen allen anderen voran die brave Brígida gehorcht. Der Kaplan hat Mühe, sich von seinem Platz im Salon ins Freie zu transportieren. Schwitzend senkt er sich draußen in einen Korbsessel. Das findet El Cid einfach widerwärtig. »Sie sind ein Kotzbrocken für die Gemeinde. Ist das vielleicht das Ebenbild Gottes vor den Kindern?« Dabei zeigt er auf Chica, sie aber schweigt.

Ach, ach, der Inspektor hat ja so recht! Da kann der Kaplan nur ächzen. »Ich bin ein Porto Carrero, meine Vorfahren standen Modell bei El Greco, wir in der Familie waren geradezu das Symbol des Asketen. Vom vergeistigten Andreas zur Schande der Gemeinde ist nur ein Schritt. Sagen Sie es ruhig, Don Destillo.«

Der Inspektor kann schon seinen Spitznamen Destilador nicht ertragen, und jetzt noch diese Verballhornung! Da muß ihm einfach eine Replik einfallen, auch wenn er von den Meisterwerken der Kunst gerade eben das Geringste im Kopf hat. »Mit Ihnen heute, Monseñor, könnte kein Maler mehr eine Grablegung pinseln. Eben tritt er an die Staffelei, da liegen Sie schon plumps in der Grube.« Er lacht.

Der Kaplan nimmt sich reichlich Kuchen und klagt weiter. »Was für eine Dornenkrone ist doch die Arbeit in diesem gottverdammten Kirchspiel unter einem Landpfarrer, der ein Betrüger ist.« Die Revolution in Barcelona müßte ihm einerseits gerade recht kommen, doch andererseits: Was bringt so eine Purifikation der Menschheit? Im Kelch bliebe immer ein Bodensatz zurück.

»Ein Porto Carrero saß früher am Tisch des Großinquisitors«, das noch sagt er laut, den Rest des Satzes behält er für sich: ... und jetzt ein Mittagessen mit einer Hausdienerin, einem Schnapsbrenner und einem blöden Kind. Wer weiß, was alles heute noch zu Gast kommt.

»Hören Sie! Nähert sich da nicht ein Wagen?«

Nein, da ist nichts. Und überhaupt – der heilige Vater möge doch nicht so dumm daherreden. Alma schiebt ihm den Kuchenteller zu. »Sie fressen sich von Gehöft zu Gehöft durch, mein Lieber, überall hinterlassen Sie Kahlschlag. Hier aber sind Sie auf einem reichen Gut, mit uns werden Sie Ihre Mühe haben.«

Die Mühen eines Kaplans. Damit hat die Haushälterin das Stichwort gegeben, auf das er wartet. »Bin ich der letzte Hirte oder das erste Schaf? Was wissen Sie, ein privilegiertes Herrschaftspersonal, vom Leidensalltag eines Gottesdieners? Taufe, Trauung, letzte Ölung ... – Drecksarbeit von früh bis spät. Gottlob haben wir noch das kleine Gefängnis, da lädt zuweilen ein hartgesottener Sünder seine Horrorgeschichte im Beichtstuhl ab«, aber die Schandtaten würden immer banaler, bedeutende Verbrecher überführe man in die Stadt, hier dem armseligen Ort bliebe nicht ein einziger Lebenslanger, geschweige denn eine Hinrichtung. »Und das bißchen Foltern bei uns in der Provinz können wir doch wohl vergessen.«

Der Kaplan hatte richtig gehört, ein Wagen näherte sich dem Gut, nun fährt er auf den Hof. Es ist ein einspänniges Cabriolet. Eine ältere Dame springt behende herunter und hilft einem jungen Burschen, dem das Aussteigen aus einem Pferdefuhrwerk sichtbar ungewohnt ist. El Cid geht den beiden entgegen, er versorgt das Pferd und weist den Gästen stumm den Weg zur Terrasse.

»Alabama. Miss, wenn ich bitten darf. Miss Alabama.«

Alma nickt und läßt zwei Gedecke bringen. Chica steht auf, knickst und setzt sich wieder. Der Kaplan streckt der Dame seine Hand entgegen, was diese aber übersieht. Gerade will er zu einer langen Begrüßungsrede ansetzen, da raubt ihm gleich schon der Gast den Text.

»Die Marquesa hat mir hier auf der Terrasse ein Spektakel von Insekten versprochen, den Radau der Vögel und allerlei ländlichen Lärm. Deshalb bin ich hier. Und das ist Rick, ein unverschämter Laffe, frech und naseweis, aber ... er ist Amerikaner.« Alma sieht sich den schmächtigen Boy an und holt zusätzlich einen großen Teller mit Gebäck, den sie außer Reichweite des Kaplans abstellt. Ricki wartet eine Aufforderung ab, handelt sich aber dafür einen Katzenkopf von seiner Lady ein. »Angeboten wird niemandem etwas im Leben, du bist Amerikaner und nimmst dir gefälligst alles, was du im Umkreis deiner Arme ergattern kannst.«

Während die anderen essen und trinken, hat der Kaplan, der keinen Kuchen mehr bekommt, Muße, auf die Rede des Gastes einzugehen. »Hier auf dem Lande spricht Gottes Natur ihre eigene Sprache. Der allmächtige Vater lärmt bei uns auf stille Weise.«

Das ist vielleicht ein Unsinn: Gott in Lágrima!

Da kann Alabama nur lachen. Wenn Gottvater überhaupt in Europa sei, was sie übrigens bezweifle, dann nur in Barcelona. »Da macht er einen Höllenlärm. Er läßt die Kartätschen knallen und die Flintenkugeln pfeifen«, und sie gibt der kleinen Gesellschaft eine anschauliche Beschreibung der Straßenschlacht vom ersten Tag der Revolution und vom Beginn des zweiten. »Wie fest ist die Stadt in der Hand der Erhebung, wie kraftvoll die Macht des Volkes, wie fröhlich ihr Sieg. Es ist, als sei Fortuna gestolpert, und ihr Füllhorn platscht das ganze Glück nun auf einmal über das gottgesegnete Pflaster.«

»Gott ist immer auf der Seite des Schlachtenglücks.«

Wer sagt das? El Cid, der Inspektor. Er kehrt mit einer Flasche Selbstgebranntem zurück und weist Brígida an, Gläser auf den Tisch zu stellen. Vielleicht, hofft er, werde dies denn doch noch ein fröhlicher Nachmittag, wenn der Pfaffe erst besoffen sei und – wer weiß – auch dieses alte Suppenhuhn aus der Neuen Welt.

»Auch Soldat gewesen?« Alabama klopft dem Inspektor auf den Rükken, recht habe er, der Allmächtige liebe den Erfolg.

»Gott ist Amerikaner.«

Solch freimaurerischen Irrglauben möchte der Kaplan weiß Gott nicht gern in sein Ohr lassen. Er lenkt das Gespräch ab. »Sie kommen direkt aus Barcelona? Von dort hört man ja das Allerschrecklichste«, und er fragt nach den zerstörten Kirchen und den niedergesengten Klöstern. »Arbeiter, so heißt es, tanzen in Meßgewändern auf der Straße, sie öffnen Särge und streuen Gebeine von Nonnen über die Gassen.« Das alles kann Alabama bestätigen, und sie verrät auch die Geschichte von den noch lebenden Nonnen, die in einem Fotografenladen an der Rambla del Centro geschändet wurden.

Diese Story nun kennt Ricki besser, er hat sie selbst erlebt. »Die Ladies rannten käsebleich aus dem Laden, die Gesichter rotzverschmiert, sie flennten. Vielleicht hatten sie Schmerzen. Trotzdem mußte ich darüber lachen, wie sie die Hände da vorn über die Stellen preßten, die ja nun so ganz heilig nicht mehr waren«, und wer wüßte zu sagen, ob diese Genitalien danach nun auch noch in der Liebe des Herrn stünden.

Dieser Satz klingt aus dem Munde dieses Bengels ganz besonders obszön, und Alma denkt an die Unschuld Chicas. Diese aber scheint nichts mitbekommen zu haben, sie hat einen Zeichenblock vor sich und malt mit Buntstiften, ohne sich um das Gespräch der Erwachsenen zu kümmern.

Der Kaplan ist für einen Moment versucht, den Jungen seines frechen Geschwätzes wegen zurechtzuweisen, doch er überlegt es sich und hält eine pädagogische Belehrung für angebrachter. »Gott liebt ganz besonders, was am Menschen beschädigt ist. Geblendete Augen sind seine besten Freunde, einen amputierten Arm preist er geradezu als Hans im Glück, die Splitterknochen der Geräderten tanzen im Paradies die Sardana mit den höchsten katalanischen Hüpfern«, und besonders der geschändeten Frau entzöge der Allmächtige nie und nimmer die Liebe. »Bei jeder Notzucht ist er nahe.«

So ein dummer Heiliger! Aber hier hat er wirklich einmal recht. Das, Trix Jailbird, weißt du seit deinem fünfzehnten Lebensjahr, seit damals auf dem Baumwollfeld. Da war Gott auch dabei. »Gott war dabei mit viel Spaß. Er lachte sich Tränen in die Augen und schrieb mir ins Poesiealbum: Kommet herbei, ihr Tiere auf dem Felde und fresset ...«

Porto Carrero kriegt die weltliche Auslegung seines Lobgesangs nicht so ganz mit trotz des Bibelworts, das er aber nicht so recht einordnen kann. Vielleicht hat die Alte noch mehr von diesen Sprüchen im Kopf, und er sagt: »Meine Tochter, das alles möchte ich doch von Ihnen einmal exegiert bekommen.«

Laß es, Trixy! Sollst du diesem Provinzpfaffen den Zynismus der Geschichte oder der Bibel erklären, vielleicht sogar die Offenbarung, von der du gerade eben den Titel kennst, aber nicht den Handlungsablauf und dennoch alles weißt? Sollst du ihm die vergangenen und kommenden Jahrhunderte zerlegen und ihm vielleicht den großen Verlauf unseres Planeten samt aller Gestirne unter die Kutte schieben? Laß das, Trix, laß es. Aber schon hörst du dich sprechen:

»Mann Gottes, eine neue Epoche bricht an, da bekümmert niemanden mehr ein flennender Nonnenschwarm. Ein paar aufgeregte Katalanen lassen sich wieder einmal an der Heiligen Kirche aus, da laufen ihnen diese Frauenzimmer in ihrer aufreizenden Kluft gerade zu recht über den Weg. Na und?«

Alabama ärgert sich, daß sie sich auf solches Geschwätz überhaupt eingelassen hatte, aber jetzt kann sie nicht mehr aufhören. »Was alles meinen Sie wohl, schänden Soldaten aller Herrenmächte an allen Gestaden der uns bekannten und noch unbekannten Weltenteile? Was allein die Marines der Unionsstaaten? Da ist eine kleine spanische Nonne nur ein Fliegenschiß im Angesicht Gottes.«

Sie sind ein kleiner popeliger Dorftrottel in einem der Niemandsländer, aus denen sich dieser ausgefranste Winzling zusammensetzt, der sich Europa nennt. Aber das alles, Alabama, sagst du besser nicht allzu laut.

Eine Stille tritt ein. Dieser Fliegenschiß verschlägt allen die Sprache.

Ricki faßt sich als erster. Er erinnert sich seines Lehrmeisters César. Wäre er hier, er könnte einen so total entgleisten Disput steuern. Nun, Rick, mußt du ihn wohl vertreten, kaue deinen Mund leer, kippe weltmännisch noch einen Obstschnaps hinunter, lehne dich im Korbsessel zurück, schlage die Beine übereinander und sei ganz voller Mitleid mit diesem armen beschimpften Seelenhirten. »Diese Nonnen waren verdammt ohne Trost. Was meinen Sie, Herr Pfarrer, was Sie da für tolle Aufgaben gehabt hätten?«

Laß dich nicht provozieren, Porto Carrero! Die Blutige Woche ist noch ganz am Anfang, zwar ist die Wende bereits in Sicht, aber noch tobt das

Volk. Siegestaumel braucht keinen Trost. Am Ende dieser siegestaumelnden Woche wirst du all deine Worte anbringen können, an denen du jetzt zu ersticken glaubst. Du wirst mehr Leid vorfinden, als du lindern kannst. Heute noch in der Hierarchie der Letzte, wirst du morgen eine gute Stufe emporgeklettert sein. Der Festungskommandant, ein Oberst, wird dich seinen Freund nennen, der Militärgouverneur, ein General, wird einen ganzen Satz an dich verschwenden, und sogar der Herr Generalkapitän Weyler wird einen Blick für dich übrig haben – vier Sekunden lang, keine mehr, keine weniger. Ist das nichts für einen Porto Carrero?

»Für einen jeden von uns kommt seine Stunde.«

Auf der Terrasse

Domingo? ⁎ Kindliche Phantasien ⁎ Einst ein Wallfahrtsort ⁎ Legende aus dem heiteren Neapel ⁎ Eine sonderbare Reliquie ⁎ Tagebuch einer katalanischen Reise ⁎ Die Infantin auf dem Pfad der hundert Brücken ⁎ Strenge Musterung eines Provinzgeistlichen ⁎ Die Ankunft der Reiter ⁎ Verhaftung der drei Mägde ⁎ Ein telefonisches Gespräch mit der Stadt ⁎ Ade, Lágrima

Es ist ein schöner Nachmittag, langsam neigt er sich dem Abend zu. Fern aus einem Stall grölt Vieh, auf dem Hofplatz knattert Geflügel, irgendwoher grunzt es und fiept, es knurrt und krächzt. Alabama ist glücklich, und auch ihr Leihpferd aus der Stadt ist glücklich. Der Inspektor hat es auf die Koppel gelassen, dort hat es Freunde gefunden und läßt sich zeigen, wie man frei auf Gras herumlaufen kann.

Auf die Terrasse kommt ein leichter Wind vom Meer, Behaglichkeit breitet sich aus, ein jeder träumt vor sich hin, besonders der Kaplan, der sich in eine große Zukunft hineinphantasiert.

»Für jeden von uns kommt seine Stunde.«

Trix, höre nicht auf diesen Mann, er spinnt wie ein Pfaffe. Und deinem Boy wirst du für seine Frechheiten nachher ein paar Ohrfeigen geben. Sie wünscht sich eine Zigarre. »Marke Diablillo«.

Was, diese Dame kennt unsere berühmte Habana? Der Inspektor betrachtet sie mit Respekt, er schenkt Obstler nach. »Das ist Kürbisschnaps, habe ich recht? Echter hausgebrannter Calabaza«, und Alabama erzählt, wo sie den schon einmal getrunken habe. »Es war in Chicago in der Emigrantenkneipe Montserrat. Der Wirt war Karlist und sein ganzes Leben war nur die Flucht. Jaime Diumenge. Kennen Sie ihn?«

Mit dieser Frage ist wohl El Cid angesprochen? Er kennt diesen Mann zwar nicht, aber gleich möchte er erzählen, daß auch er Karlist sei, er will seine einstigen Scharmützel aufzählen, die von ihm besiegten Christinos und all seine Beute. Aber die alte Alma sieht ihn streng an.

»Kusch.«

Mehr sagt sie nicht. Ihr ist diese Fremde nicht geheuer. Man weiß nie, für wen so etwas arbeitet. Das hier sind europäische Affären, dahinein hat sich kein Amerikaner zu mischen.

»Wir kennen keinen Diumenge und auch keinen Domingo, auch keinen Namen nach einem der Wochentage«, und wenn die Madame etwa nach einem Russen suche, dann sei sie hier nicht in der richtigen Gegend, ja überhaupt in einem falschen Land.

Halt, Alma! Da schwätzt du doch wohl etwas zu viel?

Sie hält inne, aber Alabama weiß schon genug. Es reicht. Beide Frauen blicken sich an, in beider Köpfe schwirrt dieselbe Person herum, aber ein Name fällt nicht. Eine ganze Weile sitzen beide Auge in Auge, sie haben ein Geheimnis miteinander. Es wird sie binden – früher oder später, so oder so ...

Wieder spürt Ricki die Spannung in der Konstellation am Tisch und meint, alles ein wenig aufmuntern zu müssen, und sagt plötzlich in die Stille hinein: »... und dann fiel der Schuß.«

Peng.

Hast du noch alle beisammen, Junge? Jeder blickt auf den Boy und weiß nicht, für wie verrückt er ihn halten soll. Nur Alabama begreift diesen gar nicht einmal so sinnlosen Einwurf. »Unser little lad ist noch immer bei den Nonnen. Er kommt über das Desaster einfach nicht hinweg«, und sie erzählt, daß einer der Fotografen sich eine Kugel in den Kopf gejagt habe, »kurz nachdem die Nonnen ihr Fett weg hatten.« Nun, Fett sei nicht das richtige Wort, aber man wisse wohl, was sie meine.

»Die Scheiben splitterten nur so, und die Dekoration des Ladens flog hui über die Straßen. Ich habe ein paar Bilder gerettet.« Ricki knöpft sein Hemd auf, zieht einige locker eingewickelte Fotografien hervor und legt sie auf den Tisch. Die Aufnahmen gehen von Hand zu Hand.

»Das ist vom Jakobusball«, erinnert sich Alabama, und Alma erklärt der kleinen Chica, daß Mama hier das Haar hochgetürmt zum Ballon trüge, daß Papa mit der hübschen jungen Dame vermutlich gerade vom Tanz käme und nun der Mama artig die Hand küsse.

»Hier ist eine Negerkapelle, und da singt eine rabenschwarze Negermammi ... diese Leute hier kenne ich alle nicht ... aber das da ist seine Exzellenz, der Herr Staatsrat Brosset aus Sankt Petersburg.«

Chica zeigt nur die Teilnahme, die minimal von ihr verlangt werden kann. Das sind keine rechten Geschichten für sie, sie müht sich mit ihrem eigenen Buntstiftbild ab, sie sagt kein Wort.

Das permanente Schweigen fällt Alabama auf.

»Aber, aber, Miss. Warum sollte das Kind reden? Für das, was es womöglich zu sagen hätte, interessiert sich ohnehin niemand. Ist der Marqués zu Besuch, genügt er sich selbst und redet nur allein, die Marquesa glaubt an eine Störung der Stimmbänder und rät zu einer Operation, der aber der Vater nicht zustimmt. Mit den Mägden wechselt man eh keine Worte, andere Kinder kommen nicht zu Besuch, Erwachsene sind alleweil langweilig, auch der Inspektor, auch der Kaplan, die Hauslehrer sollen gefälligst lehren und keine dummen Fragen stellen«, und was sie selbst, Alma, beträfe, sie hätte sich an das Kind gewöhnt. »Für alles, was zu sagen ist, hat es Zeichen. Genügt das nicht?«

Chica spielt Geige, sie spielt Klavier, sie tanzt, sie komponiert sogar ein wenig, etwa das Duett der Nachtvögel. Chica schreibt hübsche kleine Gedichte, sie zeichnet und malt mit Buntstift und Tusche. Das ist viel und reicht aus, sich umfassend mitzuteilen. Soll sie sich auch noch als Plaudertasche produzieren. »Zeige doch mal, Chicachiquita, was du heute wieder Prächtiges für uns hast.«

Da ist das Bild.

Aus braundunkler Strichelei heraus heben sechs Männer ihre Gewehre und legen auf einen riesigen Käfer an. Weiß und gelb leuchtet sein Unterleib, sechs faserige Beine zerteilen zickzack die Fläche einer Mauer, Insektenpupillen glotzen ahnungslos in die Mündungslöcher der Schießeisen. Als Randleiste laufen Mädchen in einer Kette, offensichtlich Mägde des Guts. Carabineros mit schwarzen Helmen haben sie gefesselt und führen sie ab. Fröhlich lachen die Mädchen aus dem Bild heraus. Auch der weißgelb leuchtende Käfer lacht und winkt mit seinen Strichbeinchen. Die Szene wird ganz mit blaßrosa Tropfen zugeregnet, von Alma als die Tränen der Mutter Gottes interpretiert. »Das erinnert an die Seekapelle, Madame. Sehen Sie: Maria hat einen Schalk auf den Lippen und zieht vergnüglich die Mundwinkel hoch. Sie hat das Knäblein von sich geworfen, denn sie braucht zwei freie Hände, um sich die Freudentränen zu trocknen.«

Chica, das braucht niemand den Gästen zu erklären, ist ein gesundes Kind in einer unversehrten Familie.

Alles im Bild lacht.

Die Seekapelle? Alabama kommt die Erinnerung. »Von ihr steht alles Wort für Wort in einem deutschen Bædeker, auch von der Jungfrau, die Jahr für Jahr zum Tag der Beweinung ihre Tränen verströmt«, sie habe es selbst studiert, Lágrima sei bis vor kurzem noch ein bekannter Wallfahrtsort gewesen. Alma unterbricht den Gast barsch. »Über Lágrima findet sich in keinem Reiseführer etwas, weder in einem deutschen noch in einem anderen. Dieses Nest ist für die Touristik völlig belanglos«, ja gewissenmaßen sei es für Fremde überhaupt nicht existent.

Alabama sieht ihren Boy streng an. »Nein Miss, ich habe nicht gelogen. Echte Tränen, wirklich echt.«

Bei diesem Ausruf schreckt der Kaplan auf. Er war nach dem guten Essen, dem vielen Kuchen und dem reichlichen Kürbisschnaps ein wenig eingenickt, nun dämmert er sich wieder in den Nachmittag hinein und hört als erstes etwas von echten Tränen. Ist womöglich ein Gast gekommen? Interessiert sich da jemand für unseren kleinen Ort und unser Wunder?

Ach ja, die Señora aus Nordamerika.

»Echte Tränen, aber gewiß doch, meine Tochter, sogar ein wenig blutig, wie es sich für Marientränen gehört. Für lange Zeit war Lágrima ein Pilgerziel, Jahr für Jahr kamen Zehntausende, was sage ich: Hunderttausende«, und Porto Carrero berichtet vom früheren Gemeindepfarrer – genannt Don Siebenschweiß –, unter dem er einst noch Ministrant war. »Er hatte es mit der Zahl sieben. In der Sakristei hatte er sich eine kleine Alchemistenküche eingerichtet, da stellte er aus sieben Elementen die echtesten aller Tränen her: ... Quecksilber ... Pomeranzenliqueur ... ein Sekret – im Volksmund Liebeströpfchen genannt ...«

»Lach nicht, du Lauselümmel«, und schon hat Ricki von seiner Lady eine Backpfeife weg.

Jetzt erst räkelt sich der Kaplan wohlig in seine Erinnerungen hinein. »Ich mußte meinem Pfarrer dabei helfen, ich war gerade in der Pubertät, und der alte Monseñor kriegte diese eine Ingredienz allein nicht mehr so recht zusammen.«

Alma wird dieses Dahergeplauder peinlich. Sie schickt Chica in den

Salon. »Los, übe noch ein wenig Klavier oder nimm das Grammophon und hopse auf dem Parkett herum. Sonntag ist dein Geburtstag, da wollen dich alle tanzen sehen. Wir hier auf der Terrasse sind alte Menschen, die sich sinnlos betrinken, du siehst es selbst.« Das Kind verläßt die Gesellschaft, aber Musik hört man von drinnen nicht.

»Aber Don Porto, Sie verschrullen sich wieder einmal. Immer und immer steigt Ihnen in den Kopf, was auf natürliche Weise Erlösung verlangt.« Der Inspektor herrscht den Pfarrer an, dann erklärt er dem Gast aus Übersee, daß der geistliche Herr den guten selbstgebrannten Obstler nicht vertrage. »Lágrima, die Träne unseres heldenmütigen Landes, hat eine schönere, eine traurigere, eben ... eine katalanische Geschichte.«

Aber gewiß doch, El Cid, du liebst die simple Legende. Nun erzähle sie schon, niemand wird sie dir glauben.

Es ist ein strahlender Tag im September, da steuert unter bunten Segeln, an Mast und Rahen heiter beflaggt, eine Fregatte dem Hafen von Barcelona zu. Von Bord geht der König beider Sizilien, er muß als Carlos III. auf den Thron von Spanien. An seiner Seite die Gemahlin Maria Amalia aus dem Hause Sachsen, im Gefolge Prinzen und Prinzessinnen, ja der ganze fröhliche Hof von Neapel.

»Das war eine gute Überfahrt, der König ist zufrieden, er schenkt gut gelaunt dem Kapitän seines Seglers, Don Gutierre de Hevia, ein noch namenloses Gut südlich von Barcelona und den Adelstitel – fortan ist dieser der Marqués del Real Trasporte – und schenkt ihm aus seinem Gefolge eine Braut Donna Emanuela, gerade achtzehn, aus dem Hause Orsini.«

Eine stinklangweilige Geschichte! Aber El Cid, der Schnapsbrenner, legt eine Poesie in seine Stimme, die selbst einen Gefühlsrohling zum Mitleiden brächte. Und Alabama will nun auch die Pointe wissen.

»Und wie geht es weiter?«

Jetzt erst beginnt die Geschichte. »Emanuela, jäh herausgerissen aus der Heiterkeit des neapolitanischen Hofs, findet – ohne daß sie Zeit hat, das alles zu begreifen – ein neues karges Zuhaus im pyrenäischen Land, am öden Gestade der Costa de Poniente, der Küste aufgebrachter Westwinde.«

Abend für Abend steht sie auf dieser kleinen Landzunge und träumt den Bällen auf den Lustschlössern von Portici und Capo di Monte nach, den Opern im Teatro San Carlo, den Ringelspielen im Teatro Farnese, den Redouten im Palazzo Reale mit zweihundert Prinzen, zweihundert Herzögen, ebenso vielen Marchesen und ungezählten Grafen. Sie träumt dem Augapfel von einer Stadt nach, die sie im Herzen trägt ...

Der hartgesottene Destillateur bekommt bei seiner eigenen Erzählung feuchte Augen – wie immer, wenn er an diese Stelle mit dem Augapfel und dem Herzen kommt. Um ihn herum steigt ein leises Geräusch auf von tränenunterdrücktem Schniefen. Das sind die Mägde von Hof und Garten, aus Küche und Stall, angelockt von der Darbietung ihres Inspektors. Sie rahmen die Gesellschaft ein: Brígida, Mirabel, Adola und die anderen. Die alte Sina hat sich einen Klappstuhl mitgebracht, die schwangere Alissa füllt sich in den freien Korbsessel ein. Die feierliche Atmosphäre zwingt auch Chica aus dem Salon zurück. Sie tritt auf die Terrasse, eine Geige in der Hand.

Alabama und Ricki sehen sich an. Da wird doch diese Göre nicht etwa die poetischen Ergüsse des Schnapsbrenners musikalisch untermalen wollen.

»Auch das noch.«

Der Kaplan beruhigt die Gäste mit Blick und Handbewegung. So weit wird es nicht kommen. El Cid jedoch bezieht den Einwurf auf seine Ballade. »Es tut mir leid, aber es wird noch trauriger«, und er bringt eine seiner wenigen englischen Vokabeln an: »Sorry«.

Die Lustbarkeiten in Neapel reißen nicht mehr ab. Auf dem Fest zu Ehren der Königin – Tochter Augusts III. von Sachsen – wird die Stadt Dresden en miniature aus Parmaschinken aufgebaut. Auf den Wällen des Modells stehen kleine Kanonen aus Käse und schießen Oliven in die Menge, Hundertpfünder aus Parmesan feuern mit Äpfeln und Zitronen. Aus allen Springbrunnen sprudelt der Wein.

»Auf dem Kap der katalanischen Küste steht Emanuela, Abend für Abend, sie starrt ins Meer, sie wartet, vom fernen tyrrhenischen Ufer könnte eine Kanone aus Käse einen campanischen Apfel herüberjagen. Das Obst in Spanien ist nicht gut, nirgends hatte sie zum Dessert die richtigen Erdbeeren gefunden. Sie erträgt das Klima nicht. Regen. Wind. Und beginnt wirklich einmal ein Tag mild, ist am Mittag die Hitze unerträglich.«

Nur ein einziger Apfel aus Neapel!

Erst nach einem vollem Jahr in der spanischen Fremde läßt Don Destilador seine Heldin endlich sterben. Doch bevor sie die Augen schließen darf, hat sie noch ein Meer von Tränen zu vergießen. »Die Katalanen bauten der traurigen Donna auf ihrer einsamen Landzunge die Kapelle der Tränen. Lágrima. So auch nannten sie ihren kleinen Fischerort, auch das Gut, und der Gutsherr wurde der Marqués von Lágrima.«

Ein Meer von Tränen.

Ja, das war es denn wohl! Die Mägde wollen zurück an ihre Arbeit, aber der Kaplan hält sie fest. Mit solcher Lügengeschichte – und ist sie noch so rührend erzählt – darf niemand entlassen werden. Auch wartet der Boy Ricki, um seine Glaubwürdigkeit bangend, auf einen Einspruch gegen solch hanebüchene Story.

»Los, Herr Pfarrer, nun bekritteln Sie schon dieses Märchen! Das mit der Neapolitanerin ist doch das reinste Süßholz. Dagegen sind Ihre echten Tränen, die der heiligen Mutter Gottes, doch das wirkliche Wunder, oder?«

Nun möchte auch Alabama dieses Gespräch gern auf die Spitze treiben. »Hören Sie sich diesen Knaben an, Herr Gottesdiener, so reinen Herzens«, und sie bittet den Kaplan, ihrem jungen Freund den Glauben nicht zu nehmen.

Glauben.

Porto Carrero – vom Alkohol und der Nachmittagswärme auf der Terrasse angenehm benebelt – irrt das Wort im Kopf herum. »Glauben. Die frommen Pilgersleute glaubten an das Wunder. Sie warfen die Unbilden der häßlichen Welt von sich und tauchten ein ins Paradies. Aber den Tränen drohte der Bann. Wir leben in einer bösen Zeit, bald verbietet man das Paradies.«

Der Kaplan berichtet, daß der Wunderpfarrer von Lágrima eines Tages von kräftigen Mönchen abgeholt und in ein festes Kloster gesperrt wurde, »auf dem nebelgrauen Eiland Gomera mitten im Atlantischen Meer. Dort lebt er unter strengster Wache nun schon seit Jahrzehnten.«

Wer weiß, ob Porto Carrero an anderen Tagen so unbefangen weiterspinnen würde, aber heute beherrschen ihn die berauschendsten Kaprizen. Alma kennt die Salbaderei des Mannes, wenn er sich als Bruder

Faselhans fühlt, und vorsichtshalber schickt sie Chica wieder in den Salon. Denn nun kommt sicher der Sermon über die Verbote, und dann kommt ...

»Ja, so ist es nun einmal auf unserer von Gottes Flüchen zernarbten Erde: Was an der einen Stelle verboten wird, treibt an der anderen um so erschreckendere Blüten hervor. Untersagt man den Alkohol, kommt es über den Schmuggel zu weit schlimmeren Exzessen, gebietet man der Liebe Einhalt, vereinen sich die Gelüste des Verlangens im Kopf zum Teufelswahn. Schlägt man einem Wunder das Haupt ab, wütet es weiter aus sieben mal sieben Schlangenköpfen.«

Gut, Porto Carrero. Das war zwar eine deiner alten Predigten, aber du hast sie heute ungleich gut zelebriert. Die Gäste zeigen sich beeindruckt, besonders diese Doña aus Amerika. Sie ist neugierig auf den Schlangenkopf.

»Gewiß ein Symbol?«

Der Kaplan beginnt zu flüstern, als gelte es, unliebsamen Reaktionen vorzubeugen. Nur diese Dame aus der Neuen Welt soll die Kuriosität erfahren. Doch läßt es sich nicht vermeiden, daß auch die Mädchen sich klatschsüchtig zu ihm hinabbeugen.

»Längst war das Tränenwunder verboten, der immer dünnere Strom der Pilger drohte vollends zu versiegen, da plötzlich fand sich in der Seekapelle eine sonderbare Reliquie ein. Der derzeitige Pfarrer unseres Kirchspiels, dem ich Gehorsam schulde, präsentierte sie von einem auf den anderen Tag ...«, und nun noch leiser: »Eine Monatsbinde der Heiligen Jungfrau.«

Die Mädchen fangen an zu feixen, Alma hält sich die Ohren zu, der Inspektor tritt dem Schwätzer gegen das Schienbein. Diesen Redefluß muß er einfach bremsen.

»Herrgott, was für Halluzinationen!« Und El Cid vermeint, in das Höllenreich einer kaum noch menschlichen Seele blicken zu müssen. »Mein junger Bruder, Ihr Hodensack ist zu voll, da entfleuchen Ihnen die Dämonen und flattern nun als gespenstige Fledermäuse in Ihrem Gehirn herum. Das kommt davon, wenn Sie sich als Kuscheltierchen immer nur den Kanon mit ins Bett nehmen«, und der Inspektor rät dem Seelenhirten, das düstere Schwarz eines Gebetbuchs mal gegen etwas Leichtherzigeres in Rosa auszuwechseln, das steife Leder gegen eine weiche Haut.

»Mann Gottes, Sie haben doch genug Beichttöchter! Aber ich glaube, vor lauter Fressen haben Sie schon verlernt, was man mit solchen samtrosa Kuscheltierchen macht.«

Vor dieser Philippika des Schnapsbrenners ist Alma längst geflohen, sie muß sich auch um Chica kümmern. Die Mägde können sich vor Kichern kaum noch halten, und damit auch Ricki diese Fröhlichkeit voll begreift, erklärt ihm Alabama die Sache mit der Monatsbinde. Er aber spielt den längst Aufgeklärten.

»Was ist dabei?«

»Was dabei sein soll?« Der Kaplan staunt über dieses Unschuldslamm von einem Knaben. »Mein Sohn, stelle diese Frage doch einmal dem Heiligen Stuhl und weise ihm einmal nach, bei welchem Evangelisten Maria menstruierte. Na, das kannst du nicht, was?« Im Zweiten Korinther sei zwar einige Male die »Regel« erwähnt, aber die Kurie lege das Wort anders aus.

»Nicht so mein Amtsbruder. Er lockt Schwärme armer geschwängerter Frauen herbei, sie erhoffen sich allesamt bei Berührung der Reliquie einen sanft gesegneten Abgang ihrer unerwünschten Föten. Die Frauen wollen ohne Sünde bleiben, sie wollen dem von ihnen schon jetzt ungeliebten Wurm für später die Lieblosigkeit der Welt ersparen.«

Ja, da klingeln die Münzen im Kasten, da rascheln die 25- und 50-Pesetenscheine! Und doch, die Diözese bleibt arm, all das fromme Geld verschwindet in den schweigenden Falten der bübischen Kutte. Der abgefeimte Kollege kauft für sich Olivenhaine, Weinberge, Grundstücke am Meer. »Er will eine Pension bauen für seine glaubensstarken Pilger, später sogar ein Hotel für heidnische Touristen.«

»Das hat Zukunft.«

El Cid, der Mittfünfziger, denkt dabei weniger an den geistlichen Hotelier, er stellt sich vielmehr einen neuen Absatzmarkt für seinen Kürbisschnaps vor, auch das eine oder andere stramme Zimmermädchen, das – außerhalb der Fremdensaison – auf dem Gut unter seiner persönlichen Autorität aushelfen könnte.

»Zukunft? Ja, Don Destillo, Zukunft.«

Porto Carrero begreift dieses Wort im höheren Sinne. »Deshalb auch wird die Reliquie insgeheim geduldet. Denn sie ist garantiert wirkungslos und verhilft Spanien überbordend zu ungeliebtem Leben. Die Amtsbrüder jenseits der Grenzen – sie alle backen mit am Kuchen für ihre jeweils weltlichen Partner. Große Kriege stehen bevor, aus mißliebigen Leibesfrüchten rekrutieren sich die besten Soldaten«, auch müßten Revolutionen niedergemacht werden, und aus solch vermurksten Knirpsen ließen sich zu allen Zeiten und in allen Ländern gute Polizisten machen.

Da ist der Schnapsbrenner einmal einer Meinung mit dem Seelsorger. »Recht so, Bruder Kutte! Mars braucht Futter. Ihm karrt die Kirche das Heu vor das Maul. Das sage ich, El Cid, der alte Soldat, der gute Karlist, der fromme Katholik, jawohl.«

Alma, gerade eben auf die Terrasse zurückgekehrt, wundert sich über die nun eintretende Stille. Auch diese sonst so geschwätzige Yankeedame schweigt zu diesem Unfug. Ricki stupst sie an. »Hören Sie nicht, Lady? Das ist spaßig.« Nun, da sie noch immer nicht reagiert, muß denn wohl er, der Boy, ihre Rolle übernehmen.

»Das ist ja wie in Amerika.«

Alabama hält dem Jungen den Mund zu. Während der vergangenen Viertelstunde ist ihr vieles durch den Kopf gegangen. Sie nimmt sich ihr Tagebuch vor. Nein, Rick, nein, mein kleiner Naseweis, dies hier ist nun mal nicht Amerika. Dies hier ist ganz anders. Sie sagt es aber nicht offen heraus, von nun an will sie nur noch zuhören.

Alma, die nicht vorhatte, sich einzumischen, ist ein solches Kunterbunt denn doch zu viel. Sie stellt die Schnapsflasche außer Reichweite der beiden Kerle und des Jungen. Futter für Mars und Heu von der Kirche, eigentlich solltest du darüber lachen, Alma. Aber was ist? Du lachst ja nicht.

»Da quasseln Männer nur über Männer, über Söhne und Soldaten. Wer denkt an die geschwängerten Frauen, an die Töchter, die als Frauen wieder besprungen werden, damit fort und fort etwas abgenabelt werden kann«, und das hieße denn auch noch »frohes Ereignis«. Achtzig Jahre alt wirst du, Alma, und endlich sagst du das alles einmal: Das ist die Sünde: Immerzu etwas gebären, was völlig überflüssig ist – egal ob geliebt oder nicht, ob es jemals lieben wird oder nicht.

»Aufhören.«

»Und Sie, Mütterchen, was haben Sie eigentlich in ihrem Leben ...« Der Inspektor möchte abgekalbt sagen, aber er bezähmt sich. Um den Tisch herum stehen noch immer die Mägde und warten auf solche Wörter, damit sie sich wieder befeixen können. Dennoch, Alma denkt sich den Satz zu Ende. Nein, darauf muß du nicht antworten! Du warst zwar nie im Kindbett, aber ohne Schuld bist auch du nicht. Du hast Kinder zumindest aufgezogen: die Kropotkintöchter, die Enkel und nun dieses Urenkelmonster. Wozu?

Sie glaubt, den Mädchen – besonders der schwangeren Alissa – eine Erklärung schuldig zu sein, etwa über den Segen der Fehlgeburt, überhaupt über ... Aber warum eigentlich soll sie sich offenlegen. Warum fühlt diese Plaudertasche aus Amerika sich nicht angesprochen? Diese aber scheint gar nicht zuzuhören, sie hat ihr Tagebuch vor sich, sie schreibt und schreibt. Was ist – jetzt am späten Nachmittag des dritten Tags in Katalonien – für Alabama so bemerkenswert?

Ja, was bloß?

Europa ist ein Wirrwarr von Gefühlen und Geräuschen. Vögel und Insekten lärmen, Deserteure krakeelen in Kneipen. Über einer Kaserne hängt schief ein Wappen. Beginnt ein Tag schön, ist schon am Mittag die Hitze unerträglich. Das Obst ist nicht gut, aber der spanische Cid brennt vorzüglich den Calabaza, einen Kürbisschnaps aus Chicago. Keiner spricht von der Revolution, die Namen aller sieben Tage der Woche schwirren in aller Köpfe herum, niemand spricht sie aus. Ein Russe aus Amsterdem versteckt sich vor Polizisten, die einst aufwuchsen als ungeliebte Knirpse. Ein Kind bleibt stumm und stellt seinen Lieblingskäfer vor die Mündungen der Gewehre.

Und dann die Tränen.

Man ordnet sie der Mutter Gottes zu, Alchemisten in selbstgefälligen Kutten fertigen sie aus Orangen, Quecksilber und allerlei Schweinereien. Das Wunder hat sieben mal sieben Schlangenköpfe und gebiert in klerikalen Köpfen, denen die Vernunft entwichen ist, Gespenster von Fledermäusen.

Die Heilige Kirche Europas ist eine Brutstätte perverser Träume. Zwischen Portugal und Polen blüht ein Potential von Machtwahn, Putzsucht und Einfaltspinselei. Kleine Kardinäle pusten mit Weihrauch den Vielvölkern des Kontinents das Gehirn aus den Köpfen, kleine Könige putzen mit Pulver mögliche Reste hinfort. So blutet Europa mit leeren Schädeln in einem Rausch von Melancholie auf dem Pflaster der großen Städte dahin.

Was für einen Terror schaffen diese vielen kleinen Kutten, was für eine Vielfalt von Gewalt! Wieso wird dieser ganze religiöse Koller von uns Unionsstaaten seit hundert Jahren nicht genutzt?

»Ausbeuten.«

Alle starren auf die Miss aus der anderen Welt. Nach einer Viertelstunde dieses erste Wort. Hast du etwas laut gesagt, Trix? Nein. Wer auch verstünde dich hier? Und doch, da ist einer, der nickt mit dem Kopf. Ricki. Still, mein kleiner Lümmel. Posaune jetzt nicht heraus: Das ist Amerika! Später wirst du diese ganze Schwarze Magie begreifen und erben. Diese Früchte – sie sind für dich!

»Still, du Rotznase.«

Es dauert keine weiteren hundert Jahre, da küren unter diesen Veitstänzern wir den Sieger und drücken ihn auf den Stuhl Petri, den nunmehr ersten Thron Nordamerikas. So ein Mann an der Kette, das ist keine Vision, Herr Präsident. Was die ganze Aktion kostet? Ein paar lumpige Dollars, aber sicher sparen wir auch die. Denn Europa ist dumm.

Ja.

Trix Jailbird, seit über vierzig Jahren als Miss Alabama unterwegs, schließt ihren Tagebuchbericht, sie lehnt sich im Korbsessel zurück und blinzelt in den beginnenden Abend. Noch eine Habana, Marke Diablillo, noch einen hausgebrannten Obstler, Chica, wo bleibt die Musik ...

»Meine lieben Freunde! Mein kleiner Trip nach Lágrima hat sich gelohnt.«

Für Porto Carrero wird der Tag jetzt erst so recht wonnetrunken. Alma berichtet, die Betten für die Gäste seien bereitet, und auch den Kaplan schicke man heute nicht mehr fort. Auch er bekäme im Gutshaus seine Schlafstatt. Alissa, die Küchenmagd, plaudert aus, daß das Essen zur Nacht bereits im Ofen stünde, und sie verrät, was auf den Tisch kommen werde: vorweg ein Fischpastetchen, dann Russisch-Steak mit Brotsauce und Steinpilzen, zum Dessert Blinis à la Fürst Kropotkin mit süßer Sahne. Der Inspektor ärgert sich über des Kaplans Vorfreude auf das Essen, läßt aber seine Wut an Alissa aus, er schnauzt sie ihrer Geschwätzigkeit wegen zusammen, und nur ihre Schwangerschaft schützt sie vor einer Ohrfeige.

»Los, ihr Puschmiezen, ans Werk!« Der Inspektor steht selbst auf, er will vor diesem amerikanischen Frauenzimmer nicht als Faulenzer erscheinen und nur als Antreiber seiner Mägde. Bis zum Nachtmahl sind es noch anderthalb Stunden, da könntest du gut und gern ein paar Kisten packen. Gewiß hat die desertierte Garnison alle Bodegas von Lágrima geplündert, und nach dem Bezwingen des Aufstands wird überall der Alkohol knapp sein. Frische Soldaten werden einmarschieren, sie bringen frischen Durst mit. Wie gut, El Cid, daß du immer einen Schnapsvorrat hast, reichlich Bestände für Kriege und Revolutionen, für Blockaden und Fährnisse aller Art. Du bist Soldat, und du bist Katalane, du bist nirgends verwundbar.

Sein Gesinde vor sich hertreibend – hier und da mit einem Klaps auf das Hinterteil – geht der Inspektor über den Hof davon. Dem Kaplan gelingt es, ein paar der Mägde zurückzuhalten. »Adola, Mirabel, Brígida – habt ihr mir nichts zu sagen?« Der Inspektor höre ja nicht mehr zu, und er selbst, ein Seelenvater, wisse wohl, ein Geheimnis zu hüten. Alabama und Ricki sehen sich an, sie erhoffen sich eine richtige, womöglich strenge Beichtszene. Aber sie werden mit einem eher lächerlichen Getue enttäuscht. Der Pfaffe spielt vor den Fremden den guten Hirten und redet sanft seinen Töchtern ins Gewissen. »Was gab es eigentlich am Sonntag an der Weiche beim Kanal der Infantin Carlota? Ihr habt auf den Schienen gesessen, das nennt man Blockade, ich bin eigens euretwegen aus dem Zug gestiegen«, das habe ihm Mühe gemacht, aber er habe die Weiche segnen müssen. »Für euch, damit ihr nicht in die Sünde kommt.«

Die Mädchen beteuern, nichts Böses getan zu haben, sie seien zwar den Frauen von Lágrima hinterhergelaufen, doch nur bis zur Blockstelle Bordeta, dann seien sie umgekehrt. »Wir vom Gut waren sämtlich Montag früh wieder pünktlich an der Arbeit.« Nun gut, nun gut, aber eine ärgere Sünde, belehrt der Kaplan die Reuigen, sei es gewesen, die Kreuze vom Hals zu reißen und auf die Schienen zu werfen.

»So einen Frevel hätten wir nie gewagt«, und die brave Brígida kniet nieder, küßt dem Vater die Hand, löst zwei, drei Knöpfe ihrer Bluse und zeigt das Kreuz an der Kette.

Dem Gottesknecht wird der Mund trocken, er blickt dem Mädchen in den Busen. Don Destillo hatte recht: So ein weiches Kuscheltierchen! »Komm, komm, meine Kuscheltochter ...«

Halte ein, Porto Carrero, halte ein! Für dieses Spiel ist deine Seele noch nicht präpariert, da bedarf es vorweg noch etlicher Fürbitten. Zudem kommt Alma auf die Terrasse zurück. Sie hatte mit Chica den Tisch für das Abendessen gedeckt und sieht nun diese unzüchtige Szene.

»Kusch, Pfaffe.«

Die alte Haushälterin hatte durch den Vorhang das Verhör mitbekommen. »Was eigentlich wollten Sie am Sonntag in Barcelona, Monseñor?«, und sie wisse sehr wohl, daß er erst am Montag mit dem Frühzug wieder zurück nach Lágrima gekommen sei. »Einen halben Sonntag waren Sie in der Stadt und eine ganze Nacht, und das am Vorabend der Revolution«, da hätte der Klerus sicher etwas anderes zu tun gehabt, als zu beten.

Der Kaplan weicht aus, er wendet sich, als hätte er die Frage nicht so recht verstanden, wieder seinen Beichttöchtern zu. Keine habe etwas zu befürchten – nicht von ihm. Aber die Marquesa habe auch die Blockadeweiber gesehen. »Sie lehnte sich aus dem Abteilfenster und rief euch zu, sie wolle mit dem General über euch reden.«

Das habe die Herrin sicher ganz allgemein und ganz gewiß im Guten gemeint. »Sie hat ein edles Herz für alle. Sie will den Frauen von Lágrima helfen, ihre Männer zu behalten.« Alma kennt ihre Aurora Iwanowna, sie kennt ihr Schwälbchen.

Wer aber noch, forscht sie weiter, könnte die Mädchen vom Gut gesehen haben? »Zwei Reisende aus dem Ausland, sie haben fotografiert, ja, und dann noch Lazaro. Er zupfte uns an den Blusen und schüttelte uns ein wenig.« Ach, dieser alte Streckenwärter, der ist doch froh, wenn er selbst sein Leben hat.

Leben.

Auf dieses Wort hat Porto Carrero geradezu gewartet. »Der alte Lazaro ist tot.« Der Kaplan betet in allen gräßlichen Einzelheiten den Unfall herunter, den er am Montag in der Frühe um fünf vom Abteilfenster mitbeobachten durfte. Er preßt beide Handflächen auf seine Brust und demonstriert, wie den armen Kerl die Puffer zweier Waggons einfach plattgedrückt hätten. Dann zielt der Erzähler mit einem seiner Daumen vorn auf eine Rippe und versucht, mit dem anderen die gegenüberliegende am Rücken zu treffen. Das wirkt spaßig, denn er kommt mit der zweiten Hand nicht höher als bis zur Stelle, wo unter der Soutane oben sein Hinterteil endet. Brígida, Adola und Mirabel lachen. Trotz der schaurigen Prosa, daß an diesen beiden Punkten ein Kupplungsbügel den braven Lazaro durchbohrt habe, lachen sie. Nur Alma bleibt ernst. »Wer noch hat euch gesehen?«

Natürlich Lupo, der Zugbegleiter. »Er hat uns regelrecht durchgeschüttelt und allerhand dahergeredet von Flintenweibern und Anarchistenpack.« Alma bekreuzigt sich. Jeder im Ort kennt diesen Lupo, auch Porto Carrero kennt ihn, dennoch amüsiert er sich herzlich über den Schrecken der Alten. »Dieser Schaffner findet keine Zeit mehr, sich um so kleine Streunerinnen zu kümmern. Er hat höhere Aufgaben, ja allerhöchste.«

Der Kaplan erzählt von der gemeinsamen Zugreise am Montag früh, wie Lupo im Angesicht der grausigen Verstümmelung eines Menschenkörpers gekotzt und sich darob geschämt habe, eben, wo er zum ehrenvollsten seiner Aufträge gekommen sei. Schnell müsse er sich die verunreinigten Stiefel putzen, denn bereits gegen Abend habe er sich in Aragonien zu melden, am Bahnhof von Zaragoza. »Dort wartet auf ihn ein Salonwagen, den muß er ungefährdet durch das Tal des Ebro über die Ausläufer der Sierra Mequinenza nach Katalonien hinein geleiten.« Das könnte Tage dauern, vielleicht den Rest der Woche. Überall sei mit Hindernissen zu rechnen. »Und wen wohl beherbergt dieser Waggon? Lupo hat es mir insgeheim anvertraut ...«

»Die Infantin Hyacinthe Florida und so weiter ...«

Alma ist es, die diesen Namen ausspricht. Porto Carrero staunt, dieses alte Gerippe weiß doch wirklich alles im voraus. Weniger verblüfft ist Alabama. Eine Geschichte. Sie erwartet Geschichten, deshalb ist sie hier. Was einst hatte dir von diesem Land ein König in Jamestown prophezeit? Oder war es ein Anarchist in Amsterdam? Ein Carlos, ein Domingo, ein César ...? Über Schienenstränge, vorbei an räudigen Pfaffen, verängstigten Kindermädchen und kotzenden Schaffnern, zwischen Flintenkugeln und Kartätschen hindurch, über Blut auf dem Pflaster, aus Seitengassen mitten hinein in die Stadt, durch den silbrigen Staub der Boulevards am goldenen Geländer hinauf über rotsamtene Teppiche zur Beletage. Das Foyer. Eine Livree sperrt dir eine Tür auf. Du trittst ein in die Loge Europas.

»Still, Rick. Jetzt kein Wort.«

Der Boy hatte ohnehin nicht die Absicht, irgend etwas zu sagen. Er fläzt sich im Korbsessel, mimt weltgewandte Gelassenheit und fixiert diese drei Mädchen. Sie alle könnte er haben, er, Rick Montgomery

Upsteam, geboren 1893 in Columbus, Georgia, ausgerissen über New Orleans mit einem Baumwollsteamer nach Europa, Boy in einem ersten Hotel der Halbmillionenstadt Barcelona ... das ist schon etwas! Aber dieses Federvieh übersieht dich glattweg.

»Rick. Bengel.«

Die Miss knufft ihren Boy an. »Lümmel dich nicht so herum, du sitzt hier in einer Loge, gleich hebt sich der Vorhang. Das wird keine von diesen Einfaltspossen, wie du sie aus deinem Hotel kennst. Das hier wird Welttheater«, und zum Kaplan gesprochen: »Sie waren am Sonntag abend und die ganze Nacht zum Montag in Barcelona, so hörte ich?«

Madame Amerika! Wenn hier einer solche Fragen stellt, dann ich. Das sagt Alma zwar nicht laut, aber Haltung und Blick verraten derlei Gerede. Doch gleich schon bereut sie als Gastgeberin ihr schroffes Benehmen, vielleicht hat dieser Besuch längst insgeheim und uneingestanden eine gewisse Zuneigung zu ihr, der alten Dienerin aus Rußland, gefaßt. Vielleicht gibt es Gemeinsamkeiten in beider Leben, oder man ist sich gar begegnet?

In Baden-Baden vielleicht? In Zoppot, in Marienbad?

Alma läßt die Kurorte Europas in ihren Gedanken vorüberziehen. Wohin überall reiste die Familie Kropotkin mit ihrer Dienerschaft all die Jahre sommers wie winters?

Wo mag man einst diese Dame getroffen haben? Wo auch immer – einen Hauch von Wohlwollen kann Alma von nun an nicht mehr verdrängen.

»Sie möchten, meine Wohlgeborene, daß wir für Sie und Ihren Knaben hier nun die Bühne betreten und Ihnen etwas vorspielen. Nun gut.« Doch warnt Alma, das werde kein Heroenstück. »Es wird allenfalls ein tränen- wie zwerchfellstrapazierendes Dramolett auf einem der Boulevards de Crime. Am Ende baden die Farceure in einem Meer von Theaterblut, und alles, alles fährt zur Hölle.«

Ja, das ist Europas Geschichte, Madame.

Nach dem Einwurf Alabamas, sie kenne bereits dies und das, nur eben von der spanischen Historie zu wenig, beschränkt sich Alma auf den pyrenäischen Subkontinent. Sie schleicht sich durch das vergangene Jahrhundert und kommt zu Königin Isabella II., sie kommt zu den Infanten und Infantinnen, deren Zahl niemand kennt. Auch die Väter insgesamt kennt man nicht. Alma zeugt in ihrem Epos Töchter über Töchter. Diese heiraten oder heiraten auch nicht, sie fahren über Grenzen weit weg, oder sie irren – bleiben sie im Lande – immerfort durch die Provinzen. Seit ihr Bruder Alfons tot ist, seit diese Doña Virtudes aus dem mährischen Dorf regiert und nun auch noch dieses Embryo von Neffen auf dem Thron sitzt, ist ihnen der Königspalast zu kalt geworden.

»Hyacinthe Florida ... und weiter in den Namen der Blumen, ist eine von diesen ruhelosen Weibern, kaum jemand weiß, wo sie sich gerade befindet. Ein Strandfotograf will sie in Biarritz beim Tee mit der Kaiserin Eugénie gesehen haben, zur gleichen Zeit aber auch ein Wachtposten vor der Offiziersmesse der Militärschule von Cádiz«, auf Schneeschuhen in Pyrenäenkurorten solle sie genauso zu Hause sein wie unter Beduinenzelten in der afrikanischen Kabylei.

»Sie reist, längst schon fünfzig, mit einem jungen schönen Geliebten umher, der vor elf Jahren – damals fast noch ein Kind – im Amerikanischen Krieg ein Bein lassen mußte. Beide sind dieses Spaniens müde und ihrer Zeit und ihres Lebens. Sie suchen die Route der Gefahren, sie warten allüberall auf ihren Attentäter. Sie glauben, sie besäßen einen eigenen, für sich vorbestimmten. Der aber läßt sich Zeit.«

»Domingo ist in der Stadt.«

Diese Bemerkung Alabamas irritiert jetzt niemanden mehr, nachdem die beiden alten Damen sich so gut angefreundet haben. Doch der Gast, meint Alma, greife vor, noch sei man im ersten Akt. Nach dem zweiten käme dann zunächst die Pause, das Auf und Ab im Foyer, das Plaudern am Buffet ...

»Sie kommen doch, meine Verehrte, am kommenden Sonntag zu Chicas Geburtstag? Der Marqués und die Marquesa haben Sie gewiß längst eingeladen. Dann wird man Sie der Infantin vorstellen«, doch käme die Hoheit nicht einer eher belanglosen Freundschaft zum Haus Lágrima zuliebe, kaum auch zur Besichtigung ihrer Garnison, eher schon, weil Kindergeburtstage permanent auf ihrem Programm stünden. »Der junge humpelnde Leutnant an ihrer Seite liebt Kinder ganz besonders, und wenn man ihn fleißig bittet, tanzt er sogar für sie. Er kann alle diese neuen Tänze aus Amerika. Er hat sie in kubanischer Gefangenschaft von seinen Siegern gelernt.«

»Auch den Cake Walk?«

»Fragen Sie ihn selbst, Madame. Das heißt, falls er überhaupt kommt. Vielleicht treffen er und seine Hyacinthe auch nicht ein. Der Weg hierher ist gefährlich, von Zaragoza führen die Schienen durch das Tal des Ebro und bei Fayón über die Grenze nach Katalonien hinein, hoch über Schluchten, über Flüsse und Wildbäche. Man nennt diese Strecke auch den Pfad der hundert Brücken und der hundert Bomben.«

Alma schmückt ihre Chronik genußvoll aus, als sie zum Puente del Ángel de la guarda gelangt. »Die Brücke ist für alle hohen Herrschaften ein Gottesprozeß. Der Böse wird, überquert er die Schlucht, von seinem Schutzengel zum eigenen Schutz vor weiteren bösen Taten hinabgestürzt. So fordern alle Erlauchten, die aus Madrid nach Katalonien kommen, hier hoch oben ihr Urteil ab – Beamte, Gouverneure, Generale, Kardinäle, Hoheiten des Herrscherhauses ... Und immer gelangen alle unbeschadet hinüber. Spaniens Gesellschaft ist voller guter Menschen, die keine Sünden hinter und keine vor sich haben.«

Das wäre es wohl. »Und nun, Monseñor, haben Sie Ihren Auftritt.«

Das Leben ist schön, das Steak mit der russischen Sauce duftet von der Küche herüber, du hast kugelige Brüste mit kleinen Knospen berührt, Porto Carrero, ganz neue Aussichten eröffnen sich dir. Ein rosa Knusperkuchen betet dich an, du wirst dich von nun an gründlicher waschen müssen und nach jedem Essen den Mund spülen. Und das nicht nur für die Weiber, das fordert auch deine Karriere.

»Richtig. Ich war in Barcelona.«

Das erzbischöfliche Ordinariat habe ihn bestellt, plustert sich der Kaplan auf, aber die Prahlerei gelingt ihm nicht. Auf den Einwurf »da schau mal einer an« korrigiert er sich, er sei nur bis zum Bischof gelangt, aber auch dort schon sei die Musterung streng gewesen.

»Ja, ihr habt recht gehört, meine Töchter: Musterung. Vor einer hohen Kommission habe ich eine viertelstündige Probe im Spenden von Trost geben müssen. Da saßen vor mir militärische Ränge und kirchliche Würden, eine Amtsperson des Kapitanats, ein Offizier der Festung, ein Professor der theologischen Fakultät – Herren, die man sonst nur dem Namen nach kennt, aus Zeitungsartikeln oder verwackelten Fotografien.« In drei Tagen werde, das durfte er ergebenst zur Kenntnis nehmen, der Aufstand niedergeschlagen. Dann folgten Festnahmen ... Einkerkerungen ... harte Körperstrafen ... Todesurteile. Bei allen vorweg stets die Folter, aber die sei ja selbstverständlich.

»Ein großes Potential schmerzlindernder Reden wurde gefordert, Bußpredigten und qualenerleichternder Zuspruch für die vielen armen verirrten Seelen«, aus der ganzen Provinz seien Gottesdiener zusammengezogen und im Vokabular geprüft worden.

Im Trösten, Porto Carrero, bist du ein Meister.

»Ich kann die scheußlichsten Blessuren sehen, ohne wie ein Schaffner zu kotzen, ich habe bei den peinlichsten Verhören noch ein freundliches Wort für den Jammernden; werden Todesurteile verlesen, küßt der Delinquent mir die Hand, nicht dem Richter.«

Der Inspektor, auf die Terrasse zurückgekehrt, bekommt diese letzten Worte mit. »Aber, Don Porto, Sie haben ja noch nie in Ihrem Leben eine exemplarisch drakonische Strafvollstreckung mit ansehen dürfen, geschweige denn ein Blutgericht.« Der Kaplan wiegt die Hände hin und her, nun ja denn, er habe alle seine Horrorfälle trefflich simuliert. »Nicht nur den Maler, den Dichter begleitet die Phantasie auf den Wegen zu den großen Schöpfungen. Auch der Priester wird zum Künstler, wenn er seine Visionen vom Schrecken skizziert.«

Jede vollkommene Predigt ist ein memento terribilis.

Das hätten die Oberen in einer Viertelstunde erkannt, einer der Vikare habe sogar gelächelt und ein Major der Guardia Civil spontan applaudiert. Er, Porto Carrero, ein einfacher Kaplan aus dem unbedeutenden Kirchspiel Lágrima, gelange in so jungen Jahren – gerade zweiunddreißig – von einem auf den anderen Tag zu solchen Ehren.

»Still. Pferde. Ich höre Pferde.«

Aber Monseñor, Sie spinnen. Niemand kommt.

»Man schickt nach mir, man braucht mich, ich bin engagiert. Ich erwarte nur noch den Befehl.« Wenn der Mittwoch zu Ende ginge, das hätte der Kaplan mit Gewißheit vernommen, würden Klerus und König die Revolte von Herzen satt haben. Das Volk dürfe drei Tage lang seinen Übermut auskosten. Dann aber sei Schluß. »Donnerstag spätestens ist mein erster Arbeitstag.«

Barcelona.

Endlich Barcelona.

Porto Carrero hatte richtig gehört. Reiter kommen auf den Hof. Die Pferdehufe sind lautlos im weichen Sand, aber so einem Pfaffen verkündet

Gott auf übersinnlichen Wegen – lange bevor es ein Alltäglicher vernimmt – derlei Ankünfte.

Diese Ankunft sehen nun auch die anderen: Es sind Berittene der Guardia Civil – sechs Mann und ein Sergeant. Sie bewegen sich zur Mitte des Hofs und steigen vom Roß, langsam, sehr langsam, als kosteten sie ihren Auftritt behaglich aus. Der Inspektor geht ihnen entgegen, er nimmt die Zügel des Sergeanten und plaudert leichthin ein paar Worte mit ihm. Dann weist er mit dem Finger zur Terrasse.

Kein lautes Wort fällt, kein Ruf. Brígida, Adola und Mirabel knicksen vor ihrer camarera mayor, von ihrem Beichtvater lassen sie sich segnen, für den Gast Alabama haben sie ein stummes Nicken. Der Boy Ricki bekommt keinen Gruß. Wo nur bleibt Chica?

Von drinnen aus dem Salon dringt Klavierspiel – dünn und simpel das Lied an eine Fischerin. Isaac Albéniz – vor einem Jahr Gast auf dem Gut – hinterließ es als Etude mit Widmung »Für meine kleine Chicachiquita«. Dazu legte er aus seinem Knopfloch eine Rose für Aurora auf das Pianoforte. Nun ist er seit zwei Monaten tot, er starb an einem warmen Maiabend in einem Kurort an der Biskaya. Das Lied und die Rose – was sonst wird von ihm bleiben?

Mädchen, los denn! Worauf wartet ihr noch? Wozu noch ein Abschied von der Tochter?

Plötzlich lastet eine Stille über dem Hof, über dem Landhaus, über dem Gut. Das Klavierspiel endet mitten im Takt. El Cid verharrt, die Zügel in der Hand, auch die Guardias stehen unbeweglich neben ihren Pferden. Brígida, Adola und Mirabel haben sich an die Hand genommen und gehen zu den Reitern hinüber, aus dem Schuppen kommen die Hunde Tito und Tántalo. Germana bringt ihre Jungen mit, die längst keine Welpen mehr sind, sondern richtige kleine junge Hunde. Chica tritt auf die Terrasse und stellt sich neben Alissa und Sina an das Geländer. Alma räumt das Kaffeegeschirr zusammen, dem Boy Ricki bietet sie noch ein letztes Stück Kuchen an. Aber der Junge dankt, er riecht den Braten aus der Küche und möchte sich nicht den Appetit verderben.

»Es waren brave Mädchen, Madame. Sie müssen uns die Episode verzeihen. Aber Sie sind hier in Spanien – und auch noch zu dieser Zeit ...« Alma muß ihre Entschuldigung unterbrechen. Drinnen läutet das Telefon. Es meldet sich das Telefonamt in Barcelona und stellt die gelungene

Verbindung durch. Aurora ist am Apparat, seit Stunden wartet sie auf dieses Gespräch.

Endlich. Lágrima? Ja.

Die drei Mädchen gehen über den Hof, sie halten sich noch fester an den Händen, gleich werden sie sich loslassen müssen, denn schon sind sie bei den Gendarmen angelangt.

Nun heißt es Abschied nehmen. Brígida gibt El Cid freundlich die Hand. »Ade, Señor Administrador, Sie haben mich oft schlagen müssen, doch sicher hatten Sie immer recht. Jetzt müssen wir uns trennen, wir sehen uns nicht wieder.«

Das Mädchen irrt, es wird zurückkommen, wenn auch ein wenig verändert. Und doch – es wird glücklich werden. Aber das weiß es jetzt noch nicht. Brígida hält einem jungen Gardisten die Hände hin und läßt sich willig den Strick um die Gelenke binden.

Auch Adola und Mirabel werden glücklich für ihr ganzes, noch sehr langes Leben, auch wenn sie nicht hierher zurückkehren werden. Aber auch sie wissen das heute noch nicht. Widerstandslos lassen sie sich fesseln, was ihnen gewiß nicht schwer fällt, denn die Männer gehen keinesfalls roh mit ihnen um. Mit zusammengebundenen Händen läßt man die drei noch einmal zur Terrasse hinüberwinken. Alissa und die alte Sina grüßen zurück. Chica bleibt unbewegt. Sie fädelt die Figuren auf eine Kette, von dem äußersten Pferd angefangen bis hin zum Inspektor am anderen Ende, dazwischen je zwei Gendarmen, ein Mädchen, wieder zwei Gendarmen und so fort. Links läßt sie sich Platz, dahinein kommen nun die Hunde, hinter ihnen Polo und Pigafetta, die Ziegen, dann die Enten, die Hühner, der stolze Stier Ponce de León. Und kommt da nicht auch noch die Goldfliege Lucilia mit abschiedsschwirrenden Flügelchen? Noch vor dem Abendessen wird Chica mit dem Bild beginnen, sie merkt sich alles genau, den Lack der Helme, die Karabiner, die am Sattelzeug faul herunterhängen, die silbrigen Litzen des Sergeanten an Kragen und Ärmeln, das Winken der Mädchen, den Blick der Tiere.

Ade, Lucilia.

Die telefonische Verbindung ist miserabel. Aurora versteht nicht das Geringste von dem, was Alma zu berichten weiß. Dagegen sind die einen oder anderen Worte der Marquesa – ja, zuweilen ganze Sätze – deutlich zu hören. »In Barcelona ist der Teufel los, überall Kämpfe, Tote auf den

Straßen, Verwundete rufen um Hilfe. Sie liegen im Foyer des Hotels auf den nackten Fliesen, und der alte Oberkellner César ist nahezu hilflos«, aber auf dem Gut sei sicher alles friedlich, der kleinen Chica gehe es sicher gut. »Vor allem, sind alle Mädchen heil zurück, und sind sie brav?«

Die Guardias gehen vorsichtig mit ihren Arrestantinnen um, als hätten sie etwas sehr Fragiles zu transportieren. Sie heben eine nach der anderen vor sich auf ein Pferd. Der Kommandeur des Trupps trägt die Rangabzeichen eines Hauptsergeanten, der Inspektor nennt ihn vertraulich Primero und bedauert die Männer, deren Dienst an so einem späten Julitag gewiß nicht einfach sei. Doch der gute Mann winkt ab. »Meine Schützlinge haben es ja auch nicht leicht, dazu das unbequeme Sitzen vorn quer auf dem Sattel, und dann die Behinderung durch die Stricke.« Die Einladung zu einem Glas Calabaza lehnt er dankend ab. »Wenn es um uns ginge, gern. Aber für die Mädchen eilt die Zeit. Sie möchten sicher heute zur Nacht noch zu ihrem Verhör.«

Für Miss Alabama ist die Verhaftung nichts Außergewöhnliches, beunruhigt ist sie nur von der unheimlichen Stille, von der Ruhe aller auf diesem Gutshof. »Warum ruft hier niemand nach den Angehörigen der kleinen Pechvögel? Es muß doch Verwandte geben, Männer, Freunde ... Mütterchen, sagen Sie doch einmal etwas!«

Ach ja ... die Alte ist im Salon und telefoniert. Wäre sie hier, könnte sie auch nichts anderes sagen als: »Da ist niemand, den der Vorfall verwandtschaftlich beunruhigen könnte. Höchstens den Verlobten von Adola, einen gewissen Emiliano, der aber ist Anarchist und rechnet mit allem.« Seinen Namen werde man dem Mädchen auf der Festung des Montjuich herauspressen. Auch den anderen Mädchen werde man irgendwelche Namen zu entlocken versuchen, für die sie auf den Schienen saßen und die Ordnung blockierten. »Sie aber kennen keine Namen, und deshalb wird man sie sehr lange und sehr peinlich strapazieren müssen.«

Trix Jailbird, warum antwortet dir denn hier niemand? Muß denn die Alte nebenan so lange telefonieren? Warum schweigt der Pfaffe?

Der Kaplan muß sich von seinem Schrecken erholen. Er hatte geglaubt, das Reiterkommando bringe ihm den ersehnten Befehl – das aber ausgerechnet noch vor dem Nachtmahl. Die plötzliche Wendung der Ereignisse hatte ihn überrascht, nun ist er erst einmal gelähmt und kämpft sich in die Realität zurück.

Rick. Warum sagst du denn nichts?

Der Boy räkelt sich und starrt glasig irgendwohin ins Nichts. Die Frage seiner Lady erreicht ihn nicht. Ja, diese Weiber! Mußte er sich denn auch gleich verlieben? Nun, wenn nicht diese, dann andere ...

Aurora in Barcelona ist verzweifelt, sie versteht vom anderen Ende der Leitung kein Wort, dennoch redet und redet sie. Sie kündigt ihrer Camarera einen Besuch an, eine Dame aus Amerika, und wenn sie nett sei, solle sie sie zum Abendessen bitten. »Sind die Welpen von Germana wohlauf?« Alissa solle man in der Schwangerschaft ein wenig Ruhe gönnen, der alten Sina sowieso. »Ich will, daß alle auf dem Gut zufrieden und glücklich sind.«

Die Reiter verlassen mit ihren Arrestantinnen den Hof. Der Hauptsergeant ist besorgt um seine jungen Damen, er möchte sich mit der Ablieferung der unbeschädigten Ware ein Lob verdienen, vielleicht eine Beförderung. Er möchte Vizeleutnant werden. Aber diesen Wunsch kann er vergessen, sein Vater ist Fischhändler, und so ein Sohn wird niemals Offizier – weder in der Armee noch bei der Polizei. Nun gut, wenn nicht, dann eben spürt er in sich und für sich allein den Sieg der Menschlichkeit.

»Menschenpflicht!« Das Wort schreit plötzlich der Kaplan in die Stille hinein. Er hat seinen Choc überwunden – von einer Minute auf die andere – und quält sich jetzt aus dem Korbsessel hinaus, er rollt sich die Treppe der Terrasse hinunter und jammert den Davonreitenden nach: »Trost ... Trost ... So wartet doch, ihr Männer der Gewalt ... Wartet doch, meine armseligen Töchter ...«

Auroras Geschwätz wird immer verzweifelter. Warum vernimmt sie nichts? Sie will wissen, ob Chica sich auf ihren Geburtstag freue. »Der Vater hat viele, viele Geschenke, auch neue Schallplatten aus Paris, neue Tänze ...« Da knackt es in der Leitung, irgendeine Schaltstelle hat die ohnehin nutzlose Verbindung unterbrochen. Alma kurbelt noch einige Male, aber die Vermittlung in Lágrima – eine ältliche Dame, die zugleich den Postschalter bedienen muß – ist hilflos.

Die Alte kehrt auf die Terrasse zurück und sieht gerade noch den Kaplan. Dieser verharrt einen Moment auf dem Hofplatz, sicher wägt er jetzt sein Leben ab: Zurück läßt er ein russisches Steak – die Brotsauce liebt er besonders und dann die Pfannkuchen nach Art des Fürsten soundso –, vor ihm liegt die Pflicht. Aber, Porto Carrero, was gibt es da für Zweifel? El Cid tritt hinzu und legt ihm die Hand auf die Schulter. »Trost? Dafür ist die Heilige Kirche nicht mehr zuständig. Trost spenden treffender die Soldaten, die Richter, die Henker ... Porto, trockne dir deine eigenen Tränen.«

Der Kaplan reißt sich von diesem Don Destillo los, er läuft den Reitern nach, die sich in einer Staubwolke am Ende der Allee verlieren. Der Gottesmann kugelt sich geradezu in den Staub hinein.

Alma weist die Magd Alissa an, das Essen aufzutragen. Sie bittet Miss Alabama und ihren Boy zu Tisch und ruft auch den Inspektor. »Wir haben einen Gast weniger, unser guter Vater hat höhere Aufgaben. Er weiß, daß – folgt er der Pflicht – er essen kann, wann und wo und was und wieviel auch immer. Was bedeuten ihm in dieser Welt dann noch meine Blinis?« Alma, jetzt endlich erinnerst du dich.

»Madame Amerika, wir kennen uns bereits. Es war vor Jahrzehnten, und es war in einem Kurgarten. Es war in Bad Ems.« Alma schließt den Gast in ihr Herz. Sie wird ihn an diesem Abend besonders aufmerksam bewirten.

Im Salonwagen

*Durch das Tal des Ebro * Grenzstation Fayón * Der Depeschenjunge aus Madrid * Die Blamage eines Generals * Ein erster Kuß in Jerez * Von Cádiz in den Krieg * Als Invalide zurück aus Kuba * Im Zickzackkurs durch die Sierra * Ein Flecken ohne Namen * Die Fremde am Fahrplan * Baron von der Nasse * Im Lustgarten des Pardo*

Die Tage von Zaragoza sind vorüber, eine kleine, kaum gelungene Soirée im Hotel del Universo ist schnell vergessen. Kaum jemand dachte an diesem Sonntag an Sankt Jakobus. Die Banco Hispano-Americano hatte für diesen Heiligen, der ja symbolisch die Alte und die Neue Welt verbindet, einen Ball gegeben und sich mit einem Ehrengast geschmückt, mit einer königlichen Infantin, die gerade auf der Durchreise war.

Nun lehnt sie sich im Fauteuil des Salonwagens zurück. Draußen vor dem Fenster fliegt die Ebene des Ebro vorbei. Der Zug erreicht stromab eine erstaunliche Geschwindigkeit, um so mehr schlingert er, denn der Zustand der Schienen ist miserabel.

»Meine liebe Hyacinthe, vergessen wir es.«

Aus der von Jahr zu Jahr schrumpfenden Suite der Infantin ist auf dieser Reise nur noch der Leutnant Bonifacio dabei, Boni genannt, auch Bonito, doch so wohlwollend nur von der Infantin Hyacinthe, die ihn einst als den schönsten Offizier der spanischen Armee für sich requiriert hatte. Das war in Cádiz noch vor dem Amerikanischen Krieg.

In Zaragoza hatten sich dem Zug zum Salonwagen mit dem königlichen Wappen auch zwei Güterwagen hinzugesellt – in einem vier pechrabene Rappen, im anderen ein Trupp Soldaten, die sich faul auf Stroh herumlümmeln und nur bei jedem Halt auf dem Perron patrouillieren müssen.

»Fayón.«

Leutnant Boni Bonifacio lehnt sich aus dem Fenster und berichtet der Infantin von den Vorgängen auf dem Bahnsteig. »Sie wechseln die Eskorte aus. Hier beginnt Katalonien.«

»Wieder ein Empfang?« Nein, ma chère, so ein kleiner Ort wie dieser bringt kein Komitee zusammen. Hyacinthe ist beruhigt, nun kann sie wieder ihre Kleidung lockern. Sie öffnet die oberen Haken ihrer Bluse und gibt ihren Brüsten ein gutes Stück Freiheit. Boni ist verstört und reicht der Hoheit die Stola – für alle Fälle. Wer weiß, womöglich dringt dieser Schaffner in den Wagen, dieser Mensch da, der sich in militärischem Marschschritt nähert.

Vor dem Offizier am offenen Fenster salutiert er.

»Hauptkontrolleur Lupo, Zugbegleiter.« Er bitte, der Königlichen Hoheit seine Meldung machen zu dürfen. »Die Pferde kriegen katalanische Knechte, zuverlässige Leute vom Viehtransport.« Er allein sei jetzt für die Sicherheit zuständig. »Die Militärwache ist entlassen«, Soldaten nach Katalonien hereinzulassen, sei töricht. »Alles hier desertiert und wird in diesen bösen Tagen zu einer zusätzlichen Gefahr. Bei uns verbürgt ein Bahnbeamter mehr Bedeckung als eine ganze Kompanie Grenadiere.«

Danke. Leutnant Bonito winkt ab. »Gut, Herr Hauptkontrolleur, Sie können gehen. Sie haben uns nicht weiter zu bringen als bis nach Lágrima.

Ende Ihrer Meldung. Kehrt. Marsch.«

Die Infantin hält sich das Taschentuch vor die Nase. »Dieser Schaffner stinkt.« Ist es der Schweiß in seiner Uniform? Hat er womöglich gefurzt? Nein, das ist etwas anderes, vielleicht die geputzten Stiefel, diese Schuhcreme mit einer Penetranz von ...

Boni wendet sich vom Fenster ab. Er nimmt seiner Hyacinthe das Plaid von den Knien, legt ihr ein Kissen auf die Kopfstütze, zieht ihr die Schuhe aus und rückt die Fußbank heran.

Sie ist wie ein Kind. Ein faules verfettetes unbeholfenes Kind. Wie schlampig sie sich in die Polster fallen läßt.

Plumps.

Der letzte Offizier der Suite betrachtet seinen Schützling mit Zuneigung. Was wäre dieses Kind ohne dich, Boni Bonito, der du selbst zwar über zwanzig Jahre jünger, aber dennoch ein Krüppel bist und nicht so ganz fest auf deinem restlichen Bein.

Hoffentlich fängt das Kind nicht auch noch an zu schreien.

Da schreit das Kind schon. »Kusch, Bonito, zurück auf deine Fußbank! Du stinkst.«

Leutnant, Sie stinken.

»Aber, liebste Hoheit, die Luft ist gut, der Schaffner ist weg. Alles ist sauber.«

»Ja, das ist es eben.« Die Infantin hält sich die Nase zu, stößt die Fußbank weiter weg und deutet mit der Zehenspitze an, der Gefährte möge gefälligst dort Platz nehmen. »Hoppla, gib acht auf dein armes Bein.«

»Diese Fußbank, teure Patronin, ist mir am Ende geblieben, wie auch deine ständigen Halluzinationen und Launen.«

Strandgut der Eisenbahn.

Boni näselt larmoyant vor sich hin, daß er sich wie ein Stück Frachtgut fühle, dem das Etikett verloren gegangen sei und das nun ohne Angabe von Absender und Empfänger umherirre. »Expediert von Station zu Station.«

»Von was zu was? Du kauderwelschst wieder wie ein Gymnasiast.« Die Infantin schilt ihn seiner Bildungsarroganz wegen. »Latein lernen, Englisch sprechen, wissen, daß der Mond um die Erde kreist und daß es so ähnlich überall in der Natur ist – wie simpel ist das alles«, und die Bourbonentochter erzählt, sie habe nichts gelernt als zu beten, zu reiten, dem prinzlichen Bruder zu gehorchen und sich bedienen zu lassen – als Kind schon, als sie noch nicht Hyacinthe war, sondern nur eine Niña La, irgendeine Die-Da unter der Vielzahl der Infantinnen. »Das Beten habe ich verlernt und das Gehorchen, manchmal reite ich, wenn auch sehr schlecht«, aber immer noch ließe sie sich bedienen, und sei es auch nur von einem einzigen mistigen Hinkefuß.

Dreiunddreißig warst du, Hyacinthe Florida, als du diesen Knaben für dich entdecktest. Der war zwölf, Schüler einer Lateinschule in Madrid, im schicksalhaften Moment gerade Depeschenjunge – ja, der schönste Bote ganz Spaniens.

Bonito.

1892. Wieder einmal ist Spanien in Aufruhr. Diesmal sogar streiken die dreitausend Telegrafisten – ein unerhörter Handstreich gegen die Ordnung – ausgerechnet zur Feier »400 Jahre Kolumbus«.

Der Hof in Madrid muß Herzlichkeiten ausstreuen an seine über ganz

Spanien verteilte Familie. Und gerade jetzt streiken die Telegrafisten! Und gerade jetzt werden die restlichen Kuriere vom Militär requiriert. Neue flinke Burschen müssen gesucht werden, sie finden sich unter der höheren Schuljugend, und so bietet auch der Königliche Bibliothekar Cañada seinen Sohn Bonifacio an.

Der junge Mann bekommt mit allerhöchster Order eine gefüllte Depeschentasche – darauf die Krone von Bourbon – und das Billet nach Jerez. Persönliche Grüße an die Infantin Hyacinthe Florida sind zu übermitteln. Doch in Andalusien ist Rebellion. Landarbeiter und Tagelöhner – zehntausend an der Zahl – sind aufgebrochen zu ihrem Marsch auf Jerez. Bei Bonis Ankunft ist der Bahnhof längst gesäubert, auch die Straßen sind frei, selbst wenn hier und da ein Blessierter noch versucht, sich in eine Hausecke zu schleppen. Die Flucht nützt ihm nichts, die Blutspur verrät ihn, der Ärmste wird von seinem Wundschmerz erlöst und erschlagen, bevor er den Guardias und Soldaten seine Unschuld ins Gesicht lügen kann.

Der Depeschenjunge fragt sich zu einem Freilichtfest auf der Plaza Fortún durch. Von weitem schon hört er das Blasorchester der Garnison. Ringsum verharrt das loyale Bürgertum, auf dem Platz an langer Tafel sitzen die Honoratioren der Stadt mit den Vertretern der bewaffneten Macht, in ihrer Mitte die Infantin, an ihrer Seite ... nein, es ist nicht der kleine Andalusier.

Rodrigo Santomajo, was nun ist mit dir? Du wirst aus der Suite entlassen und zum Hauptmann befördert, du bekommst einen Orden und den Kommandantenposten in irgendeiner Festung, einer Strafanstalt. Diese Arbeit liegt dir sicher besser. Der Dienst bei der Hoheit schien denn wohl nicht das richtige zu sein, auch so ein offener Straßenkampf gegen Arbeiter war nicht ganz dein Fall.

Da bewährte sich eher ein alter Draufgänger, zweiundfünfzig Jahre alt und als Major gerade in Kuba mit Lorbeer gekrönt: Mazapán y Peladilla, genannt Diablillo, das Teufelchen. Er wurde mit den zehntausend Hungerleidern schnell fertig. Das wird ihm heute noch Glorie bringen, die Beförderung zum General, aber auch einen kleinen Spott.

Ein geringfügiges Mißgeschick kommt auf dich zu, Diablillo, du wirst es nach Jahren nicht verwunden haben – ein zwölfjähriger Depeschenjunge versetzt es dir.

Da baut er sich auf, der Held von Jerez, versetzt sich in einen schneidigen Marschschritt auf die Mitte der Plaza Fortún de Torres zur königlichen Infantin, um ihr die Siegesmeldung über das Volk von Andalusien zu verkünden. Wie kommt dieser Bengel dazu, ihm vor die Füße zu laufen? Der Held stolpert, er schlägt lang über das Pflaster hin.

Die Bürger lachen, die Honoratioren, die Polizei und das Militär, es prustet geradezu die Infantin, ja auch die Bläser unterbrechen ihre Musik.

Bis der alte Haudegen sich wieder aufrappeln und alles wieder einsammeln kann, was zu einer Parademontur gehört, schnappt der Depeschenjunge nach seiner Chance und erreicht mit seinen Telegrammen vor diesem Pulverkopf die Festtafel. Jetzt ist er der Held des Tages.

Bonito.

Gleich schon gibt Hyacinthe dem Jungen diesen Namen. Sie fragt ihn dies, sie fragt ihn das. Bonifacio Cañada, Professorensohn und Gymnasialschüler aus Madrid, will nach dem Studium Gelehrter werden. »Königliche Hoheit, die Kultur Spaniens muß Europa erobern, ja die Welt muß hispanisiert werden.«.

»Papperlapapp.«

Die Infantin unterbricht den Traummissionar, aus solcher Karriere werde nichts, ein so hübscher Junge sei einzig zum Leutnant berufen im Gefolge der Infantin. »Bonito, du wirst von Ball zu Ball gereicht. Das wird ein Leben!«

»Die Telegramme, Madame, sie haben eine lange Reise hinter sich.« Hyacinthe nimmt die Depeschen und zerreißt genüßlich jede einzeln, ohne den Absender zu erforschen, geschweige denn, sie zu öffnen und zu lesen.

»Auf sie alle kann ich verzichten.«

Im selben Atemzug befördert die Infantin trotz allem den heldischen Major Mazapán zum General und befiehlt ihm, diesen Knaben an der Kadettenschule von Cádiz zu inskribieren.

Von nun an, Boni Bonito Bonifacio, kommst du dein Leben lang nicht mehr frei. Nach deinen Fähnrichjahren ein kurzer Krieg, dann wird deine Heimat die Eisenbahn, von Station zu Station reiht sich eine Kette von Bällen.

Gleich schon beginnt der erste heute abend.

Boni Bonito genießt seinen bevorzugten Platz an der Tafel. Die Infantin zieht ihn auf das Parkett, er kann noch nicht tanzen, aber das macht nichts, seine Dame hat ihn fest im Griff.

Danach wird Boni von der Generalin zum Tanz aufgefordert, einer wunderschönen, zwanzigjährigen Mulattin mit Goldflitter im Haar. Mariposita sei sie, der kleine Schmetterling, aber seit sie in Spanien lebe, nenne man sie Morocha, das Brauntier. »Mein Ehemann erwarb mich vor drei Jahren in Santiago de Cuba, im kleinen Café Tortura am Paseo de la Reina. Dieser General da, der Schlächter von Jerez, dem du so geschickt ein Bein gestellt hast.« Das sei gute Arbeit gewesen. Sie zieht den Kopf des Knaben an sich und stößt ihm die Zunge in den Mund.

Das, Boni Bonito, ist dein erster Kuß von einer Frau. Den zweiten bekommst du sechs Jahre später von deiner Bourbonin.

Der künftige Fähnrich ist an diesem Abend ein verwöhnter Gast. Einzig der um seinen Auftritt gebrachte General bleibt ihm spinnefeind, sein Leben lang wird er die Schande nicht verwinden, und sicher – so hofft er – biete sich einmal die Revanche, seinerseits dem Frechdachs ein Bein zu stellen.

Mit dieser Vision wird dem General wohler.

»Nein, nach Knoblauch stinkst du nicht, das war damals und ein anderer, ein Santosoundso, ich hatte ihn hinausgeschmissen, dekoriert, befördert und strafversetzt.« Die Infantin im Salonwagen wedelt noch immer mit ihrem Taschentuch, obgleich ihr Leutnant sich in gehörigem Abstand auf die Fußbank zurückgezogen hat. »Das war in Jerez. Du mußt ihn kennen.«

Nein, Boni kennt den Stinker nicht. »Ich war ja erst zwölf und ganz frisch in deiner Gesellschaft, Floridita.«

Wie merkwürdig verlangsamt sich der Zug. Nun hält er auf freier Strecke.

In der ersten Klasse wundert sich ein Fahrgast, Baron von der Nasse, er beugt sich aus dem Coupé und ist schockiert. Im Nachbarwagen – nur wenige Meter entfernt – lehnt sich die Königliche Hoheit hinaus. Zwei riesige Brüste, rosa und fast nackt, füllen den Fensterrahmen. Ein Waggon weiter blicken die Köpfe von pechrabenen Rappen aus den Luken. Sie werfen wild die Köpfe und wiehern. Was beunruhigt sie?

Vielleicht ein drohendes Unglück? So ein Pferdeinstinkt spürt sicher lange im voraus Gefahren.

Nasse, wo bist du? Im Schreckenskabinett eines Jahrmarkts, in einem bösen Traum, oder bist du hellwach und in Spanien?

Der Zug fährt wieder an, die Pferde beruhigen sich, und auch Hyacinthe wird sanfter und läßt ihren Leutnant wieder neben sich auf das Polster.

Jetzt am Abend kommt ein frischer Wind auf, die Gerüche verfliegen. Halluzinationen melden sich immer nur in der Mittagshitze. Zuweilen aber auch nachts, wenn die Infantin unsicher ist, ob sie träumt oder ob sich im Dämmern ein rätselhafter Hauch über ihren Halbschlaf legt.

Sie erwacht.

Irgendeine Station. Zwei trübe Gaslaternen schaffen es kaum, den Bahnsteig zu erleuchten. Hyacinthe will ihren Gefährten wecken, aber dann sieht sie ihn da liegen, über den unteren Körper die Bettdecke kaum gewölbt, sie hat ja auch nur noch einen kleinen Rest zu bedecken. Das hölzerne Bein lehnt am Polstersitz. Im schwachen Licht einer Gaslampe des Perrons verliert die Prothese das Künstliche und reflektiert eher die Hautfarbe eines Menschen, der vor gar nicht langer Zeit gestorben ist.

Encarnado.

Woher kennst du dieses Wort, Hyacinthe? Aber ja! Bonito hielt dir einmal einen Vortrag über die Farben alter Meister, und wie schwer es einst war, dieses häßliche Hautgelb hinzukriegen. Blau und Rot mit Weiß übertüncht oder so ähnlich. Was für einen exquisiten Geschmack haben doch die Fabrikanten künstlicher Glieder.

In dieser Nacht ist an Schlaf nicht zu denken. Die Infantin setzt sich ins Fauteuil und leistet dem Bein Gesellschaft. Sie bleibt während der Weiterfahrt dort sitzen. Gegen Morgen erwacht Bonito. Hyacinthe blickt ihn an, sie ist überhaupt nicht übermüdet, eher munter.

»Erzähle mir von diesem Krieg.«

»Dieser Krieg. Ja, das war ein lustiger Abschied in Cádiz. Es war – warte einmal – der 20. April Achtundneunzig, und ich bekam den zweiten Kuß meines Lebens. Gerade achtzehn war ich und wurde völlig außer der Reihe zum Leutnant befördert.«

Hyacinthe ist irritiert, so hatte dieser Krieg lange nicht mehr begonnen. Aber gleich schon ist das Bild auch für sie wieder präsent. »Ich erteile den Befehl, mir diesen hübschen Kadetten zu bringen, den ich als Zwölfjährigen zuletzt gesehen hatte. Ich küsse ihn und behalte ihn zwei Nächte in meinem Appartement.« Der Truppenersatz und das Kriegsgerät könnten gut und gern warten, der Krieg auf Kuba werde entweder noch etwas dauern oder bereits verloren sein. In beiden Fällen sei die Verzögerung gerechtfertigt gewesen.

»Nein, meine Blume, nein.« Bonito widerspricht. Durch diese zwei Tage und zwei Nächte unseres gemeinsamen Vergnügens habe Spanien ein Schiff verloren, Waffen, Munition und Proviant. »Viele hundert Soldaten verloren ihr Leben. Reservisten hinterließen Witwen und Waisen, aber wir zwei hatten einen tollen Spaß. Ja.«

Diese zwei Tage reichten der Unionsflotte, Santiago de Cuba abzuriegeln, die Maria de la Paz wurde in den Grund geschossen. Nur ein Ruderboot konnte sich retten, darin ein Leutnant ...

»Ein kleiner Leutnant, eben erst achtzehn, ein Sergeant und sechs Mann ...« Die Infantin unterbricht die Erzählung, auch sie kann sie auswendig. »Ihr kommt in die total ausgehungerte Festung. Die Besatzung hatte Lebensmittel erwartet, nun stranden noch acht zusätzliche Fresser. Ha.«

Sie wurden gelyncht. Leutnant Bonifacio verlor ein Bein, der Sergeant Anselmo Joaquín das Augenlicht, sechs Mann ihr Leben. Aber das machte niemanden satt.

»Als die letzte Ratte verputzt war, ergaben sich die gerade noch Lebendigen den Unionssoldaten – eigentlich nur, um ihnen erzählen zu können, mit welchem Vergnügen sie für den kleinen König und die Regentin von Spanien gehungert hätten ...«

Aufhören.

»Verzeihe mir, Floridita, bitte weine nicht.«

Immer bei dieser Stelle der Erzählung werden Hyacinthe die Augen feucht. »Ich hatte dich in diesen Krieg geschickt, damit du stirbst, ich habe dich nicht geschickt, damit du zurückkommst mit einem ekligen Bein von einem Prothesenfabrikanten der beschissenen Yankees. Was soll ich mit euch beiden anfangen?«

Hyacinthe bricht in Tränen aus. »Habe ich dich beleidigt? Mein lieber guter Boni, mein herzliebster Bonito. Ich habe dich beleidigt.« Sie spitzt ihren Mund, als wolle sie ihm einen Kuß hinüberpusten. Das wiederum findet sie selbst komisch, und gleich schon kann sie herzlich lachen.

Leutnant Bonifacio zieht sich an, er läßt sich mit seiner Antwort Zeit. »Ach, ma chère, da greinen und lachen wir über ein verscherztes Bein. Was schon ist das? Wir haben Kuba verspielt, die Philippinen, und gleich schon haben sich all die schönen Inseln verkrümelt, an denen so lange unserer Katholischen Könige Herzen hingen ... und ihre ganze Liebe.«

Ach, Liebe ... Liebe ist mit dem alten Jahrhundert auf und davon. Nun ist das Zwanzigste schon ... »Wie alt ist unser Jahrhundert?« Neun Jahre, Madame. »Neun Jahre und ein verkorkstes Kind, vorbestimmt für hundert sieche Jahre im Würgeeisen einer besseren Welt.«

Ausgezeichnet! Du hast, Bonifacio, deiner Patronin einen guten Text beigebracht. »Bitte weiter, ma fleur.«

»Diese bessere Welt bringt neue Heiterkeiten, neue lustige Kriege gegen die Langeweile, neue Musik, Tänze, neue Attentate ...«

Was ist? Das Spiel ist noch nicht zu Ende.

Hyacinthe hat keine Freude mehr an diesem Zeitvertreib, ihr ist heiß, sie zieht die Bluse aus, sie krempelt den Rock bis weit über die Knie, nimmt die Schuhe von den Füßen und wirft sie nach dem Leutnant.

Boni wundert sich nicht, das kommt öfter vor. »Was ist, mein Kind? Was ist, mein süßes rosa Dickerchen?«

Dickerchen hat Hunger. »Spürst du nicht, wie langsam wir vorankommen?« Boni erklärt, daß es wieder bergan gehe. »Dieses sturzbesoffene Dampfroß, es rattert und rattert.« Die Infantin schreit es hinaus.

Du stinkende eiserne Mistschnecke.

Der Zug trifft in Reus ein, und der Schaffner Lupo kündet einen längeren Aufenthalt an.

»Guck, Liebste, da draußen, da ist das Leben.« Die Infantin will nicht gucken. Plötzlich hält sie inne, sie bekommt kleine runde Augen, sie starrt auf ihren Leutnant. Es ist spät am Mittag, die Hitze ist am größten, das Abteilfenster ist geschlossen.

»Wo ist mein Taschentuch?«

Da ist wieder dieser Gestank. Genau, das ist er. Wo in den Sinneszellen des Gehirns hatte er sich all die Jahre versteckt?

Cádiz. Vorbei ist der Amerikanische Krieg. Am Quai macht die Liberty fest, ein alter ausgedienter Sklavendampfer, nun Lazarettschiff der US-Navy. Die Staaten zeigen sich mit großzügiger Geste, sie überführen verwundete Kriegsgefangene in die Heimat. Die Infantin Hyacinthe Florida de Bourbon ist zum Empfang gekommen, die Banda Municipal spielt Cosa linda barata, einen Schlager vom hübschen Stück aus dem Trödel, vielleicht für den Anlaß nicht ganz passend, aber der Rhythmus ist neu und gerade frisch von drüben gekommen.

Über die Gangway werden im Takt Bahren heruntergetragen, Blinde formieren sich wie zu einer Polonaise, ein jeder die Hände auf den Schultern des Vordermanns, Amputierte winken mit dem verbliebenen Restarm um so heftiger.

Und da ist auch der Leutnant Bonifacio.

Er humpelt, aber er ist noch immer Bonito, der schönste Offizier der spanischen Rumpfarmee. Er versucht, das Hinken tänzelnd zu überspielen. Boni, du hattest nicht vergessen, wie du dich damals als Zwölfjähriger in Jerez schämen mußtest ... Nun hast du im amerikanischen Camp das Tanzen gelernt.

Unter dem Jubel der Menge umarmt die Infantin ihren Geliebten von einst. Im Appartement angekommen, schubst sie ihn auf das Bett, sie löst den Riemen seiner Prothese und streift ihm das hölzerne Bein ab. Sie zieht ihm vom Stumpf den Stutzen, der ist aus feinster Alabama-Baumwolle.

»Bonito.«

Hyacinthe küßt ihn. »Jetzt bin nicht nur ich, jetzt sind wir beide kaputt.«

Noch heute erinnert sich Boni, dies sei die schönste Liebesnacht seines Lebens gewesen. Er hatte sich zuvor die Verrichtung hinderlicher vorgestellt, und nun war dieser Akt – zugleich auch ein Akt der Balance – fast federleicht, und er konnte sich gar nicht mehr ausmalen, wie umständlich und erdenschwer es vor anderthalb Jahren mit zwei lästigen Beinen gewesen war.

»Boni, du stinkst.« Aber das sei nicht der längst liebgewonnene Modergeruch des Krieges, das sei nicht der Wundbrand an den Stümpfen, »das ist ... aber ja!«

Hyacinthe ist glücklich, endlich in ihrem Kopf die Fährte gefunden zu haben. Froh wedelt sie mit dem Taschentuch. »Das ist die keimfreie Pestilenz aus den Yankeestaaten, diese stinkig sterile Lauge. Mit ihr kamst du zurück aus deinem amerikanischen Lager.«

Boni fragt, ob er das Fenster aufsperren soll. Nein, die Infantin taucht so recht wohlig in ihre Erinnerungen ein, das Fenster will sie erst beim nächsten Halt geöffnet haben. »Dann kommen die Fliegen herein, und sie stürzen mitten im Flug eine nach der anderen ab.«

Da ist schon die nächste Station.

»Warum sind wir nicht längst am Meer?«

»Von ihm entfernen wir uns wieder«, und der Schaffner hatte verkündet, daß wir auf einer Nebenstrecke über den Puente del Ángel de la guarda fahren. Aber vor diesem Gottesurteil habe sicher niemand Angst. »Wir alle sind ohne Sünde.«

»Wo wartet unser Attentäter?«

Immer denkt diese Frau nur an den eigenen Tod. Boni präzisiert seine Erklärung, dies sei für die anderen Fahrgäste eine höchst beschwerliche Reise. »Immerfort Aufenthalte, Verzögerungen, und jetzt noch dieser Umweg.«

Hyacinthe bekommt von diesem Gerede lediglich mit, daß man sich in gefährlichem Gebiet befinde. Sie guckt aus dem Fenster. »Sieh nur die Schlucht, da unten das Gestrüpp von Kaktusfeigen und bunten, bunten Pflanzen – ein Paradies für die Insekten«, und sie frage sich, ob man den Tierchen das Menü nicht hin und wieder mit einem Kadaver anreichern solle.

»Was macht wohl gerade unser Anarchist?« Die Infantin stellt ihn sich in einem Genrebild vor: Ein plüschenes Interieur, als Wandschmuck die Exekution der Pariser Kommune, in der Ecke – in einem häßlichen Paket versteckt – die Bombe. »Nun zecht unser Alterchen seine Tage und Nächte durch und grölt seine Lieder von alten Zeiten und alten Taten, die ihm in seinem Kopf alle durcheinanderpurzeln.«

Brüderchen, Brüderchen ...

Hyacinthe, wo hast du das früher schon einmal gehört? Erinnere dich, du weißt es: Da war in einem Salon ein eleganter Herr mit einem feuerroten Bart. Er sang von Brüderchen-Loch-im-Kopf und Brüderchen-Bein-kaputt unterm Schnee ... unterm Schnee ... Und er sang von Väterchen und Mütterchen – sie alle erschossen von den Kosaken. »Es war ein Russe.«

Unser Anarchist ist ein alter Russe.

Das ist Boni zu simpel. Es könnte doch auch ein junger Mensch sein. »Vielleicht eine Frau.«

Dieser Einfall entzückt die Infantin. Eine ganz neue Geschichte! »Es ist die Tochter unseres Anarchisten. Sie läßt den alten Rotbart saufen und singen, und sie sagt: Ich bin jung und ein Weib und das stärkere Tier. Ich will ...«

Ja, was will sie eigentlich? Nach einer Weile nimmt sie die Perle Pelegrina vom Hals und schenkt sie ihrem treuen Geist. »Davon kannst du eine Weile leben, wenn ich tot bin.«

Für lange Zeit wird Boni Bonifacio von den ererbten Pretiosen seiner Bourbonin leben können. In anderthalb Wochen bereits wird er diesen legendären Klunker zum Verkauf anbieten. Aber das wissen beide heute noch nicht. Noch steht dem Paar eine Woche bevor, in ihrer Mitte der Sonntag, ein Kind hat Geburtstag, alles tanzt ...

Am nächsten Morgen der Abschied.

Während der Weiterfahrt werden sich alle geographischen Kenntnisse – selbst die des Leutnants Bonifacio – davonmachen. Der Sonntag ist vorüber, der Montag, der Dienstag.

Es ist der 5. August. Die Orte dieser Strecke tragen Namen, die man lange im Fahrplan suchen muß: Olvidar, Soledad, Sueño ... Wieder ein Bahnhof. Wo sind wir? Das Stationsschild ist durchgerostet, keine Buffetbedienung kommt an den Wagen, kein Zugbegleiter ist in Sicht.

Leutnant Boni steigt aus und schreitet Waggon für Waggon auf der Suche nach dem Dienstabteil ab. Aber er findet nichts. Zurückgekehrt ruft er nach seiner Gefährtin.

»Madame Florida! Ma fleur, mon cœur ...«

Der Leutnant ruft noch einmal. Er sucht den Salonwagen ab, die Infantin ist nicht da, sie muß spontan weggegangen sein, das kennt er sonst nicht von ihr – so plötzlich und so eigenmächtig.

War das nicht ein gelungener Einfall von dir, Hyacinthe? Na? Zum erstenmal in deinem Leben nicht auf eine Bedienung warten, sich zum erstenmal privilegieren, eigenverantwortlich etwas tun – doch wohl kein bedenklicher Prozeß?

Hyacinthe ließ sich über das Trittbrett hinab, niemand war da, der ihr half. Wie gut das doch ging. Nun ein paar Schritte über den Bahnsteig. Auch das gelang dir ohne Begleitung. Vor dir lag das Stationsgebäude, da war die Tür. Du mußtest die Klinke hinunterdrücken. Noch nie in den fünfzig Jahren deines Lebens hattest du eine Tür geöffnet. Das ist fessellose Freiheit.

Du siehst dich in der kleinen Bahnhofshalle um. Aber erst einmal willst du den Fahrplan studieren.

Hyacinthe liest die Spalten herunter, ziemlich am Ende ist der Stationsname von einem häßlich fettigbraunen Klecks verschmiert. So viele Finger haben hier den Ort gesucht, nun ist er fort.

Das Dilemma mit der Identifikation des Fleckens scheint auch eine Dame zu haben, die sich neben die Infantin an den Aushang stellt. Sie trägt ein braunrotes Kleid. Madeirarot, Mahagoni, Leberbraun? Nein, es ist Caput mortuum, das Eisenrot alter Güterwagen. Der Rock der Reisenden ist wadenkurz, darunter Knöpfstiefeletten mit halbhohen Absätzen. Etwa dreißig Jahre alt mag die Fremde sein, vielleicht älter, ebensogut auch jünger. Das Gesicht ist unter einem breitkrempigen Hut mit einem Schleier verdeckt.

Wo schon einmal ist man sich begegnet? Das war vor gar nicht langer Zeit, vielleicht sogar vor drei Tagen auf dem Geburtstagsfest.

Dagegen scheint es, daß die Infantin der Dame völlig unbekannt ist. Naiv wendet sich diese ihr zu und bittet sie, auf ihren Koffer aufzupassen. »Es ist nur für einen Augenblick. Der Billetschalter schließt gleich, ich muß kurz hinüber.«

Da stehst du nun, Prinzessin Bourbon, allein in einer kleinen miesen Bahnhofshalle, zum erstenmal ohne Bedienung, ja mehr noch: Du bedienst einen anderen Menschen, du paßt auf seinen Koffer auf.

Eine Euphorie bahnt sich an. Käme jetzt die Reisende zurück, du würdest sie Schwester nennen. »Aber statt ihrer habe ich doch dich.« Sie beugt sich hinab und streichelt das Leder. »Ich ... ich bin die Infantin von Spanien«, und sie erzählt dem Gepäckstück, daß im Zustand des höchsten Glücks sich alles vereine, die Menschen und die Gegenstände ... das Hoch und das Gering ... die Gerüche, die Gedichte, die Gestirne, die Gewürze ... Gott und das Laster und der Lärm ... »Aber das verstehst du ja alles noch gar nicht, Köfferchen, du hast ja noch ein ganz weiches Babyleder.«

Die Zeit bleibt stehen, die Halle hat sich geleert. Der Fahrkartenschalter ist geschlossen, am Süßwarenstand hängt ein Schild: Zwölf Uhr bis drei Uhr Mittagsruhe. Auch der Tabakhändler ist fort.

Welch herrliches Alleinsein.

Aus dem Holz der Wände strömt ein warmer Duft von Moder. Von fern das asthmatische Schnauben einer Lokomotive. Und was ist das für ein Gezwitscher? Vögel, gewiß, aber wie heißen sie? Hyacinthe, du hast dich immer viel zu wenig um Flora und Fauna deines Landes gekümmert. Ja, eigentlich um überhaupt nichts in deinem Land. Du hast nichts gelernt, nichts vollbracht, du bist völlig unnütz.

Der Koffer.

Warum steht gerade er hier herum just in dem Augenblick, in dem du erstmalig in deinem Leben deine Nutzlosigkeit begreifst? »Komm Koffer, du hast mir zur Erkenntnis verholfen, jetzt mußt du zu deiner Besitzerin zurück.«

Man sollte den Namen der Reisenden ausrufen lassen, der Griff hat einen Anhänger. Hyacinthe beugt sich hinab, dann liest sie laut vor:

»Hyacinthe Florida de Bourbon.«

Sie erschrickt über ihre lärmende Stimme, über das Echo von den Wänden, zuletzt erschrickt sie über den Namen. Es ist ihr eigener.

Endlich.

Wie lange hatte sie sich alles Mögliche erwartet, den Sturz in die Schlucht, den Fall auf das Pflaster, über ihrer Leiche die Kadaver ihrer Pferde. Wie simpel wäre all das gewesen! Hyacinthe liegt fast auf dem Boden, sie kringelt sich geradezu um den Koffer, sie krallt sich in das Leder. Wann zuletzt empfandest du die Lust einer solchen Umarmung?

Nein. Jetzt keine Erinnerung.

Draußen in der Mittagssonne steht Boni ohne Jacke, ohne Mütze, den Hemdkragen geöffnet. Er blickt suchend um sich, plötzlich stutzt er. Eine Dame tritt auf ihn zu, eisenrotbraun das Kleid, geknöpfte Stiefeletten, sie hebt den Schleier, der Leutnant erschrickt ein wenig. Kann es sein, daß er die Frau kennt?

»Das Testament ist geschrieben. Leutnant, du kannst vom Erbe leben, und auch der Schenkungsvertrag für die Pelegrina ist in deinen Händen. Meine Schwestern gehen leer aus, auch der König kriegt nichts.«

Alles für Boni Bonito, meinen kleinen Liebling.

Er sucht mich, er kommt auf das Stationsgebäude zu. »Halt. Nun stolpere schon, du alberner Hinkefuß!«

Los. Plumps.

»Plumps, sagte ich.« Die Infantin schreit es hinaus und will hinzufügen, daß sie von nun an für den Rest ihres Lebens alles ohne Hilfe austragen könne.

Boni kommt auf dem Bahnsteig nicht weit. Eine Detonation reißt ihn zu Boden. Er selbst bleibt zwar unverletzt, aber als er den Ort der Katastrophe besichtigt, ist von der Infantin Hyacinthe Florida nichts mehr vorhanden. Das Flamingorosa der Bourbonin hat seinen Frieden.

Boni hatte sich immer, wenn auch nicht unbedingt ein gemeinsames, so doch prunkvolleres Sterben der Hoheit vorgestellt. Oft sah er sich zur Leichenwache angetreten, den Helm unterm Arm, die Faust um den Knauf des Degens.

Jetzt hat sich alles anders erledigt. Gut.

Soll er nach Andenken suchen, nach Kleiderresten, nach Hautfetzen zwischen den Zeitungen, nach Knochensplittern in den halboffenen Zigarrenkisten? Er schließt seinen Rundblick ab. Am Marktwarenstand haben die Schokoladentafeln und das Bonbonglas Blutspuren, auch das Obst, die Orangen, die Goldäpfel ...

Widerstehe der Versuchung, dir eine Mandarine zu nehmen oder da diese versprengte Peseta auf den Fliesen aufzuheben. Nicht diese siebzehn Jahre mit sentimentaler Geste entwürdigen, nicht diesen endlich getrösteten Menschen nun auch noch mit einer Träne töten.

Kein Andenken.

»Was ist, mein kleiner Leutnant? Du hast ja feuchte Augen.« Hyacinthe zieht ihres Liebsten Kopf zwischen ihre Brüste und tätschelt ihn. Gerade wieder einmal hält der Zug. Das Ortsschild auf dem Bahnsteig ist unleserlich, die Emaille ist abgeplatzt.

»Nur weil dir in einem jämmerlichen Nest in einer schäbigen Gegend mal die Orientierung abhanden kommt, brauchst du doch nicht gleich zu flennen«.

Höher und höher schnaubt der Zug in die Sierra. Hinter den Bergen geht die Sonne unter. Hierher kommt kein frischer Wind, eine bedrükkende Wärme legt sich über den Abend. Dennoch fröstelt Hyacinthe, sie zieht Bonito an sich und rollt ihn und sich in die Stola ein.

»Gib zu, dir graust vor dem Sonntag.« Genüßlich bereitet die Infantin ihren Liebling auf die Schrecken des Kinderfestes vor. »Zum Gaudium aller wirst du tanzen müssen – ja, mit deinem Holzbein.«

Klotz klotz.

Boni stopft sich die Fransen der Stola in die Ohren, aber gegen diese schreckliche Stimme gibt es keinen Schutz. Das Weibstück peinigt ihn weiter und ruft frühere Belustigungen wach. »Immer hat irgendwo ein Balg Geburtstag, und später kann es dann erzählen, wie es gelacht hat, als einst Prinzen und Erzherzöge und Infanten quer durch die Lande fuhren, hoch über Schluchten von Salon zu Salon zum Spaß der Kinder und der Anarchisten.«

Auf solchen Unsinn reagierst du einfach nicht, Boni. Doch schon hörst du dich sagen: »Aber tanzen muß immer nur der kleine Leutnant, den man sich hält. Und wenn er sich ausgetanzt hat, wird er General und verblödet.«

Richtig, der General.

»Ihn erwarten wir ja noch vor dem eigentlichen Fest, unseren gemeinsamen alten Freund, das Teufelchen Mazapán«, und Hyacinthe malt boshaft aus, wie am Bahnhof Lágrima die Garnison angetreten ist und der alte Pulverkopf seine Meldung macht. »Er macht sie mir, für dich hat er seine Rache.« Des kleinen Depeschenjungen Streich von damals würde er nicht vergessen haben. Dieses Jerez ist in dem Klotz auf seinem Hals eingemauert, in seinem Schädel, in dem keine seiner Blamagen verloren geht.

»... wir steigen vom Trittbrett, da hat er dir schon ein Bein gestellt. Du knallst hin. Krach. Und du kannst froh sein, wenn der Zug nicht gerade wieder anfährt und die rollenden Räder das Holz und das übrige Gebein zu Brennscheiten zerhacken.« Hyacinthe überlegt, ob sie heute noch eine Pointe daraufsetzen soll. Ja.

»Zerhacken, sagte ich? Nein, zermalen zu Sägemehl.«

Zehn Jahre dieses Gift. Und doch, eines Tages, Boni, wird es dir fehlen. Vorhin lag eine sonderbare Ahnung im Raum, als sollte der kommende Sonntag der letzte gemeinsame sein. Du hattest feuchte Augen.

»Was wirst du eines Tages ohne mich machen, kleiner Leutnant?« Die

Infantin wartet keine Antwort ab. »Was, du möchtest gern wieder in den Krieg? Vielleicht nach Marokko? Da aber brauche man keine halben Soldaten. »Krüppel noch einmal zu verkrüppeln, ist nicht lustig. Jetzt sind erst wieder einmal die Gesunden an der Reihe. Für dich habe ich, na warte mal ... was wohl?« Und er glaube doch wohl nicht etwa, Spanien habe nach dem Verlust der Neuen Welt keine Kolonien mehr für seine verkrüppelten Männer. »Für dich findet sich noch immer ein lausiger Landstrich im siedenden Afrika.«

»Floridita. Du meinst doch nicht etwa einen dieser fliegenfarbenen Flecken jenseits des Halbmonds?«

»Kusch, Leutnant. In unseren katholischen Atlanten sind es Flecken in den katholischen Farben unserer katholischen Majestäten.«

Boni, erstaunt über das immer reichere Vokabular seines Schützlings, möchte das aber nun genauer wissen, und die Hoheit möge ihm doch einmal den Gläubigen nennen, der sich in einen solchen Fieberwahn verirren könnte: Rio Muni, Rio de Oro, Fernando Poo ...

»Du bist frech, du bekacktes Nichts. Ab mit dir nach Rio Nada, ab nach Fernando Nichtsmehr.«

»Da stehst du in keiner Garnisonsliste mehr, in keiner Regimentsrolle. Du überlebst auf keinem Gedenkstein für einen unserer herrlichen christlichen Kriege. Nicht einmal die Affen ...«

Da gehen doch wirklich seiner Patronin die Worte aus, und Boni ergänzt: »... nicht einmal die Affen werden meinen Namen in den Sandstrand pinkeln.«

»Verzeihe mir, mein Hübscher, war ich wieder böse mit dir?« Alles möchte Hyacinthe zurücknehmen, sie schreibt den Namen ihres Geliebten in alle Regimentsrollen, sie meißelt ihn in Heldengedenktafeln, ja sie würde, wäre sie ein Mann, seinen Namen in die Strände der allerletzten afrikanischen Küstenstriche pissen.

Boni ... Bonito ...

»Mehr noch, mein Kleiner, dein Kopf kommt auf die Blechdose als Reklame für ... sagen wir für Kakao.« Nein, das sei zu großzügig, für ihre treue Seele genüge die Hälfte. »Du kommst auf die Dose als Doppelporträt mit einer Negerin.«

Das, mein schmucker Bonito, wäre doch eine Zukunft? »Du bringst es bis nach Brüssel auf die Weltausstellung. Du und dein Kakao und deine

Mohrin kriegen einen Preis und eine goldene Medaille. Dann hast du zu deinem Kuba-Orden noch einen zweiten.«

Dulce et decorum ... »So macht manchmal auch ein kleiner Leutnant große Geschichte.«

Wieder einmal hält der Zug. Boni zieht die Gardine zurück, der Vollmond ist aufgegangen und beleuchtet hell einen Bahnsteig. Eigentlich ist dies nur eine Bahnsteigkante, dahinter Sand, zwei Hecken, zwischen ihnen die Sperre, genauer: eine Latte auf zwei Eisenpfosten. Kein Stationsgebäude, nicht einmal ein Stellwerk, keine Beleuchtung der Anlage. In der Ferne keine Lichter irgendeiner Siedlung.

»Herida.«

Wer ruft den Ort aus? Da gibt es keinen Bahnhofsvorsteher, auch kein Stationsschild. Wieso kommt Hyacinthe auf diesen Namen?

Aus dem Dienstabteil stürzt Lupo. Er ist ohne Jacke und Mütze. Die Hosenträger baumeln ihm herunter. Vergeblich versucht er, seine Hose festzuhalten, sie wickelt sich um seine Knie, so daß er nur torkelnd und mit kleinen Hüpfern über den Sand zu den abgrenzenden Hecken gelangt. Er schüttelt die Latte auf den Sperrpfosten, er schreit sie an und schüttelt sie.

Der Tumult weckt nun auch Baron von der Nasse. Mit einem Satz ist er auf dem Perron. Er muß diese Posse beenden, bevor sich alle an ihr belustigen.

Langsam kommt Lucifero Lupo wieder zur Besinnung, und Nasse führt den Beamten am Zug entlang zurück in das Dienstabteil.

Als beide am Salonwagen vorbeikommen, erkundigt sich Leutnant Bonifacio nach dem Vorfall. »Es ist nichts, Exzellenz, nur ein kleiner Zusammenbruch«, und der Baron erklärt, so etwas kenne er aus dem Krieg. »Den Großmäulern der Etappe bebt beim Grollen des Frontgewitters die Furcht in den Nasenflügeln.«

Jämmerlinge, Herr Adjutant, Jämmerlinge.

Der Baron glaubt, sich für die Eisenbahn des gesamten Kontinents bei der Krone Spaniens entschuldigen zu müssen. »Sicher beunruhigen das arme Schwein drohende Gefahren, die Nähe Barcelonas, das Gewitter der semana trágica.« Ja, eine Revolution sei schon eine rechte Katastrophe. »Wir in Deutschland kennen ja Ähnliches nicht.«

Was bloß treibt die Infantin, diesen Schwätzer in den Salonwagen bitten zu lassen? Nasse ist verlegen, doch Boni unterbricht ihn. »Das ist eine Order.«

Diesen Ton versteht der Baron, er folgt dem Befehl, tritt ein und stellt sich vor.

»Cypris Achill Baron von der Nasse, Hauptmann der Reserve, Train-Bataillon No. 15, Straßburg.«

Nassau?

»Leider nur Nasse.« Er sei bloß ein illegitimes Kind des Herzogs, deshalb habe man ihm das »au« am Namensende gestrichen. »Meine Mutter weilte oft in Bad Ems. Sie war Zofe einer russischen Fürstin.« Aber in ihm habe denn doch das Blut Oraniens gesiegt. Gerade will er anfügen, daß er möglicherweise – wenn auch sehr entfernt – verwandt sein könnte mit ... da unterbricht der Leutnant die Anbiederei. »Sie waren im Krieg, sagten Sie?«

»Jawohl. Boxeraufstand China.«

Daher des Barons Erfahrung mit Jämmerlingen also. »Manch einem im Expeditionskorps schlotterte das Gebein. Hätten das die Schlitzaugen genutzt, wir alle wären massakriert worden.« So aber hätten sie sich einschüchtern lassen von Trompetensignal und Tropenhelm ...

»Vor allem vom deutschen Hurra.«

Nasse, du solltest besser stille sein mit solchen Heldenpistolen aus deinem kolonialen Abenteuer. Erzähle jetzt bloß auch noch, daß du Handelsvertreter für Tropenausrüstung bist und gerade dem Kriegsministerium in Madrid Mückennetze für den Feldzug in Marokko verkauft hast, daß dir das Geschäft mit den Feldflaschen die Konkurrenz aus Marseille versaut hat und daß du dies den Franzmännern heimzahlen wirst – spätestens beim nächsten Waffengang.

»China-Feldzug, soso. Sie wurden verwundet?« Mit solcher heimtükkischen Frage lockst du jeden dieser Männer in die Falle. Paß auf, Hyacinthe, gleich wird er geschwätzig. Du darfst ihm nur einen halben Satz erlauben, sonst findet er kein Ende.

Der Baron spielt den Verlegenen. »Nur ein Kratzer ...« Gleich schon legt die Infantin den Finger auf die Lippen. »Hatten Sie Schmerzen?« Kurz den Mann reden lassen. »Schlimm, aber erträglich ...« Pst. Den Finger auf den Mund. Du Einfaltspinsel, sage jetzt nichts.

»Erzählen Sie vom Krieg, Baron.«

Frei von der Zunge reden soll er von Helden und von Opfern, von Greueltat und Schändung, von Blut und Schmerzen, vom Gewinsel in den Feldlazaretten, von saftigen Soldatenwitzen ...

»Fangen Sie an, Baron, ich höre zu.«

Zuhören? Das nun stimmt am allerwenigsten. Für das ganze Gewäsch aus diesem fernen und längst vergessenen Chinesengemetzel wird sich eine spanische Bourbonin nicht im geringsten interessieren. Mitbekommen wird sie allenfalls das eine oder andere Wort – Reflex für eigene Erinnerung, ein Spiel mit dem ahnungslosen Partner, das ist die ungetrübte Orgie.

»... ein unglücklicher Marsch auf Peking. Plötzlich rief der britische Admiral die Deutschen an die tête. Das wurde auch höchste Zeit, denn in der belagerten Stadt boten sich die Ratten als letzte Nahrung an.«

Die Ratte wird zum Reizbild. Bonito deckt seiner Gefährtin das Plaid fest über Knie und Hände, er dreht die Lampe niedriger, das Leuchtgas geht ohnehin zur Neige. Längst schon fährt wieder der Zug.

Ratten ziehen ein in die Schlösser rings um Madrid. El Pardo 1873. Hof und Hofstaat sind fort, wer vergessen wurde, langweilt sich im ausgestorbenen Palast. Eine namenlose Vierzehnjährige verträumt ihren Tag im leeren Lustgarten. Ihr Bruder, der hier bald König sein wird, weilt noch in Schottland auf der Jagd, ihre Mutter sitzt in Paris und lacht sich ins Fäustchen über das, was hier in Spanien herrscht.

In Spanien herrscht die Republik.

Es wird Juni. Ein Offizier kommt vorbei, jung ist er nicht mehr, Mitte Dreißig vielleicht, immer noch Leutnant, bei jeder Beförderung übergangen – so nebensächlich ist er, so alltäglich, kurz: so namenlos. Später erst im Blutbad gegen das aufrührerische Kuba wird er sich einen Namen zulegen – er sich selbst. In der Angst vor dem bösen Blick der Eingeborenen und vor der Rache ihrer Ahnen muß es ein süßer Name sein: Marzipan und Zuckermandel – das bannt die Geister.

Mazapán y Peladilla.

Jetzt erst einmal rufen die Kameraden den ältlichen Leutnant seiner feigherzigen Tücken wegen Diablillo, das Teufelchen.

Das Teufelchen hat die Wache über die Reste des königlichen Inventars im Pardo. Das ist nicht viel. Im Garten ist es nur dieses spielende Mädchen.

»Wie heißt du, mein Kind?«

»... die Chinesen waren wahre Teufel, sie rächten ihre Ahnen, deren Tränen rostbraun von den Telegrafendrähten der Fremdlinge tropften.«

»Aber die Weißen haben sich doch wohl auch ihren Teil genommen, oder?«

»Unseren Teil? Nur den?« Nasse ist wieder ganz der Soldat von einst. »Alles haben wir uns genommen. Da kennen Sie den deutschen Trainoffizier nicht. Alles. Den Reis, die Kühe, die Dörfer, die Tempel, die Enten im Flug, die Ziegen im Stall, die Fische in den Weihern, die Frauen, die Gewürze, die Hühner ... Mädchen, keine zwölf Jahre alt, kein Meter zwanzig hoch ...«

»Wie heißt du, mein Kind?« Im Lustgarten kreuzt das Teufelchen den Weg.

Das Kind hat nie darüber nachgedacht.

Wie heiße ich eigentlich? Jedermann ruft mich Niña La, ich bin eine von den Infantinnen, die man bei der übereilten Flucht vor den Republikanern vergessen hatte mitzunehmen. Schon liege ich auf dem Rücken zwischen Beeten, Rabatten und Ziersträuchern, der alte Leutnant öffnet sich die Uniform, dann sehe ich nur noch die Spitzen der eigenen Wäsche, meine Unterhose, mein Unterhemd – ein Knäuel von Dessous.

Alles über den Kopf gestülpt. Dessous vor den Augen, rücklings im Halbdunkel eines Waldes von Spitzen, unten auseinandergeknackt, wie es die Köchin mit den Hühnerschenkeln macht. Eben noch eine Porzellanpuppe, jetzt aufgerissen und auf dem Weg zum Frikassee.

Aua.

Ein Spielpüppchen, ein kleines spielendes Mädchen, zur Strecke gebracht im Lustgarten des Lustschlosses Pardo.

Die Gewalt des Menschen am Menschen geht fort und fort. Leutnant Bonito präzisiert, an welchem Punkt der Erinnerung sein Liebstes angekommen sein könnte. Er kennt die Geschichte noch und noch. Er merkt an der Verlorenheit des Blicks, in welcher Phase ihrer Phantasie, auf welcher Station ihrer Reise aus dem Paradies hinaus sich Hyacinthe befindet.

»Sie waren bei den Hühnern, Baron, und bei der kleinen Chinesenbrut, keine eins Komma zwanzig Meter hoch.« Boni ist darauf bedacht, bei seiner Floridita die Flut der Lust nicht zu unterbrechen, er muß das Gefasel des albernen Kriegshelden wieder ins Geleis bringen. Gerade nämlich will sich dieser in große welthistorische Euphorien hineinsteigern, in die Einigkeit der Herrenrassen Alter und Neuer Welten.

Boni, du mußt diesen Schwätzer auf den Boden zurückbringen. »Sie hatten kleine Mädchen mißbraucht?«

Nasse fängt sich wieder. Nun, mißbraucht sei nicht gerade das richtige Wort. »Wir Kameraden hatten sie ganz einfach nur gebraucht. Es war ein Wechselspiel wie bei jeder anderen Turtelei auch.« Der eine sei begnadet, mehr die Lust, der andere – nun gut – mehr die Pein zu fühlen, und niemand möge sagen, das sei unbillig. »Gott im Himmel, der die Hierarchien und die Rassen, das Oben und das Unten, die reinlichen und die schmutzigen Menschen, die geile Vielfalt ihrer Farben schuf, er allein kennt das Rezept, Lust und Leid gerecht und wohldosiert aus seinem Füllhorn über die Erdteile auszuschütten.«

Das also, Niña La, ist es, was man das Schönste im Leben nennt, was immerfort alle Welt machen will, die Schwestern, einst die Mutter Isabel bis in ihre hohen Tage, die Großmama Maria Cristina, das Urgroßmütterchen Maria Louisa ... Das also ist es, jetzt kennst du es auch.

Gerade will sich die Kleine an die Schmerzen gewöhnen, da ist alles schon vorbei. Hinter den Volants der Spitzenwäsche steht so ein Wicht herum, der bringt seine Garderobe in Ordnung, der hilft ihr auf die Füße und streicht ihr den Rock wieder glatt.

»Wie heißt du, mein Kind?«

Eine Antwort erwartest du wohl nicht, Leutnant Diablillo. Gib dem Kind irgendeinen Namen, vielleicht den einer Blume. Sieh dich um. Natürlich kennst du keine von ihnen beim Namen. Das da, das könnten womöglich Hyazinthen sein. Ja, das klingt gut.

»Hyacinthe.«

Der Offizier fühlt sich bei seiner Wortfindung unsicher, er führt weitere Blumen an: Levkojen, Lupinen, Reseda ... Am Ende weiß er nicht mehr weiter, da schließt er sein Gestammel ab: »Florida.«

Fortan, kleine Niña, hast du für dein ganzes Leben deinen Namen. Ein Wichser in der Uniform eines Leutnants hat ihn dir verpaßt. Später machst du diesen Kerl zum General. Warum eigentlich? Warum eigentlich nicht? Er war häßlich, er war unreinlich, und er furzte. Aber er nannte dich: Meine Niña Hyacinthe Florida.

Die Geschichte ist zu Ende. Wo bleibt heute die Wut? Er war ein Furzer, aber er gab dir den Namen einer Blume. In Hyacinthe zieht Ruhe ein, ihre eben noch offenen Lippen schließen sich. Die Infantin hebt den Blick. Was ist das da? Da sitzt vis-à-vis so ein Strolch in einer Strickweste.

»Wer hat diesen Bastard hereingelassen? Leutnant, werfen Sie ihn hinaus.«

»Die Audienz, Baron, ist beendet.« Bonifacio geleitet den Mann in den Vorraum des Salons, wo er sich bis zum Abteilwechsel auf der nächsten Station aufhalten darf.

Nasse ist irritiert. Hatte er nicht die Königliche Hoheit für eine ganze Weile trefflich unterhalten? Wenn sich für die entehrende Entlassung dieser Adjutant, der sicher nicht einmal eine Exzellenz ist, wenigstens entschuldigen würde.

Mußt du dich für die Infantin entschuldigen, Leutnant Bonifacio? Nein. »Sie hatten Geschäfte in Madrid, Baron?« Ja, wenigstens Madrid hatte Nasse Erfolge gebracht, und er berichtet von den Mückennetzen und von immer mehr Kriegsbedarf für die Operationen in der Kabylei.

»Sehen Sie, Baron, Sie haben Gewinne gemacht, seien Sie zufrieden, Sie machen noch bessere. Das hier ist nicht Spaniens letzter Marokkokrieg, Bürgerkriege kommen hinzu«, und der Herr Handelsvertreter möge doch auch einmal an die wechselnden Moden in den Heeresausrüstungen denken. »Das werden Geschäfte, Herr! Allein die Helme. Leder ist sicher bald passé, Stahl ist im Kommen. Bald werden auch die Infanteristen mit Metalltöpfen auf ihren Schädeln herumparadieren wie die Kürassiere.«

Welch ein Markt, Baron.

»Vertreter für stählerne Sturmhauben des kommenden Weltkriegs«, und der Leutnant empfiehlt dem Besucher, die Gelder nur gut anzulegen.

Nach großen Kriegen kämen große Inflationen. »Sie sind Elsässer? Da rate ich Ihnen zum Kauf von Weingütern, zur Beteiligung in Textil, zu Aktien der Eisenverhüttung.«

Die Ironie des Adjutanten kränkt Nasse fast noch mehr als die Beleidigungen durch die Hoheit. »Man hat mich mißbraucht, Exzellenz.« Obgleich er dies mehr zu sich selbst sagt, liest Bonifacio dem Klinkenputzer den Satz von den Lippen ab.

Der Zug hält, Nasse kann in sein Coupé umsteigen, der Leutnant öffnet ihm die Waggontür.

»Mißbraucht? Das, Baron, ist wohl nicht das richtige Wort.«

Boni kehrt in den Salon zurück, er zieht die Vorhänge beiseite, über einer fernen Bergkette geht die Sonne auf. Er öffnet eines der Fenster, Wärme strömt in den Raum. Die gezackten Gipfel des Vorabends haben sanften Hügeln Platz gemacht. In einer weiten Schleife kreist der Zug um ein Staubecken herum. Den Wasserspiegel hat die Sonne noch nicht erreicht, und so zeigt sich der See als großes schwarzes Loch inmitten der olivenen Landschaft.

»Bonito, ich friere.«

»Was ist, Floridita, mein Liebling? Durch das offene Fenster spaziert ein warmer Morgen herein mit einem fernen Duft von Orangen.«

»Ich mag keine Orangen. Sie riechen wie Pisse.«

Die Infantin liegt im Bett. Sie hat sich zusammengerollt und die Decke bis ans Kinn gezogen. Mein Gott, wie sie zittert. Boni, du wirst ihr eine zweite Decke bringen. Er tritt an das Bett und streicht seiner Liebsten über das Haar. Es ist seit Tagen ungepflegt, es ist fettig, sein Rot hat es nur noch in den Spitzen der Strähnen. Boni, du wirst bei der nächsten Station einen Friseur an den Waggon bestellen.

Bonito geht zur Kochnische. »Ich werde uns ein üppiges Frühstück zubereiten.«

Die Infantin will nichts trinken, sie will nichts essen. Sie sucht nach Schimpfwörtern für ihren Leutnant, doch ihr fällt keins ein, das häßlich genug wäre.

»Mein Herz, meine Floridita ...« Weiter kommt Boni nicht. Hyacinthe nimmt ein Kissen und wirft es nach ihm. »Halt deine Fresse, du Gnadensöldner.«

Gnadensöldner.

Das Wort hatte die Infantin noch nie zu ihrem Leutnant, diesem letzten ihrer Suite, gesagt. Boni hebt das Kissen auf und trägt es zurück. Er bettet seiner Madame den Kopf, er streicht ihr über das Haar. Mein Gott, wie allein auf der Welt ist doch dieses Würmchen, und wie verwundet.

In Zentrum und Vorstadt

Die Opfer erster Tage ⁎ Meuterer an den Kanonen ⁎ Eine verirrte Kugel ⁎ Ein Hund stirbt ⁎ Marodeure im Luxus ⁎ Domingo an der Réception ⁎ Mit Anselmo im Grün der Alleen ⁎ Thermidor ⁎ Ein blinder Passagier ⁎ Fünf Uhr am Nachmittag ⁎ Väterchen Tugend ⁎ Appartement Plaza Tetuán ⁎ Ankunft des Gepäcks ⁎ Ein Leben in Fotografien ⁎ Damals in Lágrima ⁎ Ein peinlicher Toast ⁎ Später die Trauer ⁎ Eine Welt a.D.

Die Ramblas Santa Mónica, del Centro und de las Flores versuchen am Spätvormittag des Montags, das Unbekümmerte aus heiteren Zeiten zu bewahren. In der Frühe schon kommen Straßenhändler von gestern, es sind nur wenige – gerade eben ein paar Blumenfrauen, der Papageienhändler, der Mann mit seinem buntberockten Affen. Doch so recht wohl fühlen sie sich nicht.

Der Marktlärm ist gedämpft.

Und doch regelt sich der Fahrzeugverkehr – wenn auch in geringerer Dichte – ohne Unfälle. Die Polizisten haben sich zwar verdrückt, aber Arbeiter mit Armbinden setzen sich recht und schlecht für das Hin und Her von Wagen und Fußgängern ein. In den Terrassencafés lungern Leichtverletzte herum und zeigen stolz ihre Verbände. Sie lachen und rufen barsch nach den Kellnern, die ihnen aber nichts bringen.

Es ist Revolution. Da hat niemand ein Recht, Bedienung zu fordern.

Ernsthaft Blessierte sind längst vom Prachtboulevard weggeschafft. Sie liegen in Nebenstraßen unter Palmen und Platanen, im Schatten nobler Passagen oder auf den kühlen Fliesen des Hotelfoyers Cuatro Naciones.

Die Glücklicheren unter den Ärmsten genießen gar den Service eines geschulten Hotelpersonals. Boys servieren ihnen, denen es eigentlich nur nach Wasser in Kochgeschirren verlangt, Eau de Vichy in geschliffenen

Gläsern. Der alte Oberkellner César läuft mit einem Tablett voller Cognacschwenker von Mann zu Mann. Er ist unter den Helfern der Eifrigste und wird nur dann ein wenig kopflos, wenn einer der Verwundeten zu stöhnen beginnt, weil er eines Bauchschusses wegen das scharfe Zeug nicht verträgt, oder wenn hier und da ein Patient nach einem winzigen Schluck gleich schon die Augen verdreht und kotzt.

Doch für jeden peinlichen Zwischenfall – selbst für einen Todeskampf – finden sich in einem so vornehmen Etablissement reichlich Nebengelasse.

Vor dem Cuatro Naciones schleppen sich Männer der Guardia Civil vorbei. Sie sind gefesselt. Desertierte Soldaten, die Mützen keck auf einem Ohr, haben ihre Beute fest an den Stricken. Sie winken den Passanten zu und rufen, niemand möge sich beunruhigen, von den unvermeidbaren Massakern werde man diesen Boulevard möglichst verschonen.

Doch ist es nicht Zartgefühl, das die Revoluzzer von Hinrichtungen im Angesicht der Flaneure abhält, es ist vielmehr das Fehlen geeigneten Gemäuers, vor dem sich ein sauberes Füsilieren durchführen ließe. Luxusladen reiht sich an Luxusladen, ein Schaufenster an das andere, Scheibe an Scheibe, dazwischen Vitrinen, aber nirgends ein guter Platz zum Abknallen. Die Deserteure werden ihre Opfer wohl in die Gassen des Bordellviertels bemühen müssen, wo Abrißhäuser das geeignete Mauerwerk anbieten.

Die Fotografen Lirio und Puñalada haben von der Metzelei in der frühen Morgenstunde nicht viel mitbekommen. Sie verlassen erst jetzt ihre Dunkelkammer und beginnen, mit den Bildern vom Jakobusball die Auslage zu dekorieren. Kunden erwarten sie an so einem Vormittag nicht. Und doch kommen zwei junge Herren, die, obgleich sie nur englisch sprechen, von den Fotografen gut verstanden werden.

»Gewiß, den Rollfilm werden wir Ihnen trotz weiter drohender Krawalle schnell entwickeln«, und es bliebe eigentlich nur noch die Frage nach dem Format der Abzüge.

Die beiden Kunden sehen sich an. »Was meinst du, Vic?«

»Es sind keine besonderen Motive«, einzig für eine Aufnahme von der Eisenbahnblockade in der Campiña lohne sich eine Vergrößerung. »Da saßen Frauen auf den Schienen und sperrten gewaltsam die Strecke nach Barcelona. Im Zug wähnten sie Rekruten, die sie nicht in den Krieg nach

Marokko lassen wollten.« Dieses Bild möchten die beiden Touristen zu Hause in ihrem Klub herumreichen als Symbol für die Kraft der weiblichen Kreatur.

»Power.«

Vor diesem bellenden Wort erschrecken Lirio und Puñalada. Beflissen verspricht der eine prompte Arbeit, während der andere bereits auf dem Weg ins Labor ist.

Vic und sein Freund wissen jetzt noch nicht, daß sie ihre Reiseandenken zwar entwickelt, aber nie zurückbekommen werden, daß sie – daheim in Kensington – sich einzig auf ihren Kopf werden verlassen müssen, wo aber mit den Jahren die Erinnerungen immer mehr zerbröckeln. Vom Kolumbusdenkmal bleiben allenfalls die Säule und die acht Bronzelöwen im Gedächtnis, kaum aber die Kanonen zu ihren Füßen und erst recht nicht die Artilleristen, die seit der Morgenstunde gewechselt haben.

Es sind nicht mehr die regulären Soldaten, es sind Meuterer der Marine. Sie haben die Geschütze gewendet, die Rohre richten sich statt auf die Arbeiterquartiere nun auf die Festung des Montjuich.

Wie gern jetzt würden sie feuern.

Die Meuterer öffnen die verbliebenen Munitionskisten. Sie sind zwar prall gefüllt, aber die Granaten haben das falsche Kaliber.

Nun Revolution? Deine Kanonade kannst du dir jetzt wohl in den Wind schreiben!

Das Tohuwabohu, das immer und zu allen Zeiten alles Militär beherrscht, hat zumeist sein Gutes: Generalstabskarten werden vertauscht – eine Armee verfehlt die Front; Kommandeure streiten sich um den Oberbefehl – die Offensive bleibt stecken; Meldungen werden falsch dechiffriert – ein Vormarsch wird zum Rückzug. Uniformschneider verwechseln Dienstränge, Gebirgsstiefel landen bei der Marine, Ordensbänder tragen die falschen Landesfarben – und schon droht einem Feldzug, ja dem ganzen Krieg das Ende.

Hier nun wird ein vertauschter Frachtbrief für Artillerie-Nachschub zum Lebensretter einer Festungsgarnison. Kommandant Oberst Santomajo, du kannst deine Töchter wieder aus den bombensicheren Verliesen ins Freie zurückbeordern. Miranda und Micaela können sich ihre Sonnenschirme nehmen und am Nachmittag auf dem Glacis spazieren gehen.

Die Matrosen an den Kanonen sind verwirrt, sie schicken einen Melder an den Quai de la Paz, die Kameraden vom Transport sollen Kisten mit passenden Granaten schicken. Der Bote kommt zurück und verrät seinen Mißerfolg. Es ist Moisés, der Schüler des Anarchisten Francisco Ferrer Guardia aus der Escuela Moderna. Nach einer durchzechten Nacht in Els Quatre Gats und einem ersten Geplänkel auf der Barrikade in der Frühe betritt der Junge die nächsten Sprossen aufwärts in seiner Rebellenlaufbahn.

»Alle Munition liegt auf dem Grund des Hafenbeckens, auch alle Gewehre und Bajonette. Die Wut der Deserteure hat das Kriegsgerät blindwütig vernichtet.« Doch man könne – so lehre Ferrer – eine Revolution auch ohne Waffen machen.

»Allein mit den Fäusten. Vor allem aber mit dem Kopf.«

Moisés hat gut reden. Er hat für sich selbst einen Revolver requiriert, wenn auch nur mit einem einzigen scharfen Schuß in der Trommel. Den aber möchte er nun auch verpulvern. Er legt an, dreht sich im Kreis, zielt hierhin, zielt dorthin. Auf wen, auf was soll er ballern? Auf den zotteligen Hund, der sich vor der Parfümerie von der Leine gelöst hat? Auf einen Kellner des Restaurants Mundial Palace, auf eine Blumenfrau, auf den Herrn unter seiner braunen Melone mitten in den roten Bart hinein?

Feinde sind nicht in Sicht. Aber der Schuß will sich dennoch lösen, er will hinaus aus dem Lauf der Waffe, er steckt mit seinem Kribbeln Hahn und Abzug an, sie wiederum locken Daumen und Zeigefinger des jungen Brausekopfs.

Töten? Nein. Töten möchte er niemanden.

Läßt sich eine Revolution nur aus dem Kopf heraus machen? Der frühe Morgen hatte gezeigt: Es geht nicht. Jetzt aber ist der Sieg in den Händen des Volkes, die Guardisten und Soldaten sind vertrieben, da sollte man gut und gern das zänkische Kriegsgerät in die Schranken weisen.

Moisés kommt in den Zwiespalt. Hier die ungezügelte Wollust der Gewalt, dort die Regeln der Vernunft seines Lehrers Ferrer. Hier der Auftrag, mit jedem Mittel die Herrschaftsstrukturen zu ändern, dort der Skrupel, schuldig an einem Menschenbruder zu werden.

Auf dieser Welt gibt es Täter, und es gibt Opfer. Dann sind noch Geschöpfe der dritten Art da: die Anarchisten – sie sind Täter und Opfer zugleich.

Wer hat dir denn diesen Unsinn beigebracht, Moisés? Die Escuela Moderna doch wohl nicht. Du aber willst um jeden Preis ein guter Anarchist werden, da ist dir jede Lehre recht. Los, nun knalle schon hinein in diese beschissen friedliche Mittagsruhe.

Das Schießeisen quält seinen Besitzer, quält die Hand, den Finger am Abzug.

Plötzlich kommt dem Jungen eine Erleuchtung: Er wird auf das Pflaster der Straße zielen, dann mag das Geschoß – ihm, dem Schützen nicht mehr unterstellt – selbst bestimmen, wohin es als Querschläger stieben will.

Paff.

Alles in der Runde erstarrt.

Die Ramblas Santa Mónica und del Centro, die Plaza de la Paz, der Paseo de Colón, die Quartiere ringsum glaubten sich nach der Fünf-Uhr-Schlacht in der Frühe jetzt – viele Stunden später – endlich befriedet. Die Plätze und Boulevards genossen neben ihrem alten nun auch ihr neues Publikum, das sich gut in die Szenerie einzufügen begann. Auch dieser Proletenjunge war bereits akzeptiert.

Nun dieser Schuß.

Die Papageien flattern und fangen an zu zetern. Der Hund vor der Parfümerie schreckt zusammen und sieht sich erstaunt um, der Affe zieht das Röckchen über den Kopf und macht sich ganz klein. Mit einer Gefahr will er nichts zu tun haben.

Die Blumenfrauen, meist ältere Barceloneserinnen, finden den Schuß so außergewöhnlich nicht. Nach Jahrzehnten ständiger Ballerei in dieser Stadt ein winziger Spätling, was soll er uns? Die Händlerinnen beruhigen ihre Kunden und reden nur etwas lauter für den Fall, daß diesem Knall weiterer Lärm folgen sollte.

Da ist schon der Lärm.

Plünderern ist der Zwischenfall ein willkommenes Alibi. Gleich schon schlagen sie eine Fensterscheibe ein. Der Hund fühlt sich wacklig auf seinen Beinen. Auf seine Schnauze setzt sich eine Fliege, er will sie verscheuchen, aber er bekommt die Pfote nicht hoch. Was ist das für eine Milch vor seinen Augen?

Die gefangenen Guardisten wittern ihren Tod und zerren an den Fesseln. Ihre Bewacher werden nervös, doch fürchten sie weniger, die Halunken könnten sich selbst die Stricke lösen. Gefährlicher scheint ihnen eine vielleicht unliebsame Hilfe von außen. Mitleid grassiert, und manch ein Passant könnte beim Anblick der Jämmerlinge vergessen, wie diese für lange Zeit ihre Macht mißbraucht hatten.

Vom Mitleid droht Übel.

Die Wachmannschaft zerdeppert Gartenmöbel der Terrassencafés, bewaffnet sich mit Stuhlbeinen, Tischbeinen und schlägt wild um sich. Dabei bekommen auch harmlose Flaneure ihre Hiebe weg, und selbstverständlich geht ein Schaufenster nach dem anderen zu Bruch – das des Schallplattengeschäfts von Pathé Frères, der Fotografen Lirio und Puñalada, der Läden mit Uhren, Spitzen und Toledo-Souvenirs. In der Parfümerie zersplittern hinter den Scheiben auch Flakons. Eine Kundin erschrickt, sie stürzt vor den Laden und ruft nach ihrem Hund.

»Frika! Frika!«

Diese Stimme kennst du, Frika. Ja, so heißt du. Du bist die Hirtenhündin Frika, eigentlich bist du in Paris zu Hause und liegst mit lärmenden Künstlern in den Bistros herum, über dir auf Tischplatten Gläser mit Absinth. Du hast eine lange Eisenbahnfahrt hinter dir. Deine Herrin heißt Fernande, und ihr Freund ist Pablo, der Maler. Sie haben dich in diese fremde Stadt gebracht, wo alles anders ist – die Geräusche, die Gerüche und jetzt die trotz der Mittagszeit so milchigen Farben. Deine Fernande läuft herbei und beugt sich auf das Pflaster herunter. Warum weint sie? Sie krault dir das Fell und weint. Sie hat ein anderes Parfüm.

Absinth?

Die splitternden Scheiben rufen von allen Seiten Marodeure auf den Plan. Sie dringen in die Magazine, sie rauben Schallplatten, deren Musik sie niemals werden hören können, sie stehlen fotografische Geräte, die ihnen völlig nutzlos sind. Allenfalls mit dem Parfüm verstehen sie etwas anzufangen. Sie gießen die Flakons über sich aus und tanzen vor Vergnügen.

Der Tumult lockt immer mehr Halunken aus den Seitengassen und Passagen an, aus den Kirchen Santa María del Pino, San Jaime und San José. Die Frevler haben sich Meßgewänder übergestülpt, unter denen sie Kelche und Monstranzen verbergen. Sie sehen mit ihren prallen Bäuchen unter den geweihten Fetzen recht spaßig aus. Passanten lachen, doch ein Schwarm von etwa zwanzig Nonnen zeigt weniger Humor.

Die Klosterfrauen kreischen, als erschiene ihnen der Leibhaftige.

Doch Gefahren drohen ihnen weniger von den verkleideten Marodeuren, die nur materielle Werte suchen, als vielmehr von einem Trupp junger Arbeiter. Die Burschen streben nach Höherem als nach schnödem Metall, sie wollen Weibern zwischen die Schenkel. Sie waren bereits in der Calle d'Avinyó und in allen Gassen des Quartiers, aber überall waren die Bordelle geschlossen. Nun kommen den Männern diese Gottestöchter gerade recht. Und ist deren Kluft nicht vielleicht geiler als so ein wadenkurzer Fummel einer Nutte? Verführen die kahlgerupften Schädel unter den blöden Hauben nicht zu einer perverseren Lust als die geputzte Haarpracht der Hurenweiber?

Die Bräute Jesu fliehen in einen halbgeplünderten Laden unter so lautem Jammern, daß sie nicht zu überhören sind. Aus der Nachbarschaft kommen Verkäufer auf die Straße, eilen Kellner, Buffetmamselln und Pagen herbei – unter ihnen Ricki aus dem Cuatro Naciones.

Sie alle versprechen sich ein deftiges Schauspiel.

Quer über die Straße trampeln Klostergaloschen und Nagelschuhe, Stiefeletten, Pumps und Sandalen – sie alle hinweg über einen Hund, der seiner Welt Ade sagt. Mit der Sehkraft ist es bereits vorbei, die Vielfalt der Geräusche verschmilzt zu einem einzigen Brummen. Frika. Frika. Das hämmert und hämmert hinein und wird leiser und leiser. Dann nehmen die Gerüche Abschied.

Terpentin. Leinöl. Harz. Tabak. Schweiß. Bier. Französisches Parfüm. Petroleum. Anis ...

Zuletzt ist da nur noch eine Hand im Fell. Sie krault. Erleichtert sie das Sterben? Nein, sie macht alles nur noch viel, viel trauriger.

Von der Mole kommt ein leichter Wind. Er trägt aus der Gendarmerie und dem besetzten Zollhaus das Johlen betrunkener Deserteure über den Boulevard. In die Farbenpracht sind weiße Flecken eingestreut: Weggeworfene Zeitungen, herumfliegende Fotografien, auf dem Pflaster zertretene Meßgewänder. Das geheiligte Tuch ist mit Parfüm begossen und stinkt greulich.

Das Trampeln von Schuhwerk ist stiller geworden. Die Menschen haben sich vor dem Laden von Lirio und Puñalada zu einer Traube vereint und sehen einer frivolen Szene zu.

Ist denn niemand da, der für Ordnung sorgt?

Bürger, die eine derartige Frage stellen, werden ausgelacht. Woher soll Ordnung kommen, wenn sie nicht ausdrücklich befohlen ist?

Mit Ordnung hat dieser vorbeieilende Trupp auch nichts zu schaffen, der noch halbwegs uniformiert und bewaffnet ist. Die Soldaten und Matrosen haben nach der Meuterei ihre Gewehre und Bajonette nicht fortgeworfen und sich zu einer Patrouille formiert. Aber hier die Menge zu zerstreuen, haben sie kein Kommando. Sollen sie den jungen Arbeitern womöglich ein so unschuldiges Spielchen verderben? Was denn wollen diese Burschen? Nichts, als für ein kurzes Viertelstündchen glücklich sein.

Mehr nicht.

Würde der weithin bekannte Anarchist Domingo, käme er zufällig vorbei, eingreifen? Würde er die Männer anherrschen, den Strom ihres Glücks unterbrechen? Nein, Domingo, das ist nicht deine Aufgabe. Auch wäre für ein Handgemenge dein Habit nicht gerade passend.

Wo überhaupt ist Domingo? Jemand will ihn gerade eben noch auf der Rambla Santa Mónica gesehen haben. Er eilte am geschlossenen Zeitungskiosk vorbei. Drei Demoisellen hatten ihn am Jackettärmel gezupft und ihn fortgezerrt. Wohin? Zu seinem Freund Francisco Ferrer Guardia? Nein, dieser ist in London und denkt nicht daran, in Barcelonas schwerer Stunde heimzukehren. Wem auch würde es nützen? Man würde ihn mit der ersten Welle verhaften. Nun hat er Zeit bis zur zweiten. Was triebe ihn in die Anarchistenkeller Spaniens zurück, wenn er seine Theorien ebensogut in London, Amsterdam oder Paris verkünden kann?

Eine bedenkliche These. Domingo Lunes Martes Jueves und weiter in den Namen der Wochentage – denkst du auch so?

Nein.

Am Dienstag hat die Revolution nichts mehr vom Charme ihrer Ouvertüre. Die lustigen Marodeure von gestern haben ihren Plünderkram von sich geworfen und fangen an, mehr oder weniger übellaunisch Passanten zu massakrieren. Keine auch nur halbwegs geordnete Arbeiterpatrouille durchkreuzt mehr das Straßenbild. Wen auch gäbe es noch zu schützen? Den Flaneuren auf dem Boulevard ist das Treiben der Halunken längst zu bunt geworden. Selbst die letzten der couragierten Blumenfrauen verlassen nun ihre Stände und folgen den Tierhändlern, deren kreischende Piepmätze sich geradezu als Mordobjekte den Amokläufern angeboten hätten.

Die Terrassencafés sind verwaist, teils auch verwüstet. Die Balkone hoch über den Reihen der Platanen sind leer, und etliche der Handelsherren, Reeder und Konsuln haben die Stadt in Richtung Südwest verlassen. Unter dem Personal der noblen Hotels können diejenigen glücklich sein, die den Honoratioren mit Planwagen voller Proviant folgen durften.

Die Hotellerie denkt an alles. Es geht ihr nicht um das schiere Überleben ihrer Gäste, es geht um ihr Prestige, jederzeit ein Überleben in Luxus garantieren können.

Zurückgeblieben ist der Oberkellner César. Er hat alle Abfahrten versäumt, vielleicht wurde er auch nur schlicht vergessen. Nun schiebt er natürlich sittliche Verantwortung vor, die ihn an seinen Posten gefesselt habe.

Nicht nur die Kellnerpflichten und die Krankenpflege bürdet man dem alten Mann auf, nun auch noch den Notdienst in der Portiersloge.

»Sie sollten besser bei uns nicht absteigen, Monsieur. Das Cuatro Naciones liegt in der Feuerlinie der Geschichte.«

Der Fremde, der an die Réception tritt, überhört das Geschwätz des Alten. Er legt ein Meerrohr mit Silberknauf auf den Tresen, daneben seine nougatbraune Melone, er streicht sich mit der rechten Hand über den Kugelschnitt seines roten Barts, von der linken steckt er den Daumen in das Ärmelloch der Weste. Er wölbt den Bauch, damit das Gold der Uhrkette gut zur Geltung kommt.

»I wish to meet Miss Alabama, por favor, Monsieur le Maître.«

Mit diesem polyglotten Satz glaubt der Gast, seine Herkunft verwischt und sich perfekt getarnt zu haben. César, dir macht der Mann nichts vor. Frech figuriert dieser den Bourgeois, wünscht insgeheim jedoch, demaskiert zu werden: Hinter dem Gold der Kette, den Paspeln des Jacketts, dem Plastron mit Perle soll im Halblicht der Jakobiner schimmern.

Welch neue Eitelkeiten gebiert die Anarchie.

Das sagt César nicht laut. Gleich schon hat er seinen Besucher entlarvt: Fast alle Sprachen Europas in einem Satz, aber kein Russisch! Das gelingt nur diesem Iwan und so weiter, diesem Domingo, der seit Jahrzehnten nach jedem Attentat – wo auch immer es passieren mag – einen Schwanz von Namen hinter sich herzieht.

Sonntag und alle Tage der Woche.

»Der Lady aus Amerika hatte ich in der Frühe ein Cabriolet und ein Pferd beschafft. Ein Boy unseres Hotels zeigt ihr ein wenig die Umgebung Barcelonas.« Die Dienstagunruhen, berichtet der Oberkellner, drohten der Gnädigen zu pöbelhaft zu werden. Aber morgen, Mittwoch, wolle sie zurück sein, um die Niederlage der Revolte und die Greuel des Gegenschlags nicht zu versäumen.

»Hat die Miss eine Nachricht hinterlassen?«

Eine Nachricht? Eine Nachricht? Jetzt will der Russe, daß man ihn nach seinem Namen fragt. Was alles wird er heute auf der Zunge haben?

»Eine Nachricht. Für wen, wenn ich fragen darf?«

Der Fremde blickt nach links, nach rechts, wendet sich dann voll ins Foyer an sein Publikum. Alle sollen ihn sehen, alle ihn hören: Diese Verwundeten da. Ja, du mit der Klappe über dem Auge. Auch du mit dem Arm in der Binde. Ihr alle unter euren Verbänden und ungepflegten Bärten, ihr solltet es wissen: Domingo ist in der Stadt. Ja, Domingo ist hier, heimlich, und niemand darf es wissen.

Eine Nachricht für wen? Nun, für wen wohl?

Für Mister Monday vielleicht oder den Fürsten Donnerstag? Für Senhor Dia de Festa? Nein, Domingo, du hast ein sicheres Gefühl für die Gefahren der Übertreibung. Einmal etwas zu viel Summs, da bröckelt schnell der Ruhm, und die Mission ist lächerlich.

»Lächerlich.«

»Bitte was, mein Herr?«

Frage nicht so naiv, César. Der Oberkellner eines Grandhotels sollte sich alles zusammenreimen können, besonders du, der du alle Eitelkeiten rund um die Erdkugel kennst.

Hier will er nur prahlen, aber wohnen will er woanders.

»Sie suchen eine Fremdenpension, Señor? Gewiß ein wenig außerhalb, wo die Schüsse nicht gefährden, doch wiederum so zentral, daß sie zu hören sind. Nicht im Bereich der Fäuste und Knüppel, aber doch im Schallkreis der Schreie.«

César möchte hinzufügen: genau an der Grenze zwischen der Pein physischer und der Lust psychischer Schmerzen, zwischen selbstleiden müssen und mitleiden dürfen. Aber er spart sich die Worte, sie wären ohnehin verschwendet an eine so kurzlebige Begegnung. Er schiebt dem flüchtigen Fremdling eine Adresse über den Tresen.

»Els Quatre Gats. Fragen Sie nach Anselmo Joaquín.«

Domingo liest die Notiz. »Es ist gut, lieber Freund. Es ist gut, compañero Portier.« Er steckt den Zettel ein und eilt zum Ausgang. Genosse! Sollte das ein Signal sein oder eine Anbiederung? Mußte das sein? Du, ein erfolgreicher Anarchist, und noch immer das primitive Pathos.

»Fragen Sie nach dem Sergeanten Anselmo. Der kennt alle Quartiere und findet auch, was Sie brauchen, Bürger extranjero.« Diese Replik kann sich der Oberkellner nicht verkneifen. »Klopfen sie bei den Vier Katzen vier mal kurz und vergessen sie nicht die Losung.« Diese nun schreit César durch die Hotelhalle.

»Viva la muerte.«

Ein paar Verwundete schrecken auf. Ihnen ist, als hörten sie einen Befehl. Dann aber sehen sie: Es ist nichts. Sie legen sich wieder auf die Fliesen zurück und warten auf das Abendessen. Sie hoffen, daß es heute keine weiteren Einlieferungen gibt. Dann hieße es, den Braten teilen.

»Sehen Sie nur das Grün, Sergeant. So ein Grün in so einer Allee. Nein, erwidern Sie nichts, sie können ja nichts von allem sehen. Soll ich Ihnen die Farben erklären?«

Domingo, Arm in Arm mit dem blinden Anselmo, überlegt, welche Farbnuancen die Palette in seinem Kopf gespeichert hat. Viel ist es nicht: flaschengrün, lavendelgrün, petersilien, absinthen ... Was noch ist grün? Die Galle, der Papagei, die Erbse, der Nil ...

»Lassen Sie es gut sein, Väterchen.« Der Sergeant stoppt die Litanei seines Begleiters. »Das ist ganz einfach saftgrün.«

Doch Domingo ist nicht mehr zu bremsen. »Spinat, Kaktus, das Laub aller Kaps spanischer Conquistas. Verdigris – Spanischgrün.« Laß ab, Domingo, was soll ein Blinder mit so einer verunglückten Beschreibung sommerlicher Farben.

Sommer.

Invaliden haben den Sommer auf ihrer Haut.

Sergeant Anselmo Joaquín hebt den Kopf in Richtung der Baumkronen. »Wir gehen die Ronda de San Pedro entlang, da vorn rieche ich schon den Salon de San Juan, für uns heißt es dann links ab über den Paseo.« Er habe doch wohl die Alleen seiner Stadt in der Nase. Überhaupt alles in Barcelona könne er erschnuppern. »Die Kneipen und die Kneipengäste, die Künstler und die Nutten, jedes Etablissement vom Asyl bis zum Grandhotel, die kleinen Pensionen vor allem und ganz besonders die Pensionswirtinnen.«

Diese Wirtinnen.

Anselmo löst sich vom Arm seines Gefährten. Beide Hände frei, formt er mit ihnen Mulden und Wölbungen. »Die Wirtinnen und ihre Ärsche. Wie schon können Männer, die Augen haben, sich die Vielfalt des Runds ertasten?«

Domingo ist der Kopfwendung des Invaliden hoch in die Bäume nachgefolgt, den modellierenden Händen des Schürzenjägers entzieht er sein Interesse. Diesen Sommertag der Geschichte kennst du, Iwan Iwanowitsch, genau diesen Tag mit genau diesen Gerüchen und diesen Farben.

»Welchen Tag haben wir heute? Lassen Sie es, ich rechne selber nach.«

»Ich bringe Sie zur Plaza Tetuán, mein Freund.« Der Sergeant besteht darauf, den Fremden seinen Freund nennen zu dürfen. »Da finden Sie ein helles Zimmer in der Etage eines Neubaus bei der Señora Angelita Abriles. Es ist keine Gästepension. Es ist privat.«

Domingo bleibt stehen, preßt die Hände zusammen, als seien sie gefesselt, und reckt sie nach oben in die Baumkronen. »Wir haben heute den 27. Juli.« Er möchte mit seiner Begeisterung diesen einfachen Soldaten anstecken, was ihm aber nicht gelingt.

»Das ist der Neunte Thermidor.«

Ja und? Anselmo, du hast einen sehr gegenwärtigen Auftrag. Du sollst einem Reisenden ein verschwiegenes Quartier in der Vorstadt beschaffen. Was kümmert dich da die Geschichte? »Es ist eine Dame von feinerer Welt«, das Zimmer zu vermieten habe sie weiß Gott nicht nötig, und eigentlich sei sie eine Señorita, obgleich schon über vierzig.

»Das ist nicht mehr jung, Kamerad, aber ihre Titten stehen noch immer voll im Saft – so spitz, so spitz. Und der Arsch ist stramm.« Das käme vom vielen Tanzen in ihren jungen Jahren. »Sie nimmt das Parfüm Koka Negra, ihre Strumpfbänder sind von Poiret, Paris, sie kauft sie in der Passage Fernando VII.«

»Sie möchten sich der Geschichte entziehen, Bruder Soldat, es wird

Ihnen nicht gelingen. Immer und immer haben wir in diesen Julitagen das Jahr Zwei«, und Domingo beschreibt den morgigen Tag, an dem man wieder und wieder zum letztenmal das Grün von Paris sähe. »Es ist halb fünf am Nachmittag, da zeigen sich in vollem Saft die Bäume auf dem Geviert vor der Conciergerie, dann die Reihe der Platanen in der Rue Saint Honoré, am Ende die Place de la Révolution – links die Hecken des Tuileriengartens, halb rechts – von der Blutbühne halb verdeckt – das dichte dunkle Laub der Elysischen Felder.«

Welch ein letztes Bild vor Augen.

»Wir haben zwei Stunden Fahrt«, und Domingo deklamiert, wie er und sein Kamerad, Bürger Joaquín, diesen letzten Sommernachmittag genießen. »Wir beide – wir sind trunken! Leider hat unser Freund Maximilien neben uns im Karren für Trunkenheit nicht die rechte Ader.« Ein Genußmensch sei er ohnehin nie gewesen. Aber heute solle man dem Sauertopf seine Übellaunigkeit verzeihen. »Sieh dir seine Wunde an. Er hat Schmerzen.«

»Ich war gerade frisch erblindet. Das war vor elf Jahren.« Anselmo erzählt, wie er die Señorita Angelita Abriles kennengelernt habe. »Es war auf einem Wohltätigkeitsball im Cuatro Naciones zugunsten der Krüppel von Achtundneunzig.«

»Wir beide fegten mit einem einzigen wilden Galopp geradezu den Tanzboden leer.« Etwas perfide zwar hätte er sich auf diesem Fest benommen, er hätte allen vorgegaukelt, verwirrt zu sein und nicht zu wissen, in welcher Gesellschaft er eigentlich sei. »Ich spielte den Beau auf einem Dienstmädchenschwof. So war mir alles, alles erlaubt.«

Den Sergeanten packt die Erinnerung. Er nimmt eine Tanzhaltung ein, streicht mit den Händen mal über imaginäre Hinterbacken, mal preßt er Brüste zusammen, umklammert eine Taille, fährt einen Schenkel hinauf.

»Was heute die honorige Señorita Abriles ist, war damals Doña Tornado, ein Sturm auf dem Parkett, ein Ungewitter auf jedem Ball.«

Sie war die Mätresse des Marqués von Lágrima.

Nun beginnt dieser Invalide auch noch zu tanzen! Mit seinem Blindenstock ertastet er sich Polkafiguren auf dem Pflaster des Paseo de San Juan. Geschickt weicht er hier einem Baum, dort einem Hund, einem Passanten aus.

»Ich kam aus dem Kubakrieg. Dort war ich einem Leutnant Boni Bonifacio unterstellt, wir beide gemeinsam hatten die Festung Sant' Jago gegen die Yankees verteidigt. Er verlor ein Bein, ich das Augenlicht.«

Und danach?

Danach? Wie wohl wäre einem Humpelfuß die Flucht gelungen? Soldaten mit nur einem Bein wurden gefangen, sie schmachteten dahin in den Camps der Unionsstaaten. Ihm aber, dem Sergeanten, sei das glücklichere Los beschieden gewesen.

»Ein Blinder ist nie verloren. Er erspäht sich auf dem Weg in die Freiheit seine eigenen Verstecke.«

Nun folgt die Münchhausiade einer abenteuerlichen Reise über Puerto Rico mit einem Steamer heraus aus dem Siedekessel der Karibik. »Es war ein Seelenverkäufer, er hatte Bananen und Kokos geladen und mich, einen Blinden mitten zwischen der Fracht. Ich ... jetzt werden Sie lachen ... ich – ein blinder Passagier.«

Domingo lacht nicht. Er fängt den Tänzer wieder ein und hakt ihn am Arm unter. »Auf den Balkonen der Rue Saint Honoré sitzt der Müll von fünf Jahren Revolution, sitzt der neue Wohlstand. Es sind Damen und Herren –, ganz plötzlich von heute auf morgen sind sie Damen und Herren, sie erwarten wie einen Prunkzug unsere elenden Karren. Das Geschmeiß hat die alten Klamotten des Ancien Régime angelegt. Darunter auf der Haut brennt schon die Sehnsucht nach der neuen Parvenü-Mode: Eine Jeunesse dorée lauert auf ihre hohen Kragen, ihre spitzen Stiefel, die affektierten Rockschöße, die scheußlichen Koteletten; die Frauenzimmer auf den Faltenwurf des Musselins, auf die Blöße von Schultern und Armen, auf den Abschied von der Tugend.«

Adieu Vertu.

Domingo packt den Sergeanten mit der einen Hand, mit der anderen weist er auf die Fensterreihen über der Allee. »Soll ich dir, Bürger Invalide, die Etappen unseres Wegs beschreiben? Das ist nicht das Schaugepränge für die da oben, das ist ein Festzug für uns in unserem Karren. Wir haben am Ausgang dieses heißen Julitags unser kühles Eisen am Hals, die da, die anderen schwitzen sich in den Abend hinein, und keine Fächer helfen ihnen, sie müssen beginnen, das Leiden zu erlernen. Ihnen bevor steht die Plage des kommenden Jahrhunderts.«

Domingo hält inne, er bleibt stehen und windet sich im Schmerz. Er ist ganz Schauspieler. Er verdeckt die Augen, als erschienen ihm Furien, er hält sich das Herz, es fehlt nur noch, daß er »Weh uns« ausruft.

Weh uns.

»Der Todeskarren hält, Marktweiber sperren den Weg, sie hangeln sich über Radspeichen und Planken hinauf, sie spucken die Geächteten an. Pfui. Das Gesindel zerrt den Armsündern die Verbände herunter, Blut tropft auf Jakobinermützen, die es – vom Kopf gerissen – im Kot zertrampelt. Pfui. Die Gosse tanzt. Eben noch stolze Sansculotten, tanzt sich das da zur knechtseligen Kanaille hinab.«

Pfui.

»Es war der letzte Tanz des Marqués mit seiner Tornado. Danach gab er sie mir sozusagen in die Arme.« Du tust gut daran, Anselmo Joaquín, den alten Historienschwätzer zu unterbrechen. »Dann folgte des Marqués erster Tanz mit seiner blutjungen Verlobten. Er nahm sie sozusagen mir aus den Armen, diese Demoiselle Meunier, diese schöne Aurora Iwanowna aus Paris, aus Sankt Petersburg und wer weiß woher noch.«

Das sei elf Jahre her und keine so uralte Ballade wie die des Fremden von Sansculottenpack und alten Weibern auf Balkonen in ihren mottenzerfressenen Fetzen.

»Die kleine Aurora, keine achtzehn war sie und sicher kaum verliebt in den Marqués, den sie dann aber doch nahm. Warum?«

Da stehst du nun, Anselmo, mit deinem Warum. Du weißt doch sonst alles.

»Wir, das Traumpaar des Abends – Aurora und Anselmo – tanzten ein letztes Mal zusammen, bevor sie nun die Marquesa wurde. Wir tanzten nicht wild, eher traurig. Die Demoiselle erzählte mir von einer Schiffsreise, die sie vor Jahren in der Tombola gewonnen habe, und in Wirklichkeit schwämme sie jetzt auf dem Ozean und sei überhaupt nicht auf diesem Ball.«

Da kommt eine Menge Geplauder zusammen, das sich im Kopf des ausgedienten Soldaten festgesetzt hat. Ein Heizer Kasimir hatte das Kind in einem Korb über die Grenze geschmuggelt, in London trank es das erste Bier mit fröhlichen Finsterlingen, in Rußland hatte man es erschossen in einer Druckerei, seine Leiche liege da zwischen zwei Lehrlingen der Schwarzen Kunst, aber für den Tod habe einfach niemand die rechte

Ruhe, denn alles müsse Gewinne einlösen – wir haben in der Tombola gespielt ...

Domingo. Diesen Unsinn mußt du ersticken. »Und vom Vater hat sie nichts erzählt, Soldat?«

Nein. Nichts vom Vater.

Vorbei, Iwan Iwanowitsch. Laß die Zeiten, du holst diese Epoche nicht zurück, du lebst in einer anderen. Kehre nicht ein in diese Nußschale von Welt, du hast die deine, die größere.

Du hast das Universum.

»Sieh doch einmal richtig hin, Krüppel! Du mit deinen toten Augen! Und da erblickst du nichts? Da, das Volk. Es glaubt, der Terror sei vorbei. Der aber fängt jetzt erst an. Es ist fünf Uhr am Nachmittag des 10. Thermidor im Jahre Zwei.«

Punkt fünf. Cinco de la tarde. Die Stunde, auf die Spanien dereinst sein Gedicht machen wird.

»Es bricht der Weiße Terror, es bricht das Bürgertum aus. Fünf Uhr. Es bricht das neunzehnte Jahrhundert aus«, und Domingo fragt seinen Bruder Invaliden, ob er denn nicht den Atem der Geschichte spüre.

»Wir karren uns vorbei am Applaus der Gesellschaft. Auf uns warten das kalte Eisen, heruntergerissene Wundverbände, zerschossene Kiefer. Säkula gehen zu Ende, neue beginnen, das eine morbider als das andere. Besonders dieses neue: ein sieches Kind, bestimmt für hundert Jahre qualvolles Leben.«

Domingo läßt seinen Gefährten stehen, packt hier einen Passanten, dort einen anderen. »Du da mit dem schiefen Kiefer! Auch du mit dem Schuß im Arm, mit dem Säbelhieb über der Schulter. Du, der du die Scheißerei hast aus Angst vor dem Beil. Ihr alle ... ihr alle ...«

Jetzt ist es Anselmo, der seinen Begleiter wieder einfangen muß. »Laß es gut sein, Väterchen. Hab keine Angst, ich habe dich fest am Arm, du bis zu Hause, du bist in deiner Familie.«

Familie.

Das begreift Domingo. Doch er versteht das Wort in einem höheren Sinn, während Anselmo es durchaus profaner meint. »Spät in der Nacht wechselten wir alle das Lokal. Ich hatte die ganze Ballgesellschaft des Hotels Cuatro Naciones in die Vier Katzen eingeladen. Ich betrank mich, und – sentimental geworden – der Marqués tat mir leid. Da gab ich ihm seine Verlobte zurück.«

Dieser Sergeant erzählt doch dreist, es hätte nur eines einzigen Wortes von ihm bedurft, und Aurora sei heute keine Marquesa, sondern eine Sargenta Joaquín. Und er, Anselmo, sei der Schwiegersohn eines Iwan Iwanowitsch und verschwägert mit dem Fürstenhaus Kropotkin.

»Wäre das heute nicht eine spaßige Begegnung?«

Hörst du überhaupt hin, was dieser Kerl zusammenquasselt, Domingo? Du hörst nur, daß wir gleich an der Plaza Tetuán sind, und du hörst die Frage, wie er, der Reisende, nun vorgestellt werden möchte.

Darüber hast du eigentlich noch nicht so recht nachgedacht. Du bist noch immer an deine alte Historie gekettet. Schüttle sie ab, Alter, laß jetzt irgendwelche Namen heraus – nein, keine von gestern, etwas Heutiges ...

»Gajus Gracchus Germinal, genannt auch Tiberius Thermidor oder Spartacus auf Reisen ...«

Noch mehr blamieren konntest du dich wohl nicht? Was soll eine Zimmerwirtin in Barcelona mit diesem Namen anfangen, eine spanische Mätresse, eine Doña Sturm, die über die Tanzböden fegt, aber wohl kaum über die Prärie der Geschichte. Der Sergeant möchte lachen, aber er unterdrückt es. »Wir sind gleich da, wie soll ich dich vorstellen, Domingo?«

Domingo.

Nun ist es heraus, der Invalide hat dich erkannt. Du bist glücklich, du bist in Spanien, da erkennt dich selbst jeder Blinde, du bist zu Hause, du bist der berühmte Anarchist mit dem nie endenden Schwanz von Namen, der Attentäter vom Teatro Liceo, von der Königshochzeit in Madrid, vom Badeort Santa Agueda ...

Du bist Sonntag, Montag, Dienstag und alle Tage der Woche. Du bist alle Monate des Jahres. Aber nun muß eine neue Anonymität her – ein ganz kurzer Name.

Väterchen Tugend.

Ja, das findet der Sergeant gut. »Papá Virtud. Damit öffnest du dir die Türen der tugendsamsten Damen unseres Landes.«

Ja.

Nach und nach trifft in der Wohnung der Señorita Angelita Abriles die Bagage des neuen Mieters ein. Es lag in den Gepäckdepots verschiedener Bahnhöfe – akkurat verteilt auf die Stationen Francia, del Norte und Sarriá. Auch von der Estación Marítima am Kai kommen zwei Träger mit einem Schrankkoffer. Doch sie erhalten weniger Trinkgeld als ein Dienstmann von Cook's Reiseagentur, der nur ein kleines Köfferchen abliefert – unter allen Gepäckstücken das einzige, das keinen Zollvermerk trägt.

»Ihr Expreßgut aus London, Sir.«

Das Salär lehnt der Bursche erst einmal ab, für die Freiheit Kataloniens nähme er kein Geld. Er läßt es sich aber dann doch aufdrängen. »Für die Freiheit Kataloniens sind drei Peseten nicht gerade viel, Mister.«

Der Neuling ist eigentlich mehr ein Damenkoffer, wie er sich alleinreisenden Ladies als leichtes Handgepäck anbietet – zudem noch elegant aus weichem Babyleder. Im Zimmer verschwindet er gleich unterm Bett, dann erst räumt Domingo die anderen Koffer aus. Anzüge kommen sorgfältig in den Schrank, die Schubladen fassen kaum die Hemden, im Bad breiten sich ein englischer Morgenmantel und ein persischer Pyjama aus, Parfümflaschen, Haartinkturen und Bartscheren. Bücherborde füllen sich mit Reiselektüre, geographischen Werken, Entfernungstabellen, Karten der Klimazonen und Kursbüchern aller Eisenbahnen Europas. Der Stadtplan von Barcelona, Meßtischblätter der Umgebung und Generalstabskarten von Katalonien liegen entfaltet auf dem französischen Bett.

Im Korbsessel sitzt Iwan Iwanowitsch mit einem Touristenführer aus der Fliednerischen Buchhandlung: Ein Bædeker in deutscher Sprache, dem er letzte Geheimnisse der Stadt und des Landes zu entlocken hofft.

Fast so stellt sich die Gesellschaft ihren Anarchisten vor, der den Plan eines Attentats zum letztenmal repetiert. Nur eben, dieser Fanatiker haust nicht in einem Interieur aus Plüsch, an der Wand hängt nicht die Exekution der Pariser Commune, er schmaucht auch nicht die Pfeife. Dieser hier raucht Khedive mit Goldmundstück.

Doch die Bombe ist da. Sie liegt mit gesichertem Zünder unter dem Bett, wenn auch nicht als häßliches Paket verpackt, sondern in einem kleinen kultivierten Koffer.

Jeder anderen Zimmerwirtin wäre dieser Gast als Sonderling aufgefallen, nicht aber der Señorita Angelita Abriles. Vor ihr braucht der Fremde sein auffälliges Gehabe nicht zu verstecken. Die Patronin ist ihm sogar behilflich und verrät ihm Adressen, bevor er nach ihnen fragen kann, etwa die der Autovermietung von Fiat, des Nachtöffnungsschalters vom Telegrafenamt und der Wechselstube Marsans Rof y hijos.

Aber zu den Ramblas ginge man in diesen bösen Tagen besser nicht. Sie empfiehlt, weder die Prachtalleen noch bestimmte Armenquartiere zu frequentieren, etwa die Calle d'Avinyó, die man einer einzigen kleinen Bluttat wegen gleich schon die Gasse der Rotkehlchen nenne.

»Auf den Boulevards produzieren sich Pöbel und Ordnungsmacht in ihrem ganzen spanischen Opernpathos und in den Gassenvierteln die Apachen des Theatre des Crimes.«

Am Abend des Ankunftstages lädt Doña Tornado ihren Mieter zum Essen ein. Sie hat Kerzen in Weinkelchen auf dem Tisch verteilt und das Grammophon aufgezogen. Ihre Fotoalben liegen in Reichweite. Die Señora möchte sich von diesem Reisenden nicht als Zimmerwirtin einstufen lassen, sondern als Dame von Welt, die sich nur vorübergehend ein wenig zurückgezogen hat.

»Nein, Monsieur Vertu, auf dem Jakobusball am vergangenen Sonntag war ich nicht«, und sie erklärt, daß zwischen ihrem einstigen Liebhaber und ihr eine stille Vereinbarung bestünde, sich möglichst selten zu begegnen.

»Der Marqués glaubt, seine Ehefrau vor seiner Vergangenheit abschirmen zu müssen, weiß aber nicht, daß Aurora und ich längst in einem guten Verhältnis zueinander stehen.« Man träfe sich gelegentlich zu einem Kaffee. »Auch die Tochter mag ich leidlich gern – unsere kleine Chicachiquita.«

Das ist der Augenblick, die Fotoalben aufzublättern.

»Ich bin aus einer heiteren Familie. Wir kamen einst mit buntbeflaggten Fregatten aus Neapel im Gefolge des Königs beider Sizilien, den das Schicksal traf, im finsteren Spanien Carlos III. zu werden.« Doch in ihr, Doña Tornado, lebe bis heute das Neapolitanische fort.

Die Tänze. Die Lieder.

Die Kinderbilder sind schnell überflogen. Eine Zehnjährige lehnt an der Reling eines Dampfschiffs. »Das war eine Sommerreise auf die Balearen.« Eine Zwölfjährige langweilt sich im Kurpark von Santa Agueda.

»Sechzehn Jahre später war ich wieder im selben Badeort – zur Saison mit Yoyó«, und das hier sei der Ministerpräsident Antonio Cánovas mit seiner Gemahlin. »Wir hatten ihn nach dem Frühstück geneckt, er wurde böse und eilte auf seinen Balkon, wo er Ruhe suchte.«

Er fand seine Ruhe für immer. Er setzte sich, breitete die Zeitung aus, da traf ihn die Kugel. Die Schlagzeile von La Epoca färbte sich mit seinem Blut:

Santa Agueda: Presidente Cánovas en vacaciones.

»Das war mein letzter Sommer mit Yoyó. August Siebenundneunzig.«

Nun tischt diese Vermieterin ihrem Gast doch wirklich diese Kolportage von Michele Angiollilo auf, des italienischen Mordbuben, der eigens für seine Tat aus London angereist sei. »Warum, weiß niemand.«

Domingo. Da wirst du doch wohl hoffentlich widersprechen!

»Warum, Madame? Ein Attentat stellt sich diese Frage nie. Es will leben. Es will sich ausleben und bedient sich – mir nichts dir nichts – mal des einen, mal des anderen Exekutors.« Die Señorita solle sich nicht so sicher sein, daß es ein Michele Angiollilo gewesen sei.

»Aus London, ja aus London kam der Mann. Das ist gewiß.«

Es folgen Bilder von Bällen und Reisen. Ein schönes Paar, zwei schöne Gestalten, schlank und groß sie beide, sicher auch mit schönen Seelen, hier in Pelzen, dort unter Palmen, auf Terrassen, auf Parkwegen, vor exotischen Kulissen in Ateliers.

»Winters fuhren wir gern in die Pyrenäen. Da gibt es eine Stichbahn hinauf bis Guardiola, vorbei an Orten wie aus einer anderen Welt: Sueño, Olvidar, Soledad ... Yoyó wollte mir die Schlachtfelder aus seinem Karlistenkrieg zeigen.« Aber was schon hätte es zu sehen gegeben, und was schon hätte der Marqués erleben können? »Er war damals erst siebzehn und hatte gerade einmal zwei, drei Nächte im Sattel schlafen müssen.«

Das war sein Krieg.

Die Tornado schüttelt sich noch heute beim Gedanken an eine derartige Pflichtexkursion im Winter. »Gottlob entdeckte uns auf dem Bahnsteig die Infantin Hyacinthe. Sofort mußten wir zu ihr in die Kutsche steigen. Wir kamen zwar knapp, aber dennoch gerade zurecht nach La Seo zum Ball im Parador.«

Hyacinthe Florida, Infantin von Spanien.

Ja, dieses Wort zündet, Iwan Iwanowitsch! »Die bourbonische Hoheit ist mit der Familie des Marqués befreundet, nicht wahr? Sicher kommt sie zum Geburtstag der kleinen Tochter nach Lágrima. Wann wird sie eintreffen?«

Da kann Doña Tornado wirklich nur lachen. Hyacinthe käme, wenn die semana trágica vorbei sei. »Sie kommt immer und überall zu spät – bei allen Revolten, bei allen Attentaten, bei allen Festlichkeiten.«

Domingo, erspare dir weitere Fragen, du erfährst ohnehin genug. Mehr als genug. Doch alles, das solltest du spüren, alles sind nutzlose Histörchen ohne jede Lehre für den Fortschritt der Menschheit.

Fort. Weg von hier.

Aber wohin könntest du vor deiner Wirtin fliehen? Draußen tobt die Revolution, schlachtet sich das Volk ab ohne die Grundlage irgendeiner Theorie. Wie nutzlos auch das.

Hier die Nippes der Geschichte, dort die Lumpen.

»Die Infantin fuhr weiter nach Jerez de la Frontera, wo sie zum Aufstand der Tagelöhner wiederum unpünktlich ankam. Wir dagegen, Yoyó und ich, bestiegen einen Raddampfer, der uns ein paar Meilen weiter nach Portugal brachte. Bei Vila Nova de Portimão hatte die Familie Diaz de Quitano ein Haus auf einem Felsen mitten im Atlantischen Meer.«

Nun langweilt die Patronin ihren Zimmerherrn eine beträchtliche Weile mit Gesellschaftsklatsch aus Barcelona. »Die Quitanos hatten ihre Tochter Florinda mit in die Ferien genommen, eine Fünfzehnjährige, grob und ohne Anmut. Die Familie hatte Sorge, an wen man dieses Gemüse einmal verkaufen könnte.« Jetzt endlich stünde wohl das Glück ins Haus, der Sohn des Reeders López y Comillo, der junge Felipe, scheine sich für den Besen zu interessieren.

»Besen. Sie haben richtig gehört. Das Ding ist auch kratzbürstig und garstig.« Nun, das westindische Geld der Schwiegereltern sei für den Reedersohn sicher mit im Spiel.

»Aber ich frage Sie, Don Virtud, wo liegt Westindien heute?«

Kolonien. Laß dich jetzt nicht in dieses Thema verstricken. Die spanischen Kolonien. Da fängt doch hierzulande jeder gleich an zu flennen und dich vollzuquatschen. »Wir haben in Europa genug zu tun ...« Aber gleich schon unterbricht sich Domingo. Eben noch die kühnsten Gedanken an einen invaliden Soldaten vergeudet, nun womöglich auch noch an diese abgedankte Demimonde.

Zu dir, Iwan Iwanowitsch, passen nur Taten. Reden sollen die anderen.

»Auf diesem Foto tanze ich sechs Jahre später mit dem jungen López in Barcelona. Gerade siebzehn ist er, und das ist sein erster Ball: völlig unbeholfen auf dem Parkett, aber schon ganz schön arrogant. Er gaffte immer nach langen blonden Frauen. Ich bin zwar auch lang, eins Komma dreiundachtzig, aber leider dunkel. Ich pflege mein Haar mit

Blackish brown von Gatsbury.« Außerdem sei sie viel zu alt für diesen Schnösel gewesen.

Die Tornado legt eine Grammophonplatte auf. »Das ist von Isaac Albéniz ein spanischer Tango.« Das baumlange Gerippe wird dir doch jetzt nicht womöglich etwas vortanzen? Oder dich gar auffordern? Keine Sorge, die Giraffe setzt sich wieder.

Verschwende dich nicht, Angelita Abriles, an diesen Vater Tugend. Du blätterst ihm dein Leben hin, und was erzählt er von sich?

Nichts.

Sie möchte sich zurückhalten, aber schon bricht es weiter aus ihr heraus. »Bis vor elf Jahren war ich oft auf dem Gut Lágrima«, und gleich schon ist die Fotografie zur Stelle: die Terrasse mit den Korbstühlen, das ist der Inspektor, den alle El Cid nennen oder Don Destilador, denn er braut einen üblen Kürbisschnaps, den niemand verträgt.« Nur dem Pfarrer sei er bekommen, Don Siebenschweiß. »Er war Alchemist und sorgte für allerlei Wunder im Kirchspiel.« Zum erstenmal habe er seinen neuen Ministranten mitgebracht, ein eklig verfettetes Kind. »Da vorn kugelt es sich am Boden, weil wir keinen Platz für das Pummelchen fanden. Er nannte sich Porto Carrero.«

Lágrima. Ja, das waren glückliche Jahre.

Nein, Fremdling, noch sind wir mit Lágrima nicht am Ende: Hier – die Landzunge mit der kleinen Seekapelle, wo die Jungfrau Maria ihre Tränen weint. »In ihrem Schatten hatte mich Yoyó verführt, als ich fünfzehn war. Mein Gott, haben wir gelacht. Drinnen heulten die Pilger laut in ihren Gebeten, und wir draußen hatten unseren Spaß.«

Nein, es sei ganz ohne Schmerzen gewesen. »Drei Jahre lang hatte ich mich vor diesem ersten Akt gefürchtet, und nun war alles so lustig. Ich habe gelacht und gelacht. Yoyó war erst irritiert, aber dann mußte er wohl oder übel einstimmen.«

Ich bin aus einer heiteren Familie. Wir sind aus Neapel.

Nein, eine provinzielle Spanierin sei sie nicht, und die Abriles denkt beim Wechsel der Schallplatte daran, dem Gast eine etwas globalere Unterhaltung zu bieten. Vielleicht etwas Exotisches aus Wien.

»Das, Monsieur Vertu, ist La Belle Ida, eine Polka française aus Österreich, wo ich nie war.« Sie war in der Schweiz, in Italien, auf Malta, selbstverständlich oft in Frankreich. Aber nie an der Donau.

Reisen. Ja, reisen.

Doña Tornado kommt ins Schwärmen. »Ein gutes Stück Europa kenne ich, auch wenn ich mit Ihnen gewiß nicht mithalten kann. Sie sind sicher ein echter Abenteurer.« Womöglich kenne er Deutschland und Rußland. Doch nicht etwa auch China? Und noch weiter hinten Samarkand in Indien?

Jetzt will das Aas dich locken, ihm von deinen Reisen zu erzählen, Iwan Iwanowitsch. Die da weiß genau, wo Samarkand liegt. Sie will, daß du sie berichtigst.

Nein. Das wirst du nicht.

Als die Gastgeberin nun auch noch versucht, ihre Hand auf seinen Unterarm zu legen, betrachtet Domingo dies als eine gute Gelegenheit, aufzustehen und sich ein wenig im Zimmer umzusehen. Bei den Bildern bleibt er stehen.

»Leider habe ich keine europäischen Künstler an den Wänden, nur ein paar Barceloneser Maler.« Dennoch findet die Abriles das eine oder andere Porträt ganz hübsch, etwa die wilde Zigeunerin von einem Isidro Nonell oder dieses Aquarell von einem Pablo Soundso. Es zeigt die Karikatur einer Sängerin, La Chata – ein Trostgeschenk zur Trennung vom Marqués. »Nein, nicht eine Abschiedsgabe von ihm selbst, sondern ein Schmerzenspflaster von einem Menschenfreund, dem Mäzen und Kneipenwirt César Sagot.«

Aber ja doch. Ihn müsse der Fremde kennen. Das sei der Oberkellner vom Hotel Cuatro Naciones. »Er hat ein Herz für die Malerei und für die Frauen, die verlassen wurden. Er ist viel gereist. Er war in Tongking und auch rund um die südliche Erdkugel.«

Wüßte Doña Tornado, diese Chanteuse Chata erzielte einen halbwegs guten Preis, würde sie das Bild verkaufen. Und von dem Geld reisen.

Wien. Ja, Wien.

»Wann, meinen Sie, großer Abenteurer, ist für Wien die beste Saison?« Vorsicht, jetzt lockt dieser Zimmerdrachen dich weit in die Geographie hinein. Mit Tongking fängt es an, dann die heißen Strände jenseits des Äquators, am Ende Wien.

Gottlob riechst du die Falle rechtzeitig. Du wirst nicht schwätzen. Nur ein Wort zuviel, und gleich wird so etwas vertraulich und will sich am Ende verlieben.

Aber natürlich. Man befindet sich ja gemeinsam auf Reisen, und die Sonne des Südens verwirrt schnell die Sinne.

Gewiß, über zwanzig Jahre jünger ist der Vogel, die Brüste fest, in der Hüfte so einen Wirbel, die Knie spitz abgezeichnet unterm engen Rock, die Silberschuhe ... Das ist schon etwas anderes als so eine Emma Goldman. Nur eben, diese hier ist eine Bourgeoise. Und für dich, Väterchen Tugend, gäbest du deinem Herzen nach, wäre es vorbei mit deinen irdischen Taten, und es blieben nur noch die himmlischen Träume.

Dann ade, Anarchie.

Niemand soll glauben, die Señorita sei eine schlechte Gastgeberin und vergäße womöglich zwischen den guten Gesprächen das Essen und den Wein. Für den unerwarteten Besuch war schnell etwas angerichtet: eine kalte Fruchtsuppe vorweg, Tortillas, etwas Hammelfleisch – Reste, die in der Speisekammer vorhanden waren. Doch serviert wird auf neapolitanischem Porzellan.

»Es ist Capo di Monte.« Aber Domingo kann das nicht nachprüfen. In leicht Zerbrechlichem kennt er sich nicht aus.

Mit dem Dessert, einem Puddingkuchen, den der Gast nicht einzuordnen vermag, kommt auch das letzte Album. Gottlob ist es nur halbvoll.

»Was sollen Ihnen all meine alten Geschichten, mein Freund Tugend?« Die Wirtin will jetzt zeigen, daß ihr Leben vor elf Jahren nicht zu Ende war. »Aurora und ich unternahmen oft Ausflüge, von denen Yoyó nichts wußte. Ein Strandfotograf der Playa Milagro hatte sich auf der Promenade uns beiden aufgedrängt.«

Da stehen sie an die Brüstung gelehnt, sie halten sich die Hände und blicken über ihre Schultern kokett in die Kamera. Eben kommt eine Bö auf, Auroras Rock flattert leicht, Tornados schwerere Robe trotzt dem Wind.

Ein ungleiches Paar.

So also sieht sich alles wieder, Iwan Iwanowitsch: die kleine Aurora, einst abgegeben in Paris bei der guten Ernestine Meunier. Abgegeben mit Zwölf. Ein Jahr später ein flüchtiges En-passant während eines Balls in Barcelona – eine Nacht vor dem Spektakel im Teatro Liceo.

Und heute – was in deinen Erinnerungen ist weiter entfernt? Die Bombe? Die Tochter?

»Aurora.«

»Richtig, Herr Weltenbummler, das ist Aurora Iwanowna aus Sankt Petersburg.« Aber dem Gast sage der Name sicher nichts. Woher auch sollte man sich kennen. Und doch ...

»Zuweilen gibt es sonderbare Zufälle.«

Die Tornado vergleicht sich mit ihrer Nachfolgerin. »Anfangs mußte ich mich immerfort fragen: Was bloß findet Yoyó an ihr? Gewiß, über zehn Jahre jünger als ich, aber doch wohl kaum ein Modell, um auf dem Parkett zu brillieren. Und was anderes sonst hatte unser Pomadenprinz im Sinn?« Aber ja, bei ihr sei es sicher der Reiz der Russin gewesen, die verworrenen Wege ihrer Herkunft, die mögliche Nähe permanent drohender Gefahren.

»Immerfort sucht der brave Marqués die Wagnisse – wenn auch mehr in der Manier der Anekdote, des Heldenpoems, des Schauermärchens ... Jetzt habe ich es!«

Für unseren eitlen Matador war Aurora eine Räuberpistole.

Das nun gefällt dem Gast überhaupt nicht. Hätte er sich doch gleich beim Eintritt in die Wohnung dieser Dame martialischer vorgestellt und nicht unter dem Namen der lächerlichen Tugend. Domingo, dann wärst du jetzt nicht im Zweifel: Weiter im Anonymen bleibst du ein konfektionierter Globetrotter, enttarnt jedoch könntest du funkeln als Deus ex machina.

Gibt es etwas Trostloseres als einen Weltverbesserer im Versteck? Auf den Kongressen ist man von jakobinischem Adel, auf den Rednerpodien, in den Kurgärten der europäischen Bäder, in den Salons. Aber heute und hier? Ein Feuerwerksgehilfe, verkleidet im Sonntagsanzug.

Aber Drecksarbeit muß leider auch sein. Wie sonst stündest du da in der Chronik des Schreckens, im Geplauder der Fünf-Uhr-Tees, in den Augen deiner Tochter?

Aurora.

Was für ein Zwiespalt, Väterchen Verschwörer! Welches deiner Leben möchtest du von nun ab weiter demonstrieren? Keines. Du wirst der Señorita zum Rätsel werden. Sie soll wenigstens erahnen: Das ist kein gewöhnlicher Zimmerherr, den sie beherbergt, das könnte gut und gern ein Mann großer Taten sein.

Er setzt ein Symbol, nimmt die Rumflasche vom Servierwagen und gießt je einen kräftigen Schuß über die beiden Dessertschalen. Feierlich zündet er den Pudding an.

»Eine Flamme für unsere unbekannte Aurora und natürlich für Sie, mein schöner Silberreiher. Mögt ihr beiden Frauen das Feuer deuten, wie eine jede es mag: als Flamme der Anarchie oder als Flamme des Herzens.«

Kaum hat Domingo seinen Toast ausgerufen, gleich schon schämt er sich seines Pathos wegen. Nur gut, daß Emma Goldman dies nicht gehört hat. Für sie sind derlei Worthelden allesamt nur Köter, die an Ecken ihre Duftmarken setzen: Danach kommen der nächste und der nächste Hund, sie schnüffeln und schnüffeln, sie pissen und pissen. Das ist für die Bastarde der soziale Umsturz.

Hat die Zimmerwirtin den Toast eigentlich mitbekommen? Gottlob nicht.

»Wieder hat uns der Strandfotograf in Tarragona erwischt. Sehen Sie, da ist auch das Töchterchen mit auf dem Bild.« Unter einem Lockengestrüpp im kleinen weißen Rund zwei Stecknadelköpfe – die Augen. Darunter zwei noch winzigere Punkte – die Löcher der Nase. Der Rest ist Blässe.

»Das ist Chica, gerade acht Jahre alt.«

Die restlichen Seiten des Albums sind leer. Wer dereinst wird hier eingeklebt? Nach und nach wendet sich das eine wie das andere Leben dem Ende zu. Angelita Abriles wird älter, die Abstände zwischen den Porträts länger, im Hintergrund hier und da eine fremde Stadt – auch endlich Wien. Manchmal allein, dann wieder an der Seite einer flüchtigen Bekanntschaft, eines schnell wieder vergessenen Niemand.

In der Heimatstadt wird die einstige Tornado kaum noch zum Motiv. Was schon ist einem Straßenfotografen eine Siebenundfünfzigjährige wert? Eher interessierte dieser hier sich wohl für die Señorita daneben, für das bleiche Gesicht unter dem Bubikopf, für die Beine im kniefreien Rock. Wer könnte das sein? Der Betrachter entdeckte wohl kaum eine Ähnlichkeit mit irgendeinem Kind auf den früheren Blättern. Umständlich wäre ihm zu schildern, dies sei die kleine Chica mit fünfundzwanzig.

Noch schwieriger wäre die Aufnahme daneben zu deuten: Auf einer Bank im Park Ciudadela sitzt eine Siebzigjährige. Neben ihr steht eine Dame von vielleicht vierzig. Beide Frauen tragen Trauer. Wer ist ihnen davongestorben?

Vermutlich hat der Marqués einen neuerlichen Überfall auf Katalonien nicht überlebt. Banditen in schwarzen Hemden haben das Gut gebrandschatzt und was noch lebt, an die Wand gestellt – einen Inspektor von achtzig Jahren, einige restliche Mägde, schließlich den Gutsherrn selbst, den Träger eines großen Namens aus der Zeit Karls III.

Paff.

Aus sind die Jahrhunderte.

Wo wird die Mutter Aurora zu suchen sein? Jemand will sie in den letzten Tagen des freien Spanien gesehen haben. Sie stand an einer Volksküche und füllte mit einer langen Kelle Suppe in die Kochgeschirre abziehender Soldaten. Männer gingen an Bord, sie hatten ihre Blusen geöffnet.

Ein anderer glaubt, Aurora in einem Film entdeckt zu haben. Aber das kann nur eine Lüge sein. So ein Film dürfte für einige Jahrzehnte in Spanien verboten sein. Erst viel später wird er gezeigt, dann aber auch im Fernsehen als Dokumentation barbarischer Zeiten. Wer aber sollte am Ende aller Tage die einstige Marquesa von Lágrima auf einem Bildschirm wiedererkennen?

Doch nicht etwa die Tochter?

Nach dem Tod der Mätresse ihres Vaters zieht Chica in die Wohnung an der Plaza Tetuán ein, die ihr als Erbin zusteht. Dieses Appartement einzig ist vom Vermögen der Familie geblieben. Es wurde bei der Konfiszierung übersehen.

Das alte Fräulein lebt hier allein. Um es herum wächst die Stadt, wächst der Verkehr. Elektrische Straßenbahnen und Omnibusse fahren über die Kreuzung. Später könnte Chica die Metro benutzen, wollte sie in die Stadt.

Aber was soll sie da? Straßen sind umbenannt, die Rambla del Centro heißt jetzt dels Caputxins. Das Französische Restaurant, wo sie einst mit ihren Eltern glücklich war oder mit der Tante Tornado, gibt es nicht mehr. Das Cuatro Naciones ist längst kein Luxushotel mehr und wird in den Jahrzehnten zum angestaubten Etablissement im Lärm einer neuen City.

Aber Chicachiquita fragt nicht. Sie spricht mit keinem.

Man nennt sie die Stumme von Tetuán.

An ihrer Wohnungstür ein schlichtes Schild: Ch. Lágrima. Und dränge nicht zuweilen Klaviermusik ins Treppenhaus, Pièc en längst vergessener

Komponisten eines längst vergessenen Spanien, man hielte das Appartement für unbewohnt.

Doch noch ist es keine Gruft. Gelegentlich verlassen Paketrollen die Wohnung, adressiert an einen Barceloneser Agenten, der den Inhalt in die Badeorte des Golfs von Valencia, an die Souvenirgeschäfte von Mallorca und Ibiza weiterleitet. Es sind Bilder, die sich leidlich verkaufen lassen.

Chica malt.

Leicht verständliche Szenen. Tiere auf einem Gutshof. Mägde, die Hand eines bärbeißigen Mannes auf dem Hinterteil. Zwei Frösche an einem Teich. Eine Hündin, die Junge wirft. Ein Kind, das mit stichligen Haaren eine Armada zum Meeresgrund versenkt. Hühner. Schafe. Guardisten, die Frauen gefesselt haben. Diese winken mit zusammengebundenen Händen und lachen fröhlich aus dem Bild heraus. Die Jungfrau María, die sich die Freudentränen trocknet. Eine dicke Goldfliege, darunter: Ade Lucilia.

Touristen kaufen die Bilder und freuen sich an der naiven ländlichen Heiterkeit.

Aus der Festung wird ein Militärmuseum. Auf dem Montjuich entsteht ein Vergnügungspark. Eine Seilbahn zieht hoch ihren Weg über den Hafen zur Barceloneta hinüber.

Alles ist jetzt von oben zu sehen. Die Mole. Vor Anker die Caravelle Santa Maria. Der Paseo Colón. Die Kolumbussäule, zu Füßen die acht bronzenen Löwen, die Allegorien von Katalonien, Kastilien, León und Aragón, und ruhen sich am Fundament nicht auch die Kanonen von damals aus? Die Artilleristen sind geflohen, Arbeiter suchen in Munitionskisten nach Granaten in passendem Kaliber. Sie finden sie aber nicht.

Feuer.

Nichts passiert.

Schriebe ein Chronist über das Jahrhundert, wie es begann und nun zu Ende geht, über die Stadt, die Campiña mit allen Orten ringsum – schriebe er es vielleicht zu Beginn der Neunziger Jahre – er könnte eine Menge berichten bis hin zum Trubel der Olympischen Spiele, zum Jubel der Kolumbusfeiern – fünfhundert Jahre nach dem Hissen der ersten Segel.

Und forschte er nach ein paar Namen aus der semana trágica, er fände sie auf Grabsteinen am Südwesthang des Montjuich. César Sagot, Pere Ramón, Angelita Abriles, Felipe y Florinda López. Diablillo Mazapán, General retirado. Rodrigo Santomajo, Coronel retirado. Jago Galcerán, Capitán retirado. Anselmo Joaquín, Sargento retirado.

Mundo retirado.

Eine Welt außer Dienst. Eine Welt a.D.

Und suchte der Chronist weiter in Lágrima, fände er seine Inschriften auf der Landzunge im Schatten der Seekapelle. Der Marqués. El Cid, der Inspektor. Die Mägde Sina und Alissa. Die Witwe Brígida. Die Camarera mayor Alma. Doch nirgends der Name Chica.

Das zwanzigste Jahrhundert geht zu Ende. Aber noch immer kein Grab für Chicachiquita.

Entr'acte

Stunden der Ruhe ⋆ *Zurück von den Fronten* ⋆ *Zwei Frauen aus Amerika* ⋆ *Brüder zur Freiheit …* ⋆ *Abendessen mit Blessierten* ⋆ *Und wieder die Präriepiraten* ⋆ *Barbosa, der Negerpianist* ⋆ *Eine bunte Gesellschaft zur Nacht* ⋆ *Der General auf der Flucht* ⋆ *Die Besetzer des Teatro Principal* ⋆ *Nutzlose Erfahrungen* ⋆ *Von Atelier zu Atelier* ⋆ *Letztes Bankett im Bürgerkrieg* ⋆ *Am Ende wieder in den Staaten*

Der Mittwoch nachmittag bringt dem Stadtzentrum vorübergehend Ruhe. Nach drei Tagen des Erfolgs entgleiten den Rebellen nach und nach die Ziele: Streik und Meuterei sind ihnen gelungen, was nun sollen sie anfangen mit so einem Sieg? Die Deserteure haben ihre Freiheit – was nun nützt sie ihnen?

Schlafen. Das wäre jetzt eine Lust.

Die Staatsmacht gönnt ihren Krawallköpfen die Muße. Auch sie will sich noch einen schönen Abend machen und gleich morgen in der Frühe ausgeruht und munteren Herzens Vergeltung üben.

Das verbliebene Personal des Cuatro Naciones nutzt diese Pause, um Ordnung in die Halle zu bringen. Die Räumung zwar mißlingt, in die leeren Hotelzimmer lassen sich die Invaliden nicht umquartieren, sie wollen beieinander bleiben und auch nicht in Luxusbetten liegen. Doch das Foyer mit Matratzen auszulegen, lehnen sie nicht ab.

Die Frauen unter den Blessierten sind in der Minderzahl, zu Zänkereien um Vorrechte kommt es aber dennoch nicht. Die Männer respektieren, wen sich die Frauen als Favoriten aussuchen, und manch ein Verlierer hilft seinem Genossen, zwei Matratzen zusammenzuschieben.

Dann gibt es auch noch das eine oder andere Zimmermädchen, das Hals über Kopf sein Herz an einen der jungen Teufelskerle verliert. Zu manch glücklicher Liaison könnte es kommen, vielleicht zu langlebigen Liebesaffären, ja sogar zu Ehen.

Doch das bleiben Träume Frischverliebter.

Am Ende der Woche werden alle zärtlichen Gefühle ausgelöscht sein und mit ihnen die Männer und Frauen, die sie eben noch hegen. Herzen, die heute noch füreinander schlagen, werden morgen – ein jedes für sich allein – von Kugeln durchlöchert. Mit den Menschen stirbt das Glück.

Denn das ist das Gesetz der Vergeltung: Nicht allein der Mensch muß vom Leben zum Tode gebracht werden, auch das von ihm erstrebte Glück.

Kurz vor sechs Uhr kommt es zu einem Tumult vor dem Hotel. Arbeiterposten müssen sich die lautstarke Beschwerde eines Gastes anhören. Was durch das Entree nach innen dringt, gleicht dem Kreischen eines exotischen Vogels. Wer schon seit Montag im Foyer liegt, kennt diese Stimme. »Das ist unsere Amerikanerin.«

Ja. Miss Alabama ist zurück.

Zu Fuß kommt sie an und schimpft ohrenzerreißend. »Ich reise von Lágrima zurück, fahre unbehelligt durch die ganze Campiña bis zum Stadtrand von Barcelona. Da requiriert man mir doch Pferd und Wagen.« Nun hätten sie und ihr Boy den Rest des Weges tatsächlich wie Fußsoldaten marschieren müssen. Doch das war es eigentlich nicht, was die Lady derart aus der Fassung zu bringen vermochte.

»So ein bekackter Korporal.«

Einen Überfall der Revolutionäre hatte Alabama auf der Reise jederzeit erwartet – unvermutet eine Handvoll struppiger Gesellen aus dem Busch, liebend gern auch mit unflätigen Zoten auf den Lippen. Von grobschlächtigen Armen aus dem Wagen gezerrt zu werden, hatte sie sich erhofft – von Armen, abscheulich tätowiert mit Totenkopf und Hafenweibern.

Nun so ein Nichts von Korporal.

»Er befehligte eine Militärstreife, er salutierte wie ein Paradesoldat, der befördert werden will, und bat, ja richtig: Er bat förmlich um Wagen und Gaul.« Einem amerikanischen Korporal wäre so ein Benehmen nie in den Sinn gekommen.

Die Miss tritt mit ihrem Boy in die Hotelhalle. Ein Hausknecht, der hilfsbereit entgegeneilt, wird beim Wickel genommen und regelrecht durchgeschüttelt, aber eine Antwort für die Señora, was sie darauf hätte tun sollen, fällt dem Gebeutelten trotzdem nicht ein.

»Na und? Was wohl mußte ich tun, old feller?«

Ricki hat Mitleid mit dem Kollegen Hoteldiener. »Unsere Lady aus Amerika stieg vom Wagen und ohrfeigte den Korporal.«

Das löst Jubel unter den Verwundeten aus. Sie applaudieren und erfahren, daß der kleine Patrouillenführer sich völlig überrumpelt gefühlt und verdutzt auf die Beschlagnahme verzichtet hatte.

»Das erst brachte mich so recht in Wut. Ich schlug dem Nichtsnutz den Helm vom Kopf und schenkte ihm meinen Klepper mitsamt Cabrio.« Wie wohl, fragt die Miss ringsum, hätte sie dagestanden: ungerupft zurück von einer Reise zwischen den Fronten?

»Keinen Überfall. Keinen Raub. Nicht einmal Opfer einer kleinsten Schurkentat.«

Alabama packt einen Invaliden, einen zweiten, dritten, sie packt einen Aushilfskellner und die Garderobenfrau. Aber niemand will so recht damit heraus, wie mißfällig man einen Hotelgast ansähe, käme er unversehrt aus den katalanischen Kämpfen heim.

»Laßt es gut sein, buddies. Spart euch eure albernen Antworten. Wieso frage ich hier überhaupt? Brauche ich einen Kommentar, dann nur von meinem Freund Domingo. Wo ist er?« Man sei verabredet gewesen. »Wann und wo?«

Irgendwann. Irgendwo.

»Ist das vielleicht nicht präzis? Das sind Ort und Zeit, die weiß man oder man weiß sie nicht.« Noch einmal fragt Alabama in die Runde nach Domingo. Einer der Arbeiter will etwas sagen, aber schon hält ihm sein Nachbar den Mund zu.

»Erst die Parole, Señora.«

Die Parole kennt die Reisende aus dem Ausland natürlich nicht, und es bringt ihr auch nichts, daß Ricki sich rasch erkundigt und seiner Lady die Losung zuflüstert. »Viva la muerte.«

So ein spanischer Stuß.

Da kann der Hotelboy nur beipflichten, und er rät seiner Patronin, den Oberkellner César zu fragen, bei dem er sich ohnehin zurückmelden müsse.

César ...

Fort ist César, am Abend zuvor abgereist. Diesen und jenen aus den Reihen des restlichen Personals habe er mitgenommen. »Den Chefkoch, den Barkeeper, die Musiker der Wiener Kapelle – alle bis auf den Pianisten, einen Neger.«

Wer erzählt das? Es ist Mamá Teresa, der Kolibri aus Kuba, der einst der ganzen Karibik und am vergangenen Sonntag den Gästen des Jakobusballs den Kopf verdreht hatte. Die Negersängerin hat ihren Silberflitter abgelegt und steht im weißen Hosenanzug an der Réception. Sie hat sich mit einer Flasche Rum eingedeckt und lädt die Yankee-Dame ein, mit ihr zu trinken. Rick soll Gläser holen. Er bringt gleich drei – eins zusätzlich für sich –, denn nach seiner Exkursion kann er sich nicht sogleich wieder in den unteren Rang des Personals zurückstufen.

Zwei solche Tage – und schon ist ein Lebensjahrzehnt übersprungen.

Die alte Hierarchie des Hotels ist ohnehin durcheinander geraten. Piccolos spielen sich als Kellner auf, Kofferträgern sitzen die Mützen schief auf dem Ohr, Wärterinnen haben ihre Arbeitskluft abgeworfen und schmücken sich mit den knöchelfreien Kitteln der Zimmerkätzchen. Diese wiederum haben ihre Schürzen gestärkt, als seien sie Buffetmamsellen. Ein Kochlehrling führt das große Wort, aber nicht mehr lange.

Denn nun ist Rick Upstream zurück.

Als sei er der Maréchal de voyage einer Globetrotterin, stellt sich der sechzehnjährige Hotelpage an den Tresen der Portiersloge. »Ein Rum aus Habana wird uns gut tun, madam, nach diesem scheußlichen katalanischen Kürbisschnaps«, und er läßt sich von der Sängerin – sozusagen von Kollegin zu Kollege – erzählen, was in der Zwischenzeit los war.

»Eine Depesche traf ein, und gleich schon wurden Planwagen mit Fourage verladen. Der Oberkellner César erhielt den Befehl über die Marschkolonne.« Der Direktor des Cuatro Naciones hätte deprimiert dabeigestanden, er hätte Flasche für Flasche, jeden Schinken, jede Zigarrenkiste gezählt – wahllos Servietten und Salzstreuer, Krebse und Käseräder, die Notenblätter der Musiker, die Gläser mit den eingemachten Erdbeeren. »Seitdem hat ihn niemand mehr gesehen. Er hat sich in seinem Büro eingeschlossen und rechnet alles zusammen. Wer schließlich soll ihm die Zeche bezahlen?«

Natürlich die Revolution.

Wohin ist der Proviant? Wohin das Personal? Teresa vermutet alles in einem Feriendomizil jenseits des Montjuich am Meer. Mit verschiedenen Fahnen habe sich der Transport eingedeckt – ein Tuch für jede nur mögliche Konfrontation: das Rot der Syndikate, das Schwarz der Anarchie, das Gelb der Seuchen, die sich leicht ermogeln lassen. Die Farben Spaniens wie die Kataloniens.

»Und natürlich das weiße Banner der Kapitulation.«

Zunächst aber hätte man der höchst unsicheren Fronten wegen an der tête der Kolonne das Rote Kreuz gehißt. »Ein Tellerwäscher mußte für die Glaubwürdigkeit des Lazarettzugs herhalten. Man legte ihm ein rotweinbekleckertes Tischtuch als Verband an und setzte ihn demonstrativ auf den vordersten Kutschbock.«

Dann rief César: Allons enfants. Auf zur Lagune.

Auch sie selbst, Doña Teresa, die sich der eiligen Flucht des kubanischen Gastorchesters Pablo Valenzuela hatte entziehen können, sei ermuntert worden, mit auf die Lagune zu kommen. »Aber ich sehe meinen Platz eher an der Seite des Volkes ...« Weiter kommt sie nicht, sie wird überprustet vom Gelächter Alabamas.

»Wo glauben Sie zu sein, mammy? Das hier sind nicht die Antillen, nicht die Philippinen. Wir sind in der Alten Welt. Da gibt es keine kolorierten Fronten – hier die Linien der Farbigen, dort die der Weißen. Hier stehen Gringos neben Gringos, Seite an Seite in einem Glied, und pissen gemeinsam in dieselbe Richtung. Gegen den Wind.«

Das nennen sie Weltgeschichte machen.

»Willst du, black goody, in einer Reihe mit Europäern stehen – gegen den Wind der Historie – und ihre Pinkelbrühe ins Gesicht geblasen kriegen?« Für Alabama seien beide Frauen – sie selbst und die Negerin – zwar aus verschiedenen Camps, doch in der Fremde müsse sich der amerikanische Kontinent doch wohl einig sein.

Zumindest im Showbusiness.

»Was etwa willst du diesen dogs in den Gassen singen? Vielleicht Freiheitslieder? Ah, ça ira ... aux armes, citoyens ... Brüder zur Sonne zur Freiheit ...« Sie fragt, ob denn dieser Glitzerstar schon jemals europäische Revolutionslieder geträllert habe.

»Aber ja. Das war in Chicago auf dem Haymarket Square.« Plötzlich ist dem Kolibri von einst alles wieder präsent. Gerade sechzehn war sie und hatte sich – kurz erst aus der Sklaverei entlassen – einer Wanderbühne quer durch die Unionsstaaten angeschlossen. »In Chicago animierten uns polnische Emigranten, während des Streiks auf dem Heumarkt die Waschawjanka zu singen.«

Auf auf zum blutig heil'gem Kampfe, auf auf ...

»Na und?« Alabama will wissen, was denn diese Warzasoundso bewirkt habe. »Die ganze Demonstration geriet in Euphorie. Da capo. Die Kugeln der trooper fiepten, die Bomben der Polizeiprovokateure brüllten, eine Hotchkiss schnatterte. Unser Lied war lauter. Da capo. Am Ende applaudierten die Arbeiter – auch die verhafteten mit schon zusammengebundenen Händen.«

Da capo.

Teresa wollte ihre Geschichte durchaus ernst erzählen, aber sie kriegt – wieder das Spektakel vor Augen, den Radau in den Ohren – das Glucksen in die Stimme.

Alabama lacht längst. »Nachher haben sie die Brüder, die zum Lichte empor ... hoch an Fleischerhaken aufgehängt. Sicher auch deine Polen.« Dann spätestens habe der kleine Picaflor sein Herz gefragt. Und die Antwort? Wenn schon für die Weißen singen, dann für das zahlende Gesindel. Keine Lieder für die Latrinen. Von nun an nur noch Songs für Festival und Show, für Ball und Bühne, für die Exposition mondial ...

»Oder einmal ganz schlicht für die Lagune.« Dort habe man seiner Mohrendiva sicher schon die Empore gezimmert.

»Brüder zur Sonne zur Freiheit ... gröhlt sich so recht geheiligt erst mit Kaviar in der Backentasche.« Jetzt aber schreite man erst einmal zum Abendessen.

»Marchons. Marchons.«

Im Speisesaal sitzt der vergessene Negerpianist allein auf dem Podium, auf dem die Wiener Hotelkapelle nur den Flügel und ein paar Notenständer zurückgelassen hatte. Der Klavierspieler fühlt sich, wenn auch allein, so doch nicht unglücklich. Endlich kann er dem alltäglichen Repertoire entrinnen – den Walzern und Galopps, den Polkas und Didelidöhtänzen. Endlich darf er zeigen, was alles sonst er kann.

O That Yankiana Rag. The Mumbling Mose Cake Walk. Und natürlich einen Paseo nach dem anderen.

Doch für derlei Beat findet er in dieser Abendgesellschaft nicht gerade sein Traumpublikum. Allenfalls die beiden Engländer goutieren die

Rhythmen, nun auch Miss Alabama und Mamá Teresa, die im halbleeren Raum mühelos Plätze bekommen.

Nur wenige Hotelgäste finden sich zum Tafeln ein, zwischen ihnen sind etliche Tische von Leichtblessierten okkupiert. Die Streikenden und Deserteure fügen sich der gediegenen Atmosphäre unter der Kassettendecke zwischen den zierlichen Säulen der Arkaden und unter den maurisch gezackten Bögen nicht so recht ein.

In ihren Runden geht es lärmender zu. Manch einer der Lümmel stützt gar beim Essen den Kopf auf den Arm, ein anderer lehnt sich frech zurück und zieht den Teller zum Mund heran. Hier und da haben sich die Burschen zusätzlich Sessel geangelt, auf die sie ihre kaputten, aber auch heilen Schenkelknochen legen.

Dementsprechend ungeschliffen ist auch die Bedienung.

Die letzten Fachkräfte hat der Oberkellner César mit auf die Lagune genommen, nun müssen Schuhputzer helfen, die Gänge aufzutragen, die Garderobenfrau richtet den Salat an, das geht ganz gut. Doch mit dem Servieren der Getränke haben die meisten ihre liebe Not. Wem beispielsweise steht es in einer Rebellenrunde zu, den Wein vorzukosten? Keiner der Ungebetenen spielt hier den Gastgeber, also gilt es, einen jeweils Ranghöchsten herauszufinden – sozusagen einen Rädelsführer. Ein solches Feingefühl gelingt einem Zimmermädchen leichter als einem Kofferträger. Deshalb verlangen auch die meisten Gäste eher nach weiblicher Bedienung, und mancher Hausdiener schmeißt beleidigt die Serviette und quittiert den feineren Dienst.

Niemand beaufsichtigt das Personal. Der Direktor hält sich weiter in seinem Büro eingeschlossen. Er rechnet und rechnet. Was alles darf er der Revolution ankreiden? Das Eau de Vichy will er gern auf Kosten des Hauses beisteuern, auch die Reinigungskosten für Parkett, Fliesen und sanitäre Anlagen ... Und für jeden Invaliden eine Habana.

Aber wirklich nur eine für jeden.

Das komplette Menü kann der Hotelchef nicht einfach so verschenken. Natürlich zeigt er der semana trágica sein Wohlwollen und stellt kein Festsouper in Rechnung – etwa zu Jakobusball-Preisen –, aber auch an ganz gewöhnlichen Tagen kommt ein Gast des Cuatro Naciones doch nie unter sechs Pesetas weg.

Ohne Getränke selbstverständlich.

Gerade sie aber werden bedenkenlos ausgeschenkt. Wäre wenigstens einer der Pagen da, den Service ein wenig zu steuern. Aber die wenigen Boys, die zurückgeblieben sind, sitzen im Kinosaal des Hotels. Unter ihnen auch Ricki.

Noch immer wird Abend für Abend der Große Eisenbahnraub aus Amerika gegeben.

Ein Fausthieb streckt den Streckenwärter zu Boden. Ein Signal zeigt Halt. Der Zug stoppt, reif ist er zum Entern. Den Präriepiraten ist Hab und Gut alles, das Menschenleben aber nur ein Dreck. Vergeblich schwingt der brave Heizer die Kohlenschaufel gegen die Gauner, der gute Mann verliert die Partie. Ein Kohleklumpen erschlägt ihn.

Dynamit zerreißt einen Tresor. Gold und Perlen wechseln ihr bislang gesichertes, doch langweiliges Domizil mit einem neuen abenteuerlichen Leben in rohledernen Schurkentaschen.

Nach dem Gepäck sind die Passagiere an der Reihe. Die Hotelboys amüsieren sich. Solche Leute kennen sie zur Genüge. Recht so, daß das Pack einmal kräftig geplündert wird. Recht auch, daß der eine oder andere im eigenen Blut auf den Schotter der Geleise hinunter muß. Diese Reisenden in den Coupés sind nicht anders als die Gäste in den Hotels.

Die Szenen laufen stumm ab. Der Kinopianist war nur für den Sonntag engagiert gewesen. Aber dieses Publikum braucht keine Musik. Um so lauter lärmt es selbst. Den Pagen haben sich Wäscherinnen und Büglerinnen hinzugesellt, die Gehilfen der Küche und einige vom Etagen-Service. Alle sympathisieren mit den Banditen.

Die Claqueure werden zu Akteuren. Denn nun ist der Saloon im Bild. Das junge Volk im Parkett tanzt zwischen den Stühlen, als gehöre es zur Wildwest-Komparserie. Der Kochlehrling springt im Takt des Jig hoch und hoch, umringt von Zimmermädchen, die mit imaginären Colts auf seine Füße feuern.

Paff. Paff.

Immer wieder paff, paff. Und ein solcher Jubel.

Nach zehn Minuten ist das Stück zu Ende. Licht. Stille. Ricki sieht nach links, nach rechts, er sieht hinter sich. Schweigen. War die rasende Reaktion der Kollegen etwa eine Täuschung eigener Sinne? Rick, was willst du da ringsum erlebt haben? Freudentänze? Ein Lebehoch auf die Desperados?

Hier und da nur kichert eins der Weiber. Ein Hausdiener gähnt, ein Boy pfeift einsam auf einem Schlüssel, unartikuliertes Gackern antwortet ihm. Der Raum leert sich.

Stille.

Da kommt eine hanebüchene Story von jenseits des Ozeans, die rauhesten Artisten der Neuen Welt reißen sich für ein Millionenpublikum den Arsch auf. Die große Szenerie einer weiten Welt flimmert selbst bis in ein beschissenes Provinzhotel hinein. Und was begreift dieses Kleinbürgerpack? Alabama hätte die Spießer angepöbelt: Das ist Amerika.

Doch da hättest du deiner Lady widersprochen, Rick. Das ist mehr als Amerika.

Aber was dann? Vielleicht das ferne Morgenrot einer dereinst perfekt realisierbaren Anarchie?

Ricki geht zum Operateur und bittet ihn, für zwei Pesetas den Film noch einmal zu zeigen. »Höre ich richtig, du Schnösel? Für dich allein?« Nein, Monsieur, da ist noch jemand im Saal und kommt von der leeren Leinwand nicht los.

Es ist Rosa, das Fräulein aus der Telefonzentrale, vor kurzem erst aus Tarragona gekommen. Rosa bleibt auf ihrem Stuhl. Sie weint.

Rick, hier sitzt ein Mädchen, keine zwanzig und aus einer Kleinstadt. Weint sie in deiner Phantasie? Frage sie. Nein. Erklären könnte sie dir nichts. Bilde dir ein, sie weinte wirklich – genau wie in deiner Traumwelt.

Der Vorführer verspricht eine Wiederholung, wenn der Boy noch fünfzig Céntimos dazulegt. Nun gut, am Geld soll es nicht scheitern. Er löscht das Licht.

Der Streckenwärter will es allein schaffen, dieser dumme Mensch. Sein Signal muß sich ihm einfach verweigern. So ein Halt dreht sich nach dem Befehl der Brutalität, es gehorcht der Missetat. Auch der Heizer – dämlich, wie er nun einmal ist – vertraut seiner Schaufel. Der Kohleklumpen in stärkeren Händen kennt seine Macht. Recht so, daß es die Räder der Lok zum Henken gelüstet und so einem Heloten die Hirnschale zerknirscht. Warum auch finden sich die Männer nicht solidarisch zusammen in aktiver Gegengewalt? Heizer und Schaffner, der Lokomotivführer und die Ärmsten unter den Fahrgästen könnten eine Rotte bilden, sich Waffen nehmen und mit den Glücksjägern die Rollen tauschen.

Mut.

Und alles wäre so einfach.

Beraubt die Räuber, bekennt euch zum Faustrecht, klaut den gesamten Eisenbahnzug und fahrt mit ihm quer durch Amerika – unter eigenem Gesetz. Gold und Diamanten werden euch beistehen wie die Geldbörsen voller Banknoten. Hier eine Station, dort eine andere. Auf jeder läßt sich ein Teil der Pretiosen verscherbeln: Eine Uhr wird zu Wein und Rum, ein Ring zu Fisch und Fleisch, eine Kette zu Zigarren – ein Schlemmerzug ohne Ziel.

Nirgends ein Ende der Reise. Das unendliche Paradies.

Nach dem Tanz im Saloon erfreut sich der Jigger wieder einmal seiner heil gebliebenen Knochen. Für wen hatte er sich diesmal so angestrengt?

Für dich, Rick Montgomery Upstream.

Einzig für dich. Für wen sonst.

Der Boß der Bande tritt vor, größer und größer. Er richtet das Schießeisen in den Saal hinein. Gleich löst sich die Kugel. Rosa schreit auf, greift nach der Hand neben ihr und preßt sie vor die Augen. »Rick, ist es vorbei?«

»Was ist, kleine Rosa? Was ist, Rosita? Dieser Kerl legt auf uns an, das ist ganz normal. Wir haben nichts gegen ihn unternommen, wir haben gegen die ganze Geschichte nichts getan. Wir haben sie sich selbst und ihrem eigenen Horror überlassen. Jetzt aber fordern wir die Revolverhelden heraus.«

Rosita. Warte ab.

Ist der Kinovorführer willens, den Eisenbahnraub ein drittes Mal zu zeigen? Dem alten Mann, einem Wanderoperateur aus der Gascogne, ist der junge Mann unheimlich. Jener hatte sich nur ungern in das Hotel engagieren lassen und diese blutrünstige Prärieposse auch nur mit Widerwillen ins Repertoire genommen. Lieber zeigt er auf den okzitanischen Jahrmärkten Fantaisies und Comiques. Aber nun ist er einmal hier, und dieser Bengel tritt so besessen auf, daß er von sich aus im Preis heruntergeht.

»Gut, Frechdachs. Anderthalb Pesetas.«

Während er den Streifen zurückrollt, sucht Ricki im Speisesaal den Negerpianisten. Der schwarze Barbosa ziert sich zunächst. »Musik zum Kino? Noch nie gemacht.« Aber irgend etwas würde ihm schon einfallen, wenn es nicht unbedingt zum Bild passen muß.

Nein. Keineswegs.

Den Klavierspieler überkommt eine Lust. »Dann etwas aus meiner Heimat. Ja, sofort.« Er sei aus Belém do Pará, und er habe lange keine brasilianische Musik mehr spielen dürfen. »Sie ist in Europa überhaupt nicht gefragt.« Der Boy bietet ihm eine kleine Gage an, sie aber lehnt Barbosa streng ab.

»Endlich wieder mal den Choro.« Da sitzt er schon am Instrument und zieht seine klagende Sklavenweise ab.

Ai, ai, ai ... tan, tan, tan ... und: he, he, hyá ...

Er singt etwas von fica triste e rir, spürt aber, daß er über das Traurig-Sein-und-Lachen hinaus mehr Drive in die Tasten hineinhämmern muß. Er sieht auf der Leinwand die Grobiane, und gleich kommt ihm ein fröhliches Treiben in die Erinnerung. »Das ist ja wie beim Carnaval von Nossa Senhora de Belém am Ende mit Schlägerei, Messerstechen und Pistolenduell.«

Rosa lacht. Es ist direkt spaßig, wenn der elende Bahnmensch gefesselt wird, der schmutzige Heizer vom Tender stürzt, wenn Reisende ins Gras des Bahndamms beißen – hier einer, dort ein anderer. Da muß man doch einfach spontan klatschen.

Applaus.

Ricki, du hast das Spiel voll im Griff. Deine Phantasie beherrscht nicht nur dich, sie könnte einen ganzen vollen Saal erobern. Du kannst Schaffner und Schurken, Hasenherzen und Heißsporne auswechseln, Gewinner und Verlierer, Akteure und Reakteure.

Du da! Ja du! Nun falle schon um. Paff.

Der Rausch ergreift einen sechzehnjährigen Benjamin. Von nun an, Rick, hörst du auf, Lakai zu sein, du hast dein Genie entdeckt, mit ihm ordnest du die Welt nach deinem Willen – für dich und auch für andere. Rosita ist dein erster Paladin.

Zehn Minuten. Sie genügen, um einem kleinen Tunichtgut aus der Baumwolle von Georgia, einem unbedeutenden Hotelboy ein Reich neuer Freiheiten zu öffnen. Zehn Minuten an diesem Tag.

Dem schwarzen Barbosa wird seine Karnevalsmusik zu dumm, er möchte zum Choro zurück. Vielleicht hat er nie wieder auf seinen Europa-Tourneen ein so verständiges Publikum – wenn auch nur einen Liftjungen und ein Telefonfräulein. er klopft wieder seine klagenden Töne herunter und singt dazu: »He, he, hyá, hyá ... ueh ...«

Der Jigger im Saloon begreift, daß er in diesem Rhythmus ganz anders zu hopsen hat, daß eine Entscheidung zwischen Furcht und Freude nicht mehr ihm gehört und daß auch die Raufbolde die Macht über ihre Colts verlieren.

Der Revolverheld vermeint, in den vollen Saal zu ballern. Wo sind heute die erschreckten Gesichter vor der Mündung seines Laufs? Er ist irritiert. Feuer. Sein leinwandgroßer Kopf verflüchtigt sich im Pulverqualm – gerade zurecht zum spöttischen Refrain des Pianisten: »... bis zum nächsten Jahr, wenn ich noch lebe.«

Até para o ano / Se eu vivo fó.

Nach dem Abendessen will Miss Alabama allein sein. Sie sucht sich auf der leeren Hotelterrasse einen halbwegs heilen Stuhl und findet auch einen Tisch, der nicht zerbrochen ist. Die verdreckte Platte wischt sie mit dem Ärmel ab.

Sie ruft nach dem Kellner. Aber niemand kommt.

Es ist ein warmer Juliabend. Das Treiben auf dem Boulevard ist ausgestorben, nur gegenüber auf der anderen Straßenseite zeigt sich noch Leben: Revolutionäre haben das Teatro Principal besetzt und schichten für ihre Verteidigung Sandsäcke auf.

Die Markise über dem Vorgartencafé hängt schief. Wenn Wind aufkommt, fällt Schutt herunter, und Alabama muß erneut die Tischplatte säubern.

Trix Jailbird, wo bist du?

Ach, auf irgendeiner Station irgendeiner Reise. Wieder einmal hast du es vollbracht, Streik und Meuterei anzulocken, am Ende eine ganze eklige Woche mit ganz abscheulichen Straßenschlachten. Man wird sie die semana trágica nennen, aber was ist Besonderes an ihr? Du kennst die prächtigsten Desaster der Geschichte: Valparaiso, Addis Abeba, Suez, Kalkutta ... Du wirst weitere erleben in Mexiko, Marokko und auf dem Balkan. Jetzt aber brauchst du gegen den Staub erst einmal etwas zu trinken.

»Camarero.«

Niemand kommt. Auch der Ruf nach dem Boy Ricki bleibt ohne Resonanz. Alabama konzentriert sich und versucht, diesen Rotbart vom Anarchistenkongreß in Amsterdam herbeizuzwingen, diesen Domingo ... Iwanowitsch ...

Es gelingt ihr nicht. Statt seiner lärmt eine heitere bunte Gesellschaft vorüber. Die Leute sehen ein paar freie Plätze auf der Terrasse und okkupieren sie.

Alabama, diese drei Weiber hast du schon irgendwo einmal gesehen. Aber gewiß doch, es sind die Nutten vom vergangenen Sonntag, die drei Demoisellen aus den Vier Katzen.

»Sind Sie nicht die Damen aus der Calle d'Avignon oder Avinyó oder so ähnlich?« Da können die Nutten nur lachen. »Aus der Calle wie bitte?« Da habe es am Nachmittag wieder einmal ein furchtbares Halsabschneiden gegeben, und man nenne diese Puff-Straße bereits die Gasse der Rotkehlchen. »Da gibt es keine Luft zum Atmen mehr. Es qualmt und qualmt, denn alles, was an diese Scheußlichkeiten erinnert, muß verbrannt werden.«

Die Demoisellen haben einen Matrosen und einen Studenten bei sich. Ihres grobkarierten Kleides wegen halten sie die Tischnachbarin für einen Harlekin und glauben, er gehöre ganz zu Recht in ihr Bild hinein. Im vorigen Lokal hatten sie einer traurigen Trinkerin, die für den Abend genug genippt hatte, die Flasche weggenommen. Die wird nun hier im Kreis herumgereicht. Alabama kann sich nicht ausschließen.

Absinth.

Auf einmal hält alles inne, dreht sich um und bricht spontan in ein Gegröle aus. Nein, Trix, du guckst nicht hin – noch nicht. Du genießt erst einmal den Geruch. Männerschweiß. Lederwichse. Fußlappen. Pisse in einer Uniformhose. Das, Miss Jailbird, kommt von keinem gewöhnlichen Soldaten, das kommt von einem Offizier, von einem höheren Offizier.

So penetrant stinkt nur ein General.

Da schreit auch schon die benachbarte Gesellschaft über den Boulevard hinweg: »Da, da ... das Teufelchen! Der General Marzipan und Zukkermandel.« Verhöhnt wird er seines süßen Namens wegen, den er sich einst als Bluthund auf Kuba zugelegt hatte, »gegen den Bösen Blick von Indios und Negern.« Hier und heute brauche er aber ein anderes Amulett. »Wo hast du dein Mulattenkätzchen gelassen?« Und die Nutten erklären ihrem Harlekin, daß dieser Metzger ohne sein Brauntier hilflos sei.

Alabama erinnert sich: Els Quatre Gats. Morocha, das Brauntier.

Jetzt erst wendet sie sich in die Richtung des Gestanks. Da steht an der

Fassade des Hotels ein alter Mann, Rotz im Schnurrbart, die Uniformjacke offen, die Knöpfe abgerissen. Die Epauletten, die seinen Dienstrang ausweisen, hängen gerupft herunter. Schief auf der Brust baumelt noch ein Rest von Orden. Die Mütze fehlt. Seine Hose ist offen, der Schwanz hängt ihm heraus. Der General Diablillo Mazapán y Peladilla uriniert an die Hauswand. Einem langen Strahl folgen kurz ausgestoßene Spritzer, dann eine ganze Reihe einzelner Tropfen. Die Pisse suppt über Beinkleid und Stiefel.

Zum Kotzen.

Den Pfuirufen der Nuttenmeute kann Alabama nicht zustimmen. Was ist Außergewöhnliches an diesem Lumpenkerl? Ein Soldat wie jeder andere. Ein Mann. Miss Jailbird kennt sie alle.

Der General, von den Pöbeleien verstört, bekommt es mit der Angst. Er macht sich aus dem Staube, ein Furz entweicht ihm, die Hose vergißt er zu schließen.

Der Student glaubt, er müsse dem hier fremden Harlekin diesen Strolch erklären. »Das ist der Militärgouverneur von Katalonien. Sicher kommt er gerade vom Generalkapitän mit dem Befehl, ab morgen in der Frühe die Arbeiter niederzumetzeln.« Nun fahnde er nur noch nach Reservisten für sein Teufelsbataillon.

Die Tischrunde höhnt dem Haudegen hinterher. »Vergiß nicht, im Zirkus von Barcelona zu suchen«, da fände er seine allerletzten Rekruten. »Hanswürste und Jongleure. Frisch eingetroffen: Liliputaner – ein ganzes Ensemble von Winzlingen.«

Aber der Flüchtende hört den Spott nicht mehr. Er biegt in die Passage Fernando VII. ein, wo er in geplünderten Luxusläden nach Verstecken sucht. Unter den gerupften Schaufensterpuppen des Salons von Eduardo Schilling findet er eine perfekte Tarnung – wenigstens über Nacht.

Allmählich wird es dunkel, endlich kommt der Hotelboy Ricki auf die Terrasse. Er fühlt sich nicht im Dienst. Doch als er seine Lady sieht, glaubt er, sie nach ihren Wünschen fragen zu sollen.

Sie will die Getränkekarte.

»Die Karte, madam? Die Karte? Wir haben eine Rebellion, da nimmt man, was zufällig gerade vorbeikommt.« Du Rotzlöffel. Eben noch beigebracht, wie man als Amerikaner ein Frühstücksei aufschlägt, und drei Tage später schon im Größenwahn.

Wirklich, der Flegel hat von dir gelernt, Trix. Er gefällt dir, was? Es fehlt nur noch, daß du ihn lieb gewinnst. Das wäre dann wohl das erste Subjekt in deinem Leben. Vielleicht auch das letzte.

»Sehen Sie drüben rings um das Theater die armen Geschöpfe, Miss? Sie schinden sich ab mit ihren Sandsäcken.« Sie wüßten genau, philosophiert Rick, daß die simple Brustwehr unter den ersten Salven zerrinnen werde. »Dennoch rackern sie sich ab, Sack für Sack, stapeln aufeinander eine Vergeblichkeit auf die andere – nun schon Stunde für Stunde.« Und es bedürfe nur einer einzigen Handgranate, um das ganze Bollwerk von Hoffnungen einzureißen.

»Zisch. Einundzwanzig ... zweiundzwanzig ... und päng.«

Der Hosenscheißer wird doch wohl einer alten Schlachtenbummlerin keine Frontreportagen liefern wollen! »Quatsch nicht so klug daher. Bringe den armen Schweinen lieber was zum Futtern und Trinken.«

Diese Bestellung hatte der Boy mit seiner Rede erreichen wollen, er hält die Hand auf, nimmt das Geld, rechnet es aber in der Küche nicht ab. Zurück kommt er mit vier Flaschen Wein, zwei Hühnern und etwas Brot. Vorbei an der Terrasse überläßt er eine Flasche seiner Lady, den Rest trägt er zum Teatro Principal hinüber.

»Du bist wohl nicht bei Trost, Junge? Da mühen sich mindestens dreißig Menschenbrüder um ein bißchen Überleben ab, und du bringst ihnen nur drei Flaschen?« Diesen Zuruf seiner Miss hört Rick nicht mehr, er ist mit seinem dürftigen Proviant bereits auf dem Weg.

Genügt es etwa nicht, nur einen kleinen Trupp zu beköstigen? Gewiß doch ... da diese sechs Mann. Sie sollen essen und trinken – stellvertretend für alle. Diese Sechs reichen dir für das Bild, das du dir für den Augenblick zu bewahren gedenkst.

Im schmachtenden Ganzen eine Gruppe fröhlich Saufender, im großen Hunger sechs Satte – später wirst du das eine Halbtotale nennen –, eine Dokumentation, die sich als erste Lebenslehre schon einmal ganz gut rahmen läßt. Du, Rick Montgomery Upstream, hast dir dieses Bild geschaffen.

Jetzt müssen noch die Schüsse von morgen mit hinein, der Lärm und das Chaos. Den Aufgeschreckten fallen die eben angebissenen Hühner aus der Hand. Weinflaschen zersplittern. Mauersteine fallen, Blut sickert in den Sand der aufgeplatzten Säcke. Detonationen. Dazwischen Rufe wie Mutter, meine armen Kinder, oder einfach nur Mónica.

Das Glück und das Ende vom Glück – gleichzeitig in einer Szene.

Ricki ist von seiner Entdeckung trunken, gleich muß er sie seiner Lady erzählen. Laß es, dafür hast du noch nicht die Worte. Und deine Miss hat dafür auch nicht das Ohr. Die kleine Grille eines Liftboys – ein Nichts im Weltgeschehen.

Ricki irrt. Alabama hat sehr wohl wahrgenommen, wie der Page den Wein und die Hühner serviert und seine von ihm erwählten Gäste beobachtet hatte. Sie schlägt ihr Tagebuch auf und schreibt:

Ricki, ein amerikanischer Junge. Abschied.

Sie macht ihre Eintragung unter dem Datum von morgen.

Kein voller Tag wird vergehen, und sie ist diesen Knaben los. Den hält nun nichts mehr im Gefüge einer überlebten Hierarchie. Zu einer natürlichen Unverschämtheit gesellt sich eine unnatürliche Phantasie. Dieser amerikanische Bengel wird lernen, mit seinen Gaben umzugehen: Die Arroganz sublimieren, die Hirngespinste realisieren. Dazwischen ist kein Platz mehr für profane Taten!

Dennoch eine letzte Lehre mit auf den Weg.

Es geht auf Mitternacht. Die Nutten und ihre Freunde sind weitergezogen. Alabama – allein auf der Terrasse – zitiert ihren Boy zu sich an den Tisch. Er möge sich setzen. »Du warst im Kinosaal? Eine schlechte Story, willst du sicher sagen, oder?«

Behalte deine Erkenntnisse für dich, Rick. Rolle einfach wie gewohnt die Zunge im Mund herum und blicke glasig auf dein Gegenüber. Sage nichts, laß die Alte weiterquasseln. »Also keine abgeschmackte Geschichte, findest du? Dann hast du sicher etwas daraus gelernt. Aber was?«

Schweigen. Recht so, Junge.

»Du hast gelernt, wie jämmerlich es ist, anderer Hab und Gut zu verteidigen«, und er wolle doch nicht enden wie ein Heizer oder Streckenwärter – in irgend jemandes Diensten und womöglich noch in Uniform? »Deine Jahre in der Kluft des Pagen waren genug.«

Nur die Dummen dienen.

»Aus Livree, Montur und Tracht mieft die Dummheit, und was erst durch die Knopflöcher des Soldatenrocks stinkt ... reden wir nicht davon.«

Solcher Dunstspur nach eilt die Hundeseele des Mannes gern zu Waffen und Fahnen, Nonsens auf den Lippen: Heimat und Ehre, heilig Vaterland und Friede in Freiheit ... »Freiheit ist im Bukett von Mumpitz, Geschwafel und Verlogenheit das stinkendste Kraut.«

Und dann die Lieder.

»Die Deutschen sind die Schlimmsten. Diese Lakaienkreaturen protzen auch noch mit ihrer Treue, und in ihren Hymnen sabbert ihnen die Verbiesterung aus dem Maul mit Sang und Klang, Herz und Hand ...«

Halte an dich, Trix. Kein Gift weiter. Der Knirps soll dereinst sein eigenes brauen.

Der Boy zündet sich eine Zigarette an, lehnt sich zurück und angelt sich einen zweiten Stuhl für die Füße herbei. Er ist Amerikaner. Das will er nun auch zeigen. Aus dem Keller hatte er für dieses Tête-à-tête einen Château Haut-Brion besorgt. Eine Bezahlung durch den Gast lehnt er ab.

»Die Flasche geht auf Kosten des Hauses.«

Vier Tage lang, Rick, war diese da deine Patronin – eine verdammt harte Nuß. Aber jetzt lamentiert sie wie ein alter Mensch, der vor dem Gehirnschwund schnell noch absondern muß, was er Erfahrungen nennt. Was nützen dir – sechzehn Jahre alt – die vernarbten, vielleicht auch noch offenen Wunden dieser Fregatte?

»Jeder, dem du folgst, Bengel, wird dir Wunden schlagen. Ordne dir die Welt nach deinem eigenen Kopf. Nur nach deinem.«

Diese Worte leise zu sprechen, war unnötig. Der Junge hatte sich bereits die Ohren verschlossen. Moment mal! Ist in diesem Schwulst nicht doch so etwas wie ein praktischer Leitfaden versteckt? Etwas Brauchbares für dein Leben?

»Bestimme selbst, wo das Oben und das Unten ist, was du dir fernhalten und was du dir heranziehen willst.« Alles Geschehen könne er vor- und rücklaufen lassen – als Totale oder in Szenen zerstückelt – nebeneinander oder gleichzeitig übereinander. »Du allein entscheidest über Licht und Dunkel, Tag und Nacht, läßt das Gestrige erst morgen passieren und ziehst die Zukunft vor, als sei sie bereits geschehen. Und wer auf wen schießt, befiehlst du für dich allein.«

Das ganze Leben ist ein einziger Großer Eisenbahnraub.

Du könntest deiner Miss für diese Lektion ein wenig Dankbarkeit zeigen, kleiner Page. Wieso? Du bist Amerikaner, Dankbarkeit kennst du nicht. Morgen verläßt du das Cuatro Naciones, nimmst Abschied von der Stadt, Abschied von Spanien.

Vielleicht ein Lebewohl für César? Nein, du wirst ihn nicht mehr sehen.

Der junge Mister Upstream reist nach Joinville-le-Pont, wo er bei der Compagnie Pathé Cinéma Arbeit findet. Im Casino bedient er Kulissenarbeiter und Komparsen. Später darf er auch Stars das Essen servieren. Max Linder nennt ihn mon cher Rick. Doch zum Atelier bekommt er keinen Zutritt.

So fährt er nach Kopenhagen, trumpft mit seinen Pariser Erfahrungen auf und bekommt bei der Nordisk Films Kompagni sein Debut im Studio. Seine Szene wird zu kinematographischem Ruhm gelangen. Einem altersschwachen Löwen – herbeigeschafft aus dem Zoologischen Garten – gönnt man kurz vor seinem natürlichen Tod einen letzten Auftritt. Recht wacklig ist das Tier auf seinen Beinen. Ricki, engagiert als Hilfsrequisiteur, muß es so lange aufrecht stützen, bis der Schauspieler in der Rolle des Großwildjägers den ohnehin Verendenden erschießt.

Das erfordert große Geschicklichkeit. Des Löwen schweren Körper hat Rick mit einem Besenstiel gut in der Hand. Ruhe. Licht. Einundzwanzig ... zweiundzwanzig ... Dann heißt es aus dem Bild springen – mit einem Satz, bevor die laufende Kamera oder gar die scharfe Kugel des Safarischützen ihn erwischen.

Das ist action.

Damit hat sich Rick M. Upstream ein Zeugnis verdient. Es verhilft ihm zur Karriere bei der Compagnie Comica in Nizza. Durch riskantes Kampfgetümmel muß er hindurch – immer und immer mit Kamera und Stativ dem Chef-Operateur hinterher.

Auf der einen Seite der Szenerie drohen die Gendarmen mit ihren Bajonetten, gegenüber tobt eine Barrikade voller Weiber in ihrer ganzen Brutalität. Der Überteuerung von Lebensmitteln wegen geraten sie in Rage und schmeißen mit Melonen, Kohlköpfen und Mohrrüben. So wird eine Nichtigkeit unter lenkender Regie zur tollkühnen Revolte.

Das ist doch etwas anderes als die blindwütige Abenteuerei der semana trágica einst in Barcelona.

Rick ist in seiner Karriere nicht mehr aufzuhalten. Er kommt nach Paris zurück – gerade zurecht zu Les Misérables – und wird, wenn auch der letzte in der Équipe, für Monsieur Capellani eine gute Hilfe. Der Darstellerin der Fatima darf er ins Kostüm helfen und erhält von ihr, der zwanzig Jahre Älteren, einen Kuß.

Diesen Kuß der Mistinguett verbindet der junge Upstream mit dem Mon Cher seines Freundes Max und der Löwennummer in Kopenhagen zu einer sagenhaften Biographie – eine gediegene Empfehlung für die Italia Film in Turin.

Rick muß in den großen Krieg, es ist der Zweite Punische, und er lernt, wie man Weltreiche glorifiziert – hier zunächst das Römische. In den Drehpausen serviert er Gabriele D'Annunzio den Tee.

»Sie meinen also, Mister Upstream, daß die großen Schicksalsgemälde der Weltgeschichte überhaupt nicht stattgefunden haben und erst durch die Kunst der Kinematographie zu historischer Wirklichkeit gelangen?« So ein Gewäsch muß sich der Dichter anhören, er fühlt sich gestört in seinen eigenen kühnen Gedankenkonstruktionen, und jetzt behauptet der junge Amerikaner auch noch, daß man die Dramatik erhöhen könne, inszeniere man einen Kinofilm nicht so unecht wie ein Bühnenstück.

»Man muß Akteure finden, die vor der Kamera mit scharfen Kugeln feuern, und andere, die vor der Kamera wirklich sterben.«

Der große D'Annunzio schüttelt den Jüngling ab, der mit seiner destruktiven Sachlichkeit so gar nicht in die Modewelt des Dichtergottes paßt. Gleich wird jener wieder seine Löwengeschichte aus Kopenhagen erzählen. Der Musenfürst kann diese Safariposse nicht mehr hören, die jedesmal mit einem bellenden Paff-Paff-Paff endet.

Bloß weit weg mit dieser Plappertasche, am besten nach Tripolitanien an die Türkische Front.

Rick wird erster Assistent des Operatore. Doch eben angekommen, ist der Waffengang schon zu Ende, und den tapferen Filmleuten bleiben als Objekte nur ein paar Soldatengräber in der Cyrenaica.

Mehr Ruhm bringen die Isonzo-Schlachten. Wenig später im Freischärlerkampf hat Rick schon seine eigene Kamera. Wieder steht er D'Annunzio gegenüber, aber der Held von Fiume kennt sein einstiges Gegenüber nicht mehr.

Upstream, was bekümmert es dich? Deine Bilder aus Italien feiern Wochen später in Moskau Triumphe. Das Volkskommissariat für Bildungswesen sieht zum erstenmal lebende Faschisten auf einer Kinoleinwand.

»Das ist der Imperialismus der kleinen Leute.«

Lenin soll das beim Anblick der Kampfbünde gesagt haben, und so wird der Dokumentarfilmer der Protegé einer neuen Zeit. Upstream begleitet die Rote Armee an das Weiße und an das Schwarze Meer im Kampf gegen die Invasoren der Entente, deren Sprache er spricht. Er hat einen guten Blick für die Feinde. Sie auch kommen seinen Neigungen zu abartiger Lust entgegen. In Wolhynien bekommt er das Wunder an der Weichsel vor die Kamera, diesen Marschall Piłsudski, und an der Ostseeküste das deutsche Baltikumgesindel.

Mit dem jüngeren Kollegen Eduard Tisse verbindet ihn eine flüchtige Freundschaft. Ein Spielfilm wird projiziert, aber was soll er in Odessa? Diese Meuterei auf dem Panzerkreuzer Aurora – oder war es Potomkin? – so oder so: eine längst vergessene Geschichte, nun auch noch nachgespielt von eigens engagierter Komparserie. Das ist künstlicher Film, das ist Filmkunst und paßt nicht in Ricks Galerie des Schreckens.

Vor langem schon hatte er es satt, die Wolga stromauf, stromab zu steamern und Bauern beim Aufbau der Kolchosen zu beglotzen.

Die Saat. Die Ernte. Das Land. Die Maschinen. Die Arbeiter. Die Fabrik. Wieder das Land. Die Ernte. Das Fest.

Die ganze Neue Ökonomische Politik ist ihm Augenwischerei. Wem nützt der Aufbau mit seiner ganzen Euphorie, wem dieses Besäufnis am Fortschritt? Allerorts blättern auf den Globen die buntkolorierten Länder ab. Darunter fleckt das Schwarz des Terrors hervor.

Rick Montgomery Upstream will den Feind abschießen.

Action.

Er will den Faschismus vor das Objektiv. Er reist zu den syrischen Drusen und stiert den Franzosen in die imperialistische Visage. In Mukden filmt er den Sadismus in seiner japanischen Variante. Sind irgendwo die Unionsstaaten in Raub und Piraterei verstrickt, sieht er nicht hin. Noch immer hat er seinen amerikanischen Paß.

Rick kommt nicht zur Ruhe. Die Feldgrauen, mit denen er über den Rhein setzt, tragen an ihren Jacken unter dem hoheitlichen Adler seit kurzem das Hakenkreuz. An der Eritreafront filmt er das Depot italienischer Giftgasgranaten, denen die Abessinier glücklich entkommen werden, weil sie rechtzeitig die Waffen strecken.

Action.

In Berlin heben die Sportler der Welt die Hand zum Deutschen Gruß. Auf der Tribüne einsam eine neue Größe. Sie ist zufrieden, sie lächelt – nah und bildfüllend.

Endlich Spanien. Endlich.

Ricki ist nicht mehr der Jüngste, er ist über Vierzig. Von den Kollegen, die sich aus allen Richtungen auf dem Kriegsschauplatz versammeln, erkennt ihn noch der eine oder andere aus früherer Stummfilmzeit. »Das ist ja der Löwe aus Kopenhagen«, rufen sie seiner immer wieder erzählten Story wegen, oder: »Hallo, Richy Lion-heart.«

Die Abraham-Lincoln-Brigade versucht, ihren Landsmann für sich zu gewinnen, sie bietet ihm den Rang eines Captains an. Er aber will nicht in Uniform, er will allein bleiben.

Das Gute und Gerechte sind auch seine Themen nicht. Die verlorene Division, das blutende Spanien, das Herz von Spanien, Spanien in Flammen. Viva la libertad. Den Sieg schmieden. Pasaremos – wir werden durchkommen.

Oder vielleicht noch: Töpfermärkte, Reisfelder, das Lied vom Weizen. Der Soldat als Bauer, Jugend auf den Beinen. Unsere Freunde. Glückliche Kinder.

Nein.

Spanish Earth. Das Lied auf die Spanische Erde inszeniert sich selbst zur Drehleier als Moritat. Nur ein Schützenfest. Anderntags ziehen die Buden weiter mit Glücksrad und Spaßmachern, zurück bleibt der Kirmesdreck. Und schon spektakeln die Ratten herbei.

Viva la Falange Española Tradicionalista.

Es lebe die Pest.

Rick Upstream sammelt und sammelt. Meter für Meter. Exekution, Feldmesse, der Caudillo mit maurischer Eskorte, Kinderleichen, Eiserne Kreuze auf Aeroplanen, Koffer auf der Flucht. Kreuz und Degen. Weihrauch und Mündungsfeuer. Frühling in Burgos, Cafétische auf dem Paseo, ein erster Martini im Freien, die Luft voll Jodoform. Einst ein Waisenhaus. Ein Hirtenbrief. Und noch einer. Ein unsinniger Notverband.

Arriba und Pax Domini – eine Collage, diese flammende Erde zwischen Marokko und den Pyrenäen.

Wie gestern auch. Arbeiter und Deserteure wähnten sich im Teatro Principal auf einer Insel sicherster Zuflucht. Sie waren voll im Glück, voll von Zukunft, wenn auch nur für eine Nacht. Sie hatten ihre Hoffnung. Eine riesige Barrikade von Hoffnungen. Sie schichteten Sandsack auf Sandsack. Aber Zeit, in Ruhe ihre Hühnerknochen abzunagen, ließ man ihnen nicht.

Zwei Hühner, Rick, zwei vertrocknete Poularden aus dem Küchenabfall und drei Flaschen Wein sind genug für dieses vorverurteilte Spanien. Was mehr braucht ein verlorenes Land?

Wozu ein Huhn mehr? Noch eine Pulle?

Rick Upstream sortiert zwischendurch sein Material. Er gibt ihm den Arbeitstitel Caprichos – Launen eines Jahrhunderts.

Das wird die Dokumentation der Alten Welt in seinen finstersten Dezennien – präsentiert genau zur Jahrhundertmitte. 1950. Wo? Natürlich in Amerika.

Bis zur Premiere hat der Chronist noch elf Jahre Zeit. Er muß sich nicht beeilen.

Barcelona, 28. Oktober 1938.

Truppen ziehen ab. Männer, die Blusen geöffnet, gehen an Bord ihrer Schiffe. Sie winken zum Kai zurück. Ja doch, wir haben verloren! Jetzt müssen wir fort. Ade.

Adieu und good luck.

Die Retirateure lassen sich von den Menschen an der Mole feiern. Diese werfen Sträuße von Blumen ins Meer. Adiós. Werden wir uns wiedersehen? Eine Frage wie ein Witz.

Da können die Soldaten auf der Gangway nur lachen.

Die Offiziere der Abraham-Lincoln-Brigade geben ein Abschiedsbankett. Sie mieten einen Saal, den man gerade für das Projekt eines Spielfilms umdekoriert hatte: die Volkskantine Nummer Vier. Es ist der Saal des Französischen Restaurants im Cuatro Naciones.

An einer der Tafeln findet zwischen den Uniformen ein Zivilist seinen Platz. Mister Upstream, der Filmregisseur aus ... ja, woher eigentlich genau? Neben ihm sitzt eine Dame, die er gerade zuvor noch an einer Feldküche beobachtet hatte. Groß im Bild war die Kelle in ihrer Hand. Dann Kochgeschirre, versabberte Suppe in Stoppelbärten, noch einmal die Kelle, die Dame.

Nun hat sie ihren Kittel abgelegt und sich umgezogen. Mit ihrer festlichen Robe verbreitet sie die Stimmung eines Balls. Sechzig vielleicht mag die Señora sein. Sie trägt keinen Schmuck.

Rick ist verblüfft. Ein Ballkleid und dazu nicht ein Stück Schmuck. Wo schon einmal hatte er sich darüber gewundert? Das war in diesem Saal. Er selbst saß nicht am Tisch, er bediente, genauer: Er half beim Servieren. Er half dem alten Oberkellner César. Er war Hotelpage. Nun erkennt er seine Tischdame.

Es ist die Marquesa von Lágrima.

»Madame?« Ja, es ist Aurora Iwanowna, den Titel hat sie abgelegt. Und gleich schon ist beiden alles wieder präsent: der Jakobusball, am Tisch ein Gefängniskommandant mit zwei dümmlichen Töchtern, die keine Tanzpartner fanden, weil die Garnison Ausgangssperre hatte. Die Kapelle spielte Walzer. »Aber nein, das waren die damals neuen Tänze aus Amerika. Die Musiker kamen von den spanischen Kolonien.«

Das ist lange her.

»Ich war damals auch einmal zu Besuch auf Ihrem Gut, Madame.« Rick erinnert sich, wie er auf der Terrasse saß und einen widerlichen Kürbisschnaps trinken mußte. »Ein dicker Pfaffe war auch da und ein paar hübsche Mägde. In die eine hätte ich mich fast verliebt.« Aber es sei nichts daraus geworden, die Kleine sei unvermutet verhaftet worden. »Gefesselt wurde sie auf ein Pferd der Guardia Civil gehoben. Uns beiden blieb nur ein letzter flüchtiger Blick. Was mag aus ihr geworden sein?«

Aurora weiß es nicht.

»Ich war sechzehn, und es war meine erste Liebe«, und nun überdenkt dieser Mann auch noch laut, ob seine Liebe einst wirklich der Jungfer galt oder nur der Gewalt, die man ihr antat. Aurora findet ihren Nachbarn leicht wirr. Nun fängt dieser auch noch an, ihr, der damaligen Patronin, das Gut Lágrima zu erklären.

»Eine Hündin hatte Junge geworfen, und eine alte Hausdame backte russische Kuchen zum Nachtisch ...«

Aurora. Das hörst du dir nicht länger an. Dieser Schlachtenbummler, der hier zufällig deinen Weg kreuzt, darf nicht in deine Erinnerungen hinein. Ein Fremder mit seinen fremden Worten. Nimm jetzt das Gespräch selbst in die Hand.

Los.

»Diese russischen Kuchen, Mister Amerika, waren Blinis. Ja, die Terrasse. Da standen Korbstühle, und die Insekten schwirrten. Nirgends lärmten Insekten so laut wie einst in Lágrima.«

Und schon hast du dich verraten, Aurora.

Einst in Lágrima. Einst ...

Das war vor bald dreißig Jahren. Nun gib schon zu, daß du seitdem das Gut nicht mehr gesehen hast. »Wir hatten ein kleines Fest. Meine Tochter hatte Geburtstag, ich glaube, sie wurde neun. Mein Vater war aus Rußland gekommen, und alles, alles hatte sich schrecklich betrunken.« Da sei ihr alles zuwider geworden: das Gut, das Haus, der Mann, das Kind. Ja, der Fremde habe richtig gehört:

Auch das Kind.

»Ich sollte einem Kind eine Jugend geben und eine Zukunft – beides zugleich. Das war zu viel. Da bin ich desertiert. Verstehen Sie das, mein Freund?«

Jetzt ist es an Rick, sich über das Geschwätz der Tischnachbarin zu mokieren. »Das Kind kenne ich. Es hatte eine Geige unterm Arm und malte allerlei gesticheltes Getier ...«

Aurora hört dies aber nicht mehr. Längst ist sie wieder in ihrem eigentlichen Zuhause. »Mein Vater hatte mir eine Jugend gegeben. Eine Jugend von Rußland aus weit durch Europa. Über die Grenze bei Thorn.« Aber der Ort sage dem Herrn Regisseur sicher nichts. »Als die Jugend vorbei war und es darum ging, mir eine Zukunft zu geben, desertierte mein Vater.«

Flutsch. Einfach weg.

Ricki möchte gern höflich das Gespräch ergänzen. Aber während er sich Geschichten über mehr oder weniger treue Eltern auszutüfteln beginnt, ist seine Lady in ihren Gedanken schon weiter.

»Drei Tage nach dem Kindergeburtstag verließ ich meine Familie. Ich fuhr in die Pyrenäen. In der Bahnhofshalle eines kleinen namenlosen Orts ließ ich meinen Koffer zurück. Ich ließ meine Vergangenheit zurück, meinen Namen. Seitdem bin ich wieder eine Kropotkin.«

Reiseberichte, Rick, hast du selbst genug auf Lager. Was sollst du zu diesem hier sagen? Als Hotelboy hattest du einmal einen guten Lehrmeister. César. Er hatte dir beigebracht zu schweigen. Das war zunächst schwer, du mußtest dir eine Selbsthilfe geben: glasig auf dein Gegenüber gucken und die Zunge im Mund herumrollen. Inzwischen hast du gelernt, ohne solche Kniffe still zu bleiben. So eine Afferei würde sich bei einem Mann von Mitte Vierzig auch lächerlich ausnehmen.

Während Rick die eigenen Gedanken durch den Kopf gingen, hatte seine Madame den Kontinent durchquert. In Dmitrow treffen beide wieder aufeinander. »Es war ein frostklirrender Februartag im Jahr Einundzwanzig. Da trugen wir meinen Onkel zu Grabe.« Rick erinnert sich. »Ihren Onkel Pjotr, wenn ich Sie recht verstehe, Madame, den sanften Anarchisten Fürst Kropotkin. Ich war dabei. Ich habe gefilmt.« Aber das Material sei später verloren gegangen.

»Ich habe den Besuch nicht überstanden. Eine Lungenentzündung raffte mich dahin.« Aurora versucht, ihre Legende mit Heiterkeit aufzumischen.

»Ich war nicht das erste Mal tot. Ich starb schon einmal als kleines Mädchen in einer Druckerei. Kosaken hatten mich erschossen.«

Immer in Rußland.

Warum wundert sich dieser Amerikaner nicht über deine Story? Aurora springt auf und ballert mit ihrem Teller auf dem Tisch herum. Ihre Stimme wird schrill.

»Ich bin tot.«

Aber gewiß doch, Lady.

Die Offiziere der amerikanischen Brigade an der Tafel reagieren verstört auf das laute Paar, und ein Major erklärt seinen Leutnants, die beiden könnten gut und gern Russen sein. »Er – so ein verrückter Globetrotter, filmt Löwen, Japsen, Schwarzhemden und fucking fylfots. Und die Dame daneben kennen wir ja wohl alle: Doña Morgenröte, unsere Feldküchenfee.«

Etwas plemplem, die beiden. Sie haben sich gefunden.

Aurora spürt sogleich die Aufmerksamkeit ringsum. Sie beruhigt sich wieder, setzt sich und prostet artig ihrem Tischnachbarn zu. »Ich habe meine eigene Feldküche. Wissen Sie, was das in diesen Zeiten bedeutet, Mister Übersee? Ich spüre, Sie wissen es nicht.« Zwei Köche habe sie, zwei Kutschen, zwei Pferde und einen Planwagen extra. »Dazu einen

Rechnungsführer, Korporal Hans aus Deutschland.« Da gerate alles und zu jeder Zeit in seine Ordnung.

»Ich verstehe mich auf den Schlachtfeldern als einen letzten Ritter vom Johanniterkreuz. Mit meinem Suppenkessel eile ich fort und fort über die Blutäcker in meinen musealen Stulpstiefeln, auf dem Kopf den schwarzen Filz mit Straußenfeder und Seidenschleife.«

Scharlachrot der Waffenrock. »Oder feldgrau. Ich habe es vergessen.« Aurora kriegt ein Wehleiden in die Stimme. Rick, der seinen eigenen Spleen immer ganz gut in den Griff bekommt, erkennt: Hier ist eine Frau, die es zuweilen nicht gerade leicht hat.

Ich muß der Dame helfen.

»Feldköche in roten Röcken und Stulpstiefeln kenne ich weder in Amerika noch sonstwo auf der Welt«, und Straußenfedern in der Schlacht seien ja wohl geradezu hinderlich, wenn nicht gerade lächerlich.

Rick, das waren wohl kaum die rechten Worte. Oder geradezu gesagt: Dieser Trost ging total daneben. Die Lady fängt an zu weinen.

»Gut denn, Mister, vergessen Sie meinen Fronttheaterwitz. Machen wir uns nichts vor. Ich bin nichts als eine der letzten dreckigen Marketenderinnen in dem morgen schon schwärzesten Winkel dieses bekackt faschistischen Europas.«

Ich habe verloren.

Wohin solle sie nun? Das Feuer unter dem Kessel sei gelöscht, die Pferde geschlachtet. »Meine beiden Köche schwimmen auf einem Vergnügungsdampfer ab ins Schwarze Meer. Sie singen Nuestra Bandera. Den Korporal Hans traf ein Granatsplitter an der Halsschlagader. Bums fiel er um.«

Das war längst schon an der Ebrofront.

»Seitdem verwaltete ich den Proviant allein. Ich pahlte selbst die Bohnen aus, ich saß auch auf dem Kutschbock und hackte das Holz für meinen Kessel. Aber nun bin ich völlig allein.«

Wohin?

»Wohin mit diesem alten Gerippe? Sagen Sie, Mister, wohin?«

Wieder erhebt sich Aurora und krampft sich am Teller fest. Die Offiziere an der Tafel des Banketts unterbrechen ihre Gespräche. Nun dreht sie durch, unsere Fee. »Gut, wir haben verloren, aber muß man da gleich durchdrehen?«

Es sind Amerikaner, die das sagen.

Aurora sieht sich um. Sie blickt in diese amerikanischen Gesichter. Viele von ihnen kennt sie. Da sind Joris Ivens und Leo Hurwitz, die Filmkünstler, der Doktor Norman Bethune. Das da ist Ernest Hemingway, der Dichter. Am Kopf der Tafel Major Attlee, der Bataillonskommandeur, mit seinen beiden rosigen Leutnants aus Virginia. Aurora, du mußt dich beherrschen. Setze dich wieder, beginne eine Konversation mit diesem Kauz neben dir, der hier im Hotel einmal Liftboy gewesen sein will.

»Mister Upstream, wenn ich Ihren Namen richtig behalten habe? Mister Upstream also, raten Sie mir, wohin ich gehen soll. Die Kessel sind kalt, die Asche ausgenommen. Die Pferde haben ihren Gnadenschuß. Die Köche sind singend auf und davon. Hans liegt in der spanischen Erde. Immer mehr Kriege ziehen auf, große und immer größere Kriege.« Wo solle man fortan noch leben? Doch wohl nicht in einem stillen Winkel der Welt?

»Sagen Sie jetzt bloß nicht Montreux oder Estoril. Sagen Sie das bloß nicht.«

Nein.

Rick sagt nichts. Er sieht starr und glasig vor sich in seinen Wein. Er rollt die Zunge im Mund herum. Er ertappt sich. Schäme dich, Rick! Fünfundvierzig bist du und wieder am Anfang. Vielleicht auch am Ende.

Am folgenden Tag gehen die Brigaden an Bord. Auch das letzte Bataillon Abraham-Lincoln. Aurora findet ihren Weg zum Bahnhof Francia, sie nimmt einen Zug, steigt in Manresa in die Stichbahn um, die sie aus alten Zeiten kennt. Immer aufwärts im Tal des Llobregat. Endstation Guardiola. Irgendwo wird es weitergehen. Im Parador des Kurorts La Seo erkennt den Gast von einst sicher noch der eine oder andere beim Personal.

»Aber gewiß doch, Señorita Abriles. Wie geht es dem Herrn Marqués?« Der dumme Hausdiener muß erst von einer alten Zimmerfrau angestoßen werden, damit er still ist. »Das ist die Frau Marquesa selbst.«

Natürlich. Aber was wolle die gnädige Frau? Heute sei kein Ball. »Wir hatten Krieg, und die Feste wurden immer weniger.« Der letzte Monat sei eine absolut tote Saison gewesen.

»Am kommenden Samstag aber geht es wieder richtig los.« Ein Stab der Falangisten habe sich angemeldet, die Herren Offiziere hätten sogar einen Skilehrer voraus engagiert. »Ich reserviere Ihnen einen Platz am Tisch der Nacional Sindicalistas, Frau Marquesa.«

Die Junta will tanzen. Sie braucht Damen.

Aurora will nicht tanzen, sie will auch kein Hotelzimmer. Sie will weiter – noch in dieser Nacht. Sie will über die Grenze nach Andorra.

Und weiter.

Rick Upstream hatte sich den abziehenden Truppen nicht angeschlossen. Nie hatte er sich so recht solidarisieren können – nicht in guten Tagen, warum jetzt plötzlich in schlechten? Er bleibt bis zum Januar in der Stadt. Am Fünfundzwanzigsten geht er mit einem Fischkutter auf See.

Die folgenden Kriegs- und Friedensjahre berühren ihn nicht sonderlich. Mit Spanien hat er im Grunde sein Œuvre abgeschlossen. Was folgt, sind Varianten – gut allenfalls für einen Epilog. Er fügt seinen Bildern die Leiche Mussolinis hinzu, das Verfahren gegen Maréchal Pétain – Todesurteil und Begnadigung. In den neuen Gesellschaften wachsen den enthaupteten Schlangen neue Köpfe nach.

Wo hast du das schon einmal gehört, Rick? Sieben mal sieben oder so ähnlich. Da warst du zu Besuch auf dem Landgut in der Campiña, du warst der Page der alten Miss aus Alabama. Sie versprach dir eine Erbschaft. »Das alles ist einmal für dich.«

Was, Miss Damals, ist nun für mich geblieben?

Die neuen Schlangenköpfe in Europa? In Nürnberg hängen ein paar Kerle an Galgen, aber die Visagen der Strangulierten bleiben rosig und gut durchblutet. Sie füllen das Rund von Konferenzen und gründen christliche Komplotte, um das christliche Menschenbild auch fortan zu wahren. An langen Tischen ein Menschenbildgesicht neben dem anderen. Eben noch den Strick um den Hals, jetzt die Krawatte. Hals neben Hals, Kragen neben Kragen – eine ganze Gesellschaft von Schlangenbildgesichtern.

Bloß weg. Zurück. Endlich nach Hause.

Rick Montgomery Upstream, zum Jahrhundertbeginn aus Georgia fort, kommt zur Jahrhundertmitte zurück in die Staaten. Sein Filmwerk ist zusammengeschnitten auf eine Dokumentation von achteinhalb Stunden. In New York sucht er die Prometeus Pictures vergeblich. Er findet auch keine der anderen Corporations, die ihm einst Kameraden der Brigade empfohlen hatten: History Today, Modern Film, Frontier Company. Wo sind die Komitees, die ihm damals sogar Vorschüsse zahlten? Wo sind all die, die ihn vor elf und mehr Jahren ihren Freund nannten?

Noch immer hat er den Paß der Unionsstaaten.

Er hat ein Recht, vor die amerikanische Öffentlichkeit zu treten, er, Mister R. M. Upstream, der Chronist der schwarzen Dezennien seines Jahrhunderts. Er hat als freier Mensch in einem freien Land das Recht auf sein freies Publikum.

Das freie Recht, Rick? Ein freies Recht?

Im Hochhaus irgendeiner Avenue fährt er von Etage zu Etage aufwärts. Firmenschilder sind unkenntlich, Schriften haben sich gelöst, Goldbuchstaben haben sich auf und davon gemacht. Wo sie einst geprägt waren, haben sie schwarze Löcher hinterlassen.

Im 23. Stock ein halbwegs lesbarer Name. Black Movies.

Die Tür ist nur angelehnt, als werde der Gast bereits erwartet. Er findet es ganz natürlich, daß man ihn zum Direktor gar nicht erst vorläßt. Diesmal ist es eine besonders aparte Dame, die ihn im Sekretariat abfertigt.

Du hast dich in deinem Leben viel zu wenig um die Frauen gekümmert, Ricki. Diese Vorzimmerpuppe solltest du für heute abend zum Essen einladen. Nein, du darfst nicht plump anbändeln, du mußt die Schöne neugierig auf dich machen, ihr von deinen Reisen erzählen, von all den Ländern, den alten Kriegen, den fröhlichen Revolutionen und den blutigen Massakern danach.

»Ich besitze die vollständige Historie des Faschismus in einer Nußschale. Da lachen Sie, was?«

Die Schönheit lacht nicht.

»Nun, das ist so eine Redensart. In nuce, so sagt man in Europa, wenn man all sein Wissen zwischen fünf Fingern zusammenballen kann.« Rick streckt den Arm aus, er öffnet die Faust und pustet über seine Handfläche hinweg.

»Ihre Hand ist leer, Sir.«

Es sind die ersten Worte, die er in diesem Büro hört. Sind es nicht auch vielleicht auch die ersten Worte seit seiner Rückkehr auf diesen Kontinent überhaupt?

Die Sekretärin steht auf und geht zu einem Regal hinüber. Sie trägt ein Kleid in einem verblaßten Orange, etwas kürzer, als es zur Zeit Mode ist. Während ihres Wegs zu den Aktenborden setzt sie Schritt vor Schritt im

Chassé. Sie tänzelt geradezu durch das Büro. Am Ende bleibt sie stehen, nimmt einen Ordner aus dem Fach, schlägt ihn auf, wendet sich um. Ganz plötzlich dreht sie sich um und blickt auf ihren Besucher. Strähnen ihres Haars lösen sich und fallen leicht über das eine Auge.

Als schlüge die Uhr zwölf, bleibt dieser Blick stehen.

Dieses Porträt kennst du, Rick. Es hing in einem spanischen Museum, vielleicht in Zaragoza oder in ... Laß es gut sein, den Namen des Malers bekommst du nicht in deinen Kopf zurück, wohl aber den des Modells.

Moïra.

Während es Rick gelingt, das Bild zu identifizieren, hat die Vorzimmerdame bereits begonnen, aus dem Ordner vorzulesen. Aber was sagt sie da auf? Das ist doch dein Leben, Rick Montgomery Upstream.

»Sie waren in Sowjetrußland. Sie waren in Sowjetspanien. Und Sie wissen keine Worte, wie Sie Ihre Umtriebe hier einem freiheitlichen Amerika erklären sollen.«

Das sei ja eine sehr unamerikanische Biographie.

»Ich lese Ihnen, Sir, aus einer Schwarzen Liste vor. Sie wissen wohl nicht, Sir, was das für eine Liste ist? Wie lange sind Sie fort aus einem demokratischen Land, Sir?«

Er habe versucht, den Faschismus zu dokumentieren, erklärt Rick. Doch er müsse sich entschuldigen, die Chronik sei denn doch nicht vollständig. »Noch fehlt die letzte Sequenz.« Hier und heute, in diesem Augenblick und in diesem Büro habe er die Konzeption in den Griff bekommen.

Klappe für die letzte Szene.

»Endlich kriegt der Film seine aktuelle Ergänzung, ja, seine weltweite Dimension. Für alle Zeiten. Rund um den Erdball. Miss Moïra.«

Die Sekretärin hält inne. So hieße sie nicht. »Nennen Sie mich einfach Patricia.«

Ob das der Gast noch vernimmt, ist nicht sicher. Schon hat er das Büro verlassen und steht im Treppenhaus. In deinem ganzen Leben warst du einmal für eine winzig kurze Zeit ein Lakai, dann bist du niemandem mehr gefolgt. Du suchtest keine Solidarität, hast dich in keinen Verband hineingebettelt, wolltest dich von niemandem verwunden lassen.

Aber allein zu bleiben, Rick, hält niemand bis zu seinem Ende durch. Jetzt mußt du in die Gesellschaft hinein. Und da du nicht die deiner Freunde wolltest, sei es nun die deiner Feinde.

Ein Leben ist aufgeräumt. Es kehrt zurück in sein Land zu seinen Feinden.

Der Fahrstuhl im Treppenhaus ist alt. Mit diesem Modell kennt sich der Boy von damals aus. Er weiß, wie man die Tür öffnet, auch wenn sich die Kabine nicht gerade im Stockwerk befindet.

Er öffnet das Eisengitter und stürzt sich hinab. Rick Montgomery Upstream. Vor dem Beginn deiner Karriere hattest du Hotelgäste in einem Lift aufwärts zu befördern, nun stürzt du in den Schacht eines Lifts abwärts.

Der Weg aus der 23. Etage ist lang. Die Sekunden reichen aus, die Zukunft zu ordnen.

Patricia. Ich war zwar schon an der Tür, aber den Namen habe ich noch mitbekommen. Patricia, Sie sind die schöne Dame im schmutzigen Orange, mit den schönen Worten und den Schritten im Chassé, das Haar nicht so recht mit der Spange gebändigt. Strähnen fallen und verstören Ihnen den Blick.

Patricia. Wir soupieren heute zur Nacht in einem kleinen spanischen Restaurant gleich um die Ecke in einer der Straßen, für die es keine Namen gibt, nur noch Zahlen. An einem schmalen Tisch sitzen wir uns gegenüber, unsere Knie berühren sich, wir legen die Hände aufeinander.

»Deine Hand ist kalt, Patricia. Du brauchst Wärme. Ich gebe dir die Wärme meines ganzen langen Lebens.«

Der Ober kommt. Rick bestellt Blinis. Das Gericht kennen wir nicht. Blinis, was sind das?

Das ist lange her. Aber jetzt liegt eine Zukunft vor dir, Rick, eine süße Frau vis-à-vis. Sie sieht dich an. Sie streicht das Haar aus dem Gesicht. Sie sieht dich an. Sie öffnet die Lippen. Was sagt sie?

Ungeklärt bleibt, ob das Material des Filmdokumentators Upstream später einmal gefunden, sicher ist, daß es nie vorgeführt werden wird. Dreißig Jahre später arbeitet ein amerikanischer Regisseur die Zeit von damals auf, Noel Bruckner, er arbeitet das Heldentum der Abraham-Lincoln-Brigade auf und aller, die dabei waren, oder fast dabei, oder auch nur ganz am Rand.

The good fight.

Ein Name fehlt. Aber den hat es dann auch wohl nie gegeben.

Gasse der Rotkehlchen

Ein verliebtes Paar ⋆ Die Casa la Rubia ⋆ Moisés ⋆ Tine Tivoli, eine Unschuld aus Kopenhagen ⋆ Das Massaker in der Calle d'Avinyó ⋆ Das kurze Leben des Fähnrichs Llosa y Llosa ⋆ Zur Negerrevue nach London ⋆ Walk Around The Cake ⋆ Der Korb ⋆ Besuch im Reedereikontor ⋆ Ein sonderbares Gespann ⋆ Unterwegs zum Pique-nique ⋆ Goldenes Angebinde

Das Restaurant de la Marina an der Plaza de Palacio bietet im Obergeschoß Fremdenzimmer an, aber für ein Liebespaar, das einen mehr oder weniger verschwiegenen Unterschlupf sucht, ist das Logis nicht so recht geeignet. Für Felipe, den Juniorchef der Reederei López y Comilla, war diese Adresse auch mehr ein erster unüberlegter Einfall. Wo sollte er – übereilt und heimlich dem Künstlerlokal Els Quatre Gats entwichen – hin?

Noch dazu mit diesem aufgeputzten Fräulein.

Ein Pärchen in Frack und Abendkleid hat es in dieser Nacht vom Sonntag auf den Montag nicht leicht, unangefochten durch die Linien einer Revolution zu kommen, die in wenigen Stunden beginnen wird.

Die junge Dame kommt auch nur hinderlich voran. Sie trägt Ballschuhe und als Robe einen Humpelrock, der – unterm Knie gebunden – nur kleine Trippelschritte zuläßt.

Felipe López hat es eilig, zu dieser unruhigen Nachtzeit von der Straße zu kommen. Zudem will er so schnell wie möglich mit dem Mädchen ins Bett. Den ganzen Abend lang hatte er sich an dieser langen mageren Blondine aufgegeilt.

Der Wirt des Restaurants de la Marina kennt den jungen Herrn gut, er kennt auch den Vater, ebenso das Mädchen. Das ist doch die Mätresse des alten Herrn Estrü! Gerade vor vier Tagen hatten beide zu Mittag Muscheln gegessen. Der alte Bonvivant nannte das lange Ende immerfort mein Cake, und jedem – auch dem, der es nicht hören wollte – erzählte er, dies sei ein in Kopenhagen berühmtes Ballettgirl. Es trete unter dem Künstlernamen Tine Tivoli in einer Revue mit dem Cake Walk auf, einem neuen amerikanischen Modetanz.

Der Wirt glaubt dem jungen López dessen Lügengeschichte nicht, er sei mit der Señorita auf der Flucht vor desertierten Matrosen, er befinde sich in äußerster Gefahr und müsse sich schleunigst verstecken. Er kennt die Affären des Felipe und versteht sie auch, wenn er an die Braut des jungen Herrn denkt, diese stinkhäßliche Florinda mit dem westindischen Reichtum der Familie Díaz de Quitano.

Was nun sollst du machen, Ibérico? Du kannst dem Gast und seiner Biene nicht die Tür weisen, andererseits willst du es auch mit niemandem verderben – nicht mit dem Vater López, nicht mit der Sippe der Díaz, am wenigsten mit deinem Kunden Estrü.

»Nun gut denn, Don Felipe, aber nur für diese eine Nacht.« Inzwischen würde er andere Kleidung besorgt haben. »Dann können Sie unauffällig das Hafenviertel verlassen.«

Aber bitte ganz in der Frühe. »Das Marina ist bereits in die Kampflinie einbezogen«, und die Herrn Artillerie-Offiziere von der Batterie an der Kolumbussäule hätten sich schon für die Siegesfeier ein kräftiges Frühstück reservieren lassen.

Die ersten Kanonenschüsse wecken das verliebte Paar recht roh. Zugleich klopft der Gastwirt an die Tür und bringt die Garderobe zum Wechseln, dazu einen leeren Koffer für die Ballklamotten.

López fühlt sich in dem abgetragenen Anzug mit den blanken Stellen an Ellbogen und Knien wie ein Buchhalter seiner Reederei, und der Cake, eben noch im Pariser Glamour der kommenden Saison, nun im geblümten Glockenrock, sieht aus, daß darin selbst eine Nutte vom Güterbahnhof Mühe hätte, ihre Freier zu finden. Beide hetzen durch die Altstadt Barcelonas, durch Gassen und Passagen, von Quartier zu Quartier. Doch so recht zur Ruhe kommen sie in den ersten Tagen und Nächten nicht.

Am Mittwoch vormittag liegt die Calle d'Avinyó vor ihnen. Der Unruhen wegen sind die Bordelle geschlossen, auch die meisten der kleinen Hotels. Nur die Casa la Rubia hat die Tür nicht verriegelt. Die Wirtin, nach derem erblondeten Haar sich die Absteige nennt, angelt – ohne nach Herkunft und Namen der Gäste zu fragen – einen Schlüssel vom Wandbrett. Sie verlangt die Bezahlung im voraus.

»Das ist kein Mißtrauen gegen Sie, Señorito, das ist wegen der Krawalle.« Felipe López haßt diese Anrede, aber als kleiner Kommis mit solch einer Puppe am Arm muß er sich wohl diese und andere Titulierungen gefallen lassen.

Die Rubia zeigt den Fremden die Treppe. »Es ist unterm Dach im vierten Stock«, da sei es am sichersten. »Längst sind wir im ganzen Viertel als die Gasse der Rotkehlchen verschrien.« Sie reckt den Hals aus dem Kragen ihrer Bluse heraus und schabt scharf mit der Handkante an ihrer Gurgel entlang.

Ratsch.

Felipe läßt den Cake vorangehen, so kann er ihm bereits beim Aufstieg an die Wäsche gehen. Der Weg in die vierte Etage ist lang, López hat Zeit genug für das Lösen von Strumpfhaltern, Wäscheknöpfchen und lästigen Gummistrippen. Für derlei Vorspiel hat er nur die eine Hand frei, die andere ist durch den Koffer behindert.

Felipe, solltest du nach drei Nächten und zwei kaum minder langen Tagen nicht endlich zur Ruhe kommen? Nein, du mußt jede dieser Stunden einheimsen. Wann wieder wird sich eine Flitterwoche bieten wie diese semana trágica? Eine Revolution verschenkt so manche Tage des Glücks, aber irgendwann gehen auch sie zu Ende.

Dann gibt es keine Ausreden mehr für das ziellose Umherirren – immerfort auf irgendeiner Flucht vor irgend etwas irgendwohin.

Der Reederssohn möchte sich bald in seine Gesellschaft harmonisch zurückgliedern. Den plötzlichen Ausbruch in den Vier Katzen, seine zotige Tirade im Rund der honorigen Tafel möchte er nicht mehr wahr haben.

Doch da er nun im Zimmer die lange blonde Dänin bäuchlings auf dem Bett liegen sieht, bereut er seine Frechheiten nicht. Das ist ein Bild! Das bereichert deine Traumwelt mindestens für das erste, das zweite Ehejahrzehnt.

Der Cake hat sich des häßlichen Glockenrocks entledigt. Die Unterwäsche hatte bereits auf der Treppe Abschied vom Körper genommen. Nun entfaltet sich der Kuchen auf der Matratze – nackt von der Taille abwärts.

Du mußt nur hinfassen, Felipe. Nein, nicht so schnell. Ganz langsam erst mußt du deinen Weg verfolgen, ganz leicht und heiter ...

Verflucht. Verärgert arbeitet er mit der einen Hand an sich selbst herum, mit der anderen wandert er wieder und wieder am Girl die Strecke der Beine ab. Hinauf. Hinunter. Hin und zurück und wieder ...

Scheiße. Der Cake soll irgend etwas quasseln. Nein, nicht im schlechten Englisch, das läßt die Lust nur noch weiter sinken. Etwas auf Dänisch mit den breitgelutschten Vokalen æ und å. Bringt das die Erektion?

Nein. López geht zum Fenster. Draußen steigt Gassenmief aus der abgelagerten Mittagshitze nach oben. Und jetzt auch noch diese abscheulich schrillen Pfiffe. Einmal, zweimal ... Sicher will sich irgendein Rotzlöffel wichtig machen. Felipe schließt die Scheiben und zieht den Vorhang zu. Der Geruch im verrammelten Zimmer ist auch nicht besser.

Vermodert und vermottet.

Der Rotzlöffel unten in der Gasse pfeift ein drittes Mal. Er biegt um die Ecke und erkundet, ob sich Gefahren zeigen. Die Straße ist leer. Er pfeift und winkt einen Trupp Männer herbei.

Moisés, der vierzehnjährige Junge aus der Escuela Moderna, zieht mit den Rebellen umher und macht den Späher.

Die Männer, die in die Calle d'Avinyó einrücken, sind die Deserteure vom Bahnhof Francia. Am Sonntag waren sie bei der Einfahrt des Reservistentransports über die Geleise entwichen.

Die Ausreißer rotten sich zusammen und suchen die Rache. Am Mittwoch endlich geraten ihnen bereits entwaffnete Guardisten in die Hände. Vier Mann und ein Polizeifähnrich. Die vier unteren Chargen sind altgedient und mit Orden dekoriert. Nur ihr blutjunger Kommandeur trägt keine Auszeichnung. Er kommt frisch von der Gendarmerie-Schule, seine Familie hatte ihn für die Offizierslaufbahn bestimmt. Heute gegen Mittag hatte er seinen ersten Einsatz und – wie sich jetzt zeigt – zugleich auch seinen letzten.

Als Karriere eine einzige kurze Feuertaufe.

Diese Fünf sind gut gefesselt und auch untereinander angekettet. Sie kommen nur unter Schmerzen voran. Wie weit müssen wir noch? Wann dürfen wir endlich sterben?

Der Schüler Moisés spielt sich als Anführer auf, aber niemand hört auf den Jungen. Dies sind Anarchisten, die brauchen kein Kommando. In den letzten Tagen haben sie gelernt, daß es auch ohne Befehle geht und ohne Befehlshaber. Dennoch folgen sie dem Burschen. Sie kennen sich ohne Führer in Barcelona nicht aus.

»Wo überhaupt sind wir?«

Als sie den Namen der Straße erfahren, horchen sie auf. »Die Gasse der Rotkehlchen.«

Endlich. Das ist das Ziel. Aber wie geht es weiter? Die Deserteure sind ratlos, für die Exekution haben sie keine Waffen. Sie beschimpfen sich und bedauern ihre übereilte Fahnenflucht. Sie hätten zuvor Gewehre fassen sollen, Pistolen, Bajonette, und sich dann erst sagen: Nichts wie weg!

Feuerwaffen? Gut. Aber woher für sie die Munition nehmen?

Knüpft die Lumpen auf.

Ein vernünftiger Gedanke. Dennoch wird der Schreihals ausgelacht. »Wo gibt es denn hier in der bekackten Calle d'Avinsoundso Laternenpfähle?« Man wolle doch nicht etwa die locker hervorbaumelnden Bordell- und Hotelschilder als Galgen verwenden? Selbst wenn die Stangen stabil wären – etwa die der Casa la Rubia –, woher dann die Seile nehmen, und wer überhaupt in dieser Rotte verstünde das kunstgerechte Knoten?

Die Deserteure beraten sich, sie ziehen aus Taschen und Gürteln ihre Messer. Aber die Klingen scheinen ihnen zu kurz, zudem kennen sie für einen glückenden Herzstich die Anatomie des Menschen zu ungenau.

Moisés hat sich inzwischen ringsum in den Kellern umgesehen und in einer geplünderten Werkstatt vergessene Geräte aufgestöbert. Er kommt mit einem Handbeil zurück.

Einem der Guardisten wird übel, als er das Handbeil sieht und nun auch noch den rohen Holzblock. Der altgediente Mann kotzt. Der junge Fähnrich dagegen faßt sich, er schluckt nur ein paarmal. Schon packen die Deserteure das erste Opfer. Es leistet keinen Widerstand. Überhaupt bleibt alles erstaunlich still. Nirgends Schreie wie »Mein Gott, warum hast du mich verlassen« oder einfach nur »Zu Hilfe«. Auch die Henker benehmen sich gesittet und versagen sich jede Beschimpfung.

So kommt es, daß die Anwohner der Calle d'Avinyó, besonders die der oberen Stockwerke vom Lärm so gut wie unbelästigt bleiben.

Tine Tivoli erzählt ihre Geschichte.

»So hieß ich erst mit Sechzehn, als ich zur Revue kam. In den Riddersalen fing ich an. Tine Tivoli. Ich tanzte im Apollo, im Phönix, in der Scala von Kopenhagen. Der Name begleitete mich auf meiner Tournee nach London. Später beim Film war ich schon die Tivoli.«

Ja, der Freund Felipe habe richtig gehört: Bei der Nordisk Films Kompagni hätte sie ihre erste Karriere mit den Hvite Sklavenhandel begonnen. »Ich war eine der weißen blonden Sklavinnen. Wir waren – zwölf links, zwölf rechts – an einen Baumstamm gekettet, der war aus Pappe und nicht schwer. Wir keuchten im Atelier von Valby durch exotisches Gestrüpp.« Der Neger, der das weiße Weiberpack peitschen mußte, sei aus Dänisch-Westindien gekommen – aus Charlotte-Amalie-By auf den Jungfern-Inseln. »Die Schläge taten nicht weh, und ein Requisiteur pinselte uns die Striemen mit Tusche auf den nackten Rücken.«

Felipe reibt an seinem Glied herum. Die Geschichte ist gut. »Weiter. Weiter. Den Rücken nackt? Und ... und ...« Mein Gott, was ist dabei?

»Unsere dänischen Filme werden auf dem ganzen Kontinent bewundert. Tausende in Europa kennen die Brüste der Tivoli, besonders in Rußland und in prüden Ländern wie Deutschland.« In den Städten am Rhein hätten sich Bischöfe die Weißen Sklavinnen viele Male angesehen, um danach die Kinos zu schließen.

López betrachtet die Brüste des Cakes. »Und dann plötzlich erscheint ein reicher Verehrer und bringt dich zum Ballett.«

Erraten.

Wohin wohl sonst? Der Cake ist über die Vermutung überhaupt nicht erstaunt. »Er hieß Holger Forrest und war der Freund von Ole Olsen, der gerade aus Malmö kam, um später das Biograf Teater aufzumachen.« So sei sie in die Künstlerkreise geraten.

»Forrest gab mir auch den neuen Namen. Geboren bin ich als Anne-Lise Plum.« Aber so könne man ein Mädchen in erotischen Situationen nicht anreden.

»Er nannte mich min lille Tine.«

López, nimm dir diese Schlampe in den Griff und lenke ihre Stories, sonst kommst du bei so einem Geschwätz nie zu deiner Lust. »Deine Eltern hatten sicher etwas gegen diese sittenlosen Eskapaden, was?«

Nach der Familie hätte der Reederssohn nicht fragen dürfen. Denn nun kommt die traurige Geschichte von der früh verstorbenen Mutter und vom Vater, der sich als Witwer dem Alkohol ergab. »Er war Arbeiter auf der Werft.«

»Du bist doch sicher manchmal abends zu spät nach Hause gekommen. Da hätte ich deinen Vater nicht erleben mögen ...«

Als die Fünfzehnjährige zum erstenmal über Nacht von daheim fortblieb, hätte der Vater ganz normal reagiert. »Er nahm einen Teppichklopfer und verbleute mir den Arsch. Eine ganze Weile, dann war er erschöpft. Stell dir mal vor: ein Werftarbeiter und schlapp gemacht ...«

Felipe atmet tief. »Das tat weh? Und du hast geschrien.«

Nein.

»Warum sollte ich? Das war doch gerecht. Geheult habe ich erst beim zweiten Mal. Vater sitzt am Tisch und tut, als habe er überhaupt nicht auf mich gewartet. Er greift zur Zeitung, liest und fängt an zu lachen.«

Soll das ein Witz sein?

Der Cake versteht die Frage vordergründig. Ja, der Vater hätte in der Zeitung sicher einen Witz gefunden. »Er lacht und lacht. Ich gehe in meine Kammer und denke, gleich kommt der Alte mit dem Klopfer.«

Aber nichts. »Da dröhnt nur dieses Gelächter aus der Stube nebenan. Ich halte mir die Ohren zu und fange an zu heulen.«

Nicht nur, daß dir diese Unterhaltung total entgleitet, nein, sie wird immer schlimmer. López, worauf hast du dich bloß eingelassen? Drei Tage und drei Nächte mit einem Fräulein vom dänischen Ballett. Das von Mal zu Mal langweiliger wird.

»Und beim dritten Mal?«

Es dauert, bis Tine das Problem begreift.

»Beim dritten Mal? Nichts. Ich hatte mich von meiner Kindheit getrennt. Ich hatte mich ein letztes Mal ausgeheult, und auch mein Vater hatte Abschied von mir genommen. Ich komme heim. Es ist früh um sieben. Da hängt mein Vater am Fensterkreuz. Er hatte sich erdrosselt. Ich schneide ihn ab. Er ist tot.«

Da liegt lang auf dem Bett diese dänische Tanzmaus und redet vom Tod des Vaters, als sei dies das Finale einer ihrer Revuen.

Der Cake versteht das Entsetzen nicht. »Was gab es da zu trauern? Eine Beziehung war erledigt. Man muß sagen können, es ist zu Ende, wenn irgend etwas zu Ende ist. Man muß aufhören können.« Die meisten Menschen könnten das nicht. »Ich ja.«

Ich auch, du Stelzvogel. Du wirst sehen, ich auch.

Felipe kramt im Koffer nach dem Ballkleid, schlägt eine Falte hinein und legt es lose über den nackten Kuchen. Mit diesem Humpelrock kommt wohl kaum der Gipfel der ersehnten Lust, aber doch vielleicht etwas von der geilen Stimmung des vergangenen Sonntags zurück.

Es reicht nicht.

Er knüllt den Rock in den Koffer zurück. »Du hast mir noch nichts von deinem Gastspiel in London erzählt.«

London. Ja, London.

Er geht zum Fenster zurück und äugt durch die Spalte des Vorhangs. Da lehnen sich noch immer die Nachbarn auf den Brüstungen hinaus. Irgend etwas muß unten in der Gasse los sein. Dich, López, interessiert das nicht.

»Erzähle. Was war in London?«

Unter den Rebellen auf der Gasse setzt sich Moisés durch. Er ändert die Abfolge bei der Exekution. »Dieser Offizierslümmel hat sich vorgedrängelt. Er will der Erste sein« – wie bislang im Dienst, so nun auch im Sterben.

Der Schüler Moisés kennt die Lektionen der Escuela Moderna, den Kult der revolutionären Pädagogik. »Dem Ersten im Ziel gebührt ein Tadel, denn er hat seine Kameraden um den Sieg gebracht.«

Francisco Guardia Ferrer, Anarchist und Freidenker, der Umstürzler in der Methodik menschlicher Erziehung, hatte seine These doch sicher anders gemeint. Gegen die Rivalität und die Unvernunft des Wettkampfes. Gegen den Primus im Leben.

Beim Sterben gelte das doch sicher nicht, meint einer der Revoluzzer. Wer wohl strebe als Sieger voran dem Tode in die Arme?

Moisés, solcher Afterweisheit mit Argumenten entgegenzutreten, hast du eigentlich nicht nötig. Aber als Gymnasiast bist du der Volksbildung verpflichtet. »Welch ein Triumph bedeutet es einem Polizisten, die Strafe für alle seine Missetaten nicht erst im Jenseits zu verbüßen, sondern – im vollen Bewußtsein seiner Sinne – bereits auf Erden?« Da drängele sich ein jeder vor, und dieser kleine Offizier wollte als erster durch das Ziel. Nun ist er der Verlierer.

Die Mehrheit der Rebellen glaubt, man stelle das halbe Kind aus humanitären Gründen an das Ende der Reihe. Dem Fähnrich gebühre eine Frist, weil unter allen er am wenigsten gelebt habe. Für einen knapp Neunzehnjährigen sind vierzig Minuten, ja selbst eine Viertelstunde schon ein wahres Geschenk!

Deshalb greift sich der Haufe jetzt einen Hauptsergeanten, vielleicht vierzig Jahre alt. Dieser hat genug von seinem Dasein gehabt, er braucht keinen Aufschub mehr. Ein Maurer und ein Brunnenbauer – die Kräftigsten unter den Deserteuren – packen die Charge am Schopf und zerren sie über den Holzblock. Sechs der Schmächtigeren tun sich zusammen, um die Beine des Opfers festzuhalten.

Wen bestimmt das Los zum Laienhenker?

Hier bestimmt kein Los, nur die Vernunft. Bei einem Schneider – das sagt schon der gesunde Menschenverstand – wäre die Exekution kaum in guten Händen, ebensowenig bei einem Miniaturenmaler oder einem Zeitungsschreiber. Ein Landwirt soll es sein, so einer versteht etwas vom Umgang mit Schlachtvieh. Es ist Jesús Pelayo, er hat einen kleinen Hof nebst Geflügelzucht bei Móra im Ebrotal. Er nimmt das Handbeil. Leicht liegt es in seiner Hand.

Schwung, Jesús. Schwung.

Er betrachtet die schmale, fast zierliche Klinge, da erscheint ihm der Sergeant als gewaltiges übergroßes Huhn. Der Geflügelzüchter Pelayo sieht sich die Reihe der Gendarmen an. Das sind strotzende Mastviecher mit starken Hälsen und schier unbezwingbaren Wirbeln.

Schwung, Jesús. Schwung.

Ein erster Hieb. Ein zweiter. Dann noch etliche. Einer der schmächtigen Henkersgehilfen an den Beinen des Armsünders redet sich Mitleid ein. Er denkt an womögliche Schmerzen. Aber der Landwirt Jesús kann das weiche Gemüt beruhigen, die Größe des Leidens hänge mit den Entwicklungsstufen der Tierarten zusammen. »Ein Wurm, den ich zerquetsche, empfindet weniger Schmerz als ein Schwein, das ich absteche. Oder deutlicher noch: Die Ratte in der Falle geringer als das Pferd im Schlachthaus.« So sei es auch bei den Menschen. »Dem Soldaten und Polizeibüttel ist die Tortur leidlicher als dem gebildeten Individuum.«

Solchen Schnickschnack kann ein Schüler des Humanismus, kann Moisés nun wirklich nicht gutheißen. Vor Gott sind alle Geschöpfe gleich, und auch Gott erscheine allen seinen Geschöpfen gleich. »Die Erdenwürmer stellen sich gern ihrem Richter. Die Richter sind wir.«

Wir sind Gott.

Einigen Rebellen, die im Angesicht des Blutbads zu verzagen begonnen hatten, wächst bei Moisés' tröstenden Worten wieder das Selbstbewußtsein.

Wahrhaftig. Auch ich, ein Spitzenklöppler, bin Gott.

Die Akteure beflügelt zwar keine rechte Freude, dennoch empfinden sie ihr Tun als selbstverständlichen Akt der anarchistischen Tugend.

Und einer neuen Ordnung.

Mehr und mehr Zuschauer kommen aus den Häusern, näher und näher wagen sie sich heran. Einem Uhrmacherlehrling wird übel, und eine Bordellwirtin muß ihm den Kopf halten, damit er sich nicht mit der eigenen Kotze besudelt.

Die Frauen halten auf Reinlichkeit. Dabei denken sie nicht nur an die eigene Kleidung, sondern auch an die der Toten. Sobald die Leichen freigegeben sind, wird man sie fleddern. Alles an ihren Leibern muß reinlich bleiben – wenn auch nicht gerade die Kragen, so doch Hosen, Hosenträger und Gürtel, Unterwäsche und Schuhwerk, vor allem der Inhalt von Taschen und der Schmuck an den Körperresten.

Schmuck? Bei diesen Galgenvögeln?

Ja doch. Sicher bei diesem jungen Fähnrich. Man sieht, der kommt aus besserem Haus.

Das stimmt. Ramón Némesis Llosa y Llosa kommt aus der Klosterschule. Die Männer der Familie dienten und dienen noch heute dem König als Offiziere. Mußte es dich, Ramón, unbedingt zur Polizei verschlagen? Es ist das Geld, das dich in die besser bezahlte Karriere der Guardia Civil trieb.

Dem Adel, der verarmt, bleibt oft nur solche Wahl. An der Ausbildung ließen es die Eltern dennoch nicht fehlen. Der Sprößling spielt leidlich Klavier, er beherrscht das Französische vollkommen und hat die Klassiker europäischen Geistes gelesen.

Eines Haltungsschadens wegen mußte er als Knabe für eine Weile ein Korsett tragen, wofür er von seinen Kameraden gehänselt wurde. Aber die Frotzeleien sind heute vergessen. Die Wirbelsäule ist gut gerichtet, der Schaden ist ausgeheilt und macht der Familie keine Sorge mehr.

Was nützt es ihm jetzt?

Was nutzt es dem Mädchen Laura Luisa? Was den Eltern, daß sie mit der Verlobten ihres Sohnes durchaus einverstanden waren?

Der Kopf des jungen Fähnrichs muß auf den Block. Der Hals ist schmal, das Beil hat es leicht.

Jesús hat sein Werk vollbracht. Er schaut sich um, er blickt die Gasse hinunter, er guckt nach oben. Auf den Brüstungen liegen Menschen. Dazwischen leere Fenster, etwa in der Casa la Rubia, wo die oberen Stockwerke schwach belegt sind, oder in den Nachbarhotels, wo Nutten und ihre Freier die Zimmer als schnelle Quartiere nutzen und etwas Besseres zu tun haben, als das Gemetzel unten auf der Straße zu begaffen.

Denn die Miete wird halbstundenweise fällig.

Tine Tivoli erzählt von London.

»Ein Show-Produzent aus den Staaten von Amerika reiste durch Nordeuropa und sammelte Tänzerinnen ein.« Skandinavien sei sein bevorzugtes Revier gewesen. »In Kopenhagen war ich sein glücklichster Fund.«

Das war vor fünf oder sechs Jahren. Für eine Negerrevue wurden lange blonde Girls gesucht. Das Spektakel hieß In Dahomey, und auf der Bühne wimmelte es nur so von schokoladenen Ballerinen.

»Weiter, mein Kuchen. Weiter.«

Tine Tivoli ist in London auf der Probe. Ein Modetanz kommt aus der Neuen Welt – der Cake Walk. Die Beine hoch, eingehakt voran, hoch und hoch die Knochen, Schwung in den Arsch, rund um den Kuchen.

Walk Around The Cake.

»Das ist ein Niggertanz vom Mississippi oder aus Alabama, was weiß ich? Unsere Solonummern kamen aus New York: Walker And Williams, die Cake-walk-Clowns aus Toni Pastors' Music Hall.« Bert Williams und Georges Walker, die Starkollegen, haben sich die Gesichter gerußt, die Münder dick umpinselt, ihre Schuhe sind zu groß, sie schütteln die Arme, sie schmeißen die Beine, sie staken, sie stelzen.

»Und wir Girls ihnen nach.«

Ein Lacherfolg.

»Applaus für uns Mohren. Hörst du Felipe? Für uns Mohrenmädchen.« Die Tivoli wirft im Liegen die Beine hoch, sie schmollt den Mund zu exotischen Lippen auf und rudert wild mit den Armen. »Aber wir waren keine Neger. Wir waren schuhcremefarben geschminkt in einer weißen Minstrel-Show.«

»Und auch mit schwarzen Haaren, mein blonder Kuchen?«

Wieso Haar? Der Cake versteht den Freund nicht. »Wir hatten Perücken auf, pechraben und wuschlig gekraust.« Keines der Girls hätte sich verraten dürfen – etwa als Britin, Dänin oder Schwedin.

Das eben war der Erfolg der Revue. »Ein Rätsel für das Publikum: Was verbirgt sich unter der Tünche? Eine Mohrin, schwärzer als die Schuhwichse? Eine Weiße, schwärzer als die Mohrin?«

Walk Around The Cake.

López schnellt hoch. Plötzlich. Aufrecht sitzt er im Bett, starrt auf die Schnepfe, die sich neben ihm ausschnattert und abstrampelt, mit den nackten Gliedern zuckt und rudert.

»Erzähle das noch einmal. Du warst in London. Eine Tänzerin in London. Da war eine Revue, die spielte an der goldbraunen Küste Afrikas. Und du ... du warst ...«

Ja, das war ein Lacherfolg.

Da capo.

Immer wieder hätte das Girl von der Rampe Küsse ins Meer der Ekstase werfen müssen. »Ich und die anderen, wir alle – pechschwarz von den Füßen bis unter den Krauskopf. Heraus stachen nur das Weiß der Augen und das Rosa der Lippen.«

Felipe López, denke jetzt nur an das Luftholen, nicht keuchen, gleichmäßig aus und ein ... und aus.

»Weiter. Mohrin.«

Tine Tivoli, hast du womöglich das Häuflein neben dir geweckt? Das wächst zum Herkules heran, dem werden die Augen dunkel, der Mund spuckig, seine Haut überzieht ein Kräuseln, die Härchen richten sich auf.

Jetzt, Tine, gibst du es ihm.

»Pechraben der ganze Leib, da flimmern nicht nur die Augen, schwillt nicht nur der Kirschmund heraus. Was noch? Die Titten? Nein, auch sie sind schwarz. Die Brustwarzen? Sie sind versteckt unter kleinen goldenen Sternchen. Und was noch?«

Und ... und ...

Der Cake lacht, reißt die Schenkel auseinander und präsentiert sich voll und offen und direkt. »Blond, allein und einsam stehengeblieben ein kleines blondes Dreieck.«

Ein winziges Stück Skandinavien inmitten einer Hölle schwelender Kontinente. Eine sand- und semmelblonde Insel.

López fällt vom Körper des Cake. Da liegt er.

Kleiner Señorito, in Barcelona tobt der Aufruhr. Es ist die schönste Revolution in all den spanischen Jahrhunderten. Jetzt können für dich nur noch gute Zeiten folgen, eine lange und glückliche Ehe mit einer doch gar nicht so häßlichen Braut. Wer sagt, sie sei obendrein garstig?

»Mein Gott, haben wir nachher in der Garderobe gelacht.« Diese Tanzmaus plappert und plappert weiter. »Still.« Kann denn dieses farblose Nichts in einem so großen Augenblick der Geschichte nicht einmal das Quasselmäulchen halten?

Nein.

»Mein Gott, haben wir unter der Dusche gelacht. Da fließt die scheußliche Schminke, diese verlogene Sudelbrühe, ja ganz Afrika, durch den Abfluß dahin. Wir alle in der Truppe sind wieder weiße, wunderschöne, lange Girls. Vorbei der schwarze Traum.«

Tine Tivoli beruhigt sich nur langsam. »Das Gastspiel war ein Glück in meinem Leben. Dann kamen schon die nächsten Erfolge.« Noch immer tanze sie den Cake Walk, jetzt aber wieder als weiße Ballerina in einer weißen Revue. »Ich bin gern blond. Ich bin gern Dänin.« Sie liebe Kopenhagen, aber auch Paris und natürlich Barcelona. Später wolle sie ganz zum Film und nach Amerika.

»Tine. Die Show ist zu Ende.«

López springt aus dem Bett und eilt an die Vorhänge. Luft. Atmen. Er öffnet die Fenster, gleich schließt er sie wieder.

Draußen steigt beißend Qualm auf, unten wird irgend etwas verbrannt. Das riecht nach Tuch. Kleidung womöglich? Zu sehen ist nichts. López, was geht es dich an?

Der Cake hinter ihm auf dem Bett lacht und lacht.

Der Rauch in der Gasse ist ärger als seine Ursache. Verbrannt wird – zuvor mit Petroleum übergossen – nur ein Haufen Uniformjacken, Lederhelme und Hemden mit total zerfetzten Kragen – absolut unbrauchbare Klamotten. Alle anderen Kleidungsstücke sind in den Händen der

Frauen. Sie haben die Leichen gründlich gefilzt. Doch kam an Werten nicht viel zusammen, allenfalls die Stiefel und aus den Taschen ein paar lose Münzen – insgesamt keine zwölf Pesetas –, eine leere Geldbörse, eine einfache Uhr und zwei Silberringe. Auch der junge Fähnrich war unergiebiger als vermutet. Ihn hatte man lange zuvor schon geplündert. Nun sind die Taschen leer bis auf das Soldbuch.

Llosa y Llosa, Ramón María Némesis, geboren am 19. Dezember 1890 in Castillo Olvidar, Eintritt in die Guardia Civil ... Das war vor sechs Tagen.

Nach der enttäuschenden Fledderei kommt einem der Weiber der Gedanke, die geballte Faust des jungen Offiziers aufzubrechen.

Es ist Ramona. Sie wird zur Reichsten des Tages.

In seiner Hand eingekrampft hatte Ramón ein Kettchen mit einem Kreuz aus Gold. Er wollte verhindern, daß das Geschenk seiner Angebeteten Laura Luisa mit dem Kopf zusammen in die Gosse fällt.

Das Liebeszeichen sollte bleiben, wo auch das Herz ist.

Die Deserteure sind weitergezogen. Von der hinterlassenen Habe wollten jene nichts. Sie sind Anarchisten, sie sind keine Marodeure.

Ein paar Mägde der Hotels kehren den letzten Unrat zusammen, sie stochern in der Glut der brennenden Uniformen, kippen Eimer mit Wasser über die Blutstätte und decken den Korb, in dem die Köpfe der Opfer ruhen, mit einem Tuch ab.

Das Liebespaar der Casa la Rubia, Felipe López und Tine Tivoli, kommt die Treppe herunter. Die Bordellwirtin nimmt den Schlüssel ab. »Warten Sie, Señorito, ich gebe Ihnen drei Pesetas zurück. Bei der Unruhe heute nachmittag haben Sie sicher nichts Rechtes voneinander gehabt.« Die Rubia sieht sich den kleinen Buchhalter an, für ihn war dies ohnehin schon ein teures Vergnügen, und nun auch noch diese scheußliche Störung.

Der junge Herr will das Geld nicht. Nein. Was auch wären für einen Reederssohn drei Pesetas? Kaum ein halbes Menü im Cuatro Naciones.

»Dann geben wir die paar Kröten Ihrer Süßen.« Die Wirtin betrachtet das magere Ding in dem billigen Fummel. So ein langes Gerippe, nichts vorn, nichts hinten, so etwas hat es sicher schwer bei den Freiern.

»Sollst heute deinen Glückstag haben, Kindchen.«

Die Patronin will der Señorita die Münzen zustecken, aber López kann es verhindern. Dämlich wie der Kuchen ist, könnte er sich mit seiner Handtasche verraten. Sie ist ein Geschenk vom alten Estrü. Petit point. Zwischen ringsum rankenden Rosen in der Mitte ein Schäferspiel am Hofe König Karls von Neapel.

»Jetzt erst einmal fort.«

Die beiden kommen an einem Korb vorbei, das Tuch darüber ist verrutscht. Tine Tivoli hat ihrer Kurzsichtigkeit wegen vom ganzen Gassentheater in der Calle d'Aviñyó nur sehr wenig mitbekommen. Jetzt guckt sie in den Korb. Sie beginnt zu lachen.

Das kann doch nur ein Spaß sein.

»Sieh nur, Felipe, wie putzig: Köpfe ...« Mehr kann der Cake nicht sagen, der Freund hält ihm den Mund zu.

Nur fort.

Weit kommen die beiden nicht. An der Ecke zur Calle Sobradiel stellt sich ihnen die Nutte Ramona in den Weg. Sie hatte die Handtasche dieser Dame erspäht, die Stickerei erkannt und den Wert durchschaut. Ramona, mit diesen beiden Vögeln wirst du noch ein Geschäft machen! Sie öffnet ihre Hand, darin ein goldenes Kreuz an einem Kettchen.

»Hundertzwanzig Pesetas.«

Das wäre weit überzahlt. Der Señorito zögert, aber schon steigert diese Gaunerin den Preis auf hundertdreißig. »Dafür bringe ich Sie auch sicher durch das Viertel zu den Ramblas.«

Begleitung? Gott bewahre, nein.

Lieber zahlt der Reederssohn den überhöhten Preis. Er spürt – er weiß nicht wieso – plötzlich die Laune, diesem Revuegirl etwas zu schenken. Er will sich bei dieser Dänin, die er im Leben sicher nie wiedersehen wird, mit einem Andenken verewigen.

Das Kreuz erinnert an Spanien, an die unruhigen und dennoch schönen Tage, die kleinen Hotels, die modrigen Zimmer, die knarrenden Betten, die Mulden in den Matratzen, es erinnert an ihn, Felipe, den Junior der Reederei López y Comillo, an die lustvolle Variante einer einst spanischen Liebelei. Tine Tivoli, Filmsternchen und Ballerina, wird die semana trágica nicht vergessen können, selbst wenn sie später ein Kinostar geworden ist – unter welchem Künstlernamen auch immer.

Der Cake hat noch immer ein Glucksen in der Kehle. López hält ihn an, um ihm das Kettchen anzulegen. Zart schließt er dem Girl die Hände um den Hals. Das Glucksen erstickt. Tine Tivoli stößt einen entsetzlichen Schrei aus.

Die Hände an der Kehle. Das Kreuz. Die Kette. Von welchem Hals kommt der Schmuck? Da war ein Korb, das Tuch darüber war verrutscht, im Korb Köpfe. Mägde mit Besen. Flecken auf dem Pflaster. Ein Stapel mit brennenden Jacken. Lackhelme, sie sich in den Flammen bogen.

Der Cake schreit.

López hat Mühe, die Jammernde weiter zu zerren. »Noch drei Seitenstraßen, dann sehen wir schon das Meer. Davor die Mole, am Paseo de Colón das Bürohaus.«

»Es ist erst kurz vor acht, die Angestellten haben noch nicht Feierabend.« Sie würden wissen, wohin sich der Vater in Sicherheit gebracht habe. Man könnte dem Vater zum Fluchtort folgen und träfe da gewiß auch die anderen Honoratioren der Stadt. »Sicher auch deinen guten Estrü.«

Die Schreie gehen in ein Flennen, am Ende in ein Wimmern über. Der Lärm lockt Anwohner an die Fenster. »Eine hysterische Nutte«, und die Leute wundern sich, daß der Kerl sich mit seinem Flittchen so viel Mühe gibt und die nicht einfach windelweich klopft. »Gib es ihr doch endlich«, feuern die Leute den jungen Herrn an, den einige für einen geneppten Galan halten, andere wiederum für den Zuhälter.

Ist es der Lude? Dann aber muß er jetzt hier und vor allen Zuschauern sein Pferdchen beim Schlafittchen nehmen. »Das braucht die Leviten gelesen, mit dem Hosenriemen. Aber feste.«

Dazu Gelächter.

Vor den Kontorhäusern gegenüber dem Quai de la Paz sind die Portiers von ihren Posten geflohen. López betritt seine Reederei über den Hof. Vorsichtshalber nimmt er den Lastenaufzug.

»Hallo.«

In den Frachtabteilungen meldet sich niemand. In der Buchhaltung sind Schreibpulte und Drehhocker umgeworfen. Gottlob ist der Tresor verschlossen. Unter einem umgekippten Regal gucken Hosenbeine hervor, an ihren Enden Socken, ein Schuh am Fuß, der andere daneben. Dem groben Tuch des Anzugs nach zu urteilen, liegt da einer der Gehilfen.

Der Cake, jetzt zwar still, hat noch immer feuchte Augen. Er zeigt auf den armen, vom Regal Erschlagenen.

»Da.«

López zieht das Girl weiter. »Sicher ein Buchhalter. Vielleicht wollte die treue Seele den Tresor schützen, vielleicht auch nur die Portokasse, und stirbt im Dienst wie ein Soldat. Trotzdem scheußlich.«

Hallo.

Von den Toilettenräumen am Ende des Korridors kommt eine schwache Stimme. López tritt die Tür auf. Da steht verängstigt – Bündel von Frachtbriefen fest in die Arme, Manifeste gerollt zwischen die Beine geklemmt, Stempel in den Händen – ein Würstchen von einem Kommis. Es ist ein Mann aus der Abteilung Levante Ost, ein gewisser Escobar oder so ähnlich. Die Kollegen nennen ihn Don Hormiga, die Ameise, weil er morgens der erste und – selbst bei bis in die tiefe Nacht dauernden Expeditionen – stets der letzte ist. Kein Krawall kann die Ameise vom Arbeitsplatz vertreiben.

López, du mußt freundlich sein.

»Schon Feierabend gemacht, mein Lieber?« Das war denn doch wohl etwas barsch dahergeredet, und der Juniorchef fügt hinzu, daß es ja ohnehin gleich acht Uhr sei und daß man es in Zeiten allgemeiner Unruhe mit der Arbeitsmoral sicher nicht so genau nehmen dürfe. »Gehen Sie jetzt an Ihren Platz.«

Die Ameise müht sich mit einer unbeholfenen Verbeugung ab, sie will ihre unglückliche Lage erklären, zunächst aber am Wohlergehen des Herrn Junior Anteil nehmen.

López schiebt den Gehilfen aus dem Waschraum. Was interessiert sich so einer für dein Leben? Womöglich sollst du ihm auch noch erklären, wer dieses Mädchen ist und warum du so einen Kontoristenanzug trägst.

»Nun gehen Sie schon an Ihren Platz.«

Tine Tivoli, nun endlich allein, befreit sich endlich von diesem häßlichen Fummel, diesem geblümten Glockenrock, trampelt giftig auf ihm herum und stößt ihn mit dem Fuß in die Ecke unter ein Becken. Sie wäscht sich gründlich, bewahrt beim Schminken ihre Seelenruhe und holt aus dem Koffer die Abendrobe.

Der Humpelrock ist arg zerknittert. Gräme dich nicht, Tine, das Kleid wird noch einiges zusätzlich aushalten müssen, bis dir der gute Estrü in der nächsten Woche neue Kledage kauft. Hoffentlich nimmt er dir diesen kleinen Ausflug nicht übel.

Keine Sorge.

Felipe López hatte bereits vorweg seine Garderobe dem Koffer entnommen. Er zieht sich im eigenen Kabinett neben dem Chefzimmer um und zitiert alsdann seinen Angestellten Escobar zu sich. »Warum sind nur Sie allein hier? Wo sind Ihre Kollegen?« Der Chef will wissen, seit wann sich das Personal solche Freiheiten herausnähme.

Die Ameise fängt an zu stottern. Sie wischt sich mit einem Taschentuch die Stempelfarbe von den Händen. Die Bergung der Frachtbriefe und Manifeste, dann aber auch noch die der Stempel, war eine völlig unnütze Aktion. Escobar schämt sich. Auch ärgert er sich, daß er sich nicht mit den anderen rechtzeitig abgesetzt hat. Nun muß er, der einzig Treue, für die ganze Belegschaft Rede und Antwort stehen.

Schon ist der Junior bereit, dem Kommis zu verzeihen, da antwortet dieser beim weiteren Verhör doch frech, er wisse nicht einmal annähernd, wohin sich Herr López senior seit Beginn der Unruhen abgesetzt habe. »Menschenskind, mein Vater muß doch irgend etwas hinterlassen haben.«

Der Einwand des Lümmels, ein Chef habe es nicht nötig, sich abzumelden, macht Felipe López erst recht zornig. »Mann Gottes, es ist Revolution, da geht es erst einmal um die Sicherheit der Honoratioren unserer Stadt.« Ob das in das Gehirn eines Gehilfen nicht hineinginge?

»Frachtbriefe und lächerliche Stempel retten, das können Sie, aber ein Menschenleben interessiert Sie wohl überhaupt nicht, was?«

»Schon gut, besorgen Sie mir einen Wagen.« Keine Einwände, Escobar. Sage jetzt bloß nicht, es sei am dritten Tag der Unruhen abends um neun Uhr in ganz Barcelona sicher kein einziges Gefährt aufzutreiben.

Wortlos steht die Ameise auf, verläßt das Büro und begibt sich auf die Suche. Kurz darauf tastet sich auf dem Korridor der Cake von Tür zu Tür. Hallo. Endlich findet er das Zimmer des Juniorchefs. Hallo. Da sitzt der junge López hinter seinem Schreibtisch und glotzt vor sich hin.

»Felipe, was ist?«

Die Anrede mit seinem Vornamen schreckt ihn auf. Die Tage solcher Vertraulichkeiten sind vorbei. Jetzt und hier in der Firma gibt es keinen Felipe mehr. Das Girl wundert sich, den Freund bereits wieder im

Abendanzug zu sehen und muß erfahren, daß die Chefs ihre eigenen Waschräume haben.

»Du hast deine saubere Toilette, aber mich schickst du in dieses miese Personalklosett.« Das sei ungerecht, aber in einem Handelshaus wohl auch nicht anders als im Bühnenbetrieb, wo der Star seine eigene Ankleide habe, während sich Chor und Ballett eng in Sammelgarderoben drängeln müßten.

»Wann reisen wir?«

Wer fordert hier? Das ist doch in diesem Raum sonst nicht üblich.

Draußen ist es mittlerweile dunkel. Da endlich kommt Escobar zurück. Er muß gerannt sein, er keucht.

»Und?«

Was nun folgt, ist die Münchhausiade eines kleinen Kommis durch das aufrührerische Barcelona am Abend. López, da hörst du gar nicht hin. Was interessieren dich die gefährlichen Pfade eines deiner Botengänger? Du, der Chef, hast selbst genug durchgemacht. Unterbrich das Gefasel.

»Nun? Wir warten auf die Pointe. Wo steht das Fahrzeug?«

Die Ameise schüttelt den Kopf, ergänzt aber, bevor sie sich Schelte einfängt, schnell ihre Rede. »Ein Pferd steht vor der Tür.« Eigentlich seien es zwei Pferde, aber auf dem einen säße bereits eine Reiterin.

Ein Gaul?

Ist der Mann verrückt? Nein, es stimmt. Escobar ist nach etlichen Irrwegen einem sonderbaren Gespann begegnet. Eine Dame in weißem Hosenanzug ritt langsam vorüber, ein zweites Pferd hatte sie über und über mit Gepäck beladen: Koffer, Taschen, Hutschachteln. Sie stieß auf diesen etwas verwirrten Mann, hielt an und fragte nach dem Weg.

Die Irritation war durchaus berechtigt. Auf dem Roß saß eine Negerin: die Jazzsängerin Mamá Teresa aus Habana.

Diesen Namen kennt der Reedereigehilfe natürlich nicht. Er sieht in der sternklaren Nacht – gerade ist der Mond aufgegangen – hoch über dem schnaubenden Tier das Silberweiß eines Kostüms, ganz oben das schwarze Gesicht einer schwarzen Frau. Der Erschreckte glaubt, irgendwo in einem Märchen zu sein oder in einem Buch der biblischen Geschichte. »Ich konnte die Frage nach dem Weg nicht beantworten. Ich konnte ihr wirklich nicht helfen. Sie wollte zur Lagune.«

Die Lagune.

Aber ja. López springt auf. Dieser Ort hätte ihm längst einfallen können. Wohin sonst sollten sich die Honoratioren der Stadt in Sicherheit bringen? Er packt den Cake, schon sind beide auf der Treppe, gleich darauf vor dem Portal.

Auf zur Lagune.

Es ist ein sonderbarer Zug, der sich durch die Nacht bewegt, in Meeresnähe auf einer sandigen Sekundärstraße um den Montjuich herum nach Süden.

Auf einem Pferd sitzt rittlings die Negersängerin Teresa, umgeben von einem Haufen Gepäck. Auf einem anderen reitet ein Herr in Abendgarderobe, vor sich im Sattel ein langes blondes Weib in unförmigem Ballkleid, das – unter den Knien zusammengebunden – so aussieht, als sei hier eine Unglückliche gefesselt und werde nun abgeführt. Doch erkennt der genaue Beobachter, daß das Mädchen die Arme um den Hals ihres Caballero geschlungen hat – sei es aus Liebe oder sei es auch nur eines sicheren Halts wegen in dieser wackligen Position.

Mamá Teresa nimmt die Unbequemlichkeit, sich selbst mit ihrer Bagage abplacken zu müssen, auf sich – wenn auch nicht unbedingt des männlichen Schutzes wegen. Den braucht sie am allerwenigsten. Aber sie ist froh über die Ortskenntnis des Wegführers, dem sie nur deshalb das zweite Roß überläßt. Nun könnte sich während des Ritts durchaus ein gutes Gespräch zwischen den beiden Künstlerinnen ergeben, die sich ja bereits schon im Prominentenlokal Zu den Vier Katzen flüchtig begegnet sind. Aber López weiß jede Plauderei zu verhindern.

Besonders fürchtet López, daß eine Minstrel-Revue ins Spiel käme, und er selbst – eben noch mit einer schwarzgetünchten Weißen im Bett, nun neben einer echten Negerin im weißen Kostüm auf dem Ritt – peinlich mit seinen Sexualträumen konfrontiert werden könnte.

Er lenkt das Gespräch auf das für alle gemeinsame Fluchtziel.

»Mit der Lagune verbinden sich viele meiner Kindheitserinnerungen. Es ist eine Insel in einem von Landzungen geschützten Meerbusen. Die Lagune trotzt jedem Ungewitter zu Lande und zu Wasser, auch den Wetterstürzen der Revolten und Kriegsgefahren.« Wenige schlichte Gebäude dienten den reichen Familien als gelegentliches einfaches Feriendomizil – eigentlich mehr für deren Kinder.

»Ein Paradies zum Indianerspielen.«

Das mag eine durchaus lustige Information für ein dänisches Girl sein; eine Negerin aus Westindien hört nur die Provokation heraus.

»Sie müssen verstehen, Doña Teresa, wir waren Kinder. Und es war auch nur ein Spiel.«

Darauf weiß die Sängerin nichts zu erwidern. Sie kaut Betel und sagt nichts. Ihr Schweigen setzt López unter Druck, seinen Monolog fortzusetzen. »Auch den Erwachsenen war in friedlichen Zeiten unser Inselchen oftmals eine sichere Zuflucht. Monatelang versteckte sich hier ein Bankrotteur vor der Verfolgung seiner Gläubiger«, und gleich zweimal hätten hier Verführer vor der Rache der Ehemänner ihren Schutz gefunden.

Teresa schweigt weiter.

»Wir werden, Madame, an unserem Ziel sicher eine größere Gesellschaft vorfinden. Tout Barcelona wird sich dorthin auf die Beine gemacht haben.« Sicher habe man Zelte aufgebaut, zum Tanz auf dem Rasen kurbelten Domestiken das Orchestrion, und ein geschultes Personal aus den Grandhotels sorgte für die Freuden des Gaumens.

Unterbricht denn niemand den Schwulst dieses Schwätzers? Doch. Es ist der Cake.

»Mir tut der Arsch weh.«

Das ist bei dem unbequemen Platz auf dem Sattel nicht verwunderlich. Man wird eine Rast machen. Ein kleines Gehöft kommt in Sicht, die Bewohner sind schnell herausgetrommelt. Sie befürchteten einen Überfall von Rebellen oder Soldaten, nun sehen sie diese abenteuerliche Dreifaltigkeit vom Pferd steigen. Die braven Leute bekreuzigen sich, und der Bauer muß seine Frau davon abhalten, vor den Gästen betend auf die Knie zu fallen.

Dann ist alles in der Stube um den Tisch versammelt. Die Bäuerin will eine Suppe wärmen, aber einen solchen Aufwand lehnen die Fremdlinge ab. Etwas Brot und Käse, dazu ein Glas Wein würden reichen – sozusagen als Geste.

Der Lärm weckt die Kinder dieser armen Familie auf. Neugierig kommen sie aus ihren Schlafkammern herunter und stehen mit offenem Mund am Fuß der Treppe. Felipe López muß ihnen erklären, daß er kein König und die beiden Damen keine Königinnen seien. »Nein, wir kommen nicht aus dem Morgenland. Wir sind ganz einfache Reisende und auf dem Weg zu einem Pique-nique mit gebratenen Ochsen und Champagner und Musik auf einer Insel.«

Pique-nique, was ist das?

»Das, Kinder, ist ein Sommerfest von Pfeffersäcken und von Künstlern, die diese Säcke belustigen müssen.« Die Negerin erklärt, daß den Akteuren, Mimen und Clowns dabei vom Tisch der Reichen Krumen fielen.

»Reichlich gewiß. Und wir sind es zufrieden.«

Diese Gesprächswendung wird dem Reederssohn ungemütlich, er mahnt zum Aufbruch. Man solle sich hier nicht mit Brot vollstopfen. »Wenn der Morgen anbricht, und wir sind rechtzeitig am Ziel, gibt es ein anständiges Frühstück.«

Niemand antwortet ihm. Keine der beiden Begleiterinnen, erst recht nicht die Bauersleute.

Tine Tivoli braucht eine gewisse Zeit, bis sie die Komik dieses Zwischenspiels begreift. Dann plötzlich fängt sie an zu lachen. Sie sieht sich schon in ihrer Villa in Amerika. Längst ist sie ein Kinostar. Da sitzt sie im Garten an ihrem eigenen Badebassin und diktiert einem Biographen ihre Lebensgeschichte. Sie memoriert von der Zeit, als sie noch der Cake war, von den jungen Jahren in Kopenhagen, in London und Barcelona. Sie holt die Liaison mit einem spanischen Reederkönig zurück, einen abenteuerlichen Ritt durch die katalanische Küstenlandschaft zu einer Insel, die so unwirklich war, daß sie nicht einmal einen Namen hatte.

»Und welches Andenken besitzen Sie an diese Lovestory, Miss Tivoli?«

»Das Kreuz.«

López, vom Cake überraschend am Ärmel gepackt, versteht diesen Ausruf nicht gleich. Das Kreuz. »Ja, das kleine goldene mit der Kette. Du hast es mir gekauft.«

Jetzt will ich es!

Waren da nicht Hälse unter den Ketten und Köpfe an den Hälsen? Der Cake lacht so herzhaft, daß López jeden Einwand unterdrückt. Du selbst hast doch auch alles längst vergessen. So ist es doch? Er zieht das Schmuckstück aus der Jackentasche und legt es seiner Revueschnepfe an.

»Spanien, Juli 1909.«

Mehr fällt López zu seiner Zeremonie nicht ein. Der Cake lacht noch immer, die Bauersleute gucken verschämt zur Seite und halten ihren Kindern den Mund zu, um das Kichern zu unterdrücken. Teresa geht voran und steigt auf ihr Pferd.

Das Paar kommt mit Abstand hinterdrein. Allmählich wird es hell.

Die Reise dauert und dauert. Der Cake möchte sich wieder über den unbequemen Sitz auf dem Sattel beschweren, aber López schneidet ihm das Wort ab. Es sei Revolution, da müsse ein jeder lernen, zunächst einmal seine eigenen Schmerzen zu ertragen.

»Du hast sie nur am Hintern. Aber guck dir die mal an.«

Er zeigt auf einen elenden Zug, den sie gerade überholen. Es ist ein Schwarm zerlumpter Nonnen. Die Gottestöchter schleichen im Staub dahin, einige sind noch halbwegs bekleidet, andere wiederum können mit letzten Fetzen nur mangelhaft ihre Blößen bedecken. Strumpfwerk ist nur in Geweberesten vorhanden. Schuhe fehlen fast allen. Weichliche Bäuche und Schenkel glänzen leichenfarben dem ersten Morgendämmern entgegen.

Encarnado.

Teresa, du glaubst, diese Klosterfrauen von irgendwoher zu kennen? Richtig. Ein Hotelboy hatte dir von einer Schändung in einem benachbarten Fotoladen erzählt. Die Reportage des Jungen war so farbig, und nun wunderst du dich, daß dieses Bild so häßlich und monochrom ist.

Dennoch hat die Sängerin keinen Zweifel: Das sind die Geschändeten.

Aus dem Gehege der Kirchenmauern und der Glaubensdoktrin entlassen, zerbröselt sich das Gottesgut in Fetzen aus Fleisch und Flocken aus Wolle.

So ist das wohl nun einmal: Da hocken die Erben des Erwählten in all ihren Irdenjahren zusammen – Tag für Tag, Nacht für Nacht –, beten zusammen, latschen zusammen in ihren Prozessionen, leiern zusammen ihr frommes Sangesrepertoire herunter und verzücken sich in christlicher Gemeinsamkeit.

Dann aber kommt die Krise.

Zum Austausch der Klamotten, zur gerechten Verteilung langt es bei den Schwestern nicht. Die eine noch gut bekleidete Hälfte läßt die andere fast nackte im Stich. So ist das wohl nun einmal bei den frommen Frauen. Jede behütet ihren eigenen kleinen Jesus, nascht unter der Bettdecke heimlich einen Bissen vom heiligen Fleisch. Aber an den gemeinsamen Tisch kommen die Gottesbräute nicht.

Das wäre Kommunismus.

So ist es wohl nun einmal in der Christenheit aller unserer Kontinente ganz allgemein. Bei der weißen Rasse ohnehin. Eine Baisse – und dahin ist die ganze Solidarität der begnadeten Welt.

Kleiner Picaflor, darüber kannst du doch nur froh sein. Und lachen.

Der Schwarm von klumpiger Wolle verliert sich in der Ferne. Wie eine Spiegelung der Luft erscheint vor den Reitern das Ziel.

Die Sonne geht auf.

Da liegt friedlich die Lagune im Meerbusen, von Landzungen gehütet. Vom Grill steigt Rauch auf, ein lauer Morgenwind trägt den Geruch gebratenen Fleisches herbei, Fetzen einer Tanzmusik schallen weit über das flache Land der Campiña. Die ersten Sonnenstrahlen reflektieren golden die Knöpfe auf den Livrees der Dienerschaft. Am Ufer liegt der Nachen, neben ihm wartet der Fährmann. Die Tautropfen in seinem Bart blinken wie ein Diadem von Diamanten.

Charon, wir haben unseren Obolus bezahlt. Wir haben uns unseren Transfer zur Insel der Reichen und Glücklichen verdient – unter Schmerzen, vieles mit ansehen, wenn auch nicht selbst erleiden zu müssen.

Nun, so schwer geprüft, dürfen wir uns zur Belohnung das Paradies einsäckeln.

Alles wird gut. Und auch der Cake vergißt seine Schmerzen.

... weiter bis zum Ende der Woche

Die Lagune

*Notar Ganzenmüller * Der Fährmann Charo * Wo bleibt Aurora? * Ein Matrose mit Zukunft * Die reiche Erbin und der Maler * Ein Hoch der Aviatik * Libellentänze * Laura Luisa * Brüderlein fein … * Tanztee * Heimkehr der Mätresse * Ein Billet nach Amerika * Polonaise * Am Ufer die Zerlumpten * Im Gebet verläppertes Leben * Späte Karriere einer Heiligen * L. L.*

Am Montag früh geht die Sonne über der noch stillen Lagune auf. Die wenigen Fischerboote in der Bucht gehören entfernt wohnenden Ansiedlern, die keine Fischereirechte haben und schnell verschwinden, wenn sich die Herrschaften nähern, denen Meerbusen, Insel und Ufer ringsum zu eigen sind.

Gegen Mittag sichten die Fischdiebe einen Wagen, sie ziehen die Netze ein und rudern an Land. Nur der alte Charo kriegt die Gefahr nicht so recht mit, er hat schlechte Augen. Nun schreckt er zusammen, als vom Ufer ein barscher Anruf kommt.

Er stellt sich freiwillig und ist froh, um eine polizeiliche Anzeige herumzukommen. Als Sühne für seinen Frevel ist er gern bereit, den Fährdienst zu übernehmen. Wüßte er bereits jetzt, daß diese Fron eine ganze Woche auf ihm lasten wird, wählte er vielleicht doch lieber Bußgeld oder Strafe.

Der Herr mit dem barschen Befehl ist der Notar Arturo Ganzenmüller aus Barcelona.

Der Advokat hatte sich an diesem Montag zeitig auf den Weg gemacht – bereits morgens um fünf, als am Fuß der Kolumbussäule die Kanonen das Feuer eröffneten. Mitgebracht hat er zwei Bürogehilfen aus seiner Kanzlei, er will seiner Klientel, der er auch freundschaftlich verbunden ist, die Quartiere bereiten, falls der eine oder andere vor den Unruhen aus der Stadt hierher zu fliehen gedenkt.

Vor zwanzig Jahren hatte die Barceloneser Geldprominenz diesen Flecken als Zuflucht und zugleich Feriendomizil entdeckt, und Ganzenmüller wurde berufen, die Grundstücksverträge gerecht zu verteilen, damit ein jeder vom Paradies seine Krume einstreichen konnte.

Die Kanzlisten säubern die Wege zu den Besitztümern und fegen vor den Ferienhäusern die Terrassen, auf denen bereits die Ameisen zu siedeln begonnen hatten. Die Bürogehilfen erhalten wenig später Unterstützung von einem Kutscher, zwei Dienern, einer Zofe und einem Küchenfräulein. Sie gehören zum Personal des alten Textilfabrikanten Eusebi Estrü.

Gleich danach trifft nebst Gattin der Reeder Antonio López ein, der Seniorchef von López y Comillo. Er bringt ein paar Freunde aus der seinem Bürohaus benachbarten Calle Consulado mit: die Herren Gschwind aus Bern und Dr. Falcke aus Berlin. Auch der österreichische Konsul de Cischini und seine Gemahlin sind mit von der Partie. Sie alle mußten sich in den vier Kaleschen den Platz mit zwei Pferde- und zwei Hausknechten teilen, mit einem Büroboten und allerlei Gerätschaften für ein vollendetes Pique-nique – so etwa großräumige Zelte, mit denen der Sohn Felipe, als er noch ein Knabe war, Indianer spielte.

Wie soll der alte Fährmann Charo das alles schaffen?

Der Fabrikantenkutscher löst ihn zwar ab, aber nur vorübergehend. Alle Lakaien müssen hart schuften, um die Lagune so schnell wie möglich in einen Ort des Vergnügens zu verzaubern.

Dennoch ist an diesem Montag den Städtern das ländliche Exil noch recht unbequem. Auch als Josep Batlló mit Köchin, Serviermädchen und Zimmerkätzchen eintrifft, geht es mit der Arbeit eher schleppend voran. Die Dienerschaft entdeckt schnell die Freiheiten, die dieser Ausflug auch ihr bringt, und bald schon findet sich ein Teil des Personals – zu Pärchen vereint – in den Uferbüschen zusammen.

»Hier ist es nicht nur ungemütlich, es ist auch langweilig.«

Der Notar Ganzenmüller ruft es aus, und er erkundet, wo denn der Marqués bleibe. Schließlich hatte er seinem Freund Yoyó den bestgelegenen Flecken der Lagune für den Bau des prächtigsten aller Anwesen zugeschanzt. Nun fehlen diese Räume als Unterkünfte der weiterhin Eintreffenden, und manch einer muß – wenn auch im Indianerzelt gegen die Sonne geschützt – auf nacktem Boden lagern.

Erst am Abend kommt der Marqués. Er ist schlecht gelaunt, und jeder spürt, jetzt besser keine Neugier zu zeigen, womöglich nach der auffälligen Verspätung zu forschen oder gar nach dem Verbleib der Gemahlin Aurora.

Nur Staatsrat Brosset, der russische Konsul, bekommt die gespannte Atmosphäre nicht mit und trompetet eine vorwitzige Frage in diese miese Stimmung hinein. Was soll der Marqués dieser unsensiblen Elefantenhaut erwidern?

Natürlich die Wahrheit.

»Ein kleiner Zwist mit der Marquesa hielt mich auf. Sie hat mich – nicht zuletzt auch Sie, liebe Freunde – im Stich gelassen.« Das will man aber nun genauer wissen, und schon bildet sich ein Kreis um den Ankömmling. »Sie suchte auf dem Telefonamt ein Ferngespräch nach Lágrima anzumelden, sie wollte wissen, ob auf dem Gut alles friedlich ist.«

Aber das ist doch verständlich.

»Nein. Um Haus und Hof ging es ihr nicht, kaum wohl auch um unsere Tochter Chica. Nur um das Wohlbefinden unserer Mägde.« Der Marqués verrät, daß sich ein paar dieser Frechlinge gestern an der Eisenbahnblokkade beteiligt hätten und nun – möglicherweise einer Indiskretion der Marquesa wegen – in Bedrängnis geraten könnten.

Die Gefahr für naseweise Mägde interessiert naturgemäß niemanden in dieser Gesellschaft. Es geht einzig um Aurora.

»Unser ödes Inselleben kann Tage, wenn nicht eine ganze Woche dauern, da heißt es Feste feiern. Sollen wir dabei auf unsere lustige Russin verzichten?« Wie willst du, Yoyó, solchen Ignoranten die launenhaften Überlandleitungen des katalanischen Telefonnetzes erklären? »So eine Vermittlung kann sich über viele Stunden, wenn nicht über Tage hinziehen.«

Und das schon in friedlichen Zeiten.

Man ist sich einig, daß jede politische Unruhe mit erheblichen privaten Einbußen verbunden sei, und Konsul Dr. Falcke kann sich noch gut an den Telegrafistenstreik von 1892 erinnern. Das erheitert die Runde, und der Konsul muß zugeben, daß dies lange her sei.

Nur der Marqués bleibt verärgert. »Mit Unmut gab ich meiner Frau das Automobil. Sie möge fahren, wann sie wolle und wohin. Ich selbst fände schon meinen Weg.«

Ja, aber wie denn? Und mit wem?

Jetzt erst entdecken die Honoratioren am Landungssteg der Lagune das Motorboot Pigafetta der Familie Díaz de Quitano – eine kleine Yacht mit einem zierlichen Salonaufbau. Señor und Señora Díaz kämpfen sich gerade durch das Gestrüpp und üben sich in heiterer Begrüßung, die ihnen aber nicht gelingt. Auch sie sind schlechter Laune.

Welches Schrecknis kann ihnen am ersten Revolutionstag in Barcelona widerfahren sein?

Die alte Díaz kann einfach nicht schweigen. »Wir hatten unser Landaulet vorsorglich mit Benzin auftanken lassen, gerade verschnüren wir das Gepäck auf dem Wagendach und teilen die vier Sitzplätze auf, da kommt doch der Marqués und fordert von uns, ihn mitzunehmen.« Nun folgt die umständliche Geschichte des Umsteigens vom zwar startbereiten, doch viel zu engen Motorwagen auf das unpräparierte, dafür geräumige Motorschiff.

»Das auch nun noch ohne seetüchtigen Steuermann.«

Yoyó verläßt den Kreis. Die Vorwürfe, er sei brachial in die intime Familienreise eingebrochen, mußte er sich schon während der Überfahrt genug anhören.

Jetzt kann die Díaz ungehemmt weiterreden. »Die hanebüchene Geschichte mit seiner Frau nehme ich dem armen Marqués gut und gern ab«, mit dieser Aurora sei er reineweg geschlagen. »Sie ist Russin, und in jedem Russen steckt nun mal ein Stück Niedertracht.« Weiter geht es über die Kleidung, über Ballrobe, Haartracht und die Gemeinheit, generell Schmuck abzulehnen. »Die denkt doch nicht im Ernst an ihr hungerndes Volk, die will doch nur unser aller Reichtum verhöhnen.«

Und jetzt auch noch diese Telefoniersucht.

»Aber so sind nun mal die Russen: immer geschwätzig. Haben sie kein Gegenüber, muß die Fernsprechleitung herhalten.«

Für Dienstbotengewäsch. Für was sonst? Nun ist aber Schluß. Ein Herr nach dem anderen verläßt die Gattin des Freundes Díaz, übrig bleiben nur wenige Ehefrauen. Zu ihnen gesellen sich Zofen und Dienstmädchen, die – immer auf Klatsch begierig – doch gleich schon abgelenkt werden. Am Ufer steht ein frecher Matrose, er macht die Pigafetta am Anleger fest, mit weitrudernden Armen schlingt er das Tau um den Pfosten.

Jetzt der Seemannsknoten – ein Kunstwerk! Seht her. Fidel Victoria

Feliú ist stolz auf sich. Zu Recht, Fidel, zu Recht. Wer schon macht in vierundzwanzig Stunden eine solche Karriere? Eben noch mußtest du – unterster Dienstgrad der spanischen Kriegsmarine – gleich einem Hafenkuli Munitionskisten über die Mole asten, angerotzt von einem saugroben Maat. Ein Bandwurmscheißer warst du, ein Tripperschwanz, jetzt bist du der Kapitän einer majestätischen Privatyacht.

Ein kleiner Mord zwischendurch veredelt deine Biographie. Diesen schäbigen Maat abzuräumen, diese nichtige Charge totzuschlagen, schenkt deiner Lebensphilosophie das Motto:

Das alles vermag der Mensch.

Da erschien doch im Yachthafen diese kopflose Gesellschaft, zwar Eigentümer eines Bootes, aber unfähig, es zu steuern. Und du, Fidel Feliú, brauchtest dir nur ein paar Blutflecken aus der weißen Hose zu reiben, und schon standest du da wie eine Eins.

Die weitere Geschichte des Matrosen ist kaum erwähnenswert. Das Boot war rasch aufgetankt und losgemacht, die Küstenströmung genutzt, die Durchfahrt zwischen den Landzungen gefunden, und jetzt die Zukunft: Auf der Insel warten Mädchen. Deine Heldentat nur angetippt, Fidel, und du sparst dir einen ganzen Schwall von plappernder Turtelei.

Ein Kerl mit Zukunft.

Der Matrose Feliú beurteilt sich richtig. Er ist ein Gewinner. Eben noch ein Meuterer, ein Mörder, eben noch Anarchist, stehst du nun auf der Seite der Reichen, der endlos Glücklichen. Du brauchst nur deine Pranke auszustrecken, da legt sich schon auf die eine kleine zarte Hand – an ihr hängen die Schätze des ganzen Spanischen Westindien.

Fidel Victoria Feliú reicht einer Dame den Arm und stützt sie bei ihrem Sprung über die Bordwand. Drei seiner Passagiere hatte er zuvor schon an Land geholfen, nun folgt Doña Florinda, die Tochter des Schiffseigners. Ihren Begleiter, einen vierschrötigen Kerl mit vorstehendem Unterkiefer, in abgewetztem braunem Manchester, um den Hals ein Künstlertuch geplustert, behandelt der Matrose weniger wohlwollend.

Die beiden Gäste streben ihrer Gesellschaft zu. Voran dieser Schlawiner im Manchester, auf der Schulter schwer die Staffelei, in den Händen Malkästen und Palette. Die Señorita tritt ihm ein paarmal auf die Hacken, so daß er schrittweise nur hinkend vorankommt.

»Da ist ja unser schönes Fräulein Florinda.« Die Freundesclique steht am inzwischen aufgebauten Buffet und hebt das Glas. »Unsere hübsche Díaz. Ja. Aber wer ist dieser Mann?«

Einige könnten ihn durchaus kennen.

»Aber, Gefährten, erinnern Sie sich doch an gestern nacht in den Vier Katzen. Der Herr saß am Nebentisch in der Runde dieser lärmenden Kunstmaler.« Señora Díaz zerrt den Neuling von Gruppe zu Gruppe. »Er heißt Isidro Nonell, und unser Mädel hatte ganz schöne Mühe, ihn von der Seite seiner Zigeunerin loszueisen.« Aber letztendlich seien ihre Tochter und natürlich der im voraus honorierte Porträtauftrag die stärkeren gewesen.

Ein Porträt? Das glaube, wer will.

Isidro Nonell stellt die Staffelei auf, handelt sich dafür aber einen Anpfiff der reichen Erbin ein. Was er sich denke, sie hier malen zu wollen? »Soll ich mich etwa im Freien nackt ausziehen, Herr Maler Klecksel?« Sie lacht so schrill, daß Nonell erschrickt. Von einem Akt war nie die Rede. Das auch hätte ihm seine Frau Aïtana nie gestattet. Wenn schon ein nacktes Modell, dann nur eine Zigeunerin.

»Sie können mich haben, wie ich bin – ohne Hüllen.« Florinda streift einen Träger ihres Kleides herunter und kost mit der Wange die eigene Schulter. »Aber nur, wenn mein Verlobter dabei ist.« Da müssen wir aber noch warten.

Wo jetzt gerade der junge López sei, danach sollte man besser nicht fragen. Auch beim alten Estrü erkundigt sich ja wohl keiner nach der blonden Freundin aus Kopenhagen, diesem Ballettgirl, das er immer seinen Cake nennt.

Keine Sorge um die Abwesenden. Am Ende der schrecklichen Woche wird alles vereint sein.

Noch ist das Fest nicht vollkommen, die Tafel nicht gedeckt, es fehlt die Musik, es fehlen die geschliffenen Gläser, die silbernen Bestecke, die befrackten Kellner. Es fehlt das Porzellan. Man wird alles ordern müssen. Wozu hat der Reeder López einen Büroboten auf den Ausflug mitgenommen? Der muß im nächsten Dorf ein Postamt suchen.

Mit einer Depesche an das Hotel Cuatro Naciones.

Der Bote macht sich auf den Weg, da ruft ihm der Staatsrat Brosset nach, man solle, fordere man Musik an, um Gottes willen nicht diese Negerkapelle bestellen. »Diese Urwaldtöne reißen uns ja die Ohren weg.«

Der alte Konsul kann beruhigt werden, Neger zu engagieren, sei heutzutage viel zu teuer. Man müsse wohl oder übel Wiener nehmen, diese Walzergeiger aus dem Hotel.

»Didelidöh.«

Das ruft ein Witzling. Konsul Brosset beachtet ihn aber nicht, er greift sich ein Dienstmädchen und wirbelt es auf dem Rasen im Kreis herum. Er singt auf deutsch. »So ein Walzerlied, / Das geht ins Gemüt. / Duidu, duidu, tralalala.«

Der Montag abend schleppt sich dahin. Irgendwo finden sich noch aus dem Vorjahr Girlanden und Lampions. Diener sammeln in allen Quartieren Kerzen zusammen. So kann der Platz im Zentrum der Lagune zumindest illuminiert werden. Um so trostloser wirkt das Rasenviereck, das eigentlich mehr zum Tanzen einladen sollte.

Das Warten auf die Musik zermürbt.

Auf der Terrasse des Marqués finden sich die Herren des katalanischen Geldes zusammen: Estrü, die Familie Batlló, der Reeder López und Don Arturo, dessen Familie mit dem deutschen Namen Ganzenmüller sich bereits unter der Restauration Ferdinands VII. in Barcelona angesiedelt hatte.

Da wird zunächst alles Geschäftliche durchgehechelt, die Baisse in der Waffen- und Schokoladenproduktion, die schlichtweg verlorenen Anteile am Teatro Liceo, der in Notzeiten immer gute Profit bei der Beteiligung an Hospitälern, die ungeklärte Zukunft des Tourismus an dieser rauhen Küste der Winde.

»Dem Pfarrer von Lágrima erscheint Gottes Auge schon jetzt über einem Fremdenverkehr von morgen.« Ja, diese ruchlose Kutte kennt jeder allzu gut. »Er baut sich aus seinem Klingelbeutel ein Hotel. Für seine Wallfahrer, sagt er.« Aber in Wahrheit meine dieser hinterhältige Hirte die Reisenden aus Britannien und Germanien – die wohlhabenden Ketzer aus dem Norden mit ihrem gottlosen Geld.

Díaz tritt hinzu und hört gerade noch den letzten Satz. »Mögen sie alle doch ihre Geschäfte machen, diese kleinen Leute von morgen.«

Dieser Mann mit seinem karibischen Reichtum hat gut reden. Er braucht nicht mehr zu arbeiten, auch seine Tochter ist versorgt und alle ihre zu erwartenden Kinder, Enkel und Urenkel bis weit über das Jahr

2000 hinweg. »Aber wir armen Reeder müssen für unsere Nachkommenschaft Tag für Tag mühsam Fracht für Fracht mit eigener Hand zusammenklauben.«

Das sagst du nicht laut, Antonio López, die Erben der Díaz de Quitano werden schließlich auch die deinen sein.

Wenn das mit der Hochzeit des Sohnes Felipe nur gut geht.

Die Tochter Florinda, nun schon zweiunddreißig, ist ja ein schlimmer Besen. Eben scheuchte sie einen Diener, der ihr nicht schnell genug das Glas servierte, über die Insel. Jetzt hat sie einen Küchenjungen am Wickel und dreht ihm das Ohr um.

Aua.

Eigentlich möchte Florinda den Maler packen, diesen Isidro, aber der ist noch nicht gezähmt. Vielleicht schlüge er zurück. Aber ein Anschnauzer befriedigt ja auch ein wenig. »Los, du Pinselmeister, gib dem Bengel ein paar hinter die Löffel.« Nonell begreift die Aufforderung zur Gewalt nicht. »Was hat dieser Knirps angestellt?«

Angestellt? Muß es immer Gründe geben für unsereiner bißchen Vergnügen? »Hopp, Klecksel, eine Watsche aus deiner Hand, und ich schenke dir eine unserer Inseln in der Karibik. Irgendein Cayo Soundso. Mitsamt den Fröschen und Fledermäusen, dem Bambus und ... und ... – Ist das nichts?«

Eine Insel für eine Ohrfeige. Nein.

Vielleicht sollte man eher das gnädige Fräulein weichprügeln. Aber das zu sagen, traut sich Nonell nicht. Er findet als Replik nur ein einziges blödes Wort.

»Warum?«

Eine dämliche Frage. Über diesen Einfaltspinsel kann die Erbin nur lachen. »Du willst doch, daß ich dir Modell stehe, Herr Kunstmaler? Dazu muß ich in Stimmung kommen.«

Stimmung.

Florinda zieht den Küchenjungen am Ohr über die ganze Rasenfläche. Er schreit. Aua. Diese unschöne Szene beobachtet auf der Terrasse des Marqués die Herrenrunde.

Wenn das mit der Hochzeit nur gut geht.

Der alte López möchte den künftigen Schwiegervater seines Sohnes behutsam auf diesen etwas launischen Umgang mit dem Personal hinweisen, auch wenn es sich in diesem Fall nur um das Schwanzende der Dienerschaft handelt.

Um einen Küchenjungen.

Díaz spürt, einer Kritik zuvorkommen zu müssen. Ja, das Martergericht seiner Tochter wird beendet. Nonell sieht Vater Díaz herannahen. Dieser wird seine Tochter verhören. Auch er wird wissen wollen: Warum. Er tritt hinzu und stellt die Frage.

Nein, nicht die nach dem Warum.

»Hast du der Rotznase schon das Trinkgeld gegeben?« Das gehöre sich so, und Florinda glaube wohl, weil sie eine Frau sei, gälten andere Gesetze. »Wie der Mann berappen muß für jeden seiner Späße mit jedem seiner Feger, so auch umgekehrt.«

Ein Mensch ist ein Mensch.

Begreife das, Florinda. Nichts ist einfacher. Sie gibt Nonell eine Banknote. Fünfundzwanzig Pesetas. Das, findet Isidro, sei viel Geld.

»Nicht für dich, Klecksel. Gib es weiter.«

Der alte Díaz ist entsetzt. »Man zahlt direkt.« Seine Schulden für derlei Dienste der gehorchenden Klasse begleiche man direkt und mit Stil.

»Ein Mensch ist ein Mensch.«

Díaz erlöst das Ohr des Kochlehrlings aus der Klaue seiner Tochter, er legt dem Geschundenen den Arm um die Schulter und zwingt ihn zum Buffet. »Du hast dir ein Glas Champagner verdient, mein Kleiner.« Das trifft den Jungen wie ein abermaliger Schmerz. Nein, nicht auch noch das. Du schämst dich, neben deinem Herrn am Buffet stehen zu müssen. Du möchtest fort, dich am liebsten ins Wasser stürzen.

Isidro Nonell strebt dem Bengel hinterher. Das Geld. Er muß es der armen Kreatur weitergeben.

Einen verdienten Lohn für einen Lustigmacher.

Florinda hält den Maler zurück. »Der hat bereits sein Salär. Was der hat, ist mehr als fünfundzwanzig Pesetas wert.« Wieviel, glaube wohl der Bohemien, gäbe die große Welt dafür her, mit dem Vater ein Glas trinken zu dürfen? »Und unter denen, die davon nur träumen dürfen, befinden sich die höchsten Persönlichkeiten Spaniens.«

Nun gut, dann eben wandert das Geld in die Tasche des Kunstmalers.

Der Küchenjunge sieht sich um. Würde doch irgend jemand kommen und ihn wegzerren – gern auch am Ohr. Statt dessen Prost und Zum

Wohle. Eben noch wolltest du dich ersäufen, nun ergreifst du das zweite Glas Champagner.

Und ein drittes. Salud.

In diesem Augenblick lernt ein kleiner, bislang bedeutungsloser Küchenjunge, wieviel ein Mensch zu ertragen vermag. Dazu noch in Heiterkeit.

Am Dienstag gegen Mittag bekommt die Lagune Besuch von einem Reiter. Er trägt den Waffenrock demonstrativ ohne Orden und Rangabzeichen. Dennoch erkennen die einen oder anderen den Ankömmling schon von weitem. »Da ist ja endlich unser Hauptmann«, ruft die Gesellschaft aus, und: »Ist das Kriegsgericht in die Ferien gegangen?«

Jenseits am Ufer, wo der Wagentroß – von einigen Kutschern bewacht – zu einem kleinen Lager angewachsen ist, steigt der Reiter ab. Er läßt seinen Gaul nicht zu den anderen. Beim Militär sind Roß und Reiter eine untrennbare Einheit.

Kamerad Pferd muß mit auf den Kahn.

Mit dieser Fuhre hat sich der alte Charo ganz schön abzumühen. Aber zum Mitrudern fordert er den Gast nicht auf. Trotz dessen schlichter Uniform erkennt ihn der Fährmann am ziselierten Säbelknauf als Offizier.

Jago Galcerán, Hauptmann und Offizialverteidiger am Kriegsgericht zu Barcelona, hat sich zwei Tage Urlaub genommen. In dieser ersten Wochenhälfte haben ohnehin die Revolutionstribunale das Sagen, und so kann er seelenruhig auf den Gegenschlag der Staatsmacht warten. Am Donnerstag in der Frühe wird er sich auf der Festung des Montjuich zurückmelden.

Hier erst einmal genießt Galcerán seinen Auftritt. Am anderen Ufer angekommen, besteigt er noch einmal seinen Gaul und legt die letzte kurze Strecke im Trab zurück.

Er bremst auf der freien Rasenfläche exakt vor dem Buffet. Alles erschrickt und bringt Teller und Gläser in Sicherheit. Aber die Stute – erfahren in Kavalleriebravouren – ist brav, sie macht nichts kaputt und nascht auch nicht von der Tafel.

Der Hauptmann wird herzlich begrüßt. Die Gesellschaft ist auf Neuigkeiten gespannt. Doch interessieren weniger die Straßentumulte in Barcelona als das Schicksal einzelner Angehöriger. Der Marqués fragt – wenn auch betont beiläufig – nach Aurora, der Reeder López möchte verständlicherweise etwas über seinen Sohn Felipe wissen, ein Persönchen aus dem Stubendienst etwas über seinen Schatz bei der Polizei. Auch der alte Estrü verkneift sich nicht die Frage nach dem Fräulein Tine Tivoli.

»Wer ist das? Doch nicht etwa der Cake?« Galcerán erinnert sich an den Tisch der Kaufherren in Els Quatre Gats. »Dieses lange blonde Revuegirl aus Kopenhagen? Es ist wie vom Erdboden verschluckt.«

Und was ist mit der Runde der Maler, mit dem Künstlertisch in den Vier Katzen? Das wiederum bewegt weniger die Honoratioren als Isidro Nonell. »Sind sie alle zusammen mit meinem Zigeunermodell auf die Barrikaden gegangen?« Wenn ja, schäme er sich – vor allem vor Aïtana –, hier zu sitzen, noch dazu im Sold einer reichen Erbin.

Der Advokat kann den Selbstquäler besänftigen. Niemand vermisse diesen, die Barrikaden seien ohnehin nichts für Intellektuelle, am wenigsten für die Stammgäste des Prominentenlokals.

»Alles wird am Leben bleiben. Das prophezeite ich schon am Sonntag.

Ist denn dieser Schwätzer nicht zu bremsen?

Galcerán, einmal in Schwung gekommen, kann nicht mehr aufhören. »Barcelona wird voll vom Lärm beherrscht.« Man nenne die semana trágica bereits zu Anfang schon die lärmende Woche. Paff. Paff. Und Wumm an allen Ecken.

Dann schweigen die Kanonen unter der Kolumbussäule. Pulverqualm zieht die Ramblas hinauf. Sandsäcke türmen sich hoch zur Verteidigung des Teatro Principal. Marodeure plustern unter geraubten Meßgewändern prall die Bäuche auf mit Beute von sakralem Nippes. Auf dem Pflaster streckt ein Hund alle Viere von sich, aus der Mündung eines Revolvers steigt Rauch auf – ein sich in die Weite des Himmels langsam zerfasernder Faden weißer Wolle.

Mittag liegt auf dem Boulevard. Markisen schweben gefährlich frei über Terrassencafés. Auf Stühlen und Tischen liegt Schutt. Die Sonne bricht sich in den Scherben zerbrochener Flakons. Das nun ist eine Szene vor der Parfümerie Pheasant's Eye. Eine Dame stürzt heraus, die Arme hoch gereckt, den Mund aufgerissen zu einem Loch – rund und schwarz. Sie schreit.

Frika.

»Bitte, Hauptmann, nicht diese Geschichte. Sie bricht uns allen das

Herz.« Und der Staatsrat Brosset fragt, ob denn dieser Horrorreporter nicht bemerke, wie die Damen nach ihren Taschentüchern zupfen. »Sehen Sie nur, Madame Cischini heult selbst schon wie ein Hund.«

Der Marqués amüsiert sich. Genau so ist das Leben, so strahlend und so verheult. So wahr und so verlogen. Die Trivialität, Yoyó, reizt dich zum Bösen, was? Doch für wen willst du auch nur ein einziges Wort verschwenden? Alles Wahre und Strahlende stürzt ohne dein Zutun allein vom Felsen der Tarpeja, zu dem es vom Lügenkartenhaus des Kapitols angeblich nur ein Schritt sein soll. Aber das, Yoyó, versteht in dieser Runde niemand.

»Und was ist mit den Menschen, Kollege Jago Galcerán?«

Die Menschen. Ja, die Menschen.

Der Advokat stellt sich in die Positur eines Konsulenten vor dem Standorttribunal. Mit der linken Hand fingert er vor seiner Brust, als zerre er über die blinkenden Knöpfe seiner Hauptmannsuniform die Robe zusammen. Die rechte, zur Faust geballt, droht einer Phalanx von Marmorköpfen über silber passepoilierten Kragenspiegeln.

Eine Rede flammt über das Gericht hinweg. Aber sie ist nichts als eine Rede und ohne Nutzen. Das zerknüllte Häuflein auf der Armsünderbank sackt in sich zusammen, es wird kleiner und kleiner. Schließlich verschwindet es. Als letztes geht hinter der Barriere die weiße Haarsträhne des alten Mannes unter. Ein Lichtstrahl fällt durch das Gitterfenster in den Saal. Im abgedunkelten Raum strahlt einzig nur die weiße Strähne des Greises, der morgen tot sein wird.

»Ist das ein Bild, Freunde?«

Alle bestätigen es einmütig und hoffen, daß die gute Geschichte mit diesem herzzerreißenden Ende aufhört. Der Marqués bringt dem schöngeistigen Hauptmann einen Imbißteller und ein neues Glas Wein. »Bier haben wir leider nicht. Wir könnten es auch nicht kühlen.«

Aber Galcerán ist nicht zu stoppen. Jetzt bricht erst richtig der Plauderer beider Rechte aus. »Sie fragen nach den Menschen, mes amis. Die Menschen? Sie tauchen in den roten Saft ihres verspielten Lebens den Pinsel ein, um ihr Finis an die Festungsmauern des Montjuich zu schreiben.«

Und dann paff, paff, paff.

Auf diese Interjektion hat die Gesellschaft schon gewartet. Alle können im Chor einfallen. Madame Cischini hat eine zweite Stimme auf

Piff Piff, und Konsul Dr. Falcke aus Berlin koloriert das Tongemälde mit einem schneidigen Schnatter Peng Peng.

So wird aus der anfangs nur heiteren Laune am Ende eine überbordende Lustbarkeit – fast ein Ball. Durch den Trubel zieht sich eine Girlande von Hochrufen auf Katalonien, auf die tapferen Heroen – auf welcher Seite auch immer –, auf brave Männer und mutige Frauen, auf dies und das und allerlei Unsinn.

Auch ein Vivat auf die schönen Künste findet seinen Platz, es folgen mehrere Hurras auf König wie Karlisten, auf Kolonien und Vergangenheit, auf die Zukunft und ein hispanisiertes Europa, ein besonderes schließlich auf Christoph Kolumbus und alle christlichen Seefahrer auf den sieben spanischen Weltmeeren.

Der Matrose Feliú muß salutieren, mit jeder Dame, mit jedem Herrn anstoßen und somit ein Glas nach dem anderen kippen. Als er am Ende, sturzbesoffen, ein Hoch auf die Aviatik emporgrölt, erntet er ein Hohnlachen, doch als Trost die Beförderung zum Maat.

Nun endlich hat er – wenn auch unbefugt verliehen – denselben Dienstrang wie der Schinder, den er vor zwei Tagen erschlagen und ins Meer geworfen hatte.

Fidel Victoria Feliú ist Maat. Er rülpst zwei Takte der Nationalhymne durch Mund und Nase, dann kippt er aus den Stiefeln.

Es wird eine lange Nacht. Doch niemand muß bangen, mit dem Schlaf zu kurz zu kommen. Jeder findet irgendwo ein ruhiges Plätzchen, wenn auch nicht immer in einem Bett, so doch auf den Korridoren der Sommerhäuser, in einem der Zelte, unter dem wispernden Laub der Bäume oder ganz schlicht im Gebüsch des Ufers.

Tags darauf gegen Mittag müssen die Insekten schon sehr fleißig sein, um die benebelte Gesellschaft der Lagune wieder wach zu kriegen.

Über das Rasenviereck spannt sich ein Sonnensegel, links und rechts ist je ein kleines Festzelt aufgebaut. Dazwischen ist die lange Tafel nunmehr weiß gedeckt. Aus bauchigen Kannen zieht der Duft von Kaffee über die Insel. Kellner stehen umher, sie tragen die kurzen weißen Jacken der Frühstücksbedienung.

Doch eine Frühstückszeit kann man diese Mittagsstunde wahrhaftig nicht mehr nennen. Erst langsam erwacht einer der Gäste nach dem anderen, niemand traut so recht seinen Augen. Was ist geschehen, während man den halben Tag verschlummert hatte?

César ist da.

Und mit dem Oberkellner kam ein Gutteil des Personals aus dem Cuatro Naciones mit. Planwagen voller Gerätschaften und Proviant wurden drüben auf dem Festland entladen und auf den Kahn verfrachtet. Solchem Ansturm war der alte Charo nicht mehr gewachsen, aber gottlob konnte sich nun ein kräftiger Hotelservice in die Riemen legen.

Von der Nacht noch halb berauscht, will der Gesellschaft diese plötzliche Wandlung nur mühsam in den schweren Kopf hinein. »Wo sind wir?« Das ist die häufigste Frage, und eine andere: »Sind wir allesamt tot?« Und das hier sei womöglich das Paradies.

Ja. Es ist das Elysium. Was sonst?

Doch als eine leise Musik über die Lagune zu dudeln beginnt, spüren alle die immerhin recht irdischen Gefilde. Nein, wir sind nicht gestorben, uns besäuseln keine himmlischen Harfenklänge. Das ist ein simples Streichorchester mit einem Walzer.

Da sitzt auch schon die Tafelmusik des Hotels mit seinen Geigern aus Wien. Sie haben sich als Reveille eine hübsche Pièce ausgedacht.

Libellentänze.

Die Damen, die zur Morgentoilette ans Ufer schlendern, wiegen sich zum Dreivierteltakt leicht in der Hüfte, die Díaz und die Cischini summen gar die Melodie mit. Am Bootsanleger warten Zofen und Zimmermädchen mit Waschschüsseln und frischen Handtüchern. Auch ein großer Spiegel ist aufgestellt, die Hotelfriseuse hat alle Hände voll zu tun und verlangt Voranmeldungen. Nun drängt sich auch noch der Marqués dazwischen.

Pomade.

Yoyó, du hast es nötig. Mehr noch als Ganzenmüller bist eigentlich du der Gastgeber auf der Insel, und wie stündest du mit wirren Strähnen da, wenn es plötzlich Fremde zu empfangen gilt.

Da sind sie schon.

Sie kamen zusammen mit dem Hotelpersonal an, der Oberkellner César hatte ihnen in einem der Proviantwagen Platz gewährt. Artig warteten sie am Landufer, bis alle Frachten und auch der letzte Hotelpage die Fähre freigegeben hatten.

Ein Ehepaar und ein blutjunges Mädchen.

Sie sind von Stand gekleidet, gewiß, wenn auch nicht gerade nach der neuesten Mode. Der Herr erhebt sich bereits vor der Landung im Boot und zieht vor dem Marqués den Hut. Auf der Heckbank sitzen unter einer Sombrilla die beiden Damen.

Am Inselufer wendet sich die Schlange vor dem Friseurspiegel nach den Fremdlingen um, und auch die Dienstboten glotzen. Hier und da wird ein Kiechern unterdrückt, laut lacht nur Señora Díaz de Quitano.

»Wo kriegt man heute in Barcelona noch solchen Putz? Haha. Vielleicht gerade gestern noch in Tarragona.« Der Marqués weist die vorlaute Gattin seines Freundes mild zurecht. »So ein Dress, Madame, ist morgen schon wieder Mode. Natürlich nicht bei uns. Aber sicher in London.«

Dieser kleine Tadel erspart erhebliche Peinlichkeiten. Immerhin sind die neuen Gäste Wandersleute von Adel, wenn auch sichtbar verarmt. Der Hidalgo stellt sich vor.

Llosa y Llosa.

»Und das ist meine Frau. Wir sind aus Castillo Olvidar und nur gelegentlich einmal in der Hauptstadt Kataloniens zu Besuch.« Das junge Mädchen, das sich am liebsten verstecken möchte, wird vorgezerrt. »Laura Luisa, unsere künftige Schwiegertochter.«

Es folgt die recht umständliche Erzählung vom Sohn Ramón Némesis. »Er ist Fähnrich bei der Guardia Civil. Die Polizeikarriere war von klein auf sein heißester Wunsch.« Nun hätte die Familie vor fünf Tagen im Casino seinen Einstand gefeiert – zugleich auch seinen Abschied zur Kampftruppe. Was meinten wohl die Herrschaften, wie glücklich der Junge gewesen sei. »In dieser Woche schon kommt er zu seinem ersten Einsatz.«

Um die Ankömmlinge sammeln sich derweil weitere Honoratioren. López und Díaz können dem alten Estrü nur beipflichten, daß die Revolution gerade rechtzeitig zu toben begonnen habe, damit so mancher sein Glück machen könne.

»Unsere kleine Laura Luisa ist natürlich traurig. Die Kinder wollten noch zuvor ein Brautpaar werden.« Aber das häßliche Casino der Polizeikaserne sei für eine Verlobung denn doch nicht der rechte Rahmen gewesen.

»Aber mein Geschenk hat er schon.« Laura Luisa plaudert es aus, ohne zu merken, daß sich in dieser Runde niemand für die längst verunglückte Geschichte interessiert.

Das wird doch im Leben kein Heldenepos.

Ein Sproß der verarmten Llosa, kaum neunzehn, wird Offizier bei den Lederhelmen. Er will sich verloben, aber das Casino ist dreckig. Die Kameraden der Polente lärmen und haben allerlei Zoten auf der Zunge. Die sind nichts für eine fünfzehnjährige Braut, und erst gar nicht zu einem solchen Festtag, der ja einem Bund fürs ganze Leben vorangehen soll.

»Mein Geschenk war ein kleines Kreuz in Gold an einer Kette. Nun trägt er es an seinem Herzen.«

Wer nimmt sich endlich die Courage, diesen Langweilern das Wort zu entziehen? Jago Galcerán, du doch nicht etwa? Nein, du hörst überhaupt nicht zu. Den Eingriff in solch lächerliches Plauderwerk überläßt du deinem Kollegen vom Zivilrecht.

Notar Arturo Ganzenmüller schreitet ein. »Und wie kommen Sie, liebe Gäste, überhaupt hierher, wenn ich fragen darf?«

Nein, Llosa y Llosa, ihr braucht nicht zu antworten. Der Oberkellner César hat den mißglückten Auftritt dieser treuherzigen Leute längst ausgemacht. Die quatschen sich noch um Kopf und Kragen und erzählen womöglich ganz treuherzig, daß sie im Hotel, wo sie sich im Vorgartencafé gerade eben ein Eis mit Sahne leisten konnten, ein Zimmer nie hätten bezahlen können.

César entführt die drei zur Tafel, das junge Mädchen nimmt er sanft an die Hand. Für die hinterdrein blickende Notabilität hat er nur eine schwache Erklärung. »Ich packte meine Proviantwagen, da lud ich diese honorigen Herrschaften gleich hinzu.« Wo auch immer sie herkämen, dahin gäbe es in dieser Woche kein Zurück.

»Dieser Ausflug auf die Lagune ist für sie das kleinere Unglück.«

Die Gesellschaft findet, der alte Kellner nähme sich heute wieder einmal eine Menge heraus, aber nun gut, nichts gegen die drei Fremden. Die füttern wir auch noch mit durch.

»Nehmen Sie sich von allem reichlich.« Und die Gäste sollten sich auch beim Champagner nicht zieren. »Es ist ein Tonnerrois. Und entsprechend schwer.« Das sage man vorsichtshalber der Jungfer wegen.

Es geht auf den Abend. Längst brät der Ochse am Spieß. Die Kellner haben sich umgezogen. César kontrolliert die Mamselln, ob ihre Schürzen gestärkt sind, Hausknechte sind eingeteilt, um die Kältemaschine mit Luftpumpen unermüdlich auf Touren zu halten. Nichts wäre entsetzlicher, als würde das Gefrorene zum Dessert vorzeitig schmelzen.

Dem Orchester war eine kleine Pause gegönnt. Jetzt muß es sich zum Abendprogramm wieder anstrengen – hoffentlich mit etwas flotteren Weisen.

»Galopp.«

Solch barschem Befehl können sich die Musiker – obgleich von der Nachmittagshitze noch entkräftet – nicht entziehen. Sie spielen die Petersburger Schlittenfahrt.

»Hilfe.«

Der erste Streicher setzt sein Instrument ab. Er horcht. Schreit da nicht jemand? Nun hören es auch die anderen. Eine Geige nach der anderen schweigt.

Wieder dieser Ruf. Beim dritten Mal schon näher. Huh und Hilfe.

Madame Cischini stürzt auf den Platz. Sie kreischt, sie zittert und ist nicht zu beruhigen. Endlich gelingt es dem Advokaten Galcerán, der sich am ehesten auf die Praxis des Verhörs versteht, den Anlaß der Panik zu ergründen.

Was auf dieser Insel kann so erschreckend sein?

Dem ausgestreckten Arm der verstörten Frau Konsul folgt alles zum Ufergebüsch. Dort liegt ein Mensch halb im Wasser, halb von einem herabhängenden Ast gehalten. Er trägt die Kluft eines Seemanns. Ist er ertrunken? Ist er tot? Beherzte Diener ziehen ihn an Land und legen ihn auf den Rasen.

Aber das ist doch unser lustiger Matrose von gestern abend. Der Hauptmann klopft ihm die Wangen. »Wir wollen doch nicht einfach abflattern, Mann! Hoch die Aviatik.« Die Umstehenden haben weitere Scherze bereit und lachen aufmunternd.

Hoch die Aviatik.

Der Kerl rührt sich nicht. Der Matrose Fidel Victoria Feliú – gerade erst unter Hallo zum Maat befördert – hat sich zur Großen Marine abgemeldet. In der Nacht stürzte er volltrunken in die Bucht. Stunden lag er still, die Beine im Geäst, den Kopf unter Wasser. Die Hose verrutschte ihm, Libellen umtanzten den nackten Bauch, auf seinem Arsch saugten sich Insekten fest.

Nun ruht er – die Kleidung wieder halbwegs geordnet – unter dem Sonnensegel. Das, Maat, war denn wohl eine kurze Karriere!

Musik.

Die Gesellschaft findet, man solle dem Mißgeschick zwar mit Pietät begegnen, aber keine miese Stimmung aufkommen lassen. »So wie Sie möchten wir alle einmal sterben.« Mitten im Rausch. »Dann über die Reling, und ab schwirrt die Seele.« Aber solche und andere Sprüche erreichen Feliú nicht mehr. Musik.

Die Kapelle möchte sich mit einem getragenen Motiv dem Trauerfall würdig anpassen. Sie sieht die Noten durch. Etwas von Beethoven wäre das richtige, vielleicht auch das Air von Bach. Aber so etwas fehlt im Repertoire des Wiener Ensembles. Es findet eine Alternative.

Brüderlein fein, einmal muß geschieden sein.

Die Spanier unter den Inselgästen kennen das Lied nicht. Aber der österreichische Konsul, der Preuße Dr. Falcke – einst ein paar Jahre Legationssekretär in Wien – und Staatsrat Brosset aus Petersburg können die Melodie mitsummen. Madame Cischini, vom Schrecken erholt, kann sogar den Text.

»... Scheint die Sonne noch so schön, / Einmal muß sie untergehn / Brüderlein fein ... / Zärtlich muß geschieden sein.«

Da werden manchem die Augen feucht. Und als die Dame aus Wien mit schöner Soubrettenstimme den zweiten Refrain in die Abendstimmung hineinschrillt, heult das Mädchen Laura Luisa laut auf und schneuzt sich.

»Brüderlein fein, / Schlaf zum Abschied ein.«

Wie schnell, denkt die Braut, ist so ein Menschenleben dahin. Nicht auszumalen, der Tod könne so plötzlich auch ihr den Liebsten rauben. Mitten im Aufbruch der Karriere, der jungen Liebe, und das Glück hat noch nicht einmal richtig begonnen.

»Nein. Solche Gedanken dürfen erst gar nicht in dein hübsches Köpfchen hinein.« Madame Llosa trocknet dem Schwiegertöchterchen die Tränen.

In der Mitte des Rasens besprechen die Herren die notwendige Bestattung. Gibt es Probleme? Die Konsuln führen das große Wort – ausgerechnet sie, die auf der Lagune das geringste Heimatrecht haben. Sie wollen dem Burschen hier auf der Insel das Grab schaufeln lassen – gleich neben dem Festplatz.

»Es war ein einfacher Matrose, wir hatten ihn zum Maat gemacht.« Und man solle damit auch die fidelitas und die laetitia einer so schlichten Haut ehren.

Ein Ehrengrab für einen Spaß.

Ist das angemessen? Die Handelsherren schließen sich eher dem Marqués an, der eine Bestattung drüben auf dem Festland vorschlägt. »Was sind schon Maat oder Korporal? Wir sollten unsere schöne Lagune reinhalten von den Gräbern gemeiner Dienstgrade.«

Diesen Marinesoldaten schnell noch zum Decksleutnant zu machen und ihm so das Leichenbett eines Offiziers der katholischen Majestät zu ermöglichen, stößt auf lärmenden Widerspruch. So ein Vorschlag kann auch nur von einem Bohemien kommen.

Isidro Nonell, halte dich da heraus.

Die beste Idee kommt von Doña Florinda. Man solle diesen Filou – wie immer er sich nenne – so hoch befördern, wie es der Mannschaftsstand erlaube.

Zum Oberbootsmann.

»Da wird der Offiziersstand nicht beleidigt und diese pauvre Kanaille bringt es an die Spitze einer für sie nur erträumten Karriere.«

Der Gedanke einer Frau. Wie menschlich.

»Dann aber weg von hier. Sage der Insel ade, Abenteurer. Dein Gastauftritt ist zu Ende.« Die Erbin streckt den Arm aus gleich einem Cherub. Dagegen wagt niemand ein Wort.

Auf den Kahn mit dir, Brüderlein fein. Auf den Kahn.

Und man solle für ihn ein Kreuz schnitzen. »Fidel Victoria und so weiter mit Ehre und Treue und Vaterland und ...« Dieser Auftrag der Díaztochter geht an Nonell. »Du bist hier der Künstler. Und so etwas ist für dich doch nur ein Klacks.«

Mit dieser Fuhre wird der Fährmann Charo nun wirklich zum Charon. Aber die Ähnlichkeit des Namens begreift er wohl kaum. Was weiß denn so ein alter Fischdieb vom Styx?

Wieder muß er allein rudern. Die Dienerschaft hat mit dem Souper alle Hände voll zu tun, und für die Honoratioren ist das kleine buffoneske Zwischenspiel ohnehin zu Ende. Auf dem Weg zur Tafel bleibt dem Advokaten am Kriegsgericht, der für wahrhaft jede Gelegenheit einen Allgemeinplatz findet, der Nachruf. »Der Tod knüpft des Fadens letzten

Knoten auf der Lebensbühne dem Akteur; dem Publikum im Parkett senkt sich zum Epilog der Vorhang. Applaus.«

Eusebi Estrü guckt verärgert. Ähnliche Worte lagen auch ihm auf den Lippen. So bleibt dem Fabrikanten nur, mit einem Toast das Glas zu heben.

»Ade, Matrose. Ein Hoch der Aviatik.«

Jago Galcerán, in schlichtem Waffenrock ohne Helm und Orden, neben sich das Pferd, nähert sich im Kahn dem Festland. Er muß nach Barcelona zurück.

Die Sonne steht schon hoch. Der Advokat hatte aus der Ferne bereits drei neue Ankömmlinge entdeckt. Er landet und hat nur noch einen Blick für die beiden Frauen – die eine lang und blond, die andere eine Negerin. Die zwei hattest du, Jago, doch gerade eben noch gesehen. Das war Sonntag nacht in den Vier Katzen.

»Verehrte Señora Teresa, so also sieht man sich wieder.« Galcerán bedauert, der Sängerin Auftritt am Abend auf der Lagune nicht beiwohnen zu können. »Es ist Donnerstag. Da haben sich unsere Revoluzzer in Barcelona endlich ausgetobt. Verhaftungen stehen bevor. Verhöre warten.« Es gelte, Menschen zu verteidigen oder wenigstens zu versuchen, sie zu verteidigen. »Ein nutzloses Tun, glauben Sie mir, schöne Madame Kolibri, anklagen ist einfacher.«

Auch für das Girl aus Dänemark hat der Advokat ein munteres Wort. »Ebenfalls Sie, meine göttliche Gazelle, hätte ich gern einmal auf den Brettern gesehen mit ihrem sinnenberaubenden Kuchentanz. Freund Estrü, unser alter Bonvivant, hat Sie uns allen als das Wunder von Kopenhagen geschildert.«

Für Felipe López hat der Hauptmann nur einen flüchtigen Blick. Er hat diesen Señorito nie leiden können – schon als Kind nicht. Jetzt kommt noch der Neid hinzu. So ein geiler Bock mit gleich zwei Weibern.

»Schnuppern Sie mal, meine Damen, drüben auf der Lagune schmort bereits das Steak zum Brunch.« Galcerán läßt die Gäste nicht nur wittern, er läßt sie auch horchen. »Lauschen Sie nur, Mesdames, das sind unsere Walzerfiedler aus Wien. Sie stimmen ihre Geigen zum Frühkonzert.«

»Libellentänze.«

Ja, die Damen hätten richtig gehört. »Mit diesem Charakterstück beginnt allmorgendlich unser Orchestre d'érémitique, das heulende Elend der Einsamkeit zu vertreiben.«

Die Ankommenden beachten den Quasselkopf nicht. Der junge López hat Mühe, den Fährmann festzuhalten, und Mamá Teresa muß die Hausknechte überwachen, damit beim Umladen ihr Künstlergepäck beisammenbleibt.

Das Hallo ist größer als erwartet.

An wohl alles hatte die Gesellschaft bei ihrer Flucht auf die Insel gedacht, und was man vergessen hatte, wurde nachgeschickt. Einzige Mangelware waren und sind noch immer gute Tänzerinnen für die tägliche Kette der Vergnüglichkeiten vom Thé dansant am frühen Nachmittag bis zum letzten Kotillon spät in der Nacht.

Jetzt kommen mit einem Schub gleich zwei dieser begehrten Vögel – sogar zwei Künstlerinnen von den Brettern des internationalen Showbusiness.

Nein, ihr beiden, ihr müßt nicht auf einem der Korridore nächtigen, auch nicht in einem Zelt, oder gar das müde Haupt auf die nackte Erde betten. Plötzlich entdeckt jeder der Kaufherren in der Sommersiedlung noch einen freien Unterschlupf. Die Jazzsängerin Teresa kann sich ein Quartier aussuchen. Sie wählt das beste Angebot: im Haus des Marqués von Lágrima das Gemach der Gemahlin Aurora.

Der Cake wird bereits am Bootsanleger von Esperanza empfangen, einer der Mamselln im Haus des Fabrikanten Estrü, die gelegentlich bei Damenbesuch ihres Brotherrn Zofendienste übernimmt. Sie führt das Girl in das gemachte Zimmer. Da hat schon die Frisierkommode ihren Platz, die Schubladen sind mit kosmetischen Mixturen gefüllt, in den Schränken ist die Bekleidung eingeräumt.

Esperanza hat an die passende Garderobe für wirklich jeden Anlaß gedacht. Jetzt liegen erst einmal Rock und Bluse in lose fließendem Reformdress auf dem Bett. Die Farben sind auf die Palette von Lind gestimmt, das Chiffontuch mit einem Stich ins Oliv könnte die sanfte Stimmung kontrastieren.

Nichts soll mehr an das Abricot des Abendkleids vom vergangenen Sonntag erinnern. Nichts an diesen durchgeschwitzten Humpelrock.

Herunter mit dem Fummel. Weg mit dir, stinkende Erinnerung. Eine neue Lebensära beginnt.

Eine Epoche in Grün.

Aber das olivene Tuch will der Cake dennoch nicht um den Hals. »Das Dekolleté muß offen sein. Sie sehen doch: das Kreuz.«

Esperanza hatte es schon bemerkt, nahm aber an, das Fräulein wolle dieses Angebinde lieber verstecken. »Aber warum denn? Es ist ein Souvenir«, und nun erklärt das dänische Girl einer spanischen Zofe doch wirklich die Exotik von katholischem Flitter aus einem katholischen Land.

»Es ist Trödel, gewiß, aber mit einem Abenteuer verbunden.«

»Das liegt hinter Ihnen, mein Kind.« Esperanza hat bis ins Detail die Versöhnung mit dem Zuhause vorbereitet. Sie hat Puder aus Purpurweiß und zarter Orchidee gemischt. Das, meint die Zofe, sei der rechte Farbton für die Rückkehr nach einer turbulenten Reise. »Sie sind wieder daheim, Kleines, und auch die Poren ihrer Haut müssen es atmen.«

Daheim.

Felipe López zieht in die Kammer seiner Knabenzeit ein. Nein, für einen Platz in seinem alten Indianerzelt hat er jetzt nicht die rechte Laune. Nach den Tagen in der Hexenküche will er wieder eine ordentliche Lagerstatt. Die Cellistin der Hotelkapelle, ein Fräulein Gusti Kópaček, die diesen Raum nichtsahnend okkupiert hatte, kann nicht schnell genug ihre Sachen zusammenraffen und sich davonmachen. Nicht erst ein Wort, nein, schon der Blick des jungen Herrn treibt sie zur Eile.

Aber, aber. Wir Spanier sind doch keine Unmenschen.

Der Reederssohn zieht dem Mädel das Dirndl stramm und gibt ihm einige Klapse auf das Hinterteil. »Wie heißt denn die Puppe? Gusti. Ein schöner Name.« Sicher sehe man sich später noch.

Aber das ist nur so dahingesprochen.

Inzwischen ist die Mittagstafel abgeräumt. Zum Fünfuhr-Tee wird an kleinen Einzeltischen gedeckt. Alte Bastmatten – im Schuppen eines Sommerhauses entdeckt – sind zur Fläche verknüpft und sollen die tanzenden Paare zu mehr Schwung als auf dem nackten Rasen animieren.

Auftakt zum Tanztee.

Die Musiker schwitzen, sie hatten nur eine kurze Pause während der Mittagssiesta. Die Cellistin Gusti Kópaček ist verstört: Das schöne Quartier mußte sie räumen, und dann der Antrag von diesem jungen Herrn. Der war doch wohl ernst gemeint?

So etwas mitten in Katalonien. Mitten in der Fremde.

Der Oberkellner César befürchtet, es könne an diesem Nachmittag zu peinlichen Konfrontationen kommen. Am vergangenen Sonntag hatte er beobachtet, wie der Sohn des Reeders López und die Mätresse des alten Fabrikanten Estrü zusammen heimlich auskniffen. Und auch, wie die derart gefoppte Tochter der Díaz de Quitano mehr als nur ein Auge auf den Zigeunermaler Nonell warf. Nun geraten jeden Augenblick alle vier aufeinander. Wer wird mit dem ersten Krach beginnen?

Sicher die reiche Erbin.

Vorsorgend instruiert César den Barmixer – einen Herrn Luitold aus Luzern, der wie ein junger Grieche aussieht –, notfalls als Cavalier de danse einzuspringen. Wie gut, daß dieser sich weigert, mit der häßlichen Pflanze zu tanzen.

Gehorchte hier alles der alten Unke César, bräche das Chaos aus. Gottlob beachtet auch niemand die von ihm veränderte Tischordnung, die jedwede Berührung vermeintlicher Widerpartner verhindern soll.

Frech und direkt wendet sich Felipe López der Familie Díaz zu. Artig küßt er zunächst der Señora, dann seiner Braut die Hand und nimmt sich einen Stuhl. Hat er es nötig, sich für eine lächerliche Verspätung von drei Tagen zu entschuldigen?

Mir nichts dir nichts wendet er sich seinem Vater am Nebentisch zu. »Ich war noch im Kontor.« Dort herrsche die allgemeine Unordnung. »Ein Buchhalter hatte gegen vermeintliche Plünderer den Tresor oder vielleicht auch nur die Portokasse verteidigt. Er lag unter einem Regal und sagte nicht einmal mehr piep.« Der Senior vernimmt es nur mit halbem Ohr und bedauert ganz allgemein die neue Zeit. »Ja, ja, die Arbeitsmoral sinkt erschreckend.«

Was treibt dich, Felipe, deinen Bericht weiter auszuschmücken? Niemand in dieser Runde interessiert sich für das Leben von Bürogehilfen.

»Dieser Escobal – oder so ähnlich – aus der Levante Ost ist doch gar zu dämlich.« Man solle ihm bei den nächsten Beförderungen keine Abteilungsleitung, nicht einmal eine Stellvertretung anvertrauen. »Der wußte weder, wo mich mein Vater erwartet, noch konnte er mir einen Wagen beschaffen.« Hätte ihn nicht die freundliche Señora aus Kuba aufgelesen, irrte der Junior noch jetzt durch dieses aufrührerische Barcelona.

Das reicht, Felipe. Warum nun noch diesen überflüssigen Satz?

»So eine halbgebildete Negermammy ist oftmals intelligenter als ein gelernter Kommis.«

Kein Wort über den Cake. Und keine Frage.

Die Jazzsängerin kümmert sich derweil um das Hotelorchester. Sie kennt es nur flüchtig, gehört hat sie die Musiker nie. Mit diesen Leuten sollst du heute abend auftreten, Teresa?

Unmöglich.

Sie besteigt das Podium, sie stampft ein paarmal mit Sohle und Absatz auf. Dam-dam ... dam-dam ... – Und das noch nicht einmal in Synkopen.

In dieses Didelidöh Takt hineinzukriegen, wird dir wohl nie gelingen. Mamá Teresa schnipst mit den Fingern. »Das sind Pitos, meine Herren ... Und das sind Palmas.« Sie klatscht in die Hände. Mein Gott, diese Männer, gerade so alt wie sie selbst – und schon Greise. »Wien ist dann wohl doch mehr die Stadt der Melodien als die der Rhythmen.«

Gib es auf, Diva. Schnappe dir dieses junge Ding da im abgeschmackten alpinen Bauernrock. Es ist das einzige Weib in dieser Kapelle. Eine Frau ist ja im allgemeinen weniger verzopft – auch wenn sie aus Österreich kommt.

»Wie heißt du? Gusti. Nimm dein Cello und komme mit.« Nein, den Bogen könne sie zurücklassen. Im Korridor eines Landhauses bringt Teresa der kleinen Wienerin bei, wie man ein Cello nicht nur zupfen, wie man die Saiten und auch das Holz schlagen kann. »Härter. Noch ... noch ... und weiter: he, he, he ... hyá, hyá ... ueh.«

Das, Gusti, wird heute zur Nacht unsere Nummer. »Du bekommst ein Kostüm von mir, und wir bringen das Gesindel zur Ekstase.«

Muchachos a reir, / Muchachos a gozar ...

Als letzte in der Teegesellschaft hat Tine Tivoli ihren Auftritt. Sie findet trotz ihrer Kurzsichtigkeit sicher den Tisch ihres Freundes Eusebi. Estrü, ganz Grandseigneur, erhebt sich, küßt seiner Geliebten die Wange und rückt ihr den Stuhl zurecht.

»Meine Herren, wir haben Frischfleisch bekommen.«

Das ruft ein Witzling aus, der die Dänin in ihrer aufgefrischten Eleganz entdeckt. »Jetzt droht uns kein Skorbut mehr und kein Ausfall der Zähne.«

Das ist zum Kringeln. Da können alle nur lauthals losplatzen.

Am Nachmittag gegen sechs gerät die Stimmung zum Höhepunkt. Es ist die Stunde, da die Baumkronen die Tanzfläche in den Schatten tauchen, so daß in der linderen Wärme dem Orchester schnelle und schnellere Tänze abgefordert werden.

Polka. Marsch. Galopp.

Tine Tivoli zeigt sich als gut dressiertes Ballettgirl, dem die letzte schlaflose Nacht im unbequemen Sattel nichts anhaben konnte. Der alte Faun Estrü kann stolz sein auf diesen seinen Cake.

Und er ist es auch.

Die Episode der verwichenen Tage – längst ahnte er sie – beleidigt ihn nicht. Ist es nicht gar eine Lust, hier unter den Bäumen zu dieser euphorischen Stunde der ganzen illustren Gesellschaft, den feinen Damen, den honorigen Herren, ja auch den Gebildeten unter den Dienern und den Sinnlichen unter den Mägden die Heimkehr seiner Messalina zu präsentieren? Strahlend schön, außen makellos, doch unter dem Puder so recht beschädigt.

Dem alten Textilfabrikanten taumeln die Sinne. Dieses Spielzeug vor allen Blicken entblößt zu sehen, den Hals, die Schultern, das Dekolleté, die Arme, die Füße und Fußknöchel ... mehr und mehr – am Ende, was unter dieser lindgrünen Robe, diesem Duft von Poiret so wunderbar abgenutzt ist.

Ein Scherzbold rief vorhin etwas von Frischfleisch. Er, Eusebi Estrü, legt sein Stück Filet allen zur Besichtigung auf den Metzgerblock, er, der Fabrikant, der Kaufmann und Reeder, beteiligt an der Transatlantic-Dampfschiffahrts-Gesellschaft in Barcelona, weit gereist von Sankt Petersburg fern über den Ozean hin bis zu der Seenplatte in der Mitte der Neuen Welt.

In Chicago feierten ihn die erlauchtesten Logen als einen Granden des Geldes, als einen Gentilhombre des konservativ kontinentalen Geschmacks. Der Germania Männerchor – ein Club der Millionäre – lud ihn zu einem Gala-Steak im Masonic Temple ein, einem Wolkenkratzer, zwanzig Stockwerke hoch mit einem Blick hinweg über die Hochhaus-

Metropole bis weit in die Prärien der Rothäute, in das Buschland der Waldläufer, in die Stromgebiete der Flözer, über die Appalachen und Kordilleren bis hin zu den Horizonten der drei spanischen Meere – des Atlantik, des Pazifik, der Karibik.

So ein Conquistador bist du, Eusebi Estrü. Und des Weltenstürmers Herzensdame ist jene dort – ein Kuchen aus Kopenhagen.

»Ich schenke dir eine Reise nach Amerika.«

Der Geldmann preßt die Schultern seines Girls fest in seinen Arm und küßt es auf den Hals aus Purpurweiß und Orchidee. »Wärest du damals schon in meinem Besitz gewesen, ich hätte dir einen Motorwagen aus der Fabrik des Herrn Ford aus Detroit mitgebracht.« Nun aber könne sich sein Honeycake das Automobil doch ganz einfach selbst abholen.

Ich schenke dir eine Reise nach Amerika.

Alle haben es gehört. Der Fabrikant hatte es ja auch laut genug hinaustrompetet. Der alte Staatsrat Brosset wirft ein, so eine Spritztour hätte Don Eusebi schon einmal spendiert.

»Was für ein gutes Gedächtnis, Konsul.« Auch Estrü erinnert sich gut an einen früheren Ball im Cuatro Naciones. »Das war vor genau sechzehn Jahren. Ich verehrte diesen Lotteriegewinn einem Mädchen von Dreizehn.«

Es war die kleine Aurora Iwanowna Kropotkin.

Das Kind kam nie dazu, die Reise einzulösen. »Aber darum ist sie heute nicht verfallen.«

Ein Kind namens Kropotkin, wer war das? Nun, in dieser Clique werden sich wohl noch einige erinnern? Unser zwei Meter langer Marqués Yoyó mußte es hoch an die Lostrommel heben. Jetzt erraten es auch die letzten.

Es war Aurora, unsere Marquesa von Lágrima.

Wo ist sie eigentlich heute? Das möchte man in diesem Augenblick doch gern einmal wissen. Aber bevor jemand eine Frage stellen kann, legt der Notar Ganzenmüller den Finger an die Lippen. »Unserem Yoyó ist das Thema sicher peinlich.«

Das Kind von damals ist nicht da, aber wir haben eins von heute. An die Stelle unserer schönen Russin tritt unsere nicht minder schöne Dänin – Doncella Tina aus dem Venedig des Nordens.

Eusebi gerät in einen Gönnerrausch. »Zur Schiffsreise verehre ich dir ein Eisenbahn-Billet Erster Klasse nach Detroit und einen Bankcheque mit einem Gruß an meinen Freund Henry.« Die Fahrt sei eilig, denn morgen schon könne Mister Detroit der König von Amerika sein. »Was interessiert diese Majestät dann noch ein lächerlicher Cheque des armen Estrü aus dem armen Europa?«

Im eigenen Sportwagen werde sie – einst die kleine Ballettmaus in einer skandinavischen Duodez-Residenz – in New York bei der Motion Picture Company vorfahren. »Und solche Lettern ...« Der gutherzige Mäzen entlastet die schmalen Schultern der Tivoli und zeigt mit ausufernder Bewegung die größtmöglichen Plakatbuchstaben, »... solche Lettern schreien die Sensation des Kinos über die Avenuen von Manhattan.«

Tine ... Tivoli ... The Flame Of Love.

Estrü senkt die Arme und preßt mit der rechten Hand die Gelenke seiner Liebsten zusammen. »Ein Star der Traumfabrik Amerikas ...« Mit der linken greift er ihr derb in den Nacken und schüttelt sie durch. »... und nicht mehr die nackte Sklavin in einer Pornoposse des Jahrmarktzaubers.«

Auch diesen Schwulst benutzt der alte Bonvivant für seine Lust, und allen in der Runde erklärt er wieder und wieder das Kostüm seines Nymphchens auf der Revuebühne wie auch in den obszönen dänischen Flimmerstreifen.

Das, Fabrikant, ist kein naiver Slapstick des Kintopps mehr, dein Stück gewinnt Farbe und Dimension, es schmuddelt sich ein in den sittenlosen Strip eines Frivolitätenkabinetts. Es bedarf keiner besonderen Phantasie, sich vorzustellen, wie es unter der Restbekleidung des Flittchens damals ausgesehen haben mag.

Der alte Galan atmet schwer.

»Er bekommt keine Luft mehr.« Ganzenmüller und López senior eilen herbei und wollen den Graubart stützen. Dieser aber wimmelt seine Samariter ab, seine Hände lösen sich von Hals und Fesseln des malträtierten Protégés, schwer plumpsen seine Arme herab.

»Was wollt ihr, Freunde? Ich bin gesund und brauche jetzt ein frisches Bier.«

Damit, Eusebi, willst du diese Herren da bloß ablenken. Keine Sorge, niemand hat etwas bemerkt. Du, ein Pilgrim über die Kontinente, ein Sant'Jago im gigantischen Schritt über den Ozean, eben noch zwanzig

Etagen hoch bei einem mächtigen Steak in der unendlichen Freiheit Amerikas, jetzt ein Sklave der eigenen teuflischen Wünsche.

»Ich beuge den Nacken in den Staub als Steigbügel für die Karriere einer tanzenden Amöbe.« Das sagt Estrü nicht laut, auch nicht: »Ausgeliefert einer billigen Blondine aus dem bekackten Kopenhagen, einem Miststück, dem man nur den Puder vom Lärvchen zu kratzen braucht, und darunter zeigt sich schon die Mumie der Diva von morgen.«

Immer noch stützen die Herren den alten Fabrikanten. Sie hören nicht, wie er leise mit sich selbst redet. »Millionen Amerikaner werden dich sehen, aber allen werden für alle Ewigkeit diese Titten verborgen bleiben. Ich kenne sie.«

Mein kleiner Cake. Meine zärtliche Liebe.

Nun erst kommt das erste laute Wort. »Vorbei.« Ja, die Umstehenden haben richtig gehört. Soll sich der Grandseigneur vielleicht wiederholen? Er schüttelt alle ab, steht auf und geht zum Orchester.

»Tusch.«

Der Leinwandstar von morgen, Tine Tivoli, die Glut der Liebe, muß auf das Podium hinauf und vor der ganzen Gesellschaft die Wohltat an ihr verkünden. Einen Trip nach Amerika.

Applaus. So ein Glückspilz. Applaus.

Das, Estrü, wäre geschafft. Jetzt beginnt das Leben von vorn mit neuer Glut und neuen Flammen. Hattest du eigentlich schon dem guten Proud'homme in Petersburg geschrieben? Nein. Wie wäre es, besuchtest du ihn gleich selbst und sähest dir die Ballettschule des Freundes Sergei Sergejewitsch einmal gründlich an. Vielleicht auch die Garderoben der Kaiserlichen Oper und des kleinen Theaters Panajew. Warum eigentlich nicht die Vestiaires der Manège Ciniselli?

Gleich, wenn nach der schlimmen Woche das Reisen wieder möglich ist, wird dir Freund Brosset das Visum ausstellen. Und dann auf nach Rußland!

Nun aber erst einmal auf zum letzten Tanz vor dem Abendessen – zur Polonaise.

Der Marqués greift sich Madame Cischini, Notar Ganzenmüller die Gemahlin seines Klienten Díaz de Quitano, natürlich Estrü sein Girl und López junior die Braut Florinda. Damit die Schlange um die ganze Insel reicht, muß der eine oder andere aus dem Personal mit einspringen.

So gerät auch die Familie Llosa y Llosa – bislang ein wenig abseits – in die fröhliche Polonaise. Der Barmixer Luitold aus Luzern mit dem Kopf eines jungen Griechen nimmt sich der Señora an, und Nonell wirft ein Auge auf die blutjunge Laura Luisa.

»Sehr liebenswürdig, Señor. Gern.«

Das Mädchen wagt einen Tanz mit diesem Feuerkopf, der sicher nicht nur ein Künstler ist, sondern auch einer der brutalen Anarchisten, gegen die der Verlobte Ramón gerade in diesem Moment vielleicht sein Leben einsetzt.

Wie aufregend, Laura, du bewunderst deinen eigenen Mut. Gleich beim ersten Wiedersehen wirst du deinem Liebsten die Heldentat schildern. »Du hast dich mit den Barbaren geschlagen, ich habe mit einem von ihnen getanzt.«

So lachhaft sei das Leben, so eng beieinander lägen das Schwirren der Flintenkugeln und das Zirpen der Geigen, lägen Gefecht und Galopp. Noch viele andere Platitüden legt sich die Jungfer zurecht. Laut unterhält sie sich mit ihrem Tanzpartner nicht.

Auf der Suche nach einer fidelen Pièce fand die Kapelle unter den Noten nur die Machiche. Wäre ihr Pianist hier, er – Barbosa, der Neger aus Brasilien – könnte den Takt angeben. So aber bleibt den Musikanten nur, diese Exotik bieder als Polomarsch herunterzufiedeln.

Ein Schlager. Jawohl.

Konsul Dr. Falcke erkennt in der Melodie gleich den Berliner Gassenhauer. »Wenn meine Frau sich auszieht, / Wie die bloß aussieht ...« Er animiert die Nachbarpaare mitzusingen, auch Mamá Teresa, die aber den Text nicht versteht.

»... Dann hatse krumme Beene / Und falsche Zähne.«

In langer Schlange windet sich die Polonaise um die Insel herum, hopst auf Uferpfaden, springt über Wurzeln der ins Wasser hängenden Bäume, hüpft durch Gestrüpp und Unterholz. Sie tanzt über den Ast, um den sich eben noch die Beine des ertrunkenen Matrosen takelten.

Hoppla.

Wo bleiben die Scherzworte? Feliú, grüß uns die Große Marine, oder: ein Viktoria der Aviatik ...

Hoppla. Ist das alles?

Unter den Schritten poltern die Bretter des Bootsanlegers. Gerade will der Fährmann Charo zum Festland ablegen, da hält ihn der Marqués zurück. »Nimm dir eine Pause, Alter.«

Aller Blicke folgen dem Finger des Marqués. Drüben gibt es einen Tumult. Ein Grüppchen Zerlumpter hatte sich den Gespannen des Nachschubs genähert. Die Knechte und Diener, die den Troß bewachen, drängen die Galgenvögel ab. Fort. Fort. Sie fuchteln mit den Armen und unterstützen ihre Abscheu mit abwehrenden Tritten in die Luft.

Wir wollen nicht die Krätze.

Die Polonaise auf der Insel stockt. Ein denkbares Getümmel möchte sich niemand entgehen lassen. Die Honoratioren feuern über die Bucht hinweg eine Balgerei an. Auf welche Seite sich ihre Sympathie schlägt, ist nicht schwer zu erraten.

»Gebt es ihnen, Leute. Feste.«

Jetzt erkennt Felipe López die Eindringlinge. »Das ist ja unser Nonnenschwarm.«

Die Musik verstummt, eine Geige nach der anderen setzt ab. Nur Gusti streicht noch ein paarmal ihr Cello, bis Mamá Teresa ihr in den Bogen fällt.

»Still. Das sind die Geschändeten.«

Dies muß denn wohl den einen oder anderen genauer erklärt werden, vor allem denen, die schon seit Beginn der Woche aus Barcelona fort sind.

»Streikende Arbeiter hatten die Klosterfrauen über die Rambla del Centro gejagt – mitten hinein in den Fotoladen von Lirio y Puñalada.« Der Oberkellner César weiß es von einem Hotelboy, der dabei gewesen war.

»Eine unschöne Geschichte.«

Vom Orchesterpodium kommt die Stimme der schwarzen Teresa. »Aber es sind Frauen. Vielleicht brauchen sie Hilfe.« So ein einfaches Wort, Hilfe, und gleich schon droht Mitleid zu sprießen. Señora Llosa und die Schwiegertochter Laura Luisa möchten ihr weiches Herz zeigen, auch die kleine Gusti, und sogar Madame Cischini meint, allzu schnell dürfe man die Bräute Christi nicht verurteilen. »So ein Fehltritt passiert sogar in der besseren Gesellschaft.«

Unsinn. Das dort ist nichts Besseres. Das ist überhaupt keine Gesellschaft.

Das Nein zum Mitleid kommt von überall. Hat der Marqués mit der

Ablehnung angefangen, der Notar Ganzenmüller, die Herren López? Einer der Konsuln, der Fabrikanten, der Reeder?

Nein. Und von allen Seiten Nein.

Ein schwacher Einwurf Césars, man könne die Betschwestern – natürlich zuvor gründlich gewaschen – im Küchendienst verwenden, findet kein Echo. Einzig der Barkeeper Luitold vernimmt diesen Unsinn. »In der Küche, Vater César, in der Küche? Da wollen Sie sich doch nur so ein frisch geschrubbtes Himmelsfräulein über den Trog schmeißen?«

Derlei Verwendung erwägte der Oberkellner kaum. »Ich dachte mehr an das Schälen von Obst, das Putzen von Gemüse ...« Das treibt dem Griechenkopf vor Lachen die Tränen in die Augen. Putzen. Laut schreit er über die Bucht. »Laßt das Gemüse auf die Lagune.«

Still, Mixer.

Die Langeweile des Insellebens erlaubt zwar manchen Scherz, und die Gesellschaft ist gern bereit, sich auch einmal auf triviale Weise zu amüsieren, aber dieser Herr Luitold verletzt doch arg den guten Geschmack.

Still. Schweizer.

Ganzenmüller beschwichtigt die Runde. Eine Einladung der frommen Damen könne durchaus rechtliche Folgen haben. »Vergewaltigte Frauen bringen uneheliche Kinder zur Welt. Helfen wir den Weibern, nähren wir auch deren Leibesfrucht am Busen – sozusagen das ungeliebte Leben.« Was also brächte der Gesellschaft die Güte?

Undank. Am Ende den Eselstritt.

Das ist die sachliche Belehrung eines Advokaten. »Um derlei Bälge und das Jammertal ihrer Zukunft sollen sich doch allein die kümmern, die es partout austragen wollen.« Und diese Demoisellen sähen dem Notar nicht gerade nach liebendem Verzicht aus.

»Papperlapapp, Arturo. Bleibe du bei deinen Mobilien, den Immobilien und in deiner Klientel bei der Frist von der Geburt bis zum Tode.«

Das letzte Wort beansprucht der Marqués für sich. »Was ungeboren und was gestorben ist, sind des Herrgotts Termine.« Dem himmlischen Vater solle man doch wenigstens diese letzten Verfahren lassen.

Ganzenmüller, auf solchen dilettantischen Tiefsinn wirst du doch wohl nicht weiter eingehen? Er mahnt mit beschwichtigenden Handbewegungen die Umstehenden, still zu sein. Dennoch gelingt es einigen Eiferern nicht, ihre aufgeputschten Gefühle zu zügeln. Eine ganze Weile noch höhnen sie zum anderen Ufer hinüber.

Kusch. Kusch. Weg mit euch und kusch.

Das Orchester sollte der gereizten Stimmung ein Ende setzen und die Polonaise weiterspielen. Aber der Gesellschaft ist nicht mehr nach Tanzen zumute. Diese verdammten Nonnen. Aus dem Kopf mit ihnen! Besser zieht man sich jetzt zum Abendessen um und freut sich auf die Überraschungen der Speisekarte.

Den Musikern bleibt eine gute Stunde Pause. Dann heißt es: Aufspielen zur Tafel. Ihren ersten Walzer legen sie schon jetzt auf die Notenständer.

Mein Lebenstraum ist Lieb' und Lust.

Die Gottesbräute lassen sich in gehörigem Abstand vom Troß nieder. Eine Magd, die den Nachschub betreut, bringt ihnen Brot und Milch, stellt jedoch ihre mildtätigen Gaben in einiger Entfernung auf dem Boden ab. Die Nonnen empfinden die Distanz durchaus nicht als Beleidigung. Sie hatten sich selbst menschlicher Solidarität entzogen, nun dürfen sie nicht mit Zuneigung rechnen.

Die Menschengemeinschaft ist gerecht.

In ihrem großen Schienennetz ruft sie jedem Erdenbürger irgendwann auf seiner Reiseroute die Station aus, wo am Bahnsteig das Gewissen auf ihn wartet.

Auch auf euch, ihr Bräute.

Was ist nun? Eure Kleidung ist zerlumpt, darunter die Körper lädiert, und drinnen die Seele? Die ist längst verwahrlost, ständige Gebete haben sie zersetzt. Mit dem Gelübde von einst ist die Moral auf und davon. Und mit ihr das Gewissen für die Entwicklung der Menschheit.

Was übrig geblieben ist, ist unnützer als die Vogelscheuche gegen die Heuschrecken über den Feldern. Unterm Strich seid ihr ein Posten auf der Verlustseite des gesellschaftlichen Fortschritts.

Erkennt ein Knierutscher der Christenheit überhaupt in der Revue seines Lebens die vor Altar und Kanzel, in Bet- und Beichtstuhl weggeschmissene Zeit, die für die Arbeit im sozialen Gefüge für immer verloren ist?

Nicht zu vergessen die Stunden der stillen Andacht.

Haltet euch, ihr Gottestöchter, nicht für privilegierter als den Rest der katholischen Welt. Aus der großen Lotterietrommel, wo es Tugenden zu gewinnen gibt, habt ihr die Niete gezogen.

Das Sakrament.

Was nützt euch jetzt – verstoßen von der Notabilität wie auch von deren Knechten – die Frage: Mein Gott, warum hast du mich verlassen? Warum sollte er nicht? Die Gläubigen sind ihm ohnehin das Malheur seiner Schöpfung. Er schüttelt sein Stümperwerk von den Fingern und stampft es ein in die Halden der Heiligtümer.

Vielleicht kommt der einen oder anderen Himmelstochter die Erkenntnis später, hier erst einmal gelingt keiner auch nur der Ansatz eines Zweifels. Jede für sich beendet ihr Vaterunser, nimmt sich noch einen Brocken Brot und verläßt den Flecken so schöner Natur, der als Kultstätte der Einsicht geradezu geschaffen schien.

Der Nonnenschwarm verkrümelt sich, er kommt nie wieder zusammen. Jede der Bräute geht ihren eigenen Weg – allein und jede für sich.

Da ist Serefina – eine der etwa zwanzig Vergewaltigten.

Sie findet nicht das Herz zur Heimkehr ins Kloster. Ihre Leibesfrucht setzt sie an den Stufen des Pfarrhauses von Soledad aus, dann geht sie in die Sierra Mussara und sucht – über die Brücken des Rio Francoli und Rio Gayá hinweg – den legendären Pfad neben den Geleisen der Eisenbahn.

Ihr Ziel ist der Puente del Ángel de la guarda.

Hoch windet sich die Strecke in die Berge hinauf. Der Weg neben den Schienen wird enger, dann hört er auf. Serefina wandert weiter, jetzt Schritt um Schritt auf den Schwellen.

In der Mitte der Brücke bleibt sie stehen. Nun, Schutzengel, was ist? Sprichst du etwa die Frevlerin frei und läßt sie passieren? Oder bewahrst du sie vor weiteren Sünden und stürzt sie hinab?

Serefina tritt an das Eisengeländer, ihr wird schwindlig. Tief unten lockt die Schlucht mit Gestrüpp von Kaktusfeigen. Bis hoch hinauf lärmen die Insekten.

Noch nie hatte Serefina ein solches Konzert gehört. Da kommt Euphorie auf, und mit ihr eine unbändige Lust zum Leben. Diese Musik der Käfer unter dem violetten Himmel im Rund der olivgrauen Berghänge, und glitzert da in der Ferne nicht das Meer? Was von sich hat dir deine Welt bislang gezeigt?

Nichts. Absolut nichts.

Serefina kniet nieder. Dein Reich komme, vergib uns, erlöse uns und so weiter. Das war es denn wohl. Amen. Sie ist frei, der Schwindel ist weg, sie kann aufstehen und weitergehen, sie strauchelt nicht talab.

Da überquert ein Zug den Puente del Ángel. Serefina kommt unter die Räder.

Da ist eine zweite aus dem Schwarm der Nonnen. Bibiana.

Den Unglücksmontag der semana trágica verarbeitet sie – schon etwas reifer – schlecht und recht. Nicht aber gelingt es ihr, die Vereinsamung während des traurigen Zugs zur Lagune zu vergessen und am Ziel die Verachtung der noblen Gesellschaft und selbst ihrer Domestiken. Eher nimmt die Nonne Bibiana die Kirchenschmach auf sich, sie kehrt in das Kloster zurück. Das Kind, das sie gebiert, ist von einem Anarchisten.

Der Junge kommt in ein Heim, das sich das Zuckerhaus nennt und sich rühmt, noch aus jeder Brut dieses wie auch jenes Erbgut hinausgepeinigt zu haben. Schmale Kost, hartes Lager und oftmals die Dunkelzelle begleiten die Zöglingsjahre; von den Prügeln redet niemand – sie gehören ohnehin zur religiösen Erziehung.

Mit Abschluß der Jugend verliert sich das Leben. Wandert es durch die Zuchthäuser, wird die Armee seine Heimat? Später doch gewiß die Spanische Fremdenlegion. Wer sonst sollte an den maurischen Bastionen das Abendland schützen, wenn nicht die verschmähten Endprodukte der christlichen Gesellschaft eben dieses Abendlandes?

Und dann ist unter allen noch Pia Felicia.

Sie kommt aus der begüterten Familie de Santa Herrera. Gesenkten Haupts kriecht sie in das Vaterhaus zurück. Die Eltern verzeihen der noch sehr jungen Tochter, so ein Embryo wird selbstverständlich weggeräumt, es geht um den Ruf der Familie, des Standes, letztendlich auch der Heiligen Kirche.

Nachdem alles überstanden, der Arzt gut honoriert und – völlig überflüssig – zum strengen Schweigen verdonnert ist, verschafft der Clan de Santa Herrera der geschändeten, doch zugleich von Gott so schwer geprüften, wenn nicht gar durch Leid geadelten Tochter eine ansehnliche Pfründe im Kloster Boumorte.

Mit Dreißig ist sie Priorin. Sie lebt gut mit ihrer Sünde, nur zuweilen holen sie Erinnerungen ein. Hast du dich, Pia Felicia, eigentlich genug geschämt? Die Selbstbefragung ist zugleich eine Einladung an die Lust.

Strafe. Ja.

Sie läßt sich von einer Novizin die Rute bringen, sperrt sich in eine kahle Zelle, reißt sich das Gewand vom Körper und ... – nein, sie züchtigt sich nicht. Die Erniedrigung, sich selbst nackt zu begegnen, ist als Lohn streng genug.

Die Jahre vergehen. Pia hat sich in ihren seelischen Gefilden bequem eingerichtet, sie strahlt Harmonie und Herzensruhe über das Kloster aus. Trotz ihrer Jugend wird sie verehrt. Zum inneren Frieden fehlt nur noch die äußere Glorie.

Mit Fünfundvierzig schließt sie sich der nationalen Bewegung an und reist mit einer Feldküche und einer Marketenderei, die auch Devotionalien führt, an die Front. Ihr Segen geht jedem Massaker voraus, die Falangisten brauchen Zuspruch, und bald ist Mutter Pia Felicia ein begehrtes Juwel der Feldmessen.

Vor ihr soll selbst der Caudillo das Knie gebeugt haben.

Aber das gehört in den Anekdotenschatz der traditionellen Christen sehr viel späterer Jahrzehnte. Der Generalíssimo segnete das Irdische, Pia Felicia folgte ihm in den Tod – doch lebt sie weiter im Herzen aller rechten Gläubigen. Mit den achtziger Jahren wird sie für die Putschisten der Guardia Civil zur Heiligen, und zuweilen wird auf der Brust eines dieser räudigen Hundesöhne ihr Abbild gefunden – auriolenumrahmt und von Kugeln durchlöchert.

Ihr Ruhm wächst über die Grenzen Spaniens und über das Zwanzigste Jahrhundert hinaus. Pia Felicia de Santa Herrera – ein Banner der abendländischen Restauration – genießt in den letzten schwarzen Landstrichen des Kontinents Verehrung – in Bayern, in Polen, rund um das deutsche Münsterland. In effigie schmückt sie Prozessionen – immer ist sie jung, gerade siebzehn, die Barrikaden von Barcelona stürmend, in der ausgestreckten Rechten die Fahne des Erlösers.

Einmal wöchentlich gab auf seinem Gut Lágrima der Marqués den Bal jeudi. Auch auf der Lagune soll am heutigen Donnerstag nach dem Abendessen alles auf seine Rechnung gehen. Der Oberkellner César bekommt den Befehl, es vom Orchesterpodium herunter laut zu verkünden.

»Meine Damen, meine Herren. Der Herr Marqués lädt ein. Die Nacht ist frei bis zum Aufgang der Sonne.«

Das sagt César ungerührt an. Warum sollte er das freundliche Anerbieten der hochgestellten und allseits beliebten Persönlichkeit nicht ausrufen? Auch wenn er weiß, daß der Edelmann die Zeche nie wird begleichen können. Dessen Geschäfte stehen schlecht, der Inspektor auf dem Gut betrügt ihn, und auch der Notar Ganzenmüller gibt ihm allzu oft einen schlechten Rat.

Und im übrigen: Wer überhaupt hatte denn seit Ankunft der Hotel-Equipe gestern früh seinen Verzehr bezahlt? Keiner der Gäste verlangte bislang eine Rechnung.

Alles, so meint man wohl, übernähme die Revolution – das Frühstück mit Champagner, das Mittagsmenü, die Kaffeetafel mit frischem Gebäck, die sechs Gänge am Abend, den Wein, den Cognac, die Zigarren ...

Streik und Aufruhr bringen Einbußen für wohl jeden – auch dem Unbeteiligten. Der Leidende hat Anspruch auf Entschädigung. Als eine erste Rate sollte man diese Bewirtung verstehen.

Ein Vivat den Finanziers. Dem Marqués. Dem Cuatro Naciones.

Der Hoteldirektor hat das Lebehoch am wenigsten verdient. Sein Geiz ist bekannt, er verschenkt nichts, er möchte am liebsten die Zuckerwürfel – einzeln abgezählt – in Rechnung stellen, den Senf und das Salz in der Menage, Öl und Pfeffer ... Das Couvert ohnehin. Posten für Posten wird er – ist die Kolonne zurück – vom Personal eintreiben.

Das Personal. Das ist erst einmal César Sagot, der Maître d'hôtel. Er wird auf der gesamten Summe sitzenbleiben.

Was macht es ihm schon?

Gleich am Montag wird er seinem Freund Ambroise in Paris schreiben. Vollard wird sich mit Vergnügen auf die Töchter des Cid stürzen, auf die Marokkanischen Sklaven oder die Jungfräulichen Seelen von Fillol y Granell. Ein einziges Bild aus deinen Beständen verkauft, Sagot, und alles ist für alle umsonst – eine ganze Woche lang auf dieser Insel.

Vielleicht bliebe vom Erlös noch ein Rest, um zwei oder drei kleine Pablos zu erwerben.

»Ja, auch etwas von dir, Isidro.«

Nonell hatte vom Selbstgespräch Césars die letzten Worte mitbekommen. »Ich will ja nicht raffgierig erscheinen, Patrón, aber so eine scheußliche Reise mit dieser erbärmlichen Gesellschaft muß sich doch irgendwie auszahlen.« Auch vom Hauptmann Galcerán habe er gestern vor dessen Abreise noch einen Auftrag erhalten. »Dazu kommt nun noch das Porträt der Señorita Díaz.« Den Vorschuß habe er ja schon eingestrichen. Der Maler möchte endlich gern sein Gewissen erleichtern. Fernab säße er hier und verdiene an den Wirren der Revolution. »In Barcelona verrecken die Freunde auf den Barrikaden, und ich esse Froschschenkel, Hummerschwänze und tanze mit einem Mädchen, das fast noch ein Kind ist, die Polonaise.«

Das ist doch nicht gerecht.

Hinzu käme noch das Schuldgefühl dieser fünfundzwanzig Pesetas wegen. »Sie gehören einem mißhandelten Küchenjungen. Er ist verschwunden, und nun brennt mir das Geld in der Tasche.« Nonell erzählt die schreckliche Geschichte von dem gnädigen Fräulein Florinda, das dem armen Knirps das Ohr fast ausgerissen hatte, ihren Spaß auch honorieren wollte – aber nicht direkt. »Ich sollte den Geldboten spielen.«

Nun sei der Bursche unauffindbar. »Vielleicht ist er strafversetzt an Land zum Troß. Und ich sitze hier mit der brennenden Banknote.«

Der Maler möchte seiner Beschämung die rechte Dramatik verleihen. Er zieht den Schein aus der Tasche, wirft ihn auf den Rasen und trampelt darauf herum, als müsse er die Flammen löschen, die am Geld fressen und sich über die Lagune auszubreiten drohen.

Feuer.

Das ist ein höchst geschmackloser Auftritt. César, du mußt deinen Freund hindern, sich derart lächerlich zu machen. »Hör auf und gib die Pesetas der Mamá Teresa für ihren Auftritt. Schließlich seid ihr beide Künstlerkollegen im Vergnügungsbetrieb.«

Die Jazzsängerin hatte gerade – begleitet von der ihr Cello wild schlagenden Gusti – ihre Solonummer beendet. Muchachos a reir. Das Publikum, bereits angetrunken, gerät in Glut.

»Ein Juhu unserer Negerdiva. Und dem Wiener Trampelchen.«

Nonell, am Podium heftig applaudierend, möchte das Salär möglichst unauffällig überreichen. Dennoch bemerkt es einer der Gäste: der feinfühlige Vater Llosa.

Darauf hätte er selbst längst kommen können: ein Trinkgeld für die Heldin des Abends.

Der gute Mann möchte sich beteiligen. Das, César, solltest du verhindern, denn dieser unbegüterte Adlige ist in der ganzen Clique der Allerärmste. »Es ist alles erledigt, Señor. Auch die Zeche von gestern und die Menüs von heute sind beglichen.« Das fügt der Oberkellner hinzu, weil Llosa y Llosa nun auch noch die Rechnung verlangt.

Einzig Bruder Habenichts will zahlen.

Nun fragt der arme Schlucker auch noch nach dem Spender. Schweige, César, bleibe anonym. Ein Butler zahlt die Zeche, wo gibt es denn so etwas? Das hierarchische Gefüge hat Gebote, die Gesellschaft läßt sich nicht beleidigen.

Ach was.

Niemand wäre verletzt, demaskierte sich der Gönner. Das weißt du selbst am besten, César. Am glimpflichsten kämest du noch davon, lachte alles über deinen Scherz. Aber es könnte auch schlimmer kommen, die Honoratioren putzten dich herunter, und du müßtest dankbar sein, würfe sich eine mitleidige Person dazwischen und erklärte dich schlichtweg für verrückt.

Der Kopfschuß aus dem pazifischen Seekrieg. Erinnert sich denn niemand mehr? Ein alter Steward – er spinnt.

César, fest entschlossen zu schweigen, wird weiter von Señor Llosa attackiert. Jetzt kommt noch dessen Gattin hinzu, und beide bestürmen den alten Oberkellner, den Namen des Wohltäters preiszugeben. »Für die Einladung zum heutigen Ball haben wir uns schon beim Marqués bedankt. Bei wem nun für all die andere Güte?«

»Es ist eine ausländische Dame.«

Dies ist wohl die gottverlassenste aller Lügen, César. Noch ahnst du nicht, welche Katastrophe du mit diesem Schwindel anlockst.

Eine ausländische Dame. Das kann doch nur die Busenfreundin des Herrn Textilfabrikanten sein, diese Dänin, die – herausgeputzt wie eine Diva aus der großen Welt des Luxus und der Moden – von allen Seiten Honneurs genießt.

Die Eheleute mit Schwiegertochter gehen an den Tisch von Señor Estrü, entschuldigen sich rundum für die Störung und machen der Doña Tine die Aufwartung. Llosa küßt dem gnädigen Fräulein chevaleresk die Hand, Laura Luisa knickst artig. Der Cake, den Grund der Verehrung nicht ahnend, findet derlei Huldigung ganz natürlich, auch, daß die Señora sie umarmt. Ein Wangenkuß. Und noch einer.

Dabei fällt der Blick der Llosa auf den Goldschmuck am Hals der Dänin.

»Guck mal, Laura, ein Kreuz, wie du es Ramón geschenkt hast – dasselbe Ornament, dasselbe Mosaik. Auch die Kettenglieder.« Und zum Cake: »Möge das Amulett sie beschirmen, wie das meines Sohnes auch ihn beschützt.«

Da bahnt sich doch wohl kein Unheil an? Eusebi Estrü ahnt, daß dieses Angebinde mitten aus dem Abenteuer aus Barcelona kommt. Er hatte sich bereits über den jungen López gewundert, wie man nach drei vollen Tagen Fleischeslust eine so simple Goldschmiedearbeit verschenken kann. Dazu noch als Kreuz – für eine Heidin.

»Es ist dänischer Schmuck, meine Gnädigste.« Eusebi glaubt, von irgendwelchen Ähnlichkeiten ablenken zu müssen. »Dänen schenken sich Kreuze bei jedem Anlaß – zur Taufe, zur Kommunion ...« Vater Llosa wundert sich. Er habe nicht gewußt, daß Dänen katholisch seien.

Mittlerweile haben sich zu dieser Gruppe weitere Gäste gesellt. Sie bekommen gerade das Ende des Gesprächs mit. »Dänemark soll nicht katholisch sein?« Da kann der Konsul Dr. Falcke nur dröhnend lachen. »Denken Sie doch mal an Hamlet.«

Ein köstlicher Witz. Er löst allseits Heiterkeit aus, und die Umstehenden suchen nach Namen anderer frommer Skandinavier.

»Wallenstein.« Der Übermut verstummt. Alle sehen sich mißhellig nach Madame Cischini um. So ein Blödsinn. Bevor das Gelächter erneut losprustet, nimmt der Marqués die Frau Konsul am Arm und zieht sie aus der Runde heraus. Das ist auch vertretbar, da die Musik gerade wieder zum Tanzen auffordert. Noch einmal der Polomarsch aus Berlin – die Polonaise von vorhin.

Wenn meine Frau sich auszieht ...

Dämlich, wie der Cake ist, läßt er das Mädchen Laura an den Halsschmuck heran. Die Braut nimmt das Angebinde in die Hand. Sie dreht es um. Sie liest die Initialen.

L. L.

Laura Luisa wird schwindlig. Vor ihren Augen dreht sich das Casino der Polizeikaserne. An langen Tischen Offiziere. Monstrum neben Monstrum, Uniformknöpfe, Kragenspiegel, unter tristen Haarscheiteln Visage neben Visage. Zwischen ihnen ... Nein. Wo ist Ramón?

Laura, du darfst jetzt nicht umkippen. Da ist der Ärmel des Vaters, kralle dich fest. So.

Alles geht gut.

Doch der alte Fuchs Estrü – mit der Zeit allerlei erfahren, im Leben wie auf der Bühne – spürt es: Hier knüpft sich ein klassisches Drama. Das könnte gut und gern von Shakespeare sein. Aber gewiß, Eusebi, du bist im Theater, es ist der dritte Akt, die tragischen Verkettungen sind perfekt, das Unheil tritt aus der Kulisse. Kein Ausweg mehr. Die Akteure ringsum schweigen hinter ihren Rüstungen, Visiere klappen zu.

Stille.

Göttlich, wo das Stück hingehört. Aber nicht doch auf diese heitere Freilichtbühne, auf das nächtliche Rasenviereck in den bunten Schein der Lampions. Los, Eusebi, verwandle das Trauerstück des ernsten Hauses in eine Burleske des Boulevards.

»Das Kreuz am Kettchen hat die junge Dame von ihrem Onkel in Kopenhagen. Sie sehen es selbst, mein Fräulein, deutlich: L. L.«

Der Fabrikant – vor Monaten erst in Dänemark – weiß natürlich, wie dort die Menschen heißen. »Vom Onkel Lars Larsson, einem lieben alten Herrn, der allen Nichten Amuletts schenkt. Die Miss kann es bestätigen.«

Sage etwas, Dummchen.

Der Cake bekommt alles nicht so recht mit. Da macht ein Fratz – fast noch ein Kind – vor dir einen Knicks, er bewundert dich, er faßt dich an, er will deinen Schmuck sehen.

Na und?

»Los, du dämliches Luder, erzähle etwas vom guten Onkel Lars. Ihr Mädchen nanntet ihn Olle Edelmut ... den Goldonkel mit der Geberlaune ... Oheim Lustig ...« Mein Gott, wie denn noch? Eusebi ist am Ende, die Trulle reagiert nicht. Er klopft ihr auf den Rücken, wohlwollend, so scheint es, doch ernstlich so stark, daß sie zu husten beginnt.

»Sie hören es selbst. Ein Geschenk aus der Heimat.«

Der Cake hustet.

Endlich begreift das Girl die Situation. Es merkt, wie der Freund Eusebi an der Halskette fummelt. Nein, Tine, du darfst nicht verraten, daß dies ein Souvenir aus Barcelona ist, ein Andenken an die Tage mit Felipe. Huste unverfänglich zu Ende und sage irgendein Wort. Irgendeins.

»Kopenhagen.«

Estrü atmet auf. Und auch die Braut Laura Luisa faßt sich wieder. Zwar schaukeln noch immer die Offiziere um sie herum, aber unter den Gesichtern der Guardisten ist deutlich auch das des Liebsten zu erkennen.

Ramón.

Der Zigeunermaler Isidro Nonell hat von diesem Melodram nichts mitbekommen. Nun tritt er auf, um die Partnerin der Polonaise erneut zum Tanz zu holen. Laura, das Schwindelgefühl läßt nach, an die Stelle der Polizistenrunde treten wieder die zivilen Gesichter der Lagunengesellschaft.

Alles ist gut.

Mit einem Tänzchen käme gewiß der alte Frohsinn zurück. Aber das Mädchen – noch immer ein wenig benommen – fürchtet, dem werten Señor womöglich auf die Füße zu treten. Bei einem Künstler, sicher, wäre das nicht weiter schlimm, aber bei einem Anarchisten?

Allen wird die Entscheidung abgenommen, denn plötzlich hört die Musik auf – mitten im Tanz. Drüben vom Ufer kommt Motorengeräusch. Das ist doch ein Automobil!

Und nun die Hupe.

Die Paare gehen zum Anleger. Yoyó, das ist dem Geräusch nach der Roadster von Fiat. Drüben tragen jetzt Diener Fackeln herbei. Ja, das ist das Automobil des Marqués. Aurora steigt aus. Und noch eine zweite Dame. Die Marquesa bringt einen Gast mit. Endlich Abwechslung. Musik, Tusch.

Und den Walzer Morgenröte.

Aurora

*Am Klappenschrank * Ein Verrat und eine Lüge * Auf dem Zweigpostamt * Anarchie ist Ordnung * Angelita Abriles * Im Café Trafalgar * Balkanträume * Endlich Lágrima am Telefon * Mariposita, einst der schwarze Schmetterling * Auf holpriger Straße * Rast im Bauernhaus * Persica * Eine Farbe für die Stille * Tusch*

Das Telefonamt in der Calle Cervantes gilt seit den Morgenstunden des ersten Revolutionstags als okkupiert. Nachdem an diesem Montag bereits um halb sieben die Kolumbussäule fest in der Hand des Volkes war, überlegten die Anarchisten, was als nächstes zu erobern sei.

Natürlich die Knoten der Nachrichtennetze.

Die Beamten von Post, Telefon- und Telegrafenamt leisteten keinen Widerstand, und schnell verlor der Haufe seine Lust an so leichter Heldentat.

Die Jagd auf Pfaffen war dringlicher.

Gegen zehn Uhr betritt Aurora die Halle des Telefonamts, von den wenigen Arbeiterposten unbeachtet. Der Handstreich in der Frühe hatte diese Männer und Frauen zurückgelassen, nun haben sie sich aus den Sitzkissen des Dienstpersonals ein gemütliches Lager errichtet und amüsieren sich in der Grenzenlosigkeit der neuen, frisch erstürmten Moral. Für die aufkreuzende Dame im braunroten wadenkurzen Rock, in den Stiefeletten, mit dem halbverschleierten Gesicht unter der Krempe ihres Huts heben die Posten nicht einmal den Kopf.

»Hallo.«

Noch einmal ruft Aurora in das Rund der Halle hinein, dann schreit sie durch die Luken der Schalter, daß sie die Marquesa von Lágrima sei und sofort eine Vermittlung verlange.

»Lágrima Nummer Zwei.«

Vom Lärm angelockt eilt der Vorsteher herbei. Er hat die Uniformjacke abgelegt, aus Angst, sich als Staatsdiener zu verraten, und zieht mit geducktem Rücken die Besucherin hinter die Schalterwand. »Leise, Señora, sehen Sie nicht zwischen Kissen und Fliesen die Flintenweiber und Bauchaufschlitzer?«

Aurora, seit ihrer Kindheit mit jedwedem Tumult vertraut, zeigt vor derlei Galgenvögeln keine Angst. »Das hier sind Arbeiter. Aber bei mir in Lágrima sind es die Bluthunde der Guardia Civil, die um das Gut streunen. Menschen sind in Gefahr.«

Menschen in Lágrima?

Da kann doch alles nur lachen. Die Telefonistinnen, die sich bislang hinter ihren Klappenschränken versteckt hielten, kommen hervor, und der Vorsteher hat Mühe, das Kichern und Gackern in seinem Gänsestall zu drosseln. »Eine Verbindung über Land, Señora, brauchen wir gar nicht erst zu probieren. An der Peripherie – gleich hinter den Vororten – sind alle Leitungen hops.« Selbst dem Königshaus könne er nicht helfen. »Käme etwa die Infantin, selbst sie ...«

Blödsinn.

Die Marquesa unterbricht den Quasselkopf. »Hier geht es um drei Mägde. Sie sind verraten.« Das hast du gottlob nur leise gesagt, Aurora, die Fräulein vom Amt würden lauthals losprusten. In der Hexenküche Barcelona wäre die Sorge um ein paar Landeier doch recht spaßig.

Schuld. Gibt es da eine Schuld?

Laß ab, in diesen Kreisen dein Gewissen zu entblößen, Aurora. Du wolltest nichts als das Gute. Du wolltest armen Kreaturen helfen und wurdest ihnen zur Tücke.

Nicht nur mit Verrat. Hinzu kam die Lüge.

Da sitzen wieder die Frauen auf den Schienen. Der Zug hält an der Weiche. Blockade. Am Ende der Wagenreihe sind Reservisten für den Krieg in Marokko eingesperrt. Du selbst, Aurora, hast sie jammern gehört, den Weibern auf den Geleisen aber schwatzt du etwas von längst glücklichen Soldaten an Bord der Reina Luisa auf.

Ihre Waggons sind verriegelt, die Luken vernagelt.

»Blumensträuße an den Mündungen ihrer Gewehre, so schwimmen die Soldaten voller Abenteuerlust hinaus auf das Mittelländische Meer.

Das Dampfschiff hat Mühe, sich mit dem Heulen der Sirenen gegen die derben Lieder der Grenadiere zu behaupten.«

Das Gekicher der Telefonistinnen verstummt. Für einen Ulk waren sie aufgelegt, nicht aber für Worte geistiger Verwirrung. »Können wir Ihnen helfen«, ... »schnell ein Schluck Wasser« ... und andere Gefälligkeiten werden angeboten. Das sieht doch ein jeder: Diese Dame braucht Beistand.

»Lüge auf Lüge. Unrecht auf Unrecht.«

Leise, Aurora Iwanowna, leise. Du schämst dich, du möchtest wieder sauber sein, du möchtest dir verzeihen können. Dazu brauchst du deine unversehrten Mägde.

»Adola ... Mirabel ... Brígida.«

Brígida. Ja, das sei sie, zweiundzwanzig Jahre alt. »Nach dem Lyceum seit sechs Jahren im Amt.« Eins der Fräuleins knickst vor dem Gast aus der feineren Welt. »Das Telefonnetz lahmgelegt haben die Anarchisten doch nur für Polizei und Militär«, aber für die Frau Marquesa, die eine gewisse Brígida sprechen wolle, ließe sich doch wohl noch eine Strippe finden.

Das Mädchen hantiert am Klappenschrank herum, fingert in den Schnüren, stöpselt und stöpselt, weckt eine Gegenstelle nach der anderen. An das kleine Postamt in Lágrima gelangt sie nicht.

Gendarmerieposten melden sich, Eisenbahnblockstellen, Küstenwachen. Ein Weinküfer, der auf eine Armeebestellung wartet, reagiert ganz verstört, eine Blumengroßhandlung kennt eine solche Sorte nicht, ein Kostümverleih hält den Anruf für einen Scherz, in einem Etablissement gibt es keine Dame mit dem nicht gerade ankuschelnden Namen Lágrima.

»Nichts, Frau Marquesa, nichts. Vielleicht morgen. Kommen Sie am besten gegen Abend.«

Auch die Telegrafenzentrale in der Ronda Universidad zeigt sich glücklos. »Ringsum in der Region meutern die Garnisonen – auch in Lágrima – die Postbediensteten sind angesteckt, sie streiken.« Der Amtsleiter rät der Kundin, das Ende der Woche abzuwarten. »Dann sicher siegt wieder die Vernunft, von drei Telegrammboten werden zwei erschossen, und der dritte bittet inbrünstig und gottergeben, eine Depesche – selbst auf Knien rutschend – austragen zu dürfen.«

Doch warum, so frage sich der Herr Fernmeldeingenieur, wolle die verehrte Gutsherrin ausgerechnet in einem offenen Telegramm ihr Gesinde warnen.

»Gnädige Frau, auf den Streifen stehen Namen. Jeder kann sie lesen. Das ist Verrat.«

So ein Leichtsinn! Nicht wahr, Aurora, da erschrickst du? Doch der Amtsleiter beruhigt dich. »Gewiß, es sind nur Mägde. Aber auch das sind Menschen. Das hat eine Seele, das hat Ängste, das mag nicht in den Kerker, nicht unter die Folter.«

Das, Aurora, muß ausgerechnet dir ein anderer sagen, noch dazu ein Staatslakai. Besser, du redest nicht mehr von den drei Jungfern; mit etwas Jammern über die Gefährdung der leiblichen Tochter kommst du sicher besser voran.

Die Hauptpost ist fest in der Hand meuternder Matrosen. Die Wache hat das Bajonett auf die Gewehre gepflanzt und sogar ein Maschinengewehr in Stellung gebracht. »Versuche dein Glück am Paseo Isabel II., Bürgerin, die kleineren Postämter stürmen wir erst morgen.«

Ein alter Amtmann, den man zu Neujahr vergessen hatte zu pensionieren, ist der letzte auf der Postzweigstelle. Er hält seinen Schalter geöffnet. Er springt auf und salutiert. Die Marquesa kennt er von Bildern aus der Zeitung.

»Einen Brief aufgeben, Hochwohlgeborene? Einen Eilbrief?«

Wer wohl schaffe den aus dem Teufelskessel Barcelona heraus? »Wer wohl schwingt sich am Zielort getreulich auf das Fahrrad?«

Aurora betet ihre herzrührende Geschichte von der Sorge um ihre kleine Tochter Chica herunter. »Ich fühle mich am Kind ein wenig schuldig.« Dafür aber hat der alte Amtmann das geringste Verständnis. Seine beiden Söhne sind im Amerikanischen Krieg gefallen. »Der eine hat sein Grab auf Kuba, der andere das seinige auf dem Grund des Meeres vor Manila – fünftausend Meter tief.«

Seitdem sehe er in den Adjunkten der Post seine Kinder. »Auch Ihnen, meine hohe Dame, stünde es gut an, sich weniger um die Familie und mehr um das arbeitende Gesinde zu bekümmern.« Um die Knechte und Mägde auf dem Hof, die Dienstboten und Mamselln im Haus, die Hüter im Walde, die Kutscher, die Hirten und die Tagelöhner auf den Feldern ...

»An diesen allen soll ich mich schuldig fühlen? Nun gut, Herr Vorsteher, wie Sie es wollen: Ich habe Schuld.«

Schritt um Schritt weicht Aurora zurück. Es nützt ihr nichts, dieser Postmensch bedrängt sie, er ist verrückt. »Ha. Schuld?« Jetzt legt er ihr die Hand auf die Schulter, mit der anderen weist er auf die Wand der Schalterhalle.

Da hängt das Kruzifix.

»Der da oben nimmt jegliche Schuld auf sich, wenn auch nicht die unsrige, so doch sicher die der Herrin über Lágrima.« Aurora gelingt es, sich zu befreien. »Aber die Briefe trägt der da oben nicht aus, Herr Vorsteher? Auch keine Telegramme?« Und um eine Telefonverbindung zu stöpseln, hätte der Erlöser sicher zwei linke Hände.

»Hat denn die Katholische Post der Katholischen Majestäten nicht ihren eigenen Heiligen für solche Nothilfen?«

Gottes Streitknechte als Streikbrecher? Das könnte der herrschaftlichen Postkundin sicher gefallen. »Den Kopf zwischen die Füße legen würden wir dem heiligen Verräter. Ich, Bürgerin Lágrima, ich bin Anarchist – wie jeder gute Spanier.«

Eine Lebehoch der Anarchie.

Der Amtmann zerrt die Marquesa hinter die Schalterwand. »Sehen Sie diese Ordnung? Die Briefwaage, die Wertzeichen in Kolonnen und Zenturien, den Kleistertopf, das Einschreibheft, das Tintenfaß, Stempel neben Stempel, das Stempelkissen – alles in Reih' und Glied.«

Anarchie ist Ordnung.

»Respekt haben wir weder vor Gott noch dem Postpräsidenten, nicht vor Krone, Kirche und Vaterland. Über uns steht einzig die eigene Moral.« Der Beamte richtet mit einem Lineal die Gegenstände auf seinem Schreibpult aus. »Wenn morgen die streikenden Arbeiter kommen, die meuternden Soldaten, die Deserteure, die Barrikadenweiber, dann greife ich selbst zum Gewehr.«

Sechsundsechzig sei er, Oberamtmann Jaime Zorilla, aber er greife zum Gewehr und schlüge mit dem Kolben die Postzweigstelle Isabel II. kurz und klein. »Auch das ist die Moral der Anarchie.«

Aber erst die von morgen.

Das Lineal, eben noch der Paradeordnung verpflichtet, schwebt jetzt bedrohlich über Auroras Kopf. Sie muß aus diesem Postamt hinaus.

Nur fort.

Aber der Amtmann zwingt die Besucherin auf seinen Dienststuhl. Er drückt sie auf das Sitzkissen aus grünem Filz. »Verfügen Sie schnell noch über mich und meine Tugend von heute, erlauchte Dame, ich verkaufe Ihnen den Kopf des Königs stückweise und im Bogen. Alfons in Violett ... Alfons in Karmin ... Alfons in Apfelgrün ... Ich klebe Ihnen den geflügelten Pegasus auf Ihren Expreßbrief, ich stempele Ihnen Ihre Pakete, ich lasse über mein Diensttelefon jedes Stadtgespräch für Sie stöpseln ...«

Der Mann ist verrückt. Nur fort.

»Wen möchte die Bürgerin Prominenz an die Strippe? Den Zivilgouverneur, ihren Coiffeur, den Gefängniskommandanten? Ihre Modistin in der Passage Fernando VII., den Juwelier Caffareli? Das Standorttribunal, die Theaterkasse des Liceo, die Plaza de Toros? Die Adjutantur des Generalkapitäns Exzellenz Weyler y Nicolau? Ein Bankhaus, eine Galerie, das Zollhaus am Hafen? Die Redaktion des Journals für Luxus und Moden ...«

Plemplem.

Nein, Amtmann Zorilla, du bist nicht wahnsinnig. Du bist Anarchist, und du hast Angst. Heute noch hast du ein Telefon, und du möchtest, daß schnell noch alles, alles miteinander spricht. Du fürchtest, im Lauf der Schreckenswoche mehr und mehr zu vereinsamen. »Am Ende bin ich allein. Jeder von uns ist allein. Und jeder muß für sich allein sterben.«

Aurora, was kümmert dich die Unkerei dieses alten pensionsreifen Beamten mit den beiden gefallenen Söhnen und seinen Hallodris von Postadjunkten, die – wie man sieht – ihn längst verlassen haben? Du hast deine eigenen Phobien.

Von den Bitternissen der Welt läßt sich nicht die eine mit der anderen aufrechnen.

Die Marquesa hängt sich das Mikrofon auf die Brust und zieht die Hörmuschel über die Ohren. »Herr Vorsteher, verbinden Sie mich mit der Nummer Zwölfneunzehn.«

Señorita Abriles meldet sich so überstürzt, als hätte sie auf den Anruf gewartet. Das kann nur Aurora sein. Sie ist es. »Ich habe das Automobil dabei, Angelita, ich hole dich von der Plaza Tetuán ab.«

Die beiden Frauen entschließen sich zu einem Einkaufsbummel, so weit es die Krawalle zulassen würden. »Aber zuvor gehen wir in ein Café.« Aurora braucht nach den Wirrnissen der letzten Stunden eine kurze Ruhe und eine Plauderstunde mit der unkomplizierten Tornado.

Das Café Trafalgar am Arco triunfo ist heute besser besucht als sonst an Montagen. Das Publikum der Innenstadt hat sich der Unruhen wegen hierher an den Salón de San Juan und den Ring der äußeren Boulevards zurückgezogen.

Unter Sonnenschirmen ist im Vorgarten gedeckt wie in friedlichen Tagen.

»Yoyó ist seit den frühen Morgenstunden fort.« Aber ja, das kann sich Doña Tornado gut denken, sie hatte selbst lange genug mit dem Marqués gelebt. »Das kennen wir doch seit Jahren – von Revolte zu Revolte«, und die Geliebte von einst kann sich noch gut an die schönen späten und doch noch warmen Novembertage Dreiundneunzig erinnern, als die Bombe im Teatro Liceo fiel. »Das Sommerhaus auf der Lagune war gerade zur rechten Zeit fertig.« Ein himmlisches Domizil, wenn man auf der Flucht sei und zugleich so verliebt. »Mein Gott, ich war vierundzwanzig.«

Angelita, du mußt jetzt nicht wieder und wieder erzählen, daß deine Freundin Aurora damals noch ein Kind gewesen sei und von dem Attentat sicher nur wenig mitbekommen habe.

»Du damals mit dreizehn hattest ja nur den Ball im Kopf und deine Amerikareise, die dir der alte Estrü geschenkt hatte.« Nun sticheln beide, wer wohl in den wilden Neunzigern mehr auf Vergnügen erpicht gewesen sei, auf das Tanzen, auf das Reisen in die Kurorte. Santa Agueda kommt ins Geschwätz, Biarritz und die kleinen Pyrenäenbäder. »Weißt du noch: der Festsaal in Seo de Urgel?« Aber ja, La Seo und die Bälle im Parador.

»Und heute? Seit zehn Jahren hockst du zu Hause.«

Aurora muß den Satz wiederholen, jetzt erst scheint sich im Kopf der Abriles etwas zu bewegen. »Du meinst, mein Leben sei noch nicht zu Ende?« Diese Replik war voreilig und eitel, du solltest dich ein wenig zieren. »Sieh dir an, wie mager ich bin.« Damals mit zwanzig sei das chic gewesen. »Aber jetzt bin ich vierzig. Guck mal: meine viel zu spitzen Knie.«

So eine banale Überlegung. Aber sie zeigt, daß die Tornado anbeißen wird. Jetzt, Aurora, brauchst du Yoyós alte Mätresse nur noch ein bißchen zu beschwichtigen. »Du wirst wieder auf dem Parkett brillieren, wirst auf den Bällen der Star sein«, und wer wohl besser als gerade sie könne Chica in die Gesellschaft einführen?

»In vier, fünf Jahren.«

Die Tornado merkt noch immer nichts. Die denkt doch wohl nicht etwa an eine neue Liaison mit dem Marqués? Aurora, du mußt deutlicher werden. »Für unsere kleine Chicachiquita warst du doch schon immer die bessere Mutter.«

Das also ist es.

Nun, ein Wunderkind ist Chica nicht, und so wirkt die Hymne der Mutter doch wohl recht peinlich – sie könnte vom Marqués kommen. »Dieses Kunsttalent und diese Musikalität! Die Reime und die Passion für den Tanz ...« Aurora unterbricht sich selbst, sie schämt sich. »Jetzt am Sonntag wird das Kind neun. Du kommst doch zum Geburtstag?«

Nach dieser Einladung muß Angelita Abriles erst einmal einen Cognac trinken. »Was wird Yoyó dazu sagen?«

Aurora bestellt zwei Cognac. »Auch die Infantin Hyacinthe wird kommen. Du kennst sie ja von damals – besser als ich, und man soll doch einmal gespannt sein, was für einen kleinen Leutnant sie diesmal als Liebhaber präsentiere.«

»Ich war seit elf Jahren nicht mehr auf dem Gut.«

Da kenne sie ja noch nicht mal die alte Alma aus Rußland. »So wie auch sie sich um das Kind kümmert, werdet ihr euch beide gut verstehen.«

»Aurora, begreife doch einmal: Ich bin Yoyó seit elf Jahren nicht mehr begegnet.«

Auch der kleine Maure werde da sein, der Galan aus dem andalusischen Abenteuer der Infantin. »Du wirst ihn nicht wiedererkennen. Er ist jetzt Oberst und hat zwei bildschöne hochgewachsene Töchter. Die sind gerade flügge und brennen darauf, dich tanzen zu sehen.« Die Abriles – den Hurrikan der Ballsäle.

»Aber ich kann doch gar nicht diese neuen Tänze.«

Die seien ganz einfach, fast primitiv. »Etwa der Cake Walk. Wir haben eine Globetrotterin aus Alabama eingeladen, die wird ihn dir erklären.«

»Und Yoyó? Was wird er sagen?«

Der russische Konsul käme vielleicht auch, ganz gewiß aber der alte trottelige Mazapán. »Der General mit seinem frechen Halbblut aus Kuba.« An die beiden könne sich Angelita gewiß erinnern.

Was wird Yoyó sagen?

»Ach, unser Pomadenprinz? Er hat genug damit zu tun, sich selbst zu feiern. Daß wir ihn beide – links und rechts an seiner Seite – schmücken, wird er ganz normal finden.«

Seit elf Jahren das erste Mal.

»Am Sonntag verkehrt mit Sicherheit wieder die Eisenbahn.« Aurora empfiehlt, den Frühzug zu nehmen. »Ich schicke dir einen Wagen zum Bahnhof. Vielleicht holt dich El Cid persönlich ab.« Das Vergnügen werde sich der abgelebte Bock nicht nehmen lassen.

»Für den muffligen Griesgram Destilador bin ich doch längst zu alt. Der klopft doch sicher immer noch den jungen Mägden auf das Hinterteil.«

Aufhören. »Nichts von Mägden.« Aurora, das war zu laut! Von den Nebentischen sehen die Gäste herüber. Und gleich schon kommt auch der Kellner. »Madame. Sie haben gerufen?«

Was ist? Habe ich etwas gesagt? Wo sind wir?

»Aber, Madame Aurora Iwanowna, Sie sind im Café Trafalgar. Sie waren doch oft bei uns zu Gast. Und ich bin Danilo, der Deserteur aus Dalmatien.« Aber natürlich, der Bursche, der nicht unter die Pickelhaube der Österreicher wollte.

»Ich weiß. Danilo. Aber ja doch ...« Langsam findet sich die Marquesa wieder zurecht. Das ist das Emigrantencafé am Arco triunfo. Das da sind die beiden Kellner aus Polen, die den preußischen Knobelbechern wie den Russengamaschen entflohen sind. Auch die Studenten an den Nebentischen – sie alle konnte der Bunte Rock, welcher Armee auch immer, nicht blenden.

Wir und Rekruten? Wir sind doch nicht verblödet.

Ja, Aurora, sieh dich nur um. Hier findet sich die junge Intelligenz Europas zusammen, hier trifft sich die Verweigerung sinnlosen Dienens in den alten, längst überholten Ordnungen.

»Und wo ist Luka?«

»Aber!« Das dürfte die Señora doch nicht vergessen haben. »Vor Wochen schon haben wir seinen Abschied gefeiert. Hier im Trafalgar, Sie haben die ganze Zeche bezahlt und Luka Grüße an den Hauptmann Tankosič mit auf den Weg gegeben.« Er sei bei den Großserben, schreibt er, und gründe man die Schwarze Hand, wolle er als erster dabei sein. »Attentate wollen gezündelt werden, Balkankriege stehen vor der Tür, am Ende der große Europäische Krieg. Die Osmanen müssen verrecken, Österreich muß sterben, auch Deutschland.« Am Ende auch das alte Rußland des Zaren.

»Ich bin Russin.«

Wir wissen es alle, Doña Aurora Iwanowna, Sie haben uns Ihre Geschichten oft genug erzählt. »Sie kamen in einem Korb versteckt über die Grenze bei Thorn.« Die beiden polnischen Kellner stoßen sich an und feixen hinter dem Rücken des Gastes.

»Kasimir.«

Still, Aurora, füge dich der Abriles, die dich zurückhalten will. »Die Kerle glauben dir nichts. Du verschwendest dich.«

Die Marquesa folgt nicht dem Rat der Freundin. »Ich habe in den Anarchistenkneipen von London mit Bombenlegern Bier getrunken. Ich war ein Kind. In Odessa wurde ich zusammen mit zwei Druckerlehrlingen von Kosaken erschossen.«

Nun fragt die Dame auch noch ernsthaft, ob diese Muschkoten überhaupt wüßten, wo das läge: Odessa.

Gottlob kommt die Wirtin des Cafés zu Hilfe. Diese Serviettenschwenker hätten sich womöglich lauthals über den Gast amüsiert. »Laßt die Señora in Ruhe. Sie ist die Marquesa von Lágrima und eine der ersten Damen der Gesellschaft von Barcelona.«

»Mein Vater ist ...«

Nicht auch noch das! Gib endlich Ruhe, Aurora, kriege dich wieder in den Griff. Siehst du, es geht. »Meine Freunde, vergessen Sie mein Geschwätz. Sie sind die Caballeros, und ich bin nur ein überflüssiges Inventar in der Luxuskabine eines sinkenden Schiffs.«

»Zahlen.«

Angelita Abriles ist eingeladen, auch wenn sie sich ziert. »Was meinst du wohl, wie lange du noch deine Apanage bekommst? Drei Wochen? Drei Monate? Drei Jahre?« Lache, Aurora, lache und erzähle, wie pleite der Marqués längst sei. »Er weiß es nur noch nicht. Was er nicht selbst verspielt und verwettet, bringt ihm der Notar Ganzenmüller mit seinen Fehlspekulationen durch.« Eigentlich lebe er nur von dem, was El Cid, dieser lausige Schnapsbrenner, ihm nach allen Bübereien übrig lasse.

»Und das sind Bettelgroschen.«

Nicht einmal den Tanzlehrer für Chica könne sich Yoyó leisten, hätte nicht seine Frau das Vermögen ihrer Ziehmutter Ernestine Meunier geerbt. Selbst die Löhne für Alma und das Hauspersonal kämen vom Konto der Marquesa. »Aber das kriegt kaum jemand so recht mit. Wir wollen ja die Finanzmisere unseres Fatzkes doch nicht unbedingt hinausposaunen.«

Auch um die Tochter werde sich Aurora weiter kümmern. »Dich, Angelita, und Chica versorge ich bis ans Ende eurer Tage – ausreichend, wenn auch nicht üppig.«

Denn mit der Erbschaft habe die Ziehtochter auch Verpflichtungen übernommen. »Die Escuela Moderna muß subventioniert werden, angeklagte Anarchisten brauchen Geld für Gerichts-, Anwaltskosten und Kautionen.« Galcerán sei als Verteidiger gut, aber auch teuer, und die Prozesse gegen den Schullehrer Francisco Ferrer gingen allmählich ganz schön in die Zahlen.

»Nun gut. Irgendwann eines Tages kommt die letzte Anklage. Ferrer wird man töten, die Schule schließen.« Vielleicht schon bald.

»Dann kann ich die Mittel für dich und Chica erhöhen. Und ihr könnt euch schönere Dinge leisten.«

Und ihr könnt reisen.

Tornados Blick verklärt sich. Reisen. Ja. »Deutschland kenne ich noch nicht, auch Sankt Petersburg nicht und den ganzen Norden Europas. Aber erst einmal möchte ich nach Wien.«

All die Jahre spendete das anonyme Geld so viel Glück für große, für neue revolutionäre Ideen, spendete Glück für Lehrer und für Schüler. Dann ein jähes Ende, und das Glück geht über auf die Vergnügungsreisen zweier Jungfern.

»Wien. Gewiß, da solltest du einmal hinfahren.«

Seit einer knappen Stunde sind die beiden Frauen in der Innenstadt unterwegs. Sie wollten in der City ein wenig bummeln, doch das gerät zu einem unerquicklichen Ausflug. Die Luxusläden an den Ramblas, die Bazare in den Passagen bieten am Abend des ersten Revolutionstages keinen erfreulichen Anblick. In den Vorgartencafés sind Terrassenmöbel zertrümmert, die Auslagen von Uhren- und Spitzengeschäften sind geplündert, gefangene Gardisten torkeln gefesselt über den Boulevard, vor der Parfümerie Pheasant's Eye liegen die Scherben zerdepperter Flakons auf dem Pflaster. Marodeure haben sich über und über mit Parfüm begossen und stinken abscheulich.

»Wir wollen uns nicht den Appetit für das Abendessen verderben.«

Der Weg in das Französische Restaurant führt über das Hotelfoyer des Cuatro Naciones. Verwundete liegen auf den Fliesen, sie haben die silbernen Bestecke der Mittagsmahlzeit noch in den Händen und warten nun auf das Abendessen.

Als Aurora und Angelita vorübergehen, ziehen die Blessierten ihre umherliegenden Glieder ein. Einer, der nicht schnell genug seine Beine beiseite bekommt, wird von seinen Kameraden angeschrien. »Knochen weg, du Arsch. Siehst du nicht, da kommen Damen.«

Ein Blinder hört es und läßt sich die beiden Passantinnen haarklein erklären – die lange dünne mit dem dunklen Haar und die andere jüngere mit dem wilden Wuschelkopf.

Die Farbe? Man könnte sagen: ein gewisses Aurorarot.

Nun kommt die Garderobe in den Bericht – schwer und schwarz die der einen, leicht und flatternd die der anderen. Der Blinde, ein hübscher junger Mensch, bittet die Damen, die Erzählung auch fühlen zu dürfen. Die Tornado reicht ihm den Saum der Robe. »Das ist Seidensamt aus Lyon, die Borte silberbroschiert.« Aurora bietet dem schönen Blinden die Stiefelette. Sinnlich gleiten seine Fingerkuppen über die Reihe der Knöpfe. Die Marquesa offeriert dem jungen Blessierten auch noch den Ansatz der Wade. Die aber benötigt er nicht mehr. Die Illusion reicht ihm für alles danach, vielleicht für sein ganzes Leben.

Er ruft sich eine der Genossinnen herbei.

Die Marquesa und die Abriles haben im Speisesaal das Glück, sogleich vom Oberkellner César entdeckt zu werden. Er weist den beiden einen ruhigen Tisch zu. »Sie sollen von diesem scheußlichen Tag so wenig wie möglich inkommodiert werden, meine Damen.«

All das mußt du dir genau merken, Aurora, jede Einzelheit – das Trafalgar, den Spaziergang, das Foyer ... Was sonst willst du morgen am Telefon erzählen, wenn die Antworten ausbleiben? Nach Namen wirst du nicht fragen.

In den frühen Abendstunden des nächsten Tages gelingt dem Telefonfräulein Brígida tatsächlich eine Verbindung zum Gut. Sie wählt, da der Nahverkehr noch immer unterbrochen, den Umweg über das Fernleitnetz – Valencia, Tarragona und zurück nach Lágrima.

Dementsprechend gestört ist auch die Verständlichkeit. Die Telefonistin stellt das Gespräch in eine Zelle, wo die Marquesa gern auch laut werden darf.

Alma ist am Telefon.

Aurora schreit, daß in Barcelona der Teufel los aber zuhaus sicher alles ruhig sei. »Chica geht es gewiß gut, und hoffentlich auch allen Mädchen ... Sind sie heil zurück? ... Sind sie brav?? ... Aber selbstverständlich ist alles – alles ist brav ...«

Almas Antwort kann Aurora nicht verstehen. Verzweifelt redet und redet sie weiter. »Für Chica haben wir viele Geschenke zum Geburtstag ... Schallplatten aus Paris ... neue Tänze ...« Dann wieder fragt sie und fragt – nach den Welpen der Hündin Germana, nach der alten Magd Sina, nach der schwangeren Alissa. »Im Hotel Cuatro Naciones liegen die Verwundeten auf den nackten Fliesen ...«

Keine Antwort. Nichts aus Lágrima.

Am Dienstag verwandeln Matratzen bester Qualität aus den Hotelzimmern das Foyer des Cuatro Naciones fast zu einem Luxuslazarett. Um so mühsamer wird es den Besuchern des Französischen Restaurants, an den nun so gemütlich Einquartierten vorbeizugelangen.

Es ist sehr spät am Abend, die meisten Blessierten schlafen schon, da tritt ein letzter Gast roh über die Leiber hinweg. Wer will jetzt noch in den Speisesaal? Das Souper ist längst beendet, die Buffets abgeräumt.

Es ist eine Dame.

Mit festen Schritten bahnt sie sich ihren Weg. Ein paar Männer richten sich auf und pfeifen ihr hinterher. »Guckt doch mal. Die Mohrin.« Ist es wahr oder träumen wir? Eine große kräftige Mulattin im taillenlosen Hemdkleid, den Saum mit den Händen gerafft, durchquert weitausholend, zuweilen hüpfend die Lagerstatt.

Und noch ein paar Pfiffe.

An einem abgelegenen Tisch im fast leeren Restaurant sitzt Aurora allein. Sie hatte sich mit der Tornado zum Abendessen verabredet, wurde aber versetzt. Dementsprechend schlecht ist ihre Laune. Nach dem mißglückten Telefongespräch mit dem Gut nun auch noch diese Gemeinheit.

Die schrillen Laute aus dem Foyer schrecken sie auf.

Wer kann zu dieser späten Stunde noch kommen? Der schwarze Pianist Barbosa hatte sein Instrument schon zugeklappt und das Podium aufgeräumt. Auch das Aushilfsfräulein hinter der Bar überlegt, ob es für heute Schluß machen soll. Da entdeckt es an der Tür den späten Gast.

»Exzellenza.«

Die Mixerin weiß, was diese Dame trinkt. Herr Luitold hatte sie vor seiner Abreise über die Wünsche der Prominentesten unter den Gästen informiert. Sie hält die Rumflasche hoch.

»Ihren Cubamierda.«

Die Mulattin schwingt sich auf den Barhocker und will sich gerade einpendeln, da erspäht sie am Ende des Raums die Marquesa und steuert auf sie zu.

Zur Begrüßung umarmen sich die beiden Frauen, und Aurora wundert sich über ihre eigene Herzlichkeit. So eng ist sie eigentlich der Exzellenza nicht verbunden. Befreundet sind – wenn auch in Grenzen – eher die beiden Ehemänner: der Marqués und der Militärgouverneur, General Diablillo Mazapán y Peladilla.

»Morocha, ma chère, Sie hier? Mitten in der Stadt und allein. Seit gestern früh sind die Straßen gefährlich – besonders für Sie.«

Auch die Generalin wundert sich, die Marquesa zu treffen. »Alle Welt ist auf der Lagune. Doch kapriziös, wie Sie einmal sind, meine Freundin, haben Sie Ihren Yoyó allein fahren lassen.«

Wieso ich ihn? »Er hat mich zurückgelassen – gottlob mit dem Automobil.«

Das genügt, Aurora. Du mußt jetzt nicht begründen, was dich in Barcelona hielt. Darauf folgt mit Sicherheit die Frage, warum sie – statt zu telefonieren – nicht direkt zum Gut gefahren sei. Nein, du hast jetzt keine Lust auf umständliche, womöglich verlogene Erklärungen. Doch schon hörst du dich erzählen.

»In Haus und Hof daheim ist alles in Ordnung. Ich hatte heute eine gute Verbindung auf dem Fernsprechamt.« Was solle in solchen Zeiten die Herrin persönlich auf dem Gut sein? Sie nütze nichts, vielleicht schade sie nur. »Allein auf sich gestellt ist das Gesinde sicherer.« So dächte sicher auch der Marqués und habe sich statt zum Gut auf die Lagune begeben.

Das ist natürlich Blödsinn. Mit seiner Anwesenheit womöglich sein Personal zu gefährden, käme Yoyó nie in den Kopf. Und auch deine eigene Ausrede, Aurora, ist doch reichlich matt.

Eine so hilflose Schwindelei für eine schlichte Desertion.

Gottlob geht Morocha auf das Geschwafel nicht ein. Sie öffnet ihren Kokabeutel und pflückt sich Blatt für Blatt vom Stiel. »Fräulein, noch einen Rum. Und einen zweiten für die Frau Marquesa.«

Diese paar Tage des Alleinseins solle man so recht genießen. »Schon seit Sonntag früh ist der General unterwegs – irgendwo, wer weiß. Es interessiert mich nicht.« Vielleicht sei er auf der Flucht, verstecke sich in Gassen und Bordellen oder zwischen den Kleiderpuppen der Modebazare.

»Vielleicht auch hebt er für den Gegenschlag seiner Kommandantur längst schon Rekruten aus«, und er suche nun nach letzten Reserven im Zirkus von Barcelona – nach Clowns und Liliputanern.

»Samstag zur Nacht sind wir ohnehin wieder alle beisammen.«

Der Geburtstag ist erst Sonntag. Zum Glück sagst du das nicht laut, Aurora. Schnell erinnerst du dich, daß Yoyó den General nebst Gemahlin schon für den Abend zuvor eingeladen hatte. So werde man ohne ermüdende Anreise am Sonntag in aller Frühe der Infantin von Spanien den Empfang bereiten.

»Früh und ausgeschlafen auf der Bahnstation von Lágrima.«

Diesen Satz, Aurora, kannst du gern noch einmal wiederholen. Morocha möchte sich herzhaft amüsieren. »Ausgeschlafen? Die Kerle zechen doch sicher wieder die ganze Nacht durch, und am Morgen ist unser aller Gouverneur – wie stets bei Staatsbesuchen – sturzbesoffen.«

Doch dieser Hyacinthe mache das sicher überhaupt nichts aus. Sie immerhin kenne ja den alten Diablillo von allen am längsten. »Vielleicht heult sie vor Rührung, die abgetakelte sentimentale Vettel. Oder sie kreischt sich scheckig vor Vergnügen, wenn auf dem Perron jemand dem alten Saufbold ein Bein stellt.«

Plumps. Da knallt er hin – lang über den Bahnsteig.

Dahinein gehört nun die lustige Geschichte aus Jerez. »Sie liegt länger als fünfzehn Jahre zurück«, aber Morocha sieht die Posse vor sich, als sei sie gestern aufgeführt worden.

Zwanzig Jahre alt warst du, Morocha, und vier Jahre zuvor von diesem Major gekauft, den alle Diablillo nannten. »Dem kleinen Depeschenjungen, der dem Teufelchen ein Bein gestellt, gab ich ein Goldstück.« Dazu einen Kuß – wohl der erste in seinem Leben. »Er war noch ein Gymnasiast. Er durfte mich Mariposita nennen.«

Mein schöner schwarzer Schmetterling. Ja. So nannte er dich. Was wohl ist aus ihm geworden?

Noch weißt du es nicht, Morocha: Du wirst ihn wiedersehen – schon am kommenden Sonntag. Er wird mit dir tanzen, und er hat nur ein Bein. Damit aber kann er die neuesten Tänze aus Amerika. Er ist ein Invalide aus dem Kubakrieg, und seit zehn Jahren schleppt ihn die Infantin Hyacinthe mit sich herum: Boni Bonito Bonifacio – der letzte aus der Suite Ihrer Königlichen Hoheit.

Morocha denkt an die schönen Tage von Jerez. Du warst zwanzig und verliebt in einen Knaben von zwölf. Vorher das Gemetzel auf den Straßen, nachher die Füsilade. Eine ganze Nacht die Salven. Du aber lagst im Bett und träumtest dich in einen kindischen Liebesschmerz um einen Gymnasiasten hinein.

»Ich muß raus aus dieser Stadt.«

Morocha schreit. Sie will aufspringen, aber in ihrem Rausch ist sie nicht beweglich genug. Deshalb schreit sie. »Ich werde es nicht mehr hören können: wieder und wieder, Tag für Tag, Nacht für Nacht die Füsilade. Ich muß weg, bevor die Bluthunde zur Rache blasen.«

Ich muß raus.

Und das noch einmal lauter.

Die Saaltür öffnet sich. Einer der Invaliden aus dem Foyer tastet sich herein. Er bäte um Ruhe, draußen lägen Verwundete. »Viele haben Schmerzen. Sie versuchen zu schlafen.« Aber das gelänge ihnen nicht, wenn die Damen so lärmten.

Das Barfräulein will den Mann hinauswerfen, aber Aurora beruhigt das Mädchen. »Geben Sie den armen Schweinen ein paar Flaschen in die Halle. Dann können sie lärmen wie wir.«

Alle wollen immerfort beruhigt werden. Nun ist die Mulattin an der Reihe. »Still, Schmetterling, still.« Man könne ja morgen gemeinsam auf die Lagune fahren. »Ich habe das Automobil vor dem Hotel.«

Heute nacht könne Morocha im Appartement der Marquesa bleiben, gleich morgen schicke man einen Hotelboy mit einer Fuhre in die Generalswohnung. »Sie brauchen eine Menge Garderobe für den Rest der Woche und das Fest am Sonntag.«

Nun gut.

»Auf denn zur Lagune und zum Gesindel der Barceloneser Gesellschaft.« Besser bei dem Pack dort als hier beim Teufel. »Fräulein, noch einen Rum.« Und dann schlafen und ganz ruhig sein. »Die da draußen haben Schmerzen. Morgen vielleicht sind sie tot. Ich aber lebe.«

Und ich habe noch nicht einmal Schmerzen.

Aurora hilft der Generalin ins Hotelzimmer, sie bettet sie und deckt sie zu. Die Mulattin versucht sich zu wehren, sie könne allein fertig werden. »Ich bin Morocha, die Braune, und das stärkere Tier.« Was schon wisse eine blaßhäutige Russin von der Kraft der Antillenweiber. »Wo eure rosa Rasse allenfalls Schwarten hat, blühen uns Krusten auf der Haut – ein Geschenk der Tamarindenpeitsche.« Danach Pfeffer in die offenen Wunden. »Wollen Sie mal meine Narben sehen?«

Hier und hier und hier.

»Die haben mir einen Ehemann herbeigelacht, einen Wüstling in goldbetreßter Uniform.«

Gegen diese Geschichten kommst du nicht an, Aurora Iwanowna, du mit deiner behüteten Vergangenheit: Champagner mit dem Präsidenten der Republik, auf den Knien des Königs Leopold, Küsse von Prinzessinnen ...

»Nein. Die Narben will ich nicht sehen.«

Aurora, sich zur Nacht umkleidend, tastet mit ihren Händen über den eigenen Rücken, den Hintern, die Schenkel ... Nein. Keine Wunden.

Die Mulattin fürchtet, das Seelchen, das sich gerade zuvor noch so stark gefühlt, womöglich erschreckt zu haben.

»Lassen wir das, Russin Morgenröte, lassen wir es gut sein.«

Der Fiat Roadster gehorcht seiner Chauffeurin gern, solange er unter seinen Rädern das Stadtpflaster spürt. Die Sekundärstraße an der Küste südlich um den Montjuich ist holprig, zumal der Wagen mit Koffern überladen ist. Aurora hatte ihrer Beifahrerin den gesamten Gepäckraum des Zweisitzers überlassen. Sie selbst würde in ihrem Sommerhaus auf der Lagune schon etwas zum Anziehen finden.

Es ist Donnerstag.

Vom Meer kommt eine frische Brise. Noch ist es früh und angenehm kühl im Fahrtwind des Cabriolets. Immer weniger Streikposten der Arbeiter zeigen sich, je weiter die Reisenden in die Vororte kommen. Gleich hinter der Stadtgrenze stehen bereits Truppen aus Kastilien und León, wartet frisches Militär, um die arg angeschlagene Garnison von Barcelona aufzufrischen und die Polizeikräfte zu entlasten.

Die Soldaten am Straßenrand winken dem Automobil zu.

Hurra. Viva España.

Immer wieder Hurra, und bleibt der Wagen einmal im Sand stecken, eilen Soldaten herbei, um ihn anzuschieben. Soldaten auch haben für die durstigen Damen gelegentlich einen Schluck aus der Feldflasche. Als Gegengeschenk sacken sie Zigaretten und Schokolade ein. Ein Korporal zeigt stolz eine spendierte Habana herum.

Auf ein gutes Wort warten die Männer vergebens.

Doch die Herrschaft möge sich nicht sorgen. »Unsere Patronentaschen sind gefüllt, die Gewehre durchgeladen, die Bajonette geschliffen.« Flinke Pferde zögen blank gewienerte Geschütze. Mit schweren und mit leichten Waffen werde man dem Spuk ein Ende machen.

»Den Banditen schlitzen wir die Därme auf, die Flintenweiber durchlöchern wir wie streunende Katzen. Von den Miethäusern der Arbeiter kartätschen wir die Wände weg.« Dann schwebten die verstänkerten Stuben frei über den Gassen, und der Proletenmief verflöge sich im frischen Wind der befriedeten Stadt.

»Viva España.«

In der Mittagshitze kommen die beiden Abenteurerinnen arg ins Schwitzen. Auch wird die Straße immer holpriger.

»Mir tut der Arsch weh.« Die Generalin klagt zu Recht, denn die Sitze des Roadsters sind für Überlandfahrten auf derlei Wegen nicht geschaffen.

Jetzt eine kurze Rast. Vielleicht ein Glas Milch.

Ein Bauernhaus kommt in Sicht. Die Staubwolke des Automobils hatte schon von weitem die Kinder an den Straßenrand gelockt. Mit Staunen betrachten sie die beiden Touristinnen – die eine unter rötlichem Wuschelkopf, die andere unter schwarzem Flechtwerk.

Schon wieder eine Mohrin.

»In der Nacht zogen schon drei Heilige aus dem Morgenland vorbei.« Nun seien es schon fünf, und die Kinder fragen, wie viele denn nun noch kämen.

»Ein Wunder. Sicher irgendwo ein Wunder.«

Nein, das älteste der Kinder, ein Mädchen von elf, weiß es besser. »Die

Damen wollen zu einem Pique-nique.« Über dieses Wort kann Aurora nur staunen. So eine Landtrulle, und kennt solche Vokabel. »Nein, mein Schwälbchen, wir fahren ins Schlaraffenland.« Kindern soll man die Märchen erhalten. »Wir sind gute Feen und auf dem Weg, die gebratenen Tauben zu befreien, die Fische aus der Pfanne, den Ochsen vom Spieß, die Schnecken aus dem siedenden Kräuterfett ...«

So ein Unsinn.

Die Kleineren fangen an zu feixen, aber Paca, die Ältere, weist ihre Geschwister zurecht. »Das ist doch gerecht. Alles auf der Welt will glücklich sein.«

Mußt ausgerechnet du dir das von so einer Rotznase anhören, Aurora? Es ist nur gut, daß du die weiteren Weisheiten dieser Göre nicht mehr vernimmst. Schon bist du in der Stube der Bauernfamilie.

Der Boden ist gescheuert, die Wände frisch getüncht, der Herd blinkt, auf dem Tisch steht Milch in einem Krug. Die Generalin sitzt bereits. Sie trinkt und bricht sich Brot ab. Nein, Butter braucht sie nicht. Auch das Angebot der Bäuerin, schnell eine Suppe zu kochen, lehnt sie ab. Erst recht die Marquesa.

»Wir essen abends warm.«

Jetzt nur ein wenig Ruhe. Aurora findet eine Bank, sie legt sich hin. »Nein, danke. Keine Decke.« Sie nimmt den weißen Seidenschal vom Hals und zieht ihn sich über das Gesicht.

Fliegen wagen sich herbei. Die Süße eines in dieser Stube fremden Parfüms lockt sie an. Die Kinder kommen herein, bleiben aber – von der Mutter zur Ruhe angehalten – im Türrahmen stehen.

Ein Bild, das sie sich für alle Zeiten bewahren werden.

In der Mitte des Raums eine Mulattin, den Rock bis über die Waden hochgezogen, die braunen Beine hoch auf einen Hocker gelegt, auf kippelndem Stuhl räkeln sich die Schultern, ihre Stola schleift auf dem Boden, mit dem Handrücken wischt sie sich die Milch von den Lippen. Nun schiebt sie ihre Zähne vor und beißt die Spitze einer Zigarre ab, die Mutter bringt mit einem Fidibus Feuer aus dem Herd.

Paff. Und wieder paff und paff.

Wolken ziehen an den karibischen Küsten auf und legen sich wie Smoke von Kanonen über ein Schlachtfeld. Die Fliegen an der Decke weichen der kriegerischen Pestilenz. Sie retirieren und finden eine Zuflucht in sicherer Distanz bei ihren Kameradinnen auf der süßen Seide über der Holzbank.

Das Kind Paca ergaukelt sich die Illustration einer Lesebuchgeschichte.

Der Kampf ist vorüber. Es ist ganz still.

Da sitzt die Negerkaiserin von Haïti, im Herzen verwundet von ihrem Sieg. Nun bläst sie ihren Triumph stumm in Pulverbällchen über die Walstatt. Sie ist traurig. Gewiß, sie hat ihre Lorbeeren, aber was nützen sie ihr? Da liegt geschlagen auf der Bank weiß unter weißem Leichentuch die Comodora aus der Alten Welt. Beide hätten Schwestern werden können. Nun hat die Mohrenmajestät niemanden mehr, mit dem sie streiten kann, und auch die Wolken der Zigarre verlassen sie, gehen ihre eigenen Wege und folgen den buntbewimpelten Caravellen – dahin über das vom Wind gekräuselte Atlantische Meer.

Eine Schwarze, eine Siegerin. Und nun die Einsamkeit.

Paca spürt einen Hauch von Geschichte. In der Elternhauskulisse hebt sich der Vorhang für den letzten Akt. Die Sonne wirft durch die Spitzen der Gardine ein Kräuselwerk von sanften Wellen auf Wände und Boden, auf Tisch und Bank. Da liegt aufgebahrt der Leichnam. Es ist der erste im Leben des Kindes.

Unter der weißlichen Seide wölbt sich ein Kopf, ragt klein eine Nase empor, darüber zwei Mulden, einst wohl die Augen, weiter unten ein Loch, rund und offen, durch das es sicher einmal geatmet haben mag.

Den Körper überdeckt das Blaßtürkis eines Kleids, die Arme sind nackt. Was für eine Märchenfarbe – diese Haut! Onkel Paco – vor elf Jahren sein Leben gelassen fern im Amerikanischen Krieg – der Onkel hatte in seinem letzten Brief den Abend nach einer Schlacht geschildert:

Da liegen die Gefallenen Stunden für Stunden in der Sonne, in der Nacht und wieder in der Sonne, nach und nach stauben sie ein, am Ende verfärben sie sich ins Grünliche.

So eine dumme Fabel.

Wahr ist, daß die Haut von Toten in der Wärme langer Tage einen Ton von Persica gewinnt – eine Farbe von der Schale persischer Äpfel.

Persica.

So ein Wort, Paca, kennst du natürlich noch nicht. Erst viel später wirst du für deine Erinnerungen an diesen Mittag deiner Kindheit derlei Namen finden.

Dann auch färben sich für dich die Geräusche ein – dieses so gut wie lautlose Lärmen.

Ein Siena für das Paffpaff der Zigarre, ein Tizian für die stuhlbeinkippelnde Mulattin, ein Karamel für das Schwirren der Fliegen. Flachsgelb schlurft die Mutter über die Fliesen, birkengrau atmen die Geschwister im Türrahmen. Rostrot fern am Horizont ein Hund. Absinthen die Brandung des Meeres weit weg.

Und über all diesen ruhigen Geräuschen die Last der Stille. Welche Farbe hat die Stille.

Golden.

Später, Paca, wirst du nicht mehr sagen können, wie lange die bunte Pracht an diesem späten Julitag in diesem kleinen Flecken der katalanischen Küstenlandschaft dauerte.

Stunden? Viele, sehr viele Stunden? Oder waren es nur Minuten?

Du weißt nur: Plötzlich war alles zu Ende. Die Dame auf der Bank schreckte auf. Ein kurzer leiser Schrei. Sie schnellte hoch, das Seidentuch fiel ihr vom Gesicht, die Fliegen, derart unsanft aufgeschreckt, wollten sich schnell davonmachen. Es gelang ihnen nicht so recht, zu trunken waren sie von der Süße des Parfüms. Dumpf taumelten sie aufwärts zur Decke. Da aber lauerten die Schwaden der Zigarre. Was für ein ärgerlicher Insektentag.

Noch einmal leise der Schrei. »Ein Pferd.«

Morocha beruhigt ihre Reisegefährtin. »Da ist kein Pferd. Aurora, Sie haben geträumt.«

Die Kinder fangen an zu lachen. Nur Paca findet es nicht komisch. Das ist doch ganz natürlich, daß sich am Ende aller Tage die Leichen wieder erheben. Alle Kriege sind zu Ende. Die Blutäcker sind übersät mit den Farben von Pfirsich, Pomeranzen und persischen Äpfeln. Und auch die Negerkaiserin von Haïti hat ihre Freundin wieder. Die Comodora sagt der Weißen Welt ade.

»Alles wird gut.«

Was sagt diese Göre? Aurora glaubt, nicht recht gehört zu haben. Sie hatte geträumt. Gewiß doch, alles wird gut. Aber muß dir das diese Rotznase verraten? Die Marquesa hebt den Seidenschal vom Boden auf, sie verscheucht zwei letzte träge Fliegen.

»Generalin, wir müssen weiter. Wir kommen sonst zu spät in die Nacht hinein.«

Morocha kramt nach einer Münze. Sie möchte die Bewirtung bezahlen. Das aber lehnt die Bäuerin verletzt ab. Die Edeldamen hätten gewißlich erheblichere Ausgaben, viel mehr als eine Landfrau der Campiña, und sie könnten jede Peseta sicher besser gebrauchen. »Der teure Motorwagen. Ja, und auch die Kleider.« Wieviel Geld das sicher alles koste. »Wir auf dem Lande brauchen ja nur wenig.«

Aurora hatte recht, zum Aufbruch zu mahnen.

Bereits an der Brücke über den Kanal der Infantin Carlota überfällt die Dunkelheit das automobilistische Abenteuer. Aurora zündet vor dem Kühler Petroleumlampen an, diese aber geben nur wenig Licht. Der Wagen tastet sich von Holperstein zu Holperstein, von Schlagloch zu Schlagloch.

Endlich ein Lichtschein in der Ferne.

In einem Halbrund – von der Spiegelung der Meeresbucht zur Kugel ergänzt – illuminiert sich die Öde. Eine beschwerliche Reise geht dem Ende zu. Das Fest kann beginnen. Wäre alles eine Fata Morgana, woher käme dann der Duft von Braten und gerösteten Würsten? Woher kämen die Fetzen der Musik?

Ein Galopp. Die Petersburger Schlittenfahrt. Fast hört man das Trippeln der Polonaise. Die Musik bricht ab. Ein Tusch. Rufe von einer Insel. Lachen und eine Kette von Lampions. Diesseits des Ufers eilen Troßdiener mit Fackeln herbei.

Drüben Applaus. Und noch ein Tusch.

Kaprizen

*Streit der Honoratioren * Zur Herbstsaison nach Berlin * Der Montjuich für die Touristen * Gold * Vom Felsen der Tarpeja * Reigen der Grazien * Nachricht aus der Stadt * Eine 30-Céntimos-Geschichte * Liebesschmerz * Ein ramponiertes Paradies * Ringsum aufräumen * Hvite Sklavenhandel * Alles ist wahr und alles ist Lüge * Negerlegende vom Kongo * Ein Fest der Martern * Am Ende der Trödelmarkt von Hollywood*

Das sind nicht mehr die Libellentänze vergangener Tage. An diesem Freitagmorgen spielt das Walzerorchester des Cuatro Naciones zum Frühstück nicht nur lustlos, es spielt auch falsch. Zu sehr abgelenkt werden die Musiker vom lauten Gezänk unter den Gästen. Da geht selbst der Kapellmeister mit seiner Gesangseinlage unter.

»Freut euch des Lebens ...«

Das ist nun wirklich nicht die richtige Unterhaltung für eine Gesellschaft, die sich nach tagelanger Isolation allmählich nervt. Es erstaunt nur, daß Handgreiflichkeiten ausbleiben. Aber wer weiß, wie sich abseits hinter den Büschen die Dienerschaft rauft. Vielleicht muß gleich einer der Gebeutelten mit blutender Nase den Kaffee einschenken, ein Servierkätzchen mit zerzaustem Zopf und zerrissener Schürze die Teller abräumen.

Der alte Oberkellner César überschaut das mißgelaunte Chaos überhaupt nicht mehr, und das ist nur gut. So bleibt es in Grenzen.

Die Handelsherren und Fabrikanten haben die Terrasse vor dem Sommerhaus des Marqués okkupiert. Diesem ist es überhaupt nicht recht, daß er nach seiner Einladung zum Bal jeudi nun auch noch zum verkaterten Petit déjeuner den Gastgeber spielen muß. Wieviel lieber genösse er jenseits des Festplatzes unter Bäumen allein mit Madame Cischini den

Imbiß und schaute diesem wohl feschesten Weibsbild der Lagunenrunde in die Augen. Wie gern protzte er mit der holden Wienerin im Tête-à-tête und demonstrierte seiner in dieser Nacht erst eingetroffenen Gattin, wie gut er all die Tage ohne sie ausgekommen sei.

Wo aber ist Aurora?

Gerade wurde sie zur nächtlichen Stunde mit Hallo begrüßt, die Lagunengäste eilten ihr zum Landungssteg entgegen – allen voran die Jazzsängerin Mamá Teresa. Doch deren Begrüßung galt eher der Freundin Morocha. Nun kam mit ihr auch die Marquesa an, deren Zimmer im Sommerhaus sie bewohnte. Teresa entschuldigte sich. »Der Marqués hatte mir die Unterkunft vorübergehend angeboten.« Dennoch werde sie stante pede mit dem Kofferpacken beginnen.

Nicht nötig.

»Betrachten Sie mein Boudoir als Ihr Zuhause, Doña Picaflor.« Aurora will nicht in ihre privilegierte Bleibe zurück. »Ich finde schon meinen Platz in einem der Zelte.« Ihr müdes Haupt werde sich für die Zukunft an wohl unbequemere Lagerstätten gewöhnen müssen. »Zeiten kommen, in denen wird eine Zeltplane über dem Kopf der reinste Komfort sein.«

Seit dieser Stunde ist die Marquesa verschwunden, verschläft irgendwo auf rauhem Lager die schöne Morgenstunde und verschmäht nun auch noch das üppige Frühstücksmahl.

Auch Morocha und Mamá Teresa werden an den gedeckten Tischen vermißt. Sie bewohnen das überlassene Gemach der Marquesa zu zweit. Dicht an dicht liegen sie unter der Bettwäsche aus blaßtürkisener Seide – eng wie einst in der Mädchenhütte auf der Hazienda.

»Da streckten wir uns auf Bastmatten aus unter Decken aus Jute. Wir haben uns gegenseitig getröstet, immer wenn uns der Satan Sábato geprügelt hatte.« Die Mulattin möchte wieder einmal die Wut aufkochen lassen. »Weißt du noch, Picaflorita, wie wir füreinander eingesprungen sind, wenn eine von uns ihre Blutung hatte?« Ja, dann hatte an ihrer Stelle die andere den Arsch hingehalten. »An einem Samstag gleich zweimal das Gepfefferte – das war hart.«

Nur allzugut erinnert sich der Kolibri, doch man solle das alles nicht immerfort aufwärmen – dieses Kuba und die Sklavenzeit. Sábato war schließlich nicht das einzige Scheusal.

»Gewiß, es waren unsere ersten Wunden. Aber es waren nicht die letzten.« Und man wolle sich doch wohl nicht gegenseitig die Narben all der erbarmungslosen Jahrzehnte zeigen. Nein. Jetzt nur den Kopf in die Federn graben und mit den Seidenkissen die Ohren vor dem Radau da draußen verstopfen. »Da versuchen irgendwelche Kampfhähne das Walzerorchester zu überdröhnen.«

Ruhe.

Am lautesten lärmen direkt unter dem Fenster auf der Terrasse die Honoratioren. Die Herren streiten sich, und genüßlich verpetzt der alte Díaz de Quitano den Notar Ganzenmüller bei dessen Klienten. »Statt mit dem Marqués planen Sie doch längst Ihre Projekte mit seinem Verwalter, mit El Cid, diesem Schnapsbrenner und Hasardeur.« Und für den Gutsherrn selbst bleibt von den Geschäften nur das Gemüse übrig.

»Na, Notar, wie stehen denn die Aktien der Waffenfabrik Herrero? Und sinken nicht vielleicht die Weltmarktpreise für Kakao?«

Das geht dem Rechtsanwalt zu weit. Am liebsten ginge er jetzt dem filzigen Kaffeesack an die Gurgel, zumindest an die Revers des Jacketts. Er kriegt aber nur einen Knopf zu fassen. »Und Sie? Sie horten Ihre westindischen Dukaten. Sie sitzen auf Ihrer Schatulle, und die Zukunft, die nach Krediten schreit, rast an Ihnen vorüber.«

Der Reeder López senior wirft sich dazwischen. Bei jedem Streit mit dem Nabob Díaz fürchtet er um die gute Partie seines Sohnes.

Und du, Yoyó? Wie willst du jetzt dein Gesicht wahren? Du mußt die mißglückte Szene in den Griff bekommen. Der Marqués wendet sich an einen Dritten, einen bislang Stillen, der sich aus derlei unwürdigem Gekeife heraushält. Es ist der Textilfabrikant Eusebi Estrü. Dieser lehnt sich im Korbsessel zurück und erheitert sich köstlich.

»Das ist ja wie in Amerika.«

Estrü fängt an, vom Krakeel an der Börse von New York zu erzählen. »Da wüteten nicht nur Worte, da flogen auch Kinnhaken ...« Der Marqués unterbricht den geschwätzigen Globetrotter und lädt ihn – mir nichts, dir nichts – zum Fest am Sonntag auf Lágrima ein. Das soll eine Strafe für die anderen sein, die somit nicht erwünscht sind.

»Bringen Sie, mein lieber Don Eusebi, den Staatsrat Brosset mit, unseren törichten Russen. Allein findet er den Weg doch nicht.« Und um die Stänkerer noch mehr zu ärgern, zählt der Marqués die Namen weiterer erwarteter Gäste auf. »Auch die Infantin Hyacinthe wird kommen. Sie fühlt sich dem Geburtstag unserer Tochter verpflichtet.«

Chicachiquita wird neun Jahre alt.

López, bleibe jetzt still. Das Füllhorn ist an dir vorbeigegangen, die Gunst ist zu Ende vergeben, du bist nicht gebeten. Es ist zwecklos, sich jetzt noch heranzuwerfen, Mann, aber schon hörst du deine dumme Frage: »Sie sind mit dem Königshaus verwandt, Don Yoyó?«

So ein Nonsens. Welcher Grande Spaniens ist nicht mit Bourbon verwandt oder zumindest mit dem Liebhaber irgendeiner Königin oder Regentin? Der Marqués winkt ab. »Lassen wir das.«

Langsam legt sich der Lärm auf der Terrasse. Die beiden Damen droben können wieder das Fenster öffnen. Sie kleiden sich an. Wenn unter dem Sonnensegel das Frühstück abgeräumt ist und keine Tischzwänge mehr drohen, werden Morocha und Teresa sich mit einem Sandwich in der Hand ans Ufer setzen.

»Was wirst du nach der turbulenten Woche machen, Picaflor?« Auf den Kolibri wartet erst wieder im Herbst ein neues Engagement. Zunächst macht er Ferien. »Ich wollte nach Venedig. Aber nun kann ich vorerst keine Lagune mehr sehen.« Baden-Baden könnte vielleicht zu dieser Saison bezaubernd sein, oder Bad Ems in Preußen. »Von dort findet sich dann vielleicht ein direkter Zug nach Berlin.«

Ja, Mariposa hat richtig gehört: Berlin.

»Ich habe ein Solo in einer Metropol-Revue.« Da habe sie nicht nur zu singen, sie müsse auch tanzen. »Stelle dir vor: Vierzig Jahre alt und noch immer die Beine schmeißen. Aber so sind die Deutschen, sie fordern alles.«

Mamá Teresa fürchtet sich nicht vor Berlin. »Denen werde ich etwas vorparadieren. Da können die Männer lernen, wie man in Kriege zieht.«

Mit Singen und Beineschmeißen. Als die beiden Damen die Terrasse passieren, verneigen sich die Honoratioren. Einzig der Marqués nicht. Er tippt nur mit zwei Fingern an die Krempe seines Strohhuts. Diese lässige Form der Begrüßung hatte er gerade am vergangenen Sonntag in einem Kinofilm aus der Neuen Welt gesehen.

Ausgerechnet der Textilfabrikant Estrü, der sich eigentlich amerikanisierter präsentieren müßte, springt auf und küßt der Generalin die Hand. Gerade zu einer Einladung auf das Gut Lágrima gelangt, will er sich mit der Gemahlin des dort geachteten Militärgouverneurs gutstellen, noch dazu mit einer Mulattin, die womöglich nach der Befriedung zu besonderer Popularität gelangen könnte.

Der Unternehmer sieht bereits Stapel von Armeeaufträgen vor sich: Neue Uniformen für das kommende Jahrzehnt, ja für das ganze neue Jahrhundert. Noch immer steht er da mit gesenktem Kopf über der Hand der Generalin. Er wagt einen zweiten Kuß, höher – am Gelenk, nein, noch höher – dahin, wo nach dem leicht ledrigen Handrücken der Arm beginnt mit weicher, flaumiger, herbstgoldener Haut.

»Wir sehen uns am Sonntag, Exzellenz«, und er bäte um die Ehre eines Tanzes. »Ich kann auch die modernen, Doña Morocha.«

Dam-dam. Dam-dam.

Genug. Jemand packt den alten Charmeur bei den Schultern und drückt ihn in den Korbsessel zurück. Es ist der Marqués.

»Nun ist es aber gut.«

Und jetzt – zu den anderen Herren gewandt – interessiere ihn einmal dieses Geschäft zwischen dem Winkeladvokaten und dem schurkischen Destilador seines Guts. Da kann Ganzenmüller nur lächeln. »Du hattest es abgelehnt, Yoyó, jetzt machen es die anderen. Es machen die kleinen Leute.«

Das Projekt einer Seilschwebebahn auf den Montjuich. »Wie in den Alpenländern für die Touristen.«

Der Marqués verstopft sich mit den Fingern die Ohren. Nein, besser noch: Er benutzt die Hände, um sich die Augen zu bedecken. Eine solche Idee! Da kann man sich nur schämen für sein Vaterland.

»Der Montjuich – das ist Spanien.«

Der Berg sei das Symbol für den spanischen Tod. »Was wohl bedeutet uns unser Viva la muerte noch, besäßen wir nicht für uns allein den Fels, die Festung, den Kerker? Unserem Volk verlangt es geradezu nach Tod und Ketten.«

Viva la muerte. Viva las cadenas.

Das Volk will die Knechtschaft, und es fordert mit seinem Berg eine Allegorie für Halseisen und Fesselstrick. »Ganz Spanien – ein einziger Montjuich.«

Der Marqués zieht den Strohhut über die Augen, er gabelt die Arme auseinander – diagonal nach rechts und links –, er reißt den Mund auf, als löse sich aus ihm ein Schrei, dann schlägt er die Fäuste an die Stelle des Herzens auf der Brust. Er krümmt sich zusammen, als werde er – die Hutkrempe als Binde vor den Augen – füsiliert. Dann gellt es über den Platz hinweg. Der Marqués schreit:

»Für die Touristen.«

Doch gleich schon fängt er sich wieder. »Gut, Arturo, baue ruhig deine Attraktion für die Fremden aus aller Welt. Warum dazu nicht gleich einen Vergnügungspark?« Aber zuvor stelle man den Advokaten an die Mauer des Festungsgrabens, den infamen Inspektor dazu, auch die bübische Kutte des Kirchspiels. »Ja, alle käuflichen Zukunftsträumer.«

Und dann: Paff. Paff. Paff.

Das wird eine Geisterbahn des Jahrmarkts von morgen: »Skelett neben Skelett, und die Reisenden auf ihrem Rundgang wissen gleich, was das ist: Spanische Geschichte.«

Nein, der Marqués ist noch nicht zu Ende.

»Dafür also habe ich meine Jugend dem katalanischen Feldzug geopfert. Wie viele Tage, wie viele Nächte nicht aus dem Sattel ...« Ruhig, Yoyó, ruhig, die Herren der Runde interessieren sich nicht für dein Heldenepos.

Sie schweigen. Sie gähnen.

Einer nach dem anderen steht auf und schickt sich zu einem Spaziergang an. Von längst vergessenen Karlistenkriegen will niemand mehr etwas wissen. Noch dazu vom Husarenstück eines damals erst siebzehnjährigen Fähnrichs. López und Ganzenmüller waren selbst dabei, der eine als Hauptmann, der andere als Leutnant. Sie kennen die ganze Ebro-Front – stromauf, stromab.

»Diese durchgeschubberten und verschwitzten Reithosen aus alten Zeiten wollen doch endlich einmal verschmerzt sein.« Und diesen Hintern dürfte wohl lange nicht mehr der Sattel der Kavallerie gedrückt haben.

»Wir wollen uns vor dem Diner noch ein wenig die Füße vertreten.« Eusebi Estrü schnuppert schon den Braten, das gedünstete Gemüse und die Gewürze. »César, was gibt es heute mittag?«

Bitte keine Antwort. Das soll für uns alle eine Überraschung werden.

Morocha und Teresa haben sich an die Hand genommen und suchen Zelt für Zelt ab. Sie rütteln an den Seilen.

»Aurora. Es geht auf den Mittag zu.«

Aus einem Schlitz zwischen Planen guckt die Marquesa hervor. Sie ist schnell zurechtgemacht, wenn auch recht lässig. Ungeschminkt, die Haarsträhnen kaum gebändigt, Grashalme in den Rockfalten, tritt sie ins Freie. Zu dritt haken sich die Frauen ein und überqueren den Platz – vorbei an den abgeräumten Frühstückstischen. Das Angebot eines Kellners, den verspäteten Gästen Gedecke aufzulegen, wehren sie ab. Sie nehmen sich Reste vom Buffet in die Hand.

Als die drei nun auch noch ihre Schuhe ausziehen und barfuß über den Rasen schlendern, will sich Madame Cischini vor Lachen ausschütten. Señora Díaz de Quitano dagegen kann sich nur empören. »Sprießt irgendwo Unkultur hervor, ist immer diese Russin dabei.« Jetzt verführe sie auch noch halbwegs gesittete Negerinnen, bloßen Fußes umherzustrolchen. »Geschmacklos.«

Und wieder ohne Schmuck.

Die Díaz nestelt an ihren Spitzenhandschuhen und fragt ringsum in den Kreis, den sie sich mit Lautstärke angelockt hatte, wofür denn das alte Europa in so langen Epochen seine Zivilisation aufgebaut habe. »Gold kam ins Land auf Tausenden von Caravellen.« Hunderte von ihnen seien in Stürmen zerstört, von Ozeanen verschlungen worden, von englischen Piraten und französischen Flibustiers gekapert und versenkt – Jahr für Jahr.

»Das Atlantische Meer ist ein einziges riesiges Grab der braven spanischen Marine.«

Der Señora werden die Augen feucht. »Diese ungezählten Matrosen, die Maats, die Offiziere, Kapitäne – sie alle mußten sterben.«

Für Gold.

»Für Gold, das diese Russenkatze verschmäht.« Man solle sich doch einmal den kahlen Hals dieser Tatarin ansehen, die verlorenen Handgelenke, die geleckten Finger, die nackten Ohren.

»Was für eine Brutalität.«

Die Díaz stupst, da die Konsulsgattin aus Wien noch immer lacht, neben sich die Señora Llosa y Llosa an. »Auch Sie sollten sich ein wenig aufregen.« Und sie könnte wenigstens eine winzige Träne um die so sinnlos ertrunkenen Seeleute vergießen. »Sie sind Spanierin wie ich. Warum weinen Sie nicht?«

Die Llosa hört das nur mit halbem Ohr. Eine Sorge bedrückt sie. »Unsere Laura Luisa ist fort.«

Das interessiert die Umstehenden wohl am allerwenigsten. Einzig Eusebi Estrü glaubt, Mitgefühl zeigen zu müssen. »Ein Fräulein kehrt zurück, ein anderes verschwindet.« So sei das Leben, und er hoffe, daß dieser Trost der Dame genüge.

Nein.

»Unsere Laura Luisa ist weg.« Muß man sich das ein zweites Mal anhören? Die Díaz ist verärgert. »Was schon ist ein einziges verlorenes Mädchen gegen tausend verschollene Schiffe?« Alle diese abgesoffenen Seeleute hätten Frauen und Bräute hinterlassen, Eltern und Kinder – ohne Abschiedsbriefe. »Ohne ein kurzes Mutter-verzeih-Mir oder ein Auf-immer-Dein-Juan. Plumps, da klatscht schon wieder so ein Mordskerl in sein feuchtes Grab.«

Zusammen mit dem Gold.

»Soviel greifbares Glück auf dem Grund des Meeres! Und Sie, Señora, greinen um ein kleines Seelchen, das mit seinen Händchen Glück noch gar nicht zu greifen vermag.«

Aber gut, der Schwiegersohn werde diese Laura Soundso suchen helfen. »Florinda, rufe doch mal Felipe herbei.«

Nein, die Tochter Florinda will ihren Verlobten Felipe López nicht holen. Der Hallodri entgeht ihr ohnehin nicht. Sie wird ihn heiraten, und eine lange Ehe wird das Paar unerbittlich und zufrieden für immer ketten. Soll er sich doch heute lümmeln, wo immer er will. Sie sieht dem Maler Nonell hinterher.

Da läuft er den drei Weibern nach. »Die sind lustiger, was? Aber ich habe dich bezahlt.« Nein, das sagst du jetzt nicht, Florinda, du schweigst und träumst dich weit weg.

Du warst lange nicht in Afrika.

»Könnten wir nicht an den Gefilden unseres Rio de Oro auf einer Landzunge ein Kastell bauen, weit hinaus in den Wind des Atlantik hinein, wo kein Hahn mehr kräht?«

Mein Gott, ist diese Tochter töricht.

»Wir haben doch schon ein Felsenschloß in Portugal. Vila Nova de Portimão«, und diese Kröte habe wohl ganz vergessen, daß dieses herrliche Kastell ihr Hochzeitsgeschenk sei – für die Tage der Rosen und weit darüber hinaus für das immerwährende Lebensparadies mit ihrem Zukünftigen. Aber jetzt soll Florinda ihn erst einmal rufen.

»Nein. Ich rufe Felipe nicht.«

Jenseits des Platzes entfernt sich Isidro Nonell. Die nackte Schulter der reichen Erbin zu malen, bleibt ihm auch später noch. Dort am Ufer wartet ein puttengleiches Motiv.

Auf dem Anlegesteg hockt unter einem Sonnenschirm, die nackten Füße in der Bucht baumelnd, das Revuegirl Tine Tivoli. Zu ihm setzen sich nun Aurora, Morocha und Teresa. Dicht an dicht drängen sie sich unter der Sombrilla des Cake zusammen. Auch sie entblößen die Waden und plantschen im Wasser.

Die Gruppe gefällt dir wohl, Künstler?

Weitere Figuren füllen den Hintergrund. Der Barmixer Luitold kommt mit Tablett und Gläsern ins Bild, die alte Camarera Esperanza tritt als Zofe hinter die dänische Tänzerin. Ein Musiker mit seiner Viola d'amore und die Hotelfriseuse, die stracks alle Kunden preisgibt, weil sie das Gestrüpp auf dem Kopf der Marquesa einfach nicht ansehen kann, runden die Komposition.

Der Stift strichelt über das Papier. Das Bild füllt sich.

Vier dunkel schraffierte, vier hell ausgesparte Schenkel betonen die Senkrechte gegen die Horizontale des Landungsstegs. Unter Fußknöcheln kräuseln sich Ringe im Wasser. Oberhalb der Knie beginnt das Bunt der Kleider.

Die Farben, Isidro? Ach was, sie entnimmst du später deiner Phantasie. Hier und jetzt erregen dich erst einmal die Linien, die Wellenkreise auf spiegelndem See, die kleinen kantigen Bällchen der Knie, die Figurenschrift der Arme, die Konstellation der Köpfe: Eben noch vereinzelt, bündeln sie sich nun zu einem Getuschel zusammen. Dahinter das Oval des Sonnenschirms, angeschnitten daneben ...

Nein. Dieser Fatzke Luitold gefällt dem Zeichner überhaupt nicht. Aus dem Bild mit dir! Statt deiner darf sich die Zofe Esperanza noch mehr aufplustern, sie bekommt einen Fächer in die Hand, darauf – in den Konturen zart und weit weg – eine Galerie voller Rosen.

Nun hat auch der Violinist mehr Platz. Er kann den Rücken in einer Arabeske hinunterbeugen und seinen Geigenbogen in die Parallele zum Kamm der Friseuse arrangieren.

Wie lassen sich die Töne auf das Papier fetzen? Dieses simple Gefiedel? Überhaupt nicht. Isidro, du mußt für die Kaprizen deiner Modelle eine Zigeunerweise herbeimusizieren.

Bajo la luna gitana.

Natürlich eine andalusische Romanze, was sonst? Unter dem Zigeunermond.

Nun fehlt im Bild nur noch das Geplauder der Frauen. Was erzählen sie sich? Gucke doch richtig hin, Nonell: das Sorgenfrei der Gesichter, das Champagnertrunkene der Münder, die Girlanden der Zähne, die Polonaise der wippenden Knie, die Festillumination in den Augen, die Figurinen der Arme, das Spiel der Finger ...

Aber ja. Die Frauen sprechen über Kleider und Frisuren, über Badereisen und den Luxus in den Grand Hotels, über Colliers und Bracelets, über Diamanten, Perlen, Gold.

Ja. Hauptsächlich über Schmuck.

Das ist doch ganz natürlich. Schöne Weiber schwätzen über nichts als über die schönen Dinge des Lebens. Und sind das etwa keine charmanten Gesten, mit denen sich die Marquesa an den kahlen Hals faßt, an die nackten Gelenke, an die Ohren ohne Ringe?

»Kennen Sie, liebste Freundinnen, die Sage vom römischen Mädchen Tarpeja?« Natürlich nicht. Morocha und Teresa wollen die Geschichte hören. Auch der Cake zeigt sein Interesse, und hinter der Gruppe beugen sich die Friseuse und die Zofe hinunter. Gesellt sich nicht auch das eine oder andere Zimmermädchen hinzu?

Schnell, Isidro, zeichne schnell, bevor das Bild beginnt, sich zu zerbröseln.

»Tarpeja ist in unserer Geschichte die Tochter des Kommandanten von Rom. Sie ist zerfressen von der Gier nach Geschmeide.« Da belagern eines Tages die Sabiner die Stadt. Die Kriegsknechte vor den Mauern tragen Schmuck – am linken Arm einen Reif neben dem anderen. Diesen da, Tarpeja, diesen auch noch! Und für alle zusammen öffnest du den Feinden das Tor. Für sie verrätst du Rom. Du willst als Lohn die Armbänder der Männer.

»Das Mädchen bekommt sie, aber die Reifen sind nicht aus Gold. Es sind die eisernen Schlaufen der Schilde.«

Die Krieger dringen in die Stadt, sie zahlen der gierigen Jungfer den

Lohn für den Verrat, sie quetschen sie mit den in der Sonne gülden gleißenden Schilden zu Tode. »Was als Brei vom Körper übrig bleibt, kippen sie über den Felsen – wenige Schritte vom Kapitol entfernt.«

Vom Felsen der Tarpeja.

Eine alte Geschichte. Was soll sie uns heute? Dennoch – die Frauen ringsum müssen schlucken. Da ist etwas, das würgt an den Gurgeln, das reißt an den Gelenken, das nagt an den Ohren.

Nur der Cake lacht. Er hat die Story nicht verstanden.

Lache nur, Tine Tivoli. Aurora stimmt dir bei, und heiter erzählt diese, daß sie, seitdem sie von einem Anarchisten die Fabel kenne, jeglichen Schmuck meide. »Schon durch meine Kindheit zog die Furcht, jemanden verraten zu können – vielleicht unter der Folter, vielleicht auch nur unbedacht.« Mit dem Vater sei sie versteckt durch Europa gereist, stets auf der Flucht, und sie hätte den gutmütigen Mienen der Bombenleger immer die Todesschreie unter der Marter ablesen müssen – wie unter Zwang.

»Als hätte ich sie verraten. Ich – ein Kind.«

Und wie schnell sieht sich eine so sensible Maid von funkelnden Schilden zu blutigem Brei zerfleischt?

Dann hinab über den Felsen in die Schlucht.

Was ist, Nonell? Was tut sich auf deinem Blatt? Warum verzerren sich die Striche? Wieso torkelt die Schraffur – zisch und zack mit kratzendem Stift? Die Münder der Frauen zerlappen sich. Auf ihnen liegt noch immer ein letztes Lachen – aber es ist ein anderes als zuvor.

Deine Skizze entgleitet dir. Sie empört sich gegen dich, sie will die Anarchie.

»Kann man denn nicht einmal eine simple Arbeit nach eigenem Willen zu Ende bringen?«

Nein.

Die Frauen auf dem Bootssteg halten inne, sie starren zu dem Kunstmaler hinüber. Was hat er? Warum kippelt er? Aber man sieht es doch: Ihm ist schwindlig.

»Künstlerfreund.«

Der Oberkellner César tritt hinzu, gerade rechtzeitig, um den Schwankenden zu stützen. »Komm aus der Sonne, Isidro. Du verträgst sie nicht.« Und auch den vier Damen empfiehlt der Alte, zu dieser Stunde lieber den Schatten zu suchen.

Solche Launen verhexen plötzlich einen Bootssteg, einen kleinen Platz am Ufer einer unbedeutenden Lagune, so einen winzigen Flecken unserer Erde.

Nur fort von hier.

César kauft seinem Freund das Blatt ab. Jahrzehnte später wird es gewiß seine Liebhaber finden. Es ist einfach schön, ein Capriccio, ja, aber so recht etwas anfangen kann niemand damit. Da hängt ein Kunsthändler es einfach als einen Reigen unbekannter Grazien in seine Galerie.

Farándula de guapas.

Mitten ins Mittagsmahl hinein platzt die Nachricht aus der Stadt, der Gegenschlag der Staatsmacht – seit gestern endlich ernsthaft mit Feuereifer und Gottesfurcht verfolgt – habe heute früh mit einem Sieg sein Ende gefunden.

»Barcelona ist fest in der Hand des Militärs.«

Das wurde auch Zeit! Die Gesellschaft der Lagune atmet auf, aber so recht jubeln kann eigentlich keiner. Die Botschaft kommt zu schlagartig, konnte sie nicht das Dessert abwarten? Niemand möchte sich durch solche Kunde zu übereiltem Aufbruch erpressen lassen.

Gewiß, zuletzt war es unter den Gästen zu Reibereien, ja selbst zu handfestem Zank gekommen. Ja und? Jetzt am Ende finden sich alle wieder gut ausgesöhnt zusammen, ja vereinzelt sogar in neuen, bislang nicht erhofften Freundschaften. Das Paradies soll abrupt zu Ende sein?

»Meine Freunde, so wie hier und heute kommen wir nie wieder zusammen.«

Das beklagt Madame Cischini, die sich von Tag zu Tag mehr und mehr amüsierte. »Wer überhaupt ist dieser Unglückskurier?«

Einige in der Gesellschaft kennen ihn: Es ist ein fünfundfünfzigjähriger Finsterling mit sentimentalem Blick, ein Stück altes Militär. In Langschäftern stiefelte er über den Rasen, guckte hier einer Serviererin, dort einem Küchenmädchen hinterher und musterte – mit einem kleinen Umweg am Orchester vorbei – die appetitliche Cellistin im alpinen Bauernrock. Dann erst ging der Mensch zur Tafel und machte dem Marqués die Meldung.

Es ist El Cid vom Gut Lágrima.

»Barcelona ist fest in der Hand der Unsrigen.«

Der Marqués wiederholt, was der Inspektor bereits hinaustrompetet hatte, dies sei ein offizielles Telegramm des Militärgouverneurs. »Die Meuterer sind erschossen, neue Rekruten ausgehoben. Die Stadt atmet befriedet auf.« Und hier sei noch ein zweites Telegramm für die Generalin.

Was anderes kann es enthalten als einen Befehl? Morocha liest, daß ihr Gemahl am Sonntag zum Abendessen direkt nach Lágrima marschiere. »Sieh zu, wie du allein hinkommst.«

El Cid hatte mit dem Motorboot hierher gefunden. Wer will, könne in Kürze mit ihm zurückfahren. »Am Ortsufer neben der Seekapelle wartet für den Rest des Wegs die Kutsche. Wir kommen am Bahnhof vorbei.«

In die guten Nachrichten platzt nun eine schlechte. Der Oberkellner César ruft sie aus. »Die Kältemaschine ist kaputt«, und die verehrten Gäste müßten mit einfachem Obst vorliebnehmen.

Also kein Speiseeis mehr.

Da ist es nur gut, daß das Hundeleben ohnehin ein Ende hat. »Dann fahren wir doch gleich«, hört man, und: »Nichts wie weg.« Viele stehen mitten im Mittagsmahl auf, alles redet durcheinander, erkundigt sich, wer wen im Wagen mitnähme und ob jemand die Motoryacht der Familie Díaz steuern könne.

»Laura Luisa.«

Der alte Llosa y Llosa zetert über die Tafel hinweg. Das auch noch so laut, obgleich er wissen müßte, daß seine Sippe unter allen Gästen als letzte nur aus Mitleid geduldet ist.

»Wer weiß, wo unsere Laura Luisa ist?«

Die Musiker stocken. Nein, in diesem Tumult werden sie nicht weiterspielen. Die kleine Gusti hatte bereits ihr Instrument eingepackt. Nun erhebt sie sich auf Zehenspitzen und winkt zum Ende der Tafel hinüber.

»Ich.«

Die Cellistin Gusti Kópaček weiß, wo sich die Schwiegertochter Laura Luisa seit Mitternacht befindet. Als sie zu erzählen beginnt, kriegt sie Tränen in die Augen. Nun, es wird auch eine wirklich rührende Geschichte, an jedem Kiosk könnte man sie für dreißig Céntimos kaufen.

Penas de amor.

Ein junges Mädchen aus der Wiener Vorstadt, das Cello leidlich meisternd, findet ein Engagement in einer Walzerkapelle, geht auf Tournee und kommt in ein fremdes Land. Ein kurzes Gastspiel auf einer einsamen Insel treibt den Roman voran.

Nun geht alles sehr schnell.

Die Jungfer tritt im Bauerndirndl auf, das ist exotisch und animiert Don Felipe, den jungen reichen Reederssohn. »Wie heißt denn die Puppe? Gusti. Ein schöner Name«, und sicher sähe man sich später noch.

Gusti ist verliebt. Und der Señorito sicher auch.

Ein Pfundsmädel, ein Glückspilz ist sie, kommt nun auch noch zu einem nächtlichen Auftritt mit einer Jazzsängerin aus Kuba.

He, he, he ... hyá, hyá ...

Das Sonntagskind trommelt den verrückten Rhythmus hart auf das Holz des Cellos. Der Alpentracht hat es sich entledigt, es trägt – aus dem Fundus der Negerkollegin – eine Robe in Silberflitter.

Muchachos a reir, / Muchachos a gozar ...

Der Applaus ist noch nicht verebbt, da eilt Gusti schon zum Rendezvous. Sie kennt den Weg, sie kennt das Zimmer, sie rauscht hinein, ein blaßblondes Pummelchen im Putz ihres Rumbafummels.

Ist das ein Auftritt?

Felipe wartet schon, aber doch nicht auf das, was da hereinrasselt, auf dieses Lamettaknäuel. Eine Showmaus hattest du gerade besessen, was soll dir jetzt das gleiche in Doublé? Dein Sinneswunsch galt dem groben Kattun à la tyrolienne.

Der Autor verteilt in seinem Dreißig-Céntimos-Roman selbstherrlich Liebesleid und Liebesglück. Das Trampelchen aus Wien, eben noch so beseligt, verliert die Partie und – um den Schmerz zu mehren – wird zudem noch zur Lauscherin an der Zimmertür.

Erst fünfzehn ist die Rivalin und im fernen Barcelona bereits fest versprochen. Der Zukünftige, Fähnrich bei der Polizei, stellt sich dem Pöbel im Bürgerkrieg. Ramón, Sproß verarmten Adels. Ihm wird die Kränkung seiner Ehre erspart bleiben. Der Romancier vergißt ihn, er wendet sich lieber der gegenwärtig brennenden Romanze zu. Zwei heiße Herzen schlagen, flüchtige Küsse stehlen sich von Lippen, Hände greifen zart ineinander, hier ein Arm, dort ein Ärmchen bieten sich einem sanften Streicheln an.

Doch sind derlei Turteleien nur Synonyme für eine wirklich ungehemmte Fleischeslust. Es ist gut, Schreiberling, daß du deinen empfindsamen Lesern die Brutalität verschweigst, mit der das geile Bürschchen Felipe diesem Frühgemüse gleich die Unschuld rauben wird. Jetzt plappert es munter und reichlich dumm daher, schwätzt von einer Beinahe-Verlobung in einem schäbigen Polizei-Casino, von einer beschwerlichen Fahrt zwischen Reissäcken und Weinkisten in einem Planwagen, von der Ungemütlichkeit der Unterkunft auf der Lagune und von den Fröschen.

Ja, von den Fröschen.

»Die haben die ganze Nacht gebrüllt.« Das sei am Nordufer der Insel gewesen, wo der freundliche Herr Oberkellner sie und ihre Schwiegereltern beim Küchenpersonal untergebracht habe.

»Ein Konzert wie von Negern – die ganze Nacht.« Ja, jetzt hat die Kleine das richtige Wort, um den Radau des Getiers zu beschreiben. »Es ist wie Jazz.«

Mein Gott, ist dieses Sumpfhuhn dämlich. Der junge López geilt sich an dem gehäuften Blödsinn auf. Ja, recht so, Junior, vor deiner Hochzeit solltest du die ganze Skala von Weibergeschwafel rauf und runter noch einmal kräftig durchficken.

Er böte der lärmgeschädigten Familie ein schöneres Quartier an. »Da krakeelt nicht ein einziger Frosch.« Aber das gnädige Fräulein möge doch zunächst einmal allein das Zimmer inspizieren. »Wenn Sie sich morgen früh am Fenster die Äuglein reiben, lacht Ihnen frisch und vergnüglich die Sonne entgegen.«

Das Logis habe Südseite.

Später spürt Felipe, daß er eher mühselige denn entspannende Stunden vor sich hat. Die Quatschgöre versucht doch wirklich, dich abzuwimmeln, und du mußt schon recht drakonisch deine Fingernägel in diesen Babyarsch krallen, um das Stück an dich pressen zu können. Auch ein paar Maulschellen werden fällig.

Patsch. Patsch. Und noch einmal patsch.

Die Sprache der Knallschoten versteht das Ding, endlich grätscht es die Strampelknochen. Nun, es geht doch! Warum nicht gleich? »Wie heißt eigentlich die Puppe? Laura Luisa. Ein schöner Name.«

Ist das Fenster geschlossen? Ja. Keiner von euch braucht Rücksichten zu nehmen. Nicht du, Felipe, mit deinem Lust-, nicht du, Laura, mit deinem Leidensgeschrei.

Nun, Braut, an wen, an was denkst du in diesem Moment? An den Verlobten Ramón doch gewiß am wenigsten. Vielleicht daran, ob es beim zweiten Mal schmerzloser ist, und wie oft es in der restlichen Nacht und am nächsten Tag bis spät in den Mittag hinein noch sein muß?

Geht dir das durch den Kopf? Nein.

Laura überlegt, wieviel schlimmer alles hätte kommen können, läge auf ihr jetzt ein Anarchist – dieser Barbar etwa, dieser Feuerkopf von einem Kunstmaler, der gottlob nur ein einziges Mal mit dir getanzt, dich dann aber nicht weiter belästigt hatte.

Hier dieser junge Herr kommt immerhin aus guter Familie, er ist gebildet und fürsorglich. Ja, jetzt holt er einen feuchten Schwamm, um zwar zunächst sich selbst, dann aber auch dir die tröpfelnde, mit Blut vermanschte Brühe von den Schenkeln zu wischen. Das aber macht das Lotterbett nur noch nasser und ekliger.

Und es stinkt.

Laura Luisa bedauert, in ihrer ganzen Kindheit nie so recht das Fluchen gelernt zu haben. Ein schlichtes Gottverdammt würde sicher dieser Situation nicht gerecht werden. Endlich fällt ihr das passende Wort ein.

»Scheiße.«

Felipe hatte es gerade noch ein weiteres Mal geschafft. Jetzt schmerzt ihn der Schwanz. »Ja, Scheiße. Du hast recht, Puppe.« Er lacht und bedrängt sein Opfer, in die Heiterkeit einzustimmen. Es gehorcht. Es will nicht noch einmal Backpfeifen.

Nun lachen beide lange und herzhaft.

Gusti Kópaček, die kleine pummlige Cellistin, nutzt eine Orchesterpause, um sich an die Tür des Reedersohns zu schleichen. Drinnen nur Gekicher.

Tränenüberströmt kehrt sie auf das Podium zurück. Und noch am nächsten Morgen zum Auftakt der Frühstücksmusik spielt sie mit verheultem Gesicht die Libellentänze.

Was nun wiegt schwerer – die Liebestortur der Besprungenen oder der Liebeskummer der Verschmähten. Für das Würmchen aus Wien ist die Antwort nicht schwer. Den ganzen Vormittag lang, ja selbst noch bei der Tafelmusik am Mittag hat es diese albernen Lachkrämpfe im Ohr.

Mitten im Spiel hört Gusti auf. Den Gästen an den Tischen ist der Käse abgeräumt, jetzt warten alle auf das Dessert. Da tritt Don Felipe aus der

Tür. Er hat sich gewaschen und gekämmt. Er ist einfach schön. Er trägt einen Zweireiher in Absinthgelb, dazu – seriös Ton in Ton – eine Krawatte in Kokosbraun, die Hände auf englische Art fesch in den Hosentaschen. Er überblickt die allgemeine Aufbruchstimmung, nickt seinem Vater zu, der gerade den Konsuln Plätze in seinen Kutschen anbietet, greift nach einem Stuhl und setzt sich zur Familie Díaz de Quitano.

Wo bloß hat er den ganzen Vormittag lang gesteckt? Bitte keine Fragen, der Señorito möchte sinnieren.

In seinem Kopf zählt er all diese Flittchen ab, die sich – mir nichts dir nichts – mit ihm eingelassen hatten. Einfach nur angestubst, da machen sie schon die Beine breit. Immer wieder und immer wieder. Am Ende gackern sie frech.

»Ja, diese frechen Flittchen.«

Bitte, was murmelt der Schwiegersohn vor sich hin? Felipe López, du sollst gesprochen haben? Aber ja. »Ich sagte gerade: In Florinda habe ich einen wertvollen Menschen und eine wunderbare Frau.« Er greift nach der Hand seiner Braut und legt sie auf die seine.

Florinda läßt es sich gefallen.

Das ist zuviel. Gusti auf dem Orchesterpodium stellt sich auf die Zehenspitzen und winkt dem alten Llosa y Llosa zu.

»Ich weiß, wo Laura Luisa ist.«

In der folgenden Stunde geht vieles im Trubel der allgemeinen Abreise unter. Kaum jemand beachtet das heulende, arg gerupfte junge Mädchen, das – von den Schwiegereltern in die Mitte genommen – über den Platz davon zum Anlegesteg enteilt.

Das Angebot Césars, alle drei mit der Hotelkolonne in die Stadt zurückzubringen, lehnen die Llosas empört ab. Ausgerechnet diesem Schurken sollen sie sich anvertrauen, diesem ungehobelten Serviettenschwenker, der eine höfliche Frage nach dem spendablen Gastgeber so frech zu ignorieren versuchte und dann auch noch log.

»Sie haben uns diese Horrorreise aufgezwungen, Sie Prolet«, und das alte Blaublut bereut, nicht im Hexenkessel Barcelona ausgeharrt und sich als aufrechter Mann dem Plebs gestellt zu haben.

»Dann wenigstens hätten wir noch immer unsere Ehre – wenn auch im Grab.«

Die Señora sagt nichts. Erst auf dem Fährboot brechen aus ihr die

Tränen hervor. »Was für eine Schande.« Da kann man nichts tun, als den armen Ramón zu bejammern.

»Was für eine Erlösung für dich, wärest du jetzt tot.«

Nein. Mit solchem Wunsch sollte sich niemand versündigen. Aber schon hat sich der Gedanke befreit und sucht sich neue Freunde. Er findet Laura Luisa. Diese meint – wenn auch insgeheim und für sich allein –, der Tod des Geliebten sei, da sie selbst nicht habe sterben dürfen, dann wohl die nächst humanere Lösung. Und damit auch bliebe ihr erspart, sich rechtfertigen zu müssen.

»Ade Ramón.«

Die drei machen sich zu Fuß auf den Weg. Weit kommen sie nicht, da überholt sie Notar Ganzenmüller, erbarmt sich ihrer und lädt sie zu sich in den Wagen. Doch schon nach einer kurzen Strecke bereut er seine Christlichkeit.

Mein Gott, sind das langweilige Menschen.

Zur Kaffeetafel am Nachmittag fehlt das frische Gebäck. Für die schmale Zahl der Gäste, die zu dieser Stunde noch nicht abgereist ist, lohnt es sich gerade eben, ein paar Dosen Trockenkeks zu öffnen.

Das Hotelpersonal hatte bereits nach dem Mittagsmahl mit dem Packen begonnen. Bei dieser Eile ist der Oberkellner César mit dem Oberbefehl geradezu überfordert, und es ist nur gut, daß El Cid, der ans Kommandieren gewöhnte Gutsinspektor, kräftig eingreift. Er aber tut es nur der Mädchen wegen, die herumzuhetzen ihm das Herz erwärmt, denn zu strengen Kommandos gehören verständlicherweise auch hier und da ein strammer Klaps, ein herzhaftes Zwicken und das Durchschütteln einer säumigen Jungfer.

Büroboten haben auf Weisung des Marqués weitere Fischer mit ihren Booten herbeizitiert. Der Fährmann Charo wäre entlastet, aber er kann mit Rudern einfach nicht aufhören. Recht so, Alter, auch du mußt dein Abenteuer zu Ende durchstehen. Du hattest zu Beginn der Woche die erste Fuhre, nun forderst du auch die letzte.

Und im Zenit dieser Frist einen Toten im Kahn.

Auf dem Platz sammeln Diener die Abfälle zusammen und fegen die Terrassen der Sommerhäuser. Knechte rollen die Bastmatten der Tanzfläche ein, Zimmerkätzchen – hoch auf Leitern, unten von Kellnern an den Waden gestützt – nehmen die Girlanden ab.

Übrig bleibt ein ramponiertes Paradies.

Das meint auch der Marqués. Er mahnt zum Aufbruch und fragt in die Runde, wen er auf dem Seeweg zum Ort Lágrima und weiter zum Bahnhof mitnehmen solle. »Mein Inspektor wirft gleich den Motor an.«

Niemand meldet sich, auch Aurora nicht. Sie war ohnehin nicht gefragt, Yoyó vermied es, sich eine Abfuhr einzuhandeln. Im übrigen habe sie sich auch um das Automobil zu kümmern, mit dem sie angekommen war. Es muß aus den Kanisterbeständen der Yacht nur noch aufgetankt werden. »Schnell, bevor sich der Rest des Personals verkrümelt.«

Aurora verteidigt das Sonnensegel, das man über ihrem Kopf abzumontieren droht, und sie befiehlt, daß man ihr darunter einen Winkel mit Liegestühlen einrichtet.

»Ich habe Zeit. Samstag ist auch noch ein Tag«, und die Marquesa ruft El Cid zu, er möge Alma an das Souper morgen abend erinnern. »Sie soll bereiten, was sie will. Wir sind zu viert.«

Nein, ihre Schuld hat Aurora nicht vergessen.

Doch gleich schon den Inspektor zu fragen, ob es auf dem Gut etwas Neues gäbe, erschien ihr zu verräterisch. Jetzt erst tritt sie an das startende Motorboot heran. »Zu Hause ist sicher alles in Ordnung, Don Destilador? Chica geht es gut, und auch die Mädchen sind fleißig?«

Die Mägde. Ja, die Mägde.

»Brígida, Adola und Mirabel haben Abschied genommen.« El Cid berichtet von den Reitern der Guardia Civil. »Die drei wurden abgeholt – sicher nur zu einem Zeugenverhör.«

Aurora, dich haben die Jahre der Flucht gut gedrillt, du wirst dich nicht exponieren. Dir wird schwindlig, aber keiner merkt es. »Routinefragen. Was sonst? Waren die Mädchen etwa gefesselt?«

Bitte, darauf keine Antwort. »Die Gardisten, Señora, waren freundliche Männer. Gutmütig vor allem. Sie hoben unsere Lieblinge sanft vor sich auf den Sattel. Zum Abschied winkten alle uns zu.«

Das reicht.

Die Marquesa geht, als hätte nichts sie verunsichert, zur Gruppe der Liegestühle, wo sich Morocha und Teresa bereits ausstrecken. Gläser stehen auf einem kleinen Tisch, der Picaflor öffnet die Rumflasche, Mariposa, der Schmetterling, spuckt im Bogen Kokablätter auf den Rasen und zündet sich eine Zigarre an.

»Na, haben Sie Ihren Affen verabschiedet?« So wird Aurora empfangen. Dann könne man sich ja einen schönen Abend machen. »Wo ist unsere Doncella vom Kuchentanztheater?«

Das Girl wird gerade am Bootsanleger verabschiedet. Diese Liaison, Tine Tivoli, ist denn wohl zu Ende! Eusebi Estrü unterschreibt einen formlosen Zettel. »Damit kannst du dir im Büro die Schiffskarte abholen und bei meinem Prokuristen den Bankcheque für das Automobil. Ich werde noch ein paar Zeilen an meinen Freund Henry dazulegen.« Auch Bargeld für die ersten Wochen in Amerika lägen an der Kasse bereit.

»Nimm dir an Garderobe mit, was du willst. Esperanza lasse ich dir bis morgen.«

Die Zofe soll der abgehalfterten Mätresse des Fabrikanten noch ein letztes Mal beim Packen helfen. »Auch ein Wagen bleibt dir, um hier wegzukommen. Leider habe ich keinen Kutscher.« Der Chef eines so großen Betriebs brauche jetzt all seine Männer in der Stadt. »Wer weiß, wie es in den Fabrikhallen und in den Büros aussieht.« Ja überhaupt in ganz Barcelona. »Jetzt geht es erst einmal ans Aufräumen.«

Ja. Ringsum aufräumen.

Das sind herrische Worte. Tine, wie sollst du auf sie reagieren? Dankbarkeit hast du genug gezeigt, sogar öffentlich auf dem Podium unter lautem Applaus.

Nun ist es genug. Du besitzt alles, wovon die kleine Anneliese Plum einst nicht einmal zu träumen wagte: Geld, Garderobe und die Passage nach Amerika. Wirklich alles? »Woher nehme ich aber den Kutscher?« An die Zügel selbst traue sich die Tänzerin nicht, ja noch nicht einmal in die Nähe eines Pferdes. »Bleibt denn kein Mann da?«

»Ich.«

Es ist der Kunstmaler Isidro Nonell.

»Meine Auftraggeberin hat mich vergessen.« Unsinn, Nonell, nicht einmal das. Du bist im Kopf der reichen Erbin nicht einmal vorhanden. Der junge Señor López ist zurück – zugleich als Steuermann der Yacht –, wer braucht jetzt noch einen Farbenkleckser, einen Nichtsnutz, der das im voraus bereits honorierte Porträt noch nicht einmal anzufangen gedachte?

Immer diese verdammte Schuld.

Isidro, du hast kassiert und nichts geleistet. Aber das allein ist es nicht.

Da fallen die Künstlerfreunde auf den Barrikaden, sie bluten auf dem Pflaster von Barcelona dahin. Und du nimmst dir vom Tisch der Reichen nicht nur Krumen. »Ich esse Froschschenkel und Hummerschwänze.«

»Ach was, das gute Essen ist vorbei.« Die Zofe Esperanza stubst den Künstler an. »Können Sie eine Kutsche lenken?«

Das ist vielleicht eine Frage. »Madame, ich bin Zigeunermaler«, und ein Porträtist des fahrenden Volkes werde sich doch wohl noch mit Pferd und Wagen auskennen. »Kennen Sie meine Bilder vom Lagerleben? Und haben Sie mal die Gäule gezählt?« Allerdings sei die Zeit seines Herumzigeunerns ein wenig her, er habe sich heute auf das Atelier verlegt. »Dennoch – packen Sie getrost Ihre Koffer, mein schönes Fräulein aus Dänemark. Alles wird morgen gut gehen. Freuen Sie sich auf eine schöne Reise.«

Gute Reise.

Das ruft vom Fährkahn aus Eusebi Estrü den Zurückbleibenden zu. Er setzt mit Staatsrat Brosset über, dem er von nun an freundschaftlich verbunden bleiben wird. Die gemeinsame Einladung nach Lágrima bindet beide. Zudem benötigt der Fabrikant gleich zum Wochenbeginn die schnelle Hilfe des Konsuls.

Für ein Visum nach Rußland.

»Ich möchte in Sankt Petersburg wieder einmal in die Kaiserliche Oper.« Das versteht Brosset nur allzu gut. »Ich ahne schon: zur Schnepfenjagd.« Aber der Freund solle sich doch nicht immer nur in Balletteusen vergaffen. »Vergessen Sie nicht die Manège Ciniselli mit ihren Seiltänzerinnen, den Voltigeusen auf ihren Stuten, mit den fliegenden Damen am Trapez.«

Der alte Konsul formt mit seinen Händen die Körper deftiger Artistinnen nach. Er fängt mit starken Schultern und zwei Handvoll Brüsten an, schnürt eng die Taille ein und betont die Hüfte reichlich übertrieben. Als er weit unten zu den Fesseln kommt, kippelt er, und der Fährmann Charo muß mit den Riemen das schlingernde Gleichgewicht auffangen, damit sein Passagier nicht über Bord geht.

»Da gibt es Schenkel, mein Lieber – so drall und so derb, eben: gut gefüttert.« Für das skandinavische Skelett des Freundes habe er sich nie so recht erwärmen können.

»Es war eine Kaprize, Staatsrat, die Laune in einer kurzen Phase der

Euphorie. Da tanzte etwas – kaum mehr als ein Nummerngirl –, und es wurde für mich zum Wunder von Kopenhagen.«

Das Etwas tanzte den Cake Walk.

»Negerjazz?« Der Konsul ist entsetzt. »Wenn Sie erst bei uns im Kaiserlichen Rußland sind, werden Sie das amerikanische Mohrengehopse schnell vergessen.«

Auf dem Festland besteigen sie den Wagen. Mit den beiden fahren die letzten Gäste der Lagune ab. Zurück bleiben nur die Zweitkutsche des Fabrikanten und das Automobil der Marquesa.

»Nur weg mit euch.«

Morocha ruft es den Männern hinterher. Doch diese Laute, wie auch die folgenden Schimpfworte erreichen die Abreisenden nicht mehr.

Tine Tivoli setzt sich unter das Sonnensegel zu den drei Frauen. »Nun, Doncella Tine, haben also auch Sie Ihren Affen zum Teufel geschickt?« Die ganze beschissene Gesellschaft sei man wenigstens erst einmal los.

»Ab mit euch allen. Haha.« Morocha lacht und lacht. Aurora versteht die Heiterkeit nicht. Auf dem Gut sind schreckliche Dinge passiert, aber diese schwarzen Weiber lachen. Nun auch noch dieser blonde Dänenkuchen. Kämest du jetzt mit deinem eigenen Problem, wer würde dich begreifen? Du da, Kunstmaler, du vielleicht? Laß es, Aurora Iwanowna, diese Geschichte gehört dir allein.

»Das ist meine Geschichte.«

Aurora schreit es hinaus. Das amüsiert das Rudel noch mehr. »Eine Geschichte? Sicher aus Rußland. Haha.« Morocha kennt sie alle auswendig. »Von der Reise in einem Korb über die Grenze bei Thorn. Haha.«

Ja, sich Geschichten zu erzählen, das wäre das richtige für diesen letzten schönen Juliabend.

Es wird dunkel. Ein kühler Wind kommt vom Meer. Die Insekten dämpfen das Zetermordio des Tages und stimmen sich ein in das Moll der Nacht. Esperanza bringt eine Petroleumlampe und etwas Leichtes zum Essen. »Was sich noch finden ließ, reicht gerade noch für ein einfaches Mahl, Señoras.« Macht nichts, Camarera. Dafür holt uns der gute Maler Klecksel aus dem Weinkeller des Marqués ein paar gute Flaschen.

Die Damen rücken zusammen. Zu ihnen gesellt sich nun auch Isidro, und selbst Esperanza darf sich – wenn auch in etwas Abstand – einen Stuhl nehmen.

Ja, Geschichten.

»Marquesa, beginnen Sie.« Nein, Aurora will nicht erzählen. Sie will auch nicht essen. Nur trinken und zuhören. Soll doch das lange blonde Wunder von Kopenhagen den Anfang machen. »Unterhalten Sie uns, Miss, mit einer rührenden Romanze aus Ihrem Leben.«

Nun gut, Tine Tivoli. Aber worüber plaudert man mit Negerinnen? Soll ich vom Schnee über den Häusern erzählen, vom Reif auf den Tannen, von dicken Fäustlingen an den Fingern und der freudigen Erwartung des warmen Ofens? Vom Nebel über dem Ulvsund? Soll ich von Møen erzählen?

Nein. Was interessieren sich Halbwilde für die dänischen Inseln im Herbst? Die beiden schwarzen Weiber kommen aus dem Siedekessel der Karibik, sicher waren sie einst Sklavinnen. Und was erzählt man solchen Damen?

Natürlich Sklavengeschichten.

»In Valby bei Kopenhagen wurden blutjunge Nymphchen in einem scheußlichen Dschungel erbärmlich malträtiert.« Das sei im Atelier der Nordisk Films Kompagni gewesen. »Wir Mädchen waren halbnackt, wir waren an einen Baumstamm gekettet und mußten uns durch das Unterholz quälen. Ein echter Neger von den dänischen Antillen peitschte uns mit Schnüren aus gezupfter Scharpie. Mein Gott, haben wir unter den Scheinwerfern des Studios geschmort. Von den Titten tropfte uns der Schweiß.« Auch Ketten aus Blech könnten während endlos langer Aufnahmen bleischwer werden, nicht zu reden vom Baumstamm aus Pappmaché.

Und dann die Striemen.

»Der Requisiteur pinselte sie uns dick mit Farbe auf den Rücken.« Das hätte vielleicht gejuckt. »Gefesselt – sicher können Sie sich das vorstellen? – gefesselt kann man sich nicht kratzen.«

Der Film hieß Hvite Sklavenhandel. »Alle Metropolen der gebildeten Welt kannten ihn. In Köln am Rhein vernagelte ein Bischof das Kino. In Petersburg gab es Tumulte.« In Paris schließlich ...

»Was war in Paris?«

Jetzt zerdeppert dieser Zigeunermaler doch die Pointe. »In Paris habe ich die Weißen Sklavinnen selbst auf der Leinwand gesehen.« Aber das Machwerk spielte weder in Afrika noch in Amerika. »Die Komparsen waren, wenn auch versklavte, so doch ganz ordinäre Freudenmädchen im Milieu von Marseille.«

Höre auf, Pinselfreund, diese Wendung gefällt uns nicht. Als Nonell weiter auf seiner Version verharrt, fällt ihm die Mulattin ins Wort.

»In diesem Leben ist alles wahr und alles Lüge.«

Das ist zuviel. Muß dir, einem spanischen Künstler, eine karibische Kreatur deine spanischen Klassiker erklären? »Marquesa, was sagen Sie dazu?«

Aurora hatte sich für diesen Abend auf Schweigen eingestellt. Nun aber stellen Europa, seine Kultur und seine Anarchie direkt ihre Frage an dich.

»Unsere Geschichten machen sich selbständig. Sie gehorchen nicht mehr der Wahrheit, nicht mehr der Lüge. Und auch die Kinofilme ordnen sich nicht mehr ihren Operateuren unter.« Gestern spielte eine Szene im Dickicht der guineischen Wälder, heute wandere sie in die Hurenhäuser der großen Häfen. »Morgen vielleicht findet sie ihre Kulisse im Teehaus, und auf der Sklavenmatte lümmelt sich Chinesenbrut. Übermorgen knüppeln Marines der amerikanischen Union ihre schmutzigbraunen Puppen in den Kokoswäldern von Polynesien.«

Und es ist immer noch dieselbe Story in immer noch demselben Kinostück.

Halte ein, Aurora. Dir selbst läuft ja die eigene Geschichte davon.

Mamá Teresa hatte inzwischen ihre Gitarre geholt. Sie zupft ein paar Töne im Rhythmus des Blues, schiebt sich den Betel in die Backe und fängt an zu summen.

Mmm ... Mmm ...

Der Picaflor wartet ab, bis Morocha kurz die Runde verläßt, dann wechselt er den Rhythmus und schlägt vier harte Takte durch.

»Señoras, Señor, ich setze nun das Programm fort. Nach der Geschichte meiner dänischen Kollegin vom Tanztheater nun eine weitere Nummer in der Revue der Schmerzen.« Und man stelle sich einfach einmal vor, das Orchester intoniere zunächst einen Tusch.

»Die Negerlegende von Loloëla.«

Loloëla, vierzehn Jahre alt, / Kommt vom Kongo / Hochtragend auf das Sklavendampfschiff / Liberty. / Sie entbindet vor den jadegrünen Küsten der Antillen / Zwischen den Inseln Über dem Winde und Unter dem Winde. / Dann verreckt sie / Drei Deck tief / Auf dem Dampfer Freiheit der Amerikaner / ...

Vom Picaflor unbemerkt kommt die Freundin Mariposa zurück, legt den Finger an die Lippen und wiegt sich zur Ballade leicht in den Hüften.

Pst. Alle sollen ganz still sein.

Pst. In die kurze Pause hinein ein Pizzikato. »Greifen wir nicht vor. Noch ist unsere Maid am Leben.«

Loloëla, / Aus der Kindheit am oberen Kongo / Mit vierzehn nun / Der Erdenwurm in einer Karawane. / Im langen Zug die Elenden, / Ringe um den Hals, / Zwischen ihnen die Sklavengabeln für den Abstand / Von Kopf zu Kopf, / Stricke von geflochtenen Lederriemen / Von Fuß zu Fuß. / Loloëla stolpert ...

Mamá Teresa glaubt, an diese Stelle des Lieds gehöre ein Rezitativ.

»Halten wir kurz inne und betrachten uns die so graziös aufgereihte Menschenschlange in der ganzen Palette des Dunklen Erdteils mit Leibern von Rauchfarben bis Achat, Umbra und Ochsblut.«

Sie unterbricht ihren Vortrag und möchte sich auch für die Dänin verständlich machen, sie formt mit den Armen einen Raum und hackt mit der Handkante Figur neben Figur hinein. Das versteht der Cake nur allzu gut.

»Like Showgirls on the Stage.«

Genau. Teresa, du wirst verstanden. »Ein Ballett.« Stolpere da nur ein einziger, die ganze sorgsame Gliederung sei dahin – stellvertretend für die kunstvolle Ordnung unseres Weltgefüges. »Wer das Chaos verursacht, braucht Strafe.« Oder sähe das geschätzte Publikum dies anders?

... Loloëla, / Nach langem Marsch ermattet, / Stolpert. / Die ganze Kette purzelt durcheinander. / Der Anblick: so ein Jammer! / Über den Baumstumpf mit der Schlampe, / Bäuchlings, / Und nun der Prügelzauber / ...

Mamá Teresa spürt eine Hand auf der Schulter. Es ist Morocha. »Das ist eine vertraute Geschichte, eine unserer kubanischen Legenden.« Alte Sklaven, die den Kongomarsch überlebten und selbst die Passage mit der Sargflottille, hätten sie überliefert. »Und manchmal, wenn eine gute Stimmung aufkam, wurde dazu getanzt.«

Ein Fest der Martern.

Nun wiegt sich auch der Picaflor zum Takt seiner Guitarre in der

Hüfte. Der Cake übernimmt das Schwingen, und jeder spürt: Hier finden sich Profis vom Showbusiness zusammen.

Isidro Nonell, obgleich als Europäer nur aus Büchern mit dem Sklavenleben vertraut, will dennoch wissen, was kommt. »Die Tamarindenpeitsche.«

Still, Meister Pinsel. Nicht so vorlaut.

Auf dem Strom kommt in Kanus eine Expedition vorbei. Da, an Land ein Tumult. Für den weißen Herrn lohnt sich sicher eine kurze Rast. Er steigt aus, sieht das rußbraune Häufchen über den Stubben gespannt, bäuchlings, die Viere von sich, den Kopf nach unten, den Arsch oben.

Wie ein Tier.

Das Tier reizt zum Rammeln. Eine zarte Berührung mit der Reitgerte genügt, und schon spreizt das Bündel die Läufe – soweit es die Riemen an den Fesseln erlauben.

Der weiße Herr bedient sich. Er bedient sich ausgiebig. Er muß sich nach langen Tagen unterwegs ohnehin wieder einmal gründlich leeren.

... / Das ist ein Bild. / Unter Palmen rings der Kreis / Von Sklaven und ihren Treibern, / Ihren Händlern aus Somali, / Von Trägern, Ruderern und Dienern. / In der Mitte gekrümmt / Loloëla. / Von hinten stößt der weiße Herr, / Henry Morton aus Amerika, / Für seine Expedition bezahlt / Vom New York Herald. / Auf der Reise von Sansibar / Bis zur Mündung des Kongo /...

Nein. Bitte keine weitere Strophe mehr. Die Geschichte ist schon jetzt schrecklich genug. Isidro Nonell möchte zumindest eine kleine Wendung zum Guten hören. »So kam der arme Wurm doch wenigstens um die Prügel herum.«

Ein einziger Satz, und so viel Spaß, so viel Schenkelklopfen.

Die schwarzen Frauen lachen, sie schütten sich geradezu aus. »Zur Lust wohl auch noch der Erlaß der Strafe?« Jedes Vergnügen will bezahlt sein – auch von einer Niggerpuppe.

Und zwar kräftig.

»Fünfundzwanzig. Die nun zweimal. Alle zählen mit. Lauter. Und im Chor.« Eins ... zwei ... drei ... vier ...

Morocha strahlt in die Runde, sie genießt diesen Augenblick.

Fünf ... sechs ...

»Loloëla war meine Mutter.« Und somit sei sie, Morocha, Gattin des

Generals Diablillo Mazapán y Peladilla, einst Mariposa, Mariposita, der kleine Schmetterling, wohl der Mensch aller Kontinente und Epochen, der im frühesten Alter Prügel bezogen habe. »Eine halbe Minute nach der Zeugung.«

30 ... 31 ... 32 ...

... / So überliefern es / Die, die überlebten / Und später auch dabei waren, / Als Loloëla sich abmeldete / Zum Großen Transport, / Zur Großen Plantage, / Zur Großen Orgie der Prügel, / Zum Wahnsinnstanz der Zahlen, / 48 ... 49 ... 50. / Drei Deck tief / Auf dem Sklavendampfer Freiheit / Zwischen den Inseln Unter dem Winde und / Den Inseln Über dem Winde / Vor der goldbraunen Küste / Der Neuen Welt / ...

»Schluß jetzt.«

Das war zu leise, Aurora. Aber selbst lauter hätte deine Bitte den Bericht Morochas nicht gebremst.

»Nun auch kennen Sie meinen Vater. Vor Jahren, als er starb, ging sein Bild durch alle Zeitungen der zivilisierten Welt. Ich bin ihm ähnlich.«

Schluß jetzt.

»Aber Marquesa, was haben Sie?« Man vertreibe sich nur ein wenig die Zeit und erzähle sich Schnurren. »Das waren die ersten Schläge, aber nicht die letzten.«

Schluß jetzt.

Aurora wird lauter. »Noch eine weitere Ihrer Possen, und gleich schon werden Sie uns Ihre Narben zeigen.«

Der Cake hat von der ganzen Story nur dies und das mitbekommen, halbe Sätze, manchmal nur Wörter.

Narben. Ja, damit kennt das Girl sich aus.

»Die Tusche der Striemen lief uns den Rücken hinunter bis in die Spalte zwischen den Backen. Das war kein Zuckerschlecken. Das Studio war überheizt.« Tine Tivoli habe noch in vielen weiteren Filmen gespielt, aber nie wieder in einem so schrecklichen Sklavenstück.

»Ladies, standen Sie schon einmal vor der Kamera in einem Kino-Atelier?«

Schluß.

Das war ja wohl laut genug. Aurora schreit, man solle endlich mit derlei Geschichten aufhören.

»Immer nur diese Schauerfabeln aus vermotteten Zeiten. Eure durchgegerbten Häute sind doch längst in den Pfannen eurer siedenden Kontinente verbrutzelt.« Hier aber lebe man in Europa. Und man lebe heute.

Aurora stemmt sich im Liegestuhl hoch, Esperanza muß die Petroleumlampe in Sicherheit bringen. Die Marquesa dreht durch. Was will sie?

Eine Tat.

Notfalls auch eine unsinnige. Vielleicht ein bedeutungsloses Attentat, das nichts bewirkt. Nicht das geringste. Lernen, irgend etwas zu lieben, warum nicht einen kleinen Koffer? Zartes, weiches Babyleder, darin eine Bombe – für ein zärtliches Tête-à-tête.

»Und dann wumm.«

Die Gespräche verstummen. Jetzt ist die Marquesa vollends verrückt geworden. Wumm. Was soll das? »Wollen wir nicht lieber ins Bett gehen und morgen früh ausschlafen?«

Und dann fort von hier?

Aurora, dein Zeltplatz ist weg, irgendwo mußt du dir eine andere Lagerstatt suchen. Morocha und Teresa gehen in das ihnen überlassene Zimmer im Hause des Marqués, die Tivoli hat noch für eine letzte Nacht ihr altes Boudoir. Esperanza hilft dem Girl beim Auskleiden und legt ihm für den morgigen Tag ein praktisches Reisekostüm zurecht. Die anderen Klamotten kommen in die Koffer. Auch der Humpelrock wird verpackt – gewaschen und gut gelüftet nach den schrecklichen Tagen der semana trágica.

»Vielleicht brauchen Sie ihn einmal in Amerika, mein Kind, und Sie ehren mit ihm einen winzigen Augenblick der spanischen Geschichte.«

In einem Kinostück.

Ein kleines goldenes Kreuz an einer dünnen goldenen Kette findet erst einmal Ruhe in einer Schatulle. Es hat eine große Zukunft vor sich, und es kann nur froh sein, seine besten Jahre nicht auf der Brust eines Polizeilümmels zu verläppern, unter eklig rauhem Tuch, sein Leben dahinzumüffeln im Schweiß von Knüppelaktionen.

Kreuz, auf dich wartet das Licht der Scheinwerfer in der Traumfabrik Amerika. Und die Leinwand – tausendfach in den Lichtspieltheatern rund um die Welt.

Hollywood wartet.

Am Ende der Trödelmarkt. Requisiten werden versteigert, Garderobe und Schmuck der in aller Erinnerung ausgelöschten Filmmumien.

Fünf Dollar für ein Kreuz aus The Flame Of Love.

Fünf Dollar, das war einmal der Mindestpreis für einen Sklaven. Das waren dreiundzwanzig Kronen fünfzig Øre – die Gage für eine Sklavenrolle, der Lohn für vier Wochen bei einem Nuttenfriseur in Kopenhagen.

»Gute Nacht allerseits.«

Aurora wünscht allen, sie mögen gut schlafen. »Morgen nehmen wir Abschied von Arkadien.« Wer von uns käme wohl noch einmal hierher zurück?

»Ich nicht.«

Auf der Festung

*Ein steiler Weg zum Kastell * In der Zelle mit Aïtana *
Don Agustín, der Wundarzt * Tischgespräche * Die Malerfreunde
im Kerker * Zorilla und seine Söhne * Lahme Salven *
Spaziergang auf dem Glacis * Im Salon des Kommandanten *
Anklage gegen die Mägde * Eine Liaison mit der Zigeunerin *
Ausflug mit den Karmeliterinnen * Adolas Entlobung *
Tod in Guernica * Der Großmetzger Don Orlando *
Brígidas Hochzeit * Eine Feldküche im Villengarten *
Samstag auf dem Boulevard*

La Rubia, die Wirtin der Absteige in der Calle d'Avinyó, entdeckt zum erstenmal so recht ihre Stadt, in der sie nun schon über vierzig Jahre lebt. Auch Ramona und die anderen Prostituierten der Bordellgasse kamen bislang nur selten aus ihrem Quartier heraus und erfahren heute ein kapitales Barcelona, das sie nur aus der Kunde ihrer Freier kennen.

Dabei haben die Ramblas an diesem Freitagmorgen ihre alte Geschäftigkeit längst noch nicht zurückgewonnen. Das wissen die Weiber natürlich nicht, und der blinde Sergeant Anselmo Joaquín, der sie begleitet, muß ihnen das frühere hektische Leben veranschaulichen.

»Hier kommen wir an der geplünderten Parfümerie Fasanenauge vorbei, es stinkt noch immer bestialisch, und unter den Füßen knirschen die Splitter der Flakons.« Dem Geruch nach zählt Anselmo allenfalls zwei oder drei Blumenhändler, die ihre Stände wieder eröffnet haben. »Aber von der Pracht der Farben seht ihr, meine Täubchen, an diesem trübseligen Tag recht wenig.«

Wo ist das Geschrei der Papageien?

Der Invalide horcht über den Boulevard hinweg und muß sich von den Frauen belehren lassen, daß er sich vergeblich anstrengt. »Dann wird auch der Händler mit dem Affen nicht an seinem Platz sein.« Warum fragst du, Sergeant? Das ist doch verständlich. »Affen sind ängstlich, und es wird sich wohl keiner von ihnen in einer Stadt, die erst seit knapp einem Tag befriedet ist, öffentlich zur Schau stellen lassen.«

Ja, Barcelona ist gerade eben vom Pöbel befreit.

Die streikenden Arbeiter, die Meuterer, Deserteure und Weltverbesserer sind festgenommen. Marodeure wurden bereits vom Fleck weg erschossen. Die anderen treten nun den Marsch zur Festung auf den Montjuich an.

So auch die Frauen, die die Rebellen begünstigt hatten.

Durch die Passage Fernando VII. wird ein Trupp Männer getrieben. Es sind Aufrührer, die sich für eine kurze Weile im Bordellviertel verstecken konnten. Die Gasse der Rotkehlchen – ihrer Greueltaten wegen längst berüchtigt – wurde schnell das Opfer der rächenden Staatsmacht.

Unter den Häftlingen marschiert der Schüler Moisés, zusammengekettet mit dem Geflügelzüchter Jesús Pelayo aus Móra im Ebrotal, der sich vor Tagen noch so geschickt mit dem Handbeil ausgezeichnet hatte. Auch die anderen Gefangenen sind streng gefesselt, und die Eskorte spart nicht mit Kolbenstößen in den Rücken eines gelegentlich Hinterherhinkenden.

»Vorwärts, Ganoven.«

An der Kreuzung der Rambla Santa Mónica mit der Calle Arco del Teatro trifft der Zug der Männer auf den der Frauen. Sie, die den Mordbuben Unterschlupf gewährt hatten, wurden erst Stunden später verhaftet. Zunächst einmal wollten sich die Soldaten und Gardisten bei den Dirnen umsonst bedienen.

Eine Nutte ohne eine Peseta – das ist ein besonderer Spaß! Man kann sich Zeit lassen und muß nicht immerfort ans Geld denken, wenn man nicht schnell genug losspritzt.

Weil die Damen ihren Bütteln so viel Freude gemacht hatten, ist ihre Fesselung wesentlich lascher. Sie können die zusammengebundenen Arme bewegen und der Rotte der Männer zuwinken.

»Habt ihr auch gut gefrühstückt? Bis zur Festung ist es noch ein gutes Stück.«

Wer kennt eigentlich den Weg?

Die Soldaten wurden teils von weither aus den Provinzen zusammengezogen. Viele von ihnen sind zum erstenmal in Barcelona. Ebenfalls die

Delinquenten – Bauern, Hirten und Handwerker, die man vom Lande weg rekrutiert hatte.

»Den Weg hinauf zum Castillo de Montjuich?«

Aber ja. Der blinde Anselmo kennt ihn. »Ich spüre Sand auf der Zunge.« Da befinde man sich erst einmal am Teatro Principal. »Hier verteidigten sich vergeblich die Streikenden hinter der Brustwehr aus Sandsäcken, die bei der Erstürmung zerstoben.« Jetzt liege noch immer der Staub in der Luft.

»Wir müssen der Straße folgen, die leicht bergan geht.« Doch dürfe man zugleich nicht den Geruch des Meeres aus der Nase verlieren. »Den kühlen Wind von links. Immer von links.«

Auf der Calle Marqués del Duero haben Almosensammler ihre Stände aufgebaut. Laut rufen sie die Passanten zur Kollekte auf. »Für die Seelen der armen Anarchisten.« Da gibt wohl ein jeder sein Scherflein, damit den Opfern auf dem Montjuich zum Heil ihrer Seelen die Messe gelesen werden kann.

»Heute noch werden hundert sterben, morgen wieder hundert. Und so geht es fort.«

Bis in die Tausende.

Das Volk ist barmherzig. »Die Armsünder sind Menschen wie wir«, ermuntern sich die Spaziergänger, und: »Kein guter Spanier darf ohne ein stattliches Requiem in die Grube.« In solch enthusiastischer Stimmung füllen sich schnell die Büchsen, und selbst das Bettelpack aus dem Barrio Asalto fühlt sich angesteckt, wenigstens ein paar Céntimos zu spenden.

Die Bürger winken dem Zug der Deportierten zu. »Laßt euch nicht verdrießen. Für euch ist gesorgt.« Sie klappern mit den Münzen in den Dosen. »Hört ihr die Almosen für euer Seelenamt?«

An eine Wegzehr für die Elenden denken die Wohltäter nicht.

Die Bergwanderer – Gefangene wie Bewacher – müssen weiter. Sie haben Durst. Die bebauten Vororte im Rücken, schleppen sie sich – schon jetzt reichlich erschöpft – am Fuß des Montjuich am Café-Restaurant Miramar vorbei, wo auf der Terrasse die Tische für den Mittag gedeckt werden. Kellner in weißen Jacken falten die Servietten zu stilvollen Pyramiden und verscheuchen Fliegen, die als häßliche Flecken das Tafelarrangement zu verunzieren drohen.

»Weg mit euch. Ksch. Ksch.«

Das Abwimmeln gilt nicht nur den Insekten, auch den vorbeitrottenden Miserablen. Was für einen Anblick böten sie den erlauchten Gästen, die sich am heutigen Freitag auf das Fischmenü freuen?

Auf der Karte stehen Thunfischcrème à la Mirabeau und Langusten Thermidor mit Trüffelscheiben und englischem Senf.

Die Kolonne muß weiter. Der Weg wird steiler, der Durst größer. Entfernt tacken vereinzelte Schüsse, doch kann der Sergeant Verängstigte beruhigen. »Das sind noch längst nicht die Salven des Strafkommandos.« Man könne doch wohl noch Knall und Knall unterscheiden.

Päng. Päng. Eine Pause. Und wieder Päng.

»Es sind Schrotflinten. Sie lärmen vom Taubenschießplatz herüber.« Anselmo folgert, die Sportschützen aus Barcelona hätten ihren Zeitvertreib wieder aufgenommen. »Die Müßiggänger trauen sich wieder hinaus.« Also sei die semana trágica vorüber. »Das Leben, Kameraden, geht wieder seinen gewohnten Gang.«

Päng. Päng.

Auf halber Strecke zum Kastell liegt die Casa blanca, eine kleine Ausflugswirtschaft. Der blinde Sergeant riecht bereits aus einiger Entfernung den gemahlenen Kaffee und empfiehlt seinen Genossen, von diesem Punkt aus die schöne Aussicht zu genießen.

»Wenn ihr zurückschaut, Freunde, könnt ihr den Montseny sehen, und ist die Sicht so klar, wie ich sie auf der Haut spüre, habt ihr in der Ferne die Gipfel der Pyrenäen.«

Den Pic du Midi.

Die Weggefährten sollten aber darüber keineswegs vergessen, einen Blick nach links zu werfen – weithin über das Meer. »Etliche von euch werden das alles nie mehr wiedersehen, andere vielleicht erst in zehn, zwanzig Jahren.« Wer das Glück habe, morgen früh noch nicht erschossen zu werden, habe im Dämmer der Zelle für die Restzeit seines Lebens die herrlichsten Bilder im Kopf.

»Die Kette der Pyrenäen und das Azur des Mediterranen Meeres – gibt es etwas Schöneres, Herzensfreunde?«

Die Kolonne stockt. Anselmo läuft auf. Vor ihm bleibt plötzlich jemand stehen. Es ist eine Frau. Der Blinde, den man seiner Behinderung wegen nicht fesseln mußte, hat im Nu die Arschbacken in der Hand, er tastet sich um die Hüften herum, verweilt nur kurz in der Taille und schwabbelt gleich schon mit den Titten in seinen Flossen.

»Ramona.«

Die Frauen ringsum lachen, am meisten die Angetatschte. »Falsch, Alter.« Sie sei nicht Ramona. »Ich bin eine der drei Demoisellen aus den Vier Katzen.« Der Sergeant ist irritiert, wie konnte er sich so täuschen? »Ich werde senil, meine Süßen.« Aber jetzt möchte er wissen, warum der Zug stocke.

»Da macht so ein Bastard Rabatz. Es ist der Schüler aus der Escuela Moderna.«

Ja, es ist Moisés. Er zerrt an den Fesseln, und es gelingt ihm doch tatsächlich, für einen winzigen Augenblick aus der Reihe auszubrechen, den Vorgarten der Casa blanca zu stürmen und auszuspucken.

Rotz.

Moisés trifft sein Ziel gut, es sind die blitzblank gewienerten Reitstiefel des Militärgouverneurs. Auch er, General Mazapán y Peladilla, ist auf dem Weg zur Festung. Gerade gönnt er seinem Pferd eine kurze Pause und sich selbst ein Bier, das aber leider auf dieser abgelegenen Station nicht gut gekühlt ist. Schon will er über den schlechten Service loskollern, da kommt doch dieser Hosenscheißer und speit ihm auf die Botten.

»Holla, Bürschchen.«

Fortgeblasen ist Diablillos miese Laune. So eine gelungene Attacke. Und so treffsicher. Den Bengel könnte man gut und gern zum Rekruten machen. »Ein Prachtkerl.« Aber leider ist der Lausbub nicht frei für die Armee. Er muß sterben.

Die Soldaten zerren Moisés in die Kette zurück. Ein Korporal stößt ihm das Bajonett schmerzhaft in die Rippen, und sein Kamerad kann es gerade noch verhindern, daß der Wütige mit dem Gewehrkolben nun auch noch den Kopf des Jungen zerdeppert.

»Den Schurken einfach massakrieren, das könnte dir so passen!« Der da sei ein Anarchist, und er habe ein Recht darauf, sich zuvor auf seinen Tod zu freuen. »Zumindest noch diesen Tag und die nächste Nacht.«

Die Kolonne schleppt sich weiter bergan. Aus der Ferne dröhnt noch lange der General in aller Ohren. Er lacht und lacht.

»Famos. Famos. Das wäre ein Rekrut. Schade ...«

Eine bescheidene, wenn auch etwas behaglichere Zelle auf der Südseite des Kastells hat der Kommandant Rodrigo Santomajo den Frauen reserviert. Der Oberst hat ein Herz für das Weibervolk unter seinen Schützlingen. Er mag die schlichten Mädchen vom Lande ebenso wie die frechen Nutten aus dem Hafenviertel.

Sie sollen eine schöne Aussicht haben, eine erfrischende Brise vom Meer und zugleich die angenehm wärmende Mittagssonne zwischen den leider immer etwas feuchten Wänden.

An diesem Freitag vormittag ist die Zelle noch unterbelegt. Zusammen mit drei Mägden vom Gut Lágrima – drei törichten Bauerntrampeln – ist die Zigeunerin Aïtana eingeschlossen. Eben noch saß sie, ein gebildetes Malermodell, mit dem Freund Isidro Nonell im Künstlerlokal Els Quatre Gats nahe dem Marqués und seiner Gemahlin Aurora – nur durch einen Nachbartisch getrennt.

Jetzt muß sie diese elende Kasematte mit deren Dienstbolzen teilen.

»Warum hat man euch Küken eingelocht? Dich da, dich und dich? Ihr seid doch kaum zwanzig.«

Zweiundzwanzig sei sie.

Brígida, die Älteste, möchte nichts über den Grund ihrer Verhaftung bekunden und plaudert statt dessen reichlich platt über die Arbeit auf dem Gutshof. »Ein strenger Inspektor sorgt für die Ordnung und eine herzensgute Hausdame für ein leckeres Essen.« Diese sei Russin und schon sehr alt. »Aber ihre Küche ist wie in der großen Welt.« Das Personal bekomme oft und reichlich die Reste. »Die Marquesa ist meistens satt, und der Marqués wirft, wenn er verärgert ist, immer schnell den Löffel weg.«

Das interessiert Aïtana nun überhaupt nicht. »Papperlapapp.«

Jetzt übernimmt doch die Jüngste, diese dämliche Mirabel, den Stumpfsinnsbericht vom Bauernhaus. »Unsere Hunde heißen Tito und Tántalo. Und die Hündin Germana hat Junge gekriegt.« Mit ihnen spiele gern die kleine Tochter der Herrschaft.

»Alle nennen sie Chica Chiquita. Sie spricht nie ein Wort.«

So ein Gesülze mußt du, eine Künstlermuse, dir doch wohl nicht anhören? Du hast deine eigenen Sorgen. Isidro ist seit Montag früh fort. Eine reiche Ziege lockte ihn mit einem Auftrag. Für ein Porträt.

Da lachst du, Zigeunerin, was? Für ein Porträt!

Nun, gönne ihm das Leben. Besser lustig im Lotterbett als blessiert auf den Barrikaden.

Wie viele Freunde vom Stammtisch lägen vielleicht jetzt schon tot auf den Gassen herum oder warteten in Verliesen nebenan auf ihre Füsilade? Nicht fragen, Aïtana, nicht denken. Ertrage lieber das Schnattern dieser Gänse.

»Was können denn Mäuse wie ihr bloß anstellen, wofür man sie in den Kerker schmeißen muß?«

Adola, die mittlere der drei, legt – sichtbar nur für die beiden anderen – den Finger auf die Lippen. Wir wollen doch einer Zigeunerin nicht trauen. Gekleidet wie eine Ballkönigin im Rock aus kostbarem Karmin, darunter die Spitzen von Dessous. So etwas wird nicht einfach vom Tanzboden hinweggeschnappt.

Das ist eine Schnüfflerin.

Aber die kleine Mirabel versteht die Warnung nicht. »Wir haben mit den Frauen von Lágrima zusammen die Schienen der Eisenbahn blokkiert.« Soldaten, frisch ausgehoben, hätte man in die Waggons gepfercht. »Wir durften sie nicht in den Krieg nach Marokko lassen.«

So ein Gemüse und Blockade? Da stecken doch wohl Anarchisten dahinter.

»Ja. Einer. Der Verlobte von Adola, ein Weber aus der Textilfabrik des Herrn Estrü, ein ...« Weiter kommt Mirabel nicht, die Zigeunerin hält der Klatschgöre das Plappermaul zu.

»Still. Alle Namen all eurer Männer, eurer Bräutigame, Freunde, eurer Herzliebsten wird man noch früh genug aus euch herauspressen.« Aïtana selbst habe schon genug Kerle in ihrem Kopf versteckt, nun bitte nicht noch irgendeinen fremden Pisser.

Die Magd Brígida möchte sich gern aus allem heraushalten. »Ich kenne niemanden.« Glaube sie etwa, sich mit so einem Satz schützen zu können? »Unwissenheit verlängert nur das Verhör. Und nicht selten mit erheblichen Schmerzen.«

Die Jungfern erschrecken. Aber die welterfahrene Zellengenossin kann sie beschwichtigen. »Jeder Schmerz, liebe Kinder, hat seine Grenzen.« Entweder recht bald schon mit dem Tod, sonst später mit dem Vernarben der Wunden. »Es sei denn, ihr macht euch des Verrats schuldig. Dann bricht Seelenpein die Narben immer wieder auf.«

Für das ganze lange Leben.

Ein bedrückendes Gespräch. Da ist es nur gut, daß neue Gäste in das Verlies geworfen werden. Es sind die Damen aus der Calle d'Avinyó. Aïtana begrüßt mit großem Hallo die drei Demoisellen und fragt sie, ob der gemeinsame Freund Pablo sie denn ohne weiteres aus seinem Bild entlassen habe.

»Und wo ist unsere Absinthtrinkerin?«

Die alte Schnapsdrossel sei nach Paris zurück. »Danach hat unser Kunsthändler Ambroise sie nach Amerika verkauft – an eine gewisse Mrs. Hall für ihren Salon in New York.«

So verliert sich aus unseren Reihen einer nach dem anderen. Bald werden wir alle – hier und heute noch vereint – in den Staaten jenseits des Ozeans das Leben fristen.

Derlei Chiffrensprache verstehen die drei Landeier natürlich nicht. Auch La Rubia, die Bordellwirtin, und die Nutte Ramona können mit so einem Wirrwarr nichts anfangen, sie fragen die Zigeunerin nach ihren Erfahrungen mit dem Richter.

»Unser Kommandant ist ein kleiner mieser Andalusier, dünn die Lippen, lang und fies die Koteletten. Aber er ist ein Freund der schönen Frauen, der Boheme und des Flamenco.« Zum heutigen Abend sei sie für einen Auftritt engagiert. »Zu einer Soirée, sozusagen zum Abschluß der harten Nachmittagsverhöre unserer hohen Herren.«

Gestern bereits habe sie den Töchtern des Obersts aus der Hand gelesen. »Einfach beängstigend ist die Zukunft dieser billigen Blondinen: ein Erfolg nach dem anderen. Am Ende ihrer Tage werden sie steinalt und stinkreich sein, geachtet und glücklich.«

Die Zigeunerin habe beiden die Wahrheit gesagt, den Oberst selbst aber belogen. »Ich prophezeite ihm eine zweite Ehe – eine Geldpartie.« Nun werde dieser Wichser jeder begüterten Katalanin die Cour machen. »Und ganz Barcelona lacht über ihn.«

Erst einmal lachen über diesen Scherz die Frauen in der Zelle, und sie wundern sich nicht, daß bei derart guter Kollaboration sich die Zigeunerin jetzt ein üppiges Mahl bestellen kann. »Scherge, nun schleppe schon herbei, wie es dir dein Kerkermeister befohlen hat.« Aber nicht nur für eine Person. Nein, für alle.

»Und gefälligst aufmerksam serviert. Du befindest dich hier unter Damen von Welt.«

Der Festungskommandant, Oberst Rodrigo Santomajo, hat die Mitarbeiter des Tages zum Diner gebeten. An das untere Ende der Tafel sind seine beiden richterlichen Beisitzer plaziert – der eine im niederen Offiziers-, der andere im gehobenen Mannschaftsrang, wie es das Kriegsrecht vorschreibt.

Neben ihnen sitzt ein ausgemergelter Mensch unbestimmten Alters. Fünfzig Jahre mag man ihm geben, aber ebensogut auch siebzig. Sein Teint ist gelblich und verrät die Kreuzfahrten seiner kreolischen Vorfahren durch das Inselgeflirre Spanisch-Polynesiens.

Das ist der Wundarzt Doktor Itúrbide.

Vor elf Jahren floh er aus Manila, nachdem die Unionssoldaten aus Amerika die Stadt verwüstet hatten, das Hospital und alles, was sich nicht steril in die neue Hygiene der Eroberer einfügte. Seitdem hat Itúrbide ein bescheidenes Auskommen als Gefängnisarzt auf dem Castillo de Montjuich.

Die Eltern gaben ihrem Sproß den Vornamen Agustín in Erinnerung an den glücklosen, aber dennoch berühmten kaiserlichen Ahnen aus Mexiko.

Don Agustín – diese Anrede hört der Wundarzt gern.

Weiter oben – in der Tafelordnung höher eingestuft – hat der Advokat Jago Galcerán seinen Platz, obgleich ihm die Willkürverfahren kaum die Rolle eines Verteidigers einräumen, bestenfalls die eines Konsulenten oder Auditors.

In seiner Anerkennung überschätzt ist auch Porto Carrero, dem die Segnungen der Urteile und die Tröstungen auf letzten Gängen zu nutzlosem Brimborium verkümmern.

Der Kaplan spielt sich seit seinem Dienstbeginn als Dekan auf – zu einem Rang, der ihm nicht zusteht. Lediglich beim Umtrunk im Bischöflichen Ordinariat am vergangenen Sonntag hatte ein Witzbold unter den Geistlichen diesen dicken Carrero spöttelnd einen Erzpriester genannt. Doch bezog sich die Titulatur wohl eher auf die Körperfülle des Trostspenders als auf die neue Würde in der Festungsseelsorge.

Dem Rechtsgelehrten und dem Gottesknecht sind die beiden Kommandantentöchter Miranda und Micaela als Tischdamen zugesellt.

Die Stirnseite der Tafel gebührt indes dem Ankläger, dem Vertreter des obersten Kriegsherrn also, des Königs von Spanien, oder bescheidener: des Generalkapitäns Valeriano Wyler y Nicolau.

Diese Respektsperson ist der Militärgouverneur Diablillo Mazapán y Peladilla.

»Ich bewundere Ihre reinliche Uniform, Exzellenz. Nicht ein Fitzchen auf der Litewka, nicht ein Fleck auf den Beinkleidern.« Da muß der General aber lachen. »Die Stiefel. Sehen Sie nur die Stiefel.«

Er legt ein Bein auf den Tisch, dem Oberst direkt neben den Teller, um ein Haar in die Sauciere hinein. »Vollgespuckt von einem Erzlümmel.«

Rotz. Kotz. Platsch.

»Tadellos gezielt. Hochachtung. Wir müssen den Balg aufhängen, danach erschießen – oder umgekehrt.«

Jawohl. Warum nicht beides zugleich?

Das Bein vom Tisch wieder auf den Boden zu kriegen, bereitet Mazapán Mühe. Vorsorglich hält eine Ordonnanz neue Teller und Gläser in Reserve. Doch das erweist sich als unnötig.

Nichts geht kaputt.

Nur ein Furz entweicht dem Herrn Gouverneur. Das erheitert ihn über alle Maßen und zwingt auch die Tischgesellschaft zum Lachen, besonders die beiden Gören Miranda und Micaela. Diese wagen, voll loszuprusten, weil sie in Gegenwart der illustren Gesellschaft keine Ohrfeigen zu erwarten haben.

Santomajo, du bist zwar nicht der Ranghöchste in der Runde, wohl aber der Gastgeber. Überspiele diese Peinlichkeit, erkläre vor allem dem Pfaffen die etwas rauhere Welt des Militärs.

»Uns Soldaten, mein lieber Dekan, pustet manchmal ein recht kräftiger Wind um die Ohren.«

Porto Carrero – mitten in seiner Arbeit an der Hammelkeule unterbrochen – möchte eigentlich während des Essens keine Gespräche führen und blockt sie mit einem biblischen Aperçu ab.

»Gott macht einen jeglichen Wind zu seinem Engel.« So lese es sich im 104. Psalm.

Galcerán ärgert sich, daß sein Tischnachbar sich wieder einmal mit Sprüchen Komplimente einzuhandeln versucht. Schon bei den Verhören am Vormittag hatte diese Kutte ihm so manche Pointe geraubt. Laß ihn, Jago, der Mann ist jung, er möchte Karriere machen, möchte mit Geistesblitzen womöglich Bischof werden.

Der Advokat wendet sich von den Honoratioren ab und prostet dem unteren Ende der Tafel zu. »Meine Herren. Auf Gerechtigkeit und Vaterland.« Er hofft, daß in seinem Trinkspruch die Reihenfolge nicht unbemerkt bleibt. Aber die Beisitzer – der Leutnant und der Hauptsergeant – hören nur das Wort Vaterland. Sie springen mit erhobenen Gläsern von ihren Stühlen auf und schlagen die Hacken zusammen.

»Jawohl, Herr Hauptmann. Viva España.«

Den Wundarzt Itúrbide geht das alles wenig an. Er füllt sich, da es eine weitere Hammelkeule nicht gibt, den Teller mit Gemüse voll. Er hofft nur, daß es heute ein ruhiger Nachmittag wird – mit Urteilen zu Kerkerhaft vielleicht, die keine Arbeit machen, allenfalls auch mit Hinrichtungen, wo es lediglich den Tod der Delinquenten festzustellen gilt.

Körperstrafen mit all den versorgungsaufwendigen Folgen sind Don Agustín zuwider. Hautverletzungen gehen ja noch an, aber Knochenbrüche machen viel Arbeit. Am liebsten sind ihm Schürfwunden, sie behandelt der Sanitätsgefreite ohne ärztlichen Rat allein mit Jodoformpulver, das in jeder gut betreuten spanischen Haftanstalt kanisterweise vorrätig ist.

»Bitte keine inneren Verletzungen. Ich bin kein Internist.«

Was quasselt der Doktor vor sich hin, noch dazu mit vollem Mund? Carrero glaubt dennoch, ihn verstanden zu haben. »Unser lieber Don Agustín wünscht sich zwischendurch mal einen leichteren Arbeitstag.« Aber auch ihm selbst, dem Geistlichen, käme eine Pause in der Kette von Verhören nicht ungelegen.

»Ich habe ja auch noch die Langzeitfälle der Festung am Hals, Herr Oberst. So manch einer der Kümmerlinge ist nach Jahren in den Oubliettten seelisch total zersetzt.« Eine Militärperson könne sich kaum vorstellen, wieviel Zuspruch beispielsweise ein Lebenslanger pro Monat benötige.

Nicht gerechnet der Tagesverbrauch an Vaterunser.

»Das Castillo de Montjuich ist eine der großen berühmten Anstalten seiner Art in Spanien, wenn nicht in ganz Europa, wo Strafe noch Strafe ist.« Und zu einem vorbildlichen Vollzug gehöre neben der körperlichen Pein – zu hartem Lager etwa und schmaler Kost – allemal ein fachgerechtes Zerknirschen der reuigen Seelen.

Santomajo überhört den Vorwurf, seine Festung sei womöglich im geistlichen Bereich nicht musterhaft geführt. Der General, längst betrunken, bekommt von allen Gesprächen ohnehin nichts mehr mit.

»Gut denn, Dekan. Machen Sie Gerichtsurlaub.«

Er möge die Seelen in den Zellen pflegen. »Vergessen Sie nicht dabei die eigene.« Zeit könne er sich genug lassen. »Unser Peloton kann indes die Exekutionen der Ungläubigen aufarbeiten. Das dauert gut und gern bis in den Abend hinein.«

Der Kommandant gibt den Befehl aus: Heute keine komplizierten Verhöre mehr. Nur noch Urteile ohne Geständniszwang. »Wir werden uns Erholung gönnen, einen geruhsamen Nachmittag mit kürzestmöglichen Haftstrafen.« Und sicher habe man einmal mehr denn sonst Lust auf Gnade.

Dem Herrn Verteidiger werde selbstverständlich die Rede nicht beschnitten. Er habe doch gewißlich noch viele treffliche Plädoyers im Depot.

»Ergeben Sie sich Ihren Gelüsten, Hauptmann. Wir nehmen uns heute das Künstlervölkchen vor.«

Dem General bedeutet Santomajo, jener möge ruhig noch ein Gläschen Wein trinken und sich dann für den Nachmittag zur Ruhe legen. »Die Schönen Künste sind an der Reihe. Maler und Musiker, Dichter und Schauspieler. Sie wollten Barrikaden bauen.« Gottlob habe man sie rechtzeitig an ihrem Frevelwerk hindern können. »Dennoch braucht der eine oder andere einen Denkzettel.« Aber auf einen so hochrangigen Ankläger wie den Herrn Militärgouverneur könnten die Vagabunden durchaus verzichten.

»Schlafen Sie derweil, Exzellenz.« Und der Oberst hoffe, mit der Knallerei im Festungsgraben den hohen Gast nicht zu stören. »Die Vollstrekkungen müssen unterdes leider weitergehen.«

Schüsse – und stören?

Mazapán kriegt einen Lachkoller. Er ballert wahre Lachsalven über die kahlgefressene Tafel. »Zartgefühl, was?« Wenn er früher als Kind nicht einschlafen wollte und die Mutter mit ihren Wiegenliedern versagte, hätten Diener im Garten unter seinem Fenster Flinten abgefeuert.

»Das Päng und Päng und Paff und Zisch – das war mein ...« Er singt. »Schlaf in süßer Ruh' / Tu die Äuglein zu ...«

Ein hübsches Lied. Leider gröhlt der alte Pulverkopf es falsch, und die beiden Töchter des Kommandanten fühlen sich verpflichtet, es besser vorzutragen. »Hündchen hat den Mann gebissen / Und des Bettlers Kleid zerrissen, / Bettler läuft der Pforte zu. / Schlaf in süßer Ruh'.«

Miranda und Micaela haben schöne Stimmen. Es ist nur schade, daß die Männer der Tafelrunde dazwischenschmettern. Nach dem üppigen Hammelbraten und dem guten Wein kommt Übermut auf. Wer möchte da nicht singen?

Juvivallera.

Der Leutnant und der Hauptsergeant suchen nach einer deftigen Marschmelodie. Sie wollen mit einem Duett protzen, während Porto Carrero riskiert, im Solo einen Kirchenchor zu imitieren. Das alles ist für den Advokaten kaum mehr als Larifari.

Du weißt passendere Lieder zum aktuellen Tagesgeschehen. Du könntest zu Straßburg auf der Schanz' einen Deserteur erschießen lassen, aber besser noch, du stellst einen Freiheitshelden an die Wand – hoch auf der Bastei zu Mantua.

»Nun, so trefft mich recht! / Gebt Feuer – ach! Wie schießt ihr schlecht! / Ade, mein Land Tirol!«

Der Kommandant, die überbordende Stimmung längst mißbilligend, findet in diesem letzten Vers eine gute Gelegenheit, Ruhe zu befehlen.

»Schluß jetzt. Wir müssen an die Arbeit.«

Was überhaupt soll uns Tirol? Und mit Schützen, die ihre Delinquenten verfehlen, hat er ohnehin schon Kummer genug.

»Schluß jetzt.«

Santomajo jagt seine Töchter mit einigen Klapsen auf das Hinterteil in ihre Zimmer, den General läßt er von zwei Ordonnanzen in das Gästebett tragen, er selbst schnallt das Koppel um und setzt sich die Mütze auf – ein Zeichen, daß der Dienst beginnt.

»Wir müssen an die Arbeit.«

Ein Schöngeist findet sich nur selten unter den Direktoren der spanischen Haftanstalten. Auch den Kommandanten auf dem Montjuich kann man kaum einen musischen Menschen nennen. Dennoch fand der Oberst als gelegentlicher Gast in den Vier Katzen gelegentliche Berührungen mit der Boheme.

Das bunte Völkchen gerierte sich trotz vereinzelt derber Scherze denn doch recht kultiviert. Santomajo konnte sich insgeheim ein wenig Bewunderung nicht versagen.

So kommt es, daß die Maler des Lokals Els Quatre Gats als Insassen der

Festung ein Privileg genießen: Sie dürfen unter sich bleiben. Ihre Zelle entbehrt zwar jeder Behaglichkeit, aber es ist schon ein Vorzug, das Loch nicht mit Krethi und Plethi teilen zu müssen. Mit dem Plebs zusammen hatte man vor Tagen zwar die Barrikaden errichtet, aber nun ist die Revolution verloren, da wollen Künstler wieder unter sich sein.

Verständlich.

Pere Romeu, der Wirt, und die Gäste seines Stammtisches, Manolo, Ramón und Hermen Anglada, sind froh, in der Ausgelassenheit des vergangenen Sonntags nicht noch abfälliger über diesen Stinker von Kerkermeister gepöbelt zu haben.

Da dürften doch die Bohemiens ihrer Anklage furchtlos entgegensehen können.

»Zugegeben, beim Bau des einen oder anderen Bollwerks haben wir kräftig Hand angelegt, aber gekämpft haben wir nicht.« Oder habe einer vielleicht eine Waffe in der Hand des anderen gesehen?

Eine Waffe? Nie.

»Aber vielleicht preßt uns dieser Andalusier einen Verrat heraus, Namen wie Francisco F ...« Still. Diesen Kerl kenne doch hoffentlich niemand. »Oder meint ihr etwa Don Cero?« Selbst ein Herr Null wäre in dieser Runde unbekannt.

Übernähme Hauptmann Galcerán die Verteidigung, liefe ohnehin alles gut. »Fünf Tage ist es her, da hatte er prophezeit, alle ringsum an den Tischen des Künstlerlokals würden am Leben bleiben.« Alle würden gebraucht für das Mammutgemälde: die Grablegung des spanischen Traums.

»Advokatengeschwätz.«

Pere möchte lieber wissen, wie seine Frau Corina die Wirtschaft allein betreiben soll. Auch César sei nicht da, ihr wenigstens nachts zu helfen. »Er ist mit der Hotelkolonne zu einer Insel gefahren, um den Honoratioren Barcelonas ein heiteres Exil zu bereiten.«

So ein Stuß.

Die Männer schwätzen durcheinander. Sie rechnen sich mehr oder weniger Chancen bei den Verhandlungen aus, diskutieren das wenn auch nicht abträgliche, so doch hilflose Schönreden des Advokaten, schweigen aber über trotz allem mögliche Folterqualen. Einig sind sie sich nur im Wunsch, der General möge bei der Anklage sturzbesoffen sein.

»Nur halb benebelt – und er läßt uns alle erschießen.«

Der Maler Pujolá y Vallés beteiligt sich nicht an den Wortgefechten. Still sitzt er in einer Ecke auf dem Boden und zeichnet in seinem Kopf die Kulisse auf, wie er sie sieht: Das sind keine Künstlerfreunde, das sind Irre. Und die Wände ringsum sind die eines Irrenhauses. Nackte, auf dem Boden sich wälzende Leiber flecken – als ausgespartes Weiß – die sepia-rauchigen Quadern des Cachots. Narren, noch letzte Kleiderfetzen am Körper, angeln sich hoch an das Gitterfenster, um sich dem fiebrigen Zugriff der Kumpane zu entziehen.

In diesem Tohuwabohu kann nur einer froh sein – der da! –, dem die Ärmel seines Jäckchens auf dem Rücken zusammengeknotet sind. Er ist ganz still.

Das ist Pujolá y Vallés selbst.

Noch ist die linke Seite des Bildes unter der Last schmerzender Stricheleien ohne Ausweg, und der Maler überlegt, ob er hier ein winziges Stück Hoffnung einbringen darf – mitten hinein in dieses Schwarz vielleicht den Spalt einer Tür.

Da öffnet sie sich schon.

Von draußen brechen Büttel mit bellenden Schimpfwörtern ein. Ganove, Galgenstrick und Kanaille sind noch die harmlosesten Schmähungen. Unter solchen Lümmeleien werden neue Gefangene in den Kerker gestoßen.

Es sind Moisés, der Schüler aus der Escuela Moderna, ein alter Mann in der Uniform der Post mit den Litzen des gehobenen Dienstes, als dritter der blinde Sergeant Anselmo Joaquín.

Ihn, den letzten der Gäste, überschütten die Künstler mit herzlichem Hallo. »Bin ich hier endlich einmal in Dunkelhaft?« Nun scherzt dieser Invalide auch noch, und das ganze bunte Völkchen hat etwas zum Lachen.

Die Heiterkeit lenkt von Moisés ab. Dieser Laffe hat sicher etwas wirklich Dummes angestellt. Schon im Els Quatre Gats mußte er die Honoratioren provozieren.

Mit einem Lied: Weyler, die Hyäne ... Oder so ähnlich.

Die Rotznase riecht nach Tod. Und strahlt diese Haut nicht schon das Gebrüll unter der Folter aus? Ein Mensch in der Farbe kommender Schrecken ist den Malern wohl ein Sujet, aber nahe kommen möchte man seinem Modell nicht.

Oder gar berühren.

Der Künstlerriege bleibt keine Zeit für derlei Überlegungen. Schon wird sie von der Wache herausgezerrt. Sie muß zum Verhör.

Hinter den drei neuen Arrestanten wird die Tür zugeschlagen. Der Graukopf in der Postuniform rennt in der Zelle auf und ab. Leicht irre kichert er vor sich hin. »Kurz und klein. Kurz und klein geschlagen.« Erst allmählich bekommt Moisés aus dem Alten heraus, wo dieser so schlimm gewütet habe.

»Im Postamt am Paseo Isabel II.« Er sei der Oberamtmann Jaime Zorilla, und mit dem Gewehrkolben habe er die gesamte Zweigstelle total zerdeppert. »Gerade noch war die Marquesa von Lágrima an meinem Schalter, ich habe sie telefonieren lassen, aber sie hat niemanden erreicht.« Da sei ihm klar gewesen, daß von nun an keiner mit keinem je wieder werde sprechen können.

»So kam die Anarchie über mich. Und die Freude an der Gewalt. Nein, keine Verzweiflung. Nur die Freude.«

Kurz und klein.

Der Greis spinnt. Unsere Marquesa in so einem kleinen vermieften Postamt? Und auch noch telefonieren? »Gerade eben saß sie noch in den Vier Katzen am Nebentisch. Nicht wahr, Sergeant, Sie haben sie doch gerochen?«

Joaquín geht auf den Dreikäsehoch nicht ein. Er tastet sich an den Wänden bis zum Fenster vor. Er reckt sich und erreicht das Gitter. »Wir wohnen nach Südwest. Die Stäbe sind halb von der Sonne warm – hier und hier – aber rechts noch ein wenig kühl.« Es könnte zwei Uhr sein.

»In einer Stunde ist draußen die Hölle los.«

Keine fünfzig Meter weiter spüre er eine Mauer, gleich dahinter müßte sich der Platz für die Exekutionen befinden. »Täglich von der Frühe bis zur Mittagspause. Dann wieder ab drei.«

Feuer! Aus allen Läufen: Feuer!

Der Amtmann Zorilla weiß sich vor Hinrichtung geschützt. »Meine Söhne sind wieder da. Der eine aus fünftausend Meter Tiefe vom Meeresgrund vor Manila, der andere aus den Sümpfen des Rio Copre auf Kuba – nach elf Jahren auferstanden aus dem Morast.«

Die Söhne des Oberamtmanns sind aus dem Amerikanischen Krieg zurück, Julio und Benito. Sie tragen die Uniformen der Postadjunkten und zwängen sich geschickt, wenn auch etwas mühsam, durch die Gitterstäbe in das Verlies.

»Jeder Mensch hat einen Schutzengel. Ich habe zwei.« Zorilla umarmt seine beiden Kinder. Morgen erfülle er sich einen Lebenstraum. »Ich gehe mit meinen beiden erwachsenen Jungen essen. Wir trinken Wein im Französischen Restaurant des Hotels Cuatro Naciones.« Er, der Vater – ganz homme du monde – werde das Teuerste bestellen und mit Wörtern um sich schmeißen, die er sein Leben lang nur von Telegrammstreifen kenne.

»Grand cru und Clos ... Hospice und Village ... Beaux-Mont ...«

So ein Unsinn: ein Postvorsteher und zwei Schutzengel. »Nicht einmal der König von Spanien hat mehr als einen, allenfalls der Primas von Toledo. Dann natürlich die großen Anarchisten.« Moisés nennt Francisco Ferrer, Ravachol und Malatesta, den Fürsten Kropotkin und dessen Schwager Domingo Lunes Martes und so weiter.

Was habe so ein kleiner Kissenfurzer der spanischen Post in der erlauchten Reihe zwischen Kardinal und Jakobinern zu suchen. »Einmal sein Stempelkissen aus dem Fenster werfen, die Briefmarken in den Wind blasen, das Telefon zusammenstauchen, einen Veitstanz auf der Dienstmütze trampeln ... – das soll schon Anarchie sein?«

Nun noch Postadjunkten als Engel-Eskorte. »Hallodris, schultert die Gewehre! Tätärätä.«

Die Gewehre.

»Wie friedlich stehen sie noch in ihren Ständern.« Anselmo träumt am Gitter des Fensters und streichelt die Stäbe wie Flintenläufe. »Noch liegen ihre Soldaten auf Strohsäcken und schlafen. Die Fliegen in den Mannschaftsstuben genießen die Siesta, niemand stört sie. Nur selten rutscht die Hand eines der Männer aus, aber die Fliege entwetzt.«

Holla. »Selbst die faulste von ihnen ist flinker als die müde Flosse eines Füseliers.«

An den Haken der Wände hängt das Koppelzeug. Es stinkt brenzlig nach Männerschweiß und ranzigem Lederputzfett. In den Taschen der Leibriemen leben die Patronen, jeweils zu fünft auf Ladestreifen aufgezogen. Eine Stunde Frist haben sie noch.

Kamerad Mensch wartet.

Moisés bleibt vor Staunen der Mund offen. Ein simpler Sergeant und ein solches Wort. Dazu noch dieser Anselmo Joaquín, den jeder nur als Streuner kennt, bestenfalls als Zuhälter oder Schmuggler von schwarzem Knaster und billigem Fusel.

Die Männer schweigen.

In die Stille hinein trappen – erst von fern, dann näher – die Geräusche des beginnenden Nachmittags.

Es ist drei Uhr.

Auffallend gedämpft bleiben Marschtritt und Kommandos, als zelebrierten sie den feierlichen Epilog im letzten Akt einer Tragödie. Anselmo, Zorillo und Moisés müssen noch eine Viertelstunde warten, dann erst erlöst eine erste Salve die stickige Ruhe.

»Mauser Dreiundneunzig. Eine ausgezeichnete Waffe.«

Der Sergeant wendet sich fragend an seine Kumpane, erhält aber keine Antwort. »Da gibt man den Kerlen ein gutes Modell in die Hand, aber sie können einfach nicht feuern.«

Das war lahm.

»Die Abschüsse müssen – gebündelt – krachen wie ein einziger ohrenzerreißender Donnerschlag.« Aber was höre man? Ein Tak-tak-tak, als habe man zuvor jeden Muschkoten einzeln wecken müssen.

»Die Augen noch voller Schlaf, da zischt dem Schützen Arsch natürlich seine erste Kugel daneben.« Das bewiesen ja wohl deutlich jetzt die Fangschüsse des Offiziersrevolvers.

»Immer noch die alte Armeespritze Sieben Komma Sechs Drei.«

Moisés, mit so einem Ballereisen hattest auch du einmal herumhantiert. Das war auf den Ramblas. In der Trommel war nur eine Kugel, sie traf einen Hund. Dafür erwartest du hier und heute dein Urteil. Wie wird man derlei Taten verrechnen? Günstigenfalls stünde dem toten Tier auf dem Konto gegenüber ein Verweis. Im schlimmsten Fall gelte das Verhältnis eins zu eins:

Ein Menschenleben gegen ein Hundeleben.

Dazu wüßte Moisés gern die Meinung des Sergeanten. Der aber kann sich noch immer nicht über die Schlamperei im Festungsgraben beruhigen. »Horcht, Kameraden. Horcht.«

Ja doch. Seine Zellengenossen bekommen alles deutlich mit, auch wenn sie sich nicht sonderlich für die Anzahl der Fangschüsse interessieren.

Es sind drei.

»Drei der Armseligen waren nicht gleich tot.« Und das bei einer ersten Füsilade am frühen Nachmittag, wo die Garnison noch nüchtern sein sollte. »Am Abend artet das zur Schießbudenballerei aus – wie auf einem Schützenfest. Wartet nur ab.«

Wie auch sollte sich wohl sonst das Peloton über den Tag hangeln? »Wenn zwischendurch die Kadaver abgeräumt werden, langweilt es sich. Die Männer haben Repetiergewehre und müssen erst wieder nach dem fünften Schuß laden.« Was also täten sie? »Sie greifen zur Feldflasche. Die ist gut gefüllt, und der Schnaps hat schon die richtigen Prozente.«

Gegen Abend schiebt sich ein fetter Pfaffe unter Mühen in die Zelle. »Gelobt sei Jesus Christus.« Er bekommt keine Antwort, und ein Kerkerknecht muß ihm erklären, daß in diesem Loch Anarchisten säßen.

»Die brauchen keinen Zuspruch. Denen hilft die eigene Moral. Hochwürden, kommen Sie.«

Porto Carrero, da bist du vor fünf Tagen – zu Beginn der semana trágica – von einer hohen geistlichen und militärischen Kommission zum besten Trostspender gekürt, und was kannst du nun mit dem Balsam deiner Worte anfangen? Mit den schmerzlindernden und labenden, den erlösenden Sprüchen? Deine Barmherzigkeit dringt in das Mauerwerk dieses Verlieses, nicht aber in die Seelen der Armsünder.

»Kommen Sie, Hochwürden. Das Pack sucht sich sein eigenes Glück.«

Die Wache will den Seelenhirten hinausgeleiten, da springt Moisés den Erschreckten an und zerrt ihn zum Fenster. »Hörst du nicht, gottverdammte Kutte, was draußen los ist? Im Festungsgraben schreien Menschen.« Bis halb sechs sei alles tonlos gestorben, jetzt zum Abend zielten die Schützen schlechter und schlechter. »Sie treffen nicht mehr ihre Ziele«, und auch der Offizier kommt mit seinen Fangschüssen nicht nach. »Die Menschen brüllen, weil sie ihren Tod nicht bekommen.«

Aaaa. Und wieder: Aaaa.

»Da jammert schon der Vierte, der Fünfte mitten in die Exekution hinein zwischen seiner ersten und seiner letzten Kugel.«

Carrero weicht zurück. »Was soll ich tun, mein Sohn? Sage mir, was?«

Trost?

»Pfaffe, tröste die armen Füsiliere, sie sind unter allen die Ärmsten. Weiter müssen sie leben, immer weiter, und sie müssen sich besaufen.«

Vom Oberamtmann Jaime Zorilla hatte wohl niemand erwartet, daß er sich einmischen werde. »Meine Söhne sind tot, Benito ruht tief im Meer vor den Inseln unserer Katholischen Majestäten, Julio in den Sümpfen unseres Spanischen Kuba. Beide brauchten für ihr Sterben keinen Trost.« Und auch er, der längst pensionsreife Postvorsteher, brauche ihn nicht, längst sei auch er tot. »Und dieser Knabe hier – bereits verendet ... Und dieser blinde Soldat ...«

Alle, wir alle sind längst dahin.

Und wer da draußen eben noch zetere, lebe er denn wirklich noch auf Erden? Oder befinde er sich nicht vielleicht in einem Zwischenreich, wo er es sich für diese anderthalb Minuten ganz behaglich eingerichtet habe?

»Vor Schmerz schreit er nicht. Nein, Pfaffe, das ist nicht der Schmerz.« Das sei eine kleine lautstarke Auseinandersetzung mit dem Schutzengel. »Ich habe zwei von denen. Ich werde doppelt lärmen.«

Aaaaaa ... Aaaaaa.

Anselmo, du mußt jetzt eingreifen. Gegen die beiden Wahnsinnigen hat der arme Pope keine Chance. Im militärischen Ton befiehlt der Sergeant dem Postamtmann zu schweigen; Moisés zwingt er, den Pfarrer loszulassen. Dieser, völlig verstört, wankt zum Ausgang und entflieht.

Er vergißt, das Kreuz zu schlagen.

Eine halbe Stunde vergeht, weiter bellen draußen die Salven. Pulverqualm legt sich über den beginnenden Abend wie Nebel über dem Morast des Copreflusses oder über dem Lasurblau des Manilagrabens. Der Qualm dringt in das Verlies und reizt die Kehlen der Männer.

Ihr Husten überdröhnt das sich mehrende Jammern aus dem Festungsgraben.

Kurz nach sieben betritt ein junger Leutnant die Zelle, es ist der eine Beisitzer des Kriegsgerichts. Er ist verschüchtert und kann nicht frei sprechen. Was er zu sagen hat, muß er von einem Zettel ablesen.

»Auf das Wochenende zugehend ist beschlossen, daß alle Verfahren eingestellt werden und daß ohne Anhörung wie auch Urteil jeder dritte zu exekutieren ist.« Die zwei anderen jeweils seien frei.

»Sergeant Anselmo Joaquín.« Hier. »Post-Oberamtmann Jaime Zorilla.« Hier. »Sie können morgen in der Frühe die Festung verlassen. Der Schüler Moisés ...«

Weiter kommt der Leutnant nicht. Hinter ihm betritt der Advokat, Hauptmann Galcerán, den Raum. Er drängt den jungen Offizier beiseite und übernimmt die Botschaft.

»Mon cher garçon, ich darf dich doch duzen?« Immerhin kenne man sich lange genug aus den Künstlerkreisen der Vier Katzen. »Ich habe für dich, außer daß du morgen nach Sonnenaufgang erschossen wirst, eine gute und eine schlechte Nachricht.«

Die gute zunächst.

Das Gericht – für heute fast erschöpft – verzichte auf eine Anklage und ein damit verbundenes Verhör. »Also keine Folter, Moisés. Wo dein Lehrer Ferrer sich aufhält, wollen wir gar nicht wissen. Auch nicht, was du selbst in diesen Tagen angestellt hast. Du magst Mönche oder Gardisten geköpft oder nur einen Hund erschossen haben – egal.« Alle wollten nur ein ruhiges Wochenende. »Im Angesicht der Feiertage verlieren die großen wie kleinen Taten und Untaten ihre Bedeutung.«

Nur eben: Du bist der Dritte.

Das allein zähle in einer Gesellschaft der Willkür. »In Spanien – und wer außer einem gebildeten Gymnasiasten der Escuela Moderna wüßte es besser – in Spanien regiert der Zufall. Ich sehe es dir an, du hast dich dem Spruch des Zufalls längst gestellt.« Wenn auch nicht freudig. Aber das verlange auch niemand.

»Nach der guten nun die schlechte Nachricht.«

Mit dem Verzicht auf den Prozeß entfalle leider auch die Arbeit der Verteidigung. »Und gerade dieses Plädoyer sollte eine Hommage werden an unsere große Mutter Anarchie.«

Aber der junge Freund möge sich nicht ärgern. Nichts in der Weltgeschichte gehe verloren.

»Dieses Meisterwerk forensischer Redekunst hebe ich für deinen Lehrer Ferrer auf.« Der Schüler Moisés möge es heute bereits wissen: Wenn – sicher bald schon – vor dem Kriegstribunal zu Barcelona der durch Menschenliebe schuldig gewordene gütige Anarchist Francisco Ferrer Guardia von ihm, dem bislang unbedeutenden Advokaten Jago Galcerán, verteidigt werden wird, wenn dieses Zeugnis der Rhetorik sich verselbständigt, wenn es die Runde durch die Weltpresse machen und ringsum den Erdball die Kontinente für die Freiheit nicht nur Spaniens aufrütteln wird – nein, für die aller Völker und aller Rassen –, dann werde dieses Plädoyer nicht dem bedeutenden Angeklagten gelten. »Es ist für dich, Moisés.«

Einzig für dich.

So geht zuweilen ein kleiner Schüler in Ablauf und Zusammenhänge der großen Histoire universelle ein.

Der Junge kommt nicht mehr dazu, sich zu bedanken. Der Hauptmann hat es eilig. »Wir haben noch einen Abendspaziergang auf dem Glacis vor uns – mit dem General, dem Kommandanten und seinen beiden bildhübschen Töchtern, mit dem Doktor und weiß noch wem. Danach essen wir zu Abend.« Das Zigeunermodell des Malers Nonell – der Garçon kenne es ja aus Els Quatre Gats – werde die kleine Gesellschaft mit dem Flamenco unterhalten.

»Doña Aïtana singt ausgezeichnet. Und tanzen kann sie auch.«

Später dann verhöre man vielleicht noch ein paar junge Mädchen. Das sei für die Nacht amüsanter. »Für euch interessiert sich niemand mehr.«

Niemand.

Das Glacis am Nordhang des Montjuich lieben die Töchter Miranda und Micaela am meisten. Durch Buschwerk schlängeln sich bequeme Spazierwege, am Mauerwerk ranken Rosen, und sogar einen Laubengang hat der Wallmeister der Baukompanie für seinen Herrn Oberst angelegt, damit diesen in den Jahren bis zum Ende der Dienstzeit kein allzu unwirtliches Fort bedrückt.

Schußfelder für die Artillerie freizuhalten, ist seit langem nicht mehr vonnöten. Belagerungen feindlicher Heere sind längst zu Heldengedichten in den Schullesebüchern geworden. Heutzutage werden Kriege nur noch gegen das eigene Volk geführt. Das aber scheut den beschwerlichen Angriff auf das Kastell hoch hinauf zum Gipfel des Montjuich. Es begnügt sich, unten in der Stadt und ringsum auf dem Land Klöster zu brandschatzen und Kirchen zu plündern.

Da ist mehr zu holen als in den Kasematten der armseligen Garnison.

Allenfalls als Gefangene kommen die Bürger Barcelonas bis an das Mauerwerk und weiter durch die Tore der verhaßten Festung.

Es ist Abend, die Sonne steht tief, und so dienen die aufgespannten

Sombrillas den beiden Jungfern mehr der Koketterie. Miranda und Micaela haben sich zum Abendessen bereits umgezogen und schlendern nun in Roben aus schwarzem blumenbesticktem Tüll durch das Heckenwerk der Befestigungsanlage. Im Haar tragen sie je eine Piqué-Rose aus roter Seide. Die Blumen, die ihnen Hauptmann Galcerán als Gastgeschenk mitgebracht hatte, sind leider allzu rustikal.

Die Mädchen überlegen sich, was sie am kommenden Sonntag zum Fest in Lágrima anziehen werden. Auf jeden Fall müssen sie morgen erst einmal zum Coiffeur, sie sind der hochgetürmten Frisuren leid und denken an Locken à l'enfant – lang und weich fallend, damit bei möglicherweise rasanten Tänzen das Haar in weiten Kreisen fliegen kann.

»Wir müssen auch zum Nachfärben.«

Miranda wünscht sich genau das Blond, das sie bei der dänischen Revuetänzerin auf dem Jakobusball im Cuatro Naciones gesehen hatte. »Du weißt? Bei dieser Balletteuse, die mit ihrem Cake Walk das ganze Parkett beherrschte.«

In beiden steigt eine Hitze auf, wenn sie an die Réunion in zwei Tagen denken und sich ausmalen, welche Tanzpartner sich ihnen bieten werden.

Für den heutigen Abend wäre das Angebot mager. Selbst der junge Leutnant hätte keine Chance, er ist viel zu schüchtern. »Er ist Vater gegenüber zu unterwürfig.« Ja, die Töchter wollen Helden.

Keine Sorge, Miranda, keine Sorge, Micaela, die Zukunft hält schon jetzt Heroen für euch bereit.

Auch unter den arretierten Künstlern, die der Oberst sich am Nachmittag vorführen ließ, fanden sich keine rechten Kämpen. Einige sahen zwar recht gut aus, auch wild mit ihren Mähnen und dunklen Bärten, aber sie ließen jeden Eifer für ihre rebellischen Ideen vermissen, so daß Vater sie alle laufen lassen mußte.

»Kann man den Wind verurteilen, der während der Revolte durch die Straßen fegt?« Das fragte der Kommandant seine Beisitzer, erntete von ihnen aber nur Schweigen.

Galant erweist sich einzig Jago Galcerán. Aber leider ist der Advokat dreißig Jahre älter und den beiden Maiden – sechzehn und vierzehn – schon ein Veteran, auch wenn er ihnen bei seiner Ankunft leidlich charmant den Hof gemacht hatte. Blumen brachte er mit und eine Dose englischer Bonbons, bunt glasiert und gefüllt mit Liqueursirup. Er begrüßte die Demoisellen mit einem Kuß auf die Wangen und kramte in seiner Hosentasche nach Zuckerstückchen.

»Bedanken Sie sich nicht bei mir, sondern bei meinem Pferd, das mich zu Ihnen gebracht hat.« Und die beiden Püppchen möchten doch sicher gern den Gaul belohnen. »Es ist eine brave Stute. Sie hat, wenn sie nach Süßigkeiten schnappt, ganz weiche Lippen.«

Madame. Ja, sie heißt ganz einfach Madame.

»Sie hat die weichsten Lippen aller Kavalleriepferde der Garnison.« Als abschreckendes Beispiel schilderte der Hauptmann die Rösser der berittenen Jäger und als noch schlimmer die Leibhengste der Infantin Hyacinthe.

»Wahre Teufel. Sollten Sie denen am Sonntag in Lágrima begegnen, gehen Sie besser auf Abstand.«

Miranda, mutiger als ihre jüngere Schwester, schob Madame das Zuckerstück ins Maul. Weich und samten fühlte sie die Lippen des Tieres auf ihren Fingerkuppen.

So alt ist der Hauptmann denn vielleicht doch nicht.

»Aber er ist arrogant.« Die Mädchen dürfen ihre Gefühle nicht in Zweifel versetzen. »Wie eitel er ist. Und alles, was er redet, ist geschwollen.« Das sage man sich nur für den Fall, wenn es nach dem Abendessen zu einem Tänzchen käme.

»Aber sonst haben wir ja keine Männer.«

Gerade tritt Galcerán aus dem Festungstor auf das Glacis. Welcher Gruppe der Spaziergänger, Jago, wirst du dich anschließen? Doch wohl nicht etwa den beiden Töchtern? Sollst du dich über Mode unterhalten, vielleicht über die neuen Tänze? Du bist noch den achtziger Jahren verhaftet, damit langweilst du das junge Gemüse. Das amerikanische Gehopse ist dein Fall nicht.

In einigem Abstand folgt den Mädchen der Kommandant mit dem Militärgouverneur. General Mazapáns Stiefel sind wieder sauber, dafür ist seine Litewka besabbert.

»Suppe, Oberst. Suppe verplempert. Flecken. Sie zieren den Soldaten wie Sperma am Hosenschlitz.«

Haha.

Das Lachen des Generals tobt über die Fläche und schreckt den Hauptmann ab, sich den beiden zuzugesellen. Weiter hinten marschieren die zwei Gerichtsbeisitzer – Leutnant und Hauptsergeant – mit Doktor Itúrbide. Auch der Wundarzt präsentiert sich – wie die anderen Herren – in korrekter Dienstkleidung: am Koppel langschleifend der Säbel; die eine Hand umklammert den Knauf, die andere schlenkert im Takt des Schritts.

Gerade die Mütze. Senkrecht über der Nase die Kokarde.

Nein, Jago, zu all denen gehörst du nicht. Du trottest ohne Koppelzeug daher, ohne Seitenwaffe, nicht einmal den Kopf trägst du bedeckt. Die Rangabzeichen sind abmontiert, Orden nicht angelegt, der oberste Knopf der Uniformjacke ist aufgesprungen.

Nein, die Welt des Militärs ist nicht die deine.

Wo ist der Seelsorger?

Weit hinter den Gruppen kugelt sich massig Porto Carrero über das Glacis. »Monseñor, Sie keuchen ja.« Der Advokat möchte wissen, wie es auf der Festung mit der geistlichen Arbeit voranginge. »Sind die Kinder der Kirche zufrieden? Ach, sparen Sie sich die Antwort.« Der traurigen Miene des Paters sei ein gut gewonnenes Spiel nicht gerade abzulesen.

»Mein junger geistlicher Freund, trösten Sie sich selbst.« Immerhin habe der Dekan – den Heiligen Vater vertretend – das Kriegsgericht gesegnet, die Prozesse, die Urteile, auch die Strafen zu Bagno und Verbannung, zu Ketten, Kerker und Tod. »Gott hat gewißlich Gefallen an Ihnen.«

Der Allmächtige sieht auf dich herab, Würmchen Carrero. Er erwartet, daß du ihm Erfolge bringst. Du bist erwählt, wenn auch – real betrachtet – nur in dieser einen kurzen Wochenhälfte auf diesem winzigen Mauerviereck unserer Erde, so doch für die ganze Menschheitsgeschichte omnes terrae die Rolle des Trösters zu verkörpern – eine Inkarnation himmlischer Güte. Und gleich schon versagst du.

»Gott, züchtige mich.«

Der Advokat versteht die Worte, obgleich leise gemurmelt, deutlich. Pfaffengeschwätz!

»Da wurden Sie, Monseñor, nun auf einem Bankett beim Frühschoppen von erhabenem Klerus und oberstem Wehrkommando – höchstinstanzlich ja auch von Ihrem Herrgott – erkoren, arme Seelen zu begleiten, letztendlich auch zu retten.«

Nach derlei Avancen hätte sich der Herr Dekan gewißlich einen ordentlichen Arbeitsplatz in einem klassischen Kriegstribunal erhofft: neben dem großen Saal der Tränen eine kleine Sakristei, eine Kabine zum Umkleiden, um dann in voller liturgischer Montur in Gerichtslauben auf und ab zu wandeln, an melancholischen Abenden in Todeszellen ein gepflegtes Gespräch zu zelebrieren.

In der Frühe dann die Beichte.

»Wenn danach die Augenbinde dem Delinquenten den Kontakt zum Licht unserer schönen Erde löst, krallen Sie sich dessen Seele fest in Ihre geweihte Flosse.«

Nichts gehe über ein geregeltes Verfahren. Was aber fände man hier oben auf der Zitadelle vor? »Eine miese Dépendance der sonst so erhabenen, ja, über die Grenzen hinaus berühmten Militärtribunale Barcelonas.« Hier werde dem Gottesdiener ja nicht einmal das herkömmlichste Requiescat in pace – langsam Leiche für Leiche – abverlangt.

Diese Massenabfertigung auf dem Montjuich! Hauptmann Galcerán kennt sie seit fünfzehn Jahren.

»Sehen Sie da vorn die schändlich verstellte Aussicht? Diesen abscheulichen Bretterberg?«

An der Umfriedung des Glacis schichten sich Särge zu einer Halde auf – einfache Holzkisten, jeweils vier nebeneinander, darüber vier quer ... zwölf, sechzehn, zwanzig. Benachbart entladen Transportknechte ein Fuhrwerk und stapeln einen zweiten Hügel auf. Ein dritter wird derweil abgetragen. Nach jeder Gewehrsalve kommen Soldaten im Drillich und asten einen Sarg nach dem anderen hinweg.

Die Spitze der Abendspaziergänger erreicht das Massiv der Kisten. Miranda und Micaela drehen keck ihre Sonnenschirme und handeln sich dafür einen Tadel des Vaters ein.

»Koketterie paßt nun wirklich nicht zum Ernst der Stunde.«

Die Fächer, nein, sie werden den Töchtern nicht verboten. »Etwas frischer Wind in diesem Pulvernebel ist nur gut.«

Jetzt liegt der Gipfel des Montjuich gänzlich unter dem Staub der Exekutionen. Von fern lärmen die Flinten, zwischen den Salven trommeln Hämmer herüber: Kisten werden zugenagelt. Am Werk sind gelernte Sargtischler, ihre Schläge fallen in sauberem Takt – fest und sicher.

»Spielen Sie Whist?«

Unvermittelt stellt Doktor Itúrbide dem jungen Leutnant diese Frage.

Mit dem anderen Beisitzer, einem Dienstgrad aus dem Unteroffiziersstand, spricht der Arzt nicht. Der Leutnant wäre einem Jeu nach dem Abendessen nicht abgeneigt. »Aber wie überreden wir unseren Herrn Oberst und den eigensinnigen Hauptmann zu den Karten? Sicher wollen die Herren zur Nacht noch Frauenzimmer verhören.«

Natürlich. Für die Lust.

»Versuchen wir dennoch, unseren Advokaten zu begeistern.« Nein, Galcerán, du lehnst das Spielchen ab, du möchtest lieber flirten.

»Meine Herren, das Kastell ist voll von Weibern.«

Kokotten und Schönheitstänzerinnen. Malermodelle und sehnige Frauen aus dem Textil. Derbe Bauerntrampel und empfindsame Dichterinnen der Anarchie. Nicht zuletzt die kecken Miezekatzen unseres Kommandanten.

»Vier Spieler brauchen Sie?« Da frage man doch einfach einmal die Exzellenz, unseren verehrten Herrn Militärgouverneur.

»Nein. Ihn bitte nicht.« Der General zinke die Karten. »Entweder prustet er Rotwein über die Asse, oder er sengt sie mit seiner Zigarre an.« Der Doktor hat seine Erfahrungen mit ihm. »Mehr als sechs, sieben Runden hält sich unser Maître de vapeur ohnehin nicht über dem Tisch. Dann liegt er darunter.«

Voll wie einer seiner Haubitzen in der ruhmreichen spanischen Artillerie.

Aber vielleicht möchte der Herr Dekan in die Runde einsteigen? »Wir spielen Whist, Hochwürden.« Das sei keine dem Teufel gefällige Zerstreuung. »Der Leibhaftige – er pokert.«

Carrero, man spricht mit dir! Hörst du nicht? Nein. Dich fesseln dort die Hügel der Särge. Auf der mittleren, der höchsten Kuppe steht ein Pakker der Spedition und winkt den Müßiggängern auf dem Glacis zu.

Nein, Porto. Er winkt allein dir.

Hinter ihm die Sonne. Sie ist zum Tagesende nicht mehr der goldene Feuerball, sie ist ein Zimtkuchen in platt gedrücktem Rund hinter dem Schleier eines Fliegenfensters.

Oben der Bursche gestikuliert, nun breitet er die Arme aus. »Komm, mein Junge. Komm, kleiner Porto.« Der Kaplan rennt, er ist jung und schlank, er stürmt zum Hügel, er erklimmt ihn, nein, er fliegt geradezu in die Höhe und in die Arme des Gipfelphantoms.

»Don Siebenschweiß.«

Ja, er ist es. Der alte Pfarrer des Kirchspiels Lágrima. Und gleich schon verzaubert sich der zimtorangene Kuchen zu Spektralfarben aus der Alchemistenküche neben der Seekapelle. Da schaust du, kleiner Ministrant, was? Und du staunst, wie ein Wunder entsteht.

Das Wunder der Marientränen – eine Mixtur aus sieben Elementen: Quecksilber ... Pomeranzenliqueur ... und ...

Vergessen.

Erst das siebente fällt dir wieder ein: Liebeströpfchen aus der Handarbeit des Knaben. Das war Sünde. Aber gibt es ein Wunder ohne Sünde? Die deinige war Gott zu dürftig, die des Alchemistenpaters belohnte er hoch mit einem neuen fernen Domizil in meterdickem Klostergehäuse auf dem nebelgrauen Eiland Gomera mitten im Atlantischen Meer.

Hoch honorierte Gottvater die mystisch fromme Sünde mit lebenslangen Klosterhieben – an sieben Tagen der Woche, ausgenommen an den Sonntagen Quasimodo, Septuagesima und Jubilate.

»Was ist, Monseñor?«

Hauptmann Galcerán und der junge Leutnant mühen sich ab, ihrem Arbeitskollegen vom geistlichen Sektor beizustehen. Dieser ist auf den harten Kies des Wegs gefallen und windet sich wie ein geprügelter Bengel unter Schmerzen.

»Der Kloß kommt allein nicht wieder hoch.«

Oberst Santomajo tritt hinzu und befiehlt dem Hauptsergeanten, kräftig mit anzufassen. Allen gemeinsam gelingt es, den Seelsorger wieder auf die Beine zu stellen.

»Sie waren weit weg, junger Freund. Aber nun sind Sie wieder bei uns auf der Zitadelle des Montjuich.« Und schließlich im Dienst, setzt der Kommandant scherzend hinzu. »Sie hatten keine Reise beantragt.«

Jetzt wollen alle wissen, wohin die Spritztour gegangen sei.

»Ich war auf einer felsgrauen brandungsnassen Insel inmitten der Sieben Weltmeere.« Mit dem alten Pfarrer seiner Gemeinde habe er die Existenz getauscht. »Und dann die Verwandlung: Ich war wieder ein Jüngling, und ich war himmelstürmend dünn wie ein Modell von El Greco. Ich paßte durch die schmale Pforte einer Hexenküche und zwängte mich in die Sakristei. Dann kam der Prior, hinter ihm die Novizen mit den Klosterruten.« Es sei herrlich gewesen – wie im ersten Schuljahr.

Name:

Straße:

PLZ/Ort:

Tel.: (0 40) 45 01 94-30
Fax: (0 40) 45 01 94-55

Bitte freimachen!

Europäische Verlagsanstalt
Rotbuch Verlag

Parkallee 2
20144 Hamburg

Aus: ***Peter van Straaten: »Warum liegt mein Buch nicht neben der Kasse?«***
Rotbuch Verlag, 12,90 DM

Ich bin mit der Veröffentlichung einverstanden. ☐ *Ja*

☐ *Nein*

Verhandlung besser, letztendlich auch dem Delinquenten und seinem Urteil.« Habe der Kollege vielleicht eine Operette im Repertoire? Von Barbieri oder Chuenca?

Strafmildernd könnte auch eine Romanze von Albéniz wirken.

Aber ja. Der Musiker ist froh, daß dieser schwarze Tanzbesen ihm nichts Amerikanisches abverlangt, womöglich einen Tango, einen Paseo oder noch Schlimmeres aus Louisiana.

»Ich spiele das Lied an eine Fischerin.«

Die Zigeunerin fläzt sich auf dem Stuhl, unter der weiten Robe die Beine weit auseinander. Sie lehnt sich gemütlich zurück und erlaubt sich einen Rülpser. Die Pièce von Albéniz könnte sie mitträllern. Sie summt aber nur leise – zum einen, um den General nicht zu wecken, zum anderen, um die Gerichtsrunde nebenan nicht zu animieren, ihr weitere Gesangsnummern abzufordern.

Sie putzt die Reste der Hummerschwänze weg. Vielleicht fressen Isidro und seine reiche Schnepfe gerade in diesem Augenblick auch solche Krustenviecher.

So lebt es sich – hier wie da.

Im Verhandlungszimmer richtet sich derweil der Kommandant mit Töchtern und Gästen ein. Aus dem kahlen Dienstraum von einst ist im Verlauf der Jahre eine gemütliche Wohnstube geworden. Der Oberst, den Gedanken an eine zweite Heirat noch nicht aufgegeben, möchte seiner Zukünftigen – selbst auf einer finsteren Festung – ein kultiviertes Zuhause bieten.

Besonders diesen Salon.

Berberteppiche liegen auf den blank gebohnerten Holzdielen, die Wände sind mit einer Papiertapete beklebt, einer Imitation von Seidenbrokat. Die Stirnseite beherrscht ein riesiges Gemälde.

Der Einfall der Barbaren.

Furchterregend rast eine behelmte und säbelschwingende Reitermeute auf den Betrachter zu und trachtet danach, ihn mit brutaler Attacke einzuschüchtern. Doch das gelingt kaum, dafür ist die Malerei zu plump. Und auch der von Pfeilen eklig durchbohrte Heilige Sebastian – eine Kopie von Ribera – erzielt mangels Qualität nicht die geringste Wirkung.

Auf einem Plüschsofa in verstaubtem Moosgrün haben sich die beiden Töchter eingerichtet. Neben ihnen plustert sich auf einem Häkeldeckchen der Kater Yankee auf. Über dieser Dreiergruppe hängt ein Käfig mit dem Papagei Loyola. Der Vogel sagt nichts, er flattert nicht, er ist ganz ruhig und sieht sich als Mittelpunkt der ungewohnt illustren Gesellschaft.

Still genießt er alles von oben.

Miranda hat sich ein Bändchen mit französischen Gedichten vorgenommen. Henri Heine. Sie liest aber nicht, sie will lieber den Verhören lauschen. Auch Micaela bietet mit der Stickerei in ihren Händen allenfalls ein kompositorisches Element in diesem Interieur. Die Mädchen müssen jederzeit damit rechnen, vom Vater hinausgeschickt zu werden, wenn es in der Vernehmung zu anstößigen Stellen kommt oder gar zu vulgären Ausdrücken.

»Heute nachmittag bei den Künstlern mußten wir viermal vor die Tür.« Das erzählen sie dem Hauptmann Galcerán und kichern hinter vorgehaltener Hand. Sie wiederholen nicht das Wort, das sie im Fortgehen gerade noch mitbekommen hatten.

Cabrón.

Draußen auf dem Gang mußte ein Wachtmeister ihnen erklären, was das ist – ein Hurenbock.

Der Advokat tätschelt den Jungfern die Wange, damit sie ihr Kichern bezähmen und sich nicht vom Vater einen Tadel oder gar Backenstreiche einhandeln.

Damit ist Santomajo schnell bei der Hand.

Zuweilen sperrt er die eine oder andere Tochter auch neben der Waschküche zur Wäschemangel in die Kammer oder er züchtigt sie mit dem spanischen Rohr. Dann hören die Gefangenen in den umliegenden Zellen ein bitterliches Jaulen, und sie sind froh, daß heutzutage ein wesentlich humanerer Strafvollzug ihnen manches Ungemach erspart.

Seit Jahrzehnten kommt in den Haftanstalten das Prügeln mehr und mehr aus der Mode. Es gilt ohnehin weniger als Strafe, denn mehr als Beihilfe zur Besserung.

Was aber soll es an einem Kriminellen zu bessern geben, geschweige denn an einem Politischen?

Die Töchter dagegen möchte der Oberst zu ehrbaren und rechtschaffenen Spanierinnen erziehen. Schauen sie nicht brav aus, wie sie sich in ihre Sofaecke kuscheln? Du möchtest gern zu ihnen rücken, Jago Galcerán, der älteren Miranda beim Umblättern der Buchseite behilflich sein oder ihr einmal eine Haarsträhne von der Wange streichen. Aber schon packt dich der Wundarzt am Arm und zerrt dich zu einer Sitzgruppe: Da stehen vier Stühle um einen kleinen intarsienverzierten Kartentisch.

»Es war in meinen Studienjahren zwischen Baden und Sachsen, da erlernte ich in einem Biergarten bei Gotha ein jeu des cartes für nur drei Personen.

Skat.

Don Agustín blickt sich in der Runde um, er sucht einen dritten Mann. »Ich war ein junger Mensch. Mein Lehrmeister war ein Gehilfe bei der Herzoglichen Post. Das Individuum hieß Hirschgarten.« Ein einfacher Beamter im unteren Dienst, aber ein guter Spieler.«

Der Knochenflicker will sich doch nicht etwa einen dritten Mann aus dem subalternen Stand anlachen? Das muß der Advokat verhindern. Er wendet sich an den Beichtvater Carrero, doch dieser weicht vor ihm zurück, läßt sich in den Sessel plumpsen und zieht – soweit es ihm möglich ist – die Knie an den Bauch. Er hat Tränen in den Augen.

Ja. Der Seelenhirte weint.

Das war ein schlimmer Tag. Am Nachmittag schon diese Schreckensszene in der Zelle: ein Greis, ein Kind, ein Blinder. Draußen peitschten die Salven, aber die hier Eingekerkerten brauchten die Hilfe Gottes nicht. Sie vertrauten einer besseren – der der Anarchie.

Sie waren zufrieden.

Welch ein Wort der Finsternis. Zufriedenheit. Jene waren nicht arm und elend, ihre Herzen nicht zerschlagen, ihre Seelen fuhren nicht dahin gleich Schatten, vertrieben oder verjaget wie die Heuschrecken auf den Feldern. Ihre Knie waren nicht schwach, ihr Fleisch nicht zitternd vor Furcht ... Sie waren zufrieden.

»Stehe mir bei, Herr!«

Porto Carrero schlafft in sich zusammen. Er weint. Welche Schäden unter den Zufriedenen richtest du an, du und deine Heilige Kirche, mit deiner Droge Hoffnung?

Sie gebiert im Rausch Schwärme trunkener Fledermäuse.

Nein, Porto, es waren Schlangen – sieben Schlangen mit je sieben Köpfen, im Halbschlaf geboren auf einer Terrasse in der Mittagssonne. Neben dir das Ungeheuer einer Amerikanerin, daneben ein Wichtelmann unter der Pagenmütze, vor dir in der Flasche der Dämon von Kürbisschnaps, aus der Ferne der Duft des Nachtmahls.

Fischpastetchen vorweg. Steaks mit russischer Brotsauce. Steinpilze. Zum Dessert Blinis à la Kropotkin mit süßer Sahne.

Du aber bist davongelaufen. Du, eine elende desertierte Kutte. Nun sitzt du hier nutzlos, wenn nicht gar schadenbringend herum.

Ja. Du kannst nur weinen.

Itúrbide betrachtet sich das Häuflein Priester. »Ein affektiver Choc.« Den kennt man bei Künstlern und Schauspielern; bei Militär und Geistlichkeit sind solche Fälle selten. Der Arzt zieht dem Pfaffen das Augenlid hoch, darunter flackert es kurz auf, dann erlischt der Blick. Ein seltsames Phänomen. Lasse die Hände weg. Agustín, das ist nicht dein Patient.

Don Portos Trübsinn strömt zum Sofa hinüber und beunruhigt den Kater Yankee. Dieser erhebt sich gemächlich, schleicht herbei und schabt sich das Fell an den Stiefeln unter der Soutane. Dem Pfaffen bringt es keine Hilfe, dem Katzenvieh dagegen Ärger. Die Töchter pfeifen das Tier zurück, was aber nicht gelingt.

Der Oberst unterbricht das familiäre Gezänk. Er wird dienstlich und fordert seine Beisitzer auf, ihm zur Seite – einer links, einer rechts – an einem wuchtigen ovalen Wohnzimmertisch Platz zu nehmen.

Sind alle beieinander? »Ja, bis auf seine Exzellenz, den Herrn Gouverneur.« Nun gut, auf die Anklage können wir verzichten.

Der Kommandant eröffnet die Sitzung und bittet alle Herren im Raum – die beteiligten wie unbeteiligten – um Vorsicht. »Auf dem Teppich läuft unsere Schildkröte Santa Satana herum.« Er wäre dankbar, würde niemand auf das Tier treten.

Miranda springt auf, um das Tier zu suchen und in Sicherheit zu bringen. »Satana. Satanita.« Der Vater herrscht sie an und verbietet ihr, vor allen Männern auf dem Boden herumzukriechen. Dabei reckt der Fratz jedesmal seinen Arsch so aufreizend in die Höhe.

»Können wir anfangen, Herr Oberst?« Nein. »Stört Sie die Filetdecke auf dem Tisch?« Nein.

»Es ist die Vase. Die muß weg.«

Der Hausherr kann Blumen ohnehin nicht leiden, ganz besonders diese nicht, diesen derben Strauß strohdummen Bauerngestrüpps, den der Advokat als Antrittsgeschenk den Töchtern überreicht hatte. Was erhofft sich dieser Faun eigentlich? Fünfundvierzig, drei Jahre älter als er selbst, der Vater. Ärgere dich jetzt nicht, Rodrigo, oder fange etwa einen Streit an. Du sitzt einem ordentlichen Kriegsgericht vor. Nun schlage schon die Akte auf.

Eine richtige Akte ist das eigentlich nicht. Nur das kurze Protokoll eines Streifenführers der Guardia Civil, beigeheftet einige Fotografien.

Ein Eisenbahnzug, vorn die Lokomotive. Sie steht und dampft. Ein Streckenwärter in zerlumpter Jacke gestikuliert. Aloehecken. Flirrende Olivenbäume. Eine Landschaft wie ein Sommertag in der Campiña. Der Zugbegleiter mit den Rangabzeichen eines Hauptkontrolleurs grinst eitel in die Kamera. Mit dem Rücken der rechten Hand prüft er von Nase zu Kokarde den geraden Sitz seiner Mütze; der Daumen der anderen hakt im Koppel, die vier freien Finger spielen mit der Pistolentasche. Hinter dem offenen Fenster der Ersten Klasse steht eine Dame. Schön und edel. Den Hut gerade abgenommen, die ellbogenlangen Handschuhe gerade ausgezogen, winkt sie mit nacktem Arm aus dem Zug.

Wohin? Diese Auskunft verweigert das Bild.

»Da ist ja unser Monseñor.« Der Leutnant fängt nach einem Blick auf die nächste Fotografie kräftig an zu lachen. »Sehen Sie, Herr Oberst, unser fetter Pope segnet die Weiche. Haha.« Nun beginnt auch der Hauptsergeant loszuprusten, feixend geht er zum Dekan hinüber, um ihm sein Porträt unter die Nase zu halten.

Haha.

Plötzlich, Carrero, bist du wieder in der Wirklichkeit zurück. Da ist alles wieder deutlich vor Augen: ein Sonntag auf der Strecke von Lágrima nach Barcelona. Der Zug hält. Zwei Touristen steigen aus. Es sind Engländer. Sie haben eine Handkamera dabei.

Aus dem Bild in des Kaplans Kopf verschwinden die letzten weißen Flecken.

Frauen blockieren die Schienen, sie sind aus deinem Kirchspiel. Unter ihnen Mägde vom Gut des Marqués. Jetzt endlich begreifst du auch die Verhaftung von drei deiner Schützlinge am Dienstag abend – ohne Worte einfach weg von der Terrasse.

Verraten hatte sie die zufällige Fotografie zufälliger Reisender auf einer zufälligen Vergnügungstour.

Wie eine Trophäe hält der Kommandant das Bild hoch.

Da hocken sie auf den Geleisen, grau in grau, Stola an Stola, Rock an Rock – ein Knäuel einfacher Weiber. Die Gesichter verborgen – bis auf drei.

»Anbei sechs fotografische Aufnahmen. Fundort Rambla del Centro vor dem zerstörten Ladengeschäft von Lirio y Puñalada. Montag, 26. Juli 1909. Unterschrift Wachtmeister Carlo Basta, Streifendienst.«

Der Kommandant liest das Protokoll vor, dazu die Anmerkung der Präfektur. »Identifiziert die Marquesa von Lágrima im Coupé. Danach von den einen Truppentransportzug blockierenden Frauenzimmern drei ermittelt als dem Gesinde des Marqués zugehörige Mägde.«

Der Oberst sucht den Festnahmebericht aus Lágrima – erst ärgerlich, dann lärmend. »Kann denn nicht einmal eine Akte vollständig sein?« Da zeige sich ja die Anarchie geordneter als die eigene Staatsmacht. »Ich will wissen, wie die Zicken heißen.«

Carrero, verschiebe deine Lust zu beten, erst mußt du dem Prozeß dienlich sein. Du mußt vorweg die Namen preisgeben, bevor man sie den armen Würmchen schmerzhaft herauspressen könnte. »Es sind meine Beichtkinder, Euer Gnaden, brave Jungfrauen. Brígida. Adola, Mirabel.« Und jetzt wolle er für das Heil ihrer Seelen den Allmächtigen anrufen.

Santomajo läutet. Zwei Posten treten ein und stellen eine schmale Bank in respektvollem Abstand zum Richtertisch auf. Dann führt ein Korporal die drei Angeklagten vor und drückt sie derb auf das harte Holz.

Die Wachmannschaft erhält den Befehl zu warten. »Der Fall ist schnell vom Tisch.« Doch heißt es erst einmal, den Advokaten zu bremsen. »Hauptmann, wir haben keine Anklage. Also brauchen wir auch keine Verteidigung.«

Die drei Mädchen sehen das ebenso. Ungefragt quatschen sie dazwischen. »Ja, wir sind schuld. Wir benötigen keinen Anwalt. Nur einen Richter brauchen wir.«

Und eine Strafe.

So dumm ist die Selbstbezichtigung nicht. Die drei wollen sich gern zu einer kleinen, wenn auch ungesetzlichen, so doch gewiß belanglosen Tat bekennen, wenn man sie nur nicht nach Namen fragt – etwa nach einem gewissen Emiliano Soundso aus der Textilfabrik des Herrn Estrü, dem Bräutigam von Adola.

Das verlobte Paar will von Barcelona fort, es will in Emilianos Heimat Kastilien heiraten und in Tordesillas eine kleine Manufaktur aufmachen.

Vorausgesetzt, der junge Anarchist entkommt.

»Unseren Frevel kann die Frau Marquesa bezeugen.« Desgleich der Herr Zugschaffner Lupo. »Er hat uns kräftig durchgeschüttelt.«

Hören denn die Pflanzen überhaupt nicht auf?

»Warum sollen sie, Herr Kommandant? Wir wollten uns doch heute zur Nacht amüsieren.« Nun erheitere man sich mehr als anfangs erhofft.

Weiter, ihr Püppchen, weiter.

»Auch der Herr Kaplan weiß von unserer Sünde. Er wird uns daheim harte Bußen auferlegen. Zu Recht.« Gott nämlich verdamme die Blokkade. »Soldaten müssen frei durchfahren können zu ihrem Krieg. Dort müssen sie totgehen.« Wer das verhindere, handle gegen Gott.

Wir müssen reden. Und reden. Und nicht aufhören. Damit uns kein Verrat herausrutschen kann.

Adola und Brígida gelingt es. Doch Mirabel, der Jüngsten, sitzt der Name des Bräutigams wie ein Kobold auf der Zunge. Der neckt sie immerfort und stellt die erstaunlichsten Faxen an. Nein, Mirabel, du sagst den Namen nicht.

»Emiliano.«

Da ist er schon heraus. Alle haben ihn gehört. Aber Santomajo will sich am Ende der semana trágica keinen weiteren Galgenvogel mehr aufhalsen. Er sammelt die Fotografien ein und zwingt somit dem Advokaten ungewollt die letzte Möglichkeit eines Plädoyers auf.

»Herr Kommandant. Hohes Gericht. Diese drei jungen Maiden erkennen in voller Unschuld ihre Schuld.« Fröhlich schwätzten sie daher wie Armsünder, die nur für sich selbst verantwortlich seien. »Sie haben in ihrer Brust ein wunderbares Gefühl: das reine Gewissen der alleinigen Sünder.«

Jetzt erhebt sich der Quasselkopf gar, breitet die Arme aus und trachtet, die Wohnstube in ein voluminöses feierliches Schwurgericht zu verzaubern. »Verurteilt das erlauchte Tribunal die Jungfern zum Tode, sie schritten federleicht zum Blutgerüst. Genössen sie die Folter, kämen statt des Verrats von Staatsfeinden nur fromme Lieder von ihren Lippen ...«

Gottlob hört niemand mehr hin. Gerade will der Oberst die Sitzung schließen und das Gemüse vor das Tor der Festung setzen lassen, da werden alle von einem Gepolter aufgeschreckt.

»Was sind das für Fotzen?«

Der General ist aufgewacht. Er steht im Türrahmen. Er ist ohne Jacke. Das bis zum Bauch offene Hemd gibt grauschmuddeliges Brusthaar frei. Die Hosenträger hängen herunter. Gleich verliert er die Beinkleider.

Da passiert es schon.

Noch einmal gellt die Frage durch den Raum, dann verfängt sich die Exzellenz in ihren Hosenträgern und stürzt zu Boden.

Der Papagei Loyola – während der ganzen Zeit ein ruhiger Genießer – fängt entsetzlich an zu kreischen. Nein, das häßliche Wort wiederholt er nicht.

Der Beisitzer im Sergeantenstand eilt dem Militärgouverneur zur Hilfe. Gerade kommt er zurecht, diesem die Unterhose festzuhalten. Nun springt auch der Leutnant auf. Irgend etwas muß er dieser schnaufenden, sich wälzenden, peinlich entblößten Kreatur überwerfen, findet aber nur die Filetdecke vom Richtertisch. Das durchsichtige Gewebe ist nur ein dürftiger Schutz, und Galcerán hastet zum Sofa, um den beiden Töchtern die Augen zuzuhalten.

Zu spät, Hauptmann. Miranda und Micaela hatten sich schon zuvor abgewendet. Gerade verlassen sie – diesmal unaufgefordert – die Gesellschaft.

Ekelhaft.

Jetzt packt das Wachkommando zu, seinen ranghohen Herrn in das Eßzimmer hinüberzuschleppen. Santomajo läßt zwei Sessel gegeneinander rücken. Eine Gruft. In sie hinein betten die Soldaten den alkoholisierten Ankläger.

»Hören Sie endlich auf.« Der Anpfiff gilt dem Pianisten, der mit lautem Spiel die vulgäre Szene zu übertönen versucht.

Mit Wagner. Mit was sonst?

»Still, Tastenhämmerer.« Noch eine Rüge. Nun auch eine für die spöttische Zigeunerin. Der Kommandant fordert sie auf, endlich abzuhauen. Sie geht aber nicht. »Noch bin ich nicht entlassen«, und sie wünsche ein ordentliches Papier von ihrem Herrn Kerkermeister.

Diesem ist der Vorfall peinlicher, als er es sich anmerken läßt, vor allem gegenüber den Dienstmägden der doch nunmehr befreundeten Familie des Marqués.

Da wird das Federvieh daheim einiges zu schnattern haben! Santomajo ahnt bereits die Klatschgeschichten. Dann dürfen eben die Gänse nicht vor Montag auf das Gut zurück. Drei Tage in der Zelle könnten ihnen nicht schaden – ein einfacher Arrest, nicht etwa verschärft bei Wasser, Brot und hartem Lager.

Um die Blamage des Generals – immerhin der zweithöchsten Respektsperson ganz Kataloniens – abzuschwächen, muß der Oberst sie in Relation zu gewichtigeren Themen bringen, zu Bedrohung etwa der Geschichte Spaniens, ja der Weltordnung.

Ein paar ernste Worte dürften den Dirnchen vom Dorf guttun.

»Blockade von Verkehrsadern gehört im Krieg zu den schwersten Verbrechen, ähnlich der Meuterei.« Dagegen seien Desertion, Feigheit vor dem Feind oder die simple Befehlsverweigerung nur kleine persönliche Mißverhaltensweisen. »Aber selbst sie werden mit dem Tode bestraft.« Für eine Blockade gäbe es, hochgerechnet, zehnmal den Tod.

Mindestens.

»Mit was rechnet ihr, Frauenzimmerchen?« Mit dem Strang, der Kugel, der Garrotte? »Das wäre eine Auswahl. Eine Guillotine haben wir nicht, und der letzte Scheiterhaufen ist seit Karl III. erloschen.« Santomajo versucht, die Bilder der Torturen mit schaurigem Lächeln zu würzen. Es gelingt ihm nicht.

Du spürst es genau, Jago, der Oberst möchte gern diabolisch sein. Das aber ist dein Fach, das Fach des Advokaten.

Er erhebt sich, kommt aber über die Anrede Hohes Gericht nicht hinaus. Der Pater fällt ihm ins Wort.

»Gnade.«

Loyola hatte sich bereits wieder beruhigt. Jetzt schreckt ihn erneut dieser Schrei auf. Gnade. Das Wort kennt der Papagei noch nicht. Er versucht es nachzuahmen, wird aber noch eine Zeitlang üben müssen.

Nein, diese Laute hören sich noch nicht wie Gnade an.

Porto Carrero bleibt von der Einmischung des Vogels unberührt. »Meine drei Jungfern hatten mir bereits alles gebeichtet. Später in der Gemeinde nehme ich sie in harte Kirchenzucht. Ich lasse sie auf Erbsen knien und laut beten – solange, bis sie heiser sind.« Das weltliche Gericht dürfe Milde walten lassen. »Diese Blockade galt vorrangig dem klerikalen Kreuzzug gegen die heidnischen Mauren.«

Dieser Pfaffe! Haha. Die Drohungen des Kommandanten nimmt der doch wohl nicht etwa ernst? Haha.

Doch der Geistliche läßt sich durch kein Gelächter stoppen, er stemmt sich hoch und gestikuliert mit einer ihm nicht zugetrauten Behendigkeit. Das irritiert den Kater Yankee, er entflieht seinem Versteck unter der Soutane und springt auf das Sofa zurück.

Indessen haben auch die Töchter wieder ihre Plätze eingenommen – Miranda mit den Gedichten von Heine, Micaela mit ihrer Stickerei.

In der Sitzecke am Intarsientisch versinkt Don Agustín, der Doktor, allmählich in Lethargie. Die ganze Zeit über hatte er ein Kartenspiel in Händen, er mischte und mischte. Nun ist er fingerlahm und legt sich eine Patience.

Er ist allein. Was bleibt ihm übrig?

Noch wartet die Wachmannschaft an der Tür auf Befehle. Der Horrorballade ihres Kommandanten und höchsten Richters hat sie eifrig gelauscht. Damit – dessen sind sich die Männer sicher – ist das Urteil gefallen: der Tod. Jetzt kann allenfalls nur noch die Begnadigung zu lebenslanger Kerker folgen. Der Korporal geht mit Stricken auf die Delinquentinnen zu. Mit Gefesselten läßt es sich leichter verhandeln. Er möchte seinem Herrn Oberst die Arbeit erleichtern.

Dieser aber winkt ab. »Drei Tage reichen, Korporal. Nehmen sie die Damen in Obhut.«

Obhut.

Das Wort versteht die Wache. Es heißt: Sorgfalt. Gute Behandlung. Sehr gute sogar.

Obhut – das heißt Lattenkäfig.

Der Korporal grinst, er kneift ein Auge zu, er hat verstanden. Doch der Kommandant bemerkt das Zeichen nicht. Er hat derweil genug zu tun, den Advokaten zu beruhigen. »Sparen Sie sich den Wortschwall, Hauptmann. Sie wollen doch mit Ihrem Lärm nicht etwa unsere Exzellenz wekken?«

Doch nicht wegen einer solchen Bagatelle?

Die Wachmannschaft hebt die drei Mädchen auf – sehr zart. Sie sollen den Gang in das Kellergeschoß noch recht genießen. Um so eindrucksvoller sorgt dann der Strafkasten für die Überraschung.

Drei Wendeltreppen geht es hinab. Da liegen die einfachen Zellen für die Dunkelhaft, daneben die für den verschärften Lohn bei hartem Lager, zum dritten die Lattenkäfige. Von außen sehen sie ganz harmlos aus, erst beim Öffnen der Luken zeigen sich auf dem Boden und rings um an den Wänden die harten scharfen Kanten der Dreieckshölzer.

Mirabel, die Jüngste, soll als erste hinein. Bis auf ein Unterhemdchen ist sie bereits entkleidet. Dann schubst der Korporal sie, die keinen Widerstand leistet, über die Schwelle.

Plötzlich Geschrei.

Die Holzkeile am Boden dringen qualvoll in die nackten Fußsohlen. Mirabel läßt sich fallen, nun aber schneiden die Latten scharfe Striemen in das Fleisch von Rücken und Hinterteil, von Armen und Schenkeln. Das Herumwälzen auf Bauch und Brust macht alles noch ärger.

Mirabel schreit.

Da schreit Adola draußen gleich mit. Sie will sich nicht ausziehen, gegen die Gewaltanwendung wehrt sie sich, sie zetert und beißt einem der Soldaten, der ihr den Mund zuhalten will, in die Hand.

Nun werden die Kerle – und das nicht zu Unrecht – rabiat. Derbe Fäuste reißen den zarten Kopf des Flittchens nach links, während ein Gewehrkolben den Unterkiefer in die entgegengesetzte Richtung stupst. Eine solch rüde Behandlung verträgt dieser nicht.

Er hakt aus. Er splittert.

Adola klagt nicht mehr. Sie sackt zusammen, sie ist ohne Bewußtsein – peinlich für die Soldaten. Der Korporal schnauzt die beiden Übeltäter an. Der eine von ihnen fühlt sich nun doppelt bestraft: erst der Biß dieser Furie, dann der Tadel seines Vorgesetzten.

»Bringt sie in die Krankenstube. Der Sanitätsgefreite soll sich um sie kümmern.« Vorerst keine Meldung! Der Korporal prophezeit, daß es ohnehin zwecklos sei, jetzt zum Wochenende den Arzt zu gewinnen.

Noch immer jammert Mirabel in ihrem Verschlag – so gotterbärmlich, daß es der Wachmannschaft auf die Nerven geht.

»Das kann mit der dritten Zicke ja noch heiterer werden.« Diese sträubt sich mit aller Kraft und klammert sich am Rahmen der Zellentür fest. Vorsicht, Brígida, die Hand! Scharf und aus Eisen sind die Beschläge. Nachher wird es niemand gewesen sein wollen, der die Luke mit wildem Fußtritt zugeschleudert hat.

Das Mädchen ist sofort ohnmächtig. Schmerzen hat es somit vorerst nicht, aber den Soldaten wird das Knirschen der Knochen noch lange und sehr häßlich in den Ohren klingen.

Auf der Krankenstation kann der Gefreite nichts tun, als die Wunde zu desinfizieren und blutstillend zu verbinden. Drei Finger der einen Hand würden ohnehin nicht zu retten sein. Sie sind schon jetzt so gut wie amputiert.

Was würde diesen beiden jungen Dingern die schnelle Hilfe eines Arztes bringen? Gut und gern können sie bis Montag warten.

Der Sanitäter ist ein knabenhafter, sittlich ambitionierter Soldat, dem die eigenverantwortliche Arbeit Spaß macht. Er wird gut für seine beiden Schützlinge sorgen. Er verordnet Krankenkost und Säfte.

Zunächst einmal Morphium. Dann wenigstens wimmern sie nicht über Nacht.

Der Gefreite legt Krankenbögen an, er mißt Körpertemperatur und Puls. In der Frühe wird er seine Patientinnen mit fröhlichem Zuspruch wecken, das Fenster öffnen und die Sonne ins Lazarett lassen. Er wird die Verbände wechseln und dabei die Blessuren gründlich studieren. Noch nie hatte er – nur sich selbst verpflichtet – derart schwere Fälle.

So ein Wochenende ohne Arzt könnte seinetwegen recht lange dauern.

Im Salon haben sich derweil die Herren vom Richtertisch erhoben. »Das war für diese Woche der letzte Prozeß – wenn auch wenig erfolgreich, so doch ohne besonderes Engagement.« Oberst Santomajo möchte fragen, ob sich der Advokat – derart lieblos um alle seine Plädoyers gebracht – betrogen fühle. Aber der Hauptmann ist bereits nebenan im Speisezimmer und tanzt mit der Zigeunerin.

Einen Walzer. Mein Lebenslauf ist Lieb' und Lust.

Die Noten hatte der Pianist zuunterst im Regal gefunden. Sicher hatte eine der Töchter das frivole Musikwerk hier vor dem Vater versteckt gehalten.

Mit Miranda zu flirten, hätte sich für heute nicht mehr gelohnt, Jago. Wie du den Vater kennst, wird er seine Gören bald ins Bett schicken.

Nun muß der schwarze Feger ran.

Der Kommandant befiehlt, im Salon das Sofa freizumachen, er will den General umbetten. Der Furzer könnte aufwachen und der Gesellschaft das letzte bißchen Stimmung versauen.

Der Hauptsergeant ist verabschiedet, nun sind die Herren Offiziere unter sich. Aber so recht fröhlich ist keiner. Über dem Abend liegt ein Hauch von Unzufriedenheit.

Miranda und Micaela mopsen sich und gehen freiwillig auf ihr Zimmer. Die Übriggebliebenen setzen sich zur Whistrunde. Sie aber ist von vornherein zum Scheitern verurteilt.

Wenig erfolgreich mühen sich der Oberst, sein Leutnant und Doktor Itúrbide ab, den Pater Carrero ein nützliches Mitspielen zu lehren. Der Pope kennt zwar die Karten, ihre einzelnen Bilder und Werte, auch ein paar Grundregeln – Atout sticht! –, aber dann hört das Wissen auch schon auf.

Ein mühsames Unterfangen.

Zudem wird die Aufmerksamkeit der Spieler vom Klaviergeklimpere abgelenkt, dann auch besonders vom unverfroren lauten Kichern und Turteln des Hauptmanns und seiner Zigeunerin.

»Sie sind Gefangene der Festung.«

Don Jago erklärt seiner Tänzerin, daß sie auf das Entlassungspapier bis morgen zu warten habe – wenn nicht gar länger.

»Sie sind meine Gefangene.«

Aïtana antwortet dem Herrn Rechtsgelehrten, indem sie ihr Haar löst. Schwarz und schwer fällt es bis über die Brust hinab.

Ein Teufelsweib.

Galcerán befiehlt dem Pianisten, das beginnende drame d'amour musikalisch zu illustrieren. »Eine Melodie, Musikus, sehr langsam und mit Schmelz. Möglichst exotisch.«

Brüderlein fein, / Brüderlein fein, / Morgen muß geschieden sein ... Das ist das Richtige für einen so schönen, womöglich letzten Abend des immer enger verschmelzenden Paares. Unbeachtet entschwebt es nach nebenan. Der Salon ist abgedunkelt, der Papagei zugedeckt, auf dem Sofa röchelt der General im Schlaf. Aber das stört die Liebenden nicht.

Der Hauptmann nützt voll die sich so leicht ausübende Gewalt. Aïtana läßt es sich gefallen.

Wenn später Isidro beichten wird, er sei der reichen Erbin zu Willen, ja, er sei ein Gefangener gewesen, dann kann sie sagen:

Ich auch.

So kann ein einziges Wort menschliche Lebensläufe knicken.

Obhut.

Da ist die Gutsmagd Mirabel, neunzehn Jahre alt, nach kurzer Obhut zu einer neuen veränderten Zukunft verurteilt. Keine Sorge – zu einer am Ende glücklichen.

An diesem Freitag abend lamentiert Mirabel nur noch kurz, dann jault sie eine Weile, wimmert, stöhnt, danach ist sie still. Die Vermählung mit dem Schmerz ist vollzogen. Damit erledigen sich auch die anfänglichen Mühen, Gott anzurufen.

Die Jungfer im Käfig hatte sich das Unterhemdchen ausgezogen, um es – zusammengeknüllt – als Schutz gegen die scharfen Latten zu benutzen: erst unter den Fußsohlen, dann versuchsweise unter den Knien, unter abstützenden Händen, unter den Hüften – abwechselnd links und rechts und wieder links ...

Ein Erfolg? Nicht der geringste.

Dafür ordnen sich der Maid langsam die Sinne. Endlich zeigt sich ihr der Erlöser als Trugbild, als Ausgeburt abartig menschlicher Gehirne. Fort mit dem Spuk! Befreit erkennt Mirabel – trotz Dunkelhaft – in ganz neuem Licht die Welt und den Himmel und die wahren Götter.

Das sind die scharfen kantigen Latten ihres Käfigs.

Nein, sie peinigen den Menschen nicht, sie wollen kein Gebet, kein Opfer, nicht die geringste Verehrung, nicht die kleinste Andacht.

Latten. Kann es etwas Heiligeres geben?

Mirabel wirft das ohnehin schlecht schützende Knäuel ihres Hemds beiseite, sie beugt sich hinunter, knickt zusammen und hockt sich mit bloßen Knien auf die harten Kanten.

So verharrt sie – Stunde um Stunde –, bis sie umfällt.

Die Wachablösung am Samstag entdeckt im Verschlag das nackte Bündel verstriemten Fleisches und zerrt es heraus. Es lebt, aber es gibt keinen Laut von sich. Es verzieht nur leicht die Miene. Soll das vielleicht ein Lächeln sein?

Ach was. Das Fräulein ist plemplem.

Die neue Mannschaft möchte sich so ein Kreuz nicht aufhalsen und trägt die Arrestantin in die Krankenstube. Der Sanitätsgefreite – eigentlich auf jeden neuen Fall begierig – kann mit dieser Patientin überhaupt nichts anfangen. Sie will nicht auf der Matratze liegen bleiben; immer wieder springt sie auf und kniet sich neben das Bett auf die harten Dielen hin.

Endlich wird es dem Lazarettgehilfen zu dumm, er wirft die geschundene Maid ein letztes Mal auf das Lager und fesselt sie mit Verbandstüchern an die Bettpfosten.

In diesem Zustand findet sie am Montag der Festungsarzt. Doktor Itúrbide schickt sie nicht, wie die beiden anderen Mägde, in die Chirurgie von San Cruz, er weist sie ins Militärhospital ein.

Für Seelen- und Gemütsheilkunde ist ein Stabsarzt kompetenter als so ein Professor der Universität.

Das ist sicher nicht richtig, dennoch ist die Überweisung für Mirabel von Vorteil. Das Lazarettpersonal will die Irre schnell wieder loswerden. »Tollhäusler gehören zu den Karmeliterinnen«, und so findet das verwirrte Mädchen unweit Barcelonas eine neue Pflegestätte bei den Schwestern von Santa d'Anoia. Die barmherzigen Barfüßlerinnen – nach ständigem Umgang mit Geisteskranken einem groben Umgangston verfallen – mögen mit ihrer neuen Patientin weit weniger streng sein. Diese unterwirft sich freiwillig allen Anstaltsregeln und dreht zusätzlich jeden Tag unzählige Runden mit nackten Füßen auf dem spitzig scharfen Kies im ummauerten Garten – was ausgedehnten Spaziergängen gleichkommt.

Ein glückliches Geschöpf.

Es spricht nie. Nur manchmal, wenn es sich allein glaubt, singt es ein wenig. Wenn auch sehr leise und kaum verständlich.

So gehen die Jahre ins Land.

Auch die frommen Schwestern kommen um die neuen therapeutischen Methoden nicht herum, und sie mieten zuweilen sommers einen Autobus für kurze Landpartien in die Umgebung. Die brave Mirabel ist auf jeder Fahrt dabei.

Juli 1934.

Heute geht es ans Meer. Die kleine Seekapelle von Lágrima ist ein hübsches und zugleich frommes Ziel. Doch vor der Ankunft läuft sich der Motor des Wagens heiß und zwingt die Ausflugsgesellschaft zu einer Rast. Sie dürfen auf dem Hof eines Anwesens lagern. Es ist das Gut des Marqués von Lágrima.

Was hat sich hier seit fünfundzwanzig Jahren verändert?

Die damals schon alte Alma und die Magd Sina sind lange tot. Alissas

Kind – längst ein stämmiger Bursche – arbeitet kräftig in der Landwirtschaft. Die Marquesa Aurora fehlt, sie reist irgendwo in Europa herum, und auch der Marqués läßt sich selten auf seinem Besitz sehen. Einzig El Cid, der Inspektor, ist – wenn auch viel älter geworden – immer noch derselbe. Achtzig Jahre müßte er sein, und er scheucht seine Magd Alissa – auch schon fünfzig – wie eh und je hin und her.

Jetzt muß sie den Gästen Milch reichen – den frommen Schwestern und ihren geistesgestörten Schützlingen. Sie geht von einer zur anderen, aber ihre einstige Kollegin Mirabel erkennt sie nicht.

Auch Mirabel erinnert sich an niemanden und an nichts. Und doch bemerkt eine der fürsorgenden Nonnen leicht erstaunt, mit welch somnambuler Sicherheit sich die stille Patientin auf dem Hof bewegt – zwischen Gutsterrasse und Stallungen, zwischen Scheunen, Tümpel und der kleinen Schnapsbrennerei –, als sei dieses winzige Fleckchen Erde irgendwann einmal ihre Heimat gewesen.

Mirabel spielt mit den Tieren. Die sonst so ungebärdigen Hunde lassen sich von ihr kraulen, die Gänse laufen ihr nicht davon, und ein Pferd trottet ihr gar entgegen. Am Teich bleibt sie stehen, sie streckt den Arm aus, ein Frosch springt ihr auf die Hand.

Nun meldet der Kraftfahrer, daß sich der Motor des Autobusses erholt habe. Die leitende Klosterfrau klatscht in die Hände.

»Weiter. Wir müssen weiter.«

Da ist die Magd Adola.

Nach einigen Wochen in der Kieferchirurgie wird sie heute aus dem Hospital San Cruz entlassen. Sie hatte in all den Tagen nur einen einzigen Besuch am Krankenbett: die alte Sina brachte ihrer Kollegin den Koffer mit den Habseligkeiten. Nun braucht Adola nicht mehr auf das Gut zurück. Sie kann mit ihrem Emiliano nach Kastilien ziehen, beide können heiraten und ihr Lebensziel anpacken: die kleine Textil-Manufaktur.

Es ist auch besser, wenn sich die Braut eines Anarchisten nicht mehr in Lágrima sehen läßt. Ein grußloses Verschwinden der aufmüpfigen Magd würde auch dem Herrn Marqués und seiner Gemahlin die erfreulichste Lösung sein.

»Wo werden wir heiraten?«

Adola findet ihren Verlobten in seinem versteckten Quartier. Gerade packt er seinen Koffer. Er schweigt.

Noch einmal die Frage: »In Barcelona vor der Abreise? Oder später in Tordesillas?«

Emiliano, du mußt jetzt irgend etwas sagen. Bedanke dich wenigstens, daß die Braut dich nicht denunziert hat, auch nicht unter Folter oder Mißhandlungen.

Man sieht ja die Spuren.

Zwar ist der Streich des Gewehrkolbens äußerlich recht und schlecht vernarbt, aber das Gesicht ist schief. Und es wird immer so bleiben.

»Danke. Dir und den anderen Mädchen.«

Ein kühler Zoll von Dankbarkeit. Zwischen den Brautleuten ist die Herzlichkeit von ehedem dahin. Adola versteht, daß ein junger Unternehmer auf dem Textilmarkt – später womöglich in der Modebranche – mit einer verunstalteten Gattin nicht reputierlich ist.

»Dein Zuhause ist eine Kleinstadt.« Adola sieht das Nest geradezu vor sich. »Tordesillas ist finsterste Provinz.« Welche Chance hätte wohl im konservativen Kastilien ein aufstrebender Fabrikant mit einer Frau aus Katalonien?

Von ihrem lädierten Aussehen spricht sie nicht. Sie will den Liebsten nicht in eine Verlegenheit bringen: Er soll nicht sagen müssen, ihres häßlich schiefen Gesichts wegen müsse er die Zukunftsträume begraben.

»Ja. Tordesillas ist eine Kleinstadt.« Emiliano bestätigt es. Er wiederholt diesen Satz so oft, bis Adola nun endlich begreift, daß die Verlobung gelöst und die Zeit für den Abschied gekommen ist.

Der junge Mann möchte die Braut, die er verläßt, noch einmal umarmen und ihr einen Kuß auf die geschundene Wange geben. Aber das ist nun auch nicht mehr nötig.

»Du wirst deinen Weg machen.« Adola hebt ihren Koffer auf. »Und ich den meinen.«

Ein wenig komplizierter hatte sich Emiliano die Trennung schon vorgestellt. Jetzt geht sie so gut, vielleicht sogar ein wenig zu schnell vonstatten. »Nochmals Dank, daß mich keine von euch verraten hat.« Das ruft er der Fortgescheuchten hinterher, und: »Das mit dem Kiefer. Tat es weh?«

Diese Frage hörst du nicht mehr, Adola. Längst bist du auf der Treppe. Es ist gut so, sagst du dir. Eigentlich solltest du glücklich sein.

Ja. Die geschiedene Braut hat, wenn auch keinen Hauptgewinn, so doch ein kleines Glückslos gezogen: Sie muß nicht nach Kastilien, nicht in eine Kleinstadt ziehen, sie braucht sich nicht für einen anfangs unsicheren Kleinbetrieb zu engagieren, sich nicht um Finanzierung und Buchhaltung zu sorgen, muß nicht später vielleicht als Frau Fabrikantin unanständigen Reichtum repräsentieren.

Nein, Adola, du mußt nicht die Ehefrau und Partnerin eines Aufsteigers sein, der – gerade eben noch ein Anarchist – dir dankbar zu sein hat, daß er einst die semana trágica überleben durfte.

Immerfort das Schuldgefühl des anderen zu spüren, das ist kein Leben.

Neue Freunde kümmern sich um Adola. Ihr erlittenes Unglück wird von den Katalanen respektiert. Sie bekommt Arbeit bei der Post. Da kann sie zeigen, daß sie an jedem Platz anstellig ist, freundlich am Schalter, lebhaft in der Telefonvermittlung, flink im Telegrafendienst, vertrauenswürdig im Geldverkehr.

So gehen die Jahre ins Land.

Adola ist fünfundvierzig, sie bewirbt sich als Vorsteherin einer eigenen Zweigstelle. Gerade wird ein Posten im Norden des Landes frei.

Juli 1934.

Sie fährt mit dem Zug an die Biskaya. In Bilbao steigt sie um, mit der Schmalspurbahn erreicht sie Guernica. Ein Motorrad mit Beiwagen holt sie von der Station ab. Es ist ihr Telegramm- und Eilbote, der sie begrüßt.

Nein, Adola bekommt nicht die Hauptpost, nur eine winzige Dépendance unterhalb des Ortes am Rio Munaka. Von ihrem Platz am Schalter sieht sie durch ein kleines Gitterfenster in die Weite der Landschaft La Basturia. Sonntags fährt sie zuweilen mit einem Motorboot flußab bis an das Atlantische Meer.

Das ist auch nicht anders als das Mittelländische.

Adola hat einen Verehrer, einen Schullehrer aus der Nachbarschaft. Dieser hat sich ein kleines Häuschen erspart, in einem Jahr wird er pensioniert, dann möchte er seinen Lebensabend zu zweit genießen. Am schiefen Gesicht seiner Braut stört er sich nicht, er selbst lahmt ein wenig seit seiner Dienstzeit im Kubanischen Krieg.

Adola hat ihr Paradies.

Doch nicht lange währt das Glück. Keine drei Jahre nach ihrem Amtsantritt, am 26. April, gerät ihre kleine freundliche Postnebenstelle in den

Bombenhagel deutscher Flieger – drei kurze Stunden nur im jahrelangen Schrecken des Bürgerkriegs.

Genau wird später niemand wissen, wer Adolas letzten Augenblick festgehalten hat. Ein Bildberichter von Ce Soir, der Reporter einer Kino-Wochenschau, ein Schlachtenzeichner, ein Zufallsfotograf?

Ihr Porträt gelangt in die Hände eines großen Künstlers. Dem Malerfürsten paßt gerade dies Gesicht gut in eine seiner Skizzen, vielleicht nur der Zug ihrer Miene, mit Sicherheit jedoch eine einzige Linie ihres Profils.

Nein, in das große Gemälde von Guernica darf Adola nicht. Dafür ist die Vorsteherin eines winzigen Postamts zu gering. Sie findet ihren Platz in einer der letzten Radierungen von Traum und Lüge.

Sueño y Mentira de Franco.

So kommt sie nach New York. Im Museum of Modern Art lebt sie über das Ende ihres Jahrhunderts weit hinaus. Täglich gehen Hunderte vorbei.

An Adola, ihrem Glück und dem Ende des Glücks.

Da ist Brígida.

Im Hospital San Cruz rekonvalesziert sie auf einer abgelegenen Station der Chirurgie. Die Operation an der linken Hand verlief gut, unter Chloroform sogar schmerzfrei. Auch jetzt, Wochen später, spürt sie die Wunden nur bei umschlagendem Wetter. Sie gewöhnt sich daran, mit der Amputation zu leben, sie übernimmt kleine Küchendienste, trägt das Essen aus und füttert schwerere Fälle.

Aus der schrecklichen Woche ist viel Unglück zurückgeblieben. Invaliden ohne Arme, andere ohne Beine. Einem fehlen sogar alle vier Glieder. Eine Hilfsschwester hat einen Bettbezug zu einem Säckchen umgeschneidert, in ihm kann der Rest des Krüppels bequem umhergetragen werden. Im warmen Mittagsschatten hängen Lazarettpfleger das Bündel an einen tiefen Ast über der Ruhebank, wo es mit den Kameraden plaudern kann.

Bei einem Schlückchen Schnaps fliegen zuweilen Scherze hin und her.

Was, Brígida, sind diese Leiden gegen den Verlust von nur drei Fingern? Du kannst hören, kannst sehen, laufen, du kannst sogar wieder arbeiten.

Als Aushilfskraft im Krankenhaus hat sich die Magd hinreichend Lohn ersparen können. Nun, nach ihrer Entlassung, kauft sie sich in einem Kleiderladen des Barrio Asalto ein knöchelfreies Kostümchen, dazu die Bluse mit Spitzenärmeln, dann am Bahnhof Francia eine Fahrkarte nach Lágrima. Sie will zum Gut zurück. Sie nimmt den Frühzug in Richtung Tarragona.

Die Wahl dieser Abfahrt wird ihr Leben entscheiden.

Auf der Station Lágrima verläßt im Nebenwaggon Erster Klasse ein Herr das Coupé, vielleicht fünfzig Jahre alt, elegant gekleidet, wenn auch ein wenig konservativ, so doch in englischem Stoff. Auf der Krawatte eine Perle mit Diamanten. Dem wartenden Kutscher übergibt er eine bestickte Reisetasche und einen Stadtkoffer. »Vorsicht. Es sind Dokumente.«

Er selbst bleibt stehen, nimmt den Bowler vom Kopf und trocknet sich mit einem seidenen Mouchoir die Stirn. Dabei wendet er sich – wie zufällig – um.

Der Dritten Klasse entsteigt ein Fräulein, jung, leidlich hübsch, geschmackvoll, wenn auch mit wenig Geld angezogen. Doch die Person als Ganzes nimmt der Herr zunächst gar nicht wahr. Er sieht nur, wie da etwas Weibliches den Wagen verläßt, behutsam, weil es an der Abteiltür nicht so recht Halt findet.

Die Frau hat an der linken Hand nur zwei Finger.

Dem Reisenden stockt für einen Moment der Atem, er zittert, sein Taschentuch flattert, er starrt auf die invalide Hand; den Kutscher, der ihm dienstbar sein möchte, scheucht er mit einer ärgerlichen Armbewegung weg.

Concha, das ist sie. Conchita.

Er schreckt aus seiner Starre auf, eilt auf die Jungfer zu und bietet ihr, obgleich sie die Stufen des Trittbretts längst allein geschafft hat, seine Hilfe an.

»Mademoiselle.«

Brígida knickst höflich vor dem Herrn. Sie kennt ihn flüchtig. Hin und wieder sah sie ihn auf dem Gut mit El Cid verhandeln. Dieser nannte ihn Don Orlando. Für das Gesinde war er natürlich Señor Rey. Er besitzt im Ort eine Großmetzgerei, er ist am Schlachthof beteiligt, er handelt mit Vieh und sitzt im Gemeinderat. Er ist reich.

Orlando Rey dagegen hatte die Mägde bei seinen Besuchen wohl kaum bemerkt, und wenn, könnte er sich im Augenblick auch nicht an die eine oder andere erinnern.

»Mein Fräulein. Vorn wartet mein Wagen. Darf ich Sie irgendwo absetzen?« Brígida findet allein ihren Weg. »Ich muß auf das Gut.«

Das Gut. Mein Gott, das Gut!

Da muß Orlando herzlich lachen. »Sie wollen doch nicht etwa dort arbeiten? Beim Marqués, diesem Ausbeuter?« Und sie sehne sich doch wohl gewißlich nicht nach den Schikanen des Inspektors. »Sie, eine Dame, mit solchen Händen.«

Still, Brígida. Warum sollst du diesem Fremden sagen, daß du auf Lágrima schon immer Magd warst. Du sagst besser gar nichts.

»Ist vielleicht die alte Russin tot, und Sie wollen die Stelle der Hausdame? Haha.« Da fände sich doch wohl noch etwas Besseres.

Immerzu muß der Großmetzger auf diese Hand sehen: hier der kleine Finger, dort der Daumen, dazwischen Leere. Nur drei Narben.

»Auf dem Gemeindeamt liegt ein Stellenangebot aus.« Ein Unternehmer im Ort suche eine Camarera mayor für die Aufsicht über sein Haus, das Personal, die Küche. »Ein Vertrauensposten – geschaffen für eine Dame wie Sie.«

»Ich bin erst zweiundzwanzig, und ich bin – Sie sehen es ja selbst – ein wenig behindert. Allerdings nur gering.« Auf die Arbeit in einem großen Haus verstehe sie sich.

Jetzt hast du die Gelegenheit, Orlando, dir die Blessur genau zeigen zu lassen. Nimm dich zusammen, streichle nicht etwa ... – nein, nicht einmal den Handrücken oder das Gelenk. Sage etwas Belangloses: Das ist doch nicht so schlimm. Oder: Damit kann man leben.

Oder besser noch, du läßt das Hin und Her und steuerst gleich ins Ziel.

»Den Umweg über die Gemeinde können Sie sich sparen.« Der Unternehmer sei Rey selbst. »Vor einem halben Jahr starb meine Mutter.« Sie hätte sich um alles, wirklich alles gekümmert. Und ihren einzigen Sohn versorgt – so gut, daß dieser vergessen hatte, sich zu verehelichen.

»Plötzlich war sie tot, und ich spürte von einem auf den anderen Tag die Einsamkeit.« Solange er eine Mutter gehabt, wozu hätte er neben ihr eine Frau im Hause gebraucht. »Aber jetzt bin ich allein und nicht umsorgt. Was soll ich tun? Señorita, sagen Sie es mir.«

Darauf weißt du wirklich keine Antwort, Brígida. Ordne erst einmal deine Gedanken und überlege dir dieses Angebot. Schnell. Aber schon ist es zu spät.

»Abgemacht, mein Fräulein.« Brígida ist engagiert.

Sie steigt in den Wagen des Großschlachters und Viehhändlers. Der Kutscher hilft ihr den Tritt hinauf. Er salutiert. Er hatte ein paar Worte der Unterhaltung mitbekommen und weiß nun: Das da ist seine neue Chefin.

Zurückgekommen wird er gleich im Haus und in den Betrieben diese Neuigkeit verbreiten. »Es ist eine Fremde. Sie kam mit dem Zug. Aber irgendwo habe ich sie schon einmal gesehen.« Bloß wo?

Der Wagen macht einen Umweg über den Friedhof. Señor Rey zeigt seiner neuen Hausdame das Grab seiner Mutter. »Sicher sieht sie mich jetzt, und sie sagt: Recht tust du, Orlando, du tust recht. Zweiundfünfzig Jahre war ich die Frau deines Lebens, jetzt nimm die neue – als Dame deines Lebens, vielleicht auch deines Herzens.«

Das aber sagt er so leise, daß Brígida vermeint, der gute Sohn murmele ein Gebet.

»Meine Mutter führte nicht nur das Haus, sie kümmerte sich auch um das Geschäft. Sie hatte die Fleischerei im Griff, den Verkauf, die Läden, den Schlachthof, das Importgeschäft in Barcelona ...«

Weiter, Orlando Rey. Aber zu wem sprichst du eigentlich? Doch wohl weniger in Richtung deiner neuen Eroberung. »Ich war in Barcelona beim Notar. Ich war auch auf der Bank.« Er habe die Aktien an argentinischem Salzfleisch abgestoßen und Anteile in Fleischextrakt erworben. »Auch beim jungen López war ich. Widerlich, wie dieser junge Schnösel mit seinem Frachtraum wuchert.« Vielleicht solle man sich einen eigenen Dampfer chartern. Was wohl meine Mutter ...

Unterbrich einmal kurz den Dialog mit der Leiche, Brígida. Stelle dich erst einmal vor.

»Ich heiße ...«

Mit einem Ruck wendet sich ihr der Metzger zu. »Sie heißen Conchita.« Und bitte keinen anderen Namen.

»Meine Mutter hieß Concha. Sie hatte an der linken Hand nur zwei Finger. In ihren jungen Ehejahren hatte sie selbst am Fleischblock gestanden. Da ist es passiert.« Dann aber habe sie – amputiert nun erst recht – mit unermüdlichem Fleiß aus kleinen Anfängen heraus das Unternehmen aufgebaut. »Erst mit dem Vater. Dann mit mir, ihrem Sohn.«

Für alle im Ort Lágrima war sie Doña Dosdedos. Die honorige Dame mit nur zwei Fingern an der einen Hand.

Jetzt, Orlando, solltest du es wagen, den Arm um die Schulter deines Neuerwerbs zu legen. Brígida läßt es sich im Vis-à-vis der düster feierlichen Stätte gefallen. Es ist Abend, ein leichter Wind bewegt die Kronen der Pinien über dem Gottesacker. Jetzt ergreift Rey auch ihre Hand, nicht zufällig ist es die linke.

»Mutter.«

Orlando spricht das Wort zur toten Frau hinüber. Dann zu der lebenden an seiner Seite: »Conchita.«

Am ersten Advent ist die Verlobung, noch vor dem Weihnachtsfest die Vermählung.

Dieses ganze Glück verdankst du, Magd, der Marquesa Aurora und deren Verrat. Was vielleicht hat sie opfern müssen – wieviel Gewissen? Wie viele Nächte ihres Schlafs. Nicht gerechnet, die noch folgen werden.

Tausende.

Was dagegen hast du geopfert? Drei lächerliche Finger und deinen Namen, den du ohnehin nicht mochtest.

Conchita bist du, Señora Rey für die Fremden, Doña Dosdedos für alle Freunde und guten Bekannten. Und das sind Hunderte.

Zur Hochzeit finden sie sich alle ein.

Der Marqués sagt ab, ihm wäre die Begegnung mit seiner früheren Magd peinlich. Sie war sein Liebling, er hatte sie zu oft gezüchtigt. Nun soll er ihr die Hand küssen?

So empfindsam ist El Cid, der alte Schnapsbrenner, nicht. Er schmatzt der, die er so oft hat schlagen müssen, sogar die Wange voll. Don Destilador erhofft sich mit dieser Verbindung neue Geschäfte und Vorzugspreise.

Der Pfarrer des Kirchspiels zwar hatte das Paar getraut, dennoch ist für die Señora mehr Kaplan Porto Carrero der Ehrengast. »Wissen Sie noch, mein Kind, vor nicht einmal einem halben Jahr auf der Festung des Montjuich? Da hatte ich Gott um Gnade für Sie angerufen.«

Gnade.

Nicht nur sie habe der Allmächtige walten lassen, nein, er habe das ganze Horn der Fortuna über sie ausgeschüttet – mit allen himmlischen Wundern und irdischen Gütern. »Einen Goldregen. Und jeden Tag zu essen, wonach Ihnen die Zunge ist.«

So gehen die Jahre ins Land.

Siebenundsiebzigjährig stirbt Don Orlando, der Grande eines weltweiten Schlachtvieh-Konzerns. In den fünfundzwanzig Jahren seiner Ehe konnte das Imperium weiter und weiter expandieren. Nun ist die Señora Rey – die Reina, wie man sie in Zukunft nennen wird – Herrin über das Fleischmonopol in Katalonien. Sie ist an der Südamerika-Schifffahrt beteiligt, sie hat eine Hazienda in Uruguay, Im- und Exportfirmen und immer noch die kleine Metzgerei, in der sich ihre Schwiegermutter vor nahezu achtzig Jahren verstümmelt hatte, um die Familie an dieses Ziel zu bringen. Die Reina kann es sich leisten, immer wieder die Schulden des Guts Lágrima zu tilgen.

Auf den Dank des Marqués kann sie verzichten. Für ihn tut sie das alles nicht.

Die Villa zum Schloß auszubauen, lehnt Doña Dosdedos ab. Nur die Terrasse läßt sie umbauen. Diese soll ganz bescheiden aussehen. Auf schlichten Holzbohlen ein paar Korbstühle, ein Tisch. Davor im Garten ein Tümpel mit Fröschen.

Die sollen den Lärm von damals machen, als sie noch jung und Brígida war und Magd auf dem Gut.

Juli 1938.

Bunt zusammengewürfelt und mannigfaltig in ihren Uniformen kommen Soldaten an. Freiwillige aus den Unionsstaaten sind unter ihnen. Sie nennen sich Abraham-Lincoln-Brigade. Russen folgen. Italiener, Engländer und scharenweise Spanier.

Alle rasten im Garten.

Bei der Reina meldet sich ein Deutscher. Korporal Hans. Er ist Rechnungsführer einer Feldküche. »Wir müssen an die Ebrofront, Señora. Dort wollen wir für Spanien sterben und in spanischer Erde begraben sein.« Aber vorher möchten sich die Männer in ihren letzten Tagen noch einige Male so richtig satt essen.

»Sehen Sie, Señora? Da steht unsere Goulaschkanone. Unsere Stabsköchin kommt aus Rußland.« Einstmals war sie elf Jahre lang in dieser Gegend zu Hause gewesen. »Ich glaube, ganz in der Nähe. Damals war sie die Marquesa von Lágrima.«

Sie heißt Aurora Iwanowna.

Da sitzt Aurora am Froschteich. Sie schält Gemüse, sie pahlt Bohnen aus. Nun winkt sie herüber. Hans winkt zurück. Nach fast dreißig Jahren sitzt die Marquesa im Villengarten ihrer Magd von einst. Brígida, du könntest ganz einfach hingehen und sie begrüßen.

Was aber wirst du ihr sagen?

Willst du von deinem eigenen zufriedenen Leben plaudern? Wie dein Glück im Hospital begann, in einem schönen weißen Bett, dann weiterging mit einem ersten knöchelkurzen Kostüm, einer weißen Bluse, daran Spitzenärmelchen, mit neuen Schuhen und einer Eisenbahnfahrt – war es Dritter oder war es Erster Klasse? Willst du dich über deine sorgenlose Ehe verbreiten, über deine goldenen Jahre? Reisen nach Argentinien und Uruguay. Eine Stadtwohnung in Barcelona. Ein Cadillac mit einem Chauffeur ...

Das alles wirst du doch wohl nicht der Feldköchin dieser verlorenen Bataillone erzählen wollen? Auch nicht, daß du Jahrzehnte lang hier ganz in der Nähe ein bankrottes adliges Anwesen gestützt hast, seine Land- und Viehwirtschaft, die Löhne für sein herrschaftliches Personal? Aus Dankbarkeit für eine Herrin, die auf und davon ist und sicher auf ganz unterschiedlichem Weg ein anderes, ein eigenes Glück gefunden hat.

Nein. Über all das kannst du nicht reden.

Die Reina schreibt Anweisungen aus. »Mit dieser können Sie sich, Herr Hans, im Lagerhaus eindecken, mit der anderen im Schlachthof.« Und jetzt gäbe sie ihm noch einen Zettel für die Auslieferung von Konserven.

Für den Korporal bricht das Paradies aus. »Ich werde meine Chefin bitten, sich persönlich bei Ihnen zu bedanken, Madame.«

Nein. Das ist nicht nötig.

Er möge nur bestellen ... »Nein, Herr Hans, sagen Sie nichts.«

Er und seine Küche hätten keine Zeit mehr. »Sie alle müssen an die Ebrofront. Wir dürfen uns nicht aufhalten mit Dankeschön und Plaudereien.«

Wir haben keine Zeit mehr.

Am Samstag in der Frühe verabschiedet sich Barcelona endgültig von seiner semana trágica. Die Gefangenen der Festung, die nicht Tod oder Kerkerhaft zu erleiden haben, wurden bereits zur ersten Morgenstunde entlassen.

In kleinen Gruppen pilgern sie bergab.

Der vom blinden Anselmo angeführten Schar der Künstler aus Els Quatre Gats, dem Wirt Pere Romeu und den drei Demoisellen hat sich der Pianist aus dem Teatro Liceo angeschlossen. Der Postamtmann Jaime Zorilla gesellt sich hinzu. Am Fuß des Bergs angekommen, wird er am Café-Restaurant Miramar den Speisenaushang studieren.

Zunächst schleppen sich die Freigelassenen an der kleinen Ausflugswirtschaft Casa blanca vorbei. Sergeant Joaquín möchte wiederum die schöne Aussicht erklären, in der Ferne den Pic du Midi, rechts das Azur des Mediterranen Meeres, aber er schweigt. Er käme sich recht dämlich vor. Für seine Begleiter sind dies nun keine letzten Eindrücke mehr. Die Kumpane wollen ins Leben zurück. Und in die Stadt.

»Platz da.«

Ein Trupp Berittener überholt die Bergpilgerer. Es ist eine Eskorte. Der Militärgouverneur Mazapán hatte sie sich bestellt, er darf auf seiner Rückkehr unterwegs nicht aufgehalten werden. Er hat es eilig, er muß am Abend in Lágrima auf dem Gut des Marqués pünktlich zum Nachtmahl eintreffen.

Vorher noch hat er sich um Truppenersatz für die kleine Garnison zu kümmern. Wie sonst stünde er am Sonntag auf dem Bahnsteig da, wenn die Infantin Hyacinthe eintrifft? Womöglich eine Hälfte der Kompanie desertiert, die andere erschossen.

»Platz da. Platz.«

Die Pferde, obgleich sie bergab nur langsam laufen, hinterlassen dennoch reichlich Staub. Nun kommt auch noch eine Kutsche, dekoriert mit dem Wappen des Königs. Sie gehört zum militärischen Inventar der Festung. Der Kommandant hat sie seinen Töchtern überlassen, damit diese baldigst zu ihrem Coiffeur in die Stadt kommen.

Beim Fest auf dem Gutshof hätte er Miranda und Micaela schon gern in veränderten Frisuren gesehen. Die hochgetürmte Haarpracht auf dem Jakobusball am vergangenen Sonntag war doch recht kleinbürgerlich, und wer weiß, welche illustre Gesellschaft der Marqués vereinen wird – Leute von Stand, von Geld und Bildung. Nicht nur immer wieder den alten versoffenen und besabberten General und sein patziges Halbblut.

Im Restaurant – am Rande der bebauten Vororte – sind nach dem beendeten Mittagessen noch lange die Tische besetzt. Die Gäste können sich einfach nicht von ihrer Euphorie zum beginnenden, nunmehr unblutigen Wochenende trennen. Gewiß, der Tafelmusik wird eine kurze Pause gegönnt, aber um vier Uhr geht es gleich schon weiter mit dem Tanztee. Das erste Stück liegt schon auf den Notenständern.

La Machiche.

Hei. Wie wird der Polomarsch die vom Essen und Trinken Ermüdeten auf das Parkett jagen.

Als Zorilla an die Terrasse hinantritt, wird die Menükarte gerade abgenommen. »Seid nicht traurig, meine Söhne. Heute feiert ganz Barcelona – nicht nur hier, nein, überall.« Zum Dank der Erlösung des Vaters aus dem Verlies.

»Aber erst mußt du dich umziehen, Benito, du bist ja noch pitschnaß. Und du, Julio, hast ja noch den Morast deines Sumpfes an Jacke und Hose. Und Lehm im Haar.«

Nach jedem Krieg müssen die Soldaten wieder reinlich sein. Sauber zu einem Sieg. Wie viel sauberer erst zu einer Niederlage.

Der Zug der Entlassenen erreicht die gepflasterten Straßen. In der Calle Marqúes del Duero haben die Almosensammler ihre Stände geräumt. Nur einer noch ruft zur Kollekte auf. »Für die Seelen der Opfer unserer heiligen Mutter Anarchie.«

Sergeant Anselmo gibt fünf Pesetas. »Für Moisés, einen Schüler von Vierzehn.« Aber eine Messe brauche dieser nicht. »Vertrinke das Geld, Bruder, damit die nächste Revolution langsam in Stimmung kommt.«

Von deinem Zechgegröle, Kamerad, hat der Knirps – zu dieser Stunde wohl gerade kaltgemacht – mehr als von jedweder Pfaffenclownerie.

Oberamtmann Zorilla gibt die doppelte Summe. Er aber besteht auf dem Seelenamt, auch wenn sein Begleiter, der Maler Pujolá, den Kopf schüttelt. »Zehn Pesetas für eine elf Jahre alte Verwesung? Welche Verschwendung.« Dennoch, Spanien sei ein wunderbares Volk in seiner wunderbaren Barmherzigkeit. »Mit seiner wunderbaren katholischen Religion.«

Gelobt sei Jesus Christus.

Die Alleenreihe der Ramblas zeigt sich jetzt zum späten Samstagnachmittag fast schon wieder in ihrer gewohnten Pracht. Vor Tagen noch geplünderte Geschäfte haben neue Schaufensterscheiben, in Vitrinen sind die Auslagen ersetzt. Nur die Juweliere – zurecht immer ein wenig skeptischer als beispielsweise Modisten und Corsetterien – halten sich vorerst zurück.

Im Fenster des Fotoladens hängen die eine Woche alten Bilder vom Jakobusball im Cuatro Naciones. Das Selbstporträt von Puñalada trägt ein Trauerband. Bei den Pathé Frères ist eine neue Kollektion eingetroffen: Schallplattentrümpfe aus Paris. Es singt Aristide Bruant, der Stern vom Montmartre.

C'est à mourir de rire.

Die Malerfreunde der Vier Katzen erklären dem blinden Sergeanten die Dekorationen. Der aber winkt ab, die Musik hat er eh im Ohr – zum Totlachen, ja – und die Bilder aller Bälle sprichwörtlich vor Augen.

»Hört ihr den Krach? Die Papageien sind wieder da. Was alles werden sie uns zu erzählen haben? Und da kreischt auch schon wieder die ganze Bagage der Blumenfrauen.«

Pere Romeu fügt hinzu, daß auch der Affe wieder seinen Platz eingenommen habe. »Sieh nur, Anselmo: das ganze große farbenpathetische Gemälde, und eingestreut in das chaotische Bunt allüberall – streng konturiert – die kleinen weißen Vierecke zeitunglesender Männer.«

»Was lesen sie?« Gazetten aus Madrid – La Época und El Imparcial. Warum fragst du, Anselmo? Du weißt doch, daß nach jeder verlorenen Revolution als erster der konservative Blätterwald sein Terrain zurückerobert. Die Leitartikel der muffigen, konservativ klerikalen Spießerjournaille stinken aus den Gullies und breiten sich gleich Giftschwaden über den Boulevard aus.

Der Vorgarten des Hotels Cuatro Naciones ist wieder aufgeräumt, der Schutt von den Tischen und Stühlen gefegt, die Markise befestigt. Das Café ist voll besetzt.

»Wollen wir César begrüßen?« So gerupft, wie wir aussehen, sind wir den vergnügten Gästen wohl kaum die rechten Accessoires ihrer Apéritifstunde. Der Oberkellner hätte auch kaum Zeit zum Plaudern, er muß in Saal und Foyer die Putzkolonne beaufsichtigen. Das Etablissement verlangt seinen Glanz zurück. Die letzten Verwundeten dieses zeitweiligen Reservelazaretts wurden – wenn nicht längst geflohen – heute in der Frühe von der Guardia Civil brutal geweckt, zusammengeschlagen und als Knochenbündel vor die Tür geworfen.

Für Sonntag ist ein Gala-Souper annonciert: Petri Kettenfeier.

Zorilla will hineingehen und einen Tisch reservieren lassen, aber die Kumpane können ihn gerade noch abhalten. »Herr Oberamtmann, Ihr Postschalter wartet.« Alle müssen jetzt ihr Zuhause wiederfinden.

Die Wege der Gefährten teilen sich. Anselmo begleitet die Damen aus der Calle d'Avinyó, die sich an den Namen Gasse der Rotkehlchen nicht mehr erinnern möchten, zum Hafen hinunter.

Vor der Parfümerie Pheasant's Eye knirscht nicht mehr das Pflaster, die Scherben der Flakons sind zusammengekehrt, und der frische Wind der letzten Nächte hat zerstäubt, was nach Zerstörung stank.

Über dem Baldachin des Entrees wird der lädierte Schriftzug ausgebessert. Ein Dekorateur steht auf der Leiter, gerade schraubt er das Genitiv-S an und prüft, ob die Lettern E Y E nicht wackeln.

Müßiggänger bleiben neugierig vor dem Laden stehen und amüsieren sich, wie ein Gehilfe seinem Meister oben das Apostroph zureicht.

Zwei Handgriffe. Auch das wäre geschafft. Die Spaziergänger auf der Straße klatschen Beifall.

»Was soll der Applaus?« Anselmo, der sich sonst alle Geräusche erklären kann, bleibt der Jubel unverständlich. Die Frauen verraten ihm, daß die Parfümerie Fasanenauge soeben das letzte Zeichen ihres Namenszugs zurückbekommen habe. »Es hat wieder seinen alten Platz. Es ist ein Häkchen.«

Das soll alles sein?

»Nun gut dann. Ovation für ein Häkchen! Alle Possenbühnen unseres Boulevards haben uns wieder. Applaus für den Schlußvorhang der tragischen Woche. Die Theatertoten stehen auf, mit ihnen erheben sich die gepurzelten Goldbuchstaben, sie alle verbeugen sich an der Rampe.«

Als letzter der Harlekin Apostroph.

Über Land

Abschied an der Mole ⋆ *Auf nach Marokko!* ⋆ *Am Kiosk* ⋆ *Ein Trip in die Sierra* ⋆ *Einst die Liaison mit Liddy* ⋆ *Pinko's Corner* ⋆ *Salon Spitzemberg* ⋆ *Die Vision des Fürsten Bismarck* ⋆ *Einladung nach Belgrad* ⋆ *Am Vorabend des Stahlgewitters* ⋆ *Spelunkenleben* ⋆ *Mit 17 in Bad Ems* ⋆ *Café Cyrano* ⋆ *Das Goldene Zeitalter – Ein Kinoskandal* ⋆ *Tod im Nachtclub*

Dies war wohl nicht gerade ein Logenplatz im Revolutionstheater Barcelona.

Seit Mittwoch abend von ihrer Kutschfahrt zurück, verflog Lady Alabama in den folgenden Tagen rasch die Lust, aus der Beletage des Cuatro Naciones den Hexenkessel zu genießen. Der Gegenschlag der Staatsmacht war ein eklig inszenierter Akt.

Nur fort von hier.

Doch fehlte der Miss ihr Wagen. Er war bei der Rückreise von Lágrima am Stadtrand beschlagnahmt worden. »Von so einem bekackten Korporal.« Wer kann jetzt im Hotel ein anderes Fahrzeug herbeischaffen? Niemand. Der Oberkellner César hatte sich längst auf die Socken gemacht – mit ihm das halbe Personal.

Und wo mochte der Ausreißer Ricki gerade stecken? Sicher schon auf dem Weg nach Paris.

Erst am Samstag in der Frühe bringt ein Ordonnanzoffizier Cabriolet und Pferd im Auftrag des Herrn Stadtkommandanten ins Hotel zurück. César – wieder an seinem Platz – muß sich von triefenden Entschuldigungen überfluten lassen. Der Stabsleutnant fällt zum Häuflein von Reue und Zerknirschung zusammen. »Der schuldige Korporal, der eine amerikanische Staatsbürgerin zum Opfer der Requisition gemacht hat, büßt seine Tat mit einundzwanzig Tagen verschärftem Arrest.« Spanien wolle keine Konfrontation mit den mächtigen Unionsstaaten, und der Stadtkommandant fürchtete schon, mit dieser Dummheit das US-Mittelmeergeschwader in Cartagena unter Dampf gesetzt und auf den Kurs nach Barcelona gelenkt zu haben.

»Läppisch.«

César unterbricht den lamentierenden Leutnant nur mit diesem einen Wort. Mehr sagt er nicht, weiß er doch, wie überstürzt die Yankees einer winzigeren Bagatelle wegen sich ihre Späße nehmen – hier eine Stadt zerballern, dort ganze Zonen brandschatzen.

Das schon zeigte der Anfang des Jahrhunderts. Wer wird an seinem Ende die Trümmer zählen, die Katastrophen aus Bord- und Feldgeschützen, bald vielleicht schon aus Luftschiffen und Aëroplanen?

Der Oberkellner meldet Miss Alabama, daß sie nicht mehr auf ihrem Zimmer schmollen müsse. »Das Cabriolet ist wieder da, das Sitzpolster gereinigt, das Pferd gefüttert.« Von der schäbigen Entschuldigung der Militärbehörde verrät er seiner Lady nichts.

Er schämt sich für sein botmäßiges Spanien.

Trix Jailbird lenkt ihren Gaul über die Ramblas zur Küste hinunter. Von jenseits der Mole poltern die Kanonen. Über dem Meer steigen, weithin sichtbar, weißflockige Bällchen auf, die sich träge zerfasern.

Salut wird geschossen.

Die Reina Luisa steht unter Dampf, Flaggengala ist aufgezogen, die Gangway wird gehievt, Matrosen am Pier lösen die Trossen. Nun hebt an Land der Musikmeister der Regimentskapelle den Taktstock.

Nabucco.

Das können die Matrosen auf ihren Posten und die Marinesoldaten – dicht bei dicht an der Reling –, auch wenn sie den Text nicht kennen, zumindest mitsummen.

In die heroische Weise trällern sich nun auch die am Quai Zurückbleibenden ein. Das sind, neben dem Offizierskorps der Heimatgarnison, der Bürgermeister und die Stadträte nebst Gemahlinnen, die Direktoren von Banken, Post und Eisenbahn, Ehrengäste aus Handel und Industrie, Würdenträger der Kirche, Repräsentanten der Kunst und der gelehrten Welt.

Natürlich die Aristokratie.

Vereine von Wohltätigkeit, Veteranenfürsorge und Armenpflege lassen sich vornehmlich von Damen vertreten. Als Dekor der illustren Gesellschaft zeigen sich – schillernd gewandet – die Helden von der Plaza de Toros.

Nähert sich ein Fotograf oder ein Pressezeichner, posiert ein jeder gern mit einem Invaliden aus dem Achtundneunziger Krieg. Diese sind – die Orden blank herausgeputzt – immer mit von der Partie und können bei allen Hymnen im Chor mithalten. Heute besonders.

»Flieg, Gedanke, auf goldenen Flügeln ...«

Die Reina Luisa passiert die Spitze der Mole, die Damen lassen sich von ihren Bediensteten die Bouquets reichen und werfen sie dem davonschwimmenden Dampfer nach ins Meer. Das Bunt der Blumen – rot und gelb und rot – reiht sich ein in die Farbskala an den Mastseilen und dem Gold der Tressen auf den Uniformen der Seeoffiziere.

Ade. Ade.

Auf der Laderampe ist – fast so lang wie die Mole selbst – eine ausgedehnte Tafel weiß gedeckt, darauf Champagnerflaschen in Kübeln und imposante Schalen, bis über den Rand mit Krustentieren garniert. Doch noch sind Teller, Bestecke und Servietten unberührt. Das Buffet wird erst eröffnet, wenn der Signalgast von Bord den Rapport winkt, daß unterwegs das Seekriegsrecht eröffnet ist.

Dem Flaggenzeichen folgt die Sirene.

»Tuuut.« Erst im zivilen Ton für die Honoratioren an Land, dann schrill für die Truppen auf dem Meer. »Uiii. Uiii.«

Alles an Land ruft Lebehoch und winkt. Die Damen werfen Handküsse. »Nach Marokko. Nach Marokko.« Und: »Nieder mit den Mauren.« Diesen Forderungen folgt der nach dem Blut der schurkischen Kabylen.

Dann endlich dürfen die Ehrengäste an die Tafel.

Trix Jailbird kann das Spektakel von fern beobachten. Bis zur Mole kommt sie mit ihrem Fuhrwerk nicht. Der Paseo de Colón ist gesperrt, nur geladenes Publikum hat Zutritt. Und diese alte Touristin wird doch wohl keine Honorität sein? Lächerlich. Ein Gardist hält ihr Pferd am Zaumzeug fest.

Der arme Gendarm muß einen ganzen Kübel von Schimpfwörtern über sich ausschütten lassen. »You shithead. Shitface. Turkey ...« Es ist nur gut, daß dieser wie auch die Zuhörer ringsum die Flüche der

Matrone nicht kapieren. Obgleich ihre Stimme laut genug über den Platz schrillt.

Am Zeitungskiosk vor dem Mundialpalast schreckt ein Passant auf. Das Organ kennt er. Eiligst kauft er eine Gazette, um sich dahinter zu verstecken.

Zu spät.

Alabama erkennt sofort den Herrn im eleganten Habit, diesen Kopf, den ein roter kurzgestutzter Bart zu einer Kugel formt.

Ja. Das ist der Buchsbaum aus Amsterdam. Das ist der alte Russe vom Anarchistenkongreß vor zwei Jahren. Er war der Freund der Emma Goldman, dieser Jüdin aus Chicago, dieser Göttin der freien Liebe.

Richtig. Alles kommt im Kopf wieder zusammen. Der Genosse Bonvivant ist Iwan Iwanowitsch.

Trix Jailbird steigt vom Wagen und überhäuft den Verduzten mit all ihren Erinnerungen. »... und wenn du nach Barcelona kommst, suchst du mich einfach unter dem Namen Domingo, unter Lunes, Martes oder dem irgendeines Wochentags ... Ja, dies waren deine Worte zum Abschied.«

Das, Iwan, sollst du gesagt haben? Und geduzt hast du diese Miss Amerika auch.

Die Begegnung – vor wenigen Tagen noch gesucht – paßt Domingo jetzt und hier nun wirklich nicht in den Plan. Gerade war er auf dem Marsch zum Bahnhof Francia, wo der Fiat-Vertreter ihm vorübergehend ein Automobil vermieten wollte. Aber der Weg zum Treffpunkt über den Paseo de Colón ist abgeriegelt.

Nun umarmt dich diese Lady auch noch, obgleich du dich an derart ausufernde Herzlichkeiten von damals nicht erinnern kannst.

»Was kümmert uns diese Lebewohlparty, old chap? Das hier ist nicht unser Krieg. Und es sind nicht unsere Krieger.« Schon hat Trixy das Gepäck des alten Freundes ergriffen – eine Reisetasche und einen kleinen Koffer in weichem Babyleder mit dem Etikett: Cook's Express London.

»Vorsicht.«

Domingos Warnung kommt zu spät. Schon sind die beiden Stücke über der Hinterachse verschnürt. Ebensowenig wie seine Bagage kann Iwan Iwanowitsch sich selbst wehren. An den Händen genommen, am Ärmel gezerrt, am Revers gepackt, sitzt er nun neben der Miss auf der Kutschbank des Cabriolets.

»Fahren wir hinaus, Väterchen. Was bringt uns in der Stadt die Schmierenkomödie der Konterrevolution?«

Domingo muß seiner Gefährtin recht geben. »Ich wollte mir ohnehin ein wenig die Umgebung anschauen. Die Sierra nördlich von Lágrima vielleicht, wo Eisenbahnzüge auf herrlich majestätischen Brücken hoch über wilden Schluchten dahinschweben.«

Zum Beispiel auf dem Puente del Ángel de la guarda.

Dieser Name sagt der Amerikanerin nichts. Sie hört nur die Wörter Brücke und Eisenbahn heraus. »Für eine Bombe, was?« Zu welch anderem Zweck reise wohl ein Anarchoterrorist über Land?

»Du willst zündeln?«

Da sei sie jederzeit mit von der Partie. »Ich, Trix Jailbird, genannt Miss Alabama, eine Amerikanerin aus den Staaten der Vereinigten Gewalt.«

Still, Iwan Iwanowitsch. Willst du hier in Eile etwa dieser Ignorantin Europas die pestkranken Jahrhunderte erklären, die Seuchen deines Kontinents? Die Pocken Monarchie, die Cholera Kirche, die Blattern Polizei, den Schwarzen Tod Militär ... Und willst du ihr das Heilmittel Anarchie verraten. Und die Roßkur Attentat?

Nein.

Die Dame wird nichts begreifen. Den Terrorismus kennt sie nicht als Tugend, sie kennt ihn nur in der amerikanischen Variante – als blindwütiges, unsensibles Zerdeppern. Sie weiß nichts vom schöpferischen Trieb, nichts von der heiligen Wut der Zerstörung, geschweige denn von der unbändigen Freude an ihr.

»Sie betrachten, liebe Freundin, meine Landpartie etwas zu vordergründig. Ordnen sie mich eher als einen Wanderer auf ethischen Pfaden ein. Ich folge meinen eigenen inneren Gesetzen und befinde mich auf einer Reise in eine neue, in eine höhere Moral.«

Moral?

Darüber kann eine Amerikanerin doch nur lachen. »Haha.«

»Sie belustigen sich, Lady? Was eigentlich wissen Sie von mir?« Allenfalls kenne sie ihn als den Russen Iwan, als den Homme du monde mit den Namen aller Wochentage. »Doch nennt man mich auch Don Vertud. Wenn Sie wollen, auch Monsieur Vertu ... Väterchen Tugend.«

Vergessen Sie es. Was sind schon Namen?

Da betritt ein Paulino Pallas die Geschichte, ein Santiago Salvador wirft eine Höllenkugel. Der Ministerpräsident muß sterben, wieder erfindet sich ein Name für den Täter: Michele Angiolillo. Für Carlo Cafiero hebt sich der Vorhang, Anselmo Lorenzo erobert sich die Bühne, es folgt ein Akteur nach dem anderen ...

»Aber es ist immer und überall einzig der Vater Tugend.«

Da habe der old fellow vielleicht einen miesen Job. »Durch Europa streunen wie ein herrenloser Hund, an Brückenpfeiler pissen, um der Anarchie Duftmarken zu setzen.« Alabamas Land kenne andere Dimensionen. »Wenn unsere Staaten auf den Käse hauen, kippt nicht nur eine Prunkkarosse, wälzt sich nicht nur ein fürstliches Pferd in seinen Eingeweiden.«

Da liquidieren sich Völker allein schon aus Angst. Mir nichts dir nichts löschen sie sich aus.

»Das ist Amerika.«

Doch bevor du, Trix, dem naiven Phantasten die weiten, mit Indianerleichen bedeckten Felder deines wunderbaren Kontinents schildern wirst, die brennenden Küsten der amerikanischen Meere ringsum – vom Pazifik zur Karibik –, frage ihn doch erst einmal nach den Erfolgen dieser lächerlich provinziellen semana trágica.

»Bitte, was?«

Domingo, redet neben dir jemand? Ach ja, es ist das alte Suppenhuhn aus Alabama. »Die Blutige Woche von Barcelona, Miss Wilder Westen, diese lärmende Woche war nicht die meine.« Man wolle doch nicht etwa ihn, einen Spartacus der Neuzeit, einen Thomas Müntzer, einen Robin Hood mit einem Zimmermann von Bruchbarrikaden verwechseln, einem Blusenmann oder Freischärler der Metzgerzunft, einem Kirchen- oder Friedhofsräuber?

»Das, Madame, ist nicht die feine Art der Anarchie.«

Damit handelt sich der Herr Sonntag nun leider die peinliche Frage ein, er habe wohl die häßliche Woche in noblerer Umgebung verbracht.

Vorsicht. Du wirst diesem Präriegirl doch wohl nicht erzählen, wie heiter dir abseits der Blutbäder die Tage der Revolte zerronnen sind? Was, Domingo, treibt dich, dieser Fremden deinen harmlosen Flirt preiszugeben? Doch schon hörst du dich plaudern. »Ich war der Zimmerherr einer Dame der feineren Gesellschaft, einer Königin des Parketts auf den einst großen spanischen Bällen. Wir haben Grammophon gespielt und zu Wiener Musik ein Tänzchen gedreht.«

Zum Five o'clock alsdann ein Täßchen im kleinen Emigrantencafé Trafalgar am Arco triunfo. »Auf der Terrasse unter Sonnenschirmen fanden wir eine friedliche Stille. Laut waren eigentlich nur die Kellner.«

Polen und Bosniaken. Slowenen ...

Alabama horcht auf. »Auch Serben?« Diese exotische Adresse am Arco Soundso werde sie sich merken. »Den ganzen Balkan zu Kaffee und Kuchen, sagst du?«

Domingo nimmt den Bowler ab und trocknet sich den Schweiß vom Kopf. Du echauffierst dich, Alter, auch redest du zu viel. Was interessieren deine Affären diese Rauhreiterin. Ihr macht die Mittagshitze nichts aus, ja, jene wird immer munterer, während du längst von einer Pause im Schatten träumst.

Warum können wir nicht rasten, ein Stündchen unter sanften Bäumen verweilen, gesittete Gespräche führen? Warum nicht Freunde werden? Oder wenigstens Kameraden?

Nein, Iwan Iwanowitsch, dieses späte Mädchen ist die ewige unbelehrbare Conquistadorin, sie ist keine Genossin. Die Frage nach dem Balkangezücht überhörst du einfach. Was sucht die Yankee-Fregatte im östlichen Europa, sie begreift ja noch nicht einmal das westliche.

Und du wirst es ihr auch nicht erklären. Nein.

Doch schon bist du am Dozieren, die Lady möge diese ganze eklige Episode nicht ihrem Tagebuch anvertrauen, ja, ganz Barcelona am besten aus ihrem Gedächtnis streichen. Die Geschichte habe für derlei Straßentheater nicht einmal eine Fußnote, eher illustriere sie sich mit den Solonummern der Anarchohelden.

Applaus.

»In meinem Parkett sitzt die feine Welt, ringsum in den Logen die höchste Gesellschaft.« Alles warte geradezu atemlos auf das blutige Finale, auf den Diabolus ex machina: der König, die Königin, Infanten und Infantinnen, das ganze Bourbonische Haus.

»Suchen wir doch einmal mit dem Opernglas die Reihen des erlauchten Publikums ab. Da ...«

Da.

Da sitzt Hyacinthe Florida, die Tante unseres Monarchen, die Tochter Isabellas, fünfzig Jahre alt. Sie hat sich für den Epilog ihres Lebens herausgeputzt, Puder üppig aufgetragen, die Haare flammend gefärbt; auf dem

Flamingorosa ihres Busens vibriert bei jedem Lachen die Perle Pelegrina. »Die Infantin hat einen langen Weg hinter sich, immerfort durch die Provinzen – von Asturien nach Andalusien, von der Estremadura nach Katalonien – nun am Ende hoch über die Schlucht auf dem Puente del Ángel de la guarda.«

Domingo fingert in seinem Kartenmaterial, er findet den Bahnhof von Molins del Rey, weiter die Landstraße, die Brücke über den Llobregat. »Wir sind richtig. Jetzt geht es bergauf.«

Bergauf in die Anarchie.

Alabama amüsiert sich grenzenlos. Sie hatte in der Frühe nicht geahnt, daß der Tag so lustig wird. »Du, Vater Europa, willst die Ordnung ohne Herrschaft. Ich dagegen die Herrschaft ohne Ordnung.«

Aber er möge sich nicht beunruhigen, die unterschiedlichsten Ziele fänden sich oftmals am Rande derselben Straße. »Auf, Kamerad, wir haben beide denselben Weg.«

Ein kühnes Wort, Trixy! Ein meisterliches Manöver, gelänge dir das Sandkastenspiel mit deinem Mister Tugend. Du bist am Zug, old buddy, ich ziehe nach. Du lieferst deinen kleinen Anschlag mitten in Katalonien auf einen Besuch aus Kastilien, entzündest mit einem Funken abermals einen Bürgerkrieg

Gegen den Rest Spaniens allein die Katalanen. Sie brauchen Hilfe. Amerika liefert sie.

Intervention, Invasion, Inkorporation ... Welch eine Attacke der Vokabeln! Ihnen folgt die Navy mit Kurs auf die Costa de Poniente. Marines landen. Ein neues Territorium wird geboren unter Stars and Stripes – eine erste Kolonie auf dem altersklapprigen Kontinent.

Ein Geistesblitz entfesselt sich und probt den Höhenflug. Bleibe auf dem Boden, Gedanke, nimm Abschied von deiner versponnenen Lady Jailbird. Für die Kralle über den Nordatlantik sind die Hände ihres Landes zur Stunde noch nicht groß genug.

Alabama knufft ihren Gefährten. »Ich sagte: Auf, Compañero, wir haben dieselbe Route. Ich aber kutschiere.« Sie treibt das Pferd an. »Ich habe die Zügel in der Hand.« Und der verspätete Petroleur einer vergessenen Epoche möge ihr derweil, wenn auch nicht gerade die Welt, so doch wenigstens die nähere Umgebung erklären.

»Dort die Ruine des Schlosses von Gélida. Blicken wir uns um, beherrscht fern noch immer der Montserrat das Bild.« Aber in der Nähe sei ringsum das Bergplateau über und über mit Steinbrocken bestreut.

»Das sieht man doch. Warum mußt du es ablesen?« Alabama lugt in den Reiseführer ihres Begleiters. Es ist ein Bædeker in deutscher Sprache. »Den hast du – genau wie ich – aus der Fliednerschen Buchhandlung, nicht wahr? Aus dem kleinen Laden in der Rambla de Cataluña?« Somit habe man sich ja am Anfang der Woche nur knapp verfehlt.

Da hat sich diese Fregatte doch wirklich die von dir gehütete Adresse erschnüffelt, womöglich in deinem Vorleben herumgestochert, vielleicht auch mit dem Fräulein an der Kasse geplaudert.

Liddy.

Einst aus London, nun seit Jahren schon als Lydia Levedag die gute Seele der Fliednerschen Familie im sicheren Barcelona – eine längst entschwundene Geschichte.

Pinko's Corner in der Jubilee Street. Errico Malatesta saß hier, dort Rudolf Rocker, der Buchbinder aus Mainz. Beide schoben immerfort dir und deiner Tochter die Biergläser über die Theke. Das Kind war keine zwölf, aber es hielt sich gut.

Da stand Liddy in der Tür, die Muse der Anarchie, fünfundzwanzig Jahre alt, die Bluse prall, die Knöpfe locker, aus den Kegeltitten krochen die Piezen wie kleine freche Würmer.

Doch du, Iwan Iwanowitsch, hattest für den Zauber der Muse nur eine Hand frei. Mit der anderen mußtest du deiner Tochter die Augen zuhalten. Konnte es so weitergehen? Mit dir, einem Witwer in den besten Jahren – immer auf Reisen, immer in Aktion – immer dabei so ein Kind im neugierigsten Alter.

Wohin mit Aurora?

Der gute Freund Errico, ein Mann der Tat, wird sie entführen müssen. In einem neuen Paß trägt sie den Namen ihres Onkels, des weithin prominenten Fürsten Kropotkin. In Paris bereitet als Ziehmutter die gute und fromme, zugleich auch reiche Madame Ernestine Meunier dem Zigeunerleben der Fillette ein Ende. Den Vater wird man vergessen können.

Zu Recht.

Für Aurora setzt sich das Reisen fort – nun im Wagon-lit und in Coupés der Polsterklasse, nicht mehr auf Holzbänken, in Güterwagen, von Heizern in Körben versteckt. Europa entrollt sich aus den Palmenveranden der Luxushotels von Marienbad bis Biarritz: sommers in Ostende, herbstens in Estoril, winters an der Côte d'Azur. Die stinkigen Pubs rund um Whitechapel gehören zur Vergangenheit wie die verborgenen Pensionen, das Bangen um den Vater – Nacht für Nacht: Spielt er mit Dynamit oder Petroleum? Sitzt er vielleicht im Gefängnis, ist bereits tot? Oder schläft er mit Liddy?

»Rastlos. Ja, ich war rastlos. So wurdest du das glücklichste Kind des Kontinents, das Hätschelkind der Hautevolee.« Was murmelt der Russe die ganze Zeit vor sich hin? Der will mir doch nicht etwa die Story von sich und seiner Tochter beichten? Dieses Epos, Trix, kannst du dir allein zusammenreimen.

»Aurora Iwanowna, die Marquesa von Lágrima.« Alabama kenne sie aus dem Künstlerlokal Els Quatre Gats. »Ich bin einer Einladung auf das Gut gefolgt. Ich saß auf der Terrasse mit einem grantig verträumten Inspektor, einem immerfort präpelnden Popen und einer alten guten Seele, die eine exquisite Küche führt.«

Dann war da noch ein Fratz von neun.

»Warum versuchst du dich zu maskieren, Väterchen Gauner? So oder so – die Balladen deines Lebens sind für die Weltgeschichte ohne Bedeutung.« Und sie, Trix Jailbird aus den Unionsstaaten von Nordamerika, interessiere sich am allerwenigsten für die Irrfahrten eines versprengten Fußkranken aus der Nachhut irgendeiner Europäischen Internationale.

»Schnuppere mal in die Landschaft. Wir nähern uns dem Bezirk Lágrima, auch wenn es dir deine Karten und Reiseführer nicht verraten.«

Iwan Iwanowitsch blättert verlegen im Bædeker. Wie konnte er, ein klug getarnter Held der Anarchie, sich so bloßstellen? Und sich nun womöglich auch noch in der Gegend verirrt haben?

»Hier müßte das Baronatschloß von Rocafort sein ... dort das Pilgerhospital ... weiter rechts das Kloster der Karmeliterinnen mit den Irren.« Alles ist plötzlich weg.

»Wo hat sich der Pinienwald versteckt? Wo die Eisenbahnstrecke mitsamt ihren Brücken? Es reizt Alabama, diesen Windbeutel zu hänseln. »Brücken suchst du – hoch von Berg zu Berg«. Hier aber flimmere ein Olivenhain auf sanften Hügeln. »Und was erzählen dir die Insekten? Ha. Doch nicht etwa, sie seien die goldgelben Brummer zwischen den Kaktusfeigen der Schlucht unter deinem Puente de la Fata Morgana? Nein,

Vater Vagabund, sagen sie: Wir sind ganz simple Schmeißfliegen von den Müllhalden der Küstenregion.«

»Der Lärm soll von Insekten sein, Lady? Nein. Er kommt von fern – das ist Musik.«

Es war eine gute Idee von dir, Trixy, diesen Zufallsbonvivant aus Amsterdam in deiner Barceloneser Woche aufzusuchen und nun diesen Trip mit ihm zu machen. Bislang nur spaßig, fängt dieser Kauz nun auch noch an zu halluzinieren.

»Gewiß doch, old freak, das ist deutlich ein Klavier. Dein Enkelkind hämmert dir eine Begrüßung entgegen.«

Domingo, du läßt dich von diesem Schrapnell nicht verulken! »Klavier, Miss? Nein. Das ist ein volles Militärorchester.« Das Blech allerdings müsse man sich selbst ins Ohr hineinposaunen. Aber die Pauke höre man deutlich – oder ist es die Trommel? »Ja, das ist die Große Trommel eines Regiments zu Fuß.«

Ummmm ... Ummmm ...

Domingo richtet sich auf, fast kippt er aus dem schlingernden Cabriolet. Alabama muß ihn fest an sich krallen. »Mumpitz, Laddie, das sind noch immer die Salutschüsse fern auf der Reede von Barcelona.« Der Russe wolle ihr doch wohl nicht etwa entgegnen, die Reina Luisa schwimme längst weit draußen auf dem Meer und brauche kein Adieu mehr?

»Was weißt denn du, Mister Einfalt? Immer mehr Schiffe wollen beladen werden, immer mehr Männer verfrachtet – über Deck, unter Deck, tiefer und tiefer – auf der Reina Cristina, der Reina Isabel, der Reina María Amalia ...«

Eine ganze Sargflottille.

»Die ersten Soldaten verbluten bereits auf maurischem Boden, da werden noch nicht einmal die letzten in den spanischen Häfen verstaut.« Und er sähe doch wohl selbst in der Ferne den Qualm aus den Schloten. »Die ganze Küste entlang von Barcelona über Valencia, Alicante und Cartagena bis Almeria zieht sich diese schwarze Fahne.«

Aber es ist nicht das Schwarz der Anarchie.

»Ach was, Phantastereien!« Domingo sucht weiter die Wirklichkeit in seinen Karten. Er zeichnet mit dem Zeigefinger Linien nach, zieht Kreise um seinen Daumen, mißt mit der Handbreite Entfernungen ab.

»Wache auf, fellow, hörst du nicht die Sirenen? Tuuut und Uiii-uiii. Und wieder Salve auf Salve. So geht es fort.« Die ganze Nacht lang würden die Kanonen ihren Übermut feiern – lauter von Stunde zu Stunde. »Denn wir nähern uns der Küste.«

Das kann Domingo gottlob widerlegen. »Nein, Lady, wir sind in den Bergen.« Das sehe doch ein jeder. »Diese daumendicke Parallele durch das Planquadrat ist die Montaña de Montagut. Und quer hindurch zieht sich dick und schwarz die Zeile der Eisenbahn von Bahnhofskästchen zu Bahnhofskästchen.«

Einmal in der Natur umschauen möchte sich der Herr Stratege wohl nicht? Die Miss zwingt mit ausgestrecktem Arm den Weltenbummler, sich ringsum am Panorama zu orientieren. »Die Spitztüten deiner Berge sind nunmehr flache Spiegeleier, dein Schutzengel mitsamt seiner Brücke hat sich verpißt.« Sie zeigt mit dem Daumen auf das Gepäck. »Und welchen Pfeiler sucht nun dein Köfferchen?«

Haha.

Dem Lachen folgt das Kreischen. »Das Fiasko hätte ich dir bereits im ersten Kapitel deines Abenteuerromans prophezeien können.« Im Angesicht Amerikas gelänge der Alten Welt ohnehin nichts mehr.

»Nichts, old chap. Nada, wenn du spanisch verstehst.« Die Taten Europas – nichts als ein Abortus nach dem anderen. »Du geilst dich an wer weiß was auf, aber was zeugst du? Einen Fötus für die Abfalltonne.«

Bestenfalls eine Fehlgeburt.

Domingo, du darfst deine Reputation nicht verspielen. Behalte jetzt nur im Gespräch die Oberhand. »Schreiben Sie das alles in Ihr Tagebuch, Madame.« Das ist dein Europa, Russe, du bist es, der dieser Yankeevettel diktiert, was sie gefälligst von ihrem Trip mit nach Hause zu bringen habe.

»Notieren Sie, daß die Moral dieses Kontinents kapituliert. Schreiben Sie: Mich, eine Amazone, verschlägt es in eine Kraterlandschaft. Ich gewinne Gefecht für Gefecht, hier und heute ein Duell mit einem Simplicius.« Aber was habe sie von all ihren Siegen? »Nichts. Nada – Sie verstehen ja Spanisch. Sie glauben, ich hätte mich verirrt, dabei wissen Sie weit weniger, wohin Sie geraten sind.«

In ein Niemandsland.

Das, Iwan Iwanowitsch, waren die richtigen Worte, um diesen Geistesparvenü in die Schranken zu weisen. Du solltest noch ein Stück europäischen Bildungsgutes anfügen, vielleicht einen schweren Brocken Calderón von der Wahrheit und der Lüge. »Todo y todo mentira ...« Mit solchem Text zeigt ein Homme du monde seine Überlegenheit. Todo, ja. Aber wo bleibt der vollständige Satz? Er entzieht sich dir wie die Berge und Brücken. Wie deine Taten. Wie dein Leben ...

Leben. Ja, mit ihm beginnt dein Zitat. »... este vida ...«

Doch schon unterbricht dich die Matrone. »Niemandsländer.« Die möge ihr das Väterchen Schulmeister doch einmal präziser beschreiben. Immerhin hätten sich auf all ihren Reisen nicht nur Krater, Ödland und Wildnis gezeigt, sondern auch besiedelte Natur mit ernst zu nehmenden Partnern und Gegnern auf dem American Way of Conquest.

»Kennst du Deutschland?«

So eine Frage, so eine Beleidigung! Mit Deutschland verbinden Iwan Iwanowitsch vielerlei Aktivitäten. »Was beispielsweise sagt Ihnen das Niederwalddenkmal am Rhein, Miss? Vier Pfund Dynamit in einem Steinkrug, und der greise Kaiser mit all seinen Prinzen, ja selbst Bismarck und sein Kabinett wurden mit einem einzigen Bums beseitigt.«

Allerdings nur um ein Haar.

Mitten im Satz verändert sich die Straße. Nun rollt der Wagen statt auf ruhigem Sandboden über laut rumpelndes Kopfsteinpflaster. Gerade vernahm Alabama etwas über einen Donnerschlag. Und klang dazwischen nicht etwas wie Bismarck?

Höre gut zu, Alter. Dazu erzählt dir Miss Jailbird eine Geschichte.

»Sie spielt auf der Kongokonferenz in Berlin. Ich war nicht mehr jung, Mitte Dreißig, und noch immer Journalistin beim New York Herald. An einem frostigen nassen Novembertag erreichte ich den Lehrter Bahnhof im Gefolge des Kommissärs, der die Unionsstaaten vertrat.«

Eine reichlich umständliche Story folgt über jenen Mann, der ihr einst, der damals Fünfzehnjährigen, auf den Baumwollfeldern von Alabama die Kindheit geraubt.

»Die Blüte der Kindheit, verstehst du? Von hinten. Ein kleiner Stinksoldat im Yankeekrieg damals, Henry Morton, nun ein Gentleman, im Gepäck die Vollmacht des Präsidenten Arthur, die Politik der großen Hände, die Gier und das Fieber der Habsucht.«

Das Cabriolet auf dem Kopfsteinpflaster rattert und rattert. Domingo versteht nur einzelne Worte, in Glücksfällen Fetzen eines Satzes.

Henry Morton, der Killer vom Kongo ... der Sklavenkuppler ... der Schrecken des Schwarzen Erdteils ...

»Berlin verschloß sich dem Schurken, wollte ihn abschütteln.« Da habe sie, eine kleine Reporterin aus Amerika, um Audienz beim Kanzler gebeten. »Ich petitionierte für den Repräsentanten meines Landes, ich verkaufte ihn dem Fürsten als Saubermann, obgleich er für mich noch immer der kleine Stinkkadett war mit seinem mir allzu vertrauten Hautgoût von Soldatenschweiß, von Pisse und Pulver, Blut und Lederwichse – statt aus der Uniform nun aus dem Frack und durch den Spitzenbesatz der gestärkten Chemisette.«

So aber roch auch Bismarck.

»So roch die preußische Pestilenz durch die Knopflöcher seiner epaulettenbestückten Litewka.« Nein, ein albernes Trampeltier, wie ein britischer Kollege gewarnt, sei jener nicht gewesen. »Eher ähnelte er mir einem Trophäenjäger unseres Wildwestens.«

Immer zu Roß, immer die Winchester im Griff – auch im Salon.

»Nur eben: Sein Terrain war nicht die Prärie, seine Opfer nicht die Rothäute.«

Er hatte das einmalige, das zauberhafte Kunstwerk der bunt geknüpften Deutschen Staaten zerdeppert, um auf den Trümmern ihrer vielfältigen Kultur ein langweiliges vierschrötiges Reich aus Eisen, Ehre und Lärm hochzuziehen.

»Heute – mit Abstand und auf höherer Ebene – kann ich sagen: Wir verstanden uns gut, der Fürst und ich. Er ließ mich ahnen – wenn auch nur in seinem eng begrenzten Modell zwischen Maas und Memel –, was das für uns Amerikaner einst sein kann: das Lustgefühl der weltweiten Macht.«

Ein Dezember vergeht, ein Januar kommt, ein Monat des Pläsiers – tags auf dem Eis, zur Nacht in den Salons. Henry Morton, eben noch unter den Habitués die Hyäne vom Kongo – nun ein Löwe in der Gesellschaft angehender Kolonialherren.

Die achtziger Jahre sind in der Mitte, die Karten neu gemischt. Deutschland, noch etwas täppisch, lernt erst einmal die Spielregeln. Keine Angst, Germans, Völkermord ist einfach wie Schwarzer Peter und Meine Tante Deine Tante. Zu gewinnen sind ein Point China, vier Chips Afrika, tausend Jetons Polynesien.

»Ich tanze heute mit bunten Generalen, morgen mit grauen Eminenzen. Henry muß umdenken: In diesem Palmengarten hupfen keine Niggerpuppen, es sind Blondpummelchen aus Brandenburg. Und das da ist keine Kongofotze, es ist die Kronprinzeß von Preußen.«

Ein Handkuß. Jawohl.

»Gabelfrühstück bei Spitzemberg. Ich treffe Bismarck ein zweites Mal. Er hat seine Hunde dabei, auch seine Enkel. Auf dem Teppich balgen sie sich über einer riesigen Afrikakarte. Ich boxe mich durch eine Phalanx von Belgiern an den Fürsten heran und dediziere ihm ein Bändchen deutscher Poems in englischer Übersetzung. Der Alte blättert, entdeckt seinen geliebten Chamisso und ist gerührt. Mit feuchten Augen versucht er zu rezitieren, es gelingt ihm daneben, und ich helfe ihm in seiner Sprache.«

Ich war auch jung und bin jetzt alt, / Der Tag ist heiß, der Abend kalt, / Geh du nur hin, geh du nur hin ...

»Bei dieser Zeile kullern dem Fürsten die Zähren über die Wange, ich bemühe mich, ein wenig mitzuflennen und darf ihm als einzige Dame ins Rauchzimmer folgen.«

Bei einer Habana erzählt er von seinen Gedanken und Erinnerungen, von seinen Visionen. »Eines Tages – irgendwann, irgendwo – wird auf dem Balkan einer läppischen Lapalie wegen der Große Europäische Krieg ausbrechen.« Ein Weltkrieg hatte in seinem Kopf noch keinen Platz; in sein Komplott der Konflikte waren die Unionsstaaten noch nicht als gleichrangige Aggressoren eingedrungen.

Eine Bagatelle. Ein alberner Unfall. Und dann der Weltenbrand.

»Seitdem geht mir der Balkan nicht aus dem Kopf. Verstehst du das, Abenteurer?« Alabama versucht, das Wagenrappeln zu überschnattern. Sie wird lauter. Dennoch, der Kerl neben ihr hat nichts mitbekommen. Er ist eingenickt, die Rede war zu lang für ihn.

Die Miss stoppt den Gaul. Plötzlich Ruhe. Iwan Iwanowitsch schreckt auf, die dramatische Stille irritiert ihn. Er reibt sich die Augen und kratzt sich mit dem kleinen Finger die Ohren aus. Rumoren da nicht Vögel? Knistert nicht ein Wind durch das Laub? Tuckern jenseits nicht Mitrailleusen von Hühnern ...?

Und nun eine Tuba. Nein, das sind Kühe.

In das ferne Freilichtkonzert krakeelt aus bedrohlicher Nähe die Frauenstimme. »Der Weltenbrand wartet. Komm mit mir, Väterchen Sonntag, komm mit auf den Balkan.«

Alabama verweilt auf freier Strecke, sie gönnt ihrem Pferd eine Ruhepause, auch diesem Unglücksanarchisten. Er soll Zeit finden, sich das Reiseangebot zu überlegen. Ganz plötzlich – im Verlauf ihrer Erinnerungen – kam ihr die Idee zur Einladung. Der alte Bonvivant spricht Deutsch und Russisch, sicher auch Serbisch, Kroatisch und den anderen babylonischen Zungenwirrwarr.

»Komm mit mir, Väterchen Tugend. Ich habe eine Adresse in Belgrad: Hauptmann Tankosic.« Man werde im Park Kalemegdan zur Militärmusik promenieren, zur Nachmittagsstunde auf dem Boulevard König Milan den Mokka trinken. »Ich habe eine Adresse: das kleine Café Tschika Ljuba.«

Komm mit nach Belgrad, Bruder Vagabund.

»Wir sitzen in einem Vorgarten unter der Markise – der Hauptmann, du und ich – wir werden nichts tun, wir werden unsere Virginia schmauchen und warten, bis das Unheil, von unserer Langeweile angelockt, diesen seinen Ort findet.«

August – das ist eine gute Zeit für Stahlgewitter.

»Es kommt nicht sofort. Es dauert und dauert. Sicher erst ein kleiner brenzliger Krieg. Noch einer. Dann erst die Katastrophe, die das Gleichgewicht der Welt verändern, die Besiegte wie Sieger verschleißen, die Europa erniedrigen wird.«

Mit dem Schrott, der übrig bleibt, läßt es sich leichter verhandeln – in einem neuen, einem amerikanisch diktierten Frieden. »Und niemand wird es je wieder wagen, einen unserer kleinen Stinksoldaten als Hyäne zu beschimpfen.«

Old fellow, komm mit nach Serbien ... nach Bosnien vielleicht ...

Leben.

Läßt es sich in Meilen messen? Oder in Metern? Nein, das Leben ist kein Faden, von dem sich Jahr für Jahr, Tag für Tag ein Ende löst – mal abgeschnitten, mal losgerissen, mal zerfasert.

Es ist ein dicker Knoten in einem kurzen Tau.

Ein Kind wird zum Zählen gedrillt: Auf eine Drei folgt eine Vier und dann die Fünf. Was für ein Nonsens! Längst schon zeigte sich die Zehn auf dem Plan, Arm in Arm mit der Zwei. Und hinter ihr sucht die Sechs noch immer die Fünf, weil sie glaubt, ohne sie nicht existent zu sein.

Der letzte Schnee taut auf den Feldern, das Kind nickt ein, es schreckt auf, da fällt schon wieder der erste Schnee.

Wo ist der Sommer hin? Oder war es wieder einmal ein Winter?

Das Kind überfällt die Langeweile, seine Augen fangen an zu tränen, es gähnt, schließt wieder den Mund, und schon beginnt das Jahr, das gerade eben vorüber ist.

Zeit.

Iwan Iwanowitsch, was ist das?

Ein Kartoffelpuffer pappt sich zur Pampe, bruzzelt dahin, wendet und wendet sich, findet – hoch und hoch geworfen – wieder seinen Platz in der Pfanne. Eine falsche Drehung, und er plumpst auf den Boden.

Platsch.

Da warten schon die Küchenschaben und verputzen ihn. Krrch. Krrch.

Halt ein, Väterchen Phantast. Mit was noch willst du deinen verfusselten Irdenweg vergleichen? Gottlob hat die Lady neben dir nichts mitbekommen. Sie würde lauthals lachen über derlei Graupen in deinem Kopf.

Die Kreatur Domingo – ein Kartoffelpuffer.

Wache auf, alter Junge, das Fieber ist vorbei. Die Rekonvaleszenz läßt dir acht Minuten Zeit, dein Lebensknäuel zu entknoten. Eben noch warst du an der Mole. Du willst zum Bahnhof Francia und dir ein Automobil mieten. Das Unterfangen gelingt nicht, am Kiosk kann dich eine Zeitung nicht tarnen, du wirst entführt und gerätst in Regionen, die deinen Landkarten entflohen sind.

In einem fremden Fotoalbum findest du deine Tochter wieder, die – was für ein Erstaunen – längst kein Mädchen mehr ist. Die Bilder zeigen sie mit einer Ballkönigin aus Spaniens Goldenen Jahren. Die Señora, einst ein Sturmvogel auf dem Parkett, reduziert mit dir den Walzer auf winzige Zimmerschritte um ein Grammophon.

Verliebst du dich, dann ... Anarchie ade.

Nein, damit blamierst du dich nicht vor dem blinden Invaliden, der dir gerade das Grün der Platanen auf der Ronda San Pedro erklärt. Er tanzte einmal mit deiner Tochter und könnte – da mußt du lachen – um ein Haar dein Schwiegersohn sein.

Aurora – eine Sargenta Joaquín.

Ein spaßiger Name in der Genealogie des berühmten Attentäters, der hoch über der Calle Mayor in Madrid aus der dritten Etage den Blumenstrauß wirft. Wumm.

Und Viva España.

Das gellt aus dem Mund eines Königs, dem vor Schreck die Orden von der Brust flattern. Deine Tochter im herrschaftlichen Gefolge ist ohne Angst, doch neben ihr der Marqués – seit mehr als sieben Jahren ihr Ehemann – ist ganz schön blaß um die Nase.

Ja. Dein Schwälbchen – eine Marquesa von Lágrima.

Gerade eben trällerte es auf einem Benefizball sein erstes dünnes Solo: Narodniki, Narodniki, Brüderchen ... Gleich schon hebt ein zwei Meter langer Kerl es zur Lostrommel hoch, es gewinnt eine Reise nach Amerika, aber Dreiundneunzig ist ein gefährliches Jahr. Der Tod des Anarchistenfreundes Pallas muß beglichen werden, das Teatro Liceo wartet auf seine Bombe. Wer warnt zuvor Aurora vor dem Besuch der Vorstellung? Ein Bote. Ein Fremder. Du, Iwan Iwanowitsch, zeigst dich nur von fern, du winkst, dann bist du fort.

Und gleich wieder in London.

Schwänzt du erneut den Anarchistenkongreß? Holst du dir eine schwarze Tanzmaus aus der Cake-Walk-Revue »In Dahomey«? Nein, diese Niggerpuppe würde ohnehin ein Reinfall: Wie schnell wäscht sich unter der Dusche eine Mohrin weiß und hausbacken banal.

Heute bohrt sich Liddy in dein Herz. Über die Theke schlammt das schwarze Bier in Pinko's Corner. Liddy. Ist sie noch das ältere Fräulein an der Kasse der Barceloneser Buchhandlung? Oder schon die junge Muse der Anarchie?

Das ist vielleicht ein Spelunkenleben!

Für eine Liebelei von Pub zu Pub, für eine andere durch Bistros, Schankstuben und Tabernas, für immer neue mit der Eisenbahn quer durch Europa.

Du fährst Erster Klasse von Sankt Petersburg über Wilna und Warschau, weiter über Thorn und Küstrin nach Ostende. Alles bei dir ist falsch – dein Paß, die Visa, das Billet, das Bündel mit den Hundertrubel-, das mit den Fünfzigpfundnoten.

Ja selbst das Fahndungsplakat auf den Bahnstationen von Russisch-Polen ist falsch.

Iwan Iwanowitsch trägt jetzt einen Vollbart im feurigen Rot, der den Kopf wie beim Buchsbaum zur Kugel formt. Was? Er soll Vater eines Mädchens von Elf sein? Gäbe es eine Tochter, sie wäre gewiß vom Heizer des Zugs in einem Korb versteckt. Da sind Kinder immer sicher, vor allem die Väter im Coupé. Wie leicht redet so ein Fratz bei Grenzkontrollen dämlich daher und verrät den tolldreisten Terroristen und seine epochalen Pläne.

Recht so, Genosse, du hast Pflichten.

Du mußt dich der Menschheit erhalten, und es ist nur gut, daß du die kleine Flugblatt-Druckerei in Odessa meidest und Aurora schickst. Sie nutzt ihre Chance zum Überleben. Der alte Jermilow muß sterben, auch seine beiden Lehrbuben. Und dich hätten die Flintenkugeln der Tscherkesskas sicher als ersten erwischt.

Aurora lebt. Sie ist eine kleine Ballettmaus in der Tanzschule von Monsieur Proud'homme hoch über dem Wosnessenskij Prospekt, wo Arbeiter in durchsiebten Blusen auf dem Pflaster von Petersburg verbluten.

Das Kind ist acht ... oder sieben. Nein. Es ist noch gar nicht da.

Du selbst bist erst siebzehn. Im Kursaal-Restaurant von Bad Ems tafelst du mit deinen Eltern – an der table d'hôte die Familie Kropotkin. Neben der Fürstin eine Göre von Sechs, Alix Alexejewna. Älter geworden, wird sie deine Gattin. Aber noch ist sie eine unausstehliche Ziege, und du bist erst einmal in eine Holstein-Augustenburg verliebt, die zwar genauso zickig, dafür aber schon vierzehn ist.

Pjotr Alexejewitsch Kropotkin, der Sohn der Fürstenfamilie, ist nach Transbaikalien beordert. Nun mußt du ohne deinen älteren Freund die großen Ideen der Zukunft Rußlands allein mit dir herumschleppen: die Verneinung des Staates, die unerbittliche Zerstörung der Gesellschaft. Du mußt – auf dich gestellt – die eigene Phantasie entwickeln.

Vor dir liegt das Abenteuer Anarchie.

Doch das alles ist in diesem Augenblick nicht so wichtig. Iwan, du bist verliebt, und mehr als die Weltrevolution betört dich die kleine Augustenburg.

Jenny Karoline.

Und dann ist da noch der tägliche Klatsch von Ems. Die Zofe der Fürstin, ein hübsches blondes Ding aus Preußisch-Minden, hat eine Liaison mit dem Herzog von Nassau. Sie ist schwanger. Für die Kinderfrau der

Kropotkins, Alma, einem resoluten Weibsbild, wäre das Problem einfach zu lösen – mit einem Akt verwirklichter Christenpflicht. Aber diesmal muß sie – höherem Befehl folgend – sich des Eingriffs enthalten.

Ein Fehltritt wird geboren. Cypris Achill – später abgefunden mit dem Baronat und einem zu Nasse verstümmelten Namen.

Der guten Kinderfrau wird zugemutet, die Hebamme zu spielen. Das wird sie noch lange wurmen. Alma. Sechsunddreißig ist sie, aber das Leben hat sie noch vor sich – am Ende in Spanien mit Achtzig und weit darüber.

Dem jungen Iwan ist sie eine liebe Komplizin. Der Knabe ist fünfzehn und zum erstenmal verliebt. Ida Arabella. Er ist elf, da ist es Zeit für die Aufklärung. Gerade schreit die kleine Alix frisch in die Welt hinein. Wann sind wir alle zusammen zum erstenmal in Bad Ems?

Du bist sechs, Iwan, nein ... du bist vier. Aber daran erinnerst du dich nicht mehr.

Wer schwatzt neben dir was daher? Du sollst mit auf den Balkan? Wozu, Domingo? Du fragst dich, wozu? Makedonien ist schlimm. Und dann erst Albanien! Die Frauen verschleiert, eingewickelt von den Latschen bis über den Schopf, unter der Türkenhose die Unterhose, tiefer und tiefer Schlüpfer über Schlüpfer wie die Häute einer Zwiebel.

Und so stinken diese Weiber auch.

»Komm mit nach Belgrad. Wir nehmen Zimmer in der Serbischen Krone mit Blick auf den Park Kalemegdan.« Und zu einem so schönen Sonnenuntergang stecke man nicht in dieser gottverlassenen Campiña. »Wir sitzen auf dem Boulevard König Milan und trinken unseren Mokka mit Hauptmann Tankosić, dem Chef der Geheimen Polizei.« Man könnte ein Desaster nach dem anderen entwerfen. »Wir drei – der Hauptmann, du und ich. Wir planen den Untergang der europäischen Monarchien. Wir befreien die kleinen Völker und knebeln sie neu in einer frischen Ordnung.«

Nein.

Vater Tugend sagt nein. Er kennt Belgrad. Vor kurzem erst beehrte er die Stadt. Als er sie wieder verließ, waren zwei Minister tot, wer weiß wie viele Schranzen, und natürlich der König und die Königin.

Draga. Ihren letzten Blick vergißt du nie.

»Nein, Lady, sicher gibt es noch heute in Belgrad Leute, die mir böse sind.« Könnte man einem Hauptmann Soundso trauen – selbst unter dem Schutz einer Amerikanerin?

»Nein.«

Keine Moslemtitten unter Türkenwolle. Ist die Operación Catalán siegreich beendet, setzt du dich nach Frankreich ab. Jawohl. Dein Pflaster ist Paris. Was kümmert dich das Brodeln im Wurstkessel Balkan? Was danach das große europäische Feldgeschrei? Kriegsgetümmel ist Sache der Soldaten. Du, Domingo, bist kein Muschkote, du bist Anarchist.

Dezennien werden kommen, da werden in Paris die Röcke der Frauen kürzer. Bald schon entpuppen sich die Waden, zeigt sich das Knie, winkt höher und höher das Bein, lockt am Ende der Saum der Strümpfe ...

Das Leben – eine einzige große Revue.

Auf den Boulevards des Capucines und Italiens, auf der Avenue des Champs Elysées, auf der Rue de Rivoli tippeln die Demoisellen, und sie duften nach Flieder, Fleurs d'Amour und Fleur folle, nach Premier Soir, Désir und Belle de Nuit.

Und nicht nach makedonischen Zwiebeln.

»Nein.«

Den Gästen des Café Cyrano an der Place Blanche ist der alte Russe kein Fremder. Er wohnt schon lange im Quartier Pigalle, aber seine Freundschaften verlieren sich nach dem Ende des Weltkriegs nach und nach. Einundachtzig ist er, die Zwanziger Jahre gehen ihrem Ende zu. Die Welt mit klassischem Terror verändern zu wollen, ist lange schon aus der Mode.

Ein neuer Anarcho-Surrealismus beherrscht Paris, er verpönt die konventionelle Freveltat. Er rebelliert mit dem Skandal.

Den Altanarchisten spricht der russische Kellner mit Väterchen Iwan an, ein paar Spanier – etwa der Filmregisseur Luis oder der Maler Salvador – begrüßen ihn als Don Domingo, für die anderen Gäste ist er schlicht Monsieur Vertu.

Läßt man ihn erzählen, räsonniert er von der Ästhetik des Attentats und immer wieder von der alten Tugend, die – aber das will nicht mehr in seinen Kopf – ihre Kinder längst gefressen hat. Sie – ganz neu in Leidenschaft und Aggressivität – ist nicht mehr die seine, kein Mensch betet sie mehr an, alle Welt verhöhnt sie. Die Tugend höhnt zurück – stets perfide, zuweilen tödlich.

Der Moralist ist nicht mehr der strahlend sittliche Geist, er ist der ruhmlose Suizidant.

Ein nunmehr ausrangierter Vagabund – einst ein berüchtigter Homme de toute l'Europe – sitzt bei seinem Pernod und halluziniert: Eine dramatische Verfolgungsjagd endet ausweglos auf einem Dach. Er – der letzte Vertreter des guten alten Chaos – ist am Ende nichts als das allzu leichte Ziel der Flintenkugeln selbst zittrigster Scharfschützen ... Oder er kapituliert nach sensationellem Feuergefecht in erbärmlichem Versteck: Es ist eine zum Bündel gerollte Matratze in knallig rotweißen Streifen, die ihn verrät.

Paff. Ein einziger Schuß des Konstablers genügt.

Aber die sanfte Kugel kommt nicht. Tagein, tagaus bleibt nur das Cyrano, und von Jahr zu Jahr werden es weniger, die dem alten Russen zuzuhören bereit sind. Breton hält noch zu ihm, auch Aragon, der ihn gelegentlich ins Kino mitnimmt.

Zeigt dieser Film nicht einen Karnevalszug in Nizza? Aber ja doch, Iwan Iwanowitsch, da ist für wenige Sekunden eine alte Dame im Bild, sie winkt mit schwachem Händchen in die Kamera, sie lächelt.

Das ist Miss Alabama.

Das ist die abgetakelte Lady einst aus Amsterdam, später aus Barcelona. Sie wollte mit dir auf den Balkan. War es nach Bulgarien? Nach Bosnien? Nach ...

Domingo springt von seinem Sitz auf. Er applaudiert.

»Bravo. Bravo.« Und: »Vivat.«

Das Publikum pfeift und bedroht den Störenfried. Gerade noch gelingt ihm eine Flucht durch die Seitentür. Später – zur Ruhe gekommen – muß er sich belehren lassen, daß die alte Vettel nicht Alabama, auch nicht eine andere Matrone auf der Promenade des Anglais gewesen sein konnte, daß er überhaupt in einem ganz anderen Film, ja selbst in einem verfehlten Kino war. Das war kein Streifen von seinem Anarchistenbruder Vigo. Das war im Studio 28 die Premiere eines anderen seiner Busenfreunde.

Das war L'Age d'or.

Und auch jetzt hockst du nicht wie gewohnt im Cyrano, du befindest dich – wie von der Vorsehung verschleppt – in Les Chants de Maldoror zwischen den Fronten verfeindeter Surrealisten. Ein Kinoskandal wird ausgetragen – erst mit Wortkanonaden, dann mit Fäusten, am Ende mit Messern. Irgendein Individuum entlarvt dich als Claqueur des Goldenen Zeitalters, er attackiert dich, Aragon wirft sich dazwischen, er trägt eine Wunde davon, du selbst mußt dein Leben lassen.

Ein versehentlicher Applaus für eine irrige Person in einer imaginären Sequenz eines falschen Films in einem verwechselten Kino – das kann den Tod bedeuten.

In dieser neuen Zeit.

Stirbt der Heros seiner gewaltigen Epoche an einem Messerstich? An einem Schlag über den Kopf? Oder stirbt er schlicht an gebrochenem Herzen? Auf dem Totenschein hinter cause de mort nur ein Strich.

Domingo, du stirbst an einem albernen Skandal.

Luis Buñuel, später der Chronist jener Jahre, erwähnt nicht einmal einen einzigen deiner vielen Namen.

Hast du erst einmal selbst den Abstand zu deinem Tod, wirst du das Glück zu schätzen wissen, im Fehdekrieg wenigstens gleichgestimmter Seelen verendet zu sein.

Wenig später wärest du – deiner auffälligen Besuche sittenwidriger Filme wegen – ohnehin das Opfer der Jeunesse Patriotique geworden. Dann allerdings im Rinnsal der Gosse und nicht unter einem Barhocker des Nachtclubs Les Chants de Maldoror.

Nahe der Place Bienvenue. Im Quartier von Montparnasse.

»Komm mit nach Belgrad.«

Keine Antwort. »Nun gut denn, die Rast ist zu Ende.« Miss Alabama treibt das Pferd an. So plötzlich stirbt die Stille, daß Domingo aufschreckt. »Wo sind wir?«

Was für eine Frage. Haha.

»Du wähnst dich wohl in einem deiner Niemandsländer, Väterchen Vagabund? Nimm Abschied von deinen romantischen Banditenträumen.« Trix Jailbird erklärt dem verirrten Abenteurer, daß er sich auf einer befestigten Straße geradewegs zum Gut Lágrima bewege. »Es ist das Gut deiner Tochter.« Und er wolle doch wohl nicht etwa frech behaupten, dies sei nicht eigentlich sein Ziel gewesen.

»Es ist auch das Gut deiner alten Kinderfrau.« Sie führe eine gute Küche. »Am Dienstag abend saß ich mit ihr auf der Terrasse, es gab Russisch-

Steak mit Steinpilzen in einer Brotsauce. Wir sprachen über dich, fellow, auch wenn dein Name nicht gerade fiel.«

Alma erwartet dich.

»Was wohl wird die Tafel heute abend bieten?« Alabama bedauert, erst morgen zum Kindergeburtstag geladen zu sein. »Ich werde mir unten im Ort ein Hotel suchen. Für dich dagegen hört hier die Reise auf. Da drüben siehst du das Gutstor. Es sind nur wenige Schritte.« Und er möge sein Gepäck nicht vergessen.

»Vor allem nicht das kleine Köfferchen. »Haha.«

Jenseits der Mauer ist der Lärm der Haustiere gedämpft. Das Federvieh ist sicher beim Futtern, auch in den Ställen herrscht stille Zufriedenheit, und selbst die Frösche am Teich genießen gewiß zu dieser Stunde den Abendfrieden.

Hingegen setzen die Hofhunde zu einem Mordsspektakel an.

Der Gast, derart kregel angekündigt, kann nun nicht mehr zurück. Er wartet, bis die Kläffer zurückgepfiffen sind. Zögernd geht er voran, er hofft, nicht entdeckt zu werden – zumindest vorerst nicht. Noch hat er seinen Prolog nicht einstudiert.

»Bye, chap.«

Ein kurzer Abschied. Schon ist Alabama hinter einer Wolke von Straßenstaub entschwunden. Iwan Iwanowitsch, jetzt bist du allein. Domingo Lunes Martes ... Wie wirst du dich nennen?

Eine lange Nacht zuvor

*Versponnene Gedankenwelt * Ein kühler Empfang * Plötzlich in der Tür Zar Alexander * Willkommen, Weltenbummler! * Eine lieblose Speisenfolge * Konversationsstück mit Bombenrolle * Legende einer Redoute * Immer noch kein Text * Veteranengeschwätz * Narodniki, Narodniki ... * Mütterchen Garrotte * Gebündelte Gewalt * Das Lied von den Sommerkindern * Golliwogg's Cake Walk * Ein würdeloser Auftritt * Vielleicht nur der Plan eines Attentats*

Eine gute Stunde ist es her, daß die Hunde anschlugen. Sie bellten nur kurz, gleich waren sie wieder still. Vielleicht stromerte ein Vagabund vorbei, suchte – derart rüde erschreckt – hastig das Weite oder fand womöglich in der Nähe ein schnelles Versteck.

Die Zeiten sind unruhig. Überall ist mit streunendem Gesindel zu rechnen.

Aber wozu sich aufregen? Der Marqués – seit gestern auf seinem Gut Lágrima zurück – sitzt im halb abgedunkelten Salon und liest. Er gibt sich seinem teuren Unamuno hin und kommt immer wieder auf die Geschichte der Karlistenkriege zurück.

Paz en la guerra.

Ja, Frieden ... mitten im Krieg! So leben wir – heute wie in all den Jahrzehnten zuvor – zuweilen nur für einen Tag, für eine Stunde. Immer steht das Pferd gesattelt vor der Tür. Wieder mal ein Feldzug. Am Ende ein ruhmloser, eben ... ein spanischer Heldentod.

Und Europa wartet weiter vergeblich auf sein Glück, hispanisiert zu werden.

Gelänge es doch auf letzter Lebensmeile vor den spanischen Gräbern, uns derlei Triumph in unseren spanischen Köpfen wenigstens zu erträumen. Das aber hieße zuvor, Europa eigens und für uns allein neu zu erfinden.

Ein Gedanke – wie einfach und doch so voller Abenteuer.

Du müßtest, Yoyó, mit jemandem darüber sprechen. Aber mit wem? Mit El Cid, der alten schlichten Ordonnanz wohl kaum? Mit dem infantilen Kaplan vielleicht?

Oder mit der Marquesa?

Nein. Dieses Kind lebt in seiner selbstgesponnenen Nomadenwelt. Aurora, ruhelos – eine Fliegende Holländerin über dem fiebrigen Rußland.

Die Ehe trennen der Granit der Pyrenäen, das Eis der Alpen, der Schutt der Karpaten. Gibt es denn keine Verbindung? Gewiß, Bären und Wölfe hier wie dort, vielleicht auch das Wildschwein. Aber über Fauna wie Flora legte sich wie über die Gebirgsformationen des Erdaltertums längst schon der Schatten des Abends. Der Mensch tritt ins Dämmerlicht, er hat es eilig, auseinanderzustreben. Er wartet nicht einmal das Ende des Tertiärs ab, da geht ein jeder schon seinen alleinigen Weg, ein jeder mit seinem eigenen Faustkeil, seinem eigenen Feuerstein – im Pamir, im Kaukasus, in Lappland ...

Warum sollte es in Lágrima anders sein?

Warum, Yoyó, sollte es gerade für dich dieses eine Wort geben: Beisammen? Es ist lange her, da hattest du wenigstens in der quirligen Doña Tornado, wenn auch keine Geistesverwandte, so doch eine unbekümmerte Zuhörerin.

Angelita Abriles mit ihrem empfindsamen Phlegma, ihrer zerflatternden Einfalt – ja, das war eine Zeit milder Leidenschaften.

Der Marqués darf gar nicht an die Gäste des morgigen Geburtstags denken: Statisten einer seichten Revue, bei der – wenn es hochkommt – allenfalls ein dünnes Solo aus der Kulisse tritt. Wäre doch bloß der Advokat Galcerán geladen, hätte die Gesellschaft ihren sprudelnden Causeur. Jetzt mußt du als Gastgeber allein der Infantin als Schwatzgeber dienen, und du kannst froh sein, wenn der Fabrikant Estrü und der Konsul Brosset dir als Papageien die Stange halten.

Doch kommt nicht auch noch diese Miss aus Amerika?

Heute nacht beim Souper zu viert wirst du dich gefälligst zurückhalten, mein Lieber. Gottlob wird der General bald schon betrunken zu Boden gehen, aber wenn seine Mulattenkatze anfängt, ihren auf dem Teppich schnarchenden und gewiß um sich furzenden Gemahl mit ausgelutschten Kokablättern zu bespucken, wirst du die Tafel aufheben.

Abgemacht?

»Das Fest ist auf dem Höhepunkt.« Ja, das wirst du sagen. »Lustiger wird es jetzt nicht mehr.«

Wieder kläffen auf dem Hof die Hunde, diesmal lauter und länger – vor allem fröhlicher. Auch die Welpen stimmen sich heulend ein. Gibt es denn keine Ruhe? Der Marqués ruft nach der Hausdame.

»Alma. Schließen Sie die Fenster. Die Zeiten sind unruhig.« Auch treibe sich allerlei Gesindel umher.

»Die Fenster bleiben offen, Euer Wohlgeboren.« Im übrigen sei, wer soeben zur Freude der Hunde angekommen, kein Gesindel. »Sie haben das Automobil selbst gehört, Herr! Frau Marquesa hat die schwarze Exzellenza mitgebracht.«

Der Gutsherr fürchtet, sein Ansehen zu lädieren, gäbe er jetzt nicht einen Befehl. Nur irgendeinen. Aber seine Dienerin kommt ihm zuvor. »Es gibt nichts mehr anzuordnen. Das Essen ist vorbereitet, um halb zehn steht es auf dem Tisch, Don Destilador kümmert sich um den Wein, Chica ist auf ihrem Zimmer.« Dort male sie eben noch ihr Bild zu Ende, dann werde sie ins Bett gehen. »Sie bekommt von mir ihren Kuß.«

Chica, ja. Warum sollte sie wach bleiben, um sich von der Mutter begrüßen zu lassen? Das Kind hat für heute ausreichend Zuwendung genossen. Kuchen satt. Kakao. Grammophonmusik. Zwei Stunden Tanz bei ihrem Lehrer Tristan. Nachher einen Auftritt vor dem Vater erlaubt bekommen: nach einem klassischen Fandango, der zu Herzen ging, eine neue Einstudierung des deutschen Ballettmeisters.

Einen Boston aus dem Moderepertoire der grand monde.

Sehr ermüdend. Eine Valse für eingeschlafene Füße. Trois pas en avant ... trois pas en arrière ...

»Brígida, Adola. Mirabel.«

Die Stimme der Marquesa schrillt über den Hof. Es kommen aber nur die alte Sina und die schwangere Alissa. »Nein, unsere drei Dirnchen sind vom Ausflug am Dienstag abend mit ihren Kavalieren der Guardia Civil noch nicht zurück.«

Gemächlich tritt El Cid an das Automobil. Er kann seiner Herrin nicht mehr berichten als gestern auf der Lagune. »Die Jungfern hatten uns zum Abschied noch zugewinkt.«

So etwa ...

Der Inspektor rudert mit beiden Armen in der Luft, wobei er die Handgelenke zusammenpreßt. »So etwa ...«

Das, Aurora, ist deutlich genug. Kein weiteres Erkunden. Auch keine Frage an Alma. Nein, nach ihr rufst du nicht. »Schaffen Sie das Gepäck der Exzellenza auf das Gästezimmer.« Bei den Geburtstagsgeschenken für Chica möge der Inspektor seine groben Hände zügeln. »Der Herr Marqués hat selbst jedes Stück sorgsam ausgesucht. Für seine heißgeliebte Tochter.« Zerbräche etwas, könnte es Ärger geben.

»Vorsicht bei den neuen Schallplatten aus Paris.«

Yoyós Begrüßung der Damen bleibt kühl. Er küßt seiner Frau die Wange, der Generalin die Hand. Alma hält sich zurück. Sie bleibt im Türrahmen des Speisezimmers stehen und knickst von weitem. Sich mit ihrer Aurora Iwanowna in Gegenwart des Herrn Marqués zu verständigen, hat sie nicht nötig.

Gerade will die Alte in die Küche, da hält die Marquesa sie zurück. »Was sollen fünf Gedecke auf der Tafel, Alma?« Habe der Schnapsbrenner daheim nicht ausgerichtet, man sei an diesem Samstag beim Essen zu viert? »Oder sitzt womöglich das Kind mit am Tisch?«

Doch nicht etwa spanische Moden?

Yoyó überspielt geschickt seinen Ärger über die mütterliche Herzlosigkeit. »Was schon könnte unsere kleine Chicachiquita bei Tisch von den Phrasen der Eltern lernen? Was von der Rhetorik des Generals?« Und die Lebenserfahrungen unserer verehrten Doña Morocha blieben für eine künftige Edeldame in unserem Lande gewißlich ohne Bedeutung.

»Verzeihung. Madame de couleur.«

Alma unterbricht die peinliche Konfrontation. »Ich werde die Wanne füllen lassen. Sicher wollen die Damen sich nach den Reisestrapazen erst einmal gründlich abseifen.« Da kann Morocha nur herzlich lachen. »Wir haben unterwegs im Fluß gebadet.« Und laut, um den Caballero zu schokkieren: »Nackt.«

Aurora bestätigt dies. »Nachher haben wir uns am Ufer von der Sonne trocknen lassen und uns vor dem Anziehen gegenseitig den Sand von Bauch und Gliedern geklopft.« Ja, auch vom – wie der Gemahl es nennen würde – verlängerten Rücken.

»Vom Arsch. Haha.« Morocha genießt den Auftritt und klatscht sich auf den Hintern. »Vom Arsch, jawohl.«

Das inspiriert Alma, sich um die Kleidung ihrer Herrin zu kümmern. Sie klopft ihr den Rock ab. »Du hast gezeltet, Schwälbchen? Du hast ja noch Stroh in den Falten der Kledage. Willst du dich nicht umziehen? Soll ich dir zum Abend was Festliches herauslegen?«

Nein. Aurora bleibt zum Souper im Reisekostüm, sie will provozieren. Auch Morocha hatte vor, das lose Hemdkleid anzubehalten, erblickt aber nun das fünfte Gedeck.

Vielleicht steht unvermutet ein amüsanter Gast ins Haus. Da solltest du dich für alle Fälle im Flitter zeigen – und mit tiefem Dekolleté.

Yoyó tritt mit ahnungslosem Blick an die Tafel und zählt die Gedecke ab. »Einen Teller für unsere Tochter? Aber ma chère, Chica ist ohnehin beschäftigt. Sie malt. Heute nachmittag lernte sie von Monsieur Tristan eine neue Choreographie und führte sie mir vor.« Nun kenne er den Boston Américain, einen hübschen behaglichen Walzer. »Der Boston schafft der Seele ein neues Gleichgewicht, auch dem Geist, der Inspiration ...«

Blödsinn.

Der Marqués überhört die Rüge seiner Frau. Er hebt die Arme wie zum Tanz und versucht sich in ein paar Tripelschritten.

»Drei vor ... drei zurück ... drei vor ...«

Jetzt gerade beende die Tochter sicher ihr Bild. »Ich glaube, es wird eine kindlich unverbildete Grablegung.« Und was die kleine Künstlerin in der Mitte ihres Blatts über der offenen Grube zusammenkringele, erweise sich – nicht von ungefähr – als ferne Idee vom Leichnam des spanischen Traums. »Ich selbst lese gerade von Miguel de Unamuno ...«

Die Salbaderei ist ja nicht zu bremsen! Aurora flüchtet in die Küche. »Wen Alma, sage, wen erwarten wir?«

Wen?

»Die Zeiten sind unruhig, Schwälbchen.« Ringsum sei die Gegend entflammt. »Im alten Rußland legten wir zu solchen Zeiten immer ein Gedeck mehr auf.«

Seit meiner Kindheit.

»Unsere Familie gehörte zum Besitz Kropotkins, des Großvaters unseres guten Fürsten. Ich war fünf und wohl eine der kleinsten seiner Seelen.«

Selten hatte Alma diese Geschichte erzählt, seit ihrem Dienst in Lágrima noch nie. »Es war auf einem entlegenen Gut in Wjatka. Die Behausung des Vaters lag an der Straße der Pelzhändler. Die kamen vom Ural auf ihrem Weg nach Nishegorod bei uns vorbei.«

Es war Winter.

Da öffnet sich die Tür, eine Lawine von Schnee stürzt in die Stube, mit ihr ein fast Erfrorener. Ein Bettelmönch? Ein Vagabund, ein Sträfling auf der Flucht? Die Mutter gießt heißes Wasser in den Bottich. Der Fremde wäscht sich, sein Rücken ist von Striemen verkrustet.

»Das ist nun mal das Los der Landstreicher bei uns.«

In jedem Gouvernement werden sie an den Grenzen ausgepeitscht: jenseits zwanzigmal die Knute als Abschied, diesseits dieselbe Zahl als Willkomm.

»Auf dem Rücken eines Russen ist viel Platz. Denn Rußland ist groß.«

Auf dem Tisch die Schüssel mit der dicken Milch. Das Brot. Dann kommt der Tee. Dann der Wodka. Im Topf das Birkhuhn. Die Teller reichen aus, immer ist einer mehr im Schrank.

Großvater zerfingert ein Zeitungsblatt, dreht Zigaretten und erzählt von Wjasma, von Witebsk, vom dichten Nebel bei Dobrowna. »Ich war Pferdeordonnanz bei Kutusow.«

Der Besucher ist auf dem linken Ohr fast taub. Der Großvater wiederholt den Namen seines Generals. »Beim Fürsten Smolenskij.« Der Fremde nickt, er sagt kein Wort.

Das war auch nicht nötig.

»Ich hatte ihn längst erkannt, lange bevor er den Tabak paffte, den Schnaps kippte, das Brot in die Milch bröselte, bevor er sich wusch. Er schleppte sich durch die Tür, schwer den Schnee auf den Schultern, auf den Ärmeln des Pelzes, auf der Fellmütze, reifweiß zugepappt das Gesicht, die Nase ein Flockenhügel, darunter kein Mund. Nur die Augen ...«

Es war der Zar.

»Ich, eine kleine Alma, gerade fünf Jahre alt, erkannte den guten Zaren Alexander sofort.« Den Toten von Taganrog? Nein. Kein Mensch hatte ihn sterben sehen, von niemandem hatte er Abschied genommen, zur Gruft auf der Peter-Pauls-Festung wurde ein fremder Leichnam überführt, auf keiner Station der Sarg geöffnet, nicht einmal in der Sankt Petersburger Kathedrale.

Alexander, in der Todesnacht heimlich dem Krankenbett entstiegen, irrlichterte ein Jahrzehnt durch sein eigenes Land, durch Sibirien, die

Steppen der Kirgisen und Kalmücken, über den Ural, die Schwarzerde und den moorigen Grund der Poléssje-Sümpfe, in den Strombögen von Donez, Don und Wolga, mal zu Pferd, mal zu Fuß am Stab, hier in der Kutte, dort im Rock des Bettlers, gelegentlich aufgegriffen, entwichen, wieder eingefangen, wieder auf der Flucht ... Er nannte sich Fjodor Kusmitsch oder auch anders.

Unser großes weites Reich hat viele Namen für jeden seiner Pilger.

»Seit dieser Zeit, Schwälbchen, haben wir alle in Rußland tagtäglich zum Abendessen einen Teller mehr auf dem Tisch.«

Seit achtzig Jahren und länger.

Aurora, tief in den eigenen Gedanken, hatte sich dieser Legende zu entziehen versucht, doch schreckt sie der letzte Satz wieder auf: ... einen Teller mehr auf dem Tisch.

»Wo ist er?«

Alma verläßt die Küche und geht in ihren Kräutergarten. Soll doch ein jeder jeden allein und für sich wiederfinden.

Aurora, zurück im Salon, bleibt am Eingang stehen. Drüben an der Tür zur Terrasse plaudern zwei Herren miteinander. Ja, es sind zwei, du kennst sie beide.

Da ist der eine, dünn und lang, zwei Meter wohl, eitel der Schnurrbart, pomadig das Haar, in der Mitte gescheitelt. Ein Geck. Er streicht sich das Dinnerjacket glatt, spielt mit seinen Manschettenknöpfen, er lächelt. Ja, Aurora, dieses Feixen kennst du, auch den Mann dazu: Es ist der Marqués von Lágrima, es ist Yoyó, dir seit elf Jahren ehelich angetraut. Du hast sogar ein Kind von ihm.

Ja.

Da ist der andere, nougatfarben der Anzug mit braunseidenem Passepoil – Ton in Ton – in der einen Hand den Bowler, in der anderen ein Meerrohr mit Silberknauf. Es ist – aber ja! – es ist der rundgeschnittene Rotbart vom vergangenen Sonntag am Zeitungskiosk vor dem Mundialpalast. Der Buchsbaum sagt etwas, du verstehst es nicht, doch es ist – aber ja! – die Stimme aus dem dunklen Saal beim Großen Eisenbahnraub.

»Das Kino – eine neue Kunstform der Anarchie.«

Die Stimme sieht zu dir herüber. Das ist – aber ja! – der Blick entfernt von einer Galerie auf einem Wohltätigkeitsball vor sechzehn Jahren.

Eine Hand hebt sich, sie hält dir die Augen zu. Du bist, Aurora, in London. In einem Bierkeller.

Die Hand sinkt, du siehst vor dir noch immer diesen Weltenbummler – doch nun nicht mehr an der Theke von Pinko's Corner. Er steht an der Terrassentür deines Gutshauses in Lágrima.

Die Marquesa hat den Augenblick voll im Griff. Sie kennt die Entfernungen in ihrem Salon. In der Diagonale sind es vierundzwanzig Schritte. Ein erster, ein zweiter, weiter einen Fuß vor den anderen, schmal und schmal wie auf einem Seil.

Nein, Aurora, du stürzt nicht ab.

Noch sechzehn Schritte. Du legst ein Rouge von Heiterkeit auf deine Wangen. Noch zwölf Schritte. Zur Heiterkeit gesellt sich ein Puder von guter Laune. Noch sechs Schritte. Du hebst den rechten Arm und streckst ihn waagerecht weit vor. Noch vier Schritte. Du wölbst den Handrücken und federst ihn dem Buchsbaum entgegen.

»Willkommen.«

Ja. So hatte sich der Marqués die Begrüßung des Fremden durch seine Frau vorgestellt. »Nun, Señor, ist sie nicht noch immer dieselbe?« Eine Antwort braucht er nicht, gleich wendet er sich an Aurora. »Du wirst dich an unseren Gast kaum erinnern können. Du warst damals ja noch ein Kind.«

Der Besucher erzählt nun auch der Dame des Hauses, was der Marqués vor einer Viertelstunde erfahren hatte. »Wir begegneten uns einst, Madame, in Barcelona auf einem Benefizball zugunsten der Witwen und Waisen unserer tapferen spanischen Guardia Civil – das heißt: Wir trafen uns fast. Sie sangen damals ein Lied aus Ihrer russischen Heimat, die auch die meine ist, aus den Tagen irgendeiner russischen Revolution, die auch die meine hätte sein können.«

Brüderchen Narodniki ... Brüderchen unterm Schnee ...

Der Marqués schätzt sich glücklich, vor dem Abendessen noch einen kurzen Spaziergang gemacht und – wie zufällig – diesen Herrn Globetrotter auf dem Gehöft entdeckt zu haben, einen – wie sich gleich schon bei der Begrüßung herausstellte – guten alten Bekannten seiner Gemahlin Aurora.

»Die Freunde meiner Frau sind auch die meinen.« Der verirrte Wanderer bliebe doch gewiß zum Essen, bliebe auch über Nacht, denn morgen gäbe es zum Geburtstag der kleinen Tochter Chica ohnehin ein offenes Haus.

Der Gast hält nach einem eleganten Handkuß die Fingerspitzen Auroras noch eine Weile fest. »Sie haben mich sicher nicht mehr in Ihrem Kopf, Marquesa. Ich trug damals einen Künstlernamen. Vielleicht Salvador, ich weiß es nicht mehr genau.«

Auf die Frage, wie der Herr Abenteurer denn heute heiße, bekommt der Hausherr eine gut vorbereitete Antwort. »Nennen Sie mich, wie Sie mögen. Vielleicht nach irgendeinem Wochentag.« Und man könne bei der Namenswahl doch gut und gern an das morgige Fest denken.

»Domingo.«

Ein guter Einfall, Aurora! Yoyó lobt seine Frau und freut sich, daß sie sich nach einer so langen Zeit gleich wieder mit einem doch sicher vergessenen Freund so gut verständigt.

In die harmonische Runde platzt Alma. Sie kommt aus ihrem Kräutergarten und wählt absichtlich den Umweg über die Terrasse. »Das Zimmer ist bereitet, Euer Gnaden, Ihr Gepäck ist versorgt.« Im Vorübergehen knufft sie den Gast in die Seite.

»Kusch, Zigeuner.«

Sie sagt es leise, dann laut zu ihrer Herrin: »Unser Herr Sonntag möchte sich gewiß etwas erfrischen, Schwälbchen. Vielleicht kommt er von einem mißlichen Abenteuer.« Gleich fühlt sich Domingo von der Alten am Arm gepackt, gerade knapp gelingt es ihm, sich noch einmal umzuwenden.

»Man sagt also, Marquesa, zu Ihnen auch Schwälbchen.«

Bevor er noch mehr Unsinn redet, schubst Alma ihren Schützling durch die Tür. »Gib Ruhe, alte Rabenscheuche.«

Die rüde Despektierlichkeit der Camarera mayor bleibt dem Herrn und der Dame des Hauses verborgen. »Um halb zehn wird das Essen aufgetragen.« Der Marqués ruft es seinem neu gewonnenen Freund hinterher. Man warte nur noch auf den Herrn Militärgouverneur und seine Frau, die Generalin. »Prachtvolle Menschen, sie beide. Sie werden Ihnen, Don Domingo, gefallen.« Vor allem die Exzellenza. »Sie ist ein verwirrendes Wesen.«

Überhaupt, dies werde ganz gewiß ein zauberhafter Abend. »Wir alle werden uns wahnsinnig verstehen.«

Die Speisenfolge zur Nacht ist schlicht. Für eine wählerische Küche fehlt an diesem Wochenende das Personal. Nicht nur Alma vermißt die drei entführten Mägde, auch der Marqués. Wieviel lieber ließe er sich die Gerichte von seiner leckeren Brígida auftragen. Nun muß er die alte Sina erdulden, die immer von der falschen Seite serviert, den Daumen in der Kelle hat und in die Terrine hustet.

Eine Bauernsuppe – Brühe mit Brot gedickt.

Hat Alma es nötig, dieser Tafelrunde ihre feine russische Kochkunst zu bieten? Sina räumt klappernd die Teller ab – jeden einzeln. Ein Tablett wäre ihr zu schwer.

Die Alte schlurft und schlurft. Das dauert und dauert. Morocha kramt ihren Tabakbeutel hervor, sie wird sich eine Zigarette drehen. Aber der russische Rotbart ist schneller und hält der Exzellenza sein Etui entgegen.

Khedive mit Goldmundstück.

Derweil steht der General auf und übt neben der Tafel ein paar Kniebeugen. »Gut verdauen. Nach jedem Gang eins und zwei ... eins und zwei ...« Das lockere die Blähungen, denn nichts sei so peinigend wie ein verklemmter Furz.

»Eins und zwei ... eins und zwei ...«

Morocha lehnt sich zurück, kippelt mit dem Stuhl und pafft frech über den Tisch hinweg. »Sehen Sie nur meinen Mann. Wie er das alles schafft: eben noch der beschwerliche Ritt von Barcelona, keine Pause, gleich schon fressen, saufen, turnen und wieder fressen ...«

Wo bleibt der zweite Gang?

Da kommt er schon. Die Tortilla Feodosia – an anderen Tagen eine Spezialität der Camarera mayor, heute eine Eierpampe ohne Champignons mit viel zu viel Tomaten.

»Wo bleibt der Pfeffer?«

Das war zu laut. Der Marqués ärgert sich über seinen unbeherrschten Ton, mehr noch über die Seelenruhe seiner Frau. Da sitzt sie, döst vor sich hin, verkrümelt Brot, ohne zu essen, kümmert sich nicht einmal um ihren Kosakenfreund, geschweige denn um die allgemeinen Pflichten einer Hausherrin. Nein, Yoyó, an dir ist es nicht, dich bei den Gästen zu entschuldigen! Aber schon hörst du dich lamentieren.

»Unsere Köchin ist schon sehr alt und an manchen Tagen überfordert. Dann wirft sie irgend etwas in die Pfanne und nennt es irgendwie russisch.«

»Ja, Ihre gute Küche, meine liebe Morgenröte, wissen wohl nur wir beide zu schätzen. Heute abend genießen wir doch wohl mit ganz anderem Bewußtsein unsere Zivilisation.« Und Morocha brauche wohl nicht erst an den gestrigen Abend auf der Lagune zu erinnern. »Trockenkeks, Liebste, nichts als Trockenkeks.«

Ja. Die Lagune.

Diese verlorenen Tage möchte der Marqués gern aus seinem Gedächtnis haben. Wäre er doch in Barcelona geblieben! Der Taubenschießplatz auf dem Montjuich sei – wie der General verriet – durchgehend das Sportfeld feinster Jagdgesellschaften gewesen. Piff und Paff – so hättest du dich amüsieren können. Bei der nächsten Revolution wirst du klüger sein.

Und die kommt bestimmt.

Erst einmal gehört die Sorge der Ordnung im eigenen Haus. »Unser Inspektor war bereits im Ort, um aus dem Hotel König von Neapel Aushilfspersonal zu rekrutieren.« Fehlender Dienstboten wegen dürfe es am Sonntag auf dem Gut zu keiner Katastrophe kommen.

»Wie steht es mit Ihren Soldaten auf dem Empfangsperron, Diablillo?« Der General habe doch wohl nicht etwa die Ehrenfront dezimiert? »Dezimiert?« Über so ein humanitätsduselndes Wort kann der Militärgouverneur nur lachen. »Jeder zehnte, was ...? Nein, jeder zweite totgeschossen.«

Meuterer. Mordbrenner. Spitzbuben und Kehlabschneider. Anarchisten. Ausgeburten der Hölle. »Die halbe Garnison taktaktak zur Strecke gebracht.«

Das Teufelchen fühlt sich wohl. Nach der körperlichen Turnübung war diese Worttirade nun seine geistige. Das macht neuen Hunger. Und Durst. Viel Durst. Der Haudegen rülpst ein letztes Schimpfwort über seinen Tortillateller.

»Hundesöhne.«

Dieser Auftritt Mazapáns animiert geradezu den Anarchisten Domingo. »Sie haben die Jakobiner vergessen, Exzellenz, die Nihilisten, die Petroleure, die ...«

Ja, besonders die Bombenleger.

»Gib Ruhe.« Aurora beschwichtigt ihren Vater. Leise. Dann laut zu den anderen: »Was weiß denn so ein Gast aus dem fernen Rußland von den riskanten Umtrieben in unserem Katalonien?« Und nun die Frage direkt an ihr Gegenüber: »Wie denn haben Sie, Don Diablillo, die Reihen Ihrer Garde wieder aufgefüllt?« Die Infantin morgen früh wolle Männer sehen.

»Jawohl. Echte Männer.«

Da kriegt doch die Generalin ihren Lachanfall, fast kippt sie vom Stuhl. »Vielleicht hat mein Gatte den Zirkus von Barcelona ausgehoben. Haha.« Wo sonst gäbe es richtige Männer?

»Mit solchen Muskeln.«

Die Mulattin reckt ihren nackten Arm hoch, spannt den Bizeps und bäumt ihn vor dem Gesicht Domingos auf. »Fühlen Sie mal, Vater Rußland. Nein, nicht nur mit der Fingerspitze angetippt. Richtig hinein mit der Kralle und den Daumen krrrsch ins Paket gedrückt.«

Das sind die Muskeln von Antillenweibern. So etwas gibt es in Europa bestenfalls unter den Artisten.

Morocha greift sich seitlich an den Schlitz des Kleides und will auch noch ihre Waden zeigen. Aber ihr Mann hält sie zurück.

»Eh, du Schokoladenkeks, das war kein Witz.« Er habe tatsächlich eine Wandertruppe anschleppen müssen. »In der Frühe ganz Barcelona leergefegt. Auf den Straßen kein einziger diensttauglicher Mann.« Da habe er mit der Eskorte den Zirkus Cómico erobert.

Der Marqués gebietet Einhalt. »Wir rüsten uns immerhin zum Empfang einer Hoheit aus dem Hause Bourbon. Die Infantin ...«

»Hyacinthe Florida und weiter in den Namen aller Blumen aus dem Park des Lustschlosses Pardo.«

Das sagt dieser Rotbart aus Rußland. General Mazapán staunt, fast verschluckt er sich. Domingo muß die Wortschlange wiederholen, und gleich findet er neue Namen hinzu. »Levkojen. Lupinen. Reseda. Clorofila de la jardinera ...« Niemand brauche zu staunen. Er, ein Freund der Natur, werde doch wohl in den letzten Gärten Europas am Saum seiner Spazierwege die Gewächse kennen. »Ein paar welkende Blumen, morgen vermodert, schon heute keinem Floristen mehr eine Fußnote wert.«

Jetzt verschluckt sich der General wirklich. Er prustet den Wein über den Tisch, läßt sich von seinem Halbblut die Lungenflügel durchwalken und beginnt, kaum daß er Atem hat, zu dröhnen.

»Die Infantin – eine Fußnote! Das ist gut.« Zugegeben, Hyacinthe habe die größten Füße zwischen Marokko und den Pyrenäen, aber wer

– außer ihm, dem einstigen Leutnant Diablillo und den Liebhabern nach ihm – könnte davon wissen?

»So ein Steppenbock aus der Tartarei wird doch wohl nicht der Galan der Prinzessin gewesen sein.«

Wer weiß?

Iwan Iwanowitsch wittert seinen Auftritt. Er reckt den Kopf, rund und rot strahlt der Bart – eine Laterne der Verführung. »Wer weiß, welches Rendezvous ...« Nein, nicht so direkt. Domingo, fange den Satz noch einmal an. »Noch vor Sonnenaufgang nicht weit von hier am Puente ...« Weiter kommt er nicht, plötzlich spürt er einen teuflischen Schmerz am Schienbein.

Der nächste Gang wird aufgetragen. Im Gefolge der alten Sina kommt Alma mit ins Speisezimmer. Sie hört gerade die letzten Worte und tritt dem sichtlich überspannten Schwätzer heftig den Stiefel in die Knochen.

Aua.

»Es ist Pollo Olvidar in Sherry – aber ohne Trüffel.« Die hebe Alma für morgen auf. Auch gäbe es heute zum Nachtisch keine Blinis. »Ich stelle das Obst auf den Tisch. Dann gehe ich ins Bett.« Sie setzt – nur für Iwan Iwanowitsch verständlich – leise und auf russisch hinzu, daß das Köfferchen hinter dem Grammophon versteckt sei. Dennoch, das Wort Grammophon versteht auch der Marqués. Mit lässiger Handbewegung scheucht er die Camarera aus dem Raum.

»Es ist spät, Alma. Lassen Sie es gut sein. Musik machen wir uns selbst.«

Dieser Abend gehört einer Komödie, die nicht so recht vorankommen will. Am Szenenbild liegt es nicht, es zeigt gediegen den Speiseraum eines adligen Landhauses im konventionellen Stil. Die hintere Kulissenwand trennt mit grau angestaubter Verglasung eine Palmenveranda ab. Rechts führt eine Flügeltür in den Salon, hinter dem sich die Terrasse zu öffnen scheint.

Die Bühnenmitte beherrscht der massive Eßtisch nach einer, wenn auch nicht üppigen, so doch ein wenig zügellosen Schlemmerei. Das Tischtuch ist bekleckert, Wein verschüttet, Speisereste sind umhergestreut, Oliven und Weintrauben kullern – achtlos fallengelassen – auf dem Teppich. Doch mutwillige Zerstörungen sind nicht vorangegangen, eher die Launen einer sorglosen Gesellschaft.

Das Mobiliar paßt sich den zeitgenössischen Konversationsstücken an und spart auch die technischen Errungenschaften des neuen Jahrhunderts nicht aus. Ein Grammophonschrank deutet auf musengeneigte Hausbewohner hin. Ein behagliches Sesselarrangement um einen Rauchtisch lädt zu intimerer Plauderei ein.

An der Seitenwand gegenüber soll ein marokkanischer Lederpuff die Spielecke eines Kindes improvisieren, eine – wie sich im Spielverlauf herausstellen wird – gar nicht so mißlungene Ausstattungsidee.

Auf dem Programm steht ein Sieben-Personen-Stück. Zwei von ihnen – eine alte Haushälterin und eine stumme Magd – haben ihren Auftritt bereits hinter sich. Einer routinierten Regie folgend hat sich das verbleibende Ensemble die Bühne untertan gemacht. Dennoch hätte der Text gut und gern gekürzt werden können – besonders in diesem zweiten Akt.

Pscht.

Das Grammophon läuft. Eine vitale Mulattin zieht mit ihrer dynamischen Choreographie die Aufmerksamkeit an. Die Arme gerundet, die Knie geknickt, die Hüften schwingend, zelebriert sie – allein für sich – einen Tanz, den kaum jemand im Publikum kennt. Das Programmheft verkündet in kleingedruckter Unterzeile nur: Musik von I. Albéniz, C. Debussy, A. Villoldo und Volksweisen.

Mit Tänzen aus Amerika.

Das Halbblut trägt ein Röhrenkleid, moraluntergrabend eng, die Taille nach oben versetzt. Ein wadenhoher Seitenschlitz ermöglicht, wenn auch nicht ein weitausholendes, so doch ein elegant abgezirkeltes Schritt-vor-Schritt. Das Brokatgewebe reflektiert das Rampenlicht und wirft bei jeder Tour der Tänzerin eine Milchstraße voll silberner Sterne über die Reihen des Parketts.

Die Robe ist – ausdrücklich annonciert – eine Création des Salons Eduardo Schilling in Barcelona.

Im krassen Gegensatz zu derart festlichem Aufwand steht das schlichte Sportkomplet der Salondame – ein Modell von Paul Poiret Paris. Doch kommt das Kostüm nicht so recht zur Geltung, seine Aktrice ist in dieser Szene unterbeschäftigt und sitzt meist nur so herum. Kommt sie gerade von einer Reise zurück? Verweilt nur flüchtig im Bild und wartet auf ihr Stichwort zu eiligem Aufbruch?

Der Autor scheint diese Figur nicht geliebt zu haben. Da sitzt sie am Tisch, den Blick starr auf die Speisereste gerichtet, und versucht – ach viel zu träge! – in der Krümeldeponie eine Fliege zu fangen.

Wieder eine Minute vorbei.

Löscht sich die Zeit nicht endlich aus! Der vernachlässigten Diva bleibt nur ihre Fliege. »Na duuu. Na duuu.« Sie versucht, das Tier zu hypnotisieren. »Piff paff.« Wenn es sich schon nicht schnappen läßt, soll es wenigstens vor Schreck umfallen.

»Tak tak tak.«

Gottlob bleibt das Gebrabbel leise, niemand bekommt es so recht mit. Sonst gäbe es mit Sicherheit im Parkett Lacher.

Die nun bekommt eine andere Charakterrolle – ein alter Komödiant in der Uniform eines Generals. Er kämpft immerfort mit seinem Waffenrock, den auszuziehen ihm nicht gelingen will. Er ist betrunken. Seine Hose ist gelockert, das Hemd bekleckert, borstige Haarsträhnen fallen ihm über die Augen. Dermaßen halbblind dauert es eine Weile, bis er den marokkanischen Lederpuff findet, auf dem er sich einrichten möchte. Er fällt daneben. Zweimal. Dreimal. Er rülpst.

Plkscht ... öaaak ... ööööö.

Eine Bombenrolle für einen Altmimen. Er löst eine Welle von Heiterkeit aus, und manch ernsthafter Besucher bedauert, daß in derlei Lachsalven das Gespräch zweier Herren am Rauchtisch streckenweise untergeht.

Ach, soll es doch! Da wuchert sicher wieder so ein Bildungsgeschwätz um sich – ohne Gewinn für die Handlung.

In einem der Sessel sitzt der Hausherr, ein Marqués mit dem seine Eitelkeit und Egozentrik kennzeichnenden Rufnamen Yoyó. Er trägt – korrekt – das Dinnerjacket. Des ungeachtet hat sich sein Gegenüber ganz anders in Schale geworfen. Eingepuppt wurde der Gast offensichtlich von einem prominenten Tailleur, dessen Name das Programmheft ebenso verschweigt wie den Namen des Darstellers: hinter der Rolle des Domingo Lunes Martes, alias Iwan Iwanowitsch nur drei Sterne.

Monsieur ***

Dieser Don Domingo ist ein echter Homme de toute l'Europe. Er wirft mit Fremdsprachen um sich wie mit Ländern und Städten. Verkörperte er nicht eben noch einen bankrotten Baron im Nachtasyl? Oder einen Hasardeur im Casino von Monte? Trente-et-Quarante. Schon sind zwölftausend Francs heidi! Mimt er jetzt den Schwager irgendeines Großfürsten, vielleicht des Zaren? Nein? Dann eben dessen Mörder.

Einen Anarchisten auf jeden Fall. Das aber soll möglichst bemäntelt bleiben. Um den Gastgeber abzulenken, beginnt sein Vis-à-vis einen belanglosen Monolog.

»Mit knapp Sechzehn durfte ich zum erstenmal einen Ball besuchen. Das war in Paris. Jules Michelet hatte meine Eltern eingeladen.«

Zu einer Redoute.

Alle Damen im Kostüm der geknechteten Nationen Europas. Sarah Bernhardt, noch blutjung, kam in der Tracht der Polin – trübsinnig verträumt. Die Païva tanzte in einem kroatischen Fetzen für fünf Francs vom Trödel und mit Perlen für eine halbe Million. Prinzessin Mathilde, eine angejahrte Montenegrinerin, brachte ihre Möpse mit auf den Ball.

»Meine Mutter ging als Katalanin. Nicht von ungefähr, Marqués. Die Herzen meiner Familie glühten schon immer für den Freiheitskampf Ihres tapferen Volkes. Ich war stolz auf meine Mamá. Ihre Robe war aus feurigem Atlas.«

Viva Catalunya.

Hortense Schneider, die Impératrice des Variétés, hatte sich zur dreisten Lombardin aufgeplustert. Nur die zickige Pauline Metternich mochte nicht ins Kostüm einer geknebelten Nation.

Aber sie wollte partout den Kotillon eröffnen.

»Wir stampften die Polonaise As-Dur – die heroische Polonaise. Dam dadam ... dadadada ... dam da dam. Das jubilierende Requiem auf das Europa der Kronen.«

Dam dadam ...

Der Marqués mißtraut seinem Gast. Das alles ist kaum selbst erlebt. Da hat sich der exotische Vogel eine hübsche Legende zusammengepickt. »Vielleicht aus den Klatschspalten des Figaro, mein Freund? Oder aus dem Journal der boshaften Brüder Goncourt? Nein, nicht einmal das.« Der Gedankengaukler habe sicher nur die Fülle der Fotografien Nadars in seinem Kopf herumwirbeln lassen.

»Wir sind ein wenig mit ihm bekannt. Das Atelier Nadar hat meine Gattin konterfeit.« Irgendwo stünde Aurora herum, in einem Modell von Lanvin, die Hand leichthin auf die Gondel eines Ballons gestützt. »Etwa so ...«

Jetzt erhebt Yoyó sich doch wirklich, um sich in einer Pose der Marquesa im Atelier zu produzieren. Das geht Aurora denn doch zu weit.

Abgeschmackt.

Sie fegt mit weitausholendem Arm die Krümel vom Tisch, ein leeres Glas kippt um. Die Fliege taumelt irritiert davon, gerade noch rechtzeitig, bevor diese Furie sie erwischt.

Die Marquesa – wohl kaum eine klassische Salondame – schraubt sich mit beiden Fäusten am Tisch hoch, sie stellt sich auf die Zehenspitzen, sie schreit ... Nein. Sie öffnet nur den Mund.

Immer noch keinen Text.

Nicht einmal ein Stichwort. Nur diese stumme Geste – zum Einsatz für den General. Der kennt seine Rolle! Und er genießt sie. Nun, da sich alles aufreckt, mag auch er, der Militärgouverneur, nicht mehr den Krauchenden spielen.

»Ich bin General und ein Kunstwerk.«

Es gelingt ihm, den Lederpuff zu erklimmen – hoch und hoch. Nach weitkreisenden Bewegungen, als zöge er seinen Säbel, schleudert er dann den rechten Arm diagonal in den Raum.

»Die Statue des Sieges.«

Die Mulattin kurbelt am Grammophon. Das muß musikalisch illustriert werden! Da findet sich ein Wiener Lied von einem lieben Augustin. »Alles ist hin ...« Das Standbild bröckelt. Klumpen für Klumpen löst sich der Nimbus.

Platsch.

Morocha genießt den Zerfall. »Sehen Sie nur: Diablillo Mazapán y Peladillo: ein Kunstwerk.«

»Schnauze, du Kaffernscherz. Jeder Offizier unserer Katholischen Majestäten ist ein Kunstwerk.«

Das Geplänkel ist eröffnet. Die Generalin fährt ihre Artillerie auf und ballert dem Denkmaltorso den Qualm der Zigarre voll in die Flanke. Jetzt die Salve der Wörter: »Dann wohl auch der kleine invalide Leutnant, der nun schon zehn Jahre lang der Infantin Hyacinthe kreuz und quer durch Spanien hinterherhumpelt?«

Mazapán möchte lachen. Es gelingt ihm nicht, der Husten hemmt die Offensive. Seine Frau setzt noch einen vollen Zug aus ihrer Zigarre hinterher.

Paff.

»Der Leutnant – ein Kunstwerk der Blessur – beherrscht mit seinem Holzbein alle Tänze, die jetzt neu aus Amerika kommen.«

Das Gefecht animiert nun den Gast aus Rußland. Er weiß ein Bonmot. »Wie recht Sie haben, Exzellenza. Unsere Kriege mit all ihren Folgen schaffen ganz neue Empfindsamkeiten für den Kuß der Musen.«

Sentenzen solchen Kalibers darf der Hausherr seinem Besucher nicht allein überlassen. »Einst im Pyrenäenfeldzug – es war Winter Sechsundsiebzig – hatten wir einen Stabsveterinär, der hatte für seinen König Carlos einen Arm vergeudet.« Zuvor schon ein Meister auf der Violine, hätte er – nicht gerade unwillkommen amputiert – einen neuen unerhörten Bogenstrich gefunden, einen Reichtum erdentrückter Harmonien, eine grenzenlose Skala der Töne. »Wenn er im Casino seinem Instrument La Gitana entlockte, schluchzte die ganze Tafel der Offiziere. Wir Kadetten gedachten des Opfers unserer Jugend, die alten Majors des ihres ganzen langen Lebens.«

Veteranengeschwätz.

Galt das Wort Auroras dem Text des Stücks oder dem des Marqués? Egal. Es war ohnehin geflüstert, nicht einmal die Mulattin neben ihr hatte es verstanden. Sicher hätte diese hinzugesetzt: Jedes Gelabere eines jeden Mannes ist das Sabbern eines Veteranen.

»Wie behäbig sterben uns die Zellen unseres Körpers ab. Das dauert und dauert.« Jetzt spreizt sich auch noch dieser Russe. Spüren denn Männer nicht ihre eigenen Albernheiten?

Nein. Für Domingo ist die Amputation eines Glieds die erfreuliche Beschleunigung des Zerfalls. »Der Hieb eines Säbels, der Knall einer Kartätsche, der Schnitt eines Feldchirurgen – und schon haben Trilliarden von Zellen vorzeitig ihre Schuldigkeit getan und müssen nun nicht mehr – womöglich Jahre – auf ihren Exitus warten.« In einer Viertelstunde, vielleicht im Bruchteil einer Minute rase die Natur – dank der menschlichen Hilfe – ein gutes Stück voran.

»Wir in Rußland hatten zu allen unseren Verlusten unsere tröstlichen Lieder.« Die Marquesa werde sich doch wohl noch gut an die Zeiten erinnern, als sie noch das Schwälbchen war.

Narodniki. Narodniki.

»Ich habe die Melodie noch im Ohr, Doña Morgenröte. Sie trällerten sie auf einem Benefizball einst in Barcelona.«

… Lustiges Brüderchen Bajonett, / Lustiges Brüderchen Bein-Kaputt, / Lustiges Brüderchen Loch-im-Kopf / Unterm Schnee.

»Singen Sie, Marquesa.«

Der Bitte des Fremden schließt sich auch Yoyó an. »Wie lange hast du eigentlich nicht mehr gesungen, meine Schwalbe?«

In diesem Haus eigentlich noch nie.

»Narodniki, Narodniki. / Brüderchen Zeit, / Zeitelein, Zeitelein, / Drehst dir einen schwarzen Schnurrbart / Unterm Schnee.« Ja. Das ist dein Lied, Aurora Iwanowna. Das war dein erstes Solo auf dem Ball im Cuatro Naciones vor sechzehn Jahren. »Narodniki. Drehst dir einen schwarzen Schnurrbart …«

Nun summt und deklamiert es dieser Rotbart in dieser Nacht und in diesem Raum des Gutshofs von Lágrima. Die ganze Zeit über tönt nur er allein. Und was, Aurora, kommt von dir?

Kein Laut.

»Schwälbchen.«

Wer ruft da? Wieso ist es ringsum so laut? »Wachen Sie auf, Marquesa«, kommt es von hier, und von dort: »Sie träumen ja, liebe Freundin.« Eine Mohrin prustet dir eine Lachsalve ins Ohr, sie hat dich fest im Griff und schüttelt dich durch. »Wachen Sie auf, ma chère, das Fest ist auf dem Höhepunkt.«

Was ist? Wie spät ist es?

Es ist zwei Uhr, vielleicht auch drei. »Du hast etwas versäumt, meine Liebe.« Dein fürsorgender Gatte spricht mit dir. »Unser Gast gab ein altes russisches Lied zum besten. Schade, du warst so weit weg.«

Ja, das stimmt. Da war wieder der Alptraum aus frühen Jahren. Ein Kind muß Theater spielen, es muß auf die Bühne, es hat etwas auswendig gelernt. Der Vorhang hebt sich, plötzlich ist der Text auf und davon. Das Kind weiß nicht einmal, welches Stück gespielt wird, welches seine Rolle ist, geschweige denn, was es zu sagen hat.

»Ich habe keinen Text.«

Haha. Alle ringsum lachen. »Sie sind ja noch immer nicht richtig wieder bei uns.« Alles hier feiere in den Geburtstag der kleinen Tochter Chica hinein.

»Aber ja doch.«

Hält dich vielleicht jemand für verrückt, Aurora? Das ist doch lächerlich. »Ich weiß. Ich weiß. Wir haben am Sonntag ein Fest auf Lágrima. Wir erwarten die Infantin Hyacinthe und viele, viele andere Gäste.«

Einige seien schon am Abend zuvor gekommen.

»Der da. Und die.«

Das seien der lustige General Mazapán und seine quickmuntere Kannibalin aus Kuba. »Und dort ein so schöner Buchsbaumbart. Gewiß ein Weltverbesserer mit den weichen Zügen des ... des ...«

Des Anarchisten.

Der Marqués führt den Satz zu Ende. »Sieh nur, ma belle Russe, das Rot seines Barts findet sein Spiegelbild in deinem Haar.«

Aurorarot.

Derweil scherzt Aurora mit dem Fremden herum. »Väterchen.« Sie krault ihm den Bart. Über derlei Vertrautheit freut sich der Marqués. Er hat seine schöne Russin mit ihrem alten lieben Freund aus dem Tartarenland wieder zusammengebracht.

»Erzählen Sie uns, Don Domingo, wann haben Sie unsere Morgenröte zum letztenmal gesehen? In Paris? In Petersburg? Natürlich auf dem Ball in Barcelona. Oder könnte es vielleicht erst kürzlich in Madrid gewesen sein?«

Nein. Diese Frage des Marqués ist keineswegs listig gemeint.

»An einem Tag im späten Mai? Sicher guckten Sie aus einer der Etagen zu, als das königliche Paar vorbeifuhr, als aus einem der Fenster – gewiß nicht aus dem Ihren! – der Blumenstrauß herunterfiel.«

Damals in der Calle Mayor.

»Die Pferde waren sofort tot ... Die Därme quollen über das Pflaster ... Das war mittags fünf Minuten nach zwei ... Alfons hingen die Orden schief von der Brust ... Die Königin war frisch getraut ... Ja, nun war sie kreideweiß ...«

Wer erzählt hier wem etwas? Die zwei Herren haben ihr gemeinsames Erlebnis. Es liegt drei Jahre zurück, aber beiden scheint es wie von gestern zu sein.

»Die Marquesa und ich gehörten zum Gefolge. Wir waren im Hochzeitszug die Siebenten. Meine Frau hatte keine Angst.«

Nein. Aurora hatte keine Angst. »Ich war, obgleich längst verehelicht, wieder das Kind. Und Kinder haben nun mal die leichten Knochen der Schwalben und fliegen davon.«

Und die Väter stürzen ab.

Domingo reckt sich hoch, breitet die Arme aus und mimt einen großen Vogel. Das findet der Marqués etwas albern. »In der Sage ist es anders, lieber Freund.« Da sei es umgekehrt.

Laß dich nicht verwirren, Iwan Iwanowitsch. Mit dieser Allegorie hast du noch immer deinen Erfolg gehabt: bei Emma Goldman in Amsterdam, in den Kneipen Londons, bei den Reisenden während langer Zugfahrten, ja, sogar bei der Ballettmaus aus der schuhcremefarbenen Minstrelrevue.

»Vielleicht in der Sage. Ja.«

Aber im Leben stürzten die Väter ab. »Immerfort.« Beim ersten Mal brächen sie sich eine Hand, einen Arm. Später ein Bein, dann das andere. »Eines Tages ist der Schädel an der Reihe, ganz am Ende das Genick.«

Das dauert und dauert.

»Der Tod läßt uns ein viel zu langes Leben – gottlob beharrlich und treu mit der tröstlichen Schraube zwischen den Nackenwirbeln.«

Aurora fand diese Geschichte schon immer reichlich wirr, wenn auch nicht konfuser als des Vaters Repertoire im allgemeinen. Wie oft mußte ein Anarchistenfreund das Kind aus dem Verhau des Geschwafels befreien.

»Ja, ja. Unser Mütterchen Garrotte.«

Mit ihrem Aufbrausen stoppt Aurora zwar den redseligen Russen, weckt aber zugleich den General. »Mütterchen Schraube! Das ist gut! Haha. Mütterchen Schraube.«

Es ist am Marqués, nun den Pulverkopf zu dämpfen. »Seien Sie still, Diablillo.« Morocha setzt hinzu: »Kusch, du Saufeule«, und jetzt sanft an den Fremdling die Frage: »Sie haben den Vater unserer Marquesa gekannt, Señor aventurero?«

Bevor der Sprücheklopfer sich aussülzen kann, kommt Aurora ihm zuvor. »Diesen Bruchpiloten mit seinem kaputten Flügelwerk hat mein Vater nie gekannt.«

Er und ich – wir beide waren Kinder. Er ist ein Kind geblieben. Ich aber, ich ...

»Aurora, bitte!« Weiß die Patronin überhaupt, was sie da zusammenpoltert? Sie wird es sich gefallen lassen müssen, daß der Gemahl sie zurechtweist. »Meine Schwalbe, ich bitte dich.«

Aber ja, aber natürlich: still sein. Nachtschwarz breitet sich die Stille aus – hoch oben in der Kuppel, tief unten in der Manege. Nein, Aurora, die Balance verlierst du nicht.

»... Er ein Kind, und ich bin alt.«

Die Hände vor dem Gesicht, tastet sie sich Wangen, Stirn und Hals ab. »Alt und die Pocken auf der Haut.« In der Vitrine des Fotoladens sähe doch ein jeder ihr Porträt seit der Hochzeit: kränklich verblaßt, höckrig, verfleckt, verdreckt, verfranst ... »Quaddeln, Blattern.«

In das allseitige Schweigen hinein von fern eine Sirene.

Ja, das ist mein Zug. Hinter meinem Coupé jammern Reservisten – in Viehwagen gepfercht. Die Männer mögen nicht in den Krieg. Die Luken der Waggons sind zugenagelt. Das Klagen dringt kaum bis auf den Schotter des Bahndamms.

Frauen, die auf den Schienen sitzen, werden gefesselt. Unter ihnen Mägde, keine neunzehn, keine zwanzig Jahre alt. Kosaken, legt die Gewehre an! Da liegen schon die beiden Lehrbuben am Boden. Mitja und Mischa. Der alte Meister Jermolow preßt sich die Hand auf die Bluse, zwischen den Fingern sickert das Blut hindurch, dicke Tropfen flecken die Diele. Das sind vielleicht Rauhbeine. Sie zielen mir auf die Füße. Ich muß hopsen. Die Colts knallen, die Kugeln schwirren. Uiiit. Uiiit. Ich muß springen ... tanzen ...

Das ist ein Jig.

Die Knöchel voller Blei, aber weiter geht es. Der Heizer ist schon erschlagen. Die Kohlenschaufel ist von der Härte des Schädels verbogen. Ich darf den Gaunern nicht den Spaß verderben. Hopsa. Das fällt schwer und schwerer.

»Ich habe nicht mehr die leichten Knochen des Schwälbchens. Fliegen? Wie war das einmal?«

Wieder diese Sirene.

»Schließt denn hier niemals jemand die Fenster?« Da stellt doch die Marquesa in eine minutenlange Stille hinein eine derart dumme Frage. »Sieht denn niemand die fetten Insekten? Das sirrt und surrt und trommelt gegen die Lampen. Und riecht denn niemand die blutsüßen fauligen Wundverbände fern aus der Stadt?« In den Foyers der Hotels lägen Krüppel herum. »Sie haben Schmerzen. Sie möchten gern in Stille sterben. Wir sind ihnen zu laut.«

Recht haben sie: Wir sind einfach zu laut. Wir können partout nicht ruhig sein. Wir wollen trampeln und tanzen. »Die Beine hoch, hoch, und die blauen Bohnen schrillen uns nur so um die Fußknöchel.«

Wie amüsiert sich da die Mulattin, sie kann sich vor Lachen kaum halten. Da muß sie einfach mitspringen, und sie folgt der Freundin. Solche Hüpfer kann sie auch – ja, noch wilder.

Alto. Alto.

»Hämmern Sie den Takt, Russe. Trillern Sie Ihre Ballade vom Brüderchen Schnurrbart unterm Schnee.« Oder besser noch: Man möge das Grammophon ankurbeln.

»Einen solchen Tanz haben wir nicht im Repertoire.« Langsam wird es dem Hausherrn zu bunt. »Still. Bitte.«

Ist es die Ernüchterung, Aurora, das plötzliche Ende einer Euphorie? »Unser Patron ist ungehalten.« Er schelte zu Recht. »Ja, was poltern wir denn auch hier herum? »Die Foyers sind ausgefegt. Die Druckerei ist ausgeräuchert, die Flugblätter verbrannt. In den feuchten Verliesen husten sich die Frauen heiser. Nun schweigen auch die Colts. Die Banditen kippen sich Feuerwasser ein. Chin-chin. Und salud. Die Lokomotive zieht Särge über die Schienen der Sierra. Rattata.«

Da. Wieder ein Pfiff.

»Verflucht. Der Zug.« General Mazapán schreckt auf, er brüllt nach Koppelzeug und Säbel und Mütze ... nein, nach dem Helm. »Los, die Stiefel gewienert. Blank gewichst vor die Infantin treten. Meldung machen.« Er schraubt sich hoch, purzelt wieder abwärts. »Hebt mich denn niemand aufs Pferd? Hurra. Zum Bahnhof, drei ... vier ... der Garnisonsmarsch.«

Trara. Trara.

»Diablillo, guter Freund, echauffieren Sie sich nicht.« Das sei noch längst nicht der Zug aus Zaragoza. »Den hört man nicht vor dem Morgendämmern.«

Nicht nur der Marqués, auch der Anarchist aus der Fremde kennt sich mit den Fahrplänen der regionalen Eisenbahn aus. Iwan Iwanowitsch, auch du kannst gut und gern noch ein Gläschen trinken, auch zwei oder drei. Noch versäumen weder du noch dein Köfferchen etwas. Wo ist es überhaupt?

Aber ja doch: hinterm Grammophon. Am Apparat steht Morocha und sucht nach Schallplatten. »Herrschaften, doch nicht Wagner oder so ein Geheule.« Sie will tanzen, tanzen. »Gibt es in diesem Hause denn keinen Galopp?« Gottlob nicht, denn ihrer Partnerin schmerzen die Knöchel. »Sie sind ganz und gar durchsiebt.«

Blei, meine Freundin. Blei.

Die Marquesa albert herum, jetzt imitiert sie sogar einen Klumpfuß. »Klotz. Klotz.« Sie lacht. Sie lacht die Gesellschaft aus, die auf ihr Spiel von Griesgram hereingefallen ist. »Führen wir heute nacht nicht ein Stück auf?« Und man glaube wohl, sie habe ihren Text vergessen. Nein, hier nun kommt sie mit ihrem Einsatz:

»Alle Welt will nichts als nur glücklich sein. Wir doch nicht zuletzt, oder?« Die Fenster seien geschlossen, wo taumelten etwa Insekten umher oder rasselten gar gegen Lampen? »Nicht der winzigste Falter.« Und doch sei eine ferne Sirene nicht zu überhören.

»Sei unbesorgt.« Dein Gemahl legt dir seine Hand auf die Schulter. Er ist ganz sanft. Er liebt dich, der gute Yoyó. Ja, der Marqués von Lágrima liebt nach knapp elf Jahren noch immer seine schöne Russin. Er ist stolz auf seinen rotgefiederten Exotenvogel. Dem muß man einfach so manche Grille verzeihen!

Liebst du deinen Mann auch, Aurora? Aber ja doch.

»Was du da hörst, mein Herz, sind entfernt auf dem Meer die Schiffe unserer Katholischen Majestät.« Der Marqués brauche seiner Frau doch wohl nicht zu erklären, daß durch die unheilvolle semana trágica der Truppennachschub für Marokko arg verzögert worden sei. »Das sind die Signale der Reina Isabel, vielleicht der María Amalie.« Die Reina Luisa – als Flaggschiff allen voran – dürfte längst auf der Höhe von Valencia schwimmen.

»Aufhören!«

Wer schreit denn da so gottserbärmlich? Und gleich noch einmal: »Hört das denn niemals auf?« Da fragt doch die Marquesa ernsthaft die verblüffte Gesellschaft, ob die Flotte draußen ihren Krach nicht endlich beenden könne. »Schluß da! Schluß, Sirenen! Ihr habt doch niemanden mehr, der euch die Leinen zieht. Keinen Heizer an den Kesseln. Keinen Matrosen an den Tauen. Keinen Maat am Ruder. Keinen Signalgast im Korb. Auf der Brücke keinen Kommandanten.«

Morocha findet den Ausbruch der Freundin wirklich gelungen. Es gab in dieser Nacht zwar schon viel zu lachen, aber von Stunde zu Stunde wird es lustiger. »Sie haben recht, meine Morgenröte, was da gerade eben noch lärmt, sind die letzten Reste der spanischen Streitmacht. Matrosen und Marinesoldaten schrillen sich ihren Abschied zu.«

Von Bord zu Bord: Lang. Kurz, kurz. Lang. Adeee ... Ka ... me ... raaad.

»Lassen Sie Ihre Scherze, Exzellenza.« Der Marqués belehrt die Gäste, daß seine Gattin für die Rezeption mancher Witze zu instabil sei. Recht so, Yoyó, beruhige deine Frau. »Aber, meine kleine Schwalbe! Alles an Bord unserer Schiffe genießt den frischen Wind der Reise. Eben noch schlummerten die Legionäre dick eingerollt in ihren Decken – die glücklichen unter ihnen in luftigen Hängematten –, jetzt weckt das Sirenenfrühkonzert die Schlaftrunkenen. Zugegeben: ein wenig rüde. Und nun die Kommandos: Kaffeeholer vortreten. Deckdienst, an die Eimer, an die Schrubber. Die Männer beeilen sich, denn gleich wollen sie ungetrübt den einmaligen Sonnenaufgang über dem Horizont genießen.«

Für die meisten sei das der letzte Tag auf dem Meer. »Dann heißt es auf der Reede vor Melilla: An die Fallreeps! In die Boote! Sprung an Land! Und keinen halben Tag später geht es steil durch den Wolkenplafond hinauf ins Rif.«

Die Kabylei sei rauh. Aber wer sich bemühe, die Landschaft zu lieben, entdecke ungeahnte Schönheiten.

»Die Pinien sind dunkler als bei uns, hochrot und üppig der Oleander, weiß gleißen die maurischen Paläste in den Palmenhainen. Die Bergkette zeigt sich mehrfach am Tag im neuen Gewand: Den frischen Morgen begrüßt sie in Rosapastell, den brütenden Mittag in Purpurorchidee, und wenn der Abend dämmert, zieht sie sich ein erdiges Gelb über die Kuppen.«

Vom Djebel Tidiojuin habe man eine atemberaubende Aussicht. »Tief im Westen die Schaumkämme des Atlantischen Meeres und weit im Norden die Schneegipfel der Sierra Nevada.« Nur an klaren Tagen natürlich, vielleicht auch nur als Spiegelung der Luft. »Sicher dagegen ist, daß an vielen anderen Tagen – besonders bei Südwind – der Sand der Sahara im Munde knirscht.«

Aurora hält sich die Ohren zu. »Hört denn das niemals auf!«

Du siehst, Yoyó, deine romantische Reiseskizze hat die Gemahlin nicht narkotisieren können. Vielleicht leidet sie an einem spezifisch russischen Weltschmerz. Soll sich doch die Göre von ihrem väterlichen Freund die Seelenarznei anrühren lassen.

»Die Sirenen, Doña Melancholia, hören so bald nicht auf. Das Konzert nimmt erst seinen Anfang. Das heult und heult weiter über das ganze Jahrhundert.« Über so einen hausbackenen Marokkokrieg kann sich Iwan Iwanowitsch nur mokieren. Wer später würde sich noch an die Scharmützel erinnern? Ein paar tausend Tote – wer wird dereinst nach ihnen fragen? Wer ihre Gräber suchen? Und mit den Blessierten feiere man sicher bald schon einen rauschenden Invalidenball.

»November 1909. Mit Gala-Souper und Tombola.«

Unter Umständen sähe man auf dem Podium des Cuatro Naciones wieder einmal Aurora Iwanowna mit einer kleinen Gesangseinlage.

»Vielleicht mit dem Lied von den Sommerkindern?«

Die Mulattin klatscht in die Hände. »Eine Probe. Bitte gleich eine Probe. Tralala.« Die Schmonzette des Marqués war gar zu seifig. Jetzt ein paar muntere Takte!

»Welch schöne Anlässe für unsere Bälle bieten uns doch immer wieder unsere herrlichen christlichen Kriege.« Man solle sich doch einmal vorstellen, solchen Benefiztrubel gäbe es allein für zivile Epidemien. »Das Gesellschaftsvergnügen in den Metropolen Europas stünde ganz schön ärmlich im Hemd, feierte man etwa nur für Typhus, für Tuberkulose, für Cholera ...«

»Oder für die Syphilis. Haha.«

Der General ist munter geworden. »Ich, ein Kunstwerk unserer Katholischen Armee, habe mich über drei Kontinente durchgefickt – von Puerto Rico bis Fernando Poo, vom Río der Niggermösen bis zu den Islas der Indiofotzen.«

Aber nirgendwo Syphilis geholt.

Er lockert die Hose und läßt ... Nein, gerade noch kann der Marqués verhindern, daß der General Mazapán sich entblößt. »Bleiben Sie bedeckt, lieber Freund.« Hier im Raum glaube jeder – auch unbesehen –, daß der Militärgouverneur von Katalonien an keiner Stelle seines Körpers von Lustseuchen angefressen sei.

Doch bitte der Hausherr jetzt um Ruhe.

»Wir proben eine kleine künstlerische Darbietung – vielleicht schon für unser morgiges Geburtstagsfest. Unser Abenteurer aus Rußland regt einen musikalischen Genuß aus seiner Heimat an.«

Im Duett mit unserer allseits verehrten Patronin.

»Falls du nach sechzehn Jahren den Text noch kennst.« Ein wenig Ironie kann der Marqués nicht unterdrücken, eine kleine Rache für das Überhören seiner gediegenen Marokkoreportage vorhin. »Nun, mein Herz, ich höre.«

Wenn die Ufer der Newa / In ihren abgetragenen Mänteln / Ihre Sommerkinder suchen ...

Aurora, diese Melodie vergißt du nie. Du hast sie auf dem Schloß Kropotkin dem Onkel Pjotr vorgeträllert, in Sankt Petersburg hat dich mit ihr deine Mutter eingeschlummert, als du noch klein warst. Jetzt bist du neun, du bist in Odessa ...

»Nein. Ich kann nicht.«

Recht hast du, Aurora. Du willst doch wohl nicht hier vor dieser Gesellschaft wiederholen, was du einst in Odessa gesungen hast? Auf einem Handwerkerfest im Chor mit Lehrlingen der Schwarzen Kunst? »Ich habe alles vergessen.«

Doch bevor du deine Weigerung artikulierst, hörst du dich bereits einstimmen. »... ihre Sommerkinder suchen, / Ihre Sommerkinder finden. / Noch die Schühchen, noch die Kleidchen, / Noch die Tränchen, noch die Zeitchen ...«

Iwan Iwanowitsch, du hast das Lied zwar vorgeschlagen, doch scheint es sich im Lauf deines Wanderlebens verflüchtigt zu haben. Gewiß, die Newa quoll vorbei ... Die Ufer wie in abgetragenen Mänteln ... Da die Schühchen, da die Kleidchen. Die Zeitchen, die Zeitelein ...

»... winken sie und gehn vorbei. / Winken sie, verschwinden / Unterm Pflaster der Prospekte.«

Ja, Iwan, jetzt finden sich die Zeilen wieder zusammen. »... unter abgetragenen Mänteln. / Und die Sommerkinder weinen / ... – Ja warum eigentlich? Doch nicht etwa vor Glück? Vielleicht träumten sie auch nur. Ich habe es vergessen.«

So recht verstanden hat wohl kaum jemand diesen Vortrag. Einzig der General. »Eine Träumerei? Nein.« Das sei eine echte Ballade aus dem Leben. »Natürlich weinen die Kinder. Sie haben ja auch ihre Väter verloren.«

Marzapán, ein alter Soldat, kann sich durchaus in die Trauer Hinterbliebener einfühlen. »Die Tapfersten unserer Guardia Civil lassen ihr Leben, nun haben die Witwen und Waisen den Kloß im Hals.« Das sei ganz natürlich. »Aber warum weinen sie unter russischem Pflaster am Ufer russischer Flüsse? Noch dazu in abgetakelten Klamotten?«

»Das ist ein Lied aus einem anderen Land, Exzellenz.« Der Erklärung Domingos setzt der Marqués hinzu, daß jedes Volk seine eigene spezifische Bildersprache habe.

»Wir etwa nicht?« Der General möchte doch einmal wissen, warum Spanien für derartige Anlässe keine eigenen Lieder habe. »Da sieht man es wieder: Alle unsere Musiker sind zu faul und zu dumm, für Waisenkinder zu komponieren.«

Auf die spanische Kultur möchte der Hausherr aber nichts kommen lassen. »Bei uns triumphiert eher die Romanze großer Leidenschaften.« Kinderlieder überlasse man gern den Nachbarn. »Neben den Russen beherrschen die Deutschen dieses Genre ganz vorzüglich.«

Aber auch die Franzosen.

»Ich habe vor einer Woche eine Schallplatte von einem modernen französischen Komponisten erstanden: Claude Debussy. Er schrieb einen Kuchentanz für seine Tochter. Claude-Emma ist genauso alt wie unsere kleine Chicachiquita.«

Golliwoog's Cake Walk.

»Endlich ein Tanz.« Morocha springt auf, winkelt die Arme und hat gleich schon das Zucken in den Beinen. Doch schon zerquatscht der General die Tanzeuphorie, bevor sie beginnen kann. »Kuchentänze für Waisenkinder! Jawohl. Aber welchen spanischen Musikern fällt so etwas ein? Den Tastendreschern des eigenen Vaterlands fehlt einfach der Humor.«

In jedem Volksstück bekäme der Komödiant für so viel Esprit seine Lacher. Nicht in dieser Gesellschaft.

Auf dem Hof wird es hell. Der Marqués löscht die Lampen, öffnet die Glastür zur Palmenveranda und nebenan im Salon die Front zur Terrasse.

Frische Luft.

Es wurde zu viel geraucht, Getränke wurden vergossen, und der General strömte zusätzlich seine Gerüche aus. An sie hatte sich zwar jedermann gewöhnt, doch sie passen nicht so recht in diesen Sonntagmorgen, an dem in wenigen Stunden der Geburtstag einer Neunjährigen gefeiert werden soll.

Draußen erwachen die Tiere. Stall- und Federvieh, Pferde und Hunde, Frösche und Insekten – sie alle bemühen sich, recht laut zu sein. Aber die Herrschaft des Lärms gelingt ihnen nicht. Das Motorengeräusch eines Automobils ist stärker.

El Cid holt den Fiat Roadster aus dem Verschlag. Er tankt ihn auf und putzt das Blech. Der Wagen ist von den schlechten Wegen ringsum Barcelona und der Lagune doch stark verdreckt.

Der Marqués tritt auf die Terrasse. Gern würde er seinen Inspektor fragen, ob er allein mit diesem Zweisitzer die Infantin von der Station abholen solle. Aber besser: Er schweigt. El Cid wird sich schon um alles kümmern.

Und das tut er auch.

Jetzt fährt er aus dem Schuppen noch des Patrons eigenes Automobil heraus – ein altes Renault-Landaulet, das sich Yoyó vor vielen Jahren von einem Hippodromgewinn hat kaufen können. Der Inspektor hat mit dieser Kiste noch eine Menge Arbeit, wenn sie nachher den Weg zum Bahnhof schaffen soll.

Der gute Destilador. Er möchte beim Empfang der Hoheit für seinen Herrn Beifall ernten und mit gleich zwei Motorwagen am Perron vorfahren.

Auch für Yoyó gibt es noch einiges zu tun, um diese unnütze Nachtgesellschaft aufzulösen. Die Abfahrt der beiden Fahrzeuge muß ausgerufen werden, die Gemahlin Aurora hat sich umzuziehen, den General gilt es zu ermahnen, rechtzeitig die Kleidung zu ordnen. Morocha sollte schlafen gehen, desgleichen der Gast aus Rußland.

Doch zuvor könnte dieser Don Domingo gut und gern die verwandtschaftlichen Beziehungen des Hauses Lágrima zu dem der Spanischen Bourbonen erfahren.

»Der Vater unserer verehrten Infantin Hyacinthe – einer Tochter der Königin Isabella, wie sie ja wissen – ist mein Halbbruder.« Ein betörender Elégant soll er einst gewesen sein, ein traumhafter Tenor aus Neapel.

Rubio Rubini.

»In meiner Tochter Chica setzt sich deutlich der sensiblere Zweig der Familie fort. Eine echte Nichte Rubini.« Der Gast werde sie im Verlauf des Sonntags selbst erleben. »Sie spielt Klavier und Geige. Und sie tanzt. Klassisch ohnehin, aber auch modern – etwa den Amerikanischen Boston.«

Der Marqués gerät ins Schwärmen und vergißt geradezu, die Gesellschaft an den Aufbruch zu mahnen. Er zwingt Domingo an den Rauchtisch, bietet Zigaretten an und wünscht, mit seinem neuen Freund noch etwas zu trinken.

»Ich werde uns etwas mischen: einen blauen Curaçao mit einem Schuß Brandy, aufgefüllt mit Champagne moelleux.« Wäre bereits eins der Küchenmädchen wach, müßte es den Herren je ein Eigelb bringen und natürlich Eiswürfel. »Dann hätten wir einen englischen Cocktail.« Aber in Notzeiten verwildere leider derlei Kultur. »Drei unserer Mägde fallen aus. Sie wurden in den Wirren der letzten Woche aus ihrem Dienst weg verhaftet. Schade.«

Dennoch salud.

Aus dieser Salbaderei kommst du schwerlich heraus, Domingo. Du blickst dich um. In der Palmenveranda wäre es jetzt zum Sonnenaufgang unstreitig amüsanter. Da sitzt das Halbblut aus Kuba, es löst sein Haar, schwer fällt es auf die kaneelbraune Haut von bloßen Schultern und Armkeulen. Die Mulattin schüttelt kraftvoll den Kopf.

Es ist, Iwan Iwanowitsch, als spürtest du bis hierher den Windzug des herumgewirbelten Haares.

Nun spuckt sie in hohem Bogen etwas in einen Blumenkübel, zündet sich eine Zigarre an und greift nach ihrer Rumflasche. Sie fläzt sich lang ausgestreckt in einen Korbsessel und kippelt auf zwei Stuhlbeinen.

Das ist ein Bild.

Da schaukelt und schaukelt dieser schwarze Teufel und bläst den Qualm seiner Zigarre durch die Kronen der Topfpalme. Gewiß singt er auch.

Ein Negerlied. Ein Lulleby der Sklaven? Nein, das kann nur Jazz sein.

Aber durch die Glaswand ist nichts zu verstehen. Domingo wird der Mund trocken, er muß schlucken, ihm kribbelt die Haut zwischen den Fingern. Er strengt sich an, eine Melodie, wenn auch nicht herauszuhören, so doch in seinem Kopf zu simulieren.

Snooze, little dark baby, snooze ...

Aus ist es mit der Träumerei! Der Marqués quatscht dir deine karibische Idylle kaputt. »Ich werde Ihnen, lieber Freund – sobald wir ein wenig Zeit für uns selbst finden – die Buntstiftzeichnungen meiner Tochter zeigen. Sie werden sehen, wie vernarrt sie in die Tiere auf unserem Hof ist.« Aber auch die Tränen der Jungfrau unserer Seekapelle banne das Kind gläsern auf das Papier, wie auch zuweilen recht obskure Motive. »Freudig gefesselte Mägde, Riesenkäfer vor den Mündungen graukalter Gewehre, eine Grablegung mit einem total verknüllten Leichnam ...

Die Tür öffnet sich, Aurora durchmißt den Raum und den angrenzenden Salon, um auf der Terrasse zu warten. Sie hat sich umgezogen – nicht etwa festlich wie zum Empfang einer Hoheit, eher martialisch in ein Kleid von herbem Braunrot. Das ist keine Modefarbe einer grande dame, eher ein Anstrich alter Güterwagen der Eisenbahn – gut gemeint würde man sagen: Madeira. Dazu Knöpfstiefeletten mit halbhohen Absätzen und ein breitkrempiger Hut – Ton in Ton zum Rost des Kostüms. Der Schleier – caput-mortuum-farben – fällt tief über die Nase, über den Mund, über das Kinn. Wo aber sind die Augen?

Zwei Fliegen hinter einem Fliegennetz.

Domingo, wie kommst du plötzlich auf den Namen Moïra? Aber gewiß: Diese flüchtig vorbeihauchende Vision ist die schmucklose Göttin aus dem Schattenreich. Du öffnest den Mund.

Nichts sprechen. Nur atmen.

»Was möchten Sie wissen, Don Domingo?« Der Marqués erwartet eine Reaktion auf die Lobrede für seine Tochter. Vielleicht möchte der Fremde weniger die Malkunst hinterfragen als die Musikambitionen des Kindes. Schon liegen dem Vater der Name Albéniz auf der Zunge und die Geschichte der einsamen Rose – auf dem Flügel hinterlassen als eine Huldigung an das Haus, die Dame des Hauses, an ...

Da unterbricht ihn der Gast recht rüde. »Marqués, Ihre Gemahlin ist bereits reisefertig.«

Ja. Es wird Zeit.

Draußen rappeln jetzt die Motoren zweier Automobile. Der gute Destilador hat also tatsächlich den alten Renaultkasten in Gang gebracht. Da kann man vor dem erlauchten Besuch mit seiner Kolonne glänzen, dazu mit der Gattin im flotten Kostüm und seinem eigenen Chic: Zylinder, Lackschuhe und weißsilbriges Cachenez.

Nur der Herr Militärgouverneur könnte etwas properer sein.

Da liegt er halb auf dem Lederpuff, halb auf dem Teppich. Yoyó tippt ihn behutsam mit der Schuhspitze an. »Diablillo, die Abfahrt drängt.« Noch einmal die Mahnung etwas deutlicher. »Exzellenz, wir müssen zum Bahnhof.« Dann lauter, fast geschrien: »Mann. Die Infantin wartet.«

Ein Befehl? Jawohl.

Mazapán springt auf. Salutiert er? Nein. Er beginnt, sich von der Kleidung zu befreien. Er ist im Vollrausch eines schönen Traums. »Ich komme. Ich komme. Ja, mein rosa Pummelchen, ich komme. Venividivici ... vici ... vici. Meine Bourbonennudel.« Er halluziniert von blubbernden Titten, von Arschbacken gleich schwer hängenden Wolken vor einer gewittrigen Entladung.

»Ich komme. Vici, vici ... jetzt ... jetzt ... Jaaa.«

Der General kann wirklich nicht begreifen, warum die beiden Herren sich entrüsten. So wie er benehmen sich doch alle Männer – nur vielleicht nicht im Stehen.

Erwarten die piekfeinen Wichser vielleicht, daß du dabei umfällst? »Ich stehe wie ein Leutnant, meine Herren Zivilisten. Ich – ein Kunstwerk.«

Doch wie schnell verfällt so ein Meisterstück! Und mit der Pracht zerbröselt auch der eben noch sprudelnde Spracherguß zu gottlob unverständlichem Silbenstolpern. »Hast du Pomadenfatzke jemals in ein kronenbesticktes Kissen gerülpst? Und du, halbseidener Zieraffe, dich jemals in einem Lilienlaken gefläzt – unter dir ein Kloß von königlichem Blut?« Dann könnten die Herren Kapaune sich ja nicht einmal vorstellen, wie so ein Hefekuchen links und rechts über die Bettkanten quölle. »Ich, ein kleiner Offizier der Katholischen Majestät in einer Katholischen Armee, avanciere.«

Ein Kunstwerk wird Major, wird General, steht aber immer wie ein Leutnant.

»Diablillo, bedecken Sie sich wieder. Ich bitte Sie, Exzellenz.« Der Marqués hebt des Generals Uniformstücke auf und hält ihm die Litewka vor die herabschlappernde Unterhose. »Bitte, ordnen Sie Ihre Beinkleider. Die Damen können jederzeit hereinkommen.«

Damen?

Da höre der alte Mazapán doch wohl nicht recht? »Meine Negerpflaume da draußen – eine Dame?«

Das war laut genug, aber Morocha nebenan wendet sich noch nicht einmal um. Sie kippelt auf ihrem Korbsessel, bläst den Qualm ihrer Zigarre schwarz und schwer durch die Kronen der Kübelpalmen, bugsiert das Rumglas beiseite und trinkt aus der Flasche.

»Hat er sich wieder vollgeschweint?«

Sie belfert ein Lachen hinterher – so laut, daß sie eine mögliche Antwort nicht zu verstehen braucht. Was blöken da die Männer? Sie gestikulieren, sie winken mit den Händen um Hilfe.

Morocha, wozu die Pfoten beschmutzen? »Wischen Sie ihn doch selber ab.« Sie deutet auf das Hemd. Sie lacht und lacht. »Ja, mit dem Zipfel.«

Igitt.

Yoyó, dein Personal schläft noch. Wecktest du es, müßtest du dich vor ihm schämen. Nein, auch El Cid wirst du nicht rufen. Der wirft sich gewiß gerade in Schale, putzt sich als Chauffeur heraus und legt seine Orden an.

Gut so. Wenigstens die Ordonnanz sollte des Königs Rock reinlich präsentieren. Der Marqués bückt sich vor dem Militärgouverneur und reibt ihm mit einem Taschentuch die Flecken aus der Hose. Jetzt kniet jener noch tiefer und versucht sich als Stiefelknecht. Doch das Tuch verschmiert das Leder nur noch schlimmer.

Laß es gut sein, Yoyó. Wozu Glanz für einen General?

»Es wird Zeit, Exzellenz, wir müssen zur Station. Hören Sie nicht den Zug?«

Unsinn. Nirgends eine Lokomotive. Nirgends das Rattern von Waggons. Da wittert Domingo seinen Auftritt. Der würdelosen Szene hatte er sich entzogen und war an die Glaswand der Veranda zurückgewichen. Nun tritt er wieder vor.

»Sie hören einen Zug, Marqués?« Was da in der Ferne rumpeln könnte, seien allenfalls die Rettungskarren zu einer eingestürzten Brücke in der Montaña, und dem Herrn Militärgouverneur habe man umsonst die Uniform gerichtet.

»Vielleicht gibt es in diesem Augenblick gar keine Infantin Hyacinthe Florida aus dem Hause Bourbon mehr, Exzellenz?«

Überrascht den Militärgouverneur eine solche Horrormeldung? »Haha. Ein Attentat? Eine Bombe?« Wo aber bliebe dann aus der Ferne das Wumm?

Aurora, von der Terrasse zurück, bleibt belustigt an der Salontür stehen. Welch eine Gelegenheit für dich, Domingo, der Tochter gegenüber deinen nimmermüden Elan zu beschwören. Er baut – nur scheinbar in Richtung des Generals gesprochen – wortreich seine alte und immer wieder neue Parabel auf.

»Wozu immer gleich ein vollendeter Streich, Exzellenz?« Vielleicht mache sich zunächst einmal der Plan eines Attentats irgendwo selbständig und suche zuvor seinen Partner. »In einem entkräfteten Brückenpfeiler. In einer lebensmüden Lokomotive. In den morschen Bohlen einer überwucherten Schienenstrecke?«

Vielleicht auch nur in einer kleinen übermütigen, husarenkecken Lunte?

Ja, das ist eine gute Eröffnung auf den Feldern der Erinnerungen. Am Spielbrett gegenüber Vater und Tochter. Wer ist am Zug? Aurora, das kluge Kind, überschaut schnell die Konstellation der Figuren.

»Der Plan, lieber General, ist immer erst einmal die Verlobung mit dem Opfer.«

Da muß Mazapán aber lachen. »Hyacinthe und Verlobung? Diese Entenschlampe mit den größten Füßen zwischen Marokko und den Pyrenäen will sich verloben. Wer bietet? Zum ersten ... zum zweiten ...«

Das war laut genug, selbst die Mulattin nebenan hat es verstanden. Immerhin reise die Infantin seit zehn Jahren mit diesem Leutnant quer durch Spanien. »Mit diesem letzten der Bonitos, diesem Schwanzende eurer humpelnden Armee.«

Jetzt lache ich.

Diablillo, das Teufelchen, tanzt im Zimmer umher. »Zwanzig Jahre jünger und ein Bein in Kuba. Jetzt lache ich.« Dem Schwanz der Armee werde er die Krücken wegknicken. »Dann kippt dieser Leutnantsrest koppheister unter die Räder seines Königlichen Salonwagens.«

Krrrch ... krrrch ...

Der Militärgouverneur – jetzt wieder ganz bei Sinnen – tobt rundum, tritt hier gegen ein Tischbein, dort gegen einen Stuhl, in der Ecke gegen den Lederpuff, gegen den Grammophonschrank. Er will auch an das Schienbein des Gastes aus Rußland heran. Gerade rechtzeitig kann der Hausherr ihn bremsen. »Lassen Sie das, Diablillo, Sie machen sich ja noch mehr Feinde.«

Die Antwort kommt von nebenan aus der Veranda. »Mein Mann hat keine Feinde, er hat sie alle, alle totgemacht.«

Zum Glück meldet sich in dieser aufgeladenen Stimmung der Inspektor. Er prüft mit der Handkante zwischen Nase und Kokarde den geraden Sitz der Mütze, hebt sodann zwei Finger an den Schirm, als salutiere er. »Señor Marqués, das Automobil wartet.« Nun das Wort an Aurora, daß auch der Zweisitzer geputzt und aufgetankt sei. »Sie wollen mit Sicherheit selbst chauffieren, Señora?«

Gehen wir. Es wird Zeit. Ja.

»Nur weg mit euch.« Die Mulattin kommt aus der Veranda herüber. Ihrem nur leisen Fluchen folgen freundlichere Worte an Domingo. »Kommen Sie, Väterchen Rußland, treten wir auf die von der Morgensonne gesegnete Terrasse und winken unseren göttlichen Freunden hinterher.«

Ade. Ade.

»Nur weg mit euch Galgenvögeln.«

Auf dem Hof bellen sich die Hunde in ein Mordsspektakel hinein. Sie spüren, dies wird ein lustiger Tag in ihrem Leben. Welche Gäste werden erwartet? Vielleicht fremde, deren Duft man erst einmal gründlich erschnüffeln muß. Auch die Welpen von Germana sind aufgeregt, obgleich sie noch nicht wissen, was es bedeutet, wenn Herrchen und Frauchen in Richtung Bahnhof fahren.

»Auf zur Verlobung.«

Der General quält sich in das Landaulet. »Da verlobt sich diese Infantenkuh mit einer kecken Husarenlunte.« Das habe er doch wohl richtig verstanden. »Gewiß, so ist es. Behalten Sie das in Ihrem klaren Kopf. Wir müssen jede Blamage vermeiden.«

Der Marqués setzt sich neben den Gouverneur. El Cid schließt die Türen und folgt dem Roadster der Marquesa, die schon vorausgefahren ist.

»Nur weg mit euch Gesindel.«

Die Mulattin nimmt den Russen am Arm. »Kommen Sie, Väterchen Anarchist. Wir vertreiben uns noch ein wenig die Zeit unter den Palmen der Veranda.« Zum Schlafengehen sei es längst zu spät.

»Oder aber: Es ist noch viel zu früh.«

Und wieder Sonntag

Morocha

Auf der Veranda ⋆ Neckereien unter Palmen ⋆ Über den Rubikon des Strumpfsaums ⋆ Späte Rückkehr ⋆ Auf den Jungfern-Inseln ⋆ Ein dänisches Kanonenboot ⋆ Bestie Butterfly ⋆ Belinda ⋆ Adieu, Piratenpracht ⋆ … Und tötet sie vor Mitternacht ⋆ Dein Großväterchen ⋆ Erste Gratulanten

Wie kann es auf einem so entlegenen Gutshof an einem Sonntagmorgen schon derart laut sein? Der nächste Ort liegt doch sicher drei bis vier Werst, der Hexenkessel Barcelona mindestens sechzig Werst entfernt.

Iwan Iwanowitsch braucht Ruhe. Er steht im Aufbruch zu einem neuen, zu einem unerhörten Abenteuer. Er muß diese Mohrin erobern und mit ihr die ganze verwunschene Welt der Karibik.

Und so ist der Plan: Du wirst ein paar Kübelpalmen in die Mitte der Veranda und unter das Dach der Kronen zwei Korbsessel stellen. In den einen zwingst du diesen braunen Teufel, in den anderen setzt du dich ihm gegenüber – dicht, sehr dicht.

»Ruhe.«

Wieder kläffen die Hunde. Ein Fuhrwerk bringt drei quirlige Mädchen auf das Gut – sicher die für heute engagierten Hilfskräfte aus dem Hotel König von Neapel. Ohne Respekt vor dem adligen Anwesen lärmen sie und füllen den Hof mit schrillem Geplapper. Sie rufen sich mit Namen, und jeder – draußen wie drinnen – erfährt, daß die frechste Nudel Belinda heißt.

Zum Glück sind die Scheiben der Veranda nicht geputzt. Durch das Grau kann niemand das amouröse Husarenstück des Gastes aus Rußland beobachten. Genauso trübe ist der Durchblick vom angrenzenden Speisezimmer. Nur Geräusche dringen herüber: das Abräumen von Geschirr, das Schlurfen der alten Sina, das Trällern der Magd Alissa, nun auch das

Kichern der dreisten Belinda. So eine naseweise Göre! Sie will partout in die angrenzenden Räume gaffen. Alma hält sie zurück und schließt barsch die Tür zur Veranda.

Ja, die gute Alma. Schon früher hatte sie den Jüngling Iwan bei seinen ersten Tändeleien abgeschirmt.

Los, Domingo!

Denn nicht nur du suchst deine Eskapade, sicher auch diese Kannibalin die ihre. Wie stündest du dann da? Da kapert sich so ein Halbblut von den Sklaveninseln einen Gentilhomme aus dem Adel der Anarchie. Und aus ist es mit der Konquistadoren-Ehre.

Da ist sie bereits: die Schmach des Weißen Mannes.

Mit weit ausholendem Bein angelt sich die Mulattin einen Schemel herbei und drückt ihr Vis-a-vis tief zu ihren Füßen hinunter. Um einen Fluchtversuch zu verhindern, legt sie ihre Beine auf seine Knie und neckt ihn mit wippenden Schuhspitzen.

Es sind goldene Sandaletten. Zwischen dem Flechtwerk läßt sich unter hellen Seidenstrümpfen der ganze siedende Kontinent erahnen. Domingo, über dir die Schatten von Königspalmen und der Geruch nach Muskat, nach Kakao ...

Wie konntest du dieses Profil vergessen, Iwan Iwanowitsch? Aber ja, es ist dasselbe. Du reist von Sankt Petersburg nach Odessa. Du hast deine Tochter dabei. Ein kurzer Aufenthalt in Moskau. Ein kleines Hotel. Ein Zimmer. Du kochst auf einer Spiritusflamme deiner kleinen Aurora einen Kakao. Auf der Dose ein Doppelporträt im Scherenschnitt: ein blasser Kreole und eine stramme Mulattenmaid – zwei Köpfe, weiß und braun, in einem Ring bunter Ornamente und goldener Medaillen.

»Wirklich, Sie sind es, Exzellenza! Ihre Silhouette zierte einst die Dose westindischen Kakaos. Der bekam den Preis der Weltausstellung. Das war in den achtziger Jahren auf dem Industriegelände Aleksandr Puschkin.«

Morocha dreht den Kopf und zeichnet mit dem Finger gelassen ihr Profil nach. »Bravo, Russe. Ja. Ich war einst berühmt als das Mulattenkätzchen von Moskau.«

Da hätte Domingo der schönen Wildkatze ja schon damals begegnen können. »Was für ein Blödsinn.« Die Generalin, damals noch die kleine Mariposa, sei nie über die Grenzen der Plantage hinausgekommen. »Allein die Dose fuhr um die Welt – zu den Messen in Melbourne, in Amsterdam, in Antwerpen, in Moskau.«

Nur war in der Dose nicht Kakao. Es war Kaffee.

Dieser fürsorgende Vater ist schnell entlarvt. »Wo haben Sie jemals ihr Kind versorgt? Wo mit Kakao? Sie haben sich selbst Kaffee gekocht und bringen nun alles durcheinander.«

Für Morocha war es nicht schwer, sich die Identität des Fremden zusammenzureimen, diese verkorkste Beziehung des Russen zur Marquesa Aurora. Dem sieht man es doch an, wie er sein Töchterchen verlassen hat, um sich allein eine illusionäre Welt aus Heldenballaden und Liebesromanzen zu schustern.

Da sitzt er. Seine Pranken kriechen unter deinem Rock die Waden hinan – langsam höher und höher. Bittesehr, Väterchen! Locken dich nicht die Knie, die Oberschenkel, das Strumpfende, das hüglige Hinterland? Vorsicht auf diesem Weg. Gib acht auf Klippen und Höhlen, auf Wolfsgruben und Raubtierfallen.

Zack. Das Eisen schnappt zu.

Mit plötzlichem Ruck zieht die Mulattin ihre Beine an und klemmt beide Hände des Wüstlings in ihre Kniekehlen ein – alle zehn Finger.

Was überwiegt, Gringo? Der Folterschmerz, der Freiheitsverlust, die Wollust? Nun kippelt diese Furie auch noch mit ihrem Sessel hin und zurück, hin und zurück ... Domingo ist auf seinem Schemel mit an Bord. Ihm wird übel.

»Waren Sie schon einmal auf einem Schiff. Don Aventurero?«

Welch eine Frage. »Was denken Sie, schöne Generalin? Immerfort über den Kanal nach England – mal von Ostende, mal von Calais. Hin und wieder auch mit der Dampffähre von Warnemünde nach Dänemark.«

Von Kongreß zu Kongreß.

»Ideen müssen verbreitet, Aktionen geplant werden. Denn es gilt, die Welt zu verändern – mit Dynamit und Petroleum! Das Blut muß in den Gassen strömen, bis die Namen aller Herrschaftshäuser weggespült sind.«

Das war ein guter Satz, Iwan Iwanowitsch, wenn auch nicht von dir. Ist er von Malatesta oder von deinem sanften Schwager? Egal. Mit solchen geflügelten Worten wirst du auf deiner campagne d'amour gut und gerne ein erkleckliches Stück Terrain gewinnen.

Hinaus über den Rubikon des Strumpfsaums.

Doch leider sind deine Hände noch Gefangene in den Festungen der Kniekehlen. Morocha amüsiert sich über das, was dieser Weltenbummler Schiffsfahrten nennt. »Sie wollen Anarchist sein, Compañero? Und Sie suchen Ihre Gegner allein in den engen Grenzen der längst morschen Monarchien Europas?« Amerika sei wohl ein weißer Fleck auf dem geschrumpften Globus in seinem Kopf? »Diese Union im Norden, diese Zwingburg – getarnt unter dem Gangsternamen Demokratie – mit ihrer Kralle über den Kontinent von Alaska bis Feuerland ... Wo ist sie als Schießscheibe, als Pappkamerad eurer Krawallmanöver?«

Ja, Domingo, da kannst du mitreden. Was alles hast du schon über diesen Erdteil gelesen? Über Pampas und Prärien und mittendrin das gottbegnadete Westindien.

»Goldbraune Küsten. Ockerne Strände. Jadegrüne Klippen. Aber auch das schweflige Fieber der Sümpfe. Auf See das Weiß der Segler im Strom der Passate, das Schwarz qualmender Dampfer, tuckernd durch Flauten wie Brisen auf den azurenen Straßen zwischen den Inseln Über dem Winde und Unter dem Winde ...«

Dieser Faselhans ist doch wirklich nicht zu ertragen!

»Schluß jetzt. Hören Sie auf.« Morocha entspannt ihre Muskeln, die Kniekehlen entlassen die eingepreßten Hände des Gegenübers. »Still, Väterchen Banause. Sie sprechen von einem Golf, da wurde dreitausend Meter tief meine Mutter versenkt.«

Sie war ein Stück christlichen Raubguts, verreckt im Rund eines Colliers: im Osten aufgefädelt die Perlen der Leeward-, im Süden die Diamanten der Windward-Eilande, hoch oben die Juwelen des karibischen Firmaments. Doch von all diesem Glitzerwerk drang nicht einmal der Funke eines Brillantsplitters in die unteren Decks ...

Auf dem Sklavendampfer Liberty der Amerikaner. Aber davon, Morocha, wirst du diesem Pinkel doch wohl nichts erzählen? Erlöst du ihn aus seiner Märchenwelt, bleibt ihm dennoch die Hölle der Antillen nur eine Moritat für die Gänsehaut. Allenfalls sechs Worte schenkst du ihm. »Eines Tages kehre ich dahin zurück.«

Was sich die Mulattin vornimmt, führt sie auch aus. Bald schon treibt es sie heimwärts. Ihr Gemahl Diablillo hat nicht mehr viel Zeit auf Erden.

Gerade noch sieben Jahre. Morocha verkauft das Haus am Hang der Montaña Pelada, liquidiert das in fünfzig Jahren gehortete Raubgut des Generals und holt aus den Tresoren der Banken die Werte zusammen – das Gold und die Papiere. Sie reserviert sich in Lissabon eine Luxuskabine auf der Cleveland für die Passage in die Neue Welt, die für sie die alte ist. Sie schreibt sich als Generalin Mazapán y Peladilla ein.

Noch.

Sie ist fünfundvierzig und auf der Höhe ihrer Kraft. In vier Dezennien hat sie ihren Haß in sich gären lassen. Nun ist er nicht mehr der heftige Vin Primeur junger Jahre, er hat die herbe Reife eines alten Jerez.

Was, Mariposita, kleiner Schmetterling von einst auf der Plantage des Sadisten Sábato, wirst du aus deinem sich neigenden Leben machen?

Erst einmal ein paar Tage Ruhe an Deck. Die Geselligkeit an Bord meidet die Exzellenza – immerhin eine colored lady. Die Überfahrt ist ruhig. Es ist März 1917. Keine drei Wochen, und die Unionsstaaten tauchen unter den Seemächten als neue Gefahr an den Horizonten der Ozeane auf.

Von Habana steamert Morocha mit einem Küstenboot zu den Jungfern-Inseln, über die gerade eben noch – rot mit weißem Kreuz – der Danebrog flattert. Im Hafen von Charlotte Amalie By mühen sich die Träger Stunden ab, um das ansehnliche Gepäck der grande dame zu versorgen.

»Wohin, madam?«

Die Dame hat eine Adresse: Vesterbrogade 4, Moses Mansato, letzter Freibeuter der Karibik.

Er ist tot. »Sie können alles haben, Lady. Die Schiffsausrüstung. Das Logbuch der stolzen Jahre. Die Flaggen der Seeräuberei wie auch aller Seefahrtsnationen der Welt. Den Bordhund. Die Galionsfigur.« Auch das Wrack könne sie kaufen. Aber bei grober See zeige es sich nicht mehr so recht kaperfreudig.

Der Beau von einem Neger – einst Steuermann und Matrose des seligen Piraten, Koch, Steward und Heizer in einem – preist die Requisiten an.

Was, Morocha, willst du mit dem Plunder vergangener Korsarenherrlichkeit? Auf das Meer hat sich die Totenstille gelegt. Zwischen den Siegern und Besiegten rund um den Globus, zwischen Ausbeutern und Ausgebeuteten gibt es kein Revier mehr für den Freibeuter – nicht einen Krümel Kapergut.

Die Küsten, die Buchten, das freie Meer – Seemeile für Seemeile – liegen unter Feuer.

Hands off.

Still. So spricht allenfalls ein Mann. Für dich gilt das nicht. Im Osten beherrschen wahre Drachen von Weibern das Gelbe und das Arabische Meer, den Golf von Bengalen, die Becken der Philippinen, der Marianen, der Korallen im Süden. Warum nun nicht du, Mohrin, die See achtzig Grad West, südwärts im Wendekreis des Krebses?

»Nein, mich können Sie nicht kaufen, Queen.« Der Beau habe das unstete Kreuzen auf dem Wasser quittiert. »Mein Leben gehört dem Kino.« Schon als Boy hätte er seine erste Negerrolle gespielt. »In den Ateliers der Nordisk Films Kompagnie von Valby. Ich peitschte weiße Sklavinnen. Nun gehe ich nach Hollywood.« Eine lange dünne blonde Maus vom Ballett aus den Goldenen Kopenhagener Jahren habe ihm geschrieben.

Morocha überhört den eitlen Komparsen. Mehr als die Fetische verblichener Zeiten brauche sie erst einmal die Adressen von Werft und Seemannsamt, von Zoll und Hafenpolizei, Lotsen und Bunkerstationen. »Und den Kontakt zum Departement der dänischen Streitkräfte.«

Der Neger lacht. »Auf und davon – die ganze Büromarine.« Zurückgelassen hätten die Pupser nur ein bescheidenes Kanonenboot, 210 tons, keine dreißig Meter lang, Baujahr Einundsiebzig.

»Die Sorgenfri.«

So wie der Name lebt auch die Besatzung. Was gibt es für Dänen in dieser fernen Region noch zu schützen? Kein halbes Jahr vergeht, und der König – weit weg im Schloß Christiansborg – verliert seine letzte Kolonie. Mir nichts dir nichts wird sie von den Unionsstaaten stibitzt. Der Gouverneur holt den Danebrog ein und schließt das Büro ab, die Polizisten wechseln das Hoheitsabzeichen, die Post ihre Briefmarken. In den Amtsstuben nimmt das Porträt von Christian X. seinen Abschied.

Ade, meine stillen, meine dänischen Jahrhunderte.

Die Sorgenfri am Pier wird versteigert. Niemand bietet, nur eine Mulattin. Fast verschenkt wird die Nußschale. Wem kann sie nützen? Und wozu?

Die US-Navy, frisch als Siegermacht eingetroffen, lacht über diesen verschrobenen Bastard. Soll er mit dem Kahn schippern, wohin er will – mitsamt der Kanone und dem Gun am Heck. »Damit kannst du Möwen schießen, old girlie.« Der Kommandant amüsiert sich. »Oder Haifische. So sichere sie zumindest die Strände der Bahamas. »Und beehre auch einmal die Küste von Florida.«

Der Coronel ist derart animiert, daß er der farbigen Vettel – sie hat Geld, und das gefällt ihm – die Bordmunition gegen ein paar hundert Dollar – in die eigene Tasche, versteht sich – überläßt. Siebzig kleine Granaten sieben Komma fünf, und etliche Patronengurte.

»Nur Mut, Kannibalin. Nur Mut.«

Den hat Morocha. Sie wechselt ihren Namen. Nunmehr ist sie die Comandanta Mariposa. Sie heuert ihre Mannschaft an: abgemusterte Männer der dänischen Restflottille, dazu Deserteure der Seekriegsnationen. Die finden sich in den kleinen verborgenen Häfen Westindiens zuhauf – sie alle mit Erfahrungen, einige mit Patenten für Kleine und Große Fahrt.

Das Schiffszertifikat ist beglaubigt, als Küstendampfer steht das Boot in irgendeinem Register, den Kaperbrief liefert ein pensionierter Konsul, der Urkunden und Siegel noch aus dem Zweiten Französischen Kaiserreich herübergerettet hat. Seine Vorgänger statteten die Flibustiers der großen Zeiten – legal oder illegal – mit Papieren aus. Der Vorrat reicht noch weit bis in die Mitte des zwanzigsten Jahrhunderts.

»Wie viele Stempel wünschen Sie, schöne Admiralin?« Sie kosten Stück für Stück. Weitere Summen gehen an den Marineattaché der US-Territorialmacht und den Hafenkapitän von Saint Thomas auf den umgetauften Virgin Islands.

So bleibt das Geld der Korruption, einst vom spanischen General Mazapán y Peladilla ergaunert, weiterhin im Kreis seines eigenen Umlaufs.

Weihnachtstag 1918.

Die Crew wird auf die Comandanta Mariposa vereidigt, auf niemanden sonst – auf keine Fahne, keine Nation. Das Grau des Kriegsschiffs wird überpinselt: tomatenrot der Rumpf, apfelgrün die Aufbauten, pflaumenlila das Bordgeschütz. Die Sorgenfri – jetzt auf den Namen Loloëla umgetauft – bunkert und geht in See. Im Ruderhaus stapeln sich die Flaggen. Erst einmal wird das Sternenbanner aufgezogen. Außer Sicht wird sich ein anderes Tuch finden.

In den kommenden Jahren verschafft sich das kleine falterbunte Boot

– von manchem Tramper als Bestie Butterfly gefürchtet – seinen Respekt im Revier. Allerhand Gesindel kreuzt vor den westindischen Küsten. Die zwanziger Jahre beginnen, und mit ihnen die Gier nach schnellem Geld auf dem Vergnügungspflaster der Umschlag- und Hafenplätze, der Marine- und Bunkerstationen.

Auf obskuren Kästen schwimmt das Weiße Gold heran, Mädchen – blond, brünett, wie auch immer – für die Bars und Bordelle in Habana, in Pánama, Vera Cruz, New Orleans ...

Die Bestie Butterfly schafft ihre zehn Knoten, so einen miesen Schmuggler holt sie schnell ein. Die ertappten Kapitäne stoppen ihre Maschinen meist freiwillig, nur Neulinge im Schleichhandel riskieren einen Schuß vor den Bug oder die Salve aus dem Heck-MG.

Die Loloëla legt sich längsseits, die Mulattin geht an Bord, sie braucht ihre Papiere selten vorzuweisen, der Ladeoffizier gibt schon bei erster noch harmloser Erpressung seine Ware heraus.

Die Comandanta übernimmt die Girls und setzt sie am nächsten Anlaufhafen frei. Ein paar Dollarscheine auf die Hand sollen ihnen die Heimfahrt ermöglichen. Aber die Mädchen, fasziniert von der fremden farbigen Welt, möchten nicht mehr nach Europa zurück. Sie nehmen das Reisegeld und verjubeln es für Klamotten: Im neuen Chic gehen sie, wenn auch nicht gleich im ersten, so doch im nächsten Quartier auf den Strich. Wer pfiffiger ist, endet nobler: beim Schönheitstanz oder hinter der Bar in einem der sich mehrenden Etablissements.

Überlistet. Eingesackt. Verhökert. Gerupft. Eingelöst. Ausgelöst. Wieder überlistet, wieder gerupft ... Frauen müssen schon sehr stark sein, wollen sie nicht in den Kloaken der Männerwelt verloren gehen.

Manchmal gelingt es einer zu entkommen.

Wieder wechselt eine Ladung Unglücksvögel von Bord zu Bord. Eines der Dämchen – schon etwas angejahrt – kann sich an die Comandanta erinnern. »Es ist lange her, da war ich auf einem Gutsfest. Ich war für einen Sonntag als Aushilfe engagiert, und Sie waren die Exzellenza Mazapán y Soundso.«

Nun erinnert sich auch die einstige Generalin: Belinda, die freche Nudel vom Kindergeburtstag auf Lágrima. »Das war ... mein Kind, das war im August vor ... vor wer weiß wie vielen Jahren.«

Frech ist diese Belinda noch immer, wenn auch dabei nicht mehr so treuherzig. »Ich war fünfzehn. Noch am selben Abend verführte mich der Inspektor in seiner Schnapsbrennerei.«

Ja, dieser Don Destillo.

»Zwei Wochen später jagte er mich fort. Er brauchte den Raum für frischere Ware. Für eine Fuhre Kürbisse.«

Zum König von Neapel nicht wieder zurück, sei sie bald schon im Milieu gelandet: Cartagena, Toulon, Spezia ... »Nun wollte ich heraus aus dem Uringestank der Kriegsmarine, doch wo werde ich enden? In der Pisse der Handelsmarine – immerhin unter der Dunstglocke der Neuen Welt.«

Ein Leben. Soll das ein Leben sein?

Nun, Mariposa, dieses Flittchen gefällt dir, was? »Du kannst bleiben – als Stewardess, als Mädchen für alles ...« Das Kapern werde Belinda auch noch lernen. Schon jetzt kann sie fluchen. »Für diese Seelenverkäufer habe ich Wörter in allen Sprachen der christlichen Seefahrt.«

Motherfucker ... Wichser ... Vieux cochon ... Cabrón ... Porco fascista ...

»Genug.« Diese Schimpfkanone gereicht der Bestie Butterfly bald zur dritten Bordwaffe. Später wird Belinda der immer altersgütigeren Comandanta Mariposa zur unnachsichtigen Partnerin. Ganz am Ende zur letzten Freundin.

Den fetten Zwanzigern folgen die mageren Dreißiger Jahre, die beutearmen Vierziger.

Eines Morgens taucht aus dem Frühnebel ein deutsches Unterseeboot auf. Mariposa sucht im Ruderhaus nach einer zumindest neutralen Flagge, noch weht am Heck der Union Jack.

Der Kapitänleutnant hätte den altersschwachen Kasten gleich versenken können, aber zuvor hat er Lust auf eine Inspektion: Das also war einst die Bestie Butterfly – nunmehr ein abgewrackter Kahn, Rost über verblaßten Schmetterlingsfarben – mit einer kaum respektablen Crew: Da finden sich zwei Deserteure der Deutschen Kriegsmarine, drei Kommunisten der einstigen spanischen Interbrigaden, ein jüdischer Emigrant und derlei Kropp mehr.

Das reicht.

Der deutsche Kommandant – ein Kavalier mit korrekten Manieren – komplementiert die beiden Damen galant von Bord, mit Nachdruck hilft er ihnen beim Wassern des Beiboots und rät, sich kräftig in die Riemen zu legen. »Nur wenige Minuten, Ladies ...«

Sorry.

Lohnt es sich überhaupt, ein Torpedo zu verschwenden? Für dieses Stück Bruch und für diese Handvoll vaterlandsloser Gesellen? Aber ja. Jede Versenkung zählt, und selbst der minderwertigste Abschuß ist ein Schritt näher an das Eichenlaub zum Ritterkreuz. Darauf wartet der Kapitänleutnant schon seit Weihnachten Zweiundvierzig.

So ein herrliches Feuerwerk!

Die deutsche Mannschaft ist auf das Deck ihres Boots getreten, sie will sich dieses Spektakel nicht entgehen lassen. Sie zielt mit Handfeuerwaffen auf die Piraten, die aus ihrem sinkenden Sarg ins Wasser springen wollen. Auch den zwei Weibern schießen die Männer hinterher, doch ohne sie treffen zu wollen. Sie bewundern die Rudermanöver der beiden Fregatten – die eine ist doch sicher knapp fünfzig, die andere – eine echte Mulattin – gewiß über siebzig.

Die Matrosen hatten – speziell für die Mohrin – schon ein paar Zoten auf der Zunge, die versagen sie sich. Besser, sie grölen zum Abschied ein passendes Lied.

»Schwarzbraun ist die Haselnuß, / Schwarzbraun bist auch du, bist auch du ...«

Das Juvi-juvi-Vallera ist für den ganzen Tag nicht mehr aus dem Wind herauszukriegen. Mariposa und Belinda hören es noch nach Stunden, während sie über der Unglücksstelle kreuzen und nach Opfern suchen. Vergeblich. Alles ist heidi mit Mann und Maus.

Ade, Piratenpracht.

Ade auch, ihr Dezennien der letzten guten Taten auf dieser Welt! Die folgende Jahrhunderthälfte gibt keiner Philanthropenseele auch nur eine Chance – nicht zu Lande, nicht zur See ...

Irgendwann vielleicht – dann aber etliche Generationen später – wird es wieder falterbunte Butterflies geben gegen den Abschaum der Seefahrt: Transporter von Gift und Schrott wollen gekapert sein, von Kampfgas, Atomabfall und vom Müll einer heute noch ungeahnten Chemie.

Der dritte Tag bricht an. Dann wieder die Nacht. Und ein neuer Morgen.

Keine Brise. Die See ist seltsam ruhig. Der Vorrat geht dem Ende zu.

Mariposa und Belinda ziehen die Riemen ein, sie könnten ohnehin keine Fahrtrichtung bestimmen. Sie orten sich auf einem Punkt in genau gleichen Entfernungen ringsum zu allen Küsten der Antillenkette: im Norden Puerto Rico, im Osten die Inseln Über dem Winde, im Süden die Unter dem Winde.

Der fünfte Tag.

»Hier an dieser Stelle wurde ich geboren.« Jetzt fängt die Mulattin auch noch an zu halluzinieren. Vor einundsiebzig Jahren soll das gewesen sein. »Und da, eine halbe Seemeile Westnordwest, starb meine Mutter.«

Ja.

Niemand wird die beiden letzten der Loloëla wiedersehen. Kein Hafenkapitän, kein Zollamtmann, kein Konsulatssekretär. Der Marineattaché auf den Virgin Islands wartet umsonst auf die nächste Bestechungsrate für die Verlängerung der Schiffspapiere.

Der sechste Tag. Der siebente.

Endlich kommt eine Brise auf, gegen Mittag frisch, später steif, am Abend stürmisch. Die See, anfangs noch leicht bewegt, wird grob und hoch. Mariposa und Belinda vermeinen, irgend etwas tun zu müssen – wenn nicht mit der Kraft der Arme, dann mit der des Kopfes. Sie zwingen sich zu Erinnerungen, sie suchen die Strophen einer Ballade zusammen. Der deutsche Funkmaat hatte mit ihr zuweilen die Crew unterhalten.

»... Doch eines Abends im Aprile, / Der keine Sterne für sie hat , / hat sie das Meer in aller Stille / Auf einmal plötzlich selber satt.«

Dann kam der Refrain auf der Mundharmonika. Wie ging es weiter? »Der leichte Wind des Abends fächelt / Sie anfangs spielend in die Nacht. / Und der Azur des Abends lächelt / Noch einmal ...«

Der Funkmaat hieß Robert. Er hatte die Seeräuberballade aus Aragón mitgebracht. Im Fronttheater von Teruel munterte ein Heros aus Kiel die letzten Bataillone auf – zu Angriff, zu Niederlage und Heldentod. Jahrelang hatten dieser Text und diese Melodie Robert auf seinen Fluchtwegen beigestanden.

Nun sind auch den beiden Frauen alle Zeilen wieder beieinander.

»Sie fühlen noch, wie voll Erbarmen / Das Meer mit ihnen heute wacht, / Dann nimmt der Wind sie in die Arme / Und tötet sie vor Mitternacht.«

Die Generalin schlägt die Augen auf.

Du warst unterwegs, Morocha? Zwei, drei Minuten? Oder doch eine viertel, womöglich eine halbe Stunde?

Die Nacht ist vorüber, und du lebst. Über dir brechen sich die Strahlen der Sonne in den Blättern von Palmen. Ringsum exotische Pflanzen in Kübeln. Hoch wölbt sich oben das Glasdach einer Veranda. Du bist in einen Korbsessel eingebootet und kippelst auf den Stuhlbeinen hin und her. Du stampfst durch Wellen bei grober See.

Ach was.

Mariposa ... Mariposita ... Nein, du bist die Gemahlin des Militärgouverneurs von Katalonien, und du bist zu Besuch auf dem Gut Lágrima. Du sitzt in einem matt trüben Glaskasten. Draußen belfern Hunde, im Zimmer nebenan kichern Mägde und klappern mit Geschirr, überplärrt von einer herrischen Altweiberstimme. »Hopp. Hopp. Carmen. Roberta ...«

Hopp, Belinda.

Das alles hat seine Richtigkeit. Nur eben: Was ist das für ein Faun dir gegenüber? Er mag sechzig sein, der rote Bart ist kugelrund gestutzt. Der Anzug vom feinsten, und doch ein wenig lädiert. Jacke und Weste sind abgelegt, das Hemd geöffnet. Drei Knöpfe ... vier ...

Gerade fummelt er am Verschluß seiner Hose herum. Den anderen freien Arm hat er – reichlich unbequem abgewinkelt – tief in dein Dekolleté getaucht und schwabbelt nun mit seinen Funden herum. Das sind deine Titten. Dem verknautschten Kleid nach zu urteilen, wollte er dir auch an den Arsch. Und nicht nur dahin. Doch das Manöver scheint mißlungen zu sein.

Plötzlich muß Morocha losplatzen. Sie prustet ihrem Vis-à-vis eine Lachsalve voll ins Gesicht. Ja, das ist doch dieser geile Russe, dieser Anarchobock. »Bravo, Väterchen.« Und sie fragt ihn, wie lange er schon an ihr herumarbeite.

Morocha amüsiert sich. Ihr gelingt der Griff zum Kokabeutel. Sie pflückt sich ihre Blätter und rollt sich einen Bissen. »Du hast in deinem ganzen Leben wohl noch nie ein Mohrenweib geknetet, Vater Tugend?« Der liebestolle Russe ist für derlei Zwiegespräch taub, er möchte jetzt das Terrain wechseln und an das untere Teilstück seines Objekts heran.

Bei derlei Strapazen kriegt er nicht spitz, daß seit Minuten die Tür zum

Speiseraum spaltbreit geöffnet ist. Da steht jemand in der Veranda und starrt auf die pikante Szene.

Es ist Chica.

Das Geburtstagskind ist zum Empfang der Gäste bereits festlich angezogen. Die alte Alma hat die Lockenpracht frisch aufgeplustert und das Mädchen in ein schwarzes Spitzenkleid mit weißen Volants gesteckt. Einen Blumenkranz – als Krone im Haar bestimmt – hält der Fratz vor sich in den Händen. Da steht er nun und glotzt auf die Generalin, eine gute Freundin des Hauses, und auf diesen fremden Mann.

Morocha – obgleich mit dem Rücken zur Tür – spürte längst den Blick. Nun endlich wendet sie sich gemächlich um. »Na, Krümel, du möchtest sicher gern fragen, was der Besuch hier soll.«

Es ist dein Großväterchen.

»Der Mensch heißt Iwan Iwanowitsch. Er ist Anarchist und nennt sich Don Domingo, auch Genosse Tugend oder Brüderchen-Loch-im-Kopf.« Behutsam und ohne Hast setzt die Mulattin die Pranken des Galans frei. »Er will das Blut in allen Gassen strömen lassen, bis die Namen sämtlicher Herrschaftshäuser hinweggespült sind. Aber das erst später. Vorerst hat er noch die Hände in meine Titten gekrallt.«

Jetzt endlich begreift auch Domingo seine fragwürdige Situation. Das Kind drängt sich geradezu in seinen Sehbereich, aber er kann mit dem Blick nichts anfangen. Das steht etwas Fremdes herum, zudem auch viel zu klein für einen menschlichen Kontakt.

Er ordnet rasch seine Kleidung. Hemd, Weste, Jacke – alles ist schnell zugeknöpft. Das gibt ihm die Kraft zu einer Rüge für die Generalin, die sich überhaupt nicht beeilt, sich zu restaurieren. »Exzellenza, das sind keine Worte für ein Mädchen, das einmal eine Marquesa sein wird.«

Gibt es einen dümmeren Satz?

»Hörst du, Chicachiquita, das sollen keine Worte für dich sein.« Die Erwiderung kommt von der anderen Seite. Hinter dem Kind ist die Hausdame Alma auf die Veranda getreten.

Iwan Iwanowitsch. Da kannst du dich vor deiner alten Kinderfrau eigentlich nur noch schämen.

»Das sind deine ersten Gratulanten.« Alma setzt ihrem Fratz den Blumenkranz auf den Kopf und ersucht ihn, einen Knicks hierhin, einen Knicks dorthin zu machen. Zuvor schon hatte jene das Grammophon aufgezogen, um die musische Tochter mit einem Ständchen in die Stimmung des festlichen Tages zu versetzen. »Es ist eine Pièce von Onkel Isaac. Er hat sie dir gewidmet.«

Nebenan quäkt von der Schallplatte Albéniz' Lied.

»Nachher kommen dir zu Ehren viele, viele Leute. Auch hohe und höchste Gäste.« Gerade seien die lieben Eltern in den Ort gefahren, um die Infantin von Spanien abzuholen. Die Hoheit Hyacinthe Florida aus dem Hause Bourbon. Für die kleine Chica hätte diese den gefahrvollen Weg hoch über die Brücken der Montaña nicht gescheut. »Da läuft schon der Zug auf dem Bahnhof ein. Ich höre aus der Ferne die Lokomotive pfeifen.«

Der Koffer!

Domingo schreckt auf. Sprach da nicht eben jemand von einer Brücke in den Bergen? Von einer Infantin? »Der Koffer.« Er stürzt nach nebenan in das Speisezimmer, kraucht hinter den Grammophonschrank, findet nichts und ballert sich nun die Fäuste gegen die Stirn. Er rennt um den Tisch herum, und Alma muß drastisch eingreifen, um den Verzweifelten zu bändigen. »Wehe, wenn du die Tischdekoration ruinierst.«

Eine der Aushilfsmägde eilt zu Hilfe. Es ist Belinda, die Kellnerin aus dem König von Neapel. Sie ist erst fünfzehn, aber kräftig genug, um den Alten bei den Schultern zu packen und zu bremsen.

»Ruhe, Herr. Alles wird gut.«

Alma möchte hinzufügen, daß das Köfferchen wohlverwahrt im Boudoir der Marquesa logiere. Doch schon sammeln sich, durch den Lärm angelockt, immer mehr Neugierige: Sina und Alissa, die Jungfern Carmen und Roberta. Sie alle legen den Finger an die Lippen.

»Pst. Es wird alles gut.«

In die Stille hinein platzt die Generalin mit einem Lachanfall. »Jetzt tapert der Tölpel seinem Köfferchen hinterher. Such, Väterchen, such.«

Der Camarera mayor gelingt es nicht, das Spektakel zu dämpfen. Die Mägde ringsum feixen. »Das ist ja wie im Kino.« Sie erinnern sich an eine Vorstellung im abgedunkelten Saal des Königs von Neapel. Ein Murkel von einem Mann wird von seiner wuchtigen Gattin um den Tisch gejagt. Jetzt packt die Matrone den Wurzel am Hals und läßt ihn in Meterhöhe zappeln und zappeln. So müßte es auch hier und heute weitergehen. Aber dies hier ist kein Kümmerling, es ist ein soignierter

Herr, gepflegt und sicher auch gebildet. Ihm genügt ein schlichtes Donnerwetter.

»Polterabend spielen? Kronen auf dem Pflaster zerdeppern, was?« Noch ist Morocha nicht fertig. »Durch dich Windbeutel werden weder die Krone Spaniens noch andere auch nur einen einzigen Splitter verlieren.«

Genug.

Die Camarera mayor vermeint, das Amüsement der Dienstboten beenden zu müssen. Recht so, Alma, du darfst deine Reputation nicht verspielen.

»Das ist Chicas Geburtstag, wohlgeborene Exzellenz.«

Wer weiß das nicht? Diesen tadelnden Hinweis braucht die Generalin weiß Gott nicht. Sie greift sich den Fratz und drückt ihn kurz und kräftig an sich.

»Herzlichen Glückwunsch, mein Krümel.«

Daß die alte Kinderfrau nun den Großvater zur Gratulation auffordern muß, ist schon beschämend. »Hast du Zigeunerpelz kein einziges Wort für unsere Chica?« Wenn es weiter nichts ist, nun gut. Domingo nähert sich zögernd dem Kind – zwei Schritt, drei ... vier ... – und streckt ihm aus der Entfernung die Hand entgegen.

»Nun denn. Auch meinen Glückwunsch.«

Am Bahnsteig

Ein Panorama für das Kino ⋆ »Operation Königliche Hoheit« ⋆ Alte Liebe, alter Haß ⋆ Späße alter Männer ⋆ Mit dem Salonwagen in die Grube ⋆ Im Loch der Nebelwand ⋆ Ein Kuß unter Pleureusen ⋆ Waisenkinder haben keine Lieder ⋆ Ein Kavalier aus Deutschland ⋆ Gesellschaftliche Barrieren ⋆ Das Paar im Roadster ⋆ Immer nur Frachtgut

Ein so kleiner Bahnhof wäre schon mit einem schlichteren Empfang überfordert, nun erst mit dem einer Königlichen Hoheit. Aber die Station Lágrima läßt sich nicht anmerken, daß sie seit Jahren – genaugenommen: noch nie – einen derartigen Festtag erlebt hat.

Von zwei Signalmasten ziehen sich Girlanden zum Wasserkran hinüber, diagonal zu den Aborten und wieder zurück zum einstöckigen Bahnhofsgebäude. Dieser Galaschmuck ist schon sehr armselig, da muntert auch die Fülle der Fahnen nicht sonderlich auf, die eilig im Ort eingeheimst wurden – bei der Gendarmerie, in der Bürgermeisterei, beim Postamt, ja selbst im Fischhafen und im Schlachthof des Herrn Orlando Rey.

Der staatliche Putz verkleckst geradezu die weitaus eindrucksvollere Bahnhofsreklame. So bleiben der Compagnie Général Transatlantique wenig Chancen, ihre Kreuzfahrten im Mittelmeer zu offerieren, wie auch ihre Vergnügungsreisen zu den Stränden von Cayenne und zur Palmenpracht der französischen Antillen. Die Bata-Schuhe verlieren mit dem zugehängten Talon ihren modischen Pfiff, allenfalls fügen sich die Plakatfragmente von Kloss & Foerster den spanischen Farben ein – mit dem Stanniolrot des Flaschenhalses und dem Champagnergelb im Kelch.

Zwei Operateure der Pathé Cinéma haben auf dem Perron ihr Stativ aufgebaut und kurbeln vor Beginn des Zeremoniells schon einmal das Panorama ab. Wie sehr bedauern sie, nichts von der Farbenpracht vermitteln zu können, nicht das Krapprot des Teppichläufers, das Königsblau der Uniformen, das Brandgelb von Biesen und Rabatten, nicht den Auroraglanz der Marquesa, das Rostbraun ihres Kostüms in der Korrespondenz zu Eisenmasten, Pumpen und stillgelegten Geleisen, nicht das Signalgrell, das Gold von Hörnern und Posaunen ...

Einzig der Marqués läßt sich originalgetreu reproduzieren – im Schwarz-weiß von Lackschuhen und Gamaschen, von Zylinder und Cachenez.

Eines Tages, wer weiß, kommt eine Erfindung daher, und fortan übernimmt ein neueres Zelluloid das ganze Kolorit von Gottes polychromer Welt.

»Wer wird sich dann noch für unsere veralteten Streifen interessieren?«

Das sagen sich die beiden Männer an der Kamera, und auch der Journalist, der das Gespann begleitet, hat ähnliche Gedanken: Irgendwann lassen sich die Töne simultan zum Bild auf Walzen, Platten oder Bänder bannen, und wer braucht dann noch den Reporter für den Einschub der Texte?

Eine Eisenbahnstation in Katalonien ... Auf dem Bahnsteig ... Die Ehrenfront ... Orden blitzen ... die Blaskapelle ruht im Schatten ... Hoher Besuch wird erwartet ... WER IST ES? ... Das Signal steht auf Grün ... HURRA ... Die Infantin Hyacinthe Florida ... HURRA ...

Nein. Das ist noch nicht der ganze Zug! Zuvor auseinandergekoppelt, wurde nur dem Salonwagen die Einfahrt gestattet. Die Fahrgäste in ihren Coupés werden sich noch eine Weile gedulden müssen. Auf das Rangiergelände abgestellt, fühlen sie sich genarrt und sind gar nicht gut auf die Monarchie zu sprechen.

»Platz da.«

Der Zugbegleiter Lucifero Lupo ist der Größte. Eine Woche lang hatte er seine herrschaftliche Fuhre sicher über alle Brücken auf dem Pfad der Bomben durch Aragón und Katalonien geschleust. Mögen die Passagiere schlapp und entkräftet sein, er, Lupo, ist putzmunter, die Haltung korrekt, die Uniform reinlich.

Ein Teufelskerl.

Er springt vom Wagen, bevor der Zug endgültig hält.

Du mußt die Meldung machen, Lucifero. Wem? Dem Militärmenschen, einem bürgerlichen General? Oder gebührt heute und hier dem Marqués als Adelsperson der höhere Platz?

Da steht, ein wenig isoliert, die einzige Dame unter den Honoratioren – eine galante Adresse für den Rapport.

»Melde untertänigst, Frau Marquesa, Operation Königliche Hoheit durchgeführt. Extrawagen Zaragoza übernommen, Zielort Lágrima übergeben. Strecke: keine besonderen Vorkommnisse.«

Keine? Nein.

Gut. Dennoch wird Aurora nach den Waggons auf dem Abstellgleis fragen. »Sie haben alles abgekoppelt, Herr Kommandant? Auch den Kurswagen aus Barcelona? Ich erwarte Gäste. Nicht nur diese hier.«

Plötzlich wird die Stille, die sich gerade zum großen erlösenden Hurra zu sammeln beginnt, von einem Getöse unterbrochen. Der General Mazapán y Peladilla prustet über den Bahnsteig hinweg, er zeigt auf den stoppenden Salonwagen, er brüllt, er verschluckt sich fast.

»Da. Das Wappen des Königs. Es hängt schief.«

Ja. Das sieht nun auch die Ehrengesellschaft: Die purpurnen Löwen klammern sich voller Angst an die roten Pfähle von Aragón. Und wo halten sich die goldenen Lilien fest?

»Gleich purzelt alles, alles pardauz hinunter.«

Der Marqués ringt die Hände: schon die erste Peinlichkeit, welche werden folgen? Der General fuchtelt mit den Armen, er will an den Waggon stürzen, wird aber gottlob durch den Säbel zwischen den Beinen sabotiert.

»Da sehe ich doch mein süßes flamingorosanes Dickerchen. Gleich kommt es watschel watschel über die Stufen herunter. Mit seinen großen Füßen.«

Meine alte Ente. Haha.

Voll den Rahmen füllend steht Hyacinthe in der Tür – majestätisch, so möchte man sagen. Sie trägt trotz der mittäglichen Stunde die Abendtoilette in pfirsichrotem Samt, besetzt mit silbergefaßten Glaskorallen. Ein wenig abgetakelt, gewiß, aber sie ist und bleibt die Dame aus Hohem Hause.

Vom Kopf fallen Pleureusen – ein Gefieder ungefüger australischer Vögel – auf die nackten Schultern herunter. Im weiten Dekolleté hat sich zwischen plusternden Brüsten die Perle Pelegrina eingenistet.

Die Infantin genießt ihren Auftritt. Sie guckt über das Empfangskomitee hinweg. Sie schreit.

»Wo sind meine Rappen?«

Schnell begreift der Marqués seinen Auftritt. »Wir haben Automobile, Hoheit.«

Quatsch. Hyacinthe wolle nicht reiten. »Ich befehle die Rappen als Symbol der Krone hierher auf den Perron dieser miesen Station.« Doch schon erblickt sie den Marqués, der sich verneigt und den Zylinder zieht. Diesen Pomadenscheitel erkennt sie gleich.

»Rubini. Mein Onkel Yoyó. Gott, bist du alt geworden. Mit den Jahren reifer und schöner gewiß, aber eben alt.«

Plumps. Plumps.

Abwärts geht es über das Trittbrett. Schafft es die Hoheit ohne Hilfe? Nein, von hinten greift ihr Leutnant Boni Bonito Bonifacio kräftig unter die Arme.

»Wo sind wir eigentlich?« Diese peinliche Frage der Infantin an das Komitee kann Boni zum Glück abfangen. »Aber, meine Floridita, eben haben Sie es noch gewußt. Wir sind in der Garnison Lágrima, der Träne Kataloniens.« Und beim Besuch des Gutes stünde ein Kindergeburtstag auf dem Programm.

»Werde nicht frech, Leutnant. Das weiß ich selbst.« Und Hyacinthe könne auch folgern, daß hier gleich Diablillo aufkreuzen wird, dieser alte vertrottelte General, der einst jeden Hofball zerrülpste und zusammenfurzte.

»Da ist er ja.«

Die Kino-Operateure ärgern sich, daß ihnen ausgerechnet in diesem Moment der Film ausläuft und es eine Weile dauern wird, bis der neue in der Kassette liegt. Nun fehlt ihnen die wohl schönste Szene: die Begrüßung der Bourbonentochter durch die Exzellenz, den Militärgouverneur von Katalonien. Gerade konnte er sich aus der Blockade seines Säbels befreien, da ist er schon wieder gefangen.

Jetzt in den schlackwurststarken Armen der Infantin.

»Wie geht es dir, mein guter alter Lümmel?« Nein, er möge jetzt nichts sagen. »Die Liebe bleibt. Auch der Haß bleibt. Nur mal wieder auf einem anderen Bahnsteig.« Und wie Hyacinthe sehe, habe man ihren bösen Liebling in dieser schrecklichen, dieser tragischen semana nicht umgebracht.

»Umgebracht, mein fettes, altes Mädchen? Umgebracht habe ich die anderen. Halb Barcelona piff paff vor das Peloton gestellt.«

Ja, ist es nicht ein schmucker Potztausend?

Das Paar liegt sich in den Armen. »Nein, nicht sentimental werden. Die Leidenschaft bleibt und auch der Ekel. Nur mal wieder auf einer anderen Station.«

Leutnant Bonifacio gesellt sich hinzu, um seine Floridita zu stützen, wenn der befestigte Perron am Ende in Schotter übergeht.

Jetzt erst bemerkt ihn General Mazapán. Ja, das ist doch der Krüppel aus Kuba. »Wo hast du deine Krücken, Kamerad? Ich will sie dir wegknikken. Krrrch. Krrrch.«

Was für ein Spaß für dich, Hyacinthe! Jetzt mußt du nur noch ein wenig in der Wunde des Teufelchens herumwühlen. »Du erkennst ihn? Ja, es ist der kleine Depeschenjunge aus Jerez. Er hatte dir einst ein Bein gestellt. Platsch lagst du auf dem Pflaster.« Und jetzt suche der Held von Jerez gewiß die Stelzen des kleinen Frechlings von damals. »Der braucht keine. Der humpelt ganz gut mit seiner schönen Prothese.«

»Die trete ich ihm weg.« Der General kommt in Form. Er ballert mit dem Stiefel mehrmals gegen das Holzbein des Nebenbuhlers und drängt diesen bedrohlich nahe an die Bahnsteigkante.

Lupo pfeift. »Vorsicht.« Die Lokomotive setzt zurück. Noch einmal pfeift der Schaffner, diesmal länger und lauter. Vorsicht. Dann taucht er in eine dichte weiße Wolke ein, die aus dem Zylinder der Lok zischt.

Auch die beiden Kampfhähne geraten in den Nebel – der alte General Vorwärts und der kleine Leutnant Retirade. Sie verlieren die Orientierung. Wo ist die Klippe, wo der Abgrund? Wo geht es hinunter auf die Schienen?

Rattata.

Boni spürt einen Schmerz im Bein, im anderen lebendigen. Aua. Sind diesem Halunken doch wirklich Treffer gelungen. Der Schmerz kommt nicht vom Stiefel, er kommt von Rädern.

Das also ist der Tod. Eintauchen in das Koksgrau einer Nebelwand. Keine Sicht. Nur ein kurzer lächerlicher Schmerz ...

Das also ist der Tod.

Du spinnst, Boni Bonito. So leicht macht der Zeitenlauf es keinem seiner Würmer. Leben – das hat einen festgefügten Anfang und ein ebenso fixiertes Ende. Du glaubst doch nicht an Zufälle? Irgendwo in eine Kette von Dezennien wirst du mit deiner Frist hineingeworfen. Da heißt es die Jahre abmachen.

Stück für Stück.

Nicht so voreilig, Leutnant. Noch sind einige Meilen auf deinem Streckennetz abzureisen.

In drei Tagen erst stellt sich dir die Weiche. Auf dem Weg in die Pyrenäen – irgendwo zwischen Sueño und Soledad vielleicht – wird die Gefährtin des Jahrzehnts dich verlassen. Sie steigt um in ein anderes Arkadien.

Ohne Abschied.

Ein letztes Mal noch wirst du nach ihr rufen. »Florida. Ma fleur. Mon cœur.« Ein namenloser Bahnhof. Es ist Mittag. »Floridita ...« Nach der Detonation widerstehst du der Versuchung, mit einer sentimentalen Geste die glücklichen Jahre zu entwürdigen.

Nein. Kein Andenken.

Dennoch, die Hinterlassenschaft der Infantin für ihren Leutnant, den letzten ihrer Suite, ist nicht ärmlich. Sie sichert ihm einen behaglichen, wenn auch begrenzten Luxus für alle Zeiten, ja, selbst bis an die letzten Tage.

Das aber dauert noch.

Erst einmal, Boni, folgst du der geplanten Route in die Pyrenäen, zur Endstation Guardiola und weiter mit der Kutsche nach La Seo. Ein guter Ort, um auf das Ende des Sommers zu warten. Wer sagt allein? Du lebst weiter in Doppelzimmern, ißt weiter an Zweiertischen, plauderst wie immer und sagst Chérie, meine Blume, mein rosanes Dickerchen ... Und du antwortest dir: mein armer kleiner Humpelfuß, mein Dulce et ... Aber auch: du bekacktes Nichts, du Gnadensöldner.

Keine der Liebkosungen wird vergessen.

Im Herbst wechselst du das Coupé. Der Salonwagen geht an den Hof zurück, deine Heimat werden fortan die Luxusabteile der Ersten Klasse.

Du reist und reist.

Hinter jeder Strecke sind die Pontons gesprengt, die Erde verbrannt. Ein Ort, eben noch ein Campement, ist gleich nach dem Aufbruch verschwunden. Führte ein Weg zurück, zeugten nicht einmal mehr Ruinen von der Existenz eines einstigen Relais.

Ein Ball, eben noch den Abend verzaubert, hinterläßt am kommenden Morgen kaum mehr den Wind einer Musik. Und die Tänze der Nacht? Zerflackert sind sie zu Schattenspielen.

So ein Stuß.

Boni, du spinnst. Ja doch, alle wissen es: Dein Liebstes ist tot. Aber das sind bald dreißig Jahre her. Du gehst an die Sechzig, willst du in deinen Luxuscoupés verrotten wie auf den Güterwagen der vorbeirollenden Züge der Schrott?

Nein. Schließlich hat deine Uniform auch noch ein Wort mitzureden.

Längst im Koffer zwar, will sie dennoch nicht auf den Trödel. Sie möchte ausgebürstet werden, aufgedämpft und mit geputzten Knöpfen noch einmal ins Licht der Fotografen, vielleicht sogar vor die Filmkamera einer Aktuellen Wochenschau.

Movietone News.

Behind the Spanish Lines. Ein Laster rollt ins Bild. Säcke werden abgeladen. Alles packt an. Einem älteren Offizier ist die Arbeit zu schwer. Er hält ein Transparent hoch und bindet es an die Seitenfront des Wagens. Viva la libertad. Fünf Sekunden. Er wendet sich um und guckt in die Kamera. Vier Sekunden, vielleicht nur drei ...

Wäre zugleich ein Chronist zur Stelle, könnte sich später zu diesem Bild ein Name finden: Oberstleutnant Bonifacio Cañada, geb. 1880 Madrid, Kadettenschule Cádiz, Teilnahme am Amerikanischen Krieg, verwundet in Sant'Jago, Adjutant am Königlichen Hof, reaktiviert als Stabsoffizier beim Train der Volksfront-Armee.

Der alte Reservist kennt weit über Land die Versorgungs- und Nachschubwege, das Netz der Straßen und Schienen, die Stationen, die Depots.

September 1938.

Beim Troß des Kommandos dreht eine Legende die Runde: Im Schlachthof eines unbedeutenden Orts an der Küste südlich von Barcelona habe eine Feldküche en masse Fourage gefaßt – verwaltet von einer Fee. Von einer Russin, erzählen die einen, von einer einstigen Marquesa, so die anderen.

Boni, die kennst du.

Wenn jemand den Engel anwerben kann, dann du allein. Schließlich hatte man vor Zeiten einmal – wenn auch nur für eine gute halbe Stunde – Verständnis füreinander empfunden. Wenn nicht gar Gefühle?

Der Trainoffizier requiriert ein Automobil, überquert den Llobregat, den Canal Carlota, folgt der Küste der Campiña, der Straße bergan ...

Alto.

Das Plateau ist bereits in Feindeshand. Halt. Ordonnanz und Fahrer sind schnell liquidiert, dem Oberstleutnant bleibt die Kugel erspart. Ihn schützt der Kuba-Orden, eine vierzig Jahre alte Auszeichnung, einst pauschal und ohne Verdienste erworben. Ein Faschist feuert nicht auf Lametta, das – von welcher Obrigkeit auch verliehen – über Dynastien und Diktaturen hinweg von der Heiligen Kirche gesegnet ist.

Während der Festungshaft bleibt Bonifacio privilegiert. Die Bewacher, vor allem die älteren, achten ihres Gefangenen einstige kordiale Beziehung zur Krone. Das Malheur kommt erst später.

Es ist die Amnestie.

Das Vermögen eingezogen, degradiert, in der Montur der untersten Charge findet der Soldat Bonifacio Cañada sein letztes Asyl. Auf dem Granit der Sierra de Guadarrama, in einem Hain zwischen Eichen und Kiefern findet er sich mit dem zusammen, was die spanischen, die christlichen Kriege übrig gelassen haben.

Dem Invalidenheim gegenüber hat das Militärwaisenhaus seine Nachbarschaft gefunden. So bietet sich den alten Männern, denen sich die Tage nur mühsam gliedern, das Auf und Ab im Leben der Kinder als willkommene Abwechslung an. Sind drüben die Fenster geschlossen, kriegen die Bälger Strafen, sind die Fenster geöffnet, müssen sie sich freuen.

Und singen.

»Pflück' ich heut' noch die Oliven / Ach, ach, ach, / Bin ich morgen schon begraben, / Ach, ach, ach, / Unter den Oliven.«

Ein reichlich simples Lied. Aber es hat viele Strophen gegen die Langeweile. Nach den Oliven kommen die Orangen, die Granadas, die Datteln ... Und so geht es fort.

Das Zimmer teilt Boni mit acht Mann – meist Krüppel aus den ungezählten Waffengängen in Marokko. Aus dem Kuba-Gemetzel gibt es nur noch einen einzigen. Es ist ein Sergeant, wohl an die achtzig Jahre und als Stubenältester respektiert.

Er ist blind.

Das Augenlicht verlor er einst auf dem Kastell von Sant' Jago. »Es war eine Rauferei unter Kameraden: eine ganze Festungskompanie gegen zwei unerbetene Schiffbrüchige. Der eine war ich, der andere ein blutjunger Leutnant, keine achtzehn Jahre.«

An nichts weiter erinnert sich der Sergeant. Aber auch dir, Boni Bonifacio, ist das Karibische Abenteuer fast ausgelöscht. Nicht einmal der Name Anselmo Joaquín sagt dir etwas. Um so mehr dagegen die glückliche Zeit im Salonwagen – das goldene, das reiche Jahrzehnt. »Die Blume meines Herzens war Hyacinthe, eine Infantin von Spanien. Tag und Nacht lebten wir zusammen, Tag und Nacht reisten wir, immerzu unterwegs von Salon zu Salon, von Ball zu Ball. Ich beherrschte alle Tänze, auch die Moden aus der Neuen Welt. Den Boston, den Two Step, den Cake Walk.«

Scherbeln auf dem Parkett? Damit kennt sich auch der alte Sergeant aus. »Ich war der Polkakönig auf jedem Rummel. Sehen konnte ich meine Tanzmäuse nicht, aber fühlen.«

Durch den Saal geschoben. Hopp. Und zurück.

»Das halbe weibliche Barcelona hatte ich in meinen Pranken.« Anselmo zählt Damen und Dämchen auf, Witwen und Nymphchen, knakkige Packerinnen aus den Fabriken und rachitische Grisetten aus den Nähstuben. »Drei Baronesas waren darunter, eine Marquesa. Warum nicht auch eine Königliche Infantin?«

Wieder einmal amüsiert sich die ganze Mannschaftsstube.

»Das war wohl auch dein rosa Dickerchen, was?« Der blinde Sergeant wirft mit einem Schmollmund Küsse in den Raum. Er piepst mit verliebter Stimme.

»Mein rosa Dickerchen.«

Die Stube grölt. Boni hält sich die Ohren zu. Er hat keine Chance gegen die bösen sieben. Er will hinaus. »Meine Prothese.« Haha, die ist versteckt. »Nun kann der feine Pinkel nicht mehr tanzen! Hüpf, Bourbonendackel, hüpf.«

Zunächst ist der Budenzauber noch harmlos. Erst allmählich schießen sich die Invaliden ein, vorab mit Brotkügelchen, dann mit Suppenknochen. Nun schnipsen sie Löffel voller dicker Bohnen durch das Zimmer.

Platsch.

Anselmo hat – nur nach Gehör gezielt – zweimal die Augen seines Opfers getroffen. Das Gesicht voller Pampe, kann es nichts mehr sehen.

Nun, Boni, bist auch du blind. »Ich will an die Luft.«

Weiter nichts?

Die Veteranen packen den Humpelfuß – zwei an jedem Arm, zwei an dem einen Bein – und zerren ihn vor die Tür.

Es ist eine seltsame Prozession, die hoch auf den Hängen eines Steinbruchs entlangzieht. Im Tal lassen Arbeiter Keilhammer und Spitzhacken fallen und gaffen hinüber. Der Kolonne voran tapert ein uralter Soldat, eine gestickte Kirchenfahne über den Kopf gestülpt, ihm folgen sechs Invaliden, die sich mit einem siebenten abmühen. Dem Trupp schließen sich mehr und mehr Sieche an – eine Kette von klapprigem Gebein, schleppend, torkelnd, krumm gebeugt. Aber fröhlich.

Über dem Grat der Halde hebt sich der Aufzug der Greise als Scherenschnitt gegen den Abendhimmel ab. Die Sonne steht tief.

Der kommende Morgen wird Spanien einen Ruhmestag bescheren. Hier inmitten der Sierra de Guadarrama wird der Grundstein für ein monströses Monument gelegt: eine Basilika für die Gebeine von vierzigtausend gefallenen Nationalisten – ein Höllental der Soldateska, bedeckt mit einem Leichentuch aus Granit.

Valle de los Caídos.

Vom Gipfel fällt die Gesteinswand wohl fünfzig Meter tief hinab. Die Krüppel schleppen ihre Trophäe bergauf. Sie lachen. »Das Tal der Verreckten, Kamerad, ist auch der Schindanger für dich und den ganzen Wirrwarr in deiner Rübe.«

Depeschenjunge, einem General das Bein gestellt ... eine Infantin von Spanien gevögelt ... mit Negertänzen über das Parkett des Königreichs gehopst ... die Jahre auf Reisen verplempert ... in einem Salonwagen ...

»Mit dem fährst du nun in die Grube.«

Sechs Bösewichte schwenken ihr Bündel hin und her. Eins und zwei ... eins und zwei ... Sie werfen es hinab in den Schotter.

Auf diesem Weg in die Tiefe, Boni Bonito, während dir hier ein Stein gegen den Schädel poltert, dort ein anderer die Wirbel knackt, während du den Mund voller Sand faßt, die Augen voller Staub, dich der Husten zu ersticken droht, dir die Schmerzen an Kopf und Gliedern langsam die Besinnung rauben, auf diesem Weg überdenkst du den Widersinn des Lebens und die Vernunft des Todes.

Siebzig Jahre. Das ist ein gutes Alter zum Sterben.

Ein Zitat aus der Gymnasialzeit drängt sich auf. Omnia fui et nihil expedit. Selbst ein Kaiser, der alles gewesen, begriff am Ende seiner

Tage sein irdisches Dasein als nutzlos. Wie erst du das deine, kleiner Leutnant?

Hinein mit deinem Kadaver in den Ruhmesschutt für die Satansbrut eines Caudillo. Einen tieferen Fall erlitt kein römischer Kaiser, kein Held englischer Königsdramen.

Die koksgraue Nebelwand zerreißt.

Leutnant Boni Bonito Bonifacio, du stehst fest auf den Beinen an der Bahnsteigkante. Du wunderst dich auch nicht über die Fee im aufgerissenen Loch der Nebelfront. Eine Dame, Knöpfstiefeletten unter rostbraunem Kostüm, herb, ohne Schmuck, über dem Gesicht ein Schleier, dahinter die Augen wie zwei Fliegen im Netz.

Die Vision hebt den Flor. Aber ja, Boni! Das ist Moïra, der du in drei Tagen auf einer namenlosen Station bei der Fahrt in die Pyrenäen – irgendwo zwischen Olvidar und Sueño – begegnen wirst.

Wie schafft es diese Grazie, ohne sich vorzustellen, in die wenigen Sekunden des Gegenübers ein Rouge von Vertrautheit auf ihre Wangen zu legen? »Ruhen Sie sich aus, Leutnant. Sie sind ja ganz schwach.« Hinter dem Bahnhofsgebäude stehe ein Roadster, er möge schon einmal Platz nehmen. »Wir beide werden der Ehrengesellschaft in deren träger Renaultkiste vorauseilen. Warten Sie, ich komme gleich nach.«

Fort ist das Wesen und erreicht am Ende des Perrons den Marqués, den General und die Infantin. Endlich kann Yoyó seinen schönen Exotenvogel vorstellen. Der Vogel knickst, aber Hyacinthe hebt ihn auf. »Lassen Sie es gut sein, Aurora, Sie sind – wenn auch nur weitläufig verschwägert – doch so etwas wie meine Tante.« Die Hoheit schickt sich an, die Marquesa auf die Wange zu küssen, aber die Zeremonie gelingt nicht. Sie verheddert sich im hochgezogenen Schleier der einen wie in den herabfallenden Pleureusen der anderen Dame.

Nun ein zweiter Kuß. Spröde und kalt geben sich die Lippen, die – gegen die Abwehr des Hutflors – nun doch die Wangen Auroras finden. Das ist ein Mund, der vergeblich versucht, die letzte kurze Frist seines Lebens zu genießen. Wie viele Tage noch, und diese Tochter Bourbons wird sterben – einfach so als Symbol der Obrigkeit. Als was sonst? Iwan Iwanowitsch wird doch nicht wieder einmal erfolglos sein? Nein, so einen Gedanken darf man dem Vater nicht antun. Auch nicht der eigenen Achtung vor dem Vater.

Aurora, in Jahrzehnten hast du deinen Haß auf die Gesellschaft gepflegt, könntest dich zu manch einer Tat hinreißen lassen, aber an Mord hast du nie gedacht. Du spürst ein Kribbeln, während du sanft über diesen fremden Körper gleitest. Die Arme, die Hände, Brust und Schultern – alles, alles ist bereits entseelt. Lebendig ist eigentlich nur noch auf dem Kopf der voluminöse Vogel in seinem australischen Gefieder. Er wippt und wippt.

Der Marqués ist guter Laune, jetzt wo er sieht, wie gut sich der Ehrengast mit seiner Gemahlin versteht.

Ja. Auf seine russische Trophäe kann er stolz sein.

»Erinnerst du dich, meine Schwalbe, an das Fest vor sechzehn Jahren? Da hatte dich unsere Hoheit schon einmal geherzt.« Dieser Geck kommt doch wohl nicht etwa auf den längst verschwitzten Benefizball im Cuatro Naciones zu Ehren der Witwen und Waisen zurück?

»Quatsch.«

Hyacinthe wendet sich um. Ihr Ausruf wird von einem neuen überrollt. »Was sind das für Kinder?« Noch einmal lauter. »Da. Da. Die Kinder.«

»Es sind Waisenkinder, herzliebste Hoheit.« Der General warnt den Gast. »Vorsicht, sie sind noch ganz frisch. Vater und Mutter gerade totgemacht. Piff paff.«

»Aber warum singen sie nicht? Waisenkinder müssen singen, wenn die Krone zu Besuch kommt.« Die Infantin habe doch vorhin im Lärm der Lokomotive etwas gehört von Oliven, Orangen und ach, ach, ach ...

»Etwa ein spanisches Lied? Halluzinationen, meine Bourbonin. Die spanischen Musiker sind allesamt zu faul und zu dumm, für Waisenkinder zu komponieren.« Mazapán könnte aber etwas Russisches anstimmen. »Drehst dir einen schwarzen Schnurrbart / Unterm Schnee, / Brüderchen Loch-im-Kopf ...« Er stellt sich in die Positur eines Opernhelden, aber schon bricht die Arie zusammen.

»Plkscht ... öaaak ... öööö.«

So ein Glück. Nach all dem Schwachsinn der befreiende Rülpser! Die Kinder aus dem Heim haben solche Narrenpossen nicht alle Tage.

»Genug gelacht. Jetzt seid ihr an der Reihe.« Die Infantin beugt sich zu den Bälgern hinunter. »Na du. Warum singst du nicht? Hast du nicht eben das lustige Lied vom Kopf-Kaputt unterm Schnee aufgeschnappt?«

»So etwas kennen die Kinder nicht.« Der Marqués meint, diese Bahnhofskomödie schließlich beenden zu müssen. »Wir haben zu Hause unser eigenes Fest, Madame. Unsere Tochter hat Geburtstag. Sie wartet auf uns und möchte endlich ihre Geschenke haben.«

Geduld, Kindervater. Geduld.

Die Infantin kneift einem Knaben in die Wange, streicht hier einer Maid über das Haar, stupst dort einer das Näschen. »Habt ihr das eben gehört? Auf dem Gut des Marqués von Lágrima freut sich auf mich ein Püppchen, genauso eins wie ihr. Es bekommt Geschenke von Vater und Mutter, und wir alle werden uns köstlich amüsieren.«

Eklig, diese Kinderanbiederei. In was für einer Traumwelt lebt sie bloß, Diablillo? »Das beeindruckt diese Quaddeln überhaupt nicht, meine Blume. Die haben in ihrem Waisenhaus mehr Feiertage als so eine verwöhnte Göre auf dem Gut.« Jeder Tag, an dem sie nicht die Rute kriegen, sei für diese Bälger Weihnachten.

Und das sind drei-, viermal die Woche.

Eben tritt El Cid, der Gutsinspektor, hinzu, als sei er im rechten Moment gerufen worden. Der Marqués ist erleichtert, so kann er seinen Gast zum Wagen geleiten lassen. »Wirf den Motor schon einmal an, Don Destillo. Ich selbst komme gleich nach.«

Anderthalb Stunden Wartezeit sind genug. Das sagen sich zwei Fahrgäste im abgestellten Zug auf dem Rangiergelände. Ein Streckenwärter schlendert vorüber. »Wann haben wir endlich Einfahrt?« Der Kerl weiß es nicht. Gut, dann soll er wenigstens den Kofferträger machen.

Der Herr aus der Ersten Klasse reicht dem Verdutzten ein Gepäckstück nach dem anderen aus dem Coupé, dann läßt er sich selber auf den Schotter hinunter. Er hat sich den Raglan keck über die Schultern geworfen und für diesen Ausflug einen flachen Panama mit schwarzem Hutband gewählt, dessen Enden seitlich über die Krempe fallen.

Der Herr ist in Trauer.

Trotz seines Alters von über vierzig Jahren springt er behende und federnd vom Trittbrett – gerade zurecht, um aus dem Nachbarwagen einer Dame beim Aussteigen behilflich zu sein.

Hoppla.

Die Reisende duldet es, daß der Fremde, statt ihr galant die Hand zu reichen, sie um die Taille faßt und in einem Satz herunterhebt. Sie winkelt beim Sprung ballerinenhaft die Beine an. Der broschierte Saum eines weiten Rocks bläht sich zum Kreis auf, die Silberpumps wirbeln dem Kavalier nur so um die Ohren.

»Huch.«

Mein Gott, ist die dünn. Und lang. Eine Giraffe.

Die Giraffe quietscht in hoher Tonlage. Und noch einmal: Huch. Nun, jung ist sie nicht mehr, dennoch leichtfüßig und graziös. Auch von aparter Eleganz, obgleich sie aus einem Abteil Zweiter Klasse stieg.

Und sie ist lustig.

Der Galanthomme stellt sich vor. »Nasse. Baron von der Nasse.« Er beschreibt sich als Handelsvertreter aus Deutschland. »Ich reise viel umher. Zu Hause bin ich in Straßburg, geboren in Bad Ems. Daher der Name.«

Nasse. Ja, Nasse.

Die Grazie begreift nicht das Wortspiel. Ein Herzog von Nassau wäre ihr ohnehin fremd. Sie lacht noch immer. »Ich bin aus Barcelona. Angelita Abriles. Meine Familie kommt aus Neapel.«

Deshalb die Heiterkeit.

Und der Baron wundere sich vielleicht über ihre Leichtigkeit. »Das macht der Tanz.« Früher habe man sie Doña Tornado genannt. »Ich war der Wirbelwind auf jedem Ballparkett.«

Es ist Mittag. Das Paar stakst über den Schienenwirrwarr. Nasse nimmt der Dame das Stadtköfferchen ab. Nun kann sie sich mit beiden Daumen und Zeigefingern den Rock über die Knöchel ziehen und unbehindert auf einer Schiene herumtänzeln.

»Kennen Sie, Señorita, diesen Ort Lágrima?«

Der Handelsvertreter erhält keine Antwort und glaubt, bekunden zu müssen, daß er hier nicht aus geschäftlichen Gründen Station mache. »Familiensache. Ich komme im Auftrag meiner Mutter. Sie ist tot.« Aber das zeige ja wohl deutlich der Flor an seinem Hut.

»Ich bringe hier im Ort einer alten Dame ein Andenken meiner Mamá aus vergangenen glücklichen Zeiten. Beide ...« Nein, Cypris Achill Nasse, du wirst dieser Fremden nicht offenbaren, daß deine Mutter Zofe war und daß das Geschenk einer früheren Kollegin gilt, einer Kinderfrau aus dem Haus des Fürsten Kropotkin.

»Es ist eine Gemme. Ein Erbstück aus meines Vaters Geschlecht. Eine Arbeit der italienischen Renaissance. Ein wunderschöner Stein. Ich entlasse ihn ungern aus dem Besitz der Familie.« Doch überwiege in jedem Falle wohl die Achtung vor der geliebten Toten Willen.

»Ich muß auf das Gut.«

Nasse werde sich eine Droschke nehmen und frage die Doña Wirbelwind, ob er sie ein Stück des Wegs mitnehmen dürfe. »Ein Stück?« Da kann sich Angelita nur amüsieren. »Sie können mich die ganze Strecke begleiten. Bittesehr. Auch ich will auf das Gut.«

Sie wolle zum Geburtstag der kleinen Chica, der Tochter des Marqués und der Marquesa, die Infantin Hyacinthe Florida sei extra von Madrid über Zaragoza herbeigeeilt. »Für den Nachmittag und den Abend sind allerlei Honoratioren aus Barcelona geladen – Generale und Kommandanten, Fabrikanten und Konsuln, schöne Frauen ...«

Und natürlich auch sie, Doña Tornado, die Seelenverwandte und alte Freundin des Hauses.

Diese Reisegefährtin irritiert dich, Cypris Achill. Sie soupiert mit der Königlichen Hoheit, eben der, die dich, den Baron aus Deutschland, unterwegs so rüde brüskiert hatte.

Nun bist du als Sproß eines einst regierenden Fürstenhauses nicht irgendwer. Und diese da ist bloß eine ... eine ... vielleicht nur eine Giraffe. Dennoch, sie tafelt im Salon, während du in der Küche am Holztisch hockst und dir mit dem Personal die Brösel teilst. Sie ist der Gast des Marqués, und du nur der seiner Magd. Nur gut, daß das alte Fräulein Alma immerhin eine Camarera mayor ist, aber eben doch eine Dienerin.

Das sind schon gesellschaftliche Barrieren.

Nasse verflucht seine mißliche Lage im Standeskampf. Aus einer besseren Position böte sich leicht ein schnelles Techtelmechtel an, ein sattes Abenteuer gar, vielleicht auch ein Liaison für länger. Die Señorita ist gut gereift und gewiß ungebunden. Auch er ist frei, wenn auch noch in Trauer. Würde die Mutter ihm verzeihen, wenn er sich drei Monate nach ihrem Dahinscheiden eine fremde Frau nähme? Für das Vergnügen? Gewiß, mein Bub, jederzeit. Aber doch wohl nicht für das Herz?

Das Herz gehört der Mutter.

Was wird wohl die Tafel auf Lágrima zur Nacht bieten? Halte dich mit dieser Frage zurück, Cypris. Du bist nicht eingeladen, du gehörst zum

Personal in die Küche und kannst im Augenblick nur froh sein, daß deine Reisegefährtin überhaupt nicht wissen will, wem auf dem Gut du deine Gemme überbringen sollst.

Nasse, du bist Baron und Waffenhändler, auch wenn diesmal nur ein Auftrag für Mückennetze heraussprang. Wie schüttelst du bloß diese niedere Mission ab, deinen Zwangsbesuch bei der alten Alma, dem Dienstbolzen?

Halte ein, Cypris Achill. Solch ein rüdes Wort würde dir deine Mutter nie verzeihen. Sie, eine einfache Zofe, hat dich gewollt, hat dich ausgetragen, du bist ihr Wunschkind. Nun zeige dich für dein Irdendasein gefälligst dankbar. Du mußt tapfer sein und in Wahrhaftigkeit zu allem stehen.

Tapfer? Ja, Mutter. Aber wahrhaftig – das ist so schwer.

Boni Bonifacio möchte aufspringen, das Automobil umkreisen, um der Dame beim Einsteigen behilflich zu sein. Doch schneller als berechnet erreicht Aurora ihren Wagen und kann gerade noch den Leutnant auf den Beifahrersitz zurückdrücken.

»Es ist heiß, Herr Adjutant, und es ist Mittag. Gerade eben noch war Ihnen taumelig. Übernehmen Sie sich nicht.« Er wisse doch wohl, daß heute allen Gästen, besonders aber ihm, eine lange Nacht bevorstünde.

»Ihr Ruf als Tänzer ist Ihnen vorausgeeilt, und jetzt wollen wir doch einmal die Moden der Saison auf dem Parkett bewundern.«

Vor allem den dernier cri um den Kuchen.

Bis zur Ankunft seien es noch gut und gern zwanzig Minuten. »Sie haben seit dem Frühstück sicher nichts mehr gegessen, Don Bonito?« Zu Hause angekommen, werde die Gastgeberin gleich einen kleinen Imbiß bereiten. »Ist das Personal mit den Vorbereitungen zum Festmenü voll beschäftigt, werde ich wohl selbst in die Küche müssen.« Aurora erheitert sich. »Das ist ein guter Anfang für die Flucht aus Arkadien: ein eigenes kleines Gabelfrühstück selbst zaubern. Ich werde mich wundern, wie einfach das ist.« Sie lacht und malt sich aus, wie sie später – gelänge dieser Anfang – vielleicht eine ganze Küche bewirtschaften werde.

Weitab inmitten der freien Natur, ganz allein auf sich selbst gestellt – sozusagen: eine Feldküche.

»Kann sein, daß gerade ein Bürgerkrieg tobt, Sie kommen zufällig des Wegs und kriegen bei mir Ihre Suppe.«

Eine lustige Geschichte. Aurora steigert sich geradezu in Ausgelassenheit. »Nun, Leutnant, war das ein Witz? Lachen Sie. Lachen Sie über die eigene Suppe in der eigenen Küche mitten auf freiem Feld.«

Nein. Lachen Sie nicht.

Ein wenig exaltiert ist die Dame schon, Boni.

»Immer und immer war ich das Eigentum irgendeiner Klasse: früh als Kind des Adels, dann des streunenden Anarchismus, des behäbig reisenden Bürgertums, seit elf Jahren wieder des Adels.« Ganz ernsthaft frage sie den Herrn Offizier, ob sie noch einmal die Klasse wechseln und wieder ein Kind der Anarchie werden solle.

Und des Terrors.

»Stellen Sie sich vor, ich habe in meinem Boudoir schon für alle Fälle ein Köfferchen mit einer Bombe versteckt. Morgen, übermorgen nehme ich irgendeinen Zug. Irgendwohin. Ich steige auf irgendeiner Station aus, stelle das Köfferchen in die Abfertigungshalle, und gleich kracht der ganze Bahnhof in die Luft.«

Wumm.

Da müssen beide sehr lachen.

»Hören Sie die Hunde, mein Freund?« Das Gut gerate zwar erst nach der nächsten Biegung ins Blickfeld, aber die Hunde höre man meist schon eher. »Sogar die Welpen stimmen sich ganz schön kräftig ein.«

Hauuu. Hauuu.

Die Patronin scherzt und ahmt das Bellen nach. So rollen die Ankömmlinge durch das Tor. Tito und Tántalus eilen herbei, auch Germana mit ihren Bälgern. Sie springen am Wagen hoch, fern kichern Mägde, der Motor schweigt und überläßt das Lärmen den Insekten auf dem Hof.

»Wir hatten eine schöne Fahrt miteinander.« Die Marquesa mahnt, nicht zu vergessen, daß man zuweilen sogar gelacht habe. »Es ist uns gelungen, uns auf dem dünnen Seil des Plauderns über das Höllental des Schweigens hinüberzuhangeln. Und die Tristesse ...?« Wie weit sei sie in der Staubwolke des Automobils zurückgeblieben. Könne man vom Leben mehr verlangen?

»Ich frage Sie, Leutnant Boni Bonito Bonifacio, ich frage Sie, Herr Adjutant: Kann man mehr verlangen?«

Nein.

Der Geburtstag

*Keinen Klatsch aus Katalonien * Bravo, kleiner Spaniersoldat * Zum Diamanten Aurora etwas Talmi Tornado * Tanzteufelswerk * Schwesterchen unterm Schnee * Las Meninas * Die milden Striemen der Konstituante * Ein Kuchen für Niggerclowns * Walk! * Medaille neben Medaille * Zeiten ohne Skrupel * Der Dichter und sein Falke * Heuschrecken * Am Ende ein namenloser Paß * Die Tochter Maximilienne * Cinco de la tarde*

Nein. Ein Gesellschaftsreporter der Abendpresse aus Madrid – etwa vom Heroldo – oder des Wochenblatts Blanco y Negro ist zu diesem Sonntagsfest in Lágrima nicht erschienen. Dabei hätte er gut und gern zwei bis drei Spalten füllen können: nicht nur über die Infantin Hyacinthe Florida aus dem Haus der spanischen Bourbonen und ihren artigen Adjutanten, einem eifrigen Tänzer und chevaleresken Feingeist, nicht allein über die Spitzen des Militärs von Kommandantur und Festung, über Vertreter von Kirche und Textil, vom Reigen schöner Damen, auch über Gäste von weither – aus dem Russischen Reich und selbst den Unionsstaaten von Nordamerika.

Und – inmitten der illustren Réunion – über den Anlaß des Festes: das Geburtstagskind.

Unter anmutiger Lockenpracht, den Blütenkranz im Haar, sitzt Chica Chiquita, die Tochter des Hauses – gerade neun geworden – im Spitzenkleidchen, schwarz mit weißen Volants, auf einem marokkanischen Lederpuff. Um sie gruppiert sich eine Vielzahl von Geschenken: ein Stoffbär und anderes Plüschgetier, Puppen und Marionetten. Sie liegen ringsum auf dem Boden verstreut und fühlen sich von Notenalben, Schallplatten und Büchern zurückgesetzt. Doch über allem thront die Prominenz unter den Präsenten: Aquarellfarben, Buntstifte und Zeichenbogen.

Alles zusammen reicht dem Kind, allein mit sich herumzumurksen. Wer auch sonst in dieser Versammlung fände die Kommunikation mit einem Küken? Allenfalls hat hier und da Angelita Abriles, die Seelenverwandte der Familie, ein freundliches Wort für den Fratz, auch die alte Alma, wenn sie im Vorbeigehen gerade einmal aufatmen darf. So ist es durchaus verständlich, daß die Kleine sehr bald – ohne förmlichen Abschied, mit nur einem Knicks im Türrahmen – auf ihr Zimmer geht.

Das also, Chica, war dein Geburtstag.

Nein. Kein Journal hielt es für nötig, einen Reporter zu schicken. Zu viele Bälle und Hoffeste des weitverzweigten Königshauses bieten dem Zeitungsleser ausreichend Tratsch.

Bitte, nicht auch noch etwas aus Katalonien.

Nach so viel Aktualitäten der Blutigen Woche in Barcelona hat der Blätterwald erst einmal die Pflicht, aus dieser unerfreulichen Provinz für eine Weile nicht zu berichten.

Nein. Keinen Klatsch aus Katalonien.

Was auch böte diese vorgerückte Stunde an Sensationen? Das Abendessen ist vorbei, nun sitzen an der Tafel über dem verkrümelten Tischtuch nur noch der beleibte Pfaffe Porto Carrero – bis vor einer halben Woche der Kaplan des Orts, nun nach saurer Festungsseelsorge vermutlich zum Erzpriester avanciert – und der immer spaßige General Mazapán y Peladilla. Beide verbreiten im Eßzimmer eine erstaunlich sanfte Stimmung. Also werden die Speisen üppig und die Getränke reichlich gewesen sein.

Im Salon nebenan waren bereits am Nachmittag die Möbel beiseite geräumt und das Grammophon aufgebaut worden. Der Marqués selbst eröffnete den Tanztee mit einer Polonaise. Zur Partnerin griff er ... ja, er griff sich Angelita Abriles. Er nahm sie an die Hand, als hätte er diese gerade erst gestern losgelassen.

Kein Wort. Keine Frage. Nicht einmal die Floskel einer Begrüßung.

Die Marquesa belustigt es geradezu, daß ihr Mann seiner früheren Tornado den Vorzug gibt. Sie selbst, Aurora, fühlt sich ja schon wie auf gepackten Koffern sitzend. Der Dienstag – spätestens der Mittwoch – wird ein guter Reisetag sein. Vorher wartet noch ein Weg zum Coiffeur. Täglich die Haare zu bändigen, dürfte unterwegs hinderlich sein, praktischer wäre ein kurzer Schnitt.

Vielleicht à la chienne.

Heute erst einmal zu ihrem endgültig letzten Ball auf Lágrima will sie bester Laune sein. Sie greift sich den Festungskommandanten, diesen maurischen Rodrigo, den sie nicht ausstehen kann. Lieber hätte Aurora sich den hübschen Leutnant Bonifacio geschnappt, den aber läßt die Mulattin nicht frei. Muß das einst eine heiße Liebe zu dem damals sicher schon schmucken Gymnasiasten gewesen sein!

Ein erster Kuß – so heißt es ja allgemein – bindet dann doch wohl für ewig.

Der Fabrikant Eusebi Estrü ist verwirrt. Ihm hatte sich die Mohrin vor Tagen auf der Lagune versprochen. Nun steht er allein und fühlt sich auch noch verpflichtet, die massige Infantin Hyacinthe auf dem Parkett hin und her zu bewegen. Zum Glück folgt nun ein Galopp. Dem braucht er nicht gewachsen zu sein. Er darf sich drücken.

Wie gern möchte sich auch der Schnapsbrenner ohne Pause unter die Tanzenden mischen, doch wieder und wieder ruft ihn die Pflicht. Die alte Hausdame kann zwar das Abräumen des Geschirrs beaufsichtigen, nicht aber die Manieren der Mägde.

Hier hopst eine hurtig, dort schlurft eine träge vorbei.

Einer jeden muß er hinterhereilen, dem einen Dirnchen lobend in die Wange kneifen, dem anderen rügend auf das Hinterteil klopfen. Besonders die flinke, aber auch freche Belinda braucht an diesem Tag von beiden Zuwendungen reichlich.

Ja, diese Belinda.

Du könntest sie, El Cid, noch gut und gern ein, zwei Wochen auf dem Hof behalten, müßtest sie aber vor den strengen Augen des Drachens Alma verstecken. Im Kürbislager vielleicht? Aber ja! Da steht immer ein Bett für überraschende Zufallsbesuche bereit.

Der Marqués hat seinen Stelzvogel zurück, der General sein altes Suppenhuhn, der kleine Leutnant seinen Schmetterling aus der Knabenzeit. Und du, Don Destilador, gönnst dir einen Kükenbraten. Doch geile dich vorerst einmal an den Pralinés des Obristen auf. Da wirbeln sie über das Parkett, tüllgeplustert, spitzengarniert. Rosenfarben die Wangen. Das Haar, ein cremeblonder Zuckerguß, und die Kinderlocken fliegen wie verhexte Korkenzieher kreuz und quer durch den Salon.

Hui.

Kralle dir die knospenfrische Micaela und kneife ihr beim Tanz die Finger recht derb in den Oberarm. Zweimal, dreimal. Und härter.

»Aua.«

Ja, mein Konfitürchen, das gibt häßliche blaue Flecken, die entdeckt – zuhaus auf der Festung – der sittenstrenge Vater, er schilt die Tochter eine Hure und zieht sie übers Knie. Dann setzen sich die blauen Flecken weiter unten fort.

Auf zur Mazurka! Der Tanzlehrer Tristan legt einen gemessenen Tanz nach dem anderen auf den Plattenteller des Grammophons. Er fürchtet, eine versehentliche Pause könnte die amerikanische Abenteurerin, diese Miss Oklahoma oder Alabama, an das Klavier locken, und gleich schon wäre sein mild temperiertes Musikrepertoire mit verrückten Kadenzen zerklimpert.

Schnell eine Polka. Und einen Walzer. Und wieder Schottisch.

Eilfertig wechselt er Pièce auf Pièce. Bloß keinen Fehler! Aber da passiert er schon: In die Plattenfolge mogelt sich des Marqués Geburtstagsgeschenk für seine Tochter Chica ein: Golliwogg's Cake Walk.

Wenn auch behäbig als Salonstück gefiedelt, so hört diese Yankeelady doch sofort den heimatlichen Rhythmus heraus. Sie stürzt an das Pianoforte, dreht sich den Hocker hoch und schlägt hart die Tasten an.

Two Step. One Step. Rag.

Jetzt singt die Prärie-Amazone auch noch dazu. »I Want What I Want When I Want It ...« Die beiden Filletten des Kommandanten springen auf, sie klatschen in die Hände, finden aber keinen Tanzpartner und müssen sich vom Vater zurückpfeifen lassen.

Kusch, ihr Liederlinge.

Rodrigo Santomajo, enttäuscht von dieser Einladung, zeigt seine schlechte Laune. Die auf der Festung gefangene Zigeunerin aus den Künstlerkreisen der Vier Katzen hatte ihm aus der Hand gelesen, eine zweite Ehe prophezeit – ja, überdies eine reiche Partie. Und wollte die Marquesa selbst vor einer Woche auf dem Ball im Cuatro Naciones ihm nicht die Töchter des Textils und die Nichten von Handel und Schiffahrt zu Füßen legen? Den Adel von Asphalt, Beton und Zement?

Das ganze begüterte Katalonien.

Und nun? Was bietet ihm dieses verramschte Gut mit seinem kümmerlichen Kindergeburtstag? Pfaffen, Quasselstrippen und Stinkmilitär? Carcassen und Schabracken.

Übrig bliebe nur die Marquesa. Aber für die bist du pfff.

Du wirst dich doch wohl nicht in die ausgediente Mätresse des Marqués vergaffen? Sie ist unbetucht, dennoch träumt sie immerfort von Reisen, von Bahnhöfen und Polstercoupés, von den Marmorhallen und Palmengärten der Luxushotels. Das Turmzimmer auf der Festung – obgleich behaglich möbliert – würde ihr vermutlich zum Kerker.

Noch immer im selben Kleid von damals. Dasselbe Parfüm. Die gleichen Schritte auf dem Parkett. Was vor elf Jahren einmal der Tornado auf den Bällen war, hat bis heute nicht gelernt, amerikanisch zu tanzen.

Sieh nur! Da ... da ...

Diese Steps aus der Neuen Welt gelingen prächtig dem Hinkefuß Boni Bonifacio und seiner alten schwarzen Liebe. Beide trippeln und staksen, sie walken und nutzen voll die Diagonale des Salons. Turn rechts, Turn links, die Promenade und den Jump ...

»Bravo, kleiner Spaniersoldat.« Trix Jailbird unterbricht ihr Spiel mitten im Takt, plötzlich hat sie ihr kubanisches Abenteuer vor Augen: Sie sitzt in einem Café, sie muß lachen, die Tasse schwappt über. Gefangene schleppen sich vorbei, unter ihnen a little limp – damals so erbärmlich, heute so munter ...

Ja. Es ist derselbe.

Alabama schlägt den Pianodeckel zu, sie applaudiert dem Tanzpaar, sie löst den Leutnant aus den Armen der Mulattin, packt ihn an den Schulterklappen und knufft ihn nach nebenan auf die Veranda.

»Bravo, kleiner Spaniersoldat.«

Unter den Kübelpalmen finden sich zwei Korbsessel. Ein guter Platz, um den Invaliden in die tropische Kulisse von einst zu verzaubern.

»Die Tropen? Ach, Lady, die Düfte der karibischen Flora haben sich längst aus meinem Kopf verflüchtigt wie die des karibischen Krieges. Ich rieche nicht einmal mehr das Blut, die Fäulnis unter den Wundverbänden. Und die Schmerzen, wo sind sie hin?«

Don Destilador kommt mit der Flasche Calabaza. »Trinken Sie was Spanisches.« Er rät dem Adjutanten, er möge sich erst einmal von dem amerikanischen Gehopse ausruhen.

»Denken sie an Ihr armes Bein.«

Trixy, paffe jetzt deinem Gegenüber voll den Qualm der Zigarre um die Ohren. »Hast du es gehört, little looey? Dein armes Bein.« Und nun wolle sie einmal wissen, welches nun das arme sei. »Das da, das keine Ruhe findet und immer nur tanzen muß? Oder das andere, das endlich seine Ruhe hat und im Graben des Kastells von Sant'Jago vermodern darf?«

Doch nicht etwa das dritte?

»Das da? Dieses schöne Modell von der Firma C. A. Frees aus New York?« Alabama schiebt ihrem Vis-à-vis eine Fußbank hinüber. »Es hat als Gelenk – in den Staaten gerade erfunden – eine polierte Glaskugel.«

Miss Alabama kippt den Kürbisfusel in sich hinein. »Du bist uns Amerikanern ganz schön dankbar, was? Und unserem Feldchirurgen im Camp von Guantánamo, der dir das Ding so vorzüglich angepaßt hat?« Dank unserer Niggersoldaten sei er heute der Matador des europäischen Parketts.

So eine alte Geschichte, woher soll diese Yankeelady sie kennen? Boni wendet den Kopf zur Seite und zeichnet mit dem Finger sein Profil nach. »Meine Silhouette, madam, ziert keine Kakao-, keine Kaffeedose, nicht einmal die Bauchbinde einer Habana. Ich bin nichts als das Schwanzende einer retirierten Armee.«

Trixy gerät ins Träumen. »Sant'Jago. Wind kommt vom Meer. Die Wracks der versenkten Armada schwimmen wie Wasserleichen mit aufgeblasenen Bäuchen in der Bucht. Der Staub fegt über die Avenue William McKinley, die eben noch der Paseo de la Reina war.«

Ein Sommertag. Ein Sommermittag.

»Ich saß in dem kleinen Café Tortura. Da stakste in einem Trupp elend zerlumpter Kolonialabenteurer ein blutjunger Leutnant auf nur einem Bein vorbei – so gottsjämmerlich, daß mir der Kaffee in der Tasse überschwappte.«

Vor Lachen.

»Sicher war der arme Kerl frisch amputiert, sein Hinken war einfach komisch.« So vortrefflich hätte wohl sonst niemand den Untergang Europas inszenieren können.

Boni Bonito hatte eine Zeitlang still zugehört. Jetzt, bevor sich sein Gegenüber voll in der Komödie von einst verheddert, muß er einfach eingreifen.

»Haben sich diese vier spanischen Jahrhunderte gelohnt, um am Ende für einen winzigen Augenblick ein Ulk zu sein?«

Haha. Ein Sketch, würden wir in Amerika sagen. »Vorbei, fellow, vorbei.« Alabama schwärmt weiter in Erinnerung. »Ich wollte, ja, ich mußte ihm einfach ein Bein nach Maß verschaffen.«

Über den Orden Faith Hope Charity.

Jetzt ist es an Boni zu lachen. Er lacht, Tränen in den Augen. Er will aufspringen und seine Harlekinade – elf Jahre später – endlich zu Ende spielen. Aber die Lady ist schneller und drückt ihn in den Korbsessel zurück. »Andere werden mit Isabellen- und María-Cristina-Kreuzen dekoriert – auf ihrer Brust. Du, Bonito Bajazzo, hast an deinem Stumpf die höhere Auszeichnung.«

»Ich weiß, madam, ich weiß: Ein Bein aus der Kralle einer Demokratie ist mehr als ein Orden aus der Flosse eines Königs. Dulce ... et ...«

Ja, mein kleiner Leutnant. Dulce et decorum pro was auch immer. »Behalte das Bein in Ehren.«

»Was ihr im feinen König von Neapel an der Bar serviert, gibt es bei uns auf dem Gut nicht.« El Cid schilt in der Küche mit der Kellnerin Belinda. »Whisky? Unser Whisky auf Lágrima ist mein selbstgebrannter Calabaza.« Das solle sich die Gans einmal merken. Er packt sie mit beiden Händen am Hals und schüttelt sie durch.

Alma muß ihren Rüpel wieder einmal zurechtweisen. »Kusch, Schnapsbrenner. Keine Roheit in der Küche. Was soll unser Gast von uns denken?«

Aber ja. Da sitzt seit den Nachmittagsstunden der Fremde herum, dieser Handelsvertreter, angeblich ein Baron aus Deutschland. Der Inspektor glaubt ihm kaum, für ihn ist dies ein Besucher seiner Kollegin Alma, also ein Mensch aus dem dienenden Stand.

Cypris Achill von der Nasse hatte sich ein wärmeres Willkomm versprochen, auch etwas würdiger. Nicht etwa ein Empfang im Salon schwebte ihm vor, wohl aber mehr Liebenswürdigkeit der einstigen Freundin seiner Mutter, ein paar Anekdoten aus dem gemeinsamen Dienst beim Fürsten Kropotkin, Klatsch und Tratsch aus Casino und Kursälen.

»Bad Ems. Mein Gott. Das alles liegt über vierzig Jahre zurück.« Alma steht nicht der Sinn nach läppischen Possen aus alten Tagen. Auch habe sie heute keine Zeit. »Alles schreit immerfort Alma hier, Alma da, während sich unser Herr Inspektor ja köstlich beim Tanz amüsiert und sich allenfalls ein wenig um die Getränke kümmert.«

Sie schiebt dem Sohn der einstigen Kollegin die Kaffeekanne und ein paar Kuchenreste hinüber. »Nehmen Sie sich Brandy und lassen Sie bloß die Pfoten vom schaurigen Kürbisschnaps.«

Da sitzt dieser Baron am Ende des Tisches, in seinem Beruf sicher eine Respektsperson, nun hier in der Küche ein nichtiges Häufchen. Gut, Alma, mit Essen und Trinken hattest du ihn versorgt, auch mit einer Zigarre. Und dein Dank für das überbrachte Geschenk der verstorbenen Mutter war, wenn auch nicht überschwenglich, so doch angemessen.

Eine Gemme. Pah.

Vielleicht hattest du den beschwerlichen Umweg des Herrn Handelsvertreters zu wenig gewürdigt. Alma bekommt Mitleid. »Was soll ich Ihnen erzählen, Herr von der Nasse? Ihre Frau Mutter war neunzehn, sie trug gern Schleifchen – im Haar wie auch am Strumpfband –, sie liebte die jungen Offiziere mehr als den ältlichen Souverän. Aber mit diesem wurde es dann ernst.« Aber das wisse er ja.

»Sie war meine Mutter.« Cypris wird sich doch das Andenken nicht vermiesen lassen. Nein.

Alma verschweigt, daß die kleine Zofe ein liederliches Persönchen war, sie aber trotzdem Mitleid mit dem Kammerkätzchen empfand und liebend gern das Halbblaublut abgetrieben hätte.

Doch gegen die gute Tat stand ein höchster Befehl. Der Herzog wollte diesen Erdenwurm. Dieser wurde geboren, da war das kleine Land Nassau schon enteignet, der Souverän geflohen, sein Sohn nunmehr ein preußischer Untertan.

In einer preußischen Provinz.

Da sitzt nun diese Frucht. Sieh sie dir an, Alma: ein Muttersöhnchen. Ein wertvolles Leben. Ein Deutscher. Ordentlich, sauber, ehrlich. Ein Bündel deutscher Tugenden.

»Sie verkaufen Mückennetze für den Krieg in Marokko, Herr Handelsreisender?«

Nein, nicht allein Mückennetze. »Ich liefere Ausrüstung und Gerät aller Art. Und keineswegs nur für die Marokkofront.« Aber zur Zeit sei er für Spanien rayoniert. »Ich habe in Madrid einen guten Namen. Ich sage nur: Melden Sie der Exzellenz den Vertreter des Versandhauses Tippelskirch, Berlin, und schon öffnen sich die Türen selbst höchster Sektionschefs.«

Waffenhändler also.

»Ihre Geschäfte, Herr Exporteur, erwarten Sie sicher eiligst zurück. Aber leider fährt vor morgen früh kein Zug nach Barcelona.« Deshalb habe ihm die Camarera mayor ein Bett richten lassen. »Es ist die Schlafstatt unserer Brígida. Die Magd sitzt derzeit im Gefängnis.« Ja, der Besucher habe richtig gehört, das junge Ding sei der Blockade einer Eisenbahnstrecke wegen verhaftet worden.

»Sie wollte den Krieg aufhalten – denselben, den Sie, Baron, beliefern. Jetzt schläft der Kriegsvampir im Bett der Friedenstaube.«

So ergänzt im Leben sich das eine und das andere.

Die Parabel begreift Nasse zwar nicht, er hört nur das Wort Vampir und muß denn wohl die alte Dame berichtigen. »Bei meiner geringen Gewinnspanne und den spärlichen Spesen kann von Blutsaugerei wohl kaum die Rede sein, meine Verehrte.« Eigentlich trage er ja dazu bei, Blutvergießen zu verhüten – wenn auch nur im kleinen:

Das Blut durch den Stich einer Mücke.

»Insektennetze gehören wie Feldflaschen, Kochgeschirre, Fußlappen und Wundverbände wohl kaum zur Tötungsmaschinerie, sie alle sind die Freunde des Soldaten.« Und so kämpfe der Handelsvertreter mit dem ihm unbekannten Friedensengelchen, dessen Kammer er dankend okkupieren dürfe, geradezu Schulter an Schulter ...

»Papperlapapp.«

Gerade kommt El Cid aus dem Salon zurück und schneidet dem Gast das Wort ab. Denn was er aus den Gesellschaftsräumen zu berichten wisse, sei wohl aktueller als derlei Feldzugsschmonzetten.

»Die alte Yankeefregatte habe ich mit einer vollen Pulle Calabaza in der Veranda zurückgelassen. Allein. Der junge Hinkefuß ist in den Salon zurück.«

Da ist er der Hahn im Korb.

»Die Bourbonennudel findet keine Chance, an ihren Adjutanten heranzukommen. Die ganze Weiblichkeit umlagert ihn und will zum Tanz in seine Arme: voran die Mohrin, dann die beiden Küken des Kommandanten, nicht zuletzt unsere Doña Tornado ...«

Cypris Achill durchfährt es. Deine lustige Giraffe – war sie nicht eigentlich für dich bestimmt? – amüsiert sich gewiß nur aus Verzweiflung. Dabei denkt sie an dich, den flotten Baron aus dem Nebencoupé, an die harmonische Kutschfahrt und die leider so überstürzte Trennung auf dem Hof ...

Romeo und Julia sind der Jugend entwachsen. Doch das gesetzte Alter schützt nicht vor Liebesschmerz. Es waren einmal – woher kommt dir, Cypris, plötzlich das alte Gedicht? – es waren einmal zwei Königskinder, / Die konnten zusammen nicht kommen. / Der Graben ... ja, der Graben ...

Diesseits ein Prinz von der Lahn. Jenseits eine Prinzessin des Parketts.

»Und unser Schwälbchen?« Es ist Alma, die mit ihrer Frage an den Schnapsbrenner den Minnetraum des Gastes unterbricht.

Unsere Frau Marquesa? »Sie stützt sich auf die Brüstung der Terrasse und lauscht in den abendlichen Himmel hinein.« El Cid hätte ihr etwas zu trinken gebracht und sie angesprochen. Was wohl sei die Antwort gewesen? »Da lebe ich nun elf Jahre auf dem Gut und glaubte, alle Insekten – jedes Tier einzeln – an ihrem Brummbrumm zu erkennen, am Ziepziep und Ssss Ssss. Aber immer wieder ist ein neues Stimmchen dabei.«

Sie ist verrückt. »Plemplem. Toctoc. Tüdeltüdel. Wie ihre Käfer.«

Und zum Baron gewandt meint der Inspektor, der Gast könne nur froh sein, in der gemütlichen Küche ein stilles Plätzchen zu haben. »Bei uns hier draußen schaukeln die dreisten Dirnchen ihre prallen Ärsche vorbei. Und nebenan mopsen sich die Schoßkinder der Hautevolee.« Das sei doch wohl nicht das Parkett für einen Handlungsreisenden?

»Noch dazu für einen Deutschen.«

Ein Deutscher gehöre, wie stellvertretend auf diesem kleinen katalonischen Provinzgut, so auch bei Betrachtung großer europäischer Dimensionen in die Küche. »Im Salon tanzen Frankreich, England und Spanien. Rußland natürlich, auch die Vielvölkermonarchie und die kleinen gesitteten Länder unseres Kontinents.« Preußen habe seinen Platz am groben Holztisch und seine botmäßigen Kläffer den ihrigen am Hundenapf.

»Was sich derart ehrlos zu einem Reich zusammenprügeln ließ, muß in den Stall Europas.« Allenfalls dürfe der deutschtümelnde Mist auf dem Acker der zivilisierten Welt ein paar Rüben düngen.

»Oder Kartoffeln.«

Dem Vorwurf Almas, daß er sich als ehemalige Ordonnanz und nun als Verwalter eines abgelegenen Guts im Vis-à-vis mit dem Globus wohl ein wenig überschätze, kommt El Cid zuvor. »Ich bin Katalane, und ich bin Karlist, und ich stehe außerhalb aller Rangordnungen.«

Jetzt aber müsse er auf das Fest zurück.

Im Salon indessen haben sich die Launen vergröbert. Der Tanzlehrer Tristan möchte sich der vorgerückten Stimmung anpassen und stöbert im Musikrepertoire nach Novitäten.

Da. Eine Trouvaille.

Es ist ein Tango criollo. Kaum, daß der Rhythmus erkennbar wird, verjagt er schon die Paare von der Fläche, und Morocha hat es leicht, sich wieder ihren kleinen Gymnasiasten von einst aus dem Bukett seiner Verehrerinnen zu zupfen.

Du, Angelita Abriles, hast keine Chancen. Am wenigsten bei Yoyó. Für ihn bist du nur ein billiger Klunker aus einer vergessenen Schatulle – ihm gerade gut genug, um auf einem provinziellen Kindergeburtstag seine Pretiosen zu verdoppeln.

Zum Diamanten Aurora ein wenig Talmi Tornado gefällig?

Gewiß, zur Polonaise vorhin hatte er dich gegriffen, dir aber nicht einmal in die Augen gesehen. Nicht dein Parfüm bemerkt. Nicht deine Robe von einst. Mit ihr hattest du vor elf, zwölf Jahren den Ball in La Seo erobert.

Aber ein knappes Dutzend Jahre ist wohl mehr als ein Schluck aus der Lethe. Es ist ein Besäufnis des Vergessens. Danach kein weiterer Auftritt mit Angelita.

Der Hausherr hat eher Lust auf einen Plausch. Er hakt sich bei seinem alten Freund Estrü ein und geleitet ihn zum Sesselarrangement um den Rauchtisch.

»Setzen wir uns, Don Eusebi. Philosophieren wir ein wenig.«

Worüber? Egal. Meinethalben über den spanischen Tod. »Das war doch am Sonntag abend in den Vier Katzen ihr Lieblingsthema? Sie fanden so kluge Worte, bis ...«

Ja. Bis so ein Schullümmel das gebildete Gespräch rüde unterbrach. »Apostel pardauz! So rief er durch das Lokal, als ich gerade sagen wollte, wie unspanisch unser Heiliger Jakobus gestorben sei.«

Über diesen Bengel solle sich aber Estrü nicht weiter erregen. »Vielleicht ist jener längst tot und hat in einer halben Woche an Grausamkeiten mehr erlebt, als wir sie uns in einem vollen Menschenleben nur erträumen können.«

So eine Lösung gefällt dem Fabrikanten natürlich nicht. »Dann wäre er, die Menschheitsgeschichte praktizierend, womöglich uns Philosophen um eine Nasen-, haha, um eine Kopflänge voraus?«

Ach, Yoyó, eben glaubtest du, endlich ein Gegenüber für deine eigenen kühnen Gedanken zu finden, gleich schon verkommt das Gespräch zu banalem Geschwätz. Dieser Kattunhändler ist doch einfach nicht zu bremsen. »Was ist der Schmerz, was der Tod gegen die Imagination von Schmerz und Tod?« Zuweilen habe er die Vision, er werde einmal den Märtyrertod unter den Rädern der Straßenbahn erleiden.

Jawohl. Gerädert.

»Aber, Don Yoyó. Doch nicht nach der Constitutio Criminalis Carolina. Nein. Nach dem neuesten Stand der Technik mit der Transvia eléctrico.«

Der Marqués atmet tief ein, tief aus. Ist denn niemand da, der ihn erlöst?

Endlich. Der Inspektor tritt an den Tisch und beugt sich zum Hausherrn hinunter. »Sie haben ringsum Pflichten. Sie vergessen Ihre Gäste.«

Die treue Seele hat allerdings mehr im Sinn, als ihren Patron aus dessen mißlicher Lage zu erlösen. Die gute Ordonnanz möchte auf dem Fest Sitte und Ordnung nach katalanischer Tradition gehütet sehen. Der alte Tanzlehrer Tristan vergreift sich in der Musik, und die Tänze geraten zum Niggergehopse.

Nun gut, El Cid, dann wirst du auf der Terrasse der Patronin deine Besorgnisse vortragen, obgleich du jetzt schon weißt, was sie entgegnen wird. »Ziep. Ziep.«

Die Marquesa spricht mit ihren Zikaden.

Destilador, jetzt bist du in der Rangordnung der Gastgeber der Nächsthöhere. Honneurs sind zu machen, Toasts auszubringen, Paare im Gespräch miteinander zu verknüpfen. Hat im Verlauf des Tages oder Abends jede jeden kennenlernen können? Langweilt sich niemand?

Doch nicht etwa die gute Doña Tornado, einst die treue Gefährtin so vieler Reisen? »Sie amüsieren sich nicht, Señorita Abriles?« Die meisten

Damen und Herren müßten ihr eigentlich von früher bekannt sein. »Da etwa unsere verehrte Hoheit Hyacinthe von den Redouten wohl aller Kurorte zwischen Estoril und Seo de Urgel, zwischen Biarritz und Lucca.« Und auch den Konsul Brosset aus Sankt Petersburg müsse sie noch gut in Erinnerung haben. »Gewiß, unser Staatsrat ist recht alt und ein wenig wunderlich geworden.« Aber auch dem einst so hübschen Andalusier habe sich der Festungsalltag in die Furchen des Gesichts gegraben. »Er ist noch immer Oberst und muß neben seinen Sträflingen jetzt auch noch zwei flügge Töchter hinter Gitterstäben halten.«

Damals Küken. Heute runde junge Gänse.

Einzig diesen Abenteurer aus Rußland könne sie nicht kennen, obgleich sein roter Bart ihr sicher seit Stunden entgegengeleuchtet habe. »Auch uns ist er fremd – wenn auch nur halb und halb. Er soll mit der Familie Lágrima verschwägert oder verwandt sein. Vielleicht sogar sehr eng ...« Aber darüber spräche hier niemand.

»Fest steht nur: Er ist Anarchist.«

Der Schnapsbrenner entblödet sich doch nicht, Angelita den Buchsbaumbart vorzustellen, dem sie seit ihrer verfrühten Ankunft am Nachmittag aus dem Weg geht. Und offensichtlich er auch ihr.

»Señor Sonntag, gewiß haben Sie unsere Doña Wirbelwind schon auf dem Parkett bewundern können«, und zur Abriles gewandt, daß dieser Globetrotter neben Domingo eine ganze Latte weiterer Namen trüge.

Das, Angelita, kannst du wahrhaftig bestätigen. Nun denn, wenn die Konfrontation mit deinem Zimmerherrn von der Plaza Tétuan nicht zu umgehen ist, wirst du dich einem mehr oder weniger harmlosen Techtelmechtel stellen.

»Nannten Sie sich nicht auch einmal Väterchen Tugend?« Und hätte man vor kurzem nicht gerade von Reisen geplaudert? »Wann, sagten Sie, sei für Wien die beste Saison, Monsieur Vertu?«

Iwan Iwanowitsch ist verwirrt. Soll er diesem Stelzvogel womöglich versprochen haben, ihn nach Wien zu entführen? »Meine teure Tornado, waren wir in unseren Gesprächen bereits so weit vorgedrungen? Der August, nun gut, für die Gärten in Schönbrunn, der September, na ja, für die Praterfahrt zum Pferderennen in der Freudenau. Der Oktober, wie überall, für die Theater, für die Bälle ...«

Du wirst, Angelita, die sichtlich gequälte Reiseeuphorie deines Vis-à-vis unterbrechen müssen. »Wir werden nicht allein fahren, Don Virtud.« Ruhig, Domingo, stiehl dich aus solch möglicher Spritztour heraus. Du ahnst es: Der alte Silberreiher will in die Familie zurück, wenn auch nicht als reaktivierte Mätresse des Marqués, so doch zumindest als Zweitmutter.

Recht hat sie. Die leibliche kann man doch wohl vergessen.

Was kümmert es dich, Iwan? Bevor der Name Chica fällt und du dich womöglich als Großvater entlarvst, mußt du ernsthaft derlei Exkursionsfieber dämpfen.

»Wo ich hinfahre, schöne Gazelle, ist kein Platz für ein Kind. Ich begebe mich weder auf Betfahrten noch Vergnügungstrips.« Und oft gehe es unterwegs auf Leben und Tod. »Nicht einmal eine Tochter – hätte ich je eine gehabt – dürfte ich derlei Strapazen aussetzen. Nein.«

So ein Schwadroneur.

Du, eine Windsbraut, wirst dich doch wohl nicht auf den gemeinsamen Weg mit diesem Galan begeben. Nimm Abschied.

Sie hebt dem Buchsbaum ihre Hand entgegen, er küßt sie. Erleichterung breitet sich aus. Er, der Vater Courage, hatte dem Singsang der Sirenen widerstehen, sie, die Salontouristin, einem Sog von Strudeln entrinnen können.

Aber der Tornado will das Fernweh dennoch nicht aus dem Kopf. Reisen ist ein Rausch. Ein einziges Wort genügt, selbst eine Vorsilbe – San oder Santa etwa, Porto oder Monte – gleich wirbeln Düfte von Kohlenruß und modrigen Bahnhofshallen auf, von Chloriden der Kurbäder, von fauligen Planken kleiner tuckernder Fähren, von den trunkenen Irisblüten eines wer weiß wohin entschwundenen Rimbaud.

Wo wartet der Entführer aus den letzten Sommertagen in das Debüt des Herbstes? Bietet denn diese Gesellschaft nicht einen einzigen Piraten? Nein, der Leutnant Bonito ist unerreichbar. Und dort der gealterte Andalusier? Was hat so ein verarmter Hidalgo zu bieten? Nichts als sein, wenn auch wohnliches, so doch vermauertes Zuhause zwischen trostlosen Quadern. Da läge zwischen dir und der Welt bis an das Ende deiner Tage der Festungsgraben.

Dann ade, Wien. Adieu, ihr kokainverbrüderten Küstenwinde der Croisette, der Promenade des Anglais.

Adieu Midi.

Willst du diesen Sonntag verloren geben oder noch den letzten Versuch wagen, mit dem glücksbegüterten Textilfabrikanten Estrü anzubändeln? Gewiß, er verschenkt Amerikareisen, du könntest dich auf einen Flirt von einst berufen. Doch damals, ach, warst du zwanzig und der quirlige Wirbelwind der bonne société. Und heute?

Heute ist Don Eusebi über sechzig und hat nur Blicke für Frühgemüse. Allein mit seinem Kleingeld könnte er sich die Tanzmäuse Europas im kompletten Sortiment leisten – die der Operetten und Revuen, der Balletts kaiserlicher Opernhäuser.

Was soll er mit dem Parkettfeger längst verstaubter Bälle?

Halt, Tornado, da gab es doch noch einen Globetrotter? War es vor Stunden, vor einem halben Tag? Er hob, nein, er wirbelte dich aus dem Coupé, führte dich quer über die Geleise, plauderte mit dir in einer Kutsche. Worüber?

Über Reisen.

Über Deutschland. Ja, es war ein Baron aus Deutschland, ein Herr von Soundso, ein preußischer Vertreter aus Straßburg. Oder aus einem Kurbad am Rhein? Er begleitete dich bis auf den Gutshof, dann war er weg. Warum speiste er – immerhin ein Adelssproß – nicht an der Tafel des Marqués? Warum tanzt er jetzt nicht im Salon?

Die Abriles überlegt, ob sie nach diesem Ritter in den Fluren, in den Kammern, vielleicht in der Küche suchen darf. Nein, das sähe aus, als nähme sie Besitz von diesem Gut, bevor die Patronin auf und davon ist.

Miss Alabama kommt vorbei. »Tanzen Sie, Lady Storchenbein, tanzen Sie amerikanisch. Das ist ganz einfach. Das hat keine Regeln.«

Trix Jailbird trippelt voran, sie nimmt die Tornado an die Hand. »Quick. Quick ... So einfach ist das: go on ... go on ... und hoch die Knochen.«

Angelita fühlt sich von den Yankeeflossen an Arm und Schulter gepackt und durch den Salon geschoben. »Das ist lächerlich, was?«

Aber es ist amerikanisch.

Das Damenpaar okkupiert das Parkett, doch für Miranda und Micaela bleibt noch eine gute Ecke. Die Mädchen umfassen sich, sie sind besessen, diese harlekinkostümierte Amazone zu kopieren, sie am liebsten in ihrer Narrennummer zu übertrumpfen.

Widerlich.

Vater Rodrigo möchte handfest eingreifen und reibt sich schon die Pranken. Doch Tristan, als Maître de plaisir auf Friedlichkeit bedacht, darf es nicht zu Roheiten kommen lassen. Er lenkt den Oberst ab und drückt ihm die Kurbel des Grammophons in die Hand.

Nein. So tief darf sich ein Offizier der Katholischen Majestät nicht demütigen lassen.

Santomajo stürmt in den Nebenraum. Er wird schon jemanden finden, an dem er seinen Unmut auslassen kann. Da ...

Da sitzt dieser Pfaffe noch immer am kahlgefutterten Eßtisch und krümelt vor sich hin. »Sind Sie taub, Don Porto? Hören Sie nichts? Sehen Sie nichts?« Der Salon werde zur Hexenküche, und die Heilige Kirche säße glasigen Auges vor dem Kahlschlag – nicht nur des Gelages, nein, der gesamten abendländischen Kultur.

»Wie recht Sie haben, Kommandant. Ja, wie recht.«

Der Seelenhirt bittet den Herrn Oberst, ihm den Teller mit dem Gebäck und den Wein näher heranzuschieben. Seine Körperfülle behindere ihn ein wenig, und die Geschichte, die er darstelle, werde doch wohl jedem verständlich: die Sage von Tantalos.

»Schlendert die alte Alma vorüber, schnellt sie mir, flutsch, die Dulces außer Greifweite – die Petits fours, die Pralinen, die knusprigen Waffeln ...« Streife El Cid den Tisch, sei schwupp der Jerez weg – der trockene und ach auch der süße. »Flattern die Mägde durch den Raum, verharren sie, um mich zu verhöhnen.«

Guckt nur, das Ebenbild Gottes. Haha.

»Glauben Sie etwa, Don Rodrigo, ich selbst hörte nebenan das Chaos nicht, spürte nicht die Seele Spaniens als Gespenster toter Fledermäuse um die Lampen kreisen?« Und was ringsum deutlich atme, sei das Ungeheuer mit den sieben mal sieben Schlangenköpfen. Mollig und behaglich habe es sich kugelrund um das Haus gekringelt. »Da. Sehen Sie! Schon wieder lugt eines seiner tränigen Augen durch das Fenster zu uns herein.«

Ist die gottverdammte Kutte betrunken? Ach was, sie repetiert nur eine ihrer Predigten, für die sie woanders von der Gemeinde ausgepfiffen wird. Hier erhofft sie sich ein toleranteres Publikum als in der Kirche.

In dieser Stimmung, Santomajo, kannst du den Popen doch leicht für dich gewinnen. Los, ermuntere ihn. »Wir wissen es beide, Monseñor: Sie sind ein Versager – in der Pfarrei ebenso wie in der letzten Woche als Trostspender auf der Festung. Aber hier und jetzt könnten Sie Gottes Wort einmal so richtig aus dem Sack lassen.«

Würmchen Carrero, du hast eine Chance.

»Der Elende treibet den Übermut und erdenket sich böse Tücken ...« Eben noch ein Dorfkaplan, dann aus heiterem Himmel zum Erzpriester avanciert, pumpt des Allmächtigen Odem ihn heute zum Messias auf.

Der läßt sich vom Kommandanten und vom Inspektor im Sessel anheben und zur Salontür hintragen. »Der Elende ist voll des Fluchens, seine Taten sind Lästerei ...« Die letzten Fetzen eines Psalms geistern ihm durch den beduselten Kopf.

Dann die Pause.

Noch einen entbehrlichen Versuch unternimmt der Schreckensvisionär, aus eigenem Quell eine Philippika sprudeln zu lassen. Sie aber gerät nur zur Tröpfelei.

»Tanzteufelswerk ... Heidenhopserei ... Negerhäresie ...«

Lustige Worte, laut genug, um erst recht erheiternd die Paare auf das Parkett zu treiben. Morocha löst endlich ihr Versprechen ein und wirbelt Don Eusebi durch den Raum, Domingo schenkt seiner Zimmerwirtin Abriles einen Tanz als Trost für die entgangene Reise und schwatzt ihr den Rhythmuswirrwarr als Wiener Walzer auf.

»Genau wie diese Grammophonnadel kratzen in Wien die Geigen in jedem Ballhaus.«

Geschmacklos.

In Rodrigo Santomajo steigt der Ärger. Was für Herzenshoffnungen hatte ihm die Marquesa am vergangenen Sonntag im Cuatro Naciones gemacht? Nun stellt sie sich selbst nicht einmal dem Parkett. Und auch die Schlampe Hyacinthe, immerhin bis zur Affäre in Jerez vor fünfzehn Jahren einmal für eine Weile die Geliebte, scheint ihren damals jungen Mauren völlig aus dem Gedächtnis entlassen zu haben.

Und die Töchter?

Und seine Töchter verlustieren sich wie auf einem Bacchanal. Erst tagelang die Vorbereitungen, zweimal den Coiffeur, dreimal die Schneiderin, und dann fehlten auch noch die Pumps. Sie mußten ja golden sein. Was soll aus solchen Liederlingen einmal werden?

Nutten.

Der Oberst muß an sich halten, muß seine Hände zähmen. Fest faltet er sie auf dem Rücken. Die Beine gehorchen ihm nicht so gut. Erst tritt er mit dem einen, dann mit dem anderen gegen den Sessel des Carrero.

»Lassen Sie Ihren Schmus, Pfaffe, die Höllenfahrt unseres beginnenden Jahrhunderts halten wir nicht auf, am wenigsten mit Ihren Sprüchen. Aber retten Sie wenigstens die Jugend vor dem Morast.«

Ja, Porto, du hast richtig gehört: der Kerkerkommandant will, daß du seine beiden Flittchen einmal streng ins Gebet nimmst. »Meine Rechte zu körperlicher Züchtigung habe ich längst ausgeschöpft. Was nun weiter, Monseñor?« Man könne doch die eigenen Kinder nicht behandeln wie die fremden – die Straßenjungen, die unbotmäßigen Mägde, die Bälger des Pöbels, die Brut der Revolution ...

»Soll ich sie gleichermaßen erschießen lassen?«

Da gäbe es doch mit Gewißheit einen Mittelweg: Ein Seelenhirt könnte den Füsilier ersetzen, und eine Kanzelsalve das Peloton. »Durchsieben Sie die Dinger mit den blauen Bohnen der geistlichen Gewehre.«

Das Andalusiergemüse ist schnell herbeizitiert. Es muß vor dem Popen knien, Erbsen sind nicht zur Hand, also ist anstelle des Fleisches um so mehr die Seele zu malträtieren.

»Mut, Vater Fettkloß. Mut und Härte.« El Cid schenkt dem Schwarzrock noch einen doppelten Calabaza ein, läßt ihm auch die Flasche zurück und zieht Santomajo aus dem Zimmer.

»Lassen wir die drei allein, Oberst. Das ist eine Sache zwischen Gott und den Garanten unserer spanischen Zukunft.«

Carrero kippt das Glas hinunter, er gießt sich nach. Leicht schlingert der Sessel auf der sanften Dünung der Bohlen. Wo bleiben die Posaunen des Sturms? Wo ringsum die schwarze Wolkenwand? Er beugt sich über die Reling des Sessels hinab. Im Schatten des Lockenlotos verbergen sich Früchtchen. Sie haben nackte Schultern, weiche weiße Arme ... Der Missionar kneift ihr ins Fruchtfleisch hinein.

»Aua.«

Plötzlich reimt sich alles wieder zusammen. Sagte nicht eben noch ein Schnapsbrenner: Mut, Vater Fettkloß, Mut ... Und forderte nicht ein Kerkermeister, seine Töchter gehörig ins Gebet zu nehmen?

Da sind ja die zwei Beichtkinder.

Sie knien, die Gesichter vom Wuscheldickicht verdeckt. Sicher weinen sie. In ihre bloßen Glieder, die gewißlich auch ein Gutteil ihrer Sünden sind, haben sich mit dickem Daumen violette Strafen eingegraben ...

Das Schnapsglas ist längst geleert. Porto Carrero umkrampft es noch immer – zehn, zwanzig Minuten lang? Vielleicht eine halbe Stunde oder länger? Miranda und Micaela rutschen sich neben dem Sessel auf dem Boden wund und werden nach so langem Warten süchtig auf ihren Rüffel. Endlich wollen sie ihr Hühnchen gerupft kriegen.

»Monseñor.«

Wer spricht dich an, Kaplan? Aber ja, da sind der Oberst Santomajo und El Cid, der Inspektor. »Na, Pater, haben Sie den beiden Früchtchen gehörig die Kapuzinade gepredigt? Sind die Flapse zerknirscht? Heulen sie?« Die Leviten seien denn ja wohl nicht nur verbal gewesen, man erkenne ja deutlich die blauen Flecken an den Armen.

»Gut gemacht, Kutte.« Don Destillo lobt den genialen Missionar. »Sie sind ja ein begnadeter Akquisiteur Gottes.« Aber nur für diesen Chef allein zu arbeiten, fülle ihn doch gewiß nicht aus. »Sie wollen doch wohl nicht nur mit Worten im Vertreterkoffer reisen?« Das frage ihn El Cid, der Katalane, der Karlist und gute Katholik.

Recht hat er. Die Zeit der Marienträume ist längst Legende. Ja, das war noch ein gut sakrales Sortiment: Pomeranzenliqueur, Quecksilber, Liebeströpfchen ...

Einem Verkaufsstrategen solchen Formats stünde es gut an, diesseitige Seelenkost ins Programm zu nehmen. »Schnaps ... Kürbisschnaps ... meinen Cabalaza.« Seinem alten Freund böte El Cid gern die Vertretung für Barcelona an. Später für ganz Katalonien, für den Export, den Weltvertrieb.

»Auf das Flaschenetikett kommt dein Halbprofil: ein Schlemmerpfaffe, hoch das Glas, a su salud. Und schon haben wir den Markennamen: Porto Carrero. Vierzig Prozent. Original abgefüllt in Lágrima/España ... Spanje ... Spain ...«

Mit so einer Reklame wirst du überleben, wie andere mit ihrem Kopf auf Kakaodosen, auf den Bauchbinden von Habana und Brazil. Jedem kommt seine Stunde. Das hier, Kutte Carrero, ist die deine.

Barcelona. Endlich Barcelona.

Du mietest dir eine Geschäftsetage in der Rambla Santa Mónica, da hast du es nicht weit zum Quai und zu deinem Schuppen mit dem Anschlußgleis. Im Souterrain eine Probierstube. Eine kokette Mamsell. Im Büro eine forsche Schreib- und eine scharfe Vorzimmerdame. Im Heim eine derbe Köchin, ein patziges Zimmerkätzchen.

Eine ungebändigte Menagerie. Du wechselst die Soutane mit der goldbetreßten Attila des Dompteurs. Du bist jung, gerade zweiunddreißig, vor dir liegt ein neues Leben in einem neuen Körper. Deiner Leibesfülle bist du entschlüpft. Es war diese gottverdammte Gläubigkeit, die dich all die Jahre so aufgedunsen hatte. Nun ist der vermottete Odem heraus.

Pfff.

Gott. Wer einst war das? Und dessen Sohn? Eine Märchenfigur aus verschütteter Kindheit? Ein gerade eben geküßter Frosch? Ein in den Boden gestampfter Rumpelstilz? Ein tannenholzgeschnitzter Pinocchio?

»Du träumst ja, Kamerad Kutte.«

Nein. Nein. Er solle es nicht leugnen. »Du warst wieder einmal über den Jordan? Oder zu Fuß durch das Rote Meer? Haha.« Aber jetzt ginge es zurück in die Wüste Sinai an den kahlgefressenen Tisch neben den schnarchenden General. »Und überlege dir das Angebot, Partner Pope.«

Barcelona. Ja.

Leider könne sich El Cid für den Rest der Nacht um seinen neu gewonnenen Freund nicht kümmern. Auf jenen warte der Salon, die Pflicht der Honneurs. Das Fest ginge weiter.

»Nicht mehr lange, und es wird hell.«

Ist das ein Lärm.

Der Generalkonsul Brosset kämpft sich zur Terrassentür durch. Luft braucht er. Und Ruhe. Draußen an der Balustrade bemerkt er Aurora, die Gutsherrin und Tochter seines Jugendfreundes Iwan Iwanowitsch.

»Ist denn der Marokkokrieg schon zu Ende?«

Der Staatsrat wundert sich über die vorgerückte Laune. »Das ist ja wie auf allen Invalidenbällen. Die zerschundenen Glieder der heimkehrenden Krüppel fordern ihre verrenkten Figuren.« Die Marquesa solle sich einmal an Achtundneunzig im Cuatro Naciones erinnern. »Wenn die Reste Spaniens an den Fronten geschändet werden, erblühen auf den Bällen die Geschmacklosigkeiten.«

Mit Negertänzen.

Das werde bis in die Frühe lauter und lauter, denn fern vom Meer höre man immer neue Lazarettschiffe.

»Tuuut. Tuuut.«

Aurora hält sich die Ohren zu. »Hören Sie auf, Exzellenz. Bitte, so schweigen Sie doch.«

Aufhören. Diesen Wunsch versteht der Konsul durchaus, doch er meint eher die Musik. »Einst überflutete uns die Neue Welt mit Notenblättern, jetzt mit fertig gemachtem Krach, versteckt in den Rillen von schwarzen Scheiben.«

In was für einer Zeit leben wir?

Nun faselt dieser Ignorant noch weiter von den guten alten Tagen. »Wann immer Ihr Vater und ich uns trafen, tobten zwar Tumulte, aber gottlob waren stets unsere braven Kosaken zur Stelle. In Petersburg, als sie noch ein Kind waren und Alix Alexejewna noch lebte. Später in Odessa.« Da hätten die Gens d'armes in ihren schmucken Tscherkesskas mit aufgepflanztem Bajonett die kleine Aurora aus den Fängen eines gefährlichen Druckers und seiner mörderischen Lehrbuben befreit. Piff und Paff.

»Aufhören.«

Der Zausel ist nicht zu ertragen. Aurora weicht zurück, beugt sich über das Geländer weit in den Hof hinaus und fleht ihre Insekten an, mit Krakeel den Humbug der Menschen zu überdröhnen.

»Ziiiep. Ziiiep. Auch du da. Und lauter: Sssss.«

»Mit deiner Tochter ist heute mal wieder überhaupt nicht zu reden, Iwan Iwanowitsch.«

An der Terrassentür wirbelt Domingo vorbei. Gerade war ihm der Kontakt zur Infantin Hyacinthe gelungen, nun hat er sie als Tanzpartnerin, verwickelt sie in gebildete Redekunst und etikettiert sich als Homme de toute l'Europe. »Ich bin, chère Madame Hyacinthe Florida und weiter in den Namen aller Blumen aus dem Lustschloß Pardo, ich bin, verehrte Hoheit aus dem Hause Bourbon, in allen Metropolen unseres Kontinents zu Hause – oftmals gleichzeitig: in Paris ... in London ...«

Und natürlich parallel auch in Madrid.

»Wo überall könnten wir uns schon getroffen haben, ma fleur? Bei der Trauzeremonie Ihres Neffen Alfons mit der schreckensblassen Ena von Battenberg? Zur Horrornacht im Teatro Liceo? Unter dem Hotelbalkon von Santa Agueda ...?«

Die Bombe vor der Pariser Oper ist noch nicht erwähnt, da labert ihn doch dieser Staatsrat Brosset an. »Sag, Bruder, was hat wieder einmal deine Tochter?« Doch sollte man sich nicht wundern, denn schon als Kind habe sich Aurora ja zuweilen wunderlich benommen. »Denke nur mal an Odessa.«

Odessa.

So ein Wort paßt einem, der sich hier Vater Tugend oder Don Aventurero nennt, am wenigsten in seine Causerie mit der Infantin. Ihn zudem noch als Vater der Marquesa zu denunzieren, könnte gut und gern eine alte Freundschaft entfremden.

»Bitte, mein Freund? Wo sollen wir uns begegnet sein? Nun gut, vielleicht vor langer Zeit auf einem Ball im Palais des Fürsten Kropotkin.« Aber eine Tochter Aurora, wo – Entschuldigung – sollte es sie gegeben haben?

Der Konsul ist im ersten Moment verwirrt, dann faßt er sich schnell.

Ja, sein Landsmann liebt seit je derlei Verwirrspiel. »Du möchtest mich wieder einmal foppen, Iwan Iwanowitsch? Wie vor vier Jahren in Odessa ...«

Schon wieder Odessa.

Gerade will Domingo zu einer forschen Drehung ansetzen, da hält ihn der Staatsrat fest. Zugleich umklammert dieser auch noch anbiedernd den Arm der Bourbonin und setzt doch wirklich zu dieser unsäglichen Geschichte an.

»Ich floh vor dem meuternden Matrosengesindel der Potemkin in einen Keller. Da tanzten Nihilisten, Totenschädel mit brennenden Kerzen unter dem Arm, zu einer Plärrmusik.« Der gute Iwan hätte in seinem Arm eins dieser Blusenweiber geknetet, für ihn, den alten Jugendfreund, aber nicht einen einzigen Blick gehabt.

»Die Flintenhexe hieß Emma Goldman: eine Anarchistin. Haha.«

In dieses Gelächter stimmt sich – das war zu erwarten – die Infantin ein. Gerade sucht Domingo nach einer Ausrede, um sich vor Enttarnung zu schützen, da kollert seine Partnerin vor Vergnügen los. »Ich tanze mit einem echten Anarchisten. Haha.«

Das, Hyacinthe, mußt du gleich deinem Leutnant Bonito stecken – lauthals natürlich und quer durch den Salon. »Rate mal, mein Dulce, wen ich hier beim Wickel habe. Endlich nach all den Jahren.«

Unseren persönlichen Attentäter.

»Dieser schmucke Rotbart ist genau der Typ des alten Bösewichts, auf den wir warten.« Plötzlich ist ringsum im Raum alles still. Doch sichtlich erschreckt ist eigentlich niemand. In Katalonien ist es nicht außergewöhnlich, zu jeder Gesellschaft mindestens einen Anarchisten einzuladen.

Applaus.

Dazu ein extra Bravo von Morocha. »Das ist unser lustiges Brüderchen Bajonett. Unser Brüderchen Loch-im-Kopf.« Die Mulattin hat das Lied der vergangenen Nacht noch gut im Ohr.

»Narodniki. Narodniki. Drehst dir einen schwarzen Schnurrbart unterm Schnee ... unterm Schnee ...«

Wenn auch reichlich beschwipst geträllert, kommen Melodie und Text der Infantin dennoch vertraut vor. Das war vor vielen, vielen Jahren auf einem Benefizball eine Stimme aus Rußland.

»Es war ein Monsieur Quelqu'un von Nirgendwo, Madame Bourbon.«

Dieser dumme Satz Domingos geht in einer aufbrechenden Heiterkeit unter, und es zeigt sich, daß diesen Fremdling die Aura von Geheimnissen längst entlassen hat. Zurufe bedrängen ihn.

»Don Virtud. Unser Petroleur. Compañero. Old buddy. Señor Wumm.«

Einzig der Marqués versagt sich derlei Scherze. Er hatte den Besuch des Vaters seiner Gemahlin vor langer Zeit schon erwartet und war beglückt, am vergangenen Sonntag beim Zeitungskiosk vor dem Mundial Palace in Barcelona einen exorbitanten Elegant zu sichten. Ohne Zweifel, das war er, der Dandy der Anarchie – unter welchem Namen auch immer.

Keinem Steckbrief wäre ein präziseres Konterfei gelungen.

Nun endlich würde er ins Haus stehen. Und tatsächlich: Gestern gegen Abend wollten ihn auf dem Gutshof – hätte der Hausherr nicht gerade seinen Spaziergang gemacht – schon die Hunde anspringen.

Du hast deine Rolle gut gespielt, Yoyó, den durchtriebenen Gastgeber, der den Ahnungslosen mimte. Aber auch dein Partner war nicht schlecht, dieser Abenteurer, der sich in seiner durchsichtigen Anonymität geradezu badete. Wir beide waren ein gutes Gespann, wenn auch in zuweilen abgeschmackten Szenen.

Dennoch: Die Posse war eine gelungene Irritation für die Gemahlin

Aurora. Hin und wieder braucht ihr Hochmut einen Nasenstüber. Sie und ihr kontinentales Rumpfeuropa sollen ja nicht glauben, südlich der Pyrenäen begänne landweit eine Mancha der Unwissenheit und ende in einer Extremadura der Einfalt.

»Monsieur Quelqu'un, wollen wir uns zum Schlußakt unseres Zimmertheaters nicht alle noch einmal herzhaft belustigen?«

Mit dem Satz – laut genug war er ja – darf sich der Marqués getrost zurückziehen. Er hat das Stichwort der Mulattin gegeben.

»Vorhang auf für den letzten Aufzug unserer wunder- und tugendsamen Revolution, dargestellt vom Weißen Mann.« Morocha steigt auf einen Stuhl und trommelt mit kleinen harten Schritten einen Rhythmus in das Holz des Sitzes. Sie klatscht in die Hände, sie schnalzt mit den Fingern.

»Der will Europa reformieren / Mit Petroleum und Dynamit. / Der will das Blut in den Gassen strömen lassen, / Bis alle Herrschaft, alle Herrschaft / Hinweg- ... hinweggespült ist.«

Das wolle er. Aber erst ...

Die Mohrin jongliert mit vollen Händen ihre Brüste zu einem Akt der Exzentrik. »Erst wenn er seine Pfoten aus den Blusen seiner Weiber hat«, sie knallt sich auf die Hinterbacken, »erst wenn seine Flossen nicht gerade unter Röcken fummeln.«

Ja. So ein Held ist unser Vater Tugend.

»So ein Charmeur. So ein Abenteurer auf seiner wundersamen Reise durch die tugendsamen Länder seiner leichentuchweißen Rasse.«

El Cid, wie ist es um deine Aufsicht bestellt? Soll dieser Hexensabbat die Krönung eines Kindergeburtstags sein? Möchtest du nicht der Exzellenza vom Stuhl helfen? Zuvor aber die Lachsalven zum Schweigen bringen? Solltest du dich nicht beim Herrn Oberst und seinen Töchtern entschuldigen, den beiden Rangen Augen und Ohren versperren? Und fordert nicht auch die Dame aus Amerika irgendeine Erklärung?

Laß es, Inspektor, alldem bist du nicht gewachsen.

»Hilfe.« Aber doch nicht etwa beim Pfaffen oder General, nicht bei Santomajo oder Tristan. Wo ist der Marqués? Wo die Marquesa? Vergiß sie beide. Sie hätten allenfalls nur eine hämische Freude am Chaos. Beistehen kann dir nur die Camarera mayor.

Einzig Alma.

Ist eine Schlacht verloren, werden immer Frauen gefordert, das Feld aufzuräumen und einzusammeln, was noch übrig, auch wenn es nicht mehr zu retten ist.

Da ist die Hausdame schon. Der Lärm war bis in ihre Küche gedrungen.

Doch was, Alma, berühren dich die Reste einer ohnehin kümmerlichen Ordnung? Was die albernen Ausfälle der Generalin? Was die angeknackste Reputation des Hauses? Was die Blamage deines dir längst entwachsenen Ziehkinds Iwan Iwanowitsch?

Es geht allein um dein Schwälbchen.

Gerade kommt es von draußen und tastet sich an der Terrassentür entlang, als sich im selben Moment die Infantin Hyacinthe, gestützt von ihrem Leutnant die Mitte des Salons erobert, in die Hände klatscht und zu trillern beginnt. Da ist immer noch die alte Weise, sie will ihr einfach nicht aus dem Ohr.

»Väterchen Loch-im-Kopf, / Väterchen unterm Schnee. / Drehst dir einen schwarzen Schnurrbart ...«

Damals dieses Lied. Ja. Aber es sang kein alter Barde, es klagte eine Lerche. Doch eines stimmt: Es war auf einem Benefizball für die Witwen und Waisen der Guardia Civil.

Hieß das Vögelchen nicht Aurora?

Was ist aus ihm geworden? Eine Marquesa? Eine Anarchistin? Ein verwöhnter Balg auf den Reisen von Kurbad zu Kurbad? Ein Blusenweib auf den Barrikaden? Eine Tänzerin oder eine Traumtänzerin – auf dem Parkett oder auf dem Dachfirst, die Augen zu, die Hände dem Vollmond entgegengestreckt?

»Schwesterchen Bajonett. Unterm Schnee.«

Die pfirsichrote Robe der Infantin ist zwar reichlich ramponiert, doch repräsentieren die Glaskorallen auf dem Samt noch immer ein Stück Majestät. Eben reflektieren sie noch das Licht der Kerzen, gleich werden sich in ihnen die ersten Sonnenstrahlen spiegeln. Hinter der Kulisse von Hof und Gutsgebäuden wartet schon der neue Tag auf sein Entree.

Hyacinthe flattert weitausholend mit den Armen, sie – ihr eigener Todesengel – winkt sich das Schicksal herbei. »Komm an mein Herz, Schnitterin.« Sie kippelt. Nein, sie fällt nicht. »Ich bin Niña La, immer im Leben habe ich mich verspätet, endlich nach fünfzig Jahren werde ich einmal pünktlich sein.«

Morgen? Übermorgen? In drei, vier Tagen? Ach, bis dahin wird sich das königliche Dickerchen kaum noch an diesen Sonntag erinnern und alle Personen vergessen haben. Aurora löst sich vom Türrahmen, langsam Schritt vor Schritt, sie hat gerade erst wieder festen Boden unter den Füßen. Die Augen sind noch geschlossen.

»Ich bin müde.«

Ach was. Müde sind alle – besonders die Schwärmer aus der gestrigen, nun am Ende ihrer zweiten durchzechten Nacht: nebenan der General Mazapán, seit dem Abendessen den Kopf auf der Tischplatte, vor sich eine Ebene von Krümeln und Abfällen leergeprustet. Am Rauchtisch der Marqués, die Lider fallen ihm über die Augen, zwischen seinen Fingern droht sich die Zigarre zu verabschieden.

Aurora, wer lockt dich hierher? Du warst lange fort, hast unter Käfern gelebt, jetzt bist du in einem Reich neuen fremden Getiers eingetroffen: ganz andere Wesen, auch sie lärmen, nur eben weniger harmonisch.

»Schwesterchen unterm Schnee.«

Gottlob eilt Alma ihrer Patronin zu Hilfe. »Mit all dem, Schwälbchen, hast du nichts mehr zu tun. Das Fliegen hast du verlernt, du hast nicht mehr die leichten Knochen der Schwalben.«

Die Marquesa hört die Worte und hört sie auch wieder nicht. Zu lange war sie im Garten der Grillen, um dort ihre Unschuld zu suchen. Jetzt, da sie vertrieben, muß sie hier weiter suchen. »Ich muß noch einmal zurück. Ich habe kürzlich etwas verspielt. Nun ist es weg.«

Alma ahnt sofort, worum es ihrem Schützling noch immer geht. »Alles ist gut gegangen, mein Kind. Brígida, Adola und Mirabel leben und sind wohlauf.« Das habe ihr der Herr Oberst als Kriegsrichter mit treuem Blick versichert, und auch des Kaplans beruhigende Worte seien ihr noch deutlich im Ohr.

»Ich glaube, er sagte Freispruch? Oder Bewährung? Vielleicht Gnade? Eine Buße? Irgend etwas Glimpfliches auf jeden Fall.« Ja, den drei Dingerchen sei Glück beschieden gewesen. »Sie hatten eine schöne Reise nach Barcelona, wenn auch ein wenig anstrengend. Dafür wurde ihnen zusätzlich noch eine Nacht der Ruhe in den Kasematten der Festung gegönnt.« Wenn auch sicher nicht auf flaumigen Matratzen, so doch zumindest im molligen Stroh. »Und gegen Mittag, du wirst sehen, sind wir alle wieder auf dem Gut beisammen. Wohlbehalten und glücklich.«

Denn was auf der Welt wolle man sonst?

»Auf zur Verlobung.«

General Mazapán springt hoch. Unsanft und viel zu plötzlich wird er geweckt. Die Mägde Roberta und Carmen schaffen es zunächst nicht allein, sie holen Belinda hinzu, die – mit Zustimmung des Schnapsbrenners – den Herrn Militärgouverneur recht roh an den Schultern packt und durchschüttelt.

»Meine alte Entenschlampe mit den größten Füßen zwischen Marokko und den Pyrenäen verlobt sich. Ha. Mit wem?« Um das Gepolter seines Freundes ein wenig anzuheizen, greift der Marqués ein. »Sie hatten es gestern in der Frühe noch gewußt, Don Diablillo. Mit einer ... ja, mit einer kecken Husarenlunte.«

Dem vertrottelten Haudegen gelingt es nicht, in seinem Kopf die vergangenen Tage und Nächte in Reih' und Glied auszurichten, und Belinda muß ihn mit vollen Kräften noch einmal drastisch beuteln. Das hilft. Er richtet sich auf – fast auf die Zehenspitzen –, dreht sich im Kreis und sucht – die Hand über den Augen – in der Runde nach irgendeinem Bräutigam seiner Bourbonennudel.

»Jetzt weiß ich es wieder. Hoho. Ich knacke ihm die Krücken weg. Ich hacke ihm das Holzbein entzwei, ich ...«

Wieder droht ein Chaos, El Cid späht nach Hilfe aus, natürlich ist Alma zur Stelle. »Das hier ist kein höfisches Fest. Wohlgeborene Exzellenz, keine Fürstenhochzeit, nur eine kleine, kaum bemerkenswerte Familienfeier.« Für ein Kind. Für den Geburtstag eines Kindes.

»Nun stellen wir uns zu einer Gruppenaufnahme vor die fotografische Kamera. Kommen Sie, Euer Gnaden.«

Unter dem Kommando des Inspektors und der künstlerischen Regie des Tanzlehrers Tristan arrangieren sich die Gäste nebenan im Eßzimmer um den Lederpuff. Ja, das ist Chicas Platz.

Doch wo ist das Kind?

Was für eine Frage. Es ist gestern abend wie gewohnt ins Bett gegangen. Nun schläft es. Später wird es aufwachen und auf das Frühstück warten.

Was sollte auch Chica selbst in ihrer Szene für eine Rolle spielen? Sie hat ihre Satrapen: Puppen, Marionetten, Stofftiere ...

Tristan entwickelt Ehrgeiz. Eine ganze Epoche der spanischen Kunst möchte er figurieren – wenn auch nur für ein simples Schwarzweiß-Projekt: ein glänzendes Gold von Knöpfen und Litzen gegen ein Gold von Lockenpracht setzen, das Rot eines Buchsbaums in Komposition zum Blackish brown eines Tanzvogels, Dominokaros zum Brokatgewebe mit einem Schweif silberner Sterne ...

Das Bild gelingt nicht.

Unter den Akteuren ist die Anarchie ausgebrochen, jeder stellt oder setzt, kniet oder legt sich hin, wo es ihm paßt. Domingo etwa. Er möchte sich am liebsten an zwei Stellen zugleich profilieren: hier eingefaßt von der Infantin Hyacinthe und der Miss Alabama, dort von der Tornado und der Mulattin. Doch die Damen entziehen sich diesem Fatzke und träumen sich in die Rahmenrolle für den Leutnant Bonito hinein. Allein der Marqués ruht in sich selbst.

Recht Yoyó. Schließlich bist du der Vater.

Und wo bleibt die Mutter? An sie denkt im ersten Trubel niemand. El Cid und Alma haben vollauf zu tun, die Mägde in die Staffage zu treiben: Sina, Alissa, wie auch die drei neuen aus dem König von Neapel.

Die Korona vor der Kamera kommt allmählich zur Ruhe. Vorn die Mägde knien, sie machen sich klein, um die Reihe der Sitzenden nicht zu verdecken. Einzig der Koloß Carrero vertrüge gut und gern eine Halbierung. In der Zeile der Hintenstehenden hat sich Rodrigo Santomajo die Mitte erobert, damit links und rechts von ihm seine prächtigen Töchter gut ins Licht geraten. Die beiden stehen auf Stühlen, beugen sich leicht vor, und so fallen die Lockenbündel als Girlanden herab, um sich an ihren Enden zu verquirlen.

Welch eine Création von Gefussel.

Den unteren Bildrahmen säumt der General. Lang ausgestreckt, den Bauch gewölbt, streckt er alle Viere von sich, den Kopf auf dem Boden, das Gesicht in die Bohlen eingegraben. Kein schönes Motiv. Und Belinda – hinter ihm – bekommt von Tristan den Auftrag, ein Knie aufzurichten, damit das prominente Haupt des Generalgouverneurs einen Halt bekommt.

Alle warten. Wer löst den Verschluß? Wer zündet?

»Ich.«

Aber ja. Es steht ja auch noch die Marquesa herum. Sie ist da, sie tritt an das Stativ und fingert an den Gerätschaften. Sie selbst will nicht ins Bild. »Es ist ein Kindergeburtstag. Da gehören alle meine kindlichen Freunde auf die Platte. Besonders mein Vater.«

Er ist das Kind geblieben. Ich aber bin zu alt.

Eine Blende öffnen. Einen Blitz zünden. Und dann Adieu. Danach niemandem mehr zur Last fallen.

Der Inspektor hatte die Desertion seiner Patronin längst erahnt, zusammen mit dem Tanzlehrer aus dem Salon den großen Standspiegel herbeigewuchtet und diesen halbdiagonal in die Gästegruppe gestellt. Der Fotografin wird es nicht gelingen, sich zu verstecken. So oder so wird sie reflektiert und als Phantom in die eigene Aufnahme geraten.

Aurora merkt von dem Anschlag nichts. Ihre bei Festbeginn mühsam zum Ballon getürmten Haare hatten sich längst der Dressur widersetzt. Ungebändigt fallen sie in Strähnen über das Antlitz. Einem spanischen Fotografen bietet sich wieder einmal nur ein Abklatsch der Malerei aus alter klassischer Epoche an.

Und das selbst bei solchen Modellen, bei solchen Dilettanten.

Zugegeben, die kleine Doña Margarita María de Austria durch ein Stofftier zu ersetzen, war kein schlechter Einfall, dagegen wird Isabel de Velasco doch wohl sehr laienhaft von der Infantin Hyacinthe vertreten. Und links neben dem Kind will die Señorita Abriles doch wohl nicht eine María Agustina sein? Dennoch, mit der häßlichen Zwergin Mari-Bárbola hat unsere Miss aus Amerika schon eine verdammte Ähnlichkeit. Und der alte General Mazapán y Peladilla liegt vorn im Bild wie der plumpe Hund, die Viere von sich, gestützt von einem Bein der Magd Belinda. Und halbseitlich im Spiegel schält sich – ähnlich dem einstigen Malerfürsten – die Amateurfotografin heraus, statt des Pinsels den Pneu des Auslösers in der einen Hand, in der anderen statt der Palette das Feuerzeug mit der Flamme an der Lunte.

Die belichtete Aufnahme reist nach Barcelona. Im Atelier von Lirio y Puñalada wird sie entwickelt. Danach vergessen.

Der Fotograf Lirio – vom Höllenbreughel der semana trágica und der Bluttat seines Kompagnons noch verwirrt – wäscht im Ätzbad der Dunkelkammer eine behexte Klecksographie heraus – deutlich nur eine einzige Person: die Marquesa von Lágrima. Um sie herum ein verwackelter Rahmen, den Rest des Bildes füllen verwischte, verschwommene Porträts.

Lirio wundert sich nicht.

Das ist eine Allegorie: In der Katakombe Spanien werden die Sarkophage geöffnet. Ohne den Halt von Konturen zerbröseln sich die Leichname der Geschichte. Nur eine Mumie ist nicht zu Staub geworden.

Warum?

Scharf umrissen steht Aurora da, zur Hälfte weißlodernd, vom Magnesiumblitz illuminiert, zum anderen in tiefem Schwarz.

Ist das Bild womöglich eine chiffrierte Nachricht? Nein. Es ist ohne Geheimnis.

Aurora hatte im Moment des Auslösens am Stativ geruckelt. Arglistig hatte sie zuvor ihre Dienste schon mit der Absicht angeboten, diese Menagerie nicht als heile Welt zu konterfeien, ihr nur Schemen zu hinterlassen, auf denen sich niemand mehr wird erkennen können.

Ein unbemerkter Fußtritt – eine gute Arbeit.

Und doch so gelungen wiederum nicht. Mit dem Stoß an das Gerät hatte Aurora zugleich auch ihren eigenen Körper verlagert und sich dem Kippeln angepaßt.

Ein irrtümliches Überleben. Gottlob nur in halbem Licht – zerlegt in eine abgestorbene Partie und eine andere mit einer vielleicht grellen Zukunft, wenn auch in einer verzerrten Zeit.

Stille. Und gleich wieder der Lärm. Aus dem lebenden Bild löst sich das Lebendige. »Das also war es: ein Bild für alle Ewigkeit.« Der Fabrikant ruft es aus. »Neben dem Abendmahl.«

Über diesen Unsinn legen sich die Jahrzehnte. In den ersten Augusttagen 1957 durchstöbert ein Bummler den Marché aux Puces auf den Allées de la Liberté in Cannes. Es ist der Maler Pablo. Er ist für diesen Tag aus seinem Domizil La Californie hoch über Golfe-Juan herabgestiegen, um dies oder das zu ertrödeln.

Nein. Ein Abendmahl zeigt diese uralte vergilbte Fotografie nun wahrhaftig nicht. Eigentlich bringt sie – so verwackelt wie sie ist – überhaupt kein Motiv hervor.

Und doch ...

Und doch steht fern der Prado auf. Eine Salonlandschaft? Nein. Mit

Phantasie eher ein Raum im früheren Palacio Real, ein Bukett von Hoffräulein, in die Mitte eine kleine Infantin Margarita hineingeknüllt.

Pablo. Die Reise nach Madrid kannst du dir sparen.

Wer will Monate später in der Galerie Louise Leires aus deinen Skizzen womöglich Gäste, Mägde und Stofftiere deuten, die einst auf einem Gutshof bei Barcelona in der Nacht vom ersten auf den zweiten August 1909 den Geburtstag eines Kindes feierten, das nicht einmal dabei war?

So ein Kunstbanause würde auf der Vernissage mit Sicherheit ausgelacht. Völlig zu Recht.

Denn das sind Las Meninas.

Auf was warten wir noch?

Gewiß stellen sich die meisten Gäste die Frage, aber niemand spricht sie aus. Das Fest dürfte sich ausgetobt haben, kaum möglich, daß es noch einmal seine Stimmung zu steigern vermag.

Und doch ist allseits die Neugierde nicht zu verscheuchen.

Über die Terrasse hat sich die Morgensonne den Salon erobert, nun dringt sie durch die bereits okkupierte Veranda in das Eßzimmer ein. Der Tisch ist abgeräumt.

Verlangt die Bagage jetzt womöglich Frühstück?

Alma ist irritiert, das war in der Einladung nicht vorgesehen. Nun gut denn. Sie dirigiert die Mägde, im Stall Eier zu sammeln, im Garten Kräuter zu pflücken, im Herd das Feuer neu zu entfachen.

Eine Portion Tortillas, mit den Gemüseresten des Abends verlängert, ist schnell zusammengebrutzelt. In Spanien darf der Gast nicht anspruchsvoll sein.

Don Destilador ist sauer. Endlich wollte er sich die leckere Belinda krallen und sie im Kürbislager auf die Matratze werfen. Nun läßt dieser Küchenkürassier dein Kücken noch nicht frei.

Das Vergnügen ist zu Ende! Hinaus mit euch – Stück für Stück! Am besten fängst du beim Festungskommandanten an, er langweilt sich von allen am meisten. Und seine beiden Töchter haben voll die Höhen und Tiefen eines provinziellen Balls ausgekostet.

»Ich hole Ihnen Ihren Wagen. Die Pferde sind bereits versorgt.« Nein, Dank erwartet der Inspektor nicht, eher einen Gefallen. »Nehmen Sie unseren Pfaffen mit. Der Kloß sitzt mir hier im Weg.« Da der Herr Oberst sicher die Küstenstraße nähme, käme er ohnehin an der Gemeinde vorbei. »Kugeln Sie den Hirten hinter der Pfarrkirche einfach vom Kutschbock.«

Das, Destillo, war dein erster Streich. Der zweite gelingt dir nicht. Der Fabrikant Eusebi Estrü würde seinen Pferden gern noch ein Weilchen Ruhe gönnen, und so ein Disput mit dem Hausherrn und dem Staatsrat erreiche ja auch erst nach gut durchzechter Nacht seine philosophische Würze.

»Über die Tortur, die Lüste und die Leidenschaft. España apasionada.«

Sollen sich doch mit derlei Obszönitäten die drei Nobelwichser allein aufheizen. Nein, heute keine Lüste mehr. El Cid kann gerade noch dem Tanzlehrer in den Arm fallen. »Lassen Sie das Grammophon, Ihre Platten haben Sie oft genug heruntergekratzt. Setzen Sie sich ans Piano. Sie haben doch gewiß eine gähnende Pastorale im Repertoire.« Dieser Zirkus müsse endlich eingeschläfert werden.

»So wie der.«

Ja. Da liegt der General Mazapán lang vor dem Lederpuff. Nachdem Belinda ihm ihr Knie als Halt entzogen hatte, prustet er – das Gesicht flach auf dem Boden – den Dreck aus den Ritzen der Bohlen. Das sind vielleicht Staubwolken. Morocha tritt dem Gemahl in die Seite, dann versucht sie, ihm mit der Spitze ihrer Goldsandaletten – mehr roh denn sanft – den Kopf zu wenden.

Es mißlingt.

Gott, wann endlich kommt ein Lazarettfahrzeug der Garnison, um den Haufen abzuräumen? Die Mulattin wird sich den Gaul des Gemahls nehmen und allein heimreiten.

Könntest du dich in die Veranda wenigstens ein wenig zurückziehen. Aber der Russe wird dir folgen. Für ihn ist die Jagd vom Vortag sicher noch nicht abgeblasen.

Domingo kennt sich in der Palmerie der Veranda aus. Er springt von Kübelbaum zu Kübelbaum – ein Waldläufer hinter seinem edlen Wild. Morocha, du solltest dich verdrücken, aber die Beine sind müde, du solltest dich freiboxen, aber die Fäuste sind schlapp. Wozu auch sich wehren? Die Generalin ist neugierig, bis zu welchen Abschüssen das Jagdglück dem Sonntagstrapper treu bleiben wird.

»Sollen sich doch Wild und Wilderer miteinander vergnügen. Haha.«

Woher kommt das Lachen? Hinter dichtem Blätterdach steigt Zigarrenqualm auf, von dort auch meldet sich die Stimme. »Sollen doch die Menschenrassen untereinander kreuz und quer ihren Spaß haben.« Es ist das Präriegirl, das sich aus dem Dickicht heraus amüsiert. Vor einer halben Stunde schon hatte sich Miss Alabama zurückgezogen, nun wird ihre Stille gestört.

Doch nicht eben lästig.

»Ja. Rundum sollen Schwarz wie Weiß ihre Freude haben. Alles was einst gekauft, alles was verkauft, was zuweilen überteuert gehandelt, dann aber wieder wohlfeil war: die Leibeigenen, die Heloten, die Sklaven im Haus, auf den Feldern, den Galeeren ...«

Sie sind jetzt alle ... Ja, alle sind sie jetzt umsonst.

Diese Yankeepflaume ist zwar penetrant, aber sie ist eine Frau wie du, Morocha, und wer weiß, welche Blessuren beide aneinander binden. »Sehen Sie nur, Miss Amazone, wie das Väterchen Nimrod meine Schenkel aufwärts pirscht. Wie es keucht. Es will an die Quellen der Schmerzen, an die Wunden, die es lieber als auf der eigenen auf der Haut einer Mohrin sucht.«

Nein, Trix. Du mußt da nicht hingucken. Du bist aus den Südstaaten, du kennst Narben in allen Arten auf schwarzen, auf dunkel- und hellbraunen Körpern – auf der ganzen Skala von Gottes froher Farbenwelt.

»Es sind spanische Striemen, Exzellenza, was?« Trix Jailbird erinnert sich noch gut an die erlauschten Gespräche am vergangenen Sonntag im Künstlerlokal Els Quatre Gats. »Sie waren einst auf Kuba das Püppchen Mariposa. So war es doch?«

Was so eine Miss Übersee alles aufschnappt. Und nach einer Woche auch noch weiß. Verlangt sie womöglich, Morocha könne sich glücklich schätzen, noch in der alten goldenen Spanierzeit ihre Jugend genossen zu haben?

»Aber ja.« Das kann Trix Jailbird der Mulattin versichern. »Heute ist in euren alten Kolonien alles viel, viel besser.«

Leider? Gottlob? Ha ...

»Jetzt zerfetzt den Antillen- und Filipinaweibern das Fleisch nicht mehr die Tamarindenpeitsche der Spanier, jetzt ramponiert ihnen die Knochen der Stock der Unionsstaaten.« Alabama scherzt herum. »Alles wird besser und besser.«

Nein, das ist keine Ironie, Morocha, das ist die neue Wirklichkeit von jenseits des Ozeans. »Ja, Gevatterin. Die Wunden, die Narben, die Beulen – sie kommen nicht mehr von einem engherzigen König, sie kommen von einem weitherzigen Volk.«

»Es sind die milden Striemen der Konstituante.«

Die beiden Frauen verstummen. Diesen Russen hatten sie fast vergessen. Von seiner Beute abgeschüttelt, arrangiert er seine Kleidung. Er streift die Hemdsärmel herunter und schließt die Manschettknöpfe. »Konstituante. Konvent. Kongreß. Konföderation – schon die Vorsilbe Kon ist eine Wundsalbe.«

Ja. Das ist wieder wie einst der alte Anarchistenfreund aus Amsterdam. Trix, er imponiert dir, was? »Konfekt, Konfitüre, Konditorei ...« Was fällt wem noch ein? »Und da wir gerade bei den Süßigkeiten sind, wollen wir doch das Konkubinat nicht vergessen.«

Morocha verscheucht den närrischen Rotbart wie einen nicht mehr putzigen Papagei, dessen Schnattern langsam unerträglich wird.

»Ksss. Ksss.« Und: »Fort. Fort.«

Nicht wie ein Verlierer tritt Domingo seinen Rückzug an. Das weiße Hemd schwenkt er, bevor er dessen Zipfel im Hosenbund richtet, als Fahne ehrenvoller Kapitulation. »Schon gut. Schon gut.« Eine geordnete Retirade demonstrierend schließt er seine Weste – Knopf für Knopf für Knopf ...

Morocha ist schneller.

Mitten im Schwung schnappt sie die Jacke und zwängt den Unglücksmatador in die Ärmel. »Vergiß nicht, Väterchen Vagabund, bei deiner Silbensalbe den Konstabler.« Mit der einen Hand dreht sie ihm den Arm auf den Rücken, mit der anderen packt sie den Kragen und schiebt das Bündel zur Verandatür.

Da steht Belinda und bewundert das starke Halbblut. Dies hat – mitten in seinem Scharmützel – auch noch ein gutes Wort für sie, die kleine törichte Magd. »Du hörst, mein Kind, nach unserem schönen alten offenbart sich nun ein schönes neues Jahrhundert – für Mulatten und Mestizen, für Indios und Indianer ...«

Kurz, für das Freiwild der Erde – auf Steppen und Savannen, in Wäldern, in Wüsten, in Städten und Sümpfen.

»Auch für dich, Doncella.« Die Generalin habe sehr wohl die Treibjagd des geilen Gutsinspektors bemerkt. »Du kommst heute noch vor die

Flinte, Schnepfchen. Und du gerätst nicht zum letztenmal ins Fadenkreuz.«

Doch keine Sorge, verloren ginge niemand. »Alles, was geschändet und besudelt ist, mißbraucht, mißhandelt und entwürdigt – das alles trifft sich wieder und wieder. Wer weiß wo. Wer weiß wann. Irgendwo von Pol zu Pol, im Rund der Horizonte.«

»Violated ...«

Trix Jailbird kommt plötzlich wieder dieser unvergeßliche Geruch in die Nase. Lederwichse, Fußlappen, Schweiß, Pisse in der Uniformhose. »Ja, so ein kleiner Stinksoldat.«

Die Lady aus Amerika hat Lust, in ihren Erinnerungen zu baden. »Von hinten.« Wen in dieser Runde interessiert es? »Das war in der Baumwolle. Im Juli. An einem Mittag.« Morocha, was kümmert es dich? Du hattest deine eigenen stinkenden Strolche, den Sábato, den Diablillo ...

»Er hieß Henry Morton.«

Nun hörst du doch zu, Mariposa. »Ein Wasserfall trägt seinen Namen, ein Strombecken, eine Stadt.« Das war ein Sklavenhändler. Das war ein Sklavenschinder. Das war die Hyäne vom Kongo, geadelt zum Sir.

»Es war mein Vater.«

So leise spricht es die Generalin aus, daß niemand die absurde Verkettung der beiden Frauen begreift, am wenigsten Miss Alabama. Sie räsoniert weiter von ihrem kleinen Fähnrich, dem späteren Abenteurer, dem häßlichen Kommissär der Unionsstaaten auf der Kongokonferenz in Berlin.

»Kongo. Was für ein magischer Name.«

Da ist ja noch immer dieser Anarchoschwätzer. »Was weißt denn du Hinter-den-Pyrenäen-Schlawiner vom Höllentopf unserer Welt?« So die eine der Frauen, und die andere: »Du und deine Revolutiönchen: der Kosak auf dem Pflaster. Die Narodniki am Ufer der Newa unter deinem bepinkelten Petersburger Schnee.«

»Wir auf unserem Kontinent haben eine zivilisiertere Art der Zerstörung.«

Ach, Brüderchen Nichtsnutz, welch ein großes Wort. Wie brav habt ihr euch euer Europa aufgeteilt: den Sozialisten der Norden, den Anarchisten der Süden. Barrikadenpack. Jahrmarktsbudenschützen ...

»So schiebt ihr euch die Attentate zu: diesem hier seinen Erzherzog, dem dort seinen Bourbonenprinzen. Magst du vielleicht einen kleinen Orléans? Nein? Du kriegst den räudigen Romanow.« Jetzt sei noch ein Hohenzollern frei. »Du da … du da … für dich! Und vergeßt nicht den blöden Bragança.«

Der Kellnerin Belinda tut der gefoppte Kauz leid. Am Sonntag mittag hatte sie ihn, als er nach seinem Köfferchen suchte, schon einmal einfangen müssen. Das ist ein Kind. Das nimmt sie nun an die Hand und geleitet es sanft aus der Veranda. Nein. Das Kind möchte beim Abgang noch seinen Auftritt.

»Mesdames. Das alles sind Fürsten aus den Fabriken für Konfektionsware – ein Stück wie das andere gefertigt – und derart auswechselbar, daß man Namen für Namen durchnumerieren muß. Leopolde? 20, vielleicht 30. Ferdinands? Sicher 40. Und wer listet die Friedriche von Anhalt bis Waldeck auf, zählt sie zwischen Schweden und Sizilien?« Da reichten Zahlen längst nicht mehr, Scherz- und Spottnamen müßten die Kolonne illustrieren. »Der Eiserne. Der Einfältige. Der Einäugige und der Ernsthafte. Ein Sanfter und ein Weiser. Ein Unerschrockener. Der Sammler. Der Fromme. Der Einzige …«

Haha. Und der Rotbart.

Der Buchsbaum läßt sich vom Zwischenruf nicht verwirren. »Doch wer numeriert ihre Attentäter durch? Wo gibt es Malatesta den Zweiten, Ravachol den Fünften, Cafiero den Zwölften? Einen einzigen Orsini kennt die Geschichte, einen Luccheni, einen Angiolillo, einen Anselmo Lorenzo, einen Santiago Salvador …«

Dieser Alleinunterhalter ist nicht zu stoppen, und die Frauen müssen heftig mit ihrem Gelächter dagegen lärmen. »Und nur ein Väterchen Sonntag mit gleich sechs Wochentagen und wer weiß wie vielen Kirchenfesten: Väterchen Himmelfahrt. Allerseelen. Väterchen Dreifaltigkeit.«

In diese aufgelockerte Stimmung streut Miss Alabama zum wirklich letztenmal ihr Angebot hinein. »Komme mit auf den Balkan, Compañero, da wirst du deine neuen Brüderchen finden: Luka Lukic, Danielo und Milan. Einen Gavrielo. Einen Hauptmann Tankosić …«

Eine ganze Schwarze Hand voll neuer Freunde.

Iwan Iwanowitsch ist froh, daß ihn die Küchenmaid noch immer an der Hand hält. »Kommen Sie, Señor.« Nur allzu gern läßt dieser sich nach seinem mißglückten Auftritt fortlocken. »Wir haben frische Eier aus dem Hühnerstall, Kräuter aus dem Garten. Und dann die leckeren Tortillas frisch aus der Pfanne. Kommen Sie, Don Aventurero.«

Durch die halboffene Tür dringt das Pianospiel mit feierlich gestelzten Takten. Wollte Alabama sich nach der Pièce erkundigen, könnte der gebildete Europäer ihr diese Pavane erklären. Nein, dieser Schlußakt darf nicht zur Stunde Europas werden.

So ein triviales Fest noch in ein fades Finale einzutunken – dazu, Trix Jailbird, hast du diesen Umweg nicht gemacht. Längst könntest du in Cartagena sein, im Vorgarten des Hotels Ramos unter der Markise sitzen, den Chef der Flottille, Rear-Admiral Scott Allport, in einen Plausch über die Weltlage verwickeln und von Koch und Kellnern ein amerikanisches Breakfast erzwingen.

Was für eine Angst vor Rhythmen, damdam damdam, hat doch die Mumie Mensch in ihrer Gruft Europa. »It's monday morning, old buddy. Die Woche beginnt amerikanisch.«

Schnell ist Tristan vom Klavierhocker gestupst. Ringsum halten die Bewegungen an, Münder bleiben rund und offen, Gespräche bremsen sich mitten im Satz. Aber. Aber. Es bricht doch kein Krieg aus. Keine Katastrophe. Kein Vulkan. Es bricht aus: ein neuer Friede in einer neuen Freiheit.

Und mit diesem Frieden die Lava Amerika.

Miss Alabama hämmert ihre Takte in den Tabakmief von zwei Nächten hinein. Die Sonne versucht, sich eine Bahn durch Staub und Töne zu brechen, sie hat keine Chance.

Da sind sie wieder, die Synkopen vom gestrigen Nachmittag. Nein, es sind präzis die vom vergangenen Sonntag im Saal des Cuatro Naciones zum Jig auf der Kinoleinwand.

Nebenan in der Rauchtischecke finden die Herren ihre Sprache wieder. »So eine Kanonade – erinnert sie uns nicht an einen Überfall, Don Yoyó?« Der Fabrikant Estrü fühlt sich in den Wilden Westen verschleppt. Banditen greifen einen Eisenbahnzug an. »Gleich stürmen die Pistoleros herein. Hands up, wie die Gangster in den Staaten sagen.«

Der Marqués bleibt gelassen. Sollen doch diese Strolche der Staaten das Zimmer stürmen. »Paff. Paff. Bitte sehr.« Nein, er werde nicht hopsen, nicht den blauen Bohnen ausweichen.

»Lassen wir uns vom Nichtstun beherrschen, meine Freunde. Stellen wir uns einfach vor, Spanien hätte Amerika nicht entdeckt, Spanien hätte Amerika erfunden. Also sind wir es selbst, die wir unser eigenes Requiem für unsere eigene Leiche spielen.«

Wie heißt die quirlige Trauerweise?

»Das ist die zerrissene Musik der Neuen Welt.« Die Miss hämmert härter. »Die wird von unseren braven Negern geliebt. Sonntags verkleiden sie sich mit den abgelegten Fetzen ihrer Herrschaft. Und sie stelzen daher. Und sie schmeißen die Beine.«

Hoch und hoch.

»Das ist lächerlich, was, white milksops? Alle ringsum lachen und lachen ...«

Es scheint, als mobilisiere der Lärm die müde Gesellschaft. Der Marqués nimmt seine Freunde Estrü und Brosset unterm Arm und schlendert mit ihnen durch den Salon – langsam, als ginge dies alles ihn selbst nichts an. Doch er möchte das Schauspiel – entwickelte es sich auch nur zur Narrenposse – von einem Logenplatz genießen.

»Alle lachen und stiften den närrischsten ihrer Niggerclowns als Preis einen Kuchen.« Die Synkopen überschlagen sich, Alabama greift nicht mehr allzu sauber in die Tasten. Aber heftig. Tristan sorgt sich, ob das Piano diese Bataille überhaupt aushält.

»Für den Tanz um den Kuchen als Preis einen Kuchen.«

So laut wird das Yankeegirl, daß sogar der General, dem Gewehrsalven und Handgranaten einst das kindliche Schlaflied ersetzten, aufwacht. Er erhebt sich, wankt herbei, er hebt die Arme, aber zu einem Tanzschritt reicht es nicht. Doch mit einem Krachmacher, wer auch immer es ist, muß er sich einfach verbünden. Er brüllt. »Hört ihr denn nicht den Lärm, ihr Krüppel? Empor die Knochen. Empor.«

Du hattest wohl kaum erwartet, Trixy, ausgerechnet im General deinen Tanzbären zu finden? »Walk.« Noch eine Komplizin gesellt sich dir unerwartet zu. »Los, white clowns. Walk around the Nigger-Cake.« Morocha kommt aus der Veranda, sie lehnt sich an den Türrahmen, baut mit beiden Armen einen riesigen imaginären Kuchen auf und füllt ihn mit vorgewölbtem aufgeplusterten Bauch.

»Da ist wieder der Zauber aus dem Camp von Guantánamo.« Boni Bonito, du kennst das alles bereits. Rausch und Trance. »Meine Freunde, das ist der Tanz, das ist die Musik, die den Tod so versüßt.«

Walk.

Wie leicht wird ein Befehl, dreimal ausgerufen, zur Verwünschung. Auf dem Parkett stehen eine Königliche Hoheit und ein Anarchist, ein Schnapsbrenner mit einem Mamsellchen, ein artiger Offizier mit einer gazellengleichen Ballprinzessin, ein General ohne Partnerin ... Einige haben gerade eben die Arme angewinkelt, andere den Fuß gehoben, ein Knie geknickt.

Hat eine böse Fee mit ihrer Spindel zugestochen? Hat eine Hecke von Dornenrosen das Gut umrankt? Nein, nicht für einen Jahrhundertschlaf, nur für eine Minutenlänge sind die Bewegungen angehalten, so scheint es, aber in den Köpfen der Paare inszeniert sich der Cake Walk selbst. Erstaunlich ist, wie sich der alte Mazapán auf den Beinen hält. »Seht mich an. Einst besttanzender Leutnant der Königin von Spanien. Seht mein Gebein: hoch und hoch ... Damdam ... damdam ...«

Plemplem ... plemplem ...

Treffender als Hyacinthe reagiert zunächst keiner auf den Koller des alten delirierenden Ballkönigs. Nach und nach erst kommt die Unterstützung – dann aber von allen Seiten. »Plemplem ... Witzelsucht ... Tanzwut ... die Infektion ... das Fieber ... immerzu lachen ...«

Ja. Immerzu lachen. Da verziehen sich die Gesichter zur Grimasse. Die bleibt stehen, wenn die Uhr schlägt.

»Booonnnggg.«

Der Salve des Generals setzt Alabama auf den Tasten hart einen Cluster hinterher. Plötzlich Stille, der Zauber löst sich, die Gäste sehen sich an. Ja, wir hatten getanzt. Aber nun ist der Tanz zu Ende, wir können uns ausruhen. Nicht der Militärgouverneur. Er ist recht munter. Noch ein Schuß. Booonnnggg. Und noch einer.

»Bitte seien Sie still, Hochwürdige Exzellenz.« Alma steht in der Tür. »Sie sehen doch, wie das Kind sich erschreckt.« Neben ihr ist Chica, noch halb verschlafen und im Nachthemd, in den Salon getreten. Die Camarera hält der Kleinen die Ohren zu. »Mein Krümelchen, du brauchst nicht zu erschrecken.«

Warum sollte es nicht? »Gerade Kindern erzählt man doch, daß die Grimasse stehen bleibt, wenn die Uhr schlägt.«

Lachen kann über derlei Albernheiten niemand. Da müßte sich ein jeder vor dem anderen schämen. Vor der Hausherrin am meisten.

Denn sie kommt gerade von draußen.

Wo war sie? Auf dem Hof gewiß. Vielleicht auch in den Ställen? Hat sie die Pferde gestreichelt, die Hunde gekuschelt und auch die Welpen von Germana nicht vergessen? Ach was, sie war am Teich und hatte sich mit den Fröschen unterhalten.

Mit Quam und Quod.

Hier unter den Menschen muß sich Aurora erst langsam wieder zurechtfinden. Sie sei hereingekommen, weil die Uhr geschlagen habe. Deutlich habe sie es gehört. Boonngg. »Nun gibt es nach der feuchtfröhlich durchzechten Nacht sicher gleich ein famoses kräftiges Frühstück.« Sie irrt im Kreis ihrer Gäste umher und wünscht jedem einzelnen einen heiteren Guten Morgen. Angelita wundert sich, derart überraschend umarmt zu werden, ihren Gemahl zieht die Marquesa am Hals herunter, um ihn auf die Wange zu küssen, und auch Iwan Iwanowitsch wird mit verwirrender Herzlichkeit überrascht. »Sieh einer an, wir sind wieder beisammen, Väterchen. Ist schon wieder ein Jahrhundert herum?«

Von draußen habe sie Musik gehört. »Eine Fidelitas wie zu den Frühkonzerten auf der Lagune, nicht wahr?« Damit ist Morocha angesprochen. Und Hyacinthe wird mit Dank überhäuft. Erstaunlich sei es, wie gerade ihr Besuch zum Gelingen des Kindergeburtstages beigetragen habe.

»Ach was. Das ist ein bepißtes Fest für ein blödes Kind an einem beschissenen Sommertag in diesem bekackten Aragón.«

»Sie meinen ihre Provinz Katalonien, Königliche Hoheit«, so der eine. Und ein anderer: »Catalunya, Madame Bourbon.«

»Egal. Ob Kastilien, ob León ... – alle unsere verkarsteten Niemandsländer mit ihren bröckelnden Niemandsorten schenke ich euch, hätte ich dafür nur einen einzigen karibischen Strand zurück.«

Einen kleinen Streifen goldbrauner Küste von Kuba.

»Unsere Kolonien«, dem Marqués philosophiert es wieder einmal im Kopf herum, »unsere Kolonien? Sie haben sich einfach mopsen lassen. Sie haben sich selbst verscherbelt. Sollen sich die verdammten Archipele verdammt nochmal wohlfühlen in dieser verdammt neuen besseren Welt.«

Das war für die Infantin eine Nuance zu hart.

Boni möchte seine Floridita nicht weinen sehen. »Insel für Insel haben ein Recht auf unseren Trost. Sie tauschen unser altes gemütliches Chaos gegen ein junges rohes aus.« Wie gut, wie erschreckend gut für alle. Für alles Über den Winden, Unter den Winden, hinter den Orkanen, vor den Taifunen ...

»Still, mein kleiner Humpelfuß.« Er wolle doch wohl nicht etwa bei seinem Dickerchen die Tränen sehen. Hyacinthe läßt sich in einen Sessel fallen. Plumps. Neben ihr geht Boni in die Hocke und tupft mit einem Taschentuch seiner Liebsten die Wangen ab. Dazu ein letzter Trost. »Diese Kolonien, ma fleur, waren Mühlsteine am Hals Spaniens. Nun sind wir frei.«

Ja, Boni. In unserem Reich geht wieder die Sonne unter.

»Das Vierhundert-Jahre-Vergnügen Spaniens ist zu Ende.« Schön. Aber mußt du denn diesem Geistesfunken noch ein Wort hinzufügen, Yoyó? Wozu?

»Es ist zu Ende. Und es ist bezahlt.«

Sollte das eine Parabel sein? Dann, Trix, war sie reichlich dümmlich. Und weltfremd. Bis jetzt konntest du dich still an derlei Kaprizen delektieren, doch jetzt werden diese Heulpeter auch noch romantisch. »Die Kupfermünze Kuba auf das Pflaster werfen, und alles ist bezahlt, was? So leicht, Marqués, ist das für Sie?«

Und so leicht für Spanien.

Die Infantin heult nun doch wirklich los. Und sie schreit zugleich unter schrillem Lachen. »Spanien zahlt. Immerzu zahlt Spanien.«

So ein heftiger Auftritt! Da können sich die Mägde das Kichern nicht verkneifen, und auch die Mulattin muß über die Jeremiade der verendeten Kolonialmacht herzlich lachen. Das schreckt den General auf. Wurde soeben ein Witz gemacht? Dazu hätte er die Pointe. »Ober, zahlen! Die Rechnung auf Hyacinthe Florida aus der rosa-rosigen Linie ihres Hauses Flamingo. Haha.«

»Sei still, Venividivici, bitte sei still.« Unter Flennen fleht die Infantin ihren alten Potztausend an, lieber zu rülpsen, zu kotzen, zu furzen ...

»Nur bitte: Sei still.«

Jetzt, Alabama! Das ist genau der rechte Zeitpunkt, dich für die Einladung zu dieser gelungenen Party in aller Form zu bedanken. »Tafelfreuden und Geselligkeit vorzüglich. Am Ende ruft die Exzellenz nach dem Kellner. Die Hoheit begleicht die Zeche aus der Königlichen Schatulle.«

Sie zahlt für alle. Und sie zahlt für alle Zeiten.

»Gut, Freunde. Aber womit?« Die Bettelmünze Kuba reiche kaum für die Suppe vorweg. »Und für die Nickels Philippinen lege kein Piccolo auch nur die Serviette neben das Besteck. Das sagt Ihnen Trix Jailbird, genannt Miss Alabama, aus den Staaten der Vereinigten Gewalt von Amerika.«

So ein Kaliber.

»Einer von den kleinen frechen Bolzen, die uns einstmals ausgewichst sind, kommt als Torpedo zurück.« So versteht das der eine, und ein anderer: »Strandgut der eigenen Geschichte ... Puritaner, verbohrt und bösartig ...« Ein dritter spricht von den eigenen Kindern, im Klima der Fremde gefühlsroh geworden.

Da sollte sich endlich die Lady beleidigt zeigen. Sie aber, bislang nur still amüsiert, gerät mehr und mehr in Ausgelassenheit.

Hattest du nicht irgendwann, Trix, deinem Tagebuch den Wirrwarr der europäischen Gefühle anvertraut? Und ein paar Zeilen von der Brutstätte perverser Träume notiert? Nun hat heute einer dieser Quijotes unerwartet einen lichten Moment. Die Tirade von Torpedos und Bombenhagel gefällt dir gut. »Bravo, Marqués.«

Da kann der Anarchistenvater auch noch ein Wörtchen mitreden. »Währenddessen sind uns in Erbfolgen vergänglicher Dynastien die Jahrhunderte dahingeblutet. Dann gegen Muftis und Moskowiter, Khans und Kalifen. Um Heilige Stätten. Um einen Kahlen Berg. Um ein Viereck lombardischer Festungen. Unser gutes altes, unser törichtes Europa. Mit seinen Pomeranzen- und Freiheits-, seinen Kartoffel-, Raub- und Réunionskriegen. Um Ackerfurchen, Kuhweiden, Marktflecken ...«

Und Straßburg. Und Prag. Mailand. Die pragmatische Sanktion. Die patriotische Würde. Eine Grafschaft Glatz. Wir kamen vor Friaul, / Da hett wir allesamt vol Maul ...

»Pest- und Pockenkriege, Typhus, Cholera- und Lustseuchenkriege. Unser Europa – ein einziger Schwarzer Tod. Währenddessen ...«

Ja. Währenddessen.

Alabama steht auf. Jetzt möchte sie ihren Toast ausbringen. »Ein Lob für unser Väterchen Sudelkoch. Es war ein köstlicher Brei nach Art des Hauses.« Aber mit internationaler Küche habe das nichts zu tun. »Da gibt es à la carte die Politik der Großen Hände.« Sie reckt die Arme, spreizt die Finger, ballt dann die Fäuste.

»Die Hände der grenzenlosen Macht. Damit läßt sich mehr zerknüllen als nur die Zwergenländer des Kontinents Dreikäsehoch. Diese Hände sind geschaffen, die Erde zu umkrallen – mit allem, was darüber und was darunter.«

Die Kohle und das Kupfer. Und Erdöl. Und Eisen. Zinn. Hölzer. Kautschuk. Büffel ...

Ein Menü der Monopole.

»Und unser üppiges Mahl krönen wir mit einem Dessert – dem Monopol der Moral.« So eine Götterspeise hätten sich nebenan am Katzentisch die Anarchisten auch bestellt. Nur eben: »Uns serviert man sie in größeren Schüsseln. Und wir verputzen sie mit größeren Löffeln in unsren größeren Händen.«

Zu diesem Trinkspruch die Tafelmusik gefällig?

Da sind wieder die Synkopen, die das Sterben so süß machen. Nein, Boni Bonito, sage das jetzt nicht noch einmal. Wir alle sagen nichts, wir hören auch am besten gar nicht zu.

»Nicht wahr, mein Krümelchen, das alles verstehen wir nicht.« Alma möchte gern das Töchterchen Chica verabschiedet wissen – eine gute Gelegenheit für Señorita Abriles, unter Vorschub ihrer Pflichten der aggressiven Atmosphäre in diesen Räumen zu entfliehen.

»Komm, mein Kind. Wir ziehen uns jetzt hübsch an. Und dann gehen wir hinaus zu den Tieren.«

Alabama, du hast Glück, in deiner Zimmerschlacht bleibst du nicht allein. In der Mulattin wächst dir eine Gefährtin zu. Oder eine Gegnerin? Egal. Ein Streitroß in jedem Fall.

Das Roß stützt sich auf das Piano und kreist mit der Hüfte in der engen Robe. Der Brokat versucht zu glitzern. Obgleich sich die Sonne durch die Terrassentür zu diesem Sujet vorarbeitet, gelingt es jener nicht, in den Tabakwolken des trüben Zimmers ein Sternenflimmern zu inszenieren.

»Ich rezitiere hierzu meinen eigenen Blues.«

Wir überleben. / Wir überleben in Silhouetten / Auf Kakao- und Kaffeedosen. / Auf den Bauchbinden von Habana und Brazil. / Auf dem Blech von Kautabak. / Da stehen wir: eine Phalanx, / Medaille neben Medaille / Auf Büchsen und Zigarrenbinden, und / – Sind wir Könige – / Auf Briefmarken.

»Die letzten unserer Köpfe auf Briefmarken. Ja.«

»Immer nur redet alles von den Menschen. Wer endlich singt von unseren Ländern?« Nein, Hyacinthe, fange nicht wieder an zu flennen, füge dich lieber mit deiner Stimme diesem Rührstück ein.

»Unsere Länder überleben. / Spanisch-Burgund auf Weinetiketten. / Spanisch-Kuba auf Rumflaschen. / Spanisch-La-Plata auf Rindfleischbüchsen. / Die Spanischen Niederlande mit violetter Stempelfarbe auf Käserinden ...«

In den Lärm hinein muß Trix Jailbird ihre Frage zweimal stellen. »Und als was überlebe ich?« Ja, als was überlebten denn wohl die Amerikaner? Darüber nachzudenken, fällt als erstem dem Fabrikanten Estrü ein. Er ist den Unionsstaaten der Neuen Welt wohlgesonnen und möchte etwas Freundliches sagen.

»Vielleicht als Kuchen.«

Wie kann Don Eusebi nur derart mißverstanden werden? Die Heiterkeit überschlägt sich, und ausgerechnet der General, gerade erst ein wenig ausgenüchtert, muß gleich das Wort als Witz verstehen. »Aber natürlich: als Krümelkuchen.«

Yoyó, da hast du aber das reichere Vokabular. »Als bröckliger, bröseliger, abgeschmackter, langweilig scheißtrockener Biskuitteig.«

Ein wenig ironisch klingt es ja, aber doch wohl nicht beleidigend?

»Fragt man in hundert Jahren die Kinder: Was ist das – ein Amerikaner? Dann schlucken sie, ähhh, und sagen: mampf, mampf, ein Krümelfladen.« Fade, banal, widerlich, ekelhaft ... Mit einer ähhh unappetitlich scheußlichen Glasur. Sie klebt und klebt an den Händen, an den Fingern, auf der Haut wie schmutzige Kriege, wie heimtückische Bombardements, wie Invasion und Intervention, wie Piraterie und Plünderung, Verrat und Überfall ... Ähhh.

»Wir in Amerika waschen uns täglich. Einmal in der Woche steigen wir in eine Wanne aus Zink.«

Die Sauberkeit amerikanischen Lebensstils auch noch interpretieren zu wollen, ist in dieser Runde wirklich überflüssig, Trix. Du willst auf derlei Albernheiten doch wohl nicht weiter eingehen? »Eine schmutzige Welt ringsum, ja. Wir aber spülen sie uns unter der Dusche ab. Durch die Kanalrohre verläßt der Unflat unseren besenreinen und entkeimten Kontinent.«

Alabama hatte ihren Putzrapport mit kräftigen Handwaschbewegungen illustriert, jetzt schüttelt sie die Finger aus. »Weg ... weg ...« Sie unterbricht sich und wendet sich um.

»Wer ist denn das da?«

Da steht ein Fremder. Alma hatte ihn hereingeschoben und am Eingang allein gelassen. Sie geht zum Telefonapparat, ruft den Bahnhof Lágrima an und beordert eine Mietdroschke zum Gut.

Der einsame Herr hat einen Raglanmantel fesch über die Schulter geworfen, hält in der einen Hand einen Panama mit Trauerflor, in der anderen eine Mustertasche. Zwei Koffer stehen neben ihm. Er verhält sich unschlüssig. Vielleicht sollte er den Hausherrn begrüßen? Doch wer in dieser Versammlung ist es?

El Cid läßt keine Peinlichkeit aufkommen. Er erklärt den kaum erstaunten Gästen, vor allem dem Marqués, dies sei ein Zufallsbesuch. Ohne Bedeutung. »Wir hatten ihm für eine Nacht die Mägdekammer überlassen.«

Es sei ein Deutscher. Ein Niemand.

Belinda und Roberta werden angewiesen, sich um das Gepäck des Fremden zu kümmern, dann geleitet der Inspektor ihn – gut abgeschirmt – quer durch den Salon.

»Nehmen Sie sich einen Stuhl auf der Terrasse. Da können Sie ungestört warten, bis die Kutsche kommt.« Das allerdings werde gut und gern noch eine Frist währen.

So ist es kein Zufall, daß Angelita Abriles – das Kind Chica an ihrer Seite – vom Spaziergang zurückkehrend, den netten Baron vom Rhein auf der Terrasse entdeckt. Spontan geht sie ihm entgegen, er springt auf, aber unvermittelt gerät die Begrüßungszeremonie ins Stocken. Bis zu welchem Grad war die Herzlichkeit des Vortags eigentlich gediehen? Hatten die späteren Erinnerungen der Nacht die Gefühle der Begegnung verklärt?

Vielleicht entpuppt sich jetzt die ganze Episode als ein Traum.

Der Herr Vertreter überlegt, ob es einer erneuten Vorstellung bedarf. Soll er sich als Baron von der Nasse empfehlen? Erst einmal ohne Vornamen?

Angelita ist weniger befangen. Mit weit vorgestreckter Hand tänzelt sie ihrer alten Reisebekanntschaft entgegen. »Tornado. Doña Tornado. Die Windsbraut aller Bälle.« Auch in der vergangenen Nacht habe sie sich wie stets voll und ganz das Parkett untertan machen können. »Immerzu neue Tänze: Ragtime und Rumba. Tango, Blues ... Ich beherrsche sie alle – sogar den Cake Walk, zu dem in Amerika die Neger um einen Kuchen wirbeln.«

Und wie habe sich der Herr Handelsvertreter amüsiert?

So fängt eine Perfidie an. Welche Erlebnisse könntest du einer Ballprinzessin berichten, Cypris Achill? Daß du mit dem Personal am Küchentisch gehockt, dennoch ein gutes Essen bekommen hattest – auch wenn es Reste waren –, Wein und Brandy, eine Zigarre aus herrschaftlichen Beständen und das weiche Federbett in einer Dienstbotenkammer? Solltest du erzählen, daß du gut und fest geschlafen hast – ungestört vom Lärm des Festes?

Nein, Cypris. Nichts wirst du verraten.

Du erzählst nur beiläufig, daß du eine Droschke bestellt hast, um zum Bahnhof zu fahren. »Ich nehme Sie gern ein Stück des Wegs mit. Von mir aus bis in den Ort. Auch bis zur Station. Ich für meinen Teil steige in den Zug nach Barcelona, von dort weiter in den Expreß zur Grenze bei Port-Bou. Ein, zwei Tage Aufenthalt in Nizza erwarten mich, dann am Ende wieder das schöne Deutschland.«

Nasse hofft, die Tanzmaus werde – eingeschüchtert von derart gewichtigen Reiseplänen – das Angebot ablehnen. Was auch hätten sich beide an diesem Montag früh noch zu sagen? Die Stimmung von gestern wäre ohnehin nicht wieder einzufangen.

Nein, die Señorita schlägt die Einladung nicht ab. Sie komme gern mit, wenn auch vorerst nur bis Barcelona. »Der Expreß wartet erst im Herbst auf mich. Nach San Remo. Venedig. Ach ja ...«

Danach zur Ballsaison in Wien.

Aber ein halbes Stündchen müsse der freundliche Kavalier sich noch gedulden. »Ich muß die Tanzschuhe wechseln, mich etwas erfrischen, ein wenig Rouge auflegen, und ... nun ja, dies und das, was eine Frau verschönt.« Aber bis der Wagen aus dem Ort eintreffe, dauere es ja auch noch ein Weilchen.

Im Salon indessen schweigt die Musik. Alabama hatte längst den Klavierdeckel zugeklappt. Und Tristan – vom Inspektor an weiterem Engagement gehindert – läßt die Feder des Grammophons auslaufen und nimmt die letzte Nadel aus der Schalldose.

Das also war es.

Auf was hast du dich bloß eingelassen, Trix? Dieser Don Carlos in Jamestown war ein Schwätzer. Was nun hat dir Spanien gebracht? Einen Mittag unter einer Hotelmarkise, einen Oberkellner mit Kopfschuß, einen Jakobusball, ein Russisch-Steak auf einer Gutsterrasse, Blinis zum Nachtisch ... Nun gut.

Aber diesen Sonntag solltest du schnell vergessen. Unterwegs auf Horrortrips zu sein, gewiß, das ist dein Job. Und du reist gern. Von Katastrophe zu Katastrophe. Männer auf Barrikaden. Piraten hoch im Mastkorb. Heckenschützen. Paff. Paff.

Doch diesem Vergnügungsdampfer, anfangs noch mit Hallo die Seile gekappt, war ein baldiger Schiffbruch beschieden. Und nun quält sich die Kreuzfahrt in einer öden Robinsonade zu Ende.

Die Beleidigungen der letzten halben Stunde läßt du dir ja gern gefallen, gewissermaßen erfreuen sie dein Herz. Aber warum, Alabama, gehst du eigentlich auf derlei Bosheiten auch noch ein?

War das ein Spaß! Morocha schlägt sich auf die Schenkel, der General fällt ohnehin dröhnend in das Gelächter ein. Selbst der Fabrikant Estrü und der Staatsrat aus Rußland schmunzeln.

»Wir in Amerika waschen uns täglich. Und wir desinfizieren uns und alles ringsum.« Die Union hätte bereits mit ihrer Hygiene die gefangenen spanischen Soldaten auf Kuba entkeimt, und bald werde sich die amerikanische Sauberkeit über ganz Europa legen. »Die alten Kriege der Alten Welt stinken allesamt so brenzlig. Immerzu hat man den Geruch einer muffigen Moral in der Nase.«

Igitt.

Yoyó, du mußt endlich diese Peinlichkeit zügeln. »Meine Damen, meine Herren, wir hatten eine gute Zeit. Aber nun ist das Lachen aufgebraucht. Ich bitte Sie.«

Der Marqués setzt sich nicht durch, er wird lauter. Treibt ihn die Verzweiflung, die Enttäuschung über das total mißlungene Fest oder nur die Arroganz des einzig Gebildeten in dieser Runde? »Wir haben unserer Lady aus den Unionsstaaten einiges Pläsier bereitet. Dafür möchte sie sich nun revanchieren. Sie lädt uns ... ja, uns alle lädt sie ein.«

In ihr Schlaraffenland aseptischer Übeltaten.

»Da fallen Frevel auf Frevel von den Ästen. Nicht einmal zu schütteln braucht man die Bäume.« Herrliche Zeiten kündigten sich an. »Zeiten ohne Skrupel. Und ohne unser lächerliches europäisch altmodisches Gefühl für Sünde.«

Ein verlockender Zyniker, dieser Hausherr auf Lágrima, ein trefflicher Rhetoriker. Aber nun hat er alles gesagt. Wirklich alles. Aber auch dir, Alabama, bleibt nichts mehr beizusteuern.

Pst.

Du räkelst dich in einem Traum, du döst unter einer Markise. Es ist Sommer. Und es ist Mittag. Der Kellner mit dem Kopfschuß verscheucht mit einer Serviette die Fliegen auf dem Tischtuch. Die Müdigkeit läßt dich nicht los – nun schon eine Woche lang. Ein Buch liegt dir schwer in der Hand, es entgleitet dir. Der Hotelboy, ein richtiger Naseweis, springt hinzu, und er hebt es dir auf. Es ist ein alter spanischer Schinken.

»Madam?« Ja, Rick? »La vida es sueño. So etwas lesen Sie, madam?«

Ich versuche es, Ricki. Aber kannst du mir sagen, was Wahrheit ist? Und was Lüge?

»Sieh nur, draußen auf den Ramblas ziehen Illustrationen aus einem Völkerkundebuch vorbei. Da, ein kleiner Quijote, und noch einer, und noch ... und jeder ist zusammengewachsen mit seiner eigenen Rosinante. Mensch und Tier – gepaart zu einem spanischen Klepper.«

Pferde.

»Ich höre Pferde.«

Die Lady lauscht, draußen fährt ein Wagen vor. Nein, deine Kutsche kann es nicht sein, die hattest du bereits gestern nach Barcelona zum Hotel Cuatro Naciones zurückbeordert.

Das ist sicher die vorhin telefonisch bestellte Mietdroschke.

Alabama greift sich ihren Hut, sie streift sich die Handschuhe über und schlägt ihre Stola um die Schulter. Einen guten Abgang, ja, den kann sie jetzt gebrauchen.

»Meine Herrschaften. So viel Zeit, mir Ihr Lachen anzuhören, habe ich gerade noch.« Dieses Gut Lágrima habe full America zu Besuch gehabt, und man solle jetzt nicht aufhören zu lachen.

»Denn Pulver und Kugeln sind längst nicht mehr die ultima ratio der Könige. Sie sind das letzte Wort der Totengräber.« Aber das zu begreifen, brauche man hierzulande ein ganzes Jahrhundert.

»Das hat leider gerade erst begonnen.«

Wer ist denn das?

Über die Terrasse rauscht eine Dame in einer grob karierten Harlekinsrobe. Baron von der Nasse, gerade seine Koffer auf den Hof hinuntergeschleppt, stellt sich mit ausgebreiteten Armen schützend vor sein Fahrzeug. Seinen Aufschrei, er sei es, der diese Kutsche bestellt habe, überhört die Lady.

Ein exotischer Vogel will an das fremde Futter. Er kreischt. »Na so etwas! Sie wollen auch von hier fort? Da nehme ich Sie doch einfach mit – erst zum König von Neapel, dann zur Bahnstation.« Der Gefährte dürfe aussteigen, wo immer er möchte. »Ich für meinen Teil nehme den Zug nach Cartagena. Da wartet auf mich das Dampfboot.«

Schon sitzt Alabama im Wagen, und Nasse muß sich beeilen, sein Gepäck zu verstauen. Seinem Fahrgast behilflich zu sein, ist dem Kutscher nicht erlaubt. Er hat von der Dame den Befehl, die Zügel festzuhalten. Hü, und plumps. Cypris kippt auf das Polster. »Auch ich muß zum Bahnhof, von dort allerdings in die entgegengesetzte Richtung.«

Nach Deutschland. »Ich bin Waffenhändler.«

Vor dieser Veteranin der Weltgeschichte – ihre Herkunft ist schnell erraten – würde der baronisierte Vertreter gern mit seinen Verkaufserfolgen renommieren. Doch was schon gäben Mückennetze her. Schmückender wären aus dem Katalog das Sattelkochgeschirr aus Weißblech, die leibriemenfreundliche Patronentasche Null-Sechs, der ...

Halt. Nasse, halte ein.

Vielleicht arbeitet deine Weggenossin in derselben Branche, handelt womöglich mit Panzerzügen und Turbinentorpedos, mit Brisanzstreugeschossen und Gaskampfstoffen.

Dann stündest du als Deutscher ganz schön ärmlich da.

Bevor sich Cypris Achill selbst zum Schweigen verurteilen kann, entzieht ihm die Matrone jedes weitere Wort. »Ich nehme Sie mit. Gut. Aber unterwegs bitte keine Unterhaltung. Es sind meine letzten Stunden in diesem Land. Und ich bin müde.«

Zu einem abklingend versöhnlichen Wort ringt sich Trix durch. »Vielleicht begegnen wir uns ein andermal.« Wo? Das frage ein Waffenhändler? »Natürlich auf dem Balkan.«

Als wenig später Angelita Abriles reisefertig auf die Terrasse tritt, sieht sie den Wagen nur noch in einer Wolke von Staub fern auf der Allee.

Der Tornado folgt El Cid ins Freie. Er stellt sich neben die alte Freundin des Hauses an die Balustrade und legt seine Hand auf die ihre. Er hält sie fest, denn er fürchtet, sie versuche womöglich, der Kutsche nachzuwinken. »Vergessen Sie die Geschichte, Señorita Abriles, aus ihr wäre nicht einmal ein Liebesroman in einem 30-Céntimos-Heft geworden.«

Doña Angelita. Nein.

So ein Glücksfall.

Zu diesem Fest auf Lágrima war kein Klatschreporter der Gesellschaftsjournaille erschienen. Hätte sich ihm zu Beginn vielleicht noch das eine oder andere glückliche Thema angeboten, so stünde er jetzt am Schluß des Wochenendes vor einer verteufelt kläglichen Ausbeute. Ähnlich wäre es einem Kollegen von der Zeitungsroman-Redaktion ergangen.

Auch ein Dramatiker wäre an diesem Sonntag und in der folgenden langen Nacht nicht fündiger geworden. Nicht eine Szene – weder als Lust- noch Trauerspiel – wäre seinen Akteuren geglückt. Gleich Marionetten hätten sich diese schon beim ersten Tanzversuch in ihren Schnüren verzurrt und sich gewünscht, so schnell wie möglich wieder im Dunkel der Puppenkiste zu verschwinden.

Einem Filmoperateur allenfalls böte sich an, eine der Episoden auf wenigen Metern festzuhalten. Sie könnten sogar späteren Cineasten zur Kostbarkeit der Zehnten Muse werden: Das boxende Känguruh. Der begossene Rasensprenger, Skladanowskys Tochter. Dazu nun Chicas Geburtstag.

Alle Welt will eben eine Zukunft haben.

Derart vermessen ist diese Wochenend-Lappalie gar, daß sie vermeint, der Meister der Novelle käme eigens ihretwegen angereist, um seine Menschliche Komödie hier mit einer katalanischen Romanze abzuschließen.

Da ist schon der Dichter, er bringt seinen Falken mit. Beide schauen sich um: Wo und in welcher Zäsur des zeitlichen Wirrwarrs fände das Tier seinen Platz?

Der Jagdvogel fühlt sich in Lágrima nicht wohl. Er spürt, Jahrhunderte sind an ihm vorübergezogen, nun ist er zu alt für eine neuerliche Novelle. Seine einsame Rolle als die einzig unerhörte Begebenheit sucht er vergebens. Er fühlt sich in eine Zeit verschlagen, da jeder Konflikt gleich schon den vorigen ablöst, keiner ist vor dem folgenden sicher, sie alle reihen sich wie die Unfälle auf den Landstraßen und den Schienen dieser Epoche: Automobile, denen die Bremsen versagen, fahren eins auf das andere, Eisenbahnen, die ihre Signale übersehen, verkeilen sich – ein Zug in den anderen.

Hier und heute bedürfte es eines ganzen Himmels voller Falken. Die Konflikte bedingen einander, jeder künftige ist voraussehbar, ist hochzurechnen aus der Konstante seiner Vorgänger.

Das ist die fatalité d'histoire.

Seinen vier prophezeiten Plagen läuft das Jahrhundert nicht davon, nicht der Pest, dem Krieg, dem Hunger, nicht dem Tod. Es ist gut Freund mit den herbeischnaubenden Rossen – dem weißen, dem roten, dem schwarzen und dem fahlen Pferd.

Ein Weh ist dahin, siehe, es kommen noch zwei Wehe nach dem. Eine naive Offenbarung. Nur zwei?

Heuschrecken kommen vom Westen über das Meer. Sie schwärzen den Himmel, und wenn es Nacht wird, setzen sie sich flache Helme auf, die sind aus Stahl. Und sie legen ein sanftes giftiges Gas über die Städte und das Land und den Kontinent. Da ist ein Rasseln von Flügeln wie von Wagen mit Panzern aus Eisen. Wird jemand überrollt, sagt er, das mache nichts. Opfer müssen sein.

Nach und nach kommen alle unter Rad und Kette. Vorweg die Zeit. Ein Jahr nach dem anderen besiegelt sein Schicksal, auch die Monate entseelen sich, und die Wochentage verabschieden ihre Namen. Mit diesem 1. August 1909 sind die Sonntage aufgebraucht. Es folgen nur noch Montage – sieben hintereinander. Und dann wieder von vorn ...

Die Geschichte, mit Geschichten derart vollgestopft, spielt verrückt. Nein, Aurora Iwanowna, an einem frostklirrenden Februartag in Dmitrow beim Begräbnis deines Onkels Pjotr holst du dir nicht den Tod, ebenso wenig wie du in Odessa – von den Kugeln der Kosaken durchsiebt – auf den Fliesen der Druckerei Jermolow verblutest.

Den Traum von der eigenen Feldküche erfüllst du dir. Ja. Auch die Flucht danach? Aber, Aurora! Die Pässe über die Pyrenäen sind nichts als unenträtselbare Chiffren auf längst veralteten Landkarten.

Das russische Restaurant in Ax-les-Bains ist eine gefällige Idee; phantasievoll auch, diesen jungen Koch aus den deutschen Ostgebieten zu engagieren. Da wirkt es ganz natürlich, daß er dich beerben wird und mit seiner Nutte aus Sète das Vermögen in den Hafenkneipen Hamburgs rund um Sankt Pauli durchzubringen trachtet ...

Welches Vermögen?

Denke einmal nach, Schwälbchen. Den Reichtum von Lágrima etwa, in Spaniens zwei bourbonischen Jahrhunderten zusammengescharrt? Oder der Nachlaß der guten Madame Ernestine Meunier? Dies wie jenes ist aufgebraucht wie die Sonntage aller Wochen, wie das letzte Lachen an diesem einen letzten Sonntag.

»Mister Upstream. Ich habe verloren. Wo soll ich nun noch hin?« Barcelona, 25. Januar 1939. Im Hotelrestaurant – eben noch als Filmkulisse die Volkskantine Nummer Vier – gibt die Lincoln-Brigade ihr Abschiedsbankett.

Rick Montgomery Upstream, du sitzt an der Tafel der Offiziere. Neben dir deine Tischdame, eine Feldköchin, war einst die Marquesa von Lágrima. Sie fragt dich etwas, Rick. »Wohin jetzt noch? Die letzte Marketenderin im morgen schwärzesten Winkel dieses verfluchten faschistischen Europa – wohin mit ihr? Sagen Sie jetzt nicht Montreux oder Estoril. Sagen Sie das bloß nicht.«

Nein. Woher auch eine Antwort?

Doña Morgenröte. Tochter der Tugend. Fillette der Anarchie und des Abenteuers. Das verwöhnteste Kind Europas, die schöne Russenkatze, die Patronin von Lágrima, eine Marquesa der Lotterie.

Tombola auf jedem Ball. Und immer eine gewonnene Reise, neue Meridiane, ein neues Wagnis, eine Hast, eine gewonnene Flucht.

Am Ende fort über einen namenlosen Paß. Doch wohl nicht – wie später von einer billigen Filmkomparsin nachgestellt – über La Seo und den Col de Puymorens? Nein. Den Maultieren hinterher. Kahle Felsen. Serpentinen. Steine. In den Nächten die Kälte. Hitze in den Mittagsstunden. Keine Bäume. Wie lange noch?

Endlich weit der Lärm von Vögeln – eine fast schon vergessene Tröstung.

Es ist ein Julitag im Jahre Zwei. Es ist Nachmittag. In vollem Saft zeigt sich das Grün der Bäume im Geviert vor der Conciergerie. Dann die Reihe der Platanen in der Rue Saint Honoré. In der Ferne das lichte dunkle Laub der Elysischen Felder.

Ein Vater erklärt die Bilder seiner Tochter. Wie nennt er sie? Maximilienne.

Warum nicht dieser Name? Wer wird – auch später – eindeutig beweisen können, daß Robespierre keine Frau ist? Diese Kraft. Die Stärke des Willens. Die Vernunft und die Einsamkeit in der Vernunft. Diese Schmerzen. So eine Verwundung, so eine Entwürdigung, so eine Schändung der Tugend.

Das ertragen zu können, soll ein Mann gewesen sein?

Aurora Maximilienne Iwanowna. Weit ist es nicht mehr, dann feierst du deine Vermählung mit dem kühlen Eisen an deinem Hals. So wird aus allem denn doch noch eine Geschichte mit einem guten Ende.

Von den Balkons der Rue Saint Honoré applaudiert das Geschmeiß einer Jeunesse dorée, unten tanzt sich die Gosse zur knechtseligen Kanaille hinab. Der Terror, so glaubt sie, sei vorbei. Der aber fängt erst an.

Schwälbchen. Du karrst dich am Müll der Gesellschaft vorbei. Und du bist allein. Bei dir sind nur ein zertrümmerter Kiefer, ein abgerissener Wundverband, ein Schmerz, die Schatten auf den Champs-Elysées, die Sonne fast schon im Westen ...

Mit dir nimmt ein Säkulum Abschied, morbid wie das kommende – sie alle sieche Kinder, ein jedes von ihnen bestimmt für hundert Jahre qualvollen Lebens.

Es ist fünf Uhr am Nachmittag des 10. Thermidor im Jahre II.

Cinco de la tarde.

Ade

*Adieu les belles choses * In der Probierstube * Es ist vollbracht * Mit den 7 Todsünden an der Tafel * Der Anarchist Durruti * In einer neuen Republik * Söhne des Volkes * Lotos von gestern * Retten? Niemanden und nichts * Ein letztes Plädoyer*

Noch einmal mit den Libellentänzen geweckt werden, aus dem Zelt noch Stroh im Haar, vielleicht auch von einer Zofe mit purpurweißem Puder verwöhnt. Auf der Lagune beginnt eine Ära in Pastell. Diener fegen die Bastmatten. Auf den Tanztee will niemand bis zum Five o'clock warten. Die Polonaise windet sich durch Gestrüpp und Unterholz. »Wenn meine Frau sich auszieht, / Wie die bloß aussieht.« Ein lustiger Maat, gut Freund mit den Insekten auf seiner Blöße, hat sich zur Großen Marine abgemeldet.

Hoch die Aviatik und dann ade.

Noch einmal das Lied an eine Fischerin, dazu den ganzen Rest von Hummerschwänzen einfach wegputzen. Ist das ein Leben für eine Zigeunerin! Ihr Malerfreund in den Klauen einer reichen Erbin, sie, das Modell, die Gefangene eines Hauptmanns vom Kriegsgericht. Zum drame d'amour ein schwerer süßer Pajarete aus Jerez. »Brüderlein fein, / Brüderlein fein, / Einmal muß geschieden sein.« Im Festungsgraben sind die Salven verstummt, das Peloton hat sich aufgelöst.

Das war ein lauter langer Tag und eine lange Nacht. Nun am Ende hat ein Postamtmann endlich seine Söhne zurück. Auf dem Weg hinab in die Stadt ein letzter Blick hoch und fern auf den Pic du Midi, unten, ade, auf das türkisene Meer.

Noch einmal einen Paseo dieser kubanischen Kapelle. Eine Negerchanteuse in Silberglitzer dreht die nackten schwarzen Arme zu Spiralen. Zwei Engländer hocken an der Bar, der eine des anderen Hand auf dem Knie. Ein kurzsichtiges Girl paradiert über das Parkett, am Hals ihren ergrauten Kavalier festgeklammert. »Mamá Teresa hat sich fortgestohlen, / Denn sie will nicht die Rumba tanzen / Mit Juan, mit Juan, / Dem lahmen Hinkefuß.«

Eine nichtige Staffage mit nichtigen Akteuren. Was schon haben sie erlebt? Wozu haben sie gelebt? Wie gut, daß alles, was sich einst bedeutsam glaubte, nun verloren gehen muß. Fort die Bilder der Tristesse wie der Euphorie. Nichts bleibt. Weder die Taten noch die Versäumnisse. Nicht der Schmerz und die Angst und das Blut der Helden wie der Opfer. Nicht das Gewinsel in den Lazaretten, der vergebliche Trost. Ekel, Lähmung und Lüge. Die Lieder. Die Gedichte. Die Gerüche. Nicht Lust und Leid der reinlichen wie schmutzigen Rassen. Nicht Gott, das Laster und der Lärm. Nein. Auch nicht die Liebe.

Nicht einmal das Abschiednehmen bleibt.

Adieu les belles choses.

Den Colliers und Bracelets fällt die Trennung leicht. Geschmeide ist gleichgültig. Allen Pretiosen haftet etwas Herzloses an – »Cosa linda barata«, wie sie eine canción latina besingt – kokette Stücke vom Trödel. Die Diamanten, die Perlen, das Gold. Und die nur golden schimmernden, doch eisernen Schlaufen an den Schilden der Krieger. Was, Tochter Tarpeja, lassen sie dir zum Abschied? Den Brei deines zermalmten Kadavers, abwärts mit ihm – nur einen Schritt entfernt vom Kapitol – in das Kakteengrün der Schlucht.

Adieu les belles couleurs.

Dahin, ihr flirrenden Farben eines Sommertags in der Campiña. Olivenblätter. Aloëhecken. Smaragdener Glanz der Goldfliegen vom Canal Carlota. In der fusselig fahlbraunen Wolle der Frauen von Lágrima die Spuren ihrer Hände: Encarnado.

Es ist Sonntag. Ein Signal zeigt Halt. Ein Zug steht auf freier Strecke. Porto Carrero läßt sich plump über das Trittbrett hinab, trottet einige Schritte über den Schotter bis zur Teilung der Schienen.

Er bleibt stehen. Er segnet die Weiche.

Ende April 1931.

Der Chef der Spirituosenhandlung en gros in Barcelona steigt aus Büro und Wohnung in den oberen Etagen hinab zum Souterrain, um die Gäste seiner Probierstube an der Rambla Santa Mónica zu begrüßen.

Don Porto hier. Don Porto da.

Der einst deklassierte Gottesknecht zählt zur Hautevolee der Stadt. Vor zwanzig Jahren mit dem Vertrieb eines Kürbisfusels begonnen, führt er heute die Weltmarken im Sortiment, unterhält Importvertretungen in Schottland, Rußland und auf den Westindischen Inseln. Die Stoffe seiner Anzüge kommen aus London. Manchmal, wenn auf einer seiner Soiréen die Stimmung überbordet, holt er seine seit langem eingemottete Kutte aus der Truhe und tanzt in ihr zum Schmuselied Salomos.

»Ein jegliches hat seine Zeit. / Steine zerstreuen / Und Steine sammeln. / Herzen und ferne sein ...«

Er malt die Bälle auf Gut Lágrima aus. »Da scherbelten königliche Infantinnen aus Madrid mit berüchtigten russischen Anarchisten zu amerikanischen Rhythmen.« Er schildert den Karneval in Mainz. Venedig. Die vatikanischen Empfänge. »Die Maske des Lumpenkaplans aus Katalonien gereichte mir zum Ruhm des räudigen Heiligen Anonymus.«

Das ist zum Lachen. Die Gäste lieben die Lügengeschichten des Hausherrn. Während der semana trágica will er zu den Exekutionen auf dem Montjuich armen Seelen Trost gespendet haben.

Trost. Haha.

Das glaubt dem alten Popen niemand. Eher schon nimmt die animierte Gesellschaft ihm seine Tournee nach Jerusalem ab. »Zur Schädelstätte hinauf gab es keinen Wagen, keine Sänfte.« Gewiß hätte er sich einen Esel mieten können, doch wollte er den steilen Weg allein per pedes apostolorum tippeln. »Ich glaubte damals noch, mit etwas Schweiß und wunden Füßen heilige man diesen Freitag, den wir – so oder so – ja wohl nie in unseren Köpfen werden löschen können.«

Es war die sechste Stunde, als die Dunkelheit kam.

»So finster wurde es, daß sich vor aller Augen die Kreuze eintrübten und die Antlitze der drei Armsünder im Schatten lagen. Wer also sollte in des Heilands Sterbestunde den Zug um dessen Mund überliefert haben?« Kein Wunder, daß alle Maler späterer Jahrhunderte ihrer meist trivialen Phantasie folgen mußten. Cranach herkömmlich hausbacken, Caravaggio begabt pathomanisch. El Greco ...« Nein, über ihn stünde Carrero kein Urteil zu. Schließlich seien die Familien einstmals recht befreundet gewesen.

»Das Mienenspiel des Gesalbten, den wir gern auch den Erlöser nennen, in dieser sechsten Schummerstunde – ich habe es erspäht. Und durchschaut. Ich, die kleine Pilgerkutte aus der Campiña Kataloniens.«

Dazu die drei rätselhaften Worte: Es ist vollbracht.

»Ja. So will sie einer der Jünger gehört haben – mit Sicherheit der pfiffigere Johannes.« Aber diese Botschaft hätte er, auch wenn er mit Spekulationen umzugehen verstand, doch nicht recht deuten können.

»Was war vollbracht? Ich frage Sie, meine Freunde: Was?

Der Streich. Ja.

»Der so elend da oben Hängende wuchs in diesem verschleierten Augenblick über sich und seine Marter hinaus, um – mit vielleicht diabolischer Freude, wer weiß? – das Volk zu seinen Füßen mit der Frömmigkeit an sich zu leimen, mit der bigotten Heilslehre, mit einer Religion in Seinem Namen – kurz: mit der Einfalt. Mit Hader und Haß aber auch. Streit unter seinem Banner. Krieg. Und Krieg. Und Krieg. Vernichtung der Weltkulturen. Viren in die Gehirne. Zersetzung der Vernunft. Zellverfall. Im tertiären Stadium apathisch, unterbrochen von psychomotorischen Anfällen, pathologisch hörig – nicht einmal einem Fürsten im Reich des Bösen, nein, einem talentlosen Clown in einem schäbigen Etablissement.«

Erlöse uns von dem Übel.

Mit welcher Hinterlist habe sich dieser flehende Ruf ins Vaterunser geschlichen? »Erlöse uns ... erlöse uns vom Übel der Konfession. Dein Name, Vernunft, werde geheiligt. Dein Reich ... Na, wo bleibt es?«

Der Großhändler geistiger Getränke ist sich so sicher nicht, daß das Reich der Vernunft von allein käme. »Gehen wir ihm entgegen, Freunde.« Leider könne er selbst sich nicht an die Spitze der Prozession setzen, da er nicht reinen Herzens sei. »Zwar habe ich dem Sakrament ade gesagt, doch erst in bedrückend spätem Alter von zweiunddreißig.«

Reinen Herzens ist nur, wer von sich sagen kann, niemals im Leben gebetet zu haben.

»Die Zehn Gebote gehen uns nichts mehr an, da wir unserer eigenen stärkeren Moral gehorchen. Und die Sieben Todsünden sitzen mit uns an der Tafel, zechen und benehmen sich gesittet. Wir lieben sie, und sie lieben uns. Die Faulheit. Die Völlerei. Die Unzucht. Bei uns randalieren sie nicht, wie gewöhnlich – und das mit Recht – an den heiligen Stätten. Der Zorn. Hoho. Der Hochmut ...«

Was für tugendhafte Gäste auf unserer tugendhaften Gesellschaft!

»Sagen Sie es uns auch, Don Buenaventura. Und Sie, Mademoiselle Emilienne.« Carrero begrüßt die Neuankommenden. Sein offenes Haus ist der geistreichen und freigeistigen Gespräche wegen in Barcelona angesehen. In den Zwanziger Jahren hatte der Pakt des Klerus mit der Diktatur es dem einstigen Pfaffen leicht gemacht, sich aus dem Dunstkreis der Geistlichkeit zu lösen. Auch von jeglichem kultischen Kulissenreißer.

Eine gute Zeit für einen Renegaten.

Eine gute Zeit auch für Spanien. Der König ist in seinem 24-pferdigen Düsenberg geflohen, die Republik ist ausgerufen. Die Frühjahrssaison 1931 ist reich an Geselligkeiten. Ein fröhlicher Fatalismus, wie er noch an die Zeit der Mauren vor ihrer Vertreibung erinnern mag, feiert jetzt in einem autonomen Katalonien seine Renaissance.

Die Probierstube an der Rambla Santa Mónica ist heute gestopft voll. Gefeiert wird die Rückkehr Buenaventura Durrutis. Kommt er aus der Verbannung auf Feuerland? Aus der Conciergerie? Aus einer spanischen Todeszelle? Kommt er aus einem mehr oder weniger behaglichen Versteck des Exils?

Was soll seit nunmehr zehn Jahren immer wieder dieselbe Frage?

Der Anarchist hat seine Braut Emilienne aus Paris mitgebracht, eine herbe, kraftvolle Schönheit. Mit der Verständigung hat sie es noch schwer. Der Konsul der Sowjetunion überbringt in katalanischer Sprache die Grüße des Genossen Litwinow und des Dichters Ilja Ehrenburg. Applaus. Und nun singen alle die anarchistische Hymne.

Hijos del pueblo.

So sehr schwillt die Stimmung des Abends an, daß sich in die Söhne des Volkes sogar der demobilisierte Major Ituarte Moscardó einstimmt, der in diese Runde eigentlich nicht so recht hineingehört. Seine Stunde soll erst kommen. In fünfeinhalb Jahren wird er – erst zum Oberst, dann zur Legende avanciert – den Alcázar von Toledo verteidigen. Auf seine Weise heldenhaft. Dann auch er ein Sohn des Volkes.

Das aber dann ist ein anderes Volk. Und eine andere Zeit, an die heute noch niemand denken mag.

Die Republik ist an ihrem Schöpfungsmorgen tolerant. Noch verkraftet sie alle ihre Feinde. Am Tisch der Sieben Todsünden und Tugenden hat jeder seinen Platz. Auch ein Faschist, immerhin eingeführt von seiner bezaubernden Gemahlin, Doña Miranda, eine geborene Santomajo und die Tochter eines pensionierten Festungskommandanten.

Das sind alte Freundschaften, von denen sich der einstige Seelenhirt einfach nicht trennen mag.

Mitte Fünfzig ist er, und was hatte er nicht alles in den alten Zeiten mit den Obristentöchtern erlebt. Allein auf Lágrima. In einem Nachen schaukelte er durch Beete kleiner frecher Bouquets von Korkenzieherlocken. Unter Nymphengewächsen fand er Früchte.

Früchtchen.

Damals ein Missionar auf Reisen, entdecktest du eine ganz neue, eine geheimnisvolle Flora. Aber welcher Botaniker heute interessiert sich noch für den Lotos von gestern?

»Nun schlendern Sie doch nicht so gelangweilt umher, Don Jago. Kommen Sie, freuen Sie sich mit uns: Unser Bruder Durruti ist aus dem tristen Elend zurück.«

Miranda Moscardó, die muntere Frau Majorin, nimmt den Graukopf – bald siebzig mag er sein – an die Hand, aber vorstellen muß sie ihn niemandem. Jeder kennt den schweigsamen Alten, der einstmals ein bedeutender Schwätzer war. Ganz in Schwarz gekleidet, die Litewka hoch geschlossen, sogar die goldenen Offiziersknöpfe schwarzseiden überzogen, ohne Rangabzeichen, ohne Orden, setzt er Schritt vor Schritt durch die Gaststube, blickt nur kurz nach links, kurz nach rechts, nickt aber zum Gruß kaum mit dem Kopf.

Eine Figur, wie von der Bühne des Molière herabgestiegen, während der Konsul aus Moskau ihn eher mit einer Romanfigur von Dostojewski vergleichen möchte.

»Wir haben unseren Hauptmann Galcerán zu Besuch.« Der Advokat kann sich der leicht angejahrten, doch immer noch verschwärmten Obristentochter nicht entziehen. »In nun bald vier Jahrzehnten hatte er alle Anarchisten Barcelonas verteidigt und in diesen vier Jahrzehnten alle Prozesse verloren. Selbst sein Star-Klient Francisco Ferrer Guardia mußte trotz einwandfrei erwiesener Unschuld vor die Mündungen des Pelotons. Ihm, dem guten Pädagogen und Lehrer der Menschenliebe, schrieb Don Jago eigenhändig das Fines an die Mauer des Festungsgrabens auf dem Montjuich.«

Wenn auch zu seinem eigenen Ruhm.

»Ich war sechzehn, da machte er mir zum erstenmal den Hof.« Die Geschichte erzählt Miranda gar zu gern. »Ich gab seiner Stute ein Stückchen Zucker, ihre Lippen waren so weich, so weich. Ein wahrer Kavalier, unser Don Jago. Er schenkte uns Mädchen englische Bonbons, glasiert und mit Sirup gefüllt.« Später hätte er ihr, zusammen auf dem Sofa sitzend, eine Locke von der Stirn gestrichen und ihr die Seiten eines Gedichtbändchens umgeblättert.

»Da hab' ich viel blasse Leichen / Beschworen mit Wortesmacht; / Die wollen nun nicht mehr weichen / Zurück in die alte Nacht.« Das sind die ersten Worte des Rechtsanwalts auf dieser Soirée. Doch weiter kommt er mit seinem Buch der Lieder nicht, gleich schon plappert die Majorin weiter. »Zur Nachtzeit zog er mir eine alte eklige Zigeunerin vor. Er tanzte mit ihr. Und sicher nicht nur das.« Mit Wut sei sie ins Bett gegangen.

»Mit einer solchen Wut.«

Galcerán erinnert sich zwar nicht mehr direkt, aber diese Geschichte hatte Miranda oft genug erzählt. Er mopst sich, läßt seine Dame einfach stehen und stakst – die Hände auf dem Rücken – weiter durch die Reihen der Gäste.

Vor Durruti hält er inne.

»Wie lange wollen wir noch warten? Wir beide – Sie und ich? Ein Jahr ... drei Jahre ... fünf ... fünfeinhalb?« Seit ewiglich sei der Anwalt mit diesem Anarchistenleben vom Anfang bis zum heutigen Tag vertraut. Ein erster Ungehorsam in León. Die Desertion. Dann die Rückkehr und die Bomben. »Stück für Stück kenne ich sie, auch jeden Bankraub, die Entführung des Richters, die Kugeln auf den Kardinal von Zaragoza, den Anschlag auf König Alfons ...« Er habe Buch geführt über die vielen Jahre der Haft und die wenigen der Freiheit, über die Ausweisungen aus aller Herrschaften Länder, die Todesurteile.

»In Summa: Es waren drei.«

Zum vierten habe er, Jago Galcerán, seit dreieinhalb Jahrzehnten Offizialverteidiger am Kriegsgericht in Barcelona, Hauptmann und Advokat, mit allen Salben spanischer Jurisprudenz wie Jurisdiktion geschmiert, für den Anarchisten Buenaventura Durruti bereits ein Plädoyer geschrieben.

Im Umkreis verstummen die Gespräche.

Wer dem Menetekel gelauscht hatte, möchte beruhigend auf die Stimmung einwirken. »Das hat ja wohl noch Zeit«, kommt es von der einen Seite, und von der anderen, daß in der Zweiten Republik alles besser würde. Ein Scherzbold – und er bleibt nicht allein – zählt dem Auditeur dessen angehäufte Niederlagen auf.

»Nicht eine einzige Strafminderung zu wenigstens lebenslanger Haft konnten Sie je erreichen, Herr Konsulent.« Alle Klienten seien tot. So eilig hatten sie es mit dem Sterben, daß ihnen – wie auch deren Anklägern, Richtern und Vollstreckern – kaum Zeit blieb, jeweils die Vollendung Ihrer schier gigantischen Kunstwerke der Rhetorik abzuwarten.

Galcerán läßt sich nicht verwirren. »Was schon sind Beschlüsse und Urteile? Was Strafmaß? Haft oder Exekution? Was überhaupt sind das Recht und die Gesetze?«

Die Bagatellen des Prozesses.

»Im Zenith dominiert das Plädoyer. Derart unangefochten im eigenen Glanz benötigt es nun nicht auch noch den Erfolg. Wer redet von kleinlicher Nützlichkeit in Konfrontation mit dem Universum von Worten, Zeilen und Sätzen? Von Aphorismen, Allegorien und Aperçus?«

Erst wenn das gesamte Œuvre der Sprache aufgebraucht sei, dürfe man sich den törichten Trivialitäten zuwenden, der Billigkeit von Freiheit oder Gefangenschaft, der Nichtigkeit von Leben oder Sterben.

Er, Hauptmann Galcerán, habe sich über dreieinhalb Jahrzehnte in seinem Sprachschatz einen einzigen, einen letzten Spruch aufgehoben – für sein letztes Plädoyer. Für seinen letzten Klienten. Für den Anarchisten Buenaventura Durruti.

»Ist die Wahrheit nicht eine Schwester der Lüge? Und der Wahn nicht ein Bruder der Wirklichkeit?«

Ringsum werden die Gespräche wieder aufgenommen, als hätte es diesen Auftritt nicht gegeben. Über die verworrenen Wortspiele des ausgedienten Advokaten amüsiert sich seit langem niemand mehr. Wozu muß sich denn nun noch Durrutis Braut einmischen? Emilienne, die Französin, glaubte, eine gebildete Ansprache vernommen, deren Feinheiten aber nicht verstanden zu haben.

»Wo steckt der Sinn, Monsieur? Wen wollen Sie mit Ihrem Bonmot retten? Und was?« Die Rebellin, knapp einen halben Kopf größer als ihr Gegenüber, packt es bei den Schultern. Nun noch einmal die Frage.

»Was wollen sie retten, compañero capitán?«

Behutsam befreit sich Galcerán von den gerade noch zarten Frauenhänden, bevor sie derber werden und ihn durchschütteln könnten. Gemächlich wendet er sich ab, schleppend, von Schritt zu Schritt müder. Am Ausgang läßt er sich Cape und Mütze reichen, bleibt am Türrahmen stehen und blickt zurück.

Retten? Sollte er irgendwann, irgendwo vom Retten gesprochen haben?

Er legt sich sein schwarzes Cape über den ausgestreckten Arm und beschreibt einen Bogen über die Gesellschaft. So vorzüglich gelingt ihm der Kupferstich des Sensenmanns aus einem barocken Sterbe-Vademecum, daß sein Abgang die Gäste zu einer letzten Aufmerksamkeit verführt.

»Nun endlich sind meine Worte aufgebraucht – wenn auch nicht auf den rauhen Bohlen eines Tribunals, so doch vor einer erlesenen Versammlung der spanischen Gesellschaft auf gebohnertem Parkett. Dort wie hier – im Gerichtshof wie im Bürgerhaus, im Ballsaal wie im Kerker des Montjuich –, unser Fuß wandelt immer über das Leichentuch aus Granit, das unser Land und unsere Geschichte bald für immer bedecken wird. Ein Valle de los Caídos lebt in unseren Köpfen längst als Projekt.«

Unsere Hoffnungen sind aufgebraucht, unsere Wünsche, damit auch unsere Ängste. Es war eine gute Zeit, mit seinen Wünschen, seinen Ängsten zu leben. Und mit seinen Worten.

»Die beiden letzten Sätze meines Plädoyers sind aus dem Protokoll gestrichen. Itzt schreibe ich sie in unser Todtenbüchlein.«

Und nun adieu.

Ein letzter Blick des Rhetors gilt der Anarchistenbraut Emilienne. »Ich habe Ihre Frage nicht vergessen, Mademoiselle, und ich antworte Ihnen, wen und was zu retten ich verfolge: niemanden und nichts.«

Absolut nichts.

Hauptmann Calcerán schwenkt das Cape über seinem Arm in gleich weitem Bogen zurück. Ein Lufthauch zieht durch den Raum. Das Licht geht aus, doch nicht durch diese theatralische Bewegung.

Nein.

Der Gastgeber hatte am elektrischen Schalter gedreht. Er klatscht in die Hände. Denn nun wird von zwei Küchenhilfen der Kuchen hereingetragen. Porto Carrero selbst gießt eine Flasche Rum über das Monument von Teig und Zuckerguß, aufgefrischt mit den Farben der Anarchie: dem Schwarz der Schokolade und dem Rot der Früchte.

Durruti fällt die Ehre zu, den Kuchen anzuzünden.

Ah und Oh. Im trüben Schein des flambierten Backwerks erwacht eine seltsam rührselige Stimmung. Durruti sieht im Flackern der bläulichen Flamme eine Gestalt auf sich zukommen. Er kann sich ihr nicht entziehen, schon ist er umarmt. Die Stimme des Kumpans vibriert. »Vergessen Sie unseren apokalyptischen Advokaten von der traurigen Gestalt, Don Buenaventura. Sie brauchen keine Verteidigung. Wie auch ich der meinen nicht bedarf.« Beide – jeder für sich – würden ohne Beistand verenden.

»Sie, Durruti, durch die Kugeln der Meinigen. Ich durch die Ihren.«

Jetzt erkennt der Anarchist den Anbiederer. Es ist der monarchistische Abgeordnete José Calvo Soleto. Durruti entwindet sich, doch entkommen kann er nicht, schon hat ihn Doña Miranda an die Hand genommen. »Kann es nicht sein, daß alle diese Männer hier – der Monarchist, Sie, mein Mann und wer weiß noch … – sehr bald schon und zugleich in ein und demselben Jahr die Beute des Todes werden?« Die Majorin lacht und lacht.

»Aber als Legende.«

Endlich entdeckt Emilienne die mißliche Lage ihres Freundes und befreit ihn. »Sind wir hier in einem Land der Legenden, mein Schatz?«

»Die Legende, ma chère, ist bei uns nur das Dessert, das uns unsere pampige Geschichte versüßt.« Sozusagen eine Schaumspeise als Schnee auf unseren Gräbern.

»Niemand von uns wird je sein Grab finden. Wir alle überleben. Ganz besonders unser Freund Buenaventura.« Der Konsul aus Moskau weiß es sogar genau. »Durruti überlebt als Porträt auf einem Schein des Notgeldes von El Toro. Cinco Pesetas en moneda nacional.«

Fünf Pesetas in der Mitte und weiter bis zum Ende des Dezenniums – werden sie viel Geld sein? Oder nur wenig? Vielleicht auch völlig wertlos. Ja.

An Bord

*Commander Johnny Snake * Ein Funkspruch vom Erzhaus * Operettenvaterländer * Dechiffrierte Depeschen * Das Corps Consulaire von La Valletta * Über den Meridian des Hammels * Vor uns die Große Bastonade * Der Balkan, die offene Wunde Europas * Marinearzt Aaron Fluegel * Unter dem Himmel im August * Der Shimmy * Im Kreuz der Windrose * Zwischen den Inseln*

Unflätiger können sich achterdecks kaum die Mannschaften benehmen, und ekliger kann es auch in ihren Quartieren nicht miefen. Miss Alabama steht von der Tafel der Offiziersmesse auf, um ein Bullauge zu öffnen. Aber der Steward hält sie zurück. »Vorsicht, missus. Wollen Sie, daß Ihnen die Brise unter die Bluse fährt?«

»Und den Rock vom Arsch bläst? Haha.«

Der Commander lümmelt sich in seinem Sessel und trompetet über den leergefutterten Tisch hinweg. Gottlob hat das Gesindel der lärmenden Offiziere, Ingenieure und Kadetten wieder seinen Dienst an Deck oder unter Deck angetreten. Doch auch die Freischicht ist geflüchtet. Niemand möchte gern dem Commander Johnny Snake zusehen, wie er sich betrinkt.

Und das Tag für Tag nach dem Lunch.

Lediglich der Schiffsarzt und zwei Zivilisten, die sich als Ingenieure von Standard Oil das Recht der Passage ertrotzt haben, harren in der Messe aus. Zuletzt noch der Funkoffizier, ein junger Leutnant zur See. Er glaubt, sich für die rauhbeinige Crew bei diesem Gast, einer wirklichen Dame, entschuldigen zu müssen.

»Lassen Sie den Barbaren pöbeln, Lady. Je weiter sich ein Schiff von der Heimat entfernt, um so quälender wird das Leben an Bord.«

Ja, das Mittelmeer. In dieser Pfütze verkrümeln wir unsere Würde.

»Ach was. Schuld ist nicht das Mittelmeer.« Hier muß wohl der Schiffsarzt eingreifen. »Das ist die ganz gewöhnliche Gesinnung. Die Gesellschaft von Piraten. Das ist unsere Navy. Wildwest global.«

Das ist Amerika.

Trix. Die US-Marine hat dich ganz gut abgehärtet, aber dieser Kasten dünstet eine besonders miese Atmosphäre aus. Es ist ein alter Panzerkreuzer, sicher noch aus den achtziger Jahren, wohl kaum 8000 tons. Rost auf den Platten. Die Geschütze ... Gucken wir nicht so genau hin.

Aber es ist das Flaggschiff der Flottille.

Wäre wenigstens der Geschwaderchef mit an Bord, Scott Allport, ein alter Kamerad aus der Kriegszeit um die Sandwich Islands. Nein, die Freundschaft ist älter: seit Venezuela. Guayana ... Oder gar aus noch früheren Raubzügen?

Eiliger konnte sich gestern in Cartagena der Rear-Admiral nicht absetzen. Bevor sein Flaggschiff unter Dampf stand, hatte er längst für sich allein die Taue gekappt.

Mit dem Torpedoboot Guam steamerte er – im Kielwasser das Kohlenschiff als Alibi – nach Oran zum Bunkern.

Was die alte Teerjacke Bunkern nennt, darüber lacht seit langem das gesamte Seeoffizierskorps. Aaron Fluegel, seit neun Jahren als Marinestabsarzt an dieses Galeerengeschwader gekettet, kann es nicht für sich behalten.

»Kennen Sie Oran, Miss adventuress? Am Boulevard Séguin speist man exquisit. Ein Menü im Continental wiegt eine Woche spanischen Fraß auf.« Im Café de la Promenade d'Etang die Edelnutten. Dagegen das Varieté des Casernes. Cavalières, ponies, poules ... Zweimal im Jahr frische Ware aus Marseille.

Die Saison beginnt mit dem Primäreffekt an den Lippen. Schuppen an Händen und Fußsohlen. Rötliche Flecken. Knötchen, Pusteln. Eiternde Bläschen. Das Venushalsband. An der Stirn die Venuskrone. Ein wenig heiser. Ein wenig Fieber. Die Müdigkeit. Aber weiter geht es. Die neue Saison beginnt.

»Das ist Oran.«

Was kümmert es den alten Scott? Amerikaner glauben sich immun. »Der Admiral will leben. Er ist sechzig.«

Leben. Und sonst nichts.

Die Pensionierung wartet, die Heimkehr nach Dustbury. »Kennen Sie Dustbury, dear fellow? Ein Betpfuhl wie überall im Mayflower-Mief der Pilgerväter. Maulfromm und verlogen. Pharisäisch, prüde, dumm: Frömmler-Maine. Salbader-Island. Tartuffe-Haven. Pfäffisch Plymouth ... Hick towns voller hohler heuchelnder Yankeevisagen. Da heißt es Kirchgang. Sonntag und Sonntag und Sonntag. Mit seiner Hexe. Mit der Meute seiner Monstren ...«

Bitte, lieber Gott, bitte noch ein Jahr, noch zwei Jahre Oran! Hôtel de la Paix. Boulevard du Sud. Café Concert. Austern im Restaurant Aquarium. »Die Überfahrt von Cartagena schafft sein Boot in neun Stunden – gerade die Zeit, um auf der Hinfahrt den spanischen und zurück den algerischen Rausch auszupennen.«

So ein Admiralsleben.

Und es könnte auch ein Commanderleben sein. »Ein Strafkommando.« Gerade hat Snake einen kurzen wachen Moment. »Diese bekackt friedlichen Küsten ringsum, und keine Granate im Rohr.« Wozu eigentlich stochere die Navy in allen Winkeln der Weltmeere herum? »Nicht einmal einen mistigen Tramper gibt es zu kapern. Dabei stinkt doch jeder Pott meilenweit nach Konterbande.«

Ein Schlachtschiff, das keinen Tod bringt, wird selbst zum Totenschiff. Mit einer Crew von Schnapsleichen.

An der Tür der Messe steht ein Maat. Endlich nach einer Weile glaubt er, seine Meldung machen zu dürfen.

»Die Position, Sir. Ein Grad, fünfundzwanzig Minuten Ost. Höhe Cap Berberia. Kurs ...«

Weiter kommt der Mann nicht. Snake schmeißt ein Glas nach ihm. Obgleich der Wurf deutlich zeigt, daß der Commander nicht mehr zielen kann, gehen dennoch Leutnant wie Steward in Deckung. Nur der Doktor bleibt unbekümmert.

»Ein kleiner Ausbruch, girlie. Abfall der täglichen Aggressionen. Und der Ängste.« Die Angst vor einem zu langen Frieden. Die vor den vielen kleinen viel zu kurzen Kriegen. Und die Angst vor den Meutereien – mal im Frieden, mal im Krieg.

»Angst. Verstehen Sie das Wort, goody?«

Nein. Du verstehst das Wort nicht, Trix. »Nein. Und kein Kommentar.« Sollst du dies womöglich begründen – hier vor Soldaten? Vor so einem feigherzigen Pulverkopf? Der Commander schindet seine Matrosen, er mißhandelt sie, er hofft auf eine Meldung, eine Beschwerde. Er will demissionieren.

Er will nach Hause.

»Ich will aus dem Schrott der Marine heraus. Sollen mir doch die Kümmerlinge in Washington den Prozeß machen.« Er brabbelt von einem Tribunal, das er das Fürchten lehren wird. Er hofft, man werde ihm das Maul stopfen. »Dann habe ich für mein Leben ausgesorgt. Und die Navy kann sich Boot für Boot allein in den Grund bomben.«

Dieser Wortschwall reizt Doktor Fluegel zu einem Scherz. »Zeigen Sie ihn doch an. Miss Jailbird, behaupten sie schlicht: Der Lümmel wollte mir an die Wäsche.«

Das ist keine Lösung.

Nichts an der Flottille, nichts an allen Flotten deines Landes interessiert dich, Trix. Weder ihre rohe Gewalt noch ihr Zerfall. Am wenigsten die stümperhafte Kanonenbootpolitik.

Ja. Das waren noch Zeiten, als Pulver und Kugeln die ultima ratio regum waren. An die Stelle der Könige sind die Kanoniere getreten – an die Haubitzen, in die Departements, ins Kriegsministerium.

Jeder von ihnen ein Schütze Arsch.

Du hast deinen eigenen, deinen zivilen Job, Alabama: Bürgerin der Unionsstaaten von Nordamerika – nicht mehr, nicht weniger. Dafür aber immer und überall präsent rund um die Welt.

Das allein ist Gewalt genug.

Wieder eine Reise. Auf dem US-Konsulat von Cartagena lag das Kabel. Natürlich nicht mit offenem Absender vom State Department, nicht von Phili Knox, dem Sekretär. Verschlüsselt vom Intelligence Counter – nur zwei Buchstaben.

I. C.

Daß dich ausgerechnet dieser Panzerknacker durch das Mittelmeer paddeln muß! Nun gut denn. Gleich im ersten Hotel an Land wirst du ein Bad nehmen.

»Alles was amerikanisch ist – so wollte man mir es in Spanien einreden – alles Amerikanische ist auf den ersten Blick häßlich. Finden Sie das auch, Commander? Und auf den zweiten Blick ...«

Ach. Vergessen sie die Frage, Gentleman.

Snake faselt, er hätte seinem Passagier gern eine komfortablere Reise geboten. »Auf der Deleware vielleicht. Auf der Michigan. Der South Carolina.« Dann hätte er der Lady zum Spaß das Dreißig-Komma-Fünf-Kaliber demonstrieren können. »Damit putze ich Ihnen die Küsten der Balearen einfach weg. Und die Städte Siziliens. Afrika ohnehin.«

Von Tanger bis Tunis. Rums.

Oder hätten Sie lieber einen Kinosaal wie auf dem britischen Dreadnought?« Einen Brigde-Salon? Billard? Die Messe getäfelt. Palmen in den Kübeln. Jeder Steward in swallow-tails nach Maß – auch die Seconds, die Pantries ... »Gong. Five o'clock, Sir. It's tea-time, Sir. Assam, Ceylon, Java, Sir?«

Der Commander versucht zu näseln. Es gelingt ihm nicht. Er ist aus Texas.

»So leben wir nun zwischen Panzerschrott mit noch nicht einmal einem ehrbaren Schiffsnamen. Wir repräsentieren keinen unserer stolzen Unionsstaaten von Arkansas bis Wyoming. Uns schimpft man nach einem Territorium, nach einer Kolonie.«

Panzerkreuzer Samoa.

»Warum nicht gleich Pago-Pago oder Tuto-Tuto?«

Noch immer steht am Eingang der Messe der Maat stramm. Jetzt endlich wird er wohl seine Meldung anbringen können. »... Kurs Ostnordost. Mäßiger Wind Stärke vier aus Nordost. See leicht bewegt. Stunde neunzehn Knoten ...«

Er geht in Deckung. Schnell. Wieder greift der Commander nach einem Gegenstand – diesmal zum schweren Aschenbecher. »Du lügst, du Ratte. Und der Watchkeeper lügt. Der Gangster denkt, ich merke nicht, wie er das Logbuch fälscht.«

Das Hurenkind Samoa und neunzehn Knoten! Ist denn alles an Bord plemplem?

Der Doktor steht auf, ergreift die Hand seines Chefs und fühlt ihm den Puls. »Ruhig, Johnny, ruhig.« Und zu Alabama gewandt: »Auf diesem Kahn ist alles verrückt.« Wann auch habe man einen ehrlichen Seekrieg führen dürfen? »Immer nur diese kleinen schmutzigen Scharmützel: hier ein Piraten-, dort ein Bubenstück. Ein Überfall. Eine Salve aus dem Hinterhalt.«

Habana. Manila. Guam. Fort Taku. Samoa. Die Sandwichs. Santo Domingo. Puerto Rico. Honduras. Nicaragua. Und wieder Nicaragua. Und wieder Pánama ... »Ich kriege in meinem Kopf die Gärten Edens nicht mehr zusammen, die von unserem gotteigenen Land zu Slums entsittlicht wurden – schon am Beginn des Jahrhunderts. Wird es an dessen Ende noch ein einziges Paradies geben?«

Nein.

Was ist das für eine Lust: Territorial- und Kolonialinfektion? Im Eruptionsstadium die Lymphknoten Handel und Habsucht, sekundär die Exantheme Raub und Versklavung, im Tertiär dann die Macht per se.

»Ja, meine Dame. Das ist die Paralyse: die Macht an sich und nichts als die Macht.«

Das ist Roosevelts Politik der Großen Hände. Aber an den Fingern, die nach dem Globus krallen, nässen schon die Papeln.

»God's Own Country. Und dort am Tisch – akkurat in effigie – ein Repräsentant: unser Häuflein Commander. Von weitem noch immer schmuck, nicht wahr? Aber näher betrachtet ...« Aaron Fluegel fragt die Miss, ob sie Lust auf ein Experiment habe.

»Es ist ganz einfach: Beugen Sie sich zu ihm hinab und flüstern Sie ihm das Wort Pánama ins Ohr.« Leise, ganz leise: Pánama.

»Hörst du, Johnny Snake, was unser Passagier dir sagt? Pst. Höre gut hin.«

Pá ... na ... ma.

Der Kopf des Kommandanten, eben noch abgestützt, lockert sich aus seinen Händen und knallt hart auf die Tischplatte. Gerade noch kann der Steward das Whiskyglas wegreißen. Es hätte dem Trinker das Gesicht zerschnitten.

Jetzt heult er doch nicht etwa?

Nein, Aaron, du tröstest das Wrack nicht weiter, du forderst die zwei Ingenieure auf, die Langeweile mit einem Spielchen zu vertreiben. Karten hast du immer in der Tasche.

»Baccarat? Macao?«

Die beiden Burschen ziehen sich die Jacken aus, öffnen die Westen und streifen die Knoten ihrer Krawatten herunter. »Von uns aus die Lustige Sieben.« Sie lachen, sie werden den alten Schiffsarzt ausnehmen. Für was will so einer noch gewinnen? Sie selbst sind jung, sie brauchen Geld.

Viel Geld.

Erst einmal trampen sie wieder einmal umsonst ein Stück um die Welt. Ihre Passagen zu bezahlen, vergessen sie auch hier, nicht aber, später ihre Reisespesen bei Standard Oil abzukassieren. Man kann nicht früh genug anfangen, sich in den Praktiken kleiner Schwindeleien zu üben. Sie sind Amerikaner. Ihr Auftrag führt sie weit in das Türkische Reich bis über den Euphrat. Sie haben einen Job auf den Petroleumfeldern am Golf.

Mit Dreißig wollen sie reich sein.

Doktor Fluegel mag die Schnösel nicht. Die führen sich auf, als sei jeder von ihnen ein kleiner Rockefeller.

Du wirst sie einseifen, Aaron. Auch du bist Amerikaner. »Zehn Dollar, die Herren?«

»Zwanzig Dollar, Sir.«

Leutnant Pinkie ist die eine wie die andere Szene peinlich. Vor allem liegt ihm am Herzen, der Lady die Depressionen seines Kommandanten zu erhellen. »Noch vor drei Jahren hatte er – mit vier Streifen an den Ärmeln der Uniform – die Tennessee als Captain. Dann wurde er degradiert und strafversetzt. Die Affäre ist Ihnen bekannt, madam?«

Ja. Pánama.

Alabama erinnert sich gut. Die Pazifikflotte durchquerte den Kanal, Matrosen desertierten, auf einem der Schiffe kam es zur Meuterei. Das war auf dem Panzerkreuzer Tennessee.

»Ja gut. Und?«

Trix Jailbird versteht den Kerl nicht, der damals die Montur eines Captains trug. »Der Mann lebt. Er wurde von seinen Matrosen nicht massakriert, von keinem Standgericht verurteilt. Er wurde nicht erschossen. Er verlor nur einen Kolbenring am Ärmel.« Aber so sei es eben: Amerikaner hätten nie gelernt zu verlieren.

»Nicht einmal einen Fetzen goldener Tresse.«

Johnny Snake schreckt auf. Meuterei. Rief nicht eben jemand Meuterei? »Ist die Messe verriegelt? Die Offizierskajüten? Ist die Brücke gesperrt? Die Wachen bewaffnet?« Und auch die Amazone aus Alabama möge sich gut verbarrikadieren.

Der Schiffsarzt zeigt dem Commander einen Vogel. »Ssss ... ssss ...« Dann spielt er weiter. Er behält die Bank. Er gewinnt.

Widerwärtig.

Der Leutnant schämt sich für seine Navy, an die er noch glauben möchte. »Miss Jailbird, ich bitte Sie, uns alle zu entschuldigen.« Er reicht dem Gast seinen Arm und geleitet ihn aus der Messe ins Freie. »Kommen sie, madam. Genießen wir die frische Luft. Wenn es Ihnen an Deck zu windig wird, zerstreuen wir uns ein wenig in der Funkkabine.«

Wir nehmen Abschied von Spanien. Nun auch von den letzten spanischen Inseln. »Hören Sie, Lady? Das war die Küstenstation von Formentera. Eben noch ganz leise, ganz schwach.«

Jetzt haben wir auch sie verloren.

Sardinien? Italien empfange man noch lange nicht. Und das da? Das sei nur ein griechischer Frachter. »So ein Kauderwelsch von Englisch lohnt sich wirklich nicht zu entziffern.«

Pst.

Leutnant Pinkie verstummt. Pst. Er hält Alabama die zweite Hörmuschel ans Ohr und schreibt hastig Buchstaben auf Buchstaben in die Kästchen seines Blocks.

»Was für eine Begegnung.«

Er greift zur Sendetaste, bestätigt den Funkspruch, und nun eröffnet er seiner Begleiterin diese Entdeckung. »Uns kreuzt eine andere Welt. Ich habe einen letzten Rest des vorigen Jahrhunderts empfangen. Miss, geben Sie acht ...«

Fregatte Don Juan d'Austria ... von Pola unterwegs ... zu geologischer Forschung ... Kurs Madeira ... Und weiter folgen die Grüße von Bord zu Bord.

»Bitte lesen Sie, madam, ich kann diese martialischen Namen einfach nicht aussprechen.«

Konteradmiral Edler Weiß von Starckenfels. Korvettenkapitän Graf Hunydy. Hofrat Fleischlinger, Professor für Ozeanographie. Kammerherr Ritter von Töply.

Alabama horcht in die Muschel, schüttelt sie, lauscht und lauscht. Stille. Sie legt ihrem Funkoffizier eine formgewandte Antwort nahe und formuliert – aber ja: in deutscher Sprache – einen feierlichen Glückwunsch zum Gelingen der Expedition.

»... und die respektvollsten Komplimente der hochgelehrten k. u. k. Wissenschaft, der glorreichen k. u. k. Kriegsmarine und dem ruhmwürdigen Erzhaus.«

Der Leutnant möge die Reihenfolge der Adressen umkehren. »Bitte voran das Erzhaus.«

Nach kurzem Warten kommt von der Fregatte der noch fehlende ersehnte Gruß. »Es empfiehlt sich seinen amerikanischen Freunden Erzherzog Leopold Salvator.«

Nein, Pinkie. Frage jetzt nichts. Die Globetrotterin erklärt dir schon alles von allein. »Man muß es einfach wissen: Jedes Schiff der Österreichisch-Ungarischen Marine ist mit wenigstens einem Anverwandten der Habsburger Krone bequartiert.«

Das ist ein Aphorismus der europäischen Geschichte.

»So viele Prinzen hat die Sippschaft, daß sich für sie und ihre Reisegelüste die Flotte weiter und weiter aufblähen muß.« Linienschiffe. Rammkreuzer. Torpedo- und Kanonenboote. Immer neue Hochsee- und Küstenpanzerschiffe. Fregatten. Korvetten. Monitoren auf der Donau. Schul-, Missions- und hydrographische Explorationsdampfer ...

»Seit hundert Jahren, vielleicht länger schon, gondeln Erzherzöge auf Forschungs- und Bildungsreisen umher. Dabei verewigen sie ihre Eindrücke in Büchern, Büchern ...«

Nun erst die Illustrationen.

»Silhouetten orientalischer Siedeleien. Exotische Gassen. Küstenstreifen. Und ist kein Land in Sicht, genügt dem Amateur oft ein einziger langer Strich auf dem Blatt: der Horizont.«

So erobert sich die Doppelmonarchie Weltmeere und Kolonialbesitz auf ihre Weise.

»Wie lange noch? Ach. Sicher bald schon wird dem Reich das Handwerk derart friedlicher Expansion gelegt.« Bilder kommender Zerstörungen spiegeln sich im Kopf der Yankeelady. Sie erklärt dem jungen Offizier dieses virtuose Gewebe einer vielfarbigen Kultur von den Tiroler bis zu den Transsilvanischen Alpen, von der Kette der Sudeten bis an die Schwarzen Berge von Makedonien.

Ratsch. Ratsch. So werde der herrlich bunte Teppich zerrissen.

»Und danach?«

Trix. Gewiß überforderst du deinen kaum flüggen Freund.

»Was weißt du, sonny, von den Höllentöpfen dieser Welt, von der Herzlosigkeit der Geschichte, ihrem unbeirrbaren Weg, ihrer Fatalität?« Könntest du kapieren, wie sich aus den Abenteuern der Vergangenheit in einer progressiven Kurve die Zukunft fixieren läßt?

»Danach, buddy? Was danach?«

Diese Frage ziele nicht auf das nächste, das übernächste Jahr, nicht auf die kommenden Dezennien. »Ich male mir aus, in welchen Katastrophen unser Jahrhundert einst zu Ende gehen wird.«

Auf der Walstatt Balkan etwa fände Alabama kaum mehr einen Fetzen des einstmals so kunstvollen Knüpfwerks. »Ich sehe nur die billigen Plünnen von Operettenvaterländern mit Duodezpotentaten, druckfrischen Geld- und Schuldscheinen, mit Briefmarken – selbst in Expreßwerten für die Maultierpost – mit Volkstum und Trachtentänzen, mit eigenen Wappen, mit Orden, mit Fahnen ...«

Und Hymnen.

»Trara, die Bosniaken kommen. Die Slowenen und Slawonen. Die Slowaken. Die Slowinzen. Die Dalmatiner und Debrecziner. Die Banaten und Kroaten ...«

Der Leutnant ist verwirrt. Das sind Namen, die er nie gehört hat. Er sei aus Chicago.

»Aha, Mister Pinkie, Sie sind aus Chicago? Dann erinnern Sie sich gewiß an die Völkerschau zur Weltausstellung?« Habe er sich als Kind damals vielleicht die Frage gestellt: Gibt es, was in den Guckkästen zur Schau gestellt, gibt es das eigentlich wirklich weltweit?

»Das soll ich Ihnen jetzt wohl verraten, mein Freund? Nun gut.«

All diese Exoten, die Pfahlbau- und Höhlensiedler, die Ziegen- und Schafhirten, die Eseltreiber und Kanuten, die Langnasen, Plattnasen, Kopfjäger, Amokläufer, Gottes- und Götzenanbeter ... – Sie alle sind nichts als Exponate in den Dioramen unserer Weltausstellungen.

»Für uns Amerikaner natürlich. Schließlich sind wir für alles, was auf des Herrgotts Erde herumkraucht, verantwortlich.«

Diese Völker! Die grunzen und blöken und kläffen und krähen nach Freiheit. Aber sie wissen nicht, was das ist.

Freiheit.

Nur die Unionsstaaten könnten sie formulieren. »Der Glaube an das Recht auf Menschenwürde und Selbstbestimmung, auf Frieden und Freiheit.«

Genau.

Mit dieser Parole stimmen sich selbst ein Puppenvaterland, ein Hektar Heimatkrume, eine Scholle Blut und Boden auf Haß und Hader ein, auf Krieg, Bürgerkrieg und Bruderkrieg. Auf Aggression und Feldgeschrei. »Ein Gesindel überfällt ein anderes, und jedes gaukelt sich eigene stolze Ziele vor. Aber es sind immer nur unsere Ziele.«

Jawohl.

Jetzt fängt Pinkie wahrhaftig an loszuprusten.

»Lachen Sie nur, looey.« Gleich auch werde Alabama in die Heiterkeit einstimmen. »Stellen Sie sich einmal vor, die US-Navy und US-Army, die Marinesoldaten und Milizen müßten sich – allein und ihrer militärischen Kunst vertrauend – auch nur einem einzigen der kommenden weltweiten Konflikte stellen. Haha. Jetzt lachen wir zusammen.«

Mit diesen Sandhasen, Muschkoten, mit diesen Rauhreitern und Heimkriegern. Und das alles auch noch zur See. »Maulhelden. Lärmend. Verlogen. Dumm. Ungeschickt.«

Ein Torpedo, aus dem Rohr gejagt, wo würde er sich am Ende wiederfinden? »In der Arktis, in der Antarktis? Auf dem Hudson River? Im Lake Michigan? Eine Granate gezündet ... Ach, lassen wir das.«

Lachen wir lieber.

»Auf einer Insel vor Manhattan steht die Kanone, die – sozusagen interkontinental – jedes Ziel findet. Eine Wunderwaffe.«

The Statue of Liberty.

»Was haben schon Krupp und Canet im Programm, Vickers und Skoda? Vergleichsweise Steinschleudern und Feuertöpfe. Unsere Freiheitshaubitze dagegen zielt nicht auf Schützenscheiben und Pappkameraden, sie zielt auf das Glück ganzer Völker.«

Leutnant Pinkie stellt sich diese alte vierschrötige Abenteurerin vor, abgefeuert auf Liberty Island und nun hochfliegend über die Kontinente.

»Diesmal, Miss Jailbird, schlagen Sie auf dem Balkan ein?« Er fragt, wem das Glücksschrapnell Feuerschutz gäbe. »Freischärlern und Rebellen? Putschisten, Chauvinisten, Tyrannen? Ach was ...«

Sicherlich Anarchisten.

Alabama legt dem Schwätzer zwei Finger auf den Mund. Pst. »Nicht dieses Wort, mein Junge. Der Anarchismus ist ein Alptraum. »Er will die Ordnung ohne Herrschaft. Was wir brauchen, ist die Herrschaft und das Chaos.«

Plötzlich begreift der kleine Leutnant, was die Amazone vorhin meinte, mit ihrer Waffe ziele sie auf das Glück der Völker.

Das Glück. Aber natürlich. Ja ...

»Sie werden Patrioten helfen, madam? Sie feuern mit Kampfgas, und nach der Explosion legt sich Nationalstolz – was für einer auch immer – wie Blausäure über das befreite Land. Ist es so?«

Sieh mal einer an, wie schnell dieser Knabe lernt.

»Vielleicht reise ich über den Balkan hinaus weiter nach Norden in die katholischen Sümpfe? Nach Galizien. Nach Russisch-Polen. Zu den preußischen Kaschuben. Ins madonnenschwarze Schlesien.« In einem der elenden Flecken fände sich vielleicht ein armseliger Pfaffe – töricht, aber tauglich. »Ihm fahren wir die Himmelsleiter zum Stuhl Petri aus.«

Für eine Handvoll Dollar.

»Ja. Und wer wird sie bezahlen?« Dieser kleine biedere Offizier nimmt dir deine Geschichte also wirklich ab. Womöglich hat er mehr Phantasie als anfangs zugetraut, Trix. »Diese Frage macht mir wirklich Spaß. Das Geld für einen Papst? Vielleicht gibt es die United Fruit Company.« Schließlich sei der ganze lateinamerikanische Kontinent katholisch. Mit einem Segen, mag er noch so läppisch sein, lassen sich Löhne senken, Streiks ersticken, Volksfronten vernichten, Militärdiktaturen etablieren.

Wenn auch nicht heute oder morgen. Aber es kämen Zeiten, da sei so eine Plünnenmontur ihr Geld wert. »Wissen Sie überhaupt, was das ist: ein Papst?«

Bislang hatte sich Pinkie so ein Wesen ein wenig abstrakt vorgestellt, wenn auch im Seelenbusiness hoch angesiedelt und besoldet. »Gut und gern über einem Methodisten-Leader, einem Missionar der Mormonen, zwei, drei Dienstränge höher als der General der Heilsarmee und der Erzbischof von Chicago.«

Mit Gott könnte er, käme er aus Europa, nichts zu tun haben. Denn Gott sei Amerikaner.

Was für eine Stunde. Was für ein Gespräch.

Stille. Bitte. Jetzt nur noch die Stille.

»Das Wunder, abgeschlagenen Hauptes, wütet in sieben mal sieben Schlangenköpfen.«

Plötzlich in das Schweigen hinein diese Worte. Nein, nichts fragen. Die Miss wird den Unsinn schon erklären. »Ein blöder Satz. Vergiß ihn.« Ein

Bild habe sie plötzlich überfallen. »Es war vor gut einer Woche. Ich saß auf der Terrasse eines Landhauses in der Nähe von Barcelona. Mir gegenüber eine prächtig pralle Kutte. Sie war beduselt und halluzinierte.«

Diesen Vers und noch viele mehr hätte sie akkurat ihrem Tagebuch anvertraut, aber es lohne sich kaum nachzuschlagen. »Dies und das habe ich im Kopf behalten. Der Rest ist ohnehin bedeutungslos.«

Es wird viel zu wenig vergessen.

»Lebendig geblieben ist mir, daß Europa sich als Wirrwarr scheinfrommer Gefühle präsentiert. Hören Sie zu, Mann: Die Heilige Kirche ist eine Brutstätte perverser Träume.« Böte es sich da nicht an, das Potential von Machtwahn, Putzsucht und Eitelkeit für höhere und höchste Ziele zu nutzen?

»Sagen Sie jetzt nichts, my jolly good fellow. Horchen Sie mal wieder in Ihr Funknetz hinein.« Denn schließlich sei sie ja nicht an Bord als Passagierin einer Vergnügungsreise. Sie erwarte – wenn auch nicht vor morgen – Nachricht von einer Küstenstation. »Bei irgendeinem Konsulat der USA wird ein Kabel für mich hinterlegt sein.«

»In Piräus? In Tunis?« Der Funkoffizier findet auf die Erde zurück. »Am liebsten in Syracus. Was meinen Sie, madam?« Er träumt von einem Landgang in Italien.

»In Syracus hatte ich einmal eine Kellnerin vom Kuchenbuffet in der Croce di Savoia, einem wirklich feinen Café am Domplatz. Am Montag war sie dienstfrei, wir mieteten uns einen Einspänner und fuhren an die See.«

Sie hieß Gisella.

So ist das nun einmal mit den jungen Männern, Trix. Eben glaubt man, einer von diesen Schnöseln interessiere sich für was auch immer. Ist das zu viel verlangt? Ja. Schon verliert sich so ein Laffe im Geschwafel von Weibergeschichten.

»Ruhig, Junge, ruhig. Ich sorge schon dafür, daß Sie bald wieder einmal an Land kommen, um ...« Nein, sie sagt nicht: ... um sich ein Huhn überzustülpen, sie sagt: »Sie sind jung. Ich verstehe schon: Sie brauchen etwas fürs Herz.«

Aber in welchem Hafen, das sei doch wohl egal.

Egal? Plötzlich überfällt Pinkie eine schreckliche Ahnung. »Doch nicht womöglich Malta?« Jeder Port sei ihm recht, wenn es nur nicht La

Valletta sei. »Die ale-shops sind voller pöbelnder Soldaten und Matrosen. Alles Britishers. Da kriegst du nicht mal mehr eine Tripperschlampe, geschweige denn ein pretty girl. Und die Schlangen vor den Bordellen sind so lang, daß manch einer sich schon vorweg auf der Straße den Hosenstall öffnet.«

So sieht es in des Empires Kronkolonien aus.

»Dann erst die Sperrstunden in den Pubs. Trittst du ein, läuft immer gerade eine Lizenz ab. Kriegst du wirklich mal ein Bier, kannst du es nicht schnell genug hinunterschütten, gleich ist das fuckin peg-house schon wieder dicht. Und alle, die hinausgeworfen wurden, schämten sich nicht, nun auch noch auf der Straße God Save The King zu grölen.«

Das ist Britisch-Malta.

Endlich. Nach anderthalb Tagen kommt der Funkspruch. Die Küstenwache Delimara Point signalisiert, daß beim US-Konsulat in La Valletta zwei Kabel lägen.

Nun also doch Malta.

Aber ärgern muß sich wirklich niemand über diese unerwünschte Zwischenstation – weder die Offiziere noch die Mannschaftsdienstgrade. Nein, auch du nicht, Pinkie. Dein Lamento war voreilig.

Landurlaub wird es nicht geben. Der Gouverneur der Kronkolonie verweigert dem Panzerkreuzer Samoa die Hafenerlaubnis. Auf diplomatischem Weg war ein amerikanischer Flottenbesuch nicht angesagt. Sir Francis Grenfell scheut eigenwillige Entschlüsse ohnehin, zum anderen mag er die Yankees nicht sonderlich.

Da kreuzt eine großkotzige Nation über Gewässer, auf denen sie nichts, aber auch wirklich nichts zu suchen hat. Das Mittelländische Meer ist britisch. Auch wenn man im Westen den Franzosen ihre Freiheiten lassen und zudem auch ein paar Anrainer dulden muß, so flattert doch von Gibraltar bis Cypern und Port Saïd der Union Jack.

Einmal ein permit erteilt, schon muß morgen womöglich die Band für irgendeinen abgewrackten Präsidenten den Yankee Doodle leiern. Gottlob wird hin und wieder einer von diesen Cowboys beizeiten erlegt. Wann endlich kriegt der Rough Rider Roosevelt seine Kugel?

Und sein Rowdy Taft aus Cincinnati.

Commander Johnny Snake ist über die Hafensperre allzu betroffen nicht. Auf ihn, den degradierten Captain, würde ohnehin kein Zeremoniell warten. Ja, nicht einmal am leeren Kai ein Colonel.

So bleibt es dir erspart, dich vor deinen Leuten zu blamieren, und niemand außer dir und der Miss muß sich stellvertretend für eine Weltmacht verachtet fühlen.

Allein bist du am stärksten, Johnny.

Er bleibt weit draußen auf der Reede, ankert ohne Eile und wartet die Barkasse ab.

Das dauert und dauert.

Endlich wirft längsseits ein Kahn das Tau herüber. Der Schiffsführer, ein gewöhnlicher Bootsmann, salutiert schlampig und blafft durch das Sprachrohr herauf, daß nach strenger Anweisung nur der Kommandant allein und eine gewisse Miss Jailbird von Bord steigen dürften.

Kannst du uns nicht noch lauter anpöbeln, Prolet?

Es ist gewiß eine der berühmten britischen Höflichkeiten, daß einer der Matrosen dem weiblichen Passagier beim Sprung vom Fallreep in die Barkasse die Hand als Stütze reicht.

Unterwegs auf See kein Wort.

Oberhalb des Zollhauses – abseits aller maritimer Anlagen – wartet auf dem Steg ein Major.

»Cox.«

Ein Offizier mit noch kürzerem Namen – besser noch zwei, drei Dienstgrade darunter – hatte sich wohl nicht finden lassen? Doch bevor sich jemand über die Ungastlichkeit des Kolonialreichs beschweren kann, weist Major Cox mit seinem Bambusstab den Weg zu einem Seitentor. »Sie haben Glück, daß ich Ihnen die Formalitäten ersparen darf. Waren Sie einmal in den Händen des britischen Zolls? Und der britischen Paßbehörden?« Dann hätten die Besucher einen Teil ihres Lebens gut und gern abschreiben können.

Zumal hier auf einer Festung.

Hinter der Schranke geht Alabama straks auf einen dürren, drahtigen Recken im sportlichen Dress des Automobilisten zu. Er trägt eine karierte Mütze und fläzt sich auf die Kühlerhaube eines offenen Austins älteren Baujahrs.

Das kann nur der Konsul der Unionsstaaten sein. »Hallo.«

Hallo. Ja, mit Floskeln hält sich der Konsul bei der Begrüßung seiner

Gäste nicht auf. Er fragt nicht, ob die Überfahrt mit der Barkasse sehr unbequem und die Mannschaft nicht allzu rüde gewesen sei. Er weist der Dame den Platz neben sich auf der Vorderbank an, während sich der Commander mit dem Notsitz über dem Heck des Automobils begnügen muß. Er stellt sich vor.

»Nestor Eegan.«

Der Konsul lenkt seinen Wagen über den Kingsway, den er Strada Reale nennt. Weiter hinten würden sie in die Strada Mercanti einbiegen.

»Wohin fahren wir, Mister Eegan?«

Was für eine Frage. »Es ist dinner-time. Ich denke doch, Sie haben Hunger?« Auf die Kabel aus Übersee solle man allzu erpicht nicht sein. »Nichts Besonderes. Eine message vom Divisionsstab in Port Royal für den Kommandanten. Eine zweite mit anonymem Adressanten für die Lady.«

Beide sind verschlüsselt.

Die Frage, ob man nicht erst auf dem Konsulat die Nachrichten dechiffrieren solle, hält Eegan für einen Witz. »Hier wird jede Depesche, egal aus welchem Land, vor Zustellung von der britischen Militärzensur geknackt.« Und der US-Code sei ohnehin simpel. »So konnte das Telegrafenfräulein den Klartext mir bereits zuvor am Telefon ausplaudern: Der Panzerkreuzer soll Kurs auf Konstantinopel nehmen – so die eine Order. Und die andere: Lesen Sie selbst, Miss.«

Leg. Sekr. Gesandtsch. Konstantinopel deponiert Billet Orientexpress Belgrad. Major Tancosic Hotel Bristol. Dollarorder über Serbo-American-Commercial-Bank. Zirkulardepesche redressieren Balkankrise nicht dementieren keine Aktivitäten. I C.

»Ihre Tischnachbarn werden Sie nachher auf diese Reise ansprechen, Trix. Wundern Sie sich also nicht.« Denn so wie die Kolonialmacht Klatsch und Tratsch liebe, so spitzten die in La Valletta akkreditierten Repräsentanten selbst kleiner und kleinster Mächte die Ohren.

»Unsere Gänse im Telegrafenamt sind rührig. Und sie lieben die kleinen Geschenke. Zu jedem nationalen Feiertag eines jeden Landes. Zu den Glaubensfesten aller Religionen. Und von uns auch noch zum albernen Thanksgiving Day.

Vor Queen's, einem eher versteckten Restaurant, stoppt Eegan das Automobil.

Der Commander ist froh, gottlob endlich vom martervollen Notsitz absteigen zu können, doch Alabama hatte sich eher ein Menü im Angleterre erhofft. »Aber, Miss Trix, würde Ihnen ein Essen zwischen den stinkigen Uniformen der Britishers munden? Dazu auch noch die berüchtigte englische Küche?« Die Lady würde sich schon beim Hors-d'œuvre nach einer spanischen Tortilla zurücksehnen.

»Das Queen's haben Sizilianer gepachtet. Wir haben dort seit Jahren unseren Stammtisch.« Nestor, du mußt deinen Gästen erklären, was das heißt: wir.

Das Corps Consulaire von La Valletta.

»Die Kabel aus Übersee haben schnell die Runde gemacht. Jetzt wollen einige Kollegen diese Globetrotterin aus Amerika besichtigen. Der Konsul des Deutschen Reichs glaubt sogar, eine gewisse Miss Alabama von früher zu kennen. Simmelsdorf.«

Präzis: Freiherr Tucher von Simmelsdorf.

Nein. Trix möge keine Angst bekommen, mit einer erdrückenden Tischrunde konfrontiert zu werden. »Wenn der Türke sich ansagt, kneift der Russe. Auch der Grieche ist sauer. Monsieur Le Gèrminy, von Geburt Bretone, findet die süditalienische Küche einfach gräßlich. Und Mister Ivarsson, der die Nordischen Länder vertritt, bleibt nie über zwölf Uhr mittags in der Stadt.« Nach seiner halben Amtsstunde täglich fahre er mit seinem Motorboot zur Insel Gozo hinüber. »Er hat drei Töchter, einen Dobermann und ein Holzhaus an der Bucht von Marsa Forno.«

Auch eine Gattin? Aber natürlich.

»Sie ist die nöligste Dame im Corps – Frau Lenamari aus Lappland. Zum Glück sehen wir sie nur zweimal im Jahr zum Sonnenwendspunsch.« Dann habe der Skandinave noch sein Veloziped. Aber statt ausgedehnter Inseltouren komme er immer nur bis ins Nachbardorf.

»Dort hat er eine Spitzenklöpplerin.«

Nein, Lady. Diese Verbindung sei nicht anstößig. Selbst der Erzbischof von Gozo billige sie.

»Ja, Miss. Das ist Malta. So leben wir.« Laß es gut sein, Trix, mokiere dich nicht über die Geschwätzigkeit des Mister Eegan. Sie beschließt, sich zu amüsieren.

Simmelsdorf. Wer mag das sein? Im Queen's ist – von grünberankten

Stakets eingefriedet – ein massiver runder Tisch reserviert. Eine Bohnenstange von Mitte Vierzig springt auf, fad, fleischlos, blond – einfach abgeschmackt. Das kann nur der Deutsche sein.

Ja.

Die gnädige Exzellenz habe ihn gewiß nicht mehr vor Augen. »Ich war seinerzeit Fähnrich. Garde-Füsiliere Numero Zwei. Eislauf in Treptow. Auf dem Karpfenteich.« Seit längerem im Konsulatsdienst, besinne er sich dennoch genau auf den Kongo-Winter in Berlin. »Vierundachtzig/Fünfundachtzig. Madame waren in Gesellschaft der Spitzembergs. Ich erkühnte mich, Sie zu einer Schlittschuhrunde zu animieren.«

Ein Walzer. Lotosblumen oder so ähnlich.

Gott, ist der Mann langweilig! Gleich wird er erzählen, er sei irgendeine Militärcharge außer Dienst. Nein. Er ist sogar noch aktiv. »Hauptmann im Generalstab. Zur Zeit abgestellt in den Auslandsdienst.«

Alabama, die Begegnung ignorierend, reicht ihren Arm an dem Deutschen vorbei. Ein älterer Galan greift nach ihrer Hand. Beide erkennen sich sofort, lassen es sich aber nicht anmerken. Nicht immer ist es gut, sich gleich übereilt zu erinnern.

Ja, Trix. Das ist deine alte, deine wunderbare, deine einst betörende Affäre. Das ist der Offizier vom Evidenzbureau in Wien. Er stellt sich vor. »Hohenland.« Genau. Kohen Ritter von Hohenland, damals geheimer Beobachter Österreich-Ungarns beim Zionistenkongreß in Basel.

Sind denn schon wieder sechs Jahre vorüber?

Die Appartements in den Drei Königen stießen zusammen. Vom gemeinsamen Balkon ein Blick über den Rhein. Das waren traumhafte Tage. Den Debatten brauchte niemand zu lauschen, es gab auch nichts auszukundschaften. Die von der russischen Ochrana gefälschten Protokolle der Weisen von Zion waren der versammelten Diplomatie längst bekannt.

Fehlte eine Information, gab es immer noch den Freund Herzl.

Ja. So ein strahlender, ein ungetrübter August. Die Badische Staatsbahn verhalf dem vernarrten Paar zu einem Ausflug nach Säckingen. Im Goldenen Knopf trug es sich als Herr und Frau Ritter ein. Als Vertreter für Textilmaschinen aus Prag mit Gattin.

Für drei Tage Ehefrau. Das war, Alabama, das einzige Mal in deinem Leben.

Die Hand der Herzensdame von ehedem hält Kohen lange, sehr

lange an seine Lippen. Das fällt niemandem auf, der verschwenderische Charme des Wiener homme à femmes ist allbekannt.

Nun, Trix? Was wird dies wieder für eine Gesellschaft sein? Es ist vorauszusehen: Ähnlich wie in Tanger schlägt sich auch hier ein gelangweiltes Corps Consulaire mit seiner nutzlosen Zeit herum. Es sammelt Gerüchte, Ondits und Plaudereien. Zuweilen auch mal eine Nachricht – mehr oder weniger verwertbar.

Und auf ihre Flaschenpost klebt sie sich protzige Etiketten. Primeur Secret. Und: Abgefüllt auf Malta.

Was, Alabama, erhoffen sich diese Naseweise von dir? Sollst du ihnen Sibylle oder Pythia sein? Eine Gans des Kapitols? Wie wäre es mit einem Kassiber aus einem Land, in dem die Sonne, kaum aufgegangen, schnell wieder untergeht?

»Hören Sie zu, meine Herren. Ich hatte eine geheime Mission in Spanien. Ich habe einer Quantité négligeable das Koma mit der Musik der Neuen Welt versüßt. Mit One Step, Two Step, Rag ... damdam ... damdam ...«

Und mit dem Cake Walk.

Ist das vielleicht ein Spaß? Da lacht sogar Tucher von Simmelsdorf, obgleich er überhaupt nichts verstanden hat.

Die lärmende Heiterkeit lockt den Koch in die Gaststube. Er hastet zum Konsulatstisch, reißt sich die Mütze herunter und umarmt die Reisende aus Amerika mit pathetischer Herzlichkeit.

Ein einfacher Gastwirt – und derart dreist.

Aber, aber. Der Heißsporn ist nicht der Restaurateur des Queen's, nicht der sizilianische Koch. Es ist Silverio Scarlondro, der in La Valletta akkreditierte Konsul des Königreichs Italien. Er fühlt sich, auch wenn er nicht der Älteste in der Runde ist, der unmittelbaren Nachbarschaft seines Landes wegen als Doyen des ansässigen Corps.

Wenn auf den Isole Maltési einer den Gastgeber spielt, dann ist es Scarlondro.

»Signorina Alabama. Wir wissen, woher Sie kommen. Wir wissen, wohin Sie reisen. Eben noch wurden Sie von der spanischen Küche düpiert, dann für einige Tage von amerikanischer Seemannskost gefoppt, sind nun von der Gastronomie des United Kingdom ringsum bedroht, vor sich haben Sie ...«

Pst. Halten wir für einen Augenblick die Uhr an. Und die Rotation der Erdkugel. Vierzehn Sekunden lang bleibt die Sonne starr am Himmel stehen – hier auf dem vierzehnten Grad östlicher Länge. Pst.

Unsere Weltenbummlerin überquert auf ihrem Zug von West nach Ost den Meridian des Hammels.

»Von nun an, verehrte Lady, beherrschen Sie auf Ihrem weiteren Weg das türkische Lamm, der Kohl Rumeliens, die makedonische Zwiebel, die bosnische Bohnensuppe, der Gerstentopf der Walachei. Das brenzlige Bulgarien. Der Sud Serbiens.«

Noch ein letztes Mal Europa auf der Zunge.

Scarlondro hatte für diesen Tag die Küche des Queen's okkupiert. Selbst Sizilien mußte den Pfannen und Töpfen weichen. »Kosten Sie heute, cara mia, die klassische Speisekarte Roms.«

Saltimbocca alla Romana.

Auf ein Zeichen des Wirts tragen zwei Küchenjungen das Grammophon herbei. Die Schallplatte liegt bereits auf dem Teller, die Nadel steckt frisch in der Membrandose.

Serenata a Surriento.

Nun singt der Konsul auch noch mit. »Surriento gentile, / Suspiro d'amore, / Delizia 'e stu core ...«

Gerade kommt der Konsul des Türkischen Reichs durch die Tür. Er hält sich die Ohren zu. Diese süßlichen Melodien peinigen ihn. »Unser Silverio läßt doch keine Gelegenheit aus, Trubel zu machen.« Er fühle sich wohl schon nach der Vertreibung der Kolonialherren in einer befreiten Malteser Ordensrepublik als Botschafter Italiens. »Jeder leidliche Lunch gelingt ihm zum Staatsbankett.«

Der Türke stellt sich vor. »Hakem Össahin.«

Er ist keine Vierzig, er trägt nicht den Fes, sein Anzug ist tailor-made.

»How do you like our middling Malta?«

Er küßt der Amerikanerin nicht die Hand, er drückt sie fest wie einer Gefährtin in der Schlachtordnung des anbrechenden Jahrhunderts. Nein, er käme nicht aus Konstantinopel. »Ich bin aus Istambul. Ich bin Jungtürke.« Aber das wisse eine Dame in diesem Job sicher längst. »Und Sie können sich vorstellen, daß ich mich hier auf Devil's Island immer noch wohler fühle als auf einer osmanischen Galeere.«

Er setzt sich und greift zur Serviette. »Dann sind wir ja wohl vollzählig?« Oder warte etwa jemand noch auf den Russen, den Griechen, den Serben? »Unser Stammtisch im Queen's ist in nuce die beschworene europäische Ordnung: eine leckgeschlagene Nußschale. Nein ...«

Hakem Össahin möchte es präziser formulieren. »Ein Papierschiff, gefaltet aus den Weekly News of Malta. Und es sind weder Ratten noch Deserteure, die das Boot verlassen.«

Es sind die Ignoranten.

»Ein Franzose pflegt sein bretonisches Magenleiden, ein Spanier seine lost generation, ein Schwede die Lust bei einem bobbin-girl.«

Pardon, Madame. Er diskriminiere nicht etwa das ehrbare Handwerk der Klöpplerinnen. »Die Ironie legt mir den Tropus in den Mund für die Zuchtgewächse der stationierten Königlichen Offiziere, die sich von ihrer Pubertät aus den fagging Knaben-Colleges nicht verabschieden können. Die sollten einmal bei uns am Bosporus die Bastonade genießen.«

Auf die Fußsohlen.

»Aber was rede ich von den Briten? Uns allen steht – auf das Pflaster geduckt und die Knie in den Stock gepreßt – noch die große unausweichbare Bastonade bevor. Da werden wir alle, die wir heute noch bei unserer Saltimbocca am Tisch sitzen, froh sein, wenn wir mit zerschundenen Knochen unterm Tisch noch krauchen können.«

»Auch Sie glauben also an den baldigen Krieg, Mister Össahin?« Was für eine weltfremde Frage stellt dir diese Gevatterin, Hakem? »Einen Krieg, Madame? Die Waffengänge, die uns bevorstehen, wird niemand mehr zählen können. Erst einmal kommen die kleinen – gegen die Türken, mit ihnen, wieder gegen sie und ...« Aber über derlei Bubenstreiche werde man herzlich lachen, und die Trümmer seien nur einen Spott wert. »Es ist, als flöge eine Vase an die Wand, krach, als fiele ein Teller auf den Boden, klirr, als pfeffere pardauz ein Ball ins Porzellan.« Solche kümmerlichen Scherben schafften allemal noch Besen, Feger und Schippe.

»Dann aber kommt der Elefant.«

Der türkische Konsul stößt unvermutet ein beunruhigendes Gelächter aus. »Mit einer unbändigen Freude sehe ich vor mir die Landkarte rund um die Wiege unserer Menschheit in zehn Jahren. Und – was für ein Spaß! – in fünfzig Jahren.«

Schließlich das Atlantenwerk am Ausgang unseres Säkulums.

»Aber wem erzähle ich das? Unser Gast aus Amerika inspiziert ja selbst die Blutäcker von morgen. Und das gerät ihm wohl kaum zu einer Vergnügungsreise. Haha.«

Die Schallplatte ist abgelaufen. Silverio Scarlondro ist wieder in seiner Küche. Durch die Tür dringen die letzten Träller seiner Serenata.

»Sa torno addo te! / Surriento, Surriento ...«

Der Duft von Kalbsnuß, gebraten mit Schinken und Salbei in Butter, Öl und Wein zieht durch das Restaurant.

Pst.

Hakem Össahin legt sich selbst, dann Mister Eegan zu seiner Rechten und der Dame zur Linken zwei Finger auf die Lippen. Man solle jetzt einmal ganz leise sein und in die Stille hineinhorchen.

»Was hören Sie?« Nichts. Nein, nichts.

»So lautlos lösen wir uns auf. Eben noch der Krach in unseren Läden, die Elefanten depperten herum, nun trotten sie davon.« Der Türke stellt sich auf seinen Stuhl und schreit durch das Queen's, wie stumm alles sterben werde.

»Dieses Schweigen. Diese Ruhe. Diese Grabesstille.« Simmelsdorf und Eegan gelingt es, den Konsulatskollegen zu beruhigen. Sie helfen ihm vom Stuhl herunter. Er folgt willig. Er wehrt sich nicht. Pst. Er flüstert.

»Die Elefanten. Wann kommen die Elefanten wieder?«

Nun, so heftig war dieser kleine Auftritt nicht, daß sich jemand bei den Gästen aus Übersee entschuldigen müßte. Hohenland ergreift die Hand seines alten Schätzchens, er sieht ihm in die Augen. Nein, zu zärtlichen Worten wird es nicht kommen.

»Keine Woche, Trixy, und Sie weilen in meinem geliebten Belgrad. Es ist Nachmittag. Sie sitzen auf einer Terrasse. Unter einer Markise. Sie trinken russischen Tee. Karawanentee. Vielleicht in dem kleinen Café Tschika Ljuba. Von fern Militärmusik der Festungsgarde aus dem Park Kalemegdan. Wie friedlich promenieren die Herren Offiziere auf dem Boulevard König Milan, eingehakt die Damen unter ihren verspielt kreisenden Sonnenschirmen.«

Ach ja. Belgrad.

»Eine Kunde nur noch: Unser alter Freund Tancosić, eben noch Hauptmann, ist zum Major befördert. Grüßen Sie ihn ... grüße ihn von mir, meine Liebe.« Und er möge uns allen noch ein wenig Zeit lassen.

»Wie denn auch wir ihm noch gern eine gute Frist gewähren wollen.«

Nun, Alabama, das ist ja wohl nicht gerade der Zweck deiner Reise. Aber wozu solltest du einen alten Freund verdrießen? Höre weiter den so schönen Worten seiner so schönen, wenn auch verlogenen Hoffnung zu.

»Gönnen wir uns insgesamt noch ein paarmal den Frühling, den Sommer ... Uns und diesen jungen Männern – Luka, Danilo, Gavrilo und wie sie alle heißen. Sie alle möchten noch ein wenig leben.«

Ja. Leben.

»A pranzo. A pranzo.« Der Konsul Scarlondro lärmt herbei. Er klatscht in die Hände. Hinter ihm rücken die Wirtin und zwei Küchenjungen mit den Schüsseln an. Der Wirt füllt die Gläser. »Buon Appetito.« Und: Alla salute.«

Cin cin.

Kämen zu dieser Stunde Zufallsgäste in Queen's Restaurant, was fiele ihnen dort am runden Tisch hinter dem Blumenstaket Außergewöhnliches auf? Nun, da sitzt eine Gesellschaft, sie ißt, sie trinkt. Der eine oder andere der Herren ist ein wenig laut, aber das stört nicht weiter.

Sicher eine angeheiterte Reisegruppe von Thomas Cook's Traveling Agency.

Eben noch besichtigten diese Touristen die Blaue Grotte auf Capri, jetzt sind sie auf dem Weg zu den Pyramiden von Ägypten. Der kleine Abstecher auf die Inseln von Malta wird sich kaum lange im Gedächtnis bewahren.

Der Vormittag gehörte der Kathedrale San Giovanni, einst die Ruhmeskirche des Ordens, nun vom Guide als St. John's Church aufgeschwatzt. Nachdem eine engstirnige Wache den Zutritt zum Großmeisterpalast verweigert hatte, verflog allen alsdann die Lust auf das Valletta-Museum.

Lieber stärkt sich die Reisegruppe bei einem Sizilianer mit einem kräftigen Lunch für die Bootsfahrt zu den Strandhöhlen und den Buchten der Korallenfischer. Anschließend Shopping auf Gozo. Handgeklöppelte Spitzen. Und gleich schon die nervenkitzelnde Frage: Wie kommt das Schmuggelgut am Zoll vorbei?

Ja. Solche Touristen sind es, die es sich hier im Queen's mittags schmekken lassen: zum Ausklang des Tages der Opernbesuch. Doch könnte es nicht ebensogut sein, sie hätten sich Plätze im Varieté Alhambra reservieren lassen, wo zur Nacht Ballerinas – in den Armenvierteln von Neapel billig aufgekauft – ihre Röcke heben und einer grölenden Soldiery die Ärsche zeigen?

Hirngespinste.

Zu dieser Mittagszeit kommt nicht ein einziger Fremder ins sizilianische Restaurant. Das Corps der Konsuln bleibt mit seinen beiden Gästen vom US-Flaggschiff unter sich. An diesem Tag wird noch lange pokuliert, und es wird auch viel getrunken.

Commander Snake – die Füße auf dem Tisch und das Kinn auf der Brust – ist ein wenig eingenickt. Recht so, Johnny, draußen auf der Reede liegt dein Kasten unter Dampf, du mußt ihn morgen sicher durch die griechische Inselwelt navigieren. Auch wenn du Offiziere hast, die statt deiner auf der Brücke stehen, könnte dir jetzt ein Schläfchen nicht schaden.

Konsul Nestor Eegan wird von Stunde zu Stunde stiller. Und nur ein engerer Kreis um Miss Alabama schwatzt weiter über die so wunderbar verwirrten Fäden der politischen Konstellation. Und über die Kriege.

Ja. Über die Schönheit des Krieges.

»Das ist unser Manifest des Futurismus.« Scarlondro glaubt, als Italiener die Künste vertreten zu müssen. Gerade will er ein Tumultgemälde von Boccioni schildern, da unterbricht ihn Tucher von Simmelsdorf.

»Mars regiert die Stunde. Jawohl.«

Der Deutsche hat zur Schlacht kaum musische Beziehungen, und das Wort Futurismus versteht er als Synonym für einen baldigen Blutzoll. »Morgen? Übermorgen? Auf jeden Fall sehen wir in greifbarer Zukunft uns alle, die wir hier beisammenhocken und fröhlich sind, um so fröhlicher auf dem Felde der Ehre wieder.«

Ehre?

»So ein Unsinn. Krieg – das ist die Hygiene der Welt.« Der Italiener hat seine Dichter im Kopf. Damit findet er bei der Yankeelady mehr als nur Verständnis, er erntet Applaus. Und Ritter von Hohenberg kann derweil seinem deutschen Kollegen erklären, daß die hier versammelte internationale Runde, müßte sie auf einem gemeinsamen Feld kämpfen, niemals eine gemeinsame Ehre hätte.

»Europa. Hat Europa eine Ehre?«

Natürlich nicht. »Sie gedeiht nur auf dem Humus eines Volkes, eines Vaterlands, einer Heimat, einer Scholle, einer ...« Tucher von Simmelsdorf unterbricht sich. Wie weit darf er die Erben nationalen Stolzes diminuieren? »Ich frage Sie alle, was dürfte ein Duodezterrain auf sein Banner schreiben? Ein Kanton, ein Gau, eine Provinz?«

Oder etwa eine Insel?

Da muß Scarlondro einfach aufspringen. »Simmelsdorf! Tasten Sie mir nicht die sizilianische Ehre an.« Und Korsika wegen würde ihm der französische Konsul vielleicht sogar an die Gurgel gehen. »Aber nun, Freiherr, nennen Sie mir doch einmal eine deutsche Insel, die für eine eigene Ehre zu kämpfen, ja zu sterben bereit ist. Na?«

Tucher, dein Patriotismus ist aufgerufen. Los, suche eine Insel. Am besten fängst du ganz oben links auf der Karte deines Vaterlandes an. Da. Ja, da ...

»Norderney.«

Das ist vielleicht eine Geographie der Heiterkeit. Konsul Eegan rüttelt den Commander. »He, Johnny, wachen Sie auf. Hier streiten sich Vaterländer. Die Unionsstaaten sind gefordert, für den Weltfrieden zu boxen.« Er ballt die Hände und stellt sich in die Positur des Faustkämpfers.

»Amerika stülpt sich die Handschuhe über und steigt in den Ring. Los, Silverio, treten auch Sie für Ihre Isola d'Ischia an. Und auch Sie, Hohenberg, boxen Sie für das winzige Lacroma. Nein, Österreich kämpft für die Gipfelehre seiner Dolomiten.«

Gong.

Bis jetzt sind alle noch lustig. Warum bloß spricht Nestor nun den Türken an? »Hören Sie den Gong, Össahin? Ballen auch Sie die Fäuste für Montenegro und Mesopotamien, für Arabien und Bessarabien, für Ihre Beys und Deys in Afrika, für ...«

Hakem erhebt sich. Auf wen wird er zuerst losgehen? Er zögert. Warum zaudert er?

»Los, Türke. Es geht um Ihr Türkisches Reich.«

Konsul Eegan eilt langen Schritts zum Küchendurchgang. »Vom Persischen und Kaspischen Meer ...« Er flitzt zur Fensterfront. »... bis zu den Hängen der Kabylei an der Grenze Marokkos ...« Nun hastet er zur Theke. »... Von der Meerenge Bab el Mandeb ... bis ... ja, bis vor die Tore Wiens.« Mit einem Sprung stellt sich Nestor vor den Österreicher.

»Kämpfen Sie, Türke. So eine Großmacht fordert tausend Fäuste.«

Noch immer steht Hakem Össahin mit geballten Pranken da. Alabama hat mit dem Gehänselten Mitleid, sie klopft ihm auf die Schulter. »Für uns Amerikaner ist das alles nichts als Sport. Verstehen Sie, Mister Bosporus?«

Es ist ein Spiel. Nicht mehr.

Össahin, noch immer in Boxposition, erwacht wie aus einer Trance. Er öffnet seine Fäuste und streckt nach allen Seiten seine Hände aus – erst die Rücken nach oben, dann die Ballen.

Hakem Össahin. Nein, du boxt für niemanden.

»Verehrte Lady, meine Herren, meine Freunde. Sie haben mir diese Gaststube in ihrer Grenzenlosigkeit demonstriert.« Das aber sei nicht die Türkei. »Das ist das Sultanat mit allen seinen dumpfgläubigen Tributären. Ich schlage mich nicht einmal zum Spaß für den engen Geist von gestern und den noch engeren von morgen.«

Bravo. Bravo.

Trix Jailbird applaudiert. »Mister Hakem. Das war ein guter Auftritt. Amerika klatscht Ihnen Beifall.« Nein, er möge sich jetzt noch nicht verbeugen. »Warten Sie, bis das Jahrhundert zu Ende ist. Dann kriegt von uns die Türkei für diesen Sketch ihrer Geschichte den Preis der Kleinkunst-Revue.«

Haha.

»Sizilianer. Wo bleibt der Wein?« Scarlondro rät allen, jetzt in der Frühe nicht mehr das Bett aufzusuchen. »Wir alle zusammen bringen unsere Freunde aus der Neuen Welt zur Barkasse. Aber erst, wenn die Sonne am Himmel steht.«

Eben erst geht sie auf.

»Auch hat unsere Lady uns überhaupt noch nichts von ihren Reiseerlebnissen erzählt.« Die Konsuln lärmen durcheinander. Still ist nur Hohenberg, er nimmt die Hände seiner alten Freundin in die seinen und blickt ihr in die Augen. Er würde sie gern umarmen, aber dafür dürfte es – nicht nur vom Lebensalter aus gesehen – wohl ein wenig zu spät sein. »Hörst du, Trix? Stellvertretend für die Welt möchte unser Corps Consulaire wissen, wie es dir im Pyrenäenland ergangen ist.«

Pst. Miss Alabama berichtet von Spanien.

Die Landstraßen sind holprig, und sie führen durch Orte, deren Namen kein Reiseführer nennt. Über den Gendarmerien hängen die Wappen des

Königs schief, und nicht selten purzelt eins pardauz hinunter. In Seekapellen weinen Jungfrauen echte Tränen aus Liebestropfen und Pomeranzenliqueur. Ringsum auf den Landsitzen lärmen Insekten. Aber nirgends krakeelen die Käfer lauter als auf einem Gut, das sich die Träne Kataloniens nennt. Werden dort Mägde verhaftet, fesselt die Guardia Civil die jungen Dinger auf merkwürdig humane Weise und hebt sie behutsam auf die Sättel ihrer Pferde.

Die Spanier sind sehr gottgläubig. Während ihrer Rebellionen plündern sie gern die Kirchen und schleppen unter aufgeplusterten Hemden die Monstranzen davon. Deserteure und Streikende, die Nonnen zu einem Abenteuer verhelfen, kommen allerdings selten ohne Zwang aus.

Überhaupt ist die Gewalt ein beliebtes Thema der Gesellschaft. Wie auch die Lust an der Gewalt.

Auf meiner Reise in die Anarchie – von Theater zu Theater – hatte ich in Barcelona meinen Logenplatz. Passierten Generale, pinkelten sie, ihre Beinkleider vernachlässigend, an Häuserecken. Unter Markisen krallten Absinthtrinkerinnen süchtig nach Gläsern, und Oberkellner schleppten aus längst vergessenen Kriegen Kopfschüsse mit sich herum.

Wie durch Zufall begegnete ich einem alten Schlachtengegner aus der Kanonade von Valparaiso, einem Legionskameraden des gemeinsamen Jahrhunderts.

In seinem Künstlerlokal, das sich Zu den Vier Katzen nennt, finden sich zwischen den gehobenen Gästen auch fahle Nutten, die sich als Modelle später berühmter Maler dereinst in den Galerien der Staaten wiederfinden werden. Derweil steppen auf der Theke schokoladenbraune Kubanerinnen und singen, daß sie nicht die Rumba tanzen möchten – zumindest nicht mit Juan, einem lahmen Hinkefuß.

Pata gambá. Das ist in Spanien so ein poor fellow.

Haben dagegen im Kubakrieg von Achtundneunzig kleine Leutnants das eine oder andere Bein verscherzt, tragen sie vorzügliche Prothesen aus der New Yorker Manufaktur C. A. Frees – vermittelt über den Orden Faith Hope Charity.

Ein Name, den sich jeder Amerikaner merken sollte.

Sant' Jago, der einst – gegrätscht über dem Atlantischen Ozean – das iberische Weltreich verband, kriegt heute keinen Fuß mehr auf den neuen Kontinent und platscht voll in die karibische Pfütze. Trotzdem feiern

Adel, Geld und Militär noch immer ihren Heiligen Jakob auf Bällen, zu denen sich reiche Fabrikanten und Reeder Ballettschnepfen aus Kopenhagen holen. Die Girls sind lang, blond und kurzsichtig. Sie wissen kaum, in welchem Land sie sich gerade befinden, und sie tragen Humpelröcke, in denen sie dennoch flott über das Parkett flitzen.

So gelangt endlich auch der Cake Walk in diesen fernen Winkel der Alten Welt.

Tanzt ein Kavalier mit Mulattinnen, entblößen sie sich gelegentlich und zeigen ihre Narben aus der kolonialen Sklavenzeit. Es sind reine Kannibalinnen, so stark, daß sich allenfalls ein General an sie herantraut. Oder ein Anarchist aus Rußland.

Ja. Diese Anarchisten.

Sie irren mit untauglichen Karten über Land, wie streunende Hunde setzen sie ihre Duftmarken an Brückenpfeiler, aber sie verwechseln Straßen wie Eisenbahnstrecken, ja selbst Berge, Ebenen und Olivenhaine. Aber auch ihre Opfer, die ebensowenig zu Schaden kommen wie sie, die Täter.

Alle Männer labern nichts als Unsinn zusammen. Aber das ist wohl ein internationales Übel. Ihre Rösser nennen sie Rosinante, und wer den rechten Blick für die Komik hat, sieht Mensch und Tier zu einem elenden Klepper zusammengewachsen. Ja. Das ist zum Lachen. Aber auch die Menschen in diesem Land lachen gern und viel. Worüber? Über dies und das, über vielerlei und alles mögliche sonst.

Nein. Meine Reise bereue ich nicht.

Mein Ziel war Europa, und Spanien war für mich eines der Tore. Aber nicht die Pyrenäen versperrten den Weg, vielmehr der Irrsinn der Anarchie, die – so oft und so viel beschworen – dem Land denn doch nicht das Unglück bringt, das es so sehnlich erhofft.

So bleibt mir jetzt nur noch das andere Tor nach Europa, wo statt der Anarchie das Übel nationalen Stolzes den Völkern entschiedener das Desaster bereiten wird.

Der Balkan. Ja, das ist die offene Wunde Europas.

Was dagegen hat mir Spanien gebracht? Nichts. Absolut nichts. Sieben Tage einer Revolution – auch wenn sie sich selbstgefällig semana trágica nennt, die Blutige Woche – reichen nicht für ein Gemälde, auf dem hoch über den Barrikaden der Terror die Fahne schwenkt. Da werkeln eben nur Arbeiter, um ein Stadttheater unzulänglich mit Sandsäcken zu verteidigen. Schnell schon sind sie verwundet. Dann liegen sie faul in den Foyers der Hotels herum, und die Gäste müssen mühsam über ihre Knochen stolpern. Eine Dame muß froh sein, wenn Blinde sie nicht am Rocksaum zupfen oder ihr ans Leder der Stiefeletten gehen.

Ja. Spanien ist anstrengend.

Einst karrte auch diese Macht ihre Kanonen quer durch den Kontinent. Die Heere kamen gar bis Straßburg, Prag und Mailand. Doch recht betrachtet waren es allenfalls Raub- und Réunions-, Erbfolge-, Orangen- und Kartoffelkriege. Und sie alle rochen brenzlig nach Moral, so als sei die gesamte spanische Geschichte eine einzige Sünde gewesen. Natürlich im Namen Gottes.

Aber das ist Vergangenheit. Dennoch qualmt auch heute noch wie aus den Schornsteinen ihrer Schlachtschiffe schwarz die Moral ringsum die Küsten. Aber ihre Fregatten – vollgepfercht mit mehr oder weniger meuternden Muschkoten – haben nur noch einen allerletzten Kurs: Marokko.

Doch weiß niemand so recht, ob der Kompaß sie nicht in die Irre führt.

So konnte auch ich nicht erfahren, ob einst in den Jahrhunderten die Caravellen von den Inseln der Molukken je zurückgekommen sind. Denn auf allen Speisetischen fehlen auch heute noch die Gewürze. Spanien ist ein Land ohne Pfeffer.

Trotzdem bereue ich meine Reise nicht.

Schiffbrüchen gleich enden dort denn auch die Feste und Bälle. Wie auf Vergnügungsreisen wird zu Beginn noch die Polonaise zelebriert, doch bald schon enden die Lustbarkeiten als Robinsonaden. Den Passagieren ist alles nur eine Narrenfahrt. Denn sie sind dumm. Sind Töchter von Festungskommandanten mit an Bord, übertreffen diese die Einfalt bei weitem. So naiv sind die Gänse, daß sich nicht einmal die immer geilen Pfaffen an ihnen vergreifen. Und die faunischen Gutsinspektoren kneifen lieber den minderjährigen Mägden in die Ärsche. Sind sie befriedigt, brennen sie einen leidlichen Kürbisschnaps und erzählen rührselige Geschichten aus dem Königreich Neapel, das mit zu Kuchen gebackenen Kanonen Äpfel über das Mittelmeer schießt – zum Trost von adligen Damen, die vor langen Zeiten an die öde und windige Costa de Puniente verschleppt wurden. Nachdem sie ein Meer von Tränen vergossen haben, steigen sie zuweilen auf und werden als Infantinnen des Hauses Bourbon alt, fett und unerträglich. Sie schmücken sich mit riesigen Klunkern auf nackten rosigen Dekolletés. Aber es nutzt ihnen nichts, auch auf sie wartet der Abschied von allen irdischen Freuden.

Wie denn allseits im Lande gern vom Tod gesprochen wird.

Doch so recht glauben die Spanier nichts. Beispielsweise, sie formulieren eine Frage, setzen sie – zusätzlich – gleich schon an den Anfang vorweg ein auf den Kopf gestelltes Fragezeichen. Und wollen sie etwas ernsthaft betonen, beginnen sie den Satz mit einem umgekehrten Ausrufezeichen.

Etwa so: Punkt. Darunter Strich. Viva ... la ... muerte ... Strich. Und Punkt.

Von derlei Pathos verführt, lassen sie sich gern auf einen Berg eskortieren, den sie den Montjuich nennen. Oben angekommen, stellen sie sich vor die Flintenkugeln eines Pelotons, doch zuvor schreiben sie an die Festungsmauer das Wort Finis. Das hat sich noch aus lateinischer Zeit überliefert und bedeutet: Es ist zu Ende.

Ja. Wir kennen das auch bei uns, wenn im Kino der Film abgelaufen ist, im Saal noch nicht das Licht wieder brennt, während wir im Dunkel weiter auf die Leinwand starren, auf der nun nichts mehr passiert. Nein, wirklich nichts mehr.

Und dann die beiden Wörter: The End.

Es war ein Bordfest wie so manches andere auch.

Gewiß, die Samoa hatte – und das ist in der Geschichte selbst eines alten Panzerkreuzers der US-Marine außergewöhnlich – als Passagier eine Dame an der Tafel. Trix Jailbird, genannt Miss Alabama, feierte auf See ihren Geburtstag.

Sie wurde zweiundsechzig Jahre alt.

Commander Snake hatte die höheren Ränge bis hinunter zu den Kadetten und Assistenten – so weit es die Sicherung der Navigation erlaubte – vom Dienst an Deck und im Maschinenraum befreit. So war die Offiziersmesse gerammelt voll. Aus den Reihen der Bordkapelle spielten vier Mann recht ordentlich. Banjo, Schlagzeug und zwei Saxophone. Sie genossen es, daß ihnen einmal mehr abverlangt wurde als das Repertoire der Märsche und waren neugierig auf alles, was die Miss – erst jüngst aus den Staaten zurück – ihnen beibrachte. Turkey Trot, Grizzly Bear, Bunny Hug ... – und nun den Clou von morgen.

Passen Sie auf, meine Herren. Und auch Sie, Leutnant Pinkie, geben Sie acht ...

Den älteren Offizieren, obgleich an den Donner von Geschützen selbst schwerster Kaliber gewöhnt, wurde derlei Geschmetter bald schon ungemütlich. Einer nach dem anderen ging in die Koje, wenn er nicht volltrunken von den Kameraden hinausgetragen werden mußte. Nach Mitternacht zog sich auch Alabama – von der gestrigen Nacht in Queen's Konsulatsrunde noch übermüdet – in ihre Kajüte zurück.

Für die Stewards war der Dienst noch nicht zu Ende. Haufen von Scherben wollten zusammengekehrt sein – nicht nur von Gläsern und Tafelgeschirr. Zerstört waren auch die glasgerahmten Fotografien an den Wänden. Alles, was der animierten Crew zum Wurf in die Hände geriet, landete auf den Porträts der US-Präsidenten. Johnny Snake zeigte sich erst befriedigt, nachdem der ganze Reigen den Treffern erlegen war.

Harrison. Cleveland. Roosevelt. Taft ...

Einzig William McKinley, der Killer von Kuba, blieb – welch ein Wunder – halbwegs verschont. Doch da er als Opfer eines Attentats vor Jahren schon sein Fett weg hatte, schien den Bilderstürmern ein nochmaliges Massaker schließlich öde.

Leutnant Pinkie, aufgekratzt von der Geburtstagsfête, hat noch keine Lust aufs Bett. Den ganzen Abend lang hatte er – der bevorzugte Partner der Lady – immer wieder tanzen dürfen. Er muß einfach die Kurve seiner Erfolge verlängern und sucht an Deck nach einem Vertrauten. Auf der Brücke findet er lee-ward neben dem Ruderhaus im Freien den Schiffsarzt. Aaron Fluegel liegt windgeschützt in einem Deckstuhl und guckt in die Sterne. Die Euphorie des jungen Kameraden kann er nicht teilen.

»Sehen Sie nur, Leutnant: der Himmel im August.«

Wie Lampions zu einem einzigartig gigantischen Ball im Freien seien die Sterne ringsum aufgehängt. »Voraus unsere strahlende Andromeda, vom Meeresunhold an den Felsen geschmiedet, dann von Perseus wundersam erlöst, von Herzen geliebt und an den Himmel geheftet.«

Was für eine Lehre für uns Erdenwürmer, daß im Weltall sich alles immer zum Guten wendet.

»Erblicken Sie daneben Pegasus, das quirlige Flügelroß. So lange im finsteren Bauch der Medusa gefangen, darf es – von Perseus errettet – nun mit seinen Hufen die Quelle der Dichtkunst sprudeln lassen.«

Ja. So eine schöne Nacht regt selbst einen Marinearzt zu geflügelter Rhetorik an. Aaron wendet den Kopf zurück. Wird er noch mit bloßem Auge das Haar der Berenike finden? »Diese kleine Kringeltolle, für die glückliche Heimkehr des Gatten aus der Schlacht der Aphrodite geopfert und dann für immer als Locke in den Wuschelkopf des Firmaments hineinfrisiert.«

Der Leutnant hebt das Gesicht, als folge auch er den Sternbildern. Doch dabei schließt der die Augen und hopst x-beinig in seltsamem Schütteln auf und ab über die Bretter der Kommandobrücke.

»Schauen Sie mir zu, Sir. Der Sechserschritt. Ferse. Ferse. Den Körper straffen. Dann schlottern, schlottern, schlottern ... Ja, so schüttelt sich ein Negerweib von den Titten das schmutzige Hemd – ihr chemise, ihren shift ... ihren shimmy.«

Das ist der Clou von morgen: der Shimmy.

»Ein Modetanz, Sir. Miss Jailbird hat ihn mir beigebracht. Die neue Verzückung. Die neue Ekstase. Das Fieber von morgen.« Eines Tages werde Pinkie es nach Europa einschleppen, aber warten müsse er, bis der Große Krieg begonnen habe. »Das ist der Befehl der Miss. Als Gruß Amerikas soll ich den Shimmy über die Etappen von Freund und Feind an die Fronten der kämpfenden Truppen leiten.«

Munition liefern, was schon sei es? Kanonen, Schiffe, Soldaten? »Ein kleiner Marineleutnant der Weltmacht USA ist auserkoren, das Stahlgewitter von morgen mit den Rhythmen der Neuen Welt zu begleiten. Hei, wie unsere Perkussion den Heldentod versüßen wird.«

Our house is full of heaps of fun, / Damdam ... damdam ... / And we cry: that takes the bun.

»Ach was, looey, Sie singen und schütteln vielleicht einen Unsinn zusammen.« Dem Schwof in der Messe hatte der Stabsarzt noch gleichgültig zuschauen können, doch das Gehupfe anstelle von Waffen in die Kriegsgeschichte einzugliedern, scheint ihm etwas hybrid zu sein.

»Recken Sie sich, my swaddy, lieber hoch dem Zenith entgegen. Da ... und da ...« Solle der Doktor ihm vielleicht lieber den Nachthimmel als Schlachtfeld erklären?

»Das Zeichen der Serpens, bittesehr, als Feldschlange in den Hussitenkriegen, sagen wir achtundvierzig Kaliber lang, der Alpha-Stern als Vollkugel von zehn Pfund. Oder das Bild des Skorpion als Kriegsflegel mit stachelbesetzter Kugel.« Für Herkules brauche der Leutnant wohl kaum eine militärische Deutung. »Da sehen Sie das sommerliche Waffengepräge, unseren Heros, den Fuß auf dem Nacken des Feindes, in der Hand die Keule.«

Diese vermottete Mythologie wirkt gegen den Kult der Synkopen reichlich albern. Zwischen dem Walk Around The Gun, dem One Step Two Step der Schrapnells und den Rag Rag Rag der Maschinengewehre steht so ein Kerl mit Keule und Morgenstern doch wohl ziemlich dämlich im Niemandsland herum.

Still, Pinkie. Laß dich mit einem Salomo auf keine Diskussion ein.

Im Kommandoraum dämmert der Wachhabende Offizier vor sich hin. Er hat sich auf dem Ledersofa lang gemacht, die Beine über der Lehne, den Mützenschirm tief über den Augen.

Vorn auf der Brücke glast der Rudergast die vierte Stunde. Seine Ablösung kommt. »Kurs Ost zu Nord zwei Strich Nord.«

Pinkie kommt von seinem Rundgang aus dem Kartenhaus zum Stabsarzt zurück. »Interessiert Sie vielleicht unsere Position, Sir?« Er habe einen Blick auf die Seekarte geworfen, den Kurs kontrolliert und um den Standort den Zirkel geschlagen.

»In diesem Augenblick befinden wir uns in der Mitte unseres Mediterranen Meeres. Ganz genau. Von allem Land ringsum haben wir uns präzis zweihundert Seemeilen entfernt: hinter uns Sizilien, Backbord voraus der Peloponnes, fünfundvierzig Grad Steuerbord die Küste des tripolitanischen Barka. Wir schwimmen auf der einen Achse Malta–Kandia und auf der anderen vom Ionischen Meer zur Großen Syrte.«

Im Kreuz der Windrose.

»Ach, mein Freund. Sie haben die Kriegs- und die Marineakademie besucht und – ja, das glaube ich Ihnen – zwei oder drei Patente mit Auszeichnung erworben. Aber was wissen Sie wirklich?«

Jede Schule ist ein Hort der Lüge.

»Orten Sie sich in der verläßlicheren Kartographie der Klöster: die Erde, ein Rechteck, umspült – gleich einem Festungsgraben – vom Ozean. Wie Schleimbeutel zweigen sich bauchige Buchten ab: eine Schüssel Rotes Meer, ein Teller Kaspisches und eine Saucière Persisches Meer. Wir beide aber – Sie und ich – schwimmen in der Römischen Terrine.«

Mitten im Kreuz einer Suppenkumme.

Habe er eigentlich bemerkt, daß sein Maat aus der Funkkabine seit Malta keinen Spruch mehr gemeldet habe? »Stille überall, und nicht eine einzige Begegnung auf See. Längst hat uns Jupiter vom Rest der Welt abgetrennt. Wir segeln hinter den Säulen des Herkules auf die Inseln der Seligen zu, die Inseln der Ewigkeit und des Purpurs. Dort gelandet, strekken wir uns auf elysischen Fluren aus, wo ein ruhiges Leben uns für immer beseligt.«

Kein Schnee. Kein Wintersturm. Kein strömender Regen ...

Ruhig, Aaron, ruhig. Du verschwendest dich. Du wirst dem da doch wohl nicht die ganze Odyssee herunterleiern? Diesem Jungen, den nichts fesselt, als sich ein dreckiges Hemd vom Arsch zu schütteln.

Nein. Aaron Fluegel, nein.

Währenddessen hat sich der Wachhabende erhoben, die Mütze in den Nacken geschoben, kreist er mit dem Fernrohr den Horizont ab. Im Osten ist es längst hell.

»Nun, Doktor? So eine Stille, was?«

Er tritt aus dem Ruderhaus und fragt den Schiffsarzt, ob dieser ahne, wo gerade sich die Samoa befinde? »Achtzehn Grad dreißig Minuten Östlicher Länge, fünfunddreißig Grad Nördlicher Breite. Oben das Ionische Meer. Unten der Golf von Sidra oder – wenn sie so wollen – die Große Syrte.«

Hier habe das Meer keinen Namen.

»Sie irren, Senior. Auch dieses Seemeilenquadrat hatte sich einst der Taufe nicht entziehen können: Wenn der Felsbrocken Malta im Kielwasser versunken war und ihnen Afrika die Zunge der Cynenaika herausstreckte, sagten in den Jahrhunderten die Kauffahrer: Jetzt sind wir im Großen Piratentopf.«

Von nun an sei alle Segelkunst umsonst. »Auch die Flüche. Die Tränen. Die Gebete. Im Blutrausch der Korsaren färbt sich das Meer in die Farbe der Melancholie ein.« Violett.

»Ich sehe Wracks entmastet und zerbrochenen Ruders auf den Wogen schaukeln, aber ich weiß, auch die Trümmer der noch schwimmenden Bohlen sind nicht ohne Leben. Nein. Hier faucht eine wundersam gerettete Ratte, fiepen vergessene Mäuse, suchen Kakerlaken sich in Ritzen ein letztes Logis.«

Nun aber erst die Wanzen. Die Läuse. Die Flöhe. Und mit ihnen ihre Zechbrüder, die Pestilenzen. »Sagen Sie, officer, ist das für uns nicht ein Trost: die Unsterblichkeit des Ungeziefers? Und der Seuchen?«

Die Sonne geht auf. Zeit für die Morgenandacht.

»Soll ich Ihnen zwischen den Sonntagslitaneien unseres Marinepfarrers, der über die faden Evangelien und ihre hausbackenen Apostel hinaus nicht zurückblickt und – beginnt er in seiner Bibel einmal von vorn – nicht einmal bis zum Fünften Buch Mose kommt, soll ich Ihnen, meine Herren, als Pausennummer an einem gewöhnlichen Wochentag eine Predigt über die Cholera halten?«

Eine Stunde, zwei Stunden, und schon das Gesicht des Grauens. Waschfrauenhände. Reiswasserstuhl. Hippokrat nannte sie des Durchfalls wegen gern auch die Traufe oder die Dachrinne. Ausbruch der Plage und Tod an einem Tag.

Der Wachhabende findet einen Grund, sich dem Hokuspokus zu entziehen. »Ich lasse Ihnen gern Ihre Kanzel im Windschatten. Bittesehr. Beten Sie Ihren Bazillen das Paternoster herunter.«

Den Fiebermücken. Den Typhusläusen. Den Gonokokken.

Er selbst müsse sich eher darum kümmern, wie er all das abscheuliche Getier mitsamt den Menschen auf dieser Arche wohlbehalten durch die Meerengen und Strömungen der Ägäis werde lotsen können.

»Durch dieses Kuddelmuddel von Inseln – dahingeschlammt in einer wirren Sekunde der Schöpfungsgeschichte. Zugleich verbrochen mit dem Turm von Babylon und der Negermusik. Mit den Puertoricanern. Mit den Puffs in den Hafenstädten. Mit der Armut. Mit der Anarchie.«

Einen Abgang mit derart knüppeldicken Worten hätte der Schiffsarzt dem Ersten Offizier gar nicht zugetraut. Nein, Pinkie, du bist noch nicht entlassen. Doktor Fluegel hält dich zurück.

Der Leutnant möge sich nicht verwirren lassen. »Unser Archipelagos und ein Labyrinth? Da können wir beide doch nur lachen – Sie und ich.« Und man wolle sich doch einmal an den kleinen gemeinsamen Ausflug vorhin in das nächtliche Firmament erinnern.

»So wie die Griechen ihre Helden als Sternenmuster in den Himmel gehäkelt haben, so sind auch hier auf Erden die Inselwelten aller unserer

Meere zu mythischen Geschichten frisiert. Steigt bald voraus Kythera aus den Fluten, lenkt es – leuchtstark und purpurschneckenfarben – als Alpha-Insel den Blick auf das Hohelied Salomo. Richtig, Leutnant, so nennen sich als Zeichen die Kykladen.«

Wie schön bist du, meine Freundin. Deine Augen wie Taubenaugen, deine Lippen wie eine scharlachrote Schnur.

»Ja. Und tags darauf zeigen sich Ihnen die Sporaden auf der Seekarte. Vor Ihren Augen aber sind es Inseln wie ein Stäubchen, vom Goldschmied übergüldet. Und hängen silberne Kettchen daran.«

Das Bild Jesaja.

Und die Balearen. Und fern die Hebriden. Und auf der anderen Hemisphäre die Marianen. Und fast am Polarkreis die Alëuten ... Sie alle kritzeln sich die passenden Psalmen zu Versfiguren zusammen.

»Magellan einst nannte sie die Insel des Heiligen Lazarus, aber auch als spätere Philippinen blieben sie, was sie noch heute sind: ein dahingekleckstes Konterfei des armen Hiob.« Wie die hebräische Sagenfigur, so sei auch die ewigwährende Kolonie – unter welchem Knüppel auch immer – unfähig, sich mit ihrer Geschichte zu versöhnen. »Und mit Gott oder dem Elend – was dasselbe ist.«

Über dem Stillen Ozean hoffen die Sterne vergebens auf das Licht. Nicht einmal die Wimpern der Morgenröte gehen auf.

»Aber nun erst die Antillen ...«

Leutnant Pinkie hört das nicht mehr. Es ist ihm gelungen, sich hinter dem Rücken des Schiffsarztes davonzuschleichen. Auch der Wachhabende läßt sich nicht mehr blicken, später ebensowenig dessen Ablösung, der Zweite Offizier. Nur ein Steward kommt mit dem Lunch.

Mußt du, Aaron, ausgerechnet ihn, einen Neger, mit der Hiob-Story konfrontieren und ihn fragen, ob auch er nicht lieber schon im Mutterleib gestorben wäre? Spätestens aber gleich nach der Geburt?

»Gewiß, Gentleman, gewiß verfluchen auch Sie Ihre Erdentage – einen nach dem anderen. Was?«

Der Steward hat darauf nur ein »Yes Sir«, was vieles bedeuten kann, keineswegs aber eine korrekte Antwort ist. Er hat es eilig, den Doktor zu verlassen.

Die Antillen, Aaron Fluegel. Ja, die Antillen ...

Die Inseln Über dem Winde und die Unter dem Winde. Española.

Kuba. Isla de Santiago. Und da setzt gerade Kolumbus seinen Fuß auf das winzige San Salvador.

Ahnt es der Eroberer, oder weiß er es bereits: Mit seinem ersten Schritt auf den Strand dringt er in die Klagelieder Jeremias ein.

Sie weinen nicht nur des Nachts. Aber da ist niemand, der sie tröstet. Ihre Häuser werden den Fremden zuteil, ihr Wasser müssen sie um Geld trinken, ihre Haut verbrennt wie in einem Ofen.

Sie werden müde. Aber ihre Ruhe finden sie nie.

Gegen Nachmittag kreuzt ein Bootsmann mit einem Skizzenblock auf. Als Amateurzeichner genießt er an Bord gewisse Freiheiten. Die Crew nennt ihn ihren Boatswain's Scibbler und ist stolz darauf, daß einmal das gut gelungene Porträt eines Heizers der Samoa im Navy Magazin abgedruckt war.

Im Windschatten der Brücke entdeckt der Bootsmann den Schiffsarzt. Ein stilvolles Motiv, ja. Der Doktor ganz in Weiß. Er trägt die weiße Litewka ohne Rangabzeichen. Und ohne Orden. Statt der Mütze schützt ihn ein Pánama gegen die Sonne. Über die Szene spannt sich ein Segeltuch. Als Dreieck beherrscht es mit harten Strichen die Bildmitte. Die kräftigen Knoten zur Sicherung der Persenning hängen wie ein Dreigestirn über dem Strohhut, dem beschatteten Gesicht darunter, der langgestreckten Figur auf dem Deckstuhl. Diese viel zu friedliche Diagonale müßte eine Senkrechte kontrastieren.

Da kommt sie schon herbei.

Es ist der schwarze Steward. Er reicht den Tee. Das Tablett mit der Kanne, der Zuckerdose, der Milch im Glas, dem Teller mit Keksen – dieses Arrangement, gewiß, verniedlicht die Studie. Aber der Bootsmann ist eine eher schlichte Natur, er liebt das Genrebild und skizziert das Teeservice mit besonderer Akribie. Deutlich zeigt sich der Zucker in Würfeln, das Gebäck, das sich zerkrümelt.

Der Steward selbst – weit flüchtiger auf das Papier geworfen – streckt seinen freien Arm aus und zeigt in die Ferne. Der Zeichner folgt der Richtung mit einem langen Strich.

Er wird zum Horizont.

Erreicht er den Bildrand? Nein. Die linke obere Ecke bleibt frei. Dahinein paßt genau ein kleines Viereck.

Das könnte eine Insel sein.

Die Impression ist gelungen, jetzt gibt der Künstler ihr die Unterzeile: Unser Schiffsarzt vor Kythera. August 1909.

Damit allerdings erlaubt sich der Boatswain's Scibbler einen schwachen Schwindel. Die Insel Kythera ist noch lange nicht in Sicht.

Wie schnell doch vergehen die Jahre.

Die Samoa, längst zu alt für den aktiven Einsatz im Mittelmeer, taugt gerade noch als Begleitschutz von Handelsschiffen, die auf der Route über den Nordatlantik das kriegführende Britische Königreich versorgen.

Johnny Snake, vom Kommando abgelöst, wurde an Land versetzt. Seinen Dienstrang als Captain erhielt er zurück. Auch Pinkie wurde befördert, er trägt jetzt zwei Kolbenringe am Ärmel und dient auf der Dreadnought Delaware. Zur Zeit vergnügt er sich in den Tanzsälen von Plymouth. Den englischen Mädchen fehlen die Männer, ihre Freunde liegen in den Gräben von Flandern.

Allein Doktor Fluegel ist an Bord geblieben. Wenn auch zum Oberstabsarzt avanciert, will er dennoch seine alte Samoa nicht verlassen.

Irgendwann wird es mit dem Schrottkreuzer zur Rüste gehen. Und was für ein Gipfel deiner Laufbahn wäre es, Aaron, zugleich mit diesem Schiff abzutakeln. Deinem Leben, wirst du dir sagen, dem Werk deines Lebens, an dessen Nutzen du nie hast glauben können, hättest du dennoch angemessen mit ein wenig Würde zu Ende gedient.

Sela.

Lange muß der Schiffsarzt nicht warten. An einem kalten Februarmorgen bricht auf der Höhe der Hebriden – fünfundzwanzig Grad Westlicher Länge – die Samoa auseinander.

War es eine Havarie mit einem Eisberg? Wohl kaum mit einem Riff. Explodierte mittschiffs das Torpedo eines feindlichen U-Boots? Oder suchten einfach nur die ermüdeten Panzerplatten ihre Ruhe?

Wer fragt in diesen Zeiten, wo so vieles auseinandersplittert, wo Reiche krepieren, wo die Welt zerbröckelt und die Ordnung ins Gras gebissen hat, wer beachtet in diesen Zeiten den Gnadenschuß für eine morsche Galeere?

Wumm.

Doch allzu schnell versinkt die Samoa nicht auf den Grund des Atlantik. Die Mannschaft kann ohne Eile die Schwimmwesten anlegen und in die Boote steigen. Schön dumm auch wäre, wer sich nicht zuvor noch ein paar Minuten für die Plünderung gönnt. In der Pantry schlagen sich die Matrosen um die Schnapsvorräte. Sie haben für den Abtransport schnell noch ihre Seesäcke entleert. Unterwäsche brauchen sie nun nicht mehr, nicht den Ausgehanzug – Bluse und Hose – nicht das Hemd. Schuhcreme und -bürste. Das Bild der Braut. Die Liebesbriefe ...

Noch hat Aaron Fluegel Zeit. Viel Zeit.

Auf einem letzten Rundgang möchte er allein sein. Der Maschinenraum steht unter Wasser. Das Feuer in den Kesseln ist gelöscht. Dem Maschinentelegrafen ist das Glas zerbrochen, der Zeiger steht zwischen Klar Schotten und Langsam Voraus.

Das Deck hat backbord schwer Schlagseite. Die Offiziersmesse bietet ein Bild wie nach einem Gelage. Scherben überall. An den Wänden hängen die Bilder der Präsidenten schief. Neben Taft ist Thomas Woodrow Wilson neu.

Er – seit zehn Monaten zugleich auch Oberster Kriegsherr – wird doch wohl nicht als erster hinunterpurzeln?

Noch ist der Weg zur Brücke frei. Oben steht niemand mehr am Ruder. Das Kartenhaus ist verlassen, die Navigationsgeräte sind von den Tischen getrudelt. Nur in der Funkkabine sitzt noch ein junger Offizier – vermutlich der letzte der Crew. Er ist keine zwanzig Jahre alt. Verzweifelt hämmert er auf der Taste des Morsegeräts herum. Trotz der Kälte bei kaputten Bullaugen hat der Funker Schweiß auf der Stirn.

Didididid ... daa daa daa ... didididid.

Und wieder und wieder dieses Zeichen. S O S – Save Our Souls. Der Schiffsarzt tritt an die Seite des Leutnants und umklammert fest dessen Finger und die Taste. Der Funker versucht, sich zu befreien. Es gelingt ihm nicht. »Wir brauchen Hilfe, Sir. Verstehen Sie das nicht, Sir? Ich muß Rettung holen ...«

Save Our Souls.

Aaron Fluegel gibt dem Leutnant die Hand nicht frei. Mit noch festerem Griff stoppt er die Taste und drückt sie auf den Tisch. »Rettung? Aber gewiß doch. Wer sucht sie nicht? Save, looey, but not for our souls.«

Nein. Nicht für die Seelen.

Neue deutsche Literatur

Rotbuch Bibliothek

Herausgegeben von Wolfgang Ferchl und Hermann Kinder

Peter O. Chotjewitz
Die Herren des Morgengrauens
Romanfragment
Nachwort von Kurt Groenewold

Friedrich Christian Delius
Unsere Siemenswelt
Nachwort von F.C. Delius

Anne Duden
Übergang
Nachwort von Uwe Schweikert

Gisela Elsner
Die Riesenzwerge
Ein Beitrag
Nachwort von Hermann Kinder

Manfred Franke
Mordverläufe
Roman
Nachwort von Jörg Drews

Christian Geissler
Anfrage
Roman
Nachwort von Thomas Rothschild

Urs Jaeggi
Brandeis
Roman
Nachwort von Irmgard Hunt

Ernst Kreuder
Die Gesellschaft vom Dachboden
Roman
Nachwort von Jan Bürger

Ernst Kreuder
Die Unauffindbaren
Roman
Nachwort von Wilfried F. Schoeller

Erich Kuby
Rosemarie
Des deutschen Wunders
liebstes Kind
Nachwort von Erich Kuby

Paul Schallück
Ankunft null Uhr zwölf
Roman
Nachwort von Hans Bender

Paul Schallück
Engelbert Reineke
Roman
Nachwort von Siegfried Lenz

Annemarie Wietig
1947
Roman. Originalausgabe
Nachwort von Jochen Schimmang

Alle Bände der *Rotbuch Bibliothek* sind in Fadenheftung gebunden und mit einem Lesebändchen versehen

ROTBUCH VERLAG · HAMBURG